学苑文存

古代文论与美学研究

李天道　主编

商务印书馆
2005年·北京

学苑文存编委会

主　任　李　诚
委　员　(以姓氏笔画为序)
　　　　　万光治　马正平　邓英树　刘永康
　　　　　李大明　李天道　李　凯　李　诚
　　　　　吴明贤　唐小林　曹万生　熊良智

序

蜀中号称"天府之国",除了得天独厚的优裕的生活环境,也是独具特色的文化之邦。二千余年,名家辈出,汉宋两代,领袖风骚。近代以降,蜀中学术再放异彩。在风行天下的"京派"与"海派"之外,"蜀学"虽然偏安一隅,却也独树一帜,鼎足相望。在相对隔绝的盆地环境里,有一批甘于淡泊的学者皓首穷经,以深厚的国学根柢和严谨的朴学精神,承续着中华文化的血脉。

回想一九六二年秋天,我考取四川大学研究生,负笈入蜀,投奔庞师石帚先生门下,研治六朝唐宋文学,亲身感受到蜀中的学术氛围。日就月将,如入芝兰之室,久而不闻其香,即与之化矣。石帚师乃蜀中名宿,门墙桃李,皆称翘楚,各有所归。一拨去了望江楼(四川大学),一拨上了狮子山(四川师院)。因而蜀中的古代文学研究,亦呈双峰并峙、二水分流之势。石帚师闲谈所及,对狮子山的弟子多所称许。我侍听在侧,耳熟能详,内心亦不免有几分钦羡。如今岁月流逝四十余年,不但石帚师早归道山,昔日钦羡的各位同门先进,多数亦陆续作古。往事历历在目,却已成为我心中永远的忆念。

友生李诚教授主持编选的这套《学苑文存》,汇集了四川师范大学(原四川师院)中国古代文学学科半个世纪以来的代表性论文。翻看目录,既有前辈学者的佳篇,更有后生俊彦的新制。而尤其令我欣喜的,是从中似乎可以看到近代蜀学的某些因子。我以为一种学术传统既是顽强的,又是脆弱的。近代蜀学的传统经历了社会巨变的洗礼,经历了历次政治运动的冲击,似乎已经成为了历史。其实它并没有完全消泯,它的精神仍然不绝如缕地延续在蜀中学者的学术活动中,也延续在这套《学苑文存》里。然而如果再不刻意地珍惜、保持和发扬的话,近代蜀学传统的消失也是指日可待的事。而继承蜀学传统的方法,是既要坚持蜀学独特的治学理念,又要与时俱进,追踪当代学术的前沿,才能使蜀学的精神保持绵长的生命力。这也是我对本书中年轻作者们的期望。

项　楚

二〇〇四年九月

目 录

一、传统文论研究

李　凯　中国古代诗学话语言说方式及其意义生成——
　　　　《诗经》与中国诗学关系研究 …………………………… 1
钟仕伦　中国古代南北审美文化的差异及成因 ……………… 15
刘朝谦　文、笔之分的非文学性 ……………………………… 25
刘朝谦　中国古代文学性的领受及其存在之境 ……………… 35

二、传统美学思想研究

高尔泰　中国艺术与中国哲学 ………………………………… 51
皮朝纲　论"味"——中国古代饮食文化与中国古代
　　　　美学的本质特征 ……………………………………… 80
李　凯　"诗可以怨"与"怨而不怒"的再解读 ……………… 90
董志强　意境本质 ……………………………………………… 101
董志强　审美客体与审美对象 ………………………………… 115
李天道　"古雅"说的美学解读 ……………………………… 121
董志强　西方理论语境中的"意象"("image")概念 ……… 134
钟　华　孔子"成于乐"思想索解 …………………………… 147
李　凯　"成人"与审美——儒家诗学的终极价值 ………… 158
董志强　析老子"道象"论——源初存在境域的
　　　　揭示与呈现 …………………………………………… 170

刘　敏　理性的超越与感性的生动——魏晋玄学与
　　　　自然审美意识关系论 ………………………………… 187

三、个案研究

刘朝谦　《典论·论文》新论 ………………………………… 198
李　凯　"风骨"精神的文化阐释——兼论刘勰
　　　　《文心雕龙·风骨》与儒家思想的联系 …………… 211
钟仕伦　萧绎思想体系论 ……………………………………… 226
钟仕伦　萧绎与梁代今古文体之争 …………………………… 236
刘朝谦　嵇康音乐美学情感论 ………………………………… 246
张骏翚　张戒论诗歌审美生成 ………………………………… 262
张骏翚　张戒论诗歌审美风格 ………………………………… 272

四、宗教美学研究

刘　敏　论宗教境界与审美境界 ……………………………… 282
皮朝纲　禅宗美学论纲 ………………………………………… 289
李天道　禅：生命之境和最高审美之境 ……………………… 307
余　虹　从全真与禅宗看中国宗教思想的审美化 …………… 322
刘　敏　试论道教对唐传奇兴起的影响 ……………………… 330
申喜萍　丘处机的美学思想试探 ……………………………… 338
申喜萍　净明忠孝道的美学思想 ……………………………… 346
申喜萍　张宇初的美学思想蠡测 ……………………………… 360

李天道　消费时代的文艺创作与传统美学
　　　　精神的现代激活（代后记）…………………………… 366

中国古代诗学话语言说方式
及其意义生成
——《诗经》与中国诗学关系研究

李 凯

研究中国古代诗学,不能不研究《诗经》。而迄今为止,人们对《诗经》与中国诗学的关联究竟何在,仍然是众说纷纭。多数人都把《诗经》与中国诗学的关联仅仅定位在《诗经》本身的创作自述及历代对《诗经》的阐释、接受而引申出的具体诗学命题和范畴上。诚然,这确实是《诗经》与中国诗学重要的关联,但也还只是它们关联的一部分。

一、《诗经》与中国诗学的言说方式

笔者认为,中国古代诗学的言说方式主要有三种,即:"述而不作"、"一以贯之"、"比"。

一是"述而不作"。中国人都熟悉"子曰《诗》云"这四个字。这四个字看起来很平常,但却包含了中国诗学话语言说的根本特点,那就是"征圣"、"宗经"。"子曰",就是孔子说。它的含义是,孔子所说的就是标准、依据。自汉代董仲舒提出"罢黜百家,独尊儒术"以来,在长达二千年的封建社会中,儒家思想成为了统治思想。借助于政权的力量,加上遍布于国内的学校教育,特别是自隋唐以来以科举取士的制度,儒家经典成为了中国人的必读书。儒家的书,已经不再称为"书",而是叫做"经"。由五经或六经[①]到七经、九经,直到十三经,儒家经典成为中国人最重要的书本知识,"读经"成为中国人最重要的学习文化知识的方式。经典的意识、圣人的意识早已深入人心。还在孔子去世后一百多年,孟子就以孔子为圣人,以孔子的言说为其立论的依据。其后经过荀子的发端、扬雄的发展,到刘勰将其正式归纳为"明道"、"宗经"、"征圣",使之成为中国人言说的最主要方式,因此也成为中国诗学言说的最主要方式之一,有学者将其名之为"孔语"②。所谓"《诗》云",是指《诗经》上说的。这句话的意思是"有《诗》为证"。春秋时期,"赋诗言志"成为列国交往的必备手段。在大量频繁的用《诗》活动中,经典的意识不知不觉地渗透到了古人的言说中。引用现成的经典,既可靠,又有权威,何乐而不为呢?由此,"述而不作"(接受前人的成说而不独创新说)就成为中国诗学话语言说的标准方式。"述而不作"对后来的诗学言说方式和意义生成皆有极大的影响。中国古代固然不缺少以立说为主的子书,但是以注经的方式来表达个人的学术见解(包括诗学见解)更成为一种普遍的形式。刘勰在谈到他为什么要写作《文心雕龙》时说:"敷赞圣旨,莫如注经。而马、郑诸儒,弘之已精,就有深解,未足立家。"③有刘勰这种看法的人并不在少数。这样做的结果是后来的经典注释学的发达,形成了"传、笺、注、疏"等系统而复杂的解经方式。于是,中国诗学的基本内容就从解释《诗经》中产生出来了,如"六义"说、"美刺"说、"发乎情,止乎礼义"、"温柔敦厚"、"诗以言志"等等。于是中国"诗学"遂从"《诗经》学"(即《诗经》阐释学)中产生出来了。"述而不作"的言说方式,不但表现在解经上,还表现在一般的立说上。中国两千年来的诗学话语表现出非常强大的因袭性,大家所谈的问题都一样,语言表述也基本一致,以至使初次接触到中国诗学的人感觉中国诗学缺乏新意,这其实是不明白中国诗学话语言说方式的特点所致。

二是"一以贯之"。孔子的"一以贯之"是针对他的整个学说而言,那么,他对《诗经》的言说是否也表现出相同的特点呢?答案是肯定的。孔子诗学也是"一以贯之"的,这表现为两点:

首先是以"用"贯穿其中。"以用贯之"其实也是"以仁贯之"。孔子的学说,以"仁"为核心。"仁"的含义有多端,但其中心是培养出知"礼"识"义"、刚毅仁爱、文质彬彬的君子。因此,孔子论《诗》,强调实用、功利。具体说是,要《诗》"可以兴,可以观,可以群,可以怨,迩之事父,远之事君,多识于草木鸟兽之名"、"君子学道则爱人,小人学道则易使"。因此他对"诵《诗》三百,授之以政,不达;使于四方,不能专对"的书橱式的学诗方式很不满意。孔子所说本来是针对用《诗》而言,后人却将其视为整个《诗经》创作的原则,总结出"美刺"的原则,所谓"上以风化下,下以风刺上,主文而谲谏,言之者无罪,闻之者足以戒"。"美刺"说虽然由汉儒总结出来,而其初创则来自于《诗经》的创作自述。据各位学者的统计,《诗经》中涉及自述创作动机的共有16则④。笔者数次翻检《诗经》,未见超出上述范围。16则中,《国风》3则,《小雅》7则,《大雅》6则。属于歌颂和赞美的只有3则,而包含哀伤、忧愁、谴责、劝谏、讽刺的有13则,占80%以上。汉儒正是从上述诗歌中看到了《诗经》所蕴涵的创作论的意义,才处处寻求其中的"美刺"。但问题是,《诗经》共305篇,其中谈到"美刺"的只有16篇,为什么汉儒,包括后来的注《诗》家,会把它当作整个《诗经》的创作原则呢?这就不能不引人深思了。其实,汉儒的发挥是有依据的。这依据就是前面谈到的孔子以"用"论《诗》。"美刺"正是汉儒眼中的诗之"用"。以"美刺"论《诗》正是中国诗学"一以贯之"的做法。所以清人程廷祚说:"汉儒论诗,不过美刺二端。"⑤

其次是以"中庸"的方式贯之。所谓"中庸",就是用其中,无"过与不及"之患,恰到好处。这体现了中国人的辩证思维。就论《诗》而言,是孔子反复强调的"乐而不淫,哀而不伤"、"尽美矣,又尽善也"、"文质彬彬,然后君子"。由于强调无"过与不及",《毛诗序》特拈出"主文而谲谏"的方法,《礼记·经解》将其概括为"温柔敦厚"的诗教。中庸的言说方式,表现为诗学立论的不偏不颇,如既强调宗经,又反对抄袭;既强调继承,又提倡革新(所谓"叁伍因革,通变之数也","通则其久,变则不乏"⑥);既强调文采,又反对雕琢;既提倡发乎情,又强调止乎礼义;既重视诗歌可以怨,同时又强调怨而不怒,如此等等。

三是"比"的方式。"比"本来是《诗经》"六义"之一,其含义非常复杂,可以从多角度、多层次进行分析。有论者将"比"的含义归纳为三个层次,一是用《诗》之"比",借《诗》为比以达意;二是"比"为《诗经》的创作手法;三是整个诗歌的创作方法⑦。本文只从"比"的一般意义来使用,即"比"就是打比方,就是比喻的方式。翻检中国古代诗学的材料,我们发现,古人在进行诗学言说时,多以描写、形容的方式出之。比如,扬雄说:"或问:吾子少而好赋?曰:然。童子雕虫篆刻。俄而曰:壮夫不为也。""或曰:女有色,书也有色乎?曰:有。女恶华丹之乱窈窕也,书恶淫辞之淈法度也。"再比如陆机《文赋》,完全以"赋"这一文学体裁来论文。至于《文心雕龙》,则可视为一部文学作品。司空图的《二十四诗品》⑧纯粹是二十四首诗。论诗文有风骨,可谓之"有金石声"⑨;说诗文好,如"初如食橄榄";说诗文不好,是"初如食小鱼,所得不偿劳"⑩。在评论诗歌风格的时候,这种表述更成为一种标准的方式,如:"魏武帝如幽燕老将,气韵沉雄。曹子建如三河少年,风流自赏。鲍明远如饥鹰独出,奇矫无前……"⑪形象化或者说用诗语的方式来表达诗学见解是中国古代诗学话语的一种特殊形式,自唐代杜甫开创此体以来,踵武者代不鲜见,至自近代,尚有不少作者,如著名的中国文学批评史专家郭绍虞先生。

这一表述方式在近现代招致了许多人的批评,认为中国古代诗学的表述太过笼统,缺乏明晰性、精确性,并进而认为汉语是缺乏思辨的语言,如黑格尔就这样认为。西方的逻各司(logos)中心和语音中心主义当然不懂得汉语这种象形兼表音文字的优点,然而,中国人自己却站到西方中心的立场上否定自己民族的这一特色,就不应该了。

二、《诗经》与中国诗学话语的意义生成

曹顺庆先生认为,中国古代诗学话语意义主要是由孔子奠定、建立起来的。他说:"我认为,孔子是通过对经典文本的解读,来建构意义,实现文化导向的。因而,这种经典文本解读模式,是儒家文化的生长点和意义建构的基本方式,对中国数千年文化发展产生了极其重大而深远的影响。甚至可以说,这种解读模式对中国文化而言是真正奠基性的、决定性的。"⑫对此,

也许有人会感到奇怪,孔子论述文学,不就只是在《论语》和其他儒家经典中有那么一些片言只语吗?孔子又没有一个像柏拉图、亚里士多德那样建立一个文论体系,他又如何来奠定和建立中国诗学话语的意义呢?其实,这是没想到孔子在中国文化史上的重要意义以及中国诗学话语意义的生成方式所致。在中国传统的学问中,经学占据了至高无上的地位,甚至有"舍经学而外无学问"的说法。因此说孔子奠定和建立了中国古代诗学话语的意义,并不是拔高之论。

具体而言,中国古代诗学话语意义的生成方式就是"依经立义",就是"宗经"、"征圣",就是我们前面说到的"子曰诗云"的深层含义。一个孔子,一部《诗经》,就是古人立论的依据。这一点,首先是从《左传》开始的。《左传》引用孔子的评论和《诗经》有很多。继承并发扬光大这一传统的是孟子。据笔者统计,《孟子》一书中引用的《诗经》有35条,引用"子曰"的有21条,由此可见,孟子这样做是自觉的。这里试举一例加以说明。《梁惠王上》说:

> 孟子见梁惠王。王立于沼上,顾鸿雁麋鹿,曰:"贤者亦乐此乎?"孟子对曰:"贤者而后乐此。不贤者虽有此不乐也。《诗》云:'经始灵台,经之营之,庶民攻之,不日成之,经始勿亟,庶民子来。王在灵囿,麀鹿濯濯,白鸟鹤鹤。王在灵沼,於牣鱼跃。'文王以民力为台为沼,而民欢乐之,谓其台为灵台,谓其沼为灵沼,乐其有麋鹿鱼鳖。古之人与民偕乐,故能乐也。《汤誓》曰:'时日害丧,予及女偕亡!'民欲与之偕亡,虽有台池鸟兽,岂能独乐哉?"

我们不惮词费,引述了上面一大段,旨在说明《诗经》这一部典籍在当时所具有的崇高地位。引用孔子之语以为佐证是孟子立论的主要依据和方式。他在《离娄上》一段文字中三次提到孔子的话,足见其对孔子的倾心。孟子一再说:"自有生民以来,未有孔子也","自有生民以来,未有盛于孔子也"[13]。其后,荀子提出"原道、宗经、征圣"。他说:"圣人也者,道之管也。天下之道管是矣,百王之道一是矣,故《诗》、《书》、《礼》、《乐》之归是矣。"[14]又说:"故凡言议期命,是非以圣王为师。"[15]西汉之时,儒家学说由在野升入庙堂,正式成为封建统治的官方哲学。东汉时期,涌现出了许多经学大师,扬雄就是这样一位。扬雄的著作鲜明地体现出儒家思想的影响。"原道"、"宗经"、"征圣"经由扬雄,再到刘勰,算是真正建立起来了。刘勰将《原道》、《宗经》、《征圣》放到全书前三篇的位置,足见其对儒家思想的重视。不仅如此,《文心雕龙》的核心思想仍然是儒家思想。自兹而后,"依经立义"成为中国古代诗学话语意义生成和建构的主要方式。

以上只是一个粗略的概述,下面就以具体例子加以说明。众所周知,两汉时期关于屈原的评价,曾引起一场大争论。刘勰在《辨骚》中作了简明的叙述,他说:

> 昔汉武爱骚,而淮南作传,以为国风好色而不淫,小雅怨诽而不乱。若《离骚》者,可谓兼之。蝉蜕秽浊之中,浮游尘埃之外,皭然涅而不缁,虽与日月争光可也。班固以为露才扬己,忿怼沉江;羿、浇、二姚,与左氏不合;昆仑、悬圃,非经义所载;然其文辞丽雅,为词赋之宗,虽非明哲,可谓妙才。王逸以为诗人提耳,屈原婉顺,《离骚》之文,依经立义,驷虬乘鹥,则时乘六龙;昆仑、流沙,则《禹贡》敷土;名儒辞赋,莫不拟其仪表,所谓金相玉质,百世无匹者也。及汉宣嗟叹,以为皆合经术;扬雄讽味,亦言体同诗雅。四家举以方经,而孟坚谓不合传;褒贬任声,抑扬过实,可谓鉴而弗精,玩而未核者也。

刘勰认为五家都没有真正把握《离骚》。那么,这五家,包括刘勰自己,他们评价《离骚》依据的是什么呢?其实他们的标准都是一样的,那就是六经。王逸在其评论中,不知不觉地说出了中国古代诗学话语意义建构的根本方式。当然,王逸不是凿空立论,在说到"夫《离骚》之文,依托五经以立义焉"[16]的时候,是有先例可援的。这先例就是孔子。孔子在《论语·为政》中说:"《诗》三百,一言以蔽之曰,思无邪。""思无邪"三字,出自《诗经·鲁颂·駉》。按照《诗传》,这首诗是"颂僖公也。僖公能尊伯禽之法,俭以足用,宽以爱民,务农重谷,牧于坰野,鲁人尊之。于是季孙行父请命于周,而史克作颂"。"思无邪",郑笺云"思遵伯禽之法,专心无复邪意也"[17]。按照今人的研究,"思"为助词,无义。孔子将这一具体所指变成了整个《诗经》

的主旨,确实有断章取义的嫌疑。不只孔子这样,孟子、荀子、《左传》皆如此。"断章取义"可以说是春秋时期普遍的做法,卢蒲癸就明白地说"断章取义,予取所求焉"[18]。长期以来,断章取义被视为武断、主观,缺乏严谨性。其实,任何历史都是阐释的历史。伽达默尔认为,阐释有前见,前见有历史性,而历史性既是接受的障碍,又是接受的前提。也就是说,阐释的前见具有合理性。因此,尽管引用的部分被误读、被发挥,但是,引者将其作为立论的出发点仍然是被允许的。

以上就"依经立义"的来源及其合理性作了说明,下面就"依经立义"的具体方式再作分析。"依经立义"的方式之一是直接引用经典原文。春秋及其后,引用五经以为佐证是立论的普遍方式。这一点,无须再多举例,只需要翻检一下先秦及后代的典籍,就很清楚了。其二是解经学的方式。经典解读的方式主要是注释,具体方法有训、诂、笺、注、疏、正义等。中国古代学术分类,小学(包括文字学、音韵学、训诂学)是附在经学之后的,或者说,就是经学的部分。十三经中,《尔雅》就是一部训诂著作。有学者认为训诂文化与中国古代美学有密切关系[19]。同样,训诂文化与中国古代诗学有密切联系。中国古代诗学的许多范畴和命题就是从经典注释中产生出来的,比如在对《诗经》的注释中,就提出了美刺说、六义说、谲谏说、志情说等,著名的《毛诗序》就是最典型的代表。三是关于五经的专题论文。中国古人多有五经论、六经论之类的著作,比如宋代苏洵、苏辙父子,元代郝经等都有。我们试以苏洵为例,看看其中的具体情形。《苏洵文集》今存16卷,《六经论》就占了一卷。《诗论》说:

> 人之嗜欲,好之有甚于生,而愤憾怨怼,有不顾其死,于是礼之权又穷。礼之法曰:好色不可为也。为人臣,为人子,为人弟,不可以有怨于其君父兄也。使天下之人皆不好色,皆不怨其君父兄,夫岂不善。使人之情皆泊然而无思,和易而优柔,以从事于此,则天下固亦大治。而人之情又不能皆然,好色之心趋诸其中,是非不平之气攻诸其外,炎炎而生,不顾利害,趋死而后已。噫!礼之权止于死生,天下之事不至乎可以博生者,则人不敢触死以违吾法。今也,人之好色与人之是非不平之

心,勃然而发于中,以为可以博生也,而先以死自处其身,则死生之机固已去矣。死生之机去,则礼为无权。区区举无权之礼以强人之所不能,则乱益甚,而礼益败。……《诗》曰:好色而不至于淫,怨尔君父兄而不至于叛。严以待天下之贤人,通以全天下之中人。吾观《国风》婉娈柔媚而卒受于正,好色而不至于淫者也;《小雅》悲伤诟讟,而君臣之情卒不忍去,怨而不至于叛者也。

苏洵认为六经各有其用,《礼》与《诗》不同,前者是施之于未然之前,而后者用来解决前者无法达其功之时,或者说《诗》用于《礼》已经无法解决问题之时。在苏洵看来,好色、怨怒之心,人皆有之。当人无法排解之时,必须要有一个宣泄的渠道,如果没有,那么就可能造成不可预料的后果,因此,圣人用《诗经》来使人的情感得到宣泄。这一观点虽然说不上高明,但是,他肯定了人的情感的合理性,肯定了文学创作应该表达情感。如果我们仔细研究一下古代文人有关六经的论述,或许是很有意义的事情。

三、《诗经》与中国诗学精神

《诗经》与中国诗学发生关联,还表现在由赋《诗》、引《诗》、教《诗》、注《诗》等系列活动引申出的诗学精神。《诗经》蕴涵的诗学精神非常丰富,可以说,整个儒家诗学的大部分命题和范畴都来自于《诗经》,中国古代文人没有谁不受到《诗经》的影响和沾溉。这就是我们经常说到的古代诗文的"风骚"(骚雅)传统中的"风雅"。下面就《诗经》引申出的诗学精神作一简要的分析。

一是言志为本的精神。朱自清先生将"诗言志"视为中国诗歌"开山的纲领"[20],这一说法大致不错。其实,清代的方玉润就已说过,"诗言志"四字为"千古说诗之祖"[21],朱自清先生或许受到其影响。"诗言志"出自《尚书·尧典》,这句话当然不会是帝尧所说,也不是首先从创作论的意义来说的,而是诗歌接受论,陈良运先生对此已作了详细论证[22]。虽然"诗言志"是从接受论的角度来谈的,但它并不影响《诗经》与中国诗学的关联。因为

《诗经》的创作自述和春秋时期普遍的"赋《诗》言志",已经把"志"与《诗经》、诗歌紧紧联系起来了。无论是赋诗以言志,还是从《诗》而观志,人们已明确地把"志"看作《诗经》和一切诗歌的特点。明确从创作论对《诗经》进行总结的是《毛诗序》中说:"诗者,志之所之也,在心为志,发言为诗。情动于中而形于言,言之不足故嗟叹之,嗟叹之不足故永歌之,永歌之不足,不知手之舞之,足之蹈之也。"这里明确把"志"、"情"定为诗歌表达的本源。一般说来,"志"中包含了"情",但"志"包含的理性是比较明显的,特别是其中包含的儒家思想。魏晋时期,陆机提出"诗缘情而绮靡",开启了魏晋主情主义的浪潮。于是,"言志"与"缘情"遂成对垒。唐代孔颖达看出了这一点,提出"情志一也",力主调和。其实,情志分途自屈原就开始了,汉乐府和古诗十九首中的情感相当浓郁,到了魏晋,更蔚成风气。但是在所谓主情时期的魏晋,儒家诗学的影响仍然存在,比如裴子野就针对陆机的"缘情"说而举起"言志"的大旗,提倡恢复儒家诗学的传统。隋唐时期,随着儒家思想的复兴浪潮,"言志"为本的观点再次被强调,隋末大儒王通、唐代杜甫、韩愈、白居易都力主恢复儒家诗学,直到宋代,张戒还说:"建安、陶、阮以前诗,专以言志……言志乃诗人之本意,咏物特诗人之余事。古诗、苏、李、曹、刘、陶、阮,本不期于咏物,而咏物之工,卓然天成,不可复及,其情真,其味长,其气胜,视三百篇几于无愧,凡以得诗人之本意也。潘、陆以后,专意咏物,雕镂刻镂之工日以增,而诗人之本旨扫地尽矣。"③张戒还只是重申"言志"说,肯定言志为本,没有否定诗歌创作存在的合理性。他与道学家的主张是大有分别的。元明清三朝,理学成为官方哲学,对诗文创作影响更大。元代诗文四大家就十分重视在诗文中表达儒家思想。明代的宋濂、清代的沈德潜、翁方纲,都是恢复儒家诗学的热心倡导者。可以说,言志为本的思想贯穿了中国古代诗文创作的整个历史,尽管其中有高潮也有低谷,但是这一事实是不容抹杀的。至于其影响是正面还是反面,非三言两语可以道断。

二是伦理教化精神。伦理教化就是诗教、比兴美刺。"诗教"首见于《礼记·经解》。《经典释文》引郑玄说:"《经解》者,以其记六艺政教得失。"六教又可谓六艺,见《淮南子·泰族篇》。"诗教"的具体内容是"温柔敦厚"。按照《正义》释文,"温"是外在的神情,"柔"是内在的性情,"敦厚"则是最深层的品德。总而言之,温柔敦厚是人从外到内的和顺、忠诚、朴质。温柔敦厚来自于教《诗》、学《诗》的活动中。至于为何要将《诗》教放到六教之首,《孔子闲居》云:"志之所至,《诗》亦至焉。《诗》之所至,礼亦至焉,礼之所至,乐亦至焉。"[24]这就是说,人都有"志",志有所发,则产生了《诗经》。《诗经》也就包含了礼和乐。《诗经》能使人温柔敦厚。因此,礼乐就有了安放之处。白居易说:"夫文尚矣,三才各有文:天之文,三光首之;地之文,五材首之;人之文,六经首之。就六经言,《诗》又首之。何者?圣人感人心而天下和平。感人心者,莫先乎情,莫始乎言,莫切乎声,莫深乎义。"[25]其理论出发点与《诗经》是完全一致的。诗教之所以要用《诗》来进行,是与《诗经》本身包含丰富情感分不开的。欲以理晓人,最好先以情动人。懂得这一点,我们就容易明白,孔子提出《诗》"可以兴,可以观,可以群,可以怨,迩之事父,远之事君,多识于草木鸟兽之名",为什么要以"兴"为开头,因为"兴"是感发志意。诗教由汉儒提出,而其源头来自孔子。孔子"以诗书礼乐教"[26],教的目的是为了"化",使人成为文质彬彬的君子。

伦理教化的诗学精神强调文学的现实功能、实用价值,这对中国古代文学及诗学有双重影响:一方面,它使作家意识到自己创作的责任,积极地用笔来干预现实,直面人生,创造出了优秀诗篇,如汉乐府、古诗十九首,三曹七子、陶、阮、杜甫、白居易等作家的作品。另一方面,伦理教化要求太过,又给古代文学带来了忽视审美性的缺陷,其极端是"不关风化体,纵好也徒然"[27]、"如此闲言语,道出作甚"[28],甚至有"作文害道"之说。

三是含蓄精神。中国古代诗学非常重视"言近旨远"、"言内意外"、"状难写之景,如在目前,含不尽之意,见于言外",等等。含蓄的文化精神是中和,具体方式是"主文而谲谏"。所谓"主文而谲谏",《毛传》说:"主文,主与乐之宫商相应也。谲谏,咏歌依违不直谏"。那么,不直谏,又采用什么方式呢?《正义》说用"譬喻",就是用比兴。而对比兴的解释,迄今为止,仍是人言言殊。比如最早对比兴作出解释的郑众说:"比者,比方于物也。兴者,托事于物也。"郑玄云:"比,见今之失,不敢斥言,取比类以言之;兴,见今之美,嫌于媚谀,取善事以喻劝之。"则纯粹从政教角度立论。刘勰说:"比者,附也。兴者,起也。附理者,切类以指事。起情者,依微以拟议。起情,故兴体以立。附理,故比例以生。比则畜愤以斥言,兴则环譬以托讽。"㉙刘勰的说法则着眼于比兴如何产生,功能何在。不过,刘勰把情归之于"兴",把理归之于"比",就不尽合《诗经》的实际,更与创作的实际相差甚远。其实,比和兴都是比喻、象征,都包含了情、理,只不过有显隐的区别,不管比兴有多少说法,但关涉创作方法这一点是毫无异议的。如果说,两汉论比兴,强调含蓄,更多地从政治教化着眼,那么,魏晋而下,特别是唐宋时期,随着对诗美的探求,比兴就被赋予了更多的审美意义,比如皎然、司空图、严羽等人的诗论就表现出这一特点。当然上述只是大致区别,其中的情形复杂,非一句可以道尽。在唐代,既有皎然、司空图重视从审美角度来分析比兴的,还有杜甫、白居易、皮日休等人强调从美刺的角度来运用比兴。宋代的情形也很类似。苏轼和黄庭坚就很不相同。苏轼提倡"有所不能自已而作者","如万斛泉涌,在平地滔滔汩汩,虽一日千里无难"。黄庭坚则不然,他认为:

  诗者,人之情性也,非强谏争于廷,怨忿诟于道,怒邻骂坐之为也。其人忠信笃敬,抱道而居,与时乖逢,遇物悲喜,同床而不察,并世而不闻;情之所不能堪,因发于呻吟调笑之声,胸次释然,而闻者亦有所劝勉,比律吕而可歌,列干羽而可舞,是诗之美也。其发为讪谤侵凌,引颈以承戈,披襟而受矢,以快一朝之忿者,人皆以为诗之祸,是失诗之旨,非诗之过也。㉚

这段话甚类《毛诗序》和班固的《离骚序》,诗教气味十分浓厚。不过,他说这话也是迫于宋代严密的文网,是有鉴于其师苏轼的遭遇而发。

  通过上面简单叙述,可以看出,含蓄作为诗文创作的基本要求,有其合理性,也有其片面性。好处是它重视了诗文作为审美对象应该具备的必要条件,看到了诗文的特殊性,对中国古代文学的面貌有极大的影响。而作家把含蓄视为逃避现实、谄媚君王的手段,其负面作用可谓大矣哉!

四是诗史精神。中国古代文学创作有一个"风骚"的传统,分别构成了诗歌的现实和浪漫两派。我们不赞成用现实主义、浪漫主义来概括中国古代文学发展的历史,但认为中国古代文学有偏重写实、浪漫两派。"风雅"传统就是写实这一派的概括。先秦时期,荀子就说,"天下不治,请陈佹诗"[①]。汉代司马迁说"《诗》三百篇,大抵贤圣发愤之所为作也"。汉乐府继承了《诗经》的传统,正如余冠英先生说:"《诗经》是汉以前的乐府,乐府就是汉以后的《诗经》。《诗经》以《变风》、《变雅》为精华,乐府以《相和》、《杂曲》为精华,同是'感于哀乐,缘事而发'的里巷歌,同是有现实性的文学珠玉。"又说"中国文学现实主义精神虽然早就表现在《诗经》,但是构成一个传统,却是汉以后的事,不能不归功于汉乐府"[②]。汉乐府之后,三曹七子、杜甫、白居易等人都遵照《诗经》的风雅传统,创作出了大量光辉的诗篇,尤其是杜甫,更成为中国诗史的一座高峰。"彤庭所分帛,本自寒女出"、"朱门酒肉臭,路有冻死骨",这些愤怒的控诉,使人感受到杜甫那颗正直的心的剧烈跳动。"公若登台府,临危莫爱身"的殷情叮嘱,"安得广厦千万间,大庇天下寒士俱欢颜"的博大胸怀,确实不负于他的"诗圣"称号。

诗史精神还有另外一层意义,即中国古代历来有以诗为史的传统。这一传统也是由《诗经》引申出来的。孟子说"王者之亦熄而《诗》亡,《诗》亡而后《春秋》作"[③],又提出应"知人论世"。在其著作中,他往往指明某诗为某人某时作,这当中有的是为了论证的需要而进行曲解,但可见其对诗歌表达的历史的重视。汉儒研究《诗经》,有所谓"正风"、"变风"、"正雅"、"变雅"的区分,其根据就是认为"诗即史"。郑玄就将这一原则贯彻到《诗经》的注释中,并且以此为纲,写了《诗谱》。汉人评价《史记》,也是从"不虚美,不隐恶"的"实录"来进行的。当然,也可以说,《史记》本身就是历史著作,强调真实性,应是题中之意。但是,唐代的传奇小说,往往在其结尾,郑重其事地说明所述故事的来源,以取信于人。至于宋元以来的话本小说、明清历史演义,更是把真实性放在第一位。直到今天,每当一部历史剧引起轰动之时,总要引发一场关于剧本真实性的争论。这说明诗即史的观点直到当代,仍然有其巨大影响。

以上我们就《诗经》与中国古代诗学的关联进行了分析,从中可以看出,要真正把握中国古代诗学,必须从根本上去进行。所谓根本,即应当从孕育、产生中国诗学的母体——中国传统文化来进行探索。迄今为止的中国古代诗学的研究虽说成果颇丰,也仍需注意从文化与文学的紧密关系来探讨。

注　释

①战国时期已有"六经"的说法,见《庄子·天运》。"五经"和"六经"在时间上没有先后关系。

②李思屈:《中国诗学话语》,四川人民出版社1990年版,第119页。

③刘勰:《文心雕龙·序志》。

④参见朱自清、萧华荣、陈良运、王运熙、顾易生等先生的统计。

⑤《诗论》,《中国历代文论选》(第一册),上海古籍出版社1979年版,第14页。

⑥刘勰:《文心雕龙·通变》。

⑦黄强:《赋比兴涵义的构成层次及其发展阶段的分析》,载郭晋晞:《诗经蠡测》,甘肃人民出版社1993年版。

⑧关于《二十四诗品》的作者,目前学界有争论,具体情形,参见《中国文化与文论》(第一期)独孤棠文。本文采用旧说。

⑨陈子昂:《与东方左史虬修竹篇序》,《中国历代文论选》(第二册)第55页。

⑩苏轼:《读孟郊诗(其一)》,《苏轼诗集》卷16,中华书局1982年版,第796页。

⑪敖陶孙:《臞翁诗评》,《诗人玉屑》卷2,上海古籍出版社1978年版。

⑫曹顺庆:《中外比较文论史(上古时期)》,山东教育出版社1998年版,第401页。

⑬《孟子·公孙丑上》,十三经注疏。

⑭《荀子·儒效》,二十二子,上海古籍出版社1986年版。

⑮《荀子·正论》。

⑯王逸:《楚辞章句序》,四部丛刊。

⑰《毛诗正义》,十三经注疏,中华书局1980年版,第610页。

⑱《春秋左传正义》襄公二十八年,十三经注疏,第2000页。

⑲祁志祥:《中国美学的文化精神》,上海文艺出版社1996年版。

⑳朱自清:《诗言志辨》,华东师范大学出版社1996年版,第4页。
㉑方玉润:《诗经原始(上)》,中华书局1986年版,第42页。
㉒陈良运:《"诗言志"新辨》,《江海学刊》1990年第1期。
㉓张戒:《岁寒堂诗话》卷上,《历代诗话续编》,中华书局1983年版。
㉔《孔子闲居》,《毛诗正义》卷1,十三经注疏。
㉕白居易:《与元九书》,《白居易集》卷45,中华书局1979年版。
㉖司马迁:《史记·孔子世家》。
㉗高明:《琵琶记》第一出,《六十种曲》,中华书局1958年版。
㉘程颐:《二程语录》卷11。
㉙刘勰:《文心雕龙·比兴》。
㉚黄庭坚:《书王知载朐山杂咏后》,《豫章先生文集》卷26,四部丛刊。
㉛《荀子·赋篇》。
㉜余冠英:《乐府诗选》,人民文学出版社1959年版,第85页。
㉝《孟子·离娄下》,十三经注疏。

原刊《文学评论》2002年第3期

作者简介:李凯,1966年生,文学博士,现为四川师范大学教授,主要论著有《儒家元典与中国诗学》等。

中国古代南北审美文化的差异及成因

钟仕伦

一、南北审美文化的差异

南北两大文化区系是由最初的在有限的时间和空间发育而成的一系列方国文化所生成,各个方国文化因其自然地理和人文地理环境的不同,在文化现象上具有差异性。南北审美文化的差异主要表现在审美意识的差异上。

还在新石器时期,南方印纹陶和北方仰韶文化、龙山文化中的彩绘陶在原初的审美意识上即表现出各自不同的地域文化特征。在产生年代更早一些的岩画创作中,原始社会时期的审美意识已现南北差异的端倪。

岩画创作与它所产生的自然地理环境密切相关。只有借助特定的地形、地貌和植被,岩画的创作才能达到表现初民创作岩画的原始意识的目的。据李福顺《中国岩画创作中的审美追求》,在已发现的遍布新疆、西藏、青海、宁夏、内蒙古、甘肃、黑龙江、山西、广西、云南、四川、贵州、广东、台湾、香港等17个省区、70多个县(旗)的数百个岩画遗址中,从制作工具、材料和手法看,北方多采用硬质工具敲凿磨刻法;南方的云南、贵州、四川、广西等省区则采用软质工具涂赭法。从风格上讲,北方和东南方岩刻系列显得刚劲、朴素、粗犷;南部岩绘系列显得华丽、柔和、妩媚。在审美发生学的意义上说,夏商周三代形成的北之"崇高"与南之"飘逸"的审美意识已在岩画创作中萌发。进入文明社会,南北审美意识的差别日趋明朗。

音乐上,有所谓"北音"、"南音"之别。

"北音"比较质朴,抒情直切;"南音"则比较婉转,抒情含蓄,且加有"兮"字。《诗经》与《楚辞》的不同风格已在这里形成。后人把"楚声"称为"南音",《左传·成公九年》云:"晋侯观于军府,见钟仪,问之曰:'南冠而絷者谁也?'有司对曰:'郑人所献楚囚也。'使税之。召而吊之,再拜稽首,问其族,对曰:'伶人也。'公曰:'能乐乎?'对曰:'先人之职官也,敢有二事。'使与之琴,操南音。"杜预注说,南音即是楚声。

"南音"、"北音"在春秋时期又称为"南风"、"北风"。《左传·襄公十八年》记晋楚之战中,晋乐师师旷以音乐声预测晋楚战争胜负时说:"吾骤歌北风,又歌南风,南风不竞,多死声,楚必无功。"

《说苑·修文》篇记载了一则孔子对南北音乐不同审美品格的看法。据说,子路鼓瑟,有北鄙之声,孔子闻之,发表了如下的议论:

> 夫先王之制音也,奏中声,为中节,流入于南,不归于北。南者,生育之乡;北者,杀伐之域。故君子执中以为本,务生以为基。故其音温和而居中,以象生育之气,忧哀悲痛之感不加乎心,暴厉淫荒之动不在乎体。夫然者,乃治存之风,安乐之为也。彼小人则不然,执末以论本,务刚以为基。故其音湫厉而微末,以象杀伐之气。和节中正之感不加乎心,温俨恭庄之动不存乎体。夫杀者,乃乱亡之风,奔北之为也。昔舜造南风之声,其兴也勃焉,至今王公述而不释。纣为北鄙之声,其废也忽焉,至今王公以为笑。

从以上记载看,"南音"、"北音"的区分在春秋秦汉时期已很普遍,但都反映出南北音乐中所存在的审美意识的差异。

"南音"、"北音"的差异在魏晋南北朝乐府音乐中也有所表现。"关西邺下,既以罕同;河外江南,颇为异法。"①以江南《吴歌》、荆楚《西声》为主的《清商乐》谓之华夏正声,流丽婉转;以《鼓吹》为主的"北歌"苍劲朴实,实为军旅之声。

音乐上的南北差异,源远流长。在明代南方戏曲的"清峭柔远"和北方戏曲的"劲切雄丽"中仍然可以看到这种差别。徐渭《南词叙录》、王世贞

《艺苑卮言》附录一、王骥德《曲律》对此辨析甚详,例多不举。

在绘画上,有所谓"南宗"、"北宗"之分。

在《历代名画记》中,张彦远已意识到南方和北方不同的地理环境风俗习惯与绘画审美品格的关系。他认为"指事绘形,可验时代。其或生长南朝,不见北朝人物;习熟塞北不识江南山川。游处江东,不知京洛之盛,此则非绘画之病也"。②他对李嗣真以"地处平原,阙江南之胜;迹参戎马,乏簪裾之仪"③,评董伯仁和展子虔的优劣给予"知言"的赞誉。董伯仁和展子虔其画风之不同与二人所生活的环境有关。

明以后的画论家对古代绘画审美意识的差异从理论上作了总结,提出了"南北宗"之说,为我们理解南北审美文化的差异提供了重要的材料。

董其昌《画禅室随笔·画源》云:"禅家有南北二宗,唐时始分;画之南北二宗,亦唐时分也,但其人非南北耳。北宗则李思训父子着色山水,流传为宋之赵干、赵伯驹、伯骕,以至马(远)、夏(圭)辈。南宗则王摩诘始用渲淡,一变钩斫之法,其传为张璪、荆(浩)、关(同)、郭忠恕、董(源)、巨(然)、米家父子,以至元之四大家。亦如六祖之后,有马驹、云门、临济儿孙之盛,而北宗微矣。"

王维之所以被奉为南宗画之祖,除了其画风不同于北宗李思训之外,其人与南宗禅的关系也是一个重要的原因。他的《夏日过青龙寺谒操禅师》诗云:"山河天眼里,世界法身中",体现了他以禅宗"静观"和"净心"去表现世界的美学思想。在这种思想支配下,王维的山水画自然"失真",虚静疏放而开创南宗派。

北宗画派的开创代表李思训,为唐王朝宗室,李林甫之伯父。"其画山水树石,笔格遒劲,湍濑潺湲,云霞缥缈,时睹神仙之事,窅然岩岭之幽。"④

当代国画大师潘天寿、傅抱石、林风眠对南北画宗的形成进行过分析,对我们理解南北画宗审美意识差异的原因颇有启发。潘天寿在《谈谈中国传统绘画的风格》中说:"我国黄河以北天气寒冷,空气干燥,多重山旷野,山石的形象轮廓,多严明刚劲,色彩也比较单纯强烈,所以形成了北方的金碧辉映与水墨苍劲的山水画派。而我国长江以南一带,气候温和,空气潮湿,草木蓊郁,景色多烟云变换,色彩多轻松流丽,山川的形象轮廓,多柔和婉约,因之发展为水墨淡彩的南方情调,而形成南宗山水画的大系统。"⑤潘天寿先生分析了南北自然地理环境与南北宗绘画风格之间的联系,从表现对象的不同,或者说艺术素材的不同着眼看南北宗画派的区别。傅抱石先生则从自然地理环境的差异和创作主体本身的差异论述了南北宗的形成,他认为南北画,"一为朝廷之画,一为民间之画(即在野之画)。所谓朝廷民间,并非完全根据作者的职务而定,但相信也有其重要性。吴道子与李思训,同画《嘉陵江山水》,李则'累月始成';吴则'一日而就'。从此可以注意笔法材料之不可不注意矣。李以宗室之子,处境优越,其好艺也,一切便利,自远非他人可望。故'五日一山,十日一水'之制作,得以成功。若在民间,则种种之限制,必将'五日一山,十日一水'之事,易为'顷刻立就,不假思索'。且北方山水奇兀,非钩斫不足示其雄壮,非青绿色无以显其沉厚。南方则异是。"⑥林风眠先生在《重新估定中国的画的价值》一文中进一步指出了"北派盛行于黄河流域"、"南派盛行于扬子江流域"的特点。

从上引国画大师和理论家的论述看,我们对南北宗绘画美学品格的差异可得出一个较为明确的概念,即沈颢《画麈》所说的"裁构淳秀,出韵幽淡"和"风骨奇峭,挥扫躁硬"。南北宗的审美品格的形成与南方和北方的自然地理环境和人文地理环境分不开。无论从画家还是从画材上看,这种联系都是必然的。

在书法上,有所谓"南派"、"北派"之说。

汉魏之际,北方敦煌人张芝创造的"今草"冠绝古今,颍川(今河南禹县)钟繇的"真书"幽深无际,古雅朴拙,已开启书法"北派"之风气。东晋时,王廙渡江,其书法对王羲之影响很大。王羲之融贯包括钟繇在内的众家,备精诸体,始创萧散疏放之南派风格。⑦南派长于启牍减笔,重艺术上的追新;北派长于碑版,谨守中原古法。南派秾丽妍妙,北派庄茂沉着,与南方之飘逸和北方之壮美相应同求,也同南北经学风气的清通简要和师承家法相一致。

服饰上,有"南冠"、"武冠"之称。

"南冠"为楚人所冠。《左传·成公九年》载郑人所献楚国俘虏钟仪即著"南冠"。杜预注云:"南冠,楚冠。"当时的陈国也好"南冠"。《国语·周语》载,周定王使单襄公聘问于宋,"遂假道于陈以聘于楚。……及陈,陈灵公与孔宁、仪行父南冠以如夏氏……单子归,告王曰:'……陈,我大姬之后也,弃衮冕而南冠以出;不亦简彝乎",贾逵注云:"南冠,楚冠也。"

所谓"武冠",又叫"赵惠文冠",是随赵武灵王"胡服骑射"而由北方游牧民族传入中原。《后汉书·舆服志》下云:

> 武冠,一曰武弁大冠,诸武官冠之。侍中、中常侍加黄金珰,附蝉为文,貂尾为饰,谓之"赵惠文冠"。胡广说曰:"赵武灵王效胡服;以金珰饰首,前插貂尾,为贵职。秦灭赵,以其君冠赐近臣。"

"武冠"的出现,与"南冠"一样,也是同原始初民的美的意识和审美的意识产生相关,经历了一个从实用到审美的过程。"北方寒凉,本以貂皮暖额,附施于冠,因遂变成首饰。"[8]后赵武灵王饰以"金珰"、"蝉文"和"貂尾",分别象征"以金取坚刚,百炼不耗。蝉居高饮絜,口在掖下,貂内劲悍而外温润"[9],赋予其人格崇高的含义。

至于文学上的南北差异则更是源远流长。

源于"南音"和南方神话的《周南》、《召南》和《陈风》的美学品格不同于秦风、齐风、卫风、豳风等北方诗歌。钱穆认为,"二南之风,取之江汉汝淮之间。巫鬼祭祀,男女相随,野舞民歌:别有天趣。其清新和畅之致,有非文武成康以来,天子公侯贵族在上位之雅乐之比者。"[10]而与北方诗歌和诸子文风相异的"楚辞",我以为正源于"二南"等"南音"。魏晋南北朝时期,文学上"北重气质"、"南贵清绮"[11]和"北方重浊,南国清轻"[12]的现象特别明显。

总之,从上面的论述来看,南北文化在审美意识形态,如音乐、绘画、书法、服饰(头饰)和文学上无疑存在着客观的差异。

二、南北审美文化差异的成因

南北审美文化现象,特别是审美意识上的差异是由历史的和自然的因素所造成,忽视其中的任何一方,都不可能使我们的研究得出科学的结论。因为在马克思主义看来,自人类社会产生以来,自然就已不再是原初的自然,而是历史的自然;历史也从此不会是单一的历史,而是自然的历史。历史和自然的这种必然而然的关系集中体现在"人地关系",即人类社会与地理环境的关系上。换句话说,南北文化的差异是南北自然地理环境和人文地理环境综合作用的结果。

世界上第一个表达环境对人类气质的影响这一概念的人是公元前5世纪古希腊的医生希波克拉底。他在《关于空气、水和地》一书中提出了如下的看法:"(居住在酷热气候里的)人们比较北方人活泼些和健壮些,他们的声音较清明,性格较温和,智慧较敏锐;同时,热带所有的物产比寒冷的地方要好一些。……在这样温度里居住的人们,他们的心灵未受过生气蓬勃的刺激,身体也不遭受急剧的变化,自然而然地使人更为野蛮,性格更为激烈和不易驯服。因为从一种状态到另一种状态的迅速转变能焕发人们的精神,把他们从无所作为的状态中拯救出来。"[13]中国古代也有类似的论述。《管子·地员》篇说:"地者,政之本也,辨于土而民可富。"孟子则把"经界"作为仁政之始。《礼记·王制》说得更明确:

> 凡居民材,必因天地寒暖燥湿。广谷大川异制,民生其间者异俗,刚柔轻重,迟速异齐,五味异和,器械异制,衣服异宜。修其教,不易其俗,齐其政不易其宜。

这就是说,气候、空气、山水等自然环境的不同导致了不同的性格气质、好恶情感和服饰饮食。比起希波克拉底来,《王制》的看法似乎要准确一些,因为它还谈到了人们的生产工具和衣食住行与自然环境的联系。

但是,正如德国地理学家阿尔夫雷德·赫特纳所说,希波克拉底的考察,他对气候和季节变换对于人类肉体和心灵的影响的研究,相应于生理学的不大成熟的状态,在有时和个别地方这样分析会发生错误。但是,从原则上看,希波克拉底在认识上却开拓了一条重要的途径,不只是亚里士多德和上古末期的一些研究者,而且有近代人物如波当和孟德斯鸠,都承袭着希波克拉底的见解,其中以孟德斯鸠的影响为最大。

孟德斯鸠(1689—1755)曾到北欧和南欧进行过实地考察,他从反宗教神学出发,站在启蒙思想家的立场,对地理因素在人类社会发展中的作用作了肯定。他认为,地理环境,特别是气候、土壤和居住地纬度的高低、地域的大小,对于一个民族的性格、气质、风俗、道德、精神面貌、法律性质和政治制度有着决定性的影响。作为启蒙思想家、法国大革命的思想先驱,孟德斯鸠的地理环境决定论对史达尔夫人"自然环境决定文学风格"的观点和丹纳"精神文明的产物和动植物界的产物一样,只能用各自的环境来解释"的"种族、环境、时代三大原则"的确立有着直接的影响。

普列汉诺夫在关于历史的起点和动力的研究中,也表现出地理环境决定论的倾向。据统计,在将近二十年的文稿中,普列汉诺夫有十五次之多地阐述了他的地理环境决定论思想。[14]普列汉诺夫在1893年底完成的《唯物主义史论丛》一书中所指出的"周围自然环境的性质,决定着人的生产活动、生产资料的性质。生产资料则决定着人们在生产过程中的相互关系……人与人之间的相互关系,则在社会生产过程中决定着整个社会结构。自然环境对社会结构的影响是无可争辩的。自然环境的性质决定社会环境的性质"是这种理论的代表。

普列汉诺夫虽然分析了自然环境对人类社会发展所产生的影响,但他犯了一个类似费尔巴哈的错误:忽略了人地关系中的中介。也就是说,他没有看到人与自然界之间的能动关系。普列汉诺夫"之所以认定人类历史的初始点和发展的根本动力为自然地理环境,其根本原因就在于他对实践、对生产活动的本质和作用作了片面的、非科学的理解"。[15]在这一点上,他甚至还不如黑格尔。黑格尔一方面认为地理环境与"生长在土地上的人民的类型和性格有着密切的联系"。另一方面又以他的辩证法眼光指出:"我们不应该把自然界估计得太高或者太低;爱奥尼亚的明媚的天空固然大大地有助于荷马诗的优美,但是这个明媚的天空不能单独产生荷马。"[16]

真正对人地关系及地理环境在人类社会发展中的作用进行科学分析的是马克思和恩格斯。马克思和恩格斯是把自然地理环境作为人的对象和条件纳入人的实践范围内来考察的,从主体与客体的结合、主观与客观的关系上研究人与自然环境之间的物质变换规律和精神生产现象。在《德意志意识形态》中,马克思在分析人类物质生活资料的生产是人类社会的"第一个历史活动"时,特意加了一条注解:"黑格尔。地质学、水文学等等的条件。人体、需要、劳动。"这说明马克思并没有否定自然地理环境在人类社会历史发展中的重要作用。在同一著作中,马克思和恩格斯又指出:"任何人类历史的第一个前提无疑是有生命的个人的存在。因此第一个需要确定的具体事实就是这些个人的肉体组织,以及受肉体组织制约的他们与自然界的关系。当然,我们在这里既不能深入研究人们自身的生理特性,也不能深入研究人们所遇到的各种自然条件——地质条件、地理条件、气候条件以及其他条件。任何历史记载都应当从这些自然基础以及它们在历史进程中由于人们的活动而发生的变更出发。"[17]

在这个基本思想的作用下,马克思在分析人类社会的起源和发展、人类社会生产方式的差别、人类自然需要,特别是人类审美需要的差异时,都对自然地理环境的作用给予高度的重视。恩格斯在《家庭、私有制和国家的起源》中指出,自然环境在人类社会发展阶段中所起的作用是随社会发展而产生的。他说:"随着野蛮时代的到来,我们达到了这样一个阶段,这时两大陆的自然条件上的差异,就有了意义。野蛮时代特有的标志,是动物的驯养、繁殖和植物的种植。东大陆,即所谓旧大陆,差不多有着一切适于驯养动物和除一种以外一切适于种植的谷物;而西大陆,即美洲,在一切适于驯养的哺乳动物中,只有羊驼一种,并且只是在南部某些地方才有;而在一切可种植的谷物中,也只有一种,但是最好的一种,即玉蜀黍。由于自然条件的这些差异,两个半球上的居民,从此以后,便各自循着自己独特的道路发展,而表示各个阶段的界标在两个半球也就各不相同了。"[18]这里,恩格斯肯定了"自然条件"的差异,对于人类文明进程的不同有很大关系。

从以上所引述的材料和马克思恩格斯一贯的观点来看,我认为,马克思恩格斯关于地理环境与人类社会发展之关系的分析,至少包括下面这两个方面的内容:一是承认和重视地理环境在人类社会发展中的一定作用,而这个作用是通过地理环境对生产方式的决定和制约来发挥的。地理环境对人类社会的这种影响既通过生产方式的先进与否表现在推进或阻碍社会历史的发展方面,也通过对人们心理气质和性格特征的某种制约表现在审美意识的差异上。但是,地理环境对人类社会历史的影响是随着人们认识自然、改造自然的能力的增强而逐渐减弱的。"因为他们不仅变更了植物和动物的位置,而且也改变了所居住的地方的面貌、气候,他们甚至还改变了植物和动物本身,使他们活动的结果只能和地球的普遍死亡一起消失。"[19]再就是把地理环境作为人类社会发展必不可少的精神生产的对象来看待,即把植物、动物、石头、空气、光等等,作为艺术的对象,把它们看成"人的意识的一部分,是人的精神的无机界,是人必须事先进行加工以便享用和消化的精神食粮"。[20]前一个方面揭示了审美主体心理结构差异的根源,后一个方面揭示了审美对象的形态差异的根源,二者构成了审美意识的差异。我们所说的南北审美文化差异的历史因素和自然因素正是就这个意义而言。

所谓地域文化特征,是指人类活动与地形、气候、水文、土壤等自然环境的关系,以及在这种关系影响下人类行为的表现方式,包括特定地理环境中人们的生活方式、居室、服饰、食物、生活习俗、性格、信仰、观念、价值等。

地域文化不同于自然地理环境。也就是说,它已具备了促使自然地理环境决定人们审美意识的可能性向现实性转化的种种因素,比如政治、经济、风俗、性格、信仰等,在这些因素中,生产力的制约是最重要的因素。因为,自然地理环境影响人类物质生活和精神生活的程度与生产力的高低成反比。生产力水平越低,人类对气候、土壤、河流、湖泽、森林的依赖就越多。而"过于富饶的自然,'使人离不开自然的手,就像小孩子离不开引带一样',它不能使人的发展成为一种自然必然性,因而妨碍人的发展"[21]。人的劳动创造性和自然属性在恶劣的自然环境中能够得到更多的施展机会和磨炼实践,审美需要和审美能力也因此得到发展,创造出反映特定地域文化精神的艺术作品。

注 释

①《江文通集》卷四《杂体三十首序》。

②③《历代名画记》卷二《叙师资传授南北》。

④《历代名画记》卷十《叙历代能画人名》。

⑤《潘天寿美术文集》,人民美术出版社1983年版。

⑥傅抱石:《从顾恺之至荆浩之山水画史问题》,载《文人画与南北宗论文汇编》。

⑦《颜氏家训·杂艺》云:"王逸少风流才士,萧散名人,举世惟知其书,翻以能自蔽也。"萧散意谓率性疏放、洒脱自由。

⑧《后汉书·舆服志》,刘昭注引胡广语。

⑨《后汉书·舆服志》,刘昭注引应劭《汉宫》语。

⑩钱穆:《略论楚辞疆域源流》,载《古史地理论丛》,第98页。

⑪《北史·文苑传》。

⑫《幽忧子集》卷六《南阳公集序》。

⑬波德纳尔斯基:《古代的地理学》,中译本,第60页。

⑭⑮徐咏祥:《论导致普列汉诺夫地理环境决定论倾向的理论根源》,《中国社会科学》1986年第1期。

⑯黑格尔:《历史哲学》,中译本,第123页。

⑰《马克思恩格斯选集》第1卷,第24页。

⑱《马克思恩格斯选集》第4卷,第19—20页。

⑲《马克思恩格斯全集》第20卷,第517页。

⑳马克思:《1844年经济学哲学手稿》,人民出版社1985年版,第52页。

㉑《资本论》,中国社会科学出版社1982年版,第528页。

原刊《文艺研究》1995年第4期

文、笔之分的非文学性

刘朝谦

一

从范晔、颜延之、刘勰到萧绎以来,文、笔之分逐渐发展起三条基本原则。其中只有萧绎提出了完整的三原则,所谓"至如文者,惟须绮縠纷披,宫徵靡曼,唇吻遒会,情灵摇荡"。[①]认为语言文采、诗言声韵与审美怡情功能,是文的文章体类与笔相区别的三种特征,无此,皆可谓笔。萧绎明确认为,文就是诗;"至如不便为诗如阎纂,善为章奏如伯松,若此之流,泛谓之笔。"[②]这等于说便于为诗者谓之文,所以"屈原、宋玉、枚乘、长卿之徒,止于辞赋,则谓之文。……吟咏风谣,流连哀思者谓之文"。[③]在范、颜和刘等人那里,还只限于依是否拘束于声韵来划分文、笔。这也是齐、梁时的"常言,有文有笔,以为无韵者笔也,有韵者文也"[④]。至于文采原则,颜延之虽然已经有所认识,但他是理解为笔的本质:"笔之为体,言之文也,经典则言而非笔,传记则笔而非言。"[⑤]这一观念刘勰因力主道、圣与文相生相克而已经先予反对,萧绎则赋文采予文,更与颜论相悖。如依颜论,文、笔皆有文采,则文采便不足以成为文、笔划分的一个标准。

文、笔划分的三原则当然是在魏晋六朝时新兴的"诗赋欲丽"[⑥]说、永明声律论和"诗缘情而绮靡"诗歌美学定义的基础上发展起来的,是时代文学审美自觉的结果。这决定了文、笔划分文学性的一面。但是,魏晋六朝文学审美自觉的不彻底性导致了文、笔划分的文学性是有限的。这决定了文、笔划分非文学性的一面。

二

　　文、笔划分的非文学性首先在文、笔实质上是诗、笔上体现出来。这一实质至唐代得以明确："至唐，则多以诗、笔对举。如'贾笔论孤愤，严诗读几篇，'少陵句也，'王笔活龙凤，谢诗生芙蓉，'飞卿句也。'杜诗韩笔愁来读，'牧之句也。'朝廷左相笔，天下右丞诗，'时人目王缙、王维语也。'孟诗韩笔'，时人目退之，东野语也。'历代词人诗、笔双美者鲜，'殷潘语也。"⑦至赵宋演变为诗、文相对："宋则以文与诗对。唐庚谓作文当学习马迁，作诗当学杜子美(徐度《却谛编》)。张邦基谓韩退之之于文，李太白之于诗，亦皆横者(《墨庄漫录》)宋白尚书《玉津杂诗》'坐认将何物，陶诗与柳文'(《老学庵笔记》)。诸如此类，不可枚举。"⑧在宋代最明显的变化是用文换了笔，这"文"是古文之文，与文、笔之"文"异，是单行散句，悖反骈文而符合不押韵的笔的基本特征。

　　南朝文、笔之分三原则的时代基础说明了诗歌这一门类艺术在魏晋六朝的充分自觉程度，标明诗赋楚骚从前此非文学艺术的意识中解放出来，变倡优的屈辱为文学独立的尊严。也由此，中国诗歌才真正开始进入文人的时代。诗歌此时的新生，使其能自觉地将自身与其他文章、文学区分开来，这就是文实质上作为诗、赋与笔的对举。但是，魏晋六朝时，散文的文学观念与创作，都还不自觉、不明晰、不纯粹，不论是曹丕的四科八体，还是陆机所赋之文，抑或是刘彦和雕龙文心之文，都是一切文章的泛指。在总的文章概念下的属类概念是章奏、书论、檄启之类，绝没有一个散文的观念。这表现在文、笔划分中，是将一切文章分为文、笔两类而已，其中文已确定为诗赋，则笔当指除诗、赋以外的一切文章。当然，如按范、颜和刘勰等人的划分原则，则是凡押韵者为文，凡不韵者为笔，但这种划分的不合理与非文学性更加突出，我们将在下文涉及。

　　由于诗、笔对举实质上是纯粹的几种门类文学与其他一切文章的对举，因此它不是现、当代学者一般所认为的是纯文学与杂文学的区分，也不是单纯的文学与学术的区分[①]。就后一点而言,文(诗)、笔划分的三原则并没有以文为文学,以笔为学术的意思。当时既不是从想象虚构的立场和内容论文,也不是从科学、客观的立场论笔,而仅仅是以情感论文、以理性论笔罢了。但是,理性不仅有学术的理性,也还有政治的理性、论理的理性等,尤其是笔之理性不过是文章理性而已,纵然与学术理性相关,总的说来,毕竟是全然不同的两码事。笔的理性主要是要求对一切理性的人生内容的忠实传达,而学术理性主要是对科学工作的立场、方法的客观理性的要求。所以,文(诗)、笔之分,准确地说,是诗歌类文学从文章中独立出来。由于诗歌类文学在当时已经成为文人主要的生活方式,所以得以与大多数文章并列对举。

在实际创作生活中,魏晋六朝文学除诗、骚、赋以外,还有散文、小说等文学种类。文笔之分不能使散文与小说等文学种类与其他文章相区别,正见出其作为文学性分类的有限性。笔既包括散文、小说等文学种类在内,又指非文学性文章,则文(诗)由笔给定的文学特质,也是含混不清的,即文(诗)既与文章相区别,又异于散文、小说等文学。这里的区别,就降低到只是体裁的,而不是一般本质的。在总的文学与文章相区别之前,几种门类文学与其他文学体类和非文学文章相区别,而且与之相区别的文学体类还是内包在文章中,没有审美艺术的自觉。这种文、笔区分,就不能不是有限的文学独立,就未独立的那部分文学而言,这种区分仍然是非文学性的。

三

在萧绎的三原则之前,文、笔区分主要遵循的是声韵原则。如范晔《与诸甥侄书》说:"……年少中谢庄最有其分,手笔差易,于文不拘韵故也。"文指文章语言声韵之美,范晔认为文的创造与运用是传意的手段,不是文章活动的最终目的。因此,文在这里还不是审美自觉的文学观念。

文、笔划分的声韵原则单独地来看显然不属于文学性的尺度,因为这一原则尽管与永明声律有关,但与永明声律毕竟是两回事。文、笔划分的声韵原则的适用对象不仅限于诗歌,而且指向一切有韵与无韵之文,这比永明声律仅仅适用于诗歌要宽泛得多了。所以永明声律是诗美形式法则,而文、笔划分的声韵原则单独来看却具有非文学的性质。因为声韵作为一种特殊的文章形式,它在中国古代不仅仅属于文学。对文学的本质界定和认识,也不能单纯由声韵形式来决定,相对于文学的审美怡情本质来说,声韵形式毕竟是文学诸因素中较次要的一种。

在古代文章领域,有一个浅显的事实是,有韵者不一定是文学。如《老子》五千言,其中押韵部分也是哲学作品;箴文用韵,其功能全在讽谏救失,不在审美:"故有所讽刺而救其失者谓之箴,喻箴石也。"[⑩]是政治、道德文章而非文学作品,目的在于"而反覆古今兴衰理乱之变,以重警戒,使读者惕然有不自宁之心,乃称作者"[⑪]。而无韵者不一定不是文学,如《世说新语》中的世俗短篇小说,如唐、宋古文中的某些作品,尤其如柳宗元以来的山水游记小品。其他如荀子《赋篇》,历代宗庙祭祀乐歌、佛偈偶语等,则是徒有文学之外表,而无文学之实质,虽有韵,而不应当列于文学之林。这一事实决定了文、笔之文的非文学性。按照单纯的声韵原则,文、笔之分连部分文学从文章中独立出来都说不上。诗歌语言声韵形式作为文学的要素的特殊性,由于其声韵形式被认为广泛适用于非文学的韵文而完全消失了,按韵的原则,文、笔之分不再有诗赋楚骚与笔相区分的实质。文、笔所指,都超出了文学的范围,文学成为文或笔的下属概念之一,文、笔之分的非文学性充分表现出来。

四

文、笔之分的文采原则,虽说主要与骚、赋文学有关,但体现在文、笔分类中,已经远远超出了文学的范围。清人刘天惠说:"大抵绮縠纷披,宫商靡曼之作,皆源于骚、赋矣。故溯其流,凡骈俪藻翰,皆得谓文。"[⑫]骚、赋不过为文之文采的文学之源,由文学文采的肇源,至文的文采特征,是一个文采所指不断越出文学藩篱,泛指一切属文的语言华美特征的过程,单纯依据语言文采的原则,我们仍难以确定文、笔二者谁是纯文学,或谁是杂文学。即使明确为"诗赋欲丽",也只能说明文、笔之分是诗、骚、赋与笔的区分,只能说明文、笔分类有限的文学性,其理前已述明。况且,即便是诗、骚与赋的文采特征,一到魏晋六朝文人手上,往往也做得令人难以确定其纯粹的文学性。譬如陆机《文赋》,名称为赋而又确具文采,究其实却是文章理论的篇制,与文学形似而神未似,然属于文、笔之文不容置疑,故依此文采原则,并不能保证文就是纯文学。

再者,在中国传统的泛美人文精神的影响下,大量非文学的文章也被赋予了审美(善)功能,语言文采成为这些文章的普遍要求,文学的语言文采不再能成为文学特质的一个表征。如陆机《文赋》所云:"碑披文以相质,诔缠绵而凄怆,铭博约而温润,箴顿挫而清壮……论精微而朗畅,奏平彻以闲雅,论炜晔而谲诳。"这样一些非文学文体在陆机的功能性质描述中,都着重从审美的特色风格上把握,与诗、赋相提并论,在语言文采、审美功能一点上,文学与非文学因此常常是浑沌一体的。文、笔之文因此既包含文学在内,又统属了一部分非文学的文章体类,文非文学明矣,文采划分原则的非文学性亦明矣。所以,《老子》五千言颇具文采而《老子》终于是哲学论著,《文心雕龙》骈俪藻翰而到底是学术宏编。

在笔这一方面,属笔者也往往绮縠纷披。如陈琳《为袁绍檄豫州》的"父嵩,乞匄携养,舆金辇璧,输货权门,窃盗鼎司,倾覆重器。操赘阉遗丑,本无懿德,骠狡锋协,好乱乐祸"等句,便是偶句时下,文采纷呈。而檄属大手笔一类。《陈书·陆琼传》:"琼素有令名,深为世祖所赏,及讨同迪,陈宝应等,都官符及诸大手笔,并敕付琼。"即足为证。李密《陈情表》:"生孩六月,慈父见背。行年四岁,舅夺母志。祖母刘,愍臣孤弱,躬亲抚养。臣少多疾病,九岁不行。零丁孤苦,至于成立。既无叔伯,终鲜兄弟,门衰祚薄,晚有儿息。外无期功强近之亲,内无应门五尺之僮,茕茕孑立,形影相吊。""臣无祖母,无以至今日,祖母无臣,无以终余年。祖孙二人,更相为命"等句,素以情采动心惊听,而表亦属笔。如《宋书·傅亮传》谓:"武帝登庸之始,文笔皆是参军滕演。北征广固,悉委长史王诞。自此之后,至于受命,表册文诰,皆亮词也。"正因为笔类也多具文采,所以六朝:"当时世论,虽区分文笔,然笔不该文,文可该笔,故对言则笔与文别,散言则笔亦称文。据《陈书·虞寄传》载衡阳王出阁,文帝敕寄兼掌书记,谓'屈卿游藩,非止以文翰相烦,乃令以师表相事'。又《梁书·裴子野传》谓子野为《移魏文》,武帝称曰:'其文甚壮。'是奏记檄移之属,当时亦得称文。故史书所记,于无韵之作,亦或统称'文章'。"[13]文也文采,笔也文采,单独依据文采原则,往往连文笔本身也难以区分,就更说不上作为文学与非文学文章的分野了。

五

　　文、笔划分的情感原则如果从"诗缘情"对文的规定看,具有有限的文学性。问题是魏晋是深情的悲壮与感伤主义的文学时代。面对宇宙永恒时空和现实的黑暗政治,文学家、文章家发现了个人生命的极其有限与短暂,将人生开始深刻地理解为悲剧的演出,产生起享乐与奋进的两种相辅相成、并行不悖的人生价值向度。生命的悲凉基调上的欢乐和沉雄壮大,成为此期文学乃至其他文章的深层思情。一方面,人生情绪化了,从而使另一方面的文学、文章也情绪化了。就文学而言,阮旨遥深中,时刻可听到诗人于穷途末路时绝望的痛哭,嵇志清竣里,燃烧着的是幽愤的情焰等等。就文章而言,《陈情表》之流连哀思,《北山移文》之冷酷的愤怒化为辛辣之讥诮,即便檄启书记之文,也往往蒸腾勃勃郁郁的政治理情激情。所以,依据是否流连哀思,使人情灵摇荡一点来区分谁是文学,谁不是文学,也是难以办到的。属文者也有情,属笔者也常有情,所以单纯依据情感划分原则,连文、笔二者,也难以辨明。

　　综上所述,由萧绎首次系统提出的文、笔分类三原则都是自身模糊的尺度,乃至当时的不同诗人文章家,都对此有各自独特的看法。如一方面颜延之认为文、笔在文采上一致皆有,但《齐书·竟陵王传》说:"所著内外文笔数十卷,虽无文采,多是劝戒。"文、笔皆可以无文采,但有社会教化功能就行了。正是颜延之一是非,《齐书》一是非。萧绎系统提出的声韵,文采和情感三原则,最多是衡量诗、赋的尺度,而在其他人的理解中,由于三原则在文、笔归属上的游移性,因此严格说来还够不上是划分文、笔的绝对尺度,因为三原则明显缺乏绝对尺度所必需的永恒的稳定性,精确省净性,以及客观普适性。三原则仅仅是充分个性的、游移而模糊不清的文、笔规定。

任何文学都是一完整的结构系统,要获得对文学的真正的纯正的观念认识,必须对文学总的系统质认识清楚。这一系统质就是:文学是无目的合目的的人生方式;是自由的创造活动;是审美怡情,品尝主体个人生命幸福的活动。萧绎虽然已经初步认识到诗、赋门类文学的三要素,但首先这认识本身是尚未全面的,比如尚未认识到形象、意境、情节等要素,即他还只限于认识到诗、赋的表层结构,还没有达到对诗、赋深层语义境界的理解。其次,他没有将诗、赋的三要素推广为文学的一般要素。第三,更重要的是,他还没有认识到诗、赋三原则之间的有机联系,因而不可能综合出诗、赋总体的系统质,更不可能综合出文学总的系统质。声韵、文采和情感在萧绎手上,呈现为自然的集合,还不是相互经纬交织的有机整一的结构。萧绎也没有明确地以声韵、文采的文学形式美的创造和审美怡情的功能为文学本真的目的,而是认为文学以扬善为目的。他说:"笔退则非谓成篇,进则不云取义。"⑭"成篇"为文,"取义"为儒,以文为退、为下;以儒为进、为上;所列今学四科等级顺序为儒、文、学、笔,则已明显有诗、赋文学不如道德的腐儒之见。这在萧绎的文学批评中也一以贯之。他说:"曹子建、陆士衡,皆文士也,观其辞致侧密,事语坚明,意匠有序,遗言无失,虽不以儒者命家,此亦悉通其义也。"⑮认为陈思王和陆机的文章成就就在于其文实质上是道德的艺术语言符号系统。又萧绎《内典碑铭集林序》说:"夫世代亟改,论文之理非一。"将碑、铭列为"文"类。而刘彦和谓碑"传体而颂文,荣始而哀终"。又"铭实碑文""铭德慕行,文采允集。观风似面,听辞如泣"⑯。碑、铭都是祭祷祖先圣王亡灵,抒发道德政治和宗教激情的文体,是子孙臣民尽孝献忠,以求福祉的文章死亡仪式,宗教伦理和政治伦理的目的高于碑、铭的文采性,文采的审美怡情功能仅作为阐扬道德的手段而存在。依据这种认识,萧绎实际上将碑、铭、诗、赋之文都规定为极端社会功利化之物,具有鲜明的政、教目的,从而事实上将文学规定为封建制度的附庸之物,歪曲了文学自身的本质和目的,降低了文学的社会地位。在这种道德至上的功利文章观念中,文学绝对不可能是独立的、自在自为的。文学的依附性使文、笔之分因此具有相当程度的非文学性。萧绎已是如此,其他人于文、笔划分仅注意到声韵原则,就更说不上对文学总体系统质的认识了,其文笔之分的非文学性不言自明。

当代波兰现象学美学大师罗曼·英伽顿(Roman Yngarden)说:"文学作品的基本结构依附于这件事实,即文学作品是一件由几个不同质的层次组成的构造。"这些层次除了为作品提供基本的结构框架的意义层次外,还有:"(1)字音和建立在字音基础上的高一级的语音构造;(2)不同等级的意义单元;(3)由多种图式化观相、观相连续体和观相系列构成的层次;(4)由再现的客体及其各种变化构成的层次。"⑰这里的(1)相当于文、笔划分所认识到的文章声律音韵层次;(2)接近于文、笔划分所强调的情灵摇荡层次;(4)是形象与情节层次,文、笔论者于此阙如;(3)是文学作品艺术时空的背景共相层次,比较(4)而言,它缺少一种使灰暗生活光辉起来的个性魅力和生活内在的形而上学性质。(3)和(4)都是中国古代的文、笔论者未能经验到的东西。

按照罗曼·英伽顿的说法,文学的不同层次各有其特殊的审美价值属性,每一层次对作品整体结构的作用是不同的。每一层次均与作品整体结构层及其他单元层次紧密关联,但各层次又互不等同,不能彼此代替。文学总的系统质在层次之间与层次与作品整体结构的关联方法和内容上体现出来,文学因此具有多重审美价值属性,使文学的美杂多而又统一:"可是人们不该忘记,正是由于审美价值属性的多样性才使得它们不能融合成一种类似我们在前面所区分过的作品层次那样的由同类成分构成的统一领域。自然,它们相互融合为一种和声结构,但是,即使这种和声确实有其本身全新的'引出的'格式塔属性,它却仍然是一种复调和声,即文学作品的层次结构的一种审美上的表现(如果我们可以使用这个名词的话)。……这种和声重新显出文学作品的统一性,尽管其各种成分之间有着显著的不同。"[18]萧绎等人认识到诗、赋和楚骚的三种层次,客观上已经总结出文学是一个多层次结构。结合永明诗美法则,"诗、赋欲丽"和"诗缘情而绮靡"等时论考察,不难看出,萧绎等人同时已经认识到文学的每一层次各有其特殊的审美价值属性。声韵的审美价值属性如:"暨音声之迭代?若五色之相宣……炳若缛绣,凄若繁弦……或托言于短韵,对穷迹而孤兴。俯寂寞而无友,侧寥廓而莫承。譬偏弦之独张,含清唱而靡应。或寄辞于瘁音,言徒靡而弗华。混妍蚩而成体,累良质而为瑕,象下管之偏疾,故虽应而不和……或奔放以谐合,务嘈囋而妖冶。徒悦目而偶俗,故声高而曲下。"[19]"若以文章之音韵,同弦管之声曲,则美恶妍蚩,不得顿相乘反。"[20]诗歌赋颂声韵由整一之韵统摄杂多参差的语字声调,结构成诗歌音乐性的格式塔形式,与音乐的和声结构一样,都是宣泄情感的完美的艺术形式,是构成"高言妙句"[21]的重要条件。

文采的审美属性是由文学语言无声的字面所提供的色彩性语义和想象性语义等方面体现出来的。所谓"骈俪藻翰,皆得谓文",是古人将描绘性语言界定为文采语言,这种语言的语法特征在于多用排比、对偶句式、形容词、副词等等。不同于属笔的语言特征,即一种陈述性的语言:"凡兹称笔,皆为直言序述之辞(笔从聿,聿者,述也)。"[22]情灵的审美属性则在于它构成文学活动中的主体情志与观照对象,决定了"诗缘情"的文学表现目的和"摇荡"人心,惊天地、泣鬼神的美感功能,使文学作品具有使人"味之者无极"[23]的无穷滋味。

萧绎至少已经将诗赋认识为由这三种不同审美价值属性构成的复调和声,但他并没有认识到各层次的关联,即复调和声的具体构成是由声韵而使文学美诉诸接受主体的听觉审美感官,由语言文采诉诸人的视觉感官,综合二者,调动起接受主体的幻想力和形象思维活动,最后与作品激情一起,使文学美深深震撼人的心灵,文学美从杂多归向统一。因此,萧绎终究未能找到文学总的系统质,为文学给出一个独立的、科学的定义。其文、笔论的文学性因此依然有限,文、笔的区分,很大程度上仍旧是非文学的。这一遗憾,几乎贯穿了整个封建时代,不独萧绎有,其他文、笔论者更为明显。

注 释

①②③⑭⑮《金楼子·立言》，知不足斋本。

④⑤《文心雕龙·总术》，赵仲邑译注本，漓江出版社。

⑥曹丕：《典论·论文》，郭绍虞主编《中国历代文论选》第一册，上海古籍出版社。

⑦⑧侯康：《文笔考》，启秀山房本《学海堂集》卷七。

⑨如刘若愚在《中国的文学理论》中说："就狭义而言，'文'相当于'纯文学'（belles letters），'笔'可翻译为'平直无饰之作'（plain writing）"。罗根泽在《中国文学批评史》第一册中有相似的意见。郭绍虞所绘"文学术语的演进总表"指出"文"近于纯文学，"笔"近于杂文学，文、笔之分在文学批评史上的一个重要意义就是"使'文学'一词与其他学术区别开来，开始认识到文学的独立性"（见《照隅室古典文学论集》下编《文笔说考辨》），等等。

⑩⑪徐师曾：《文体明辨序说箴》，人民文学出版社。

⑫㉒《文笔考》，《学海堂集》卷七。

⑬刘师培：《中古文学史·文笔之区别》，人民文学出版社。

⑯《文心雕龙·诔碑》，漓江出版社。

⑰⑱《文学的艺术作品》，《二十世纪西方美学名著选》，复旦大学出版社。

⑲陆机：《文赋》，郭绍虞主编《中国古代文论选》第一册。

⑳沈约：《答陆厥书》，刘师培《中古文学史》，人民文学出版社，第95页。

㉑沈约：《宋书·谢灵运传论》，中华书局。

㉓钟嵘：《诗品·序》，人民文学出版社。

原刊《青海民族学院学报》1991年第3期

中国古代文学性的领受及其存在之境

刘朝谦

本文所谓"文学性",指文学之为文学的根本规定性[①],是文学与人类其他学科之间划定疆界的内在依据,它是与"文学的本质"、"文学的存在"有某种类似之处的同类概念。具体地讲,文学性是从形式方面对文学的本质规定,这里所说的形式,主要指以文学语言为中心的审美性结构。这一结构可以包括语音、语义、语言节奏、语言的双关性、隐喻性、意象性、情感性和语言的色彩等要素。文学性作为这一结构的中心,将文学的形式诸要素统合为文学的整体存在样态,即是说,语言等诸形式要素在文学性的作用下,结束各自散乱的原初存在性状,而成为"文学的"整一之存在。

我们在此讨论的"文学性"之"文学"一词是中国近代自西方输入的范畴,这一范畴的能指是中国旧有的,而其所指则完全是新的。

中国古代"文学"一词最早见于《论语》与《韩非子》书[②]中,《论语》一书,讲孔子将教育分为"文、行、忠、信"四科,"文"科即"文学"科。"文学"科在总体上是一门技能性与知识性学科,课程的教学目的主要是让学生学到赋诗言志的优良技能和鸟兽草木等自然知识与象征型知识[③]。如果说孔子教育的"文学"科与本文所讨论的"文学"在内容上有关联的话,那么,只能说孔子的"文学"科里以"诗三百"这一客观上的文学诗歌作教材,来对学生的谈话技能进行教育与训练,与文学的诗发生了外在的关联,以及孔子的"文学"科教育的"文"具有笼罩世界与社会人生的审美法则。但孔子的"文学"主要指涉的是自然与人生社会的知识、经验与技能,而并不注重西方式"文学"所赖以安身立命的对于世界与人生的审美价值判断与审美性情感体验。至于韩非用"文学"一词,则主要指"儒学",是把"文"强调为儒家的主要特征,则其"文学"一词的义涵与西方式"文学"范畴的所指相距更为遥远。此外,孔子的"文学"所关涉的近代意义的"文学"体裁,基本上只有诗歌,而并没有小说、散文、戏剧等其他文学体裁在内。

中国在近代以前,对"文学"的认识基本上都没有突破孔子和韩非子的"文学"概念框架,这历史性地造成中国古代文论一个大的特征,就是中国古代只有文学的小类概念,这些小类概念与西方式"文学"范畴下的分支概念可以相互对应贴合。如中国古代的诗、韵文、戏曲、词、小令、传奇和小说等概念,它们统统可以归为西方语用之"文学"这一大类。可以用"文学性"一以贯之。但古代中国一直缺乏与西方式"文学"范畴有同样内涵的,统摄一切文学分支的大范畴。

中国古代的上述实在情形意味着中国古代文学的"文学性"不会以"文学性"的名义出现,从我们下面的研究可以看出,中国古代的"文学性"只能归之于"文"之性。而这同时就意味着中国古代的"文学性"作为"文学"的边界,具有完全不同于西方的特殊性。本文正是从这一特殊性出发,尝试思考并回答下列问题:如果说中国古代的文学自身有一个完整结构的话,那么,这个结构的文学性来自何处?它在中心之外的什么地方?也就是说,中国古代文学性的存在究竟是一种什么样的情状?它来自何处?它仅仅是文学这一结构的中心呢?还是来自悬在某个高处,向中国古代文化的各层次弥漫性地撒播开去的、义涵更宽、更深的"文"?它是给定了文学的疆域呢?还是同时又在抹掉标志文学所在的界线?

一、"文"对于文学性的先行和神圣

我们今天所说的文学的文学性,在中国古代是"文"这一范畴的义项之一。

在古人的理解中,"文"是一个比文字、语言文学出现时间更早,在自然—人的文化框架内地位更高、内涵与外延要比文学范畴更宽且更深的概念。"文"的地位的崇高是由"文"的历史先在情状所决定的,也是由"文"的形上性所决定的。"文"惟因其历史的先在性和文化地位的崇高,它才能向后、向社会的诸层次流注,在文学之外、之上,而成为文学这一美的语言结构的中心。或者说,"文"首先是对"有"和"无"两个世界的审美根源与审美现象的总的描述与规定,其次才是对作为语言艺术的文学的边界的划定。

"文"指文学的语言文学性,是"文"后来才有的引申义,它建立在语言文字产生的基础之上[④]。

中国文字产生于殷代。而中国真正彻底走出口头文学时代,进入书写的文学时代,则要迟至战国晚期才完成。这意味着文学,尤其是书写文学的产生,远远晚于"文"在世的时间。因为,至少从《易经》以来,古人就认为"文"是与世界一同创起的。刘勰在《文心雕龙·原道》中说:

> 文之为德也大矣,与天地并生者何哉?

"与天地并生",是说"文"是先于人而在世的存在者,它与作为"有"的这个世界的创起是同步的。惟其如此,古人认为"文"直接就是创起世界者——"道"的审美性外观。天、地之"文",一言以蔽之,都是"道之文"[⑤]。

"文"在时间上对于语言文字的优先性也是它对于文学的优先性,这一优先性在古代中国文化框架内,应理解为一种历史(中国古代人所理解的那种"史")优先。而历史在古人的心中,向来是一种崇高价值。历史优先最终要落实为价值优先。所以,当"文"的历史优先性被追认或被设置起来之后,它在中国文化价值体系内就占有了一个最崇高的位置。"文"因其先于"文学"在世,因此,它的价值也被古人认为远高于"文学"。"文"被称为"道之文",就是它的价值崇高的具体表现。"文"因此是融历史神圣、伦理学神圣和哲学神圣(道)为一体的,并最终显现为文化权力与王权的神圣。惟其如此,刘勰才用"圣人"把"道"与"文"联系在一起。说:"圣因文而明道,道沿圣以垂文。"[⑥]"道"是这一命题中真正的神圣者,人因能明了此"道"而亦成为"圣人",而人明道的结果是让"道之文"敞现出来,此"文"是道的审美形式结构,"道"自身不把它的这"文"外化出来,成为人可观之物,惟圣人能洞悉它的存在,并借助"道之文"以抵达大道的精义所在。在此刻,"道之文"也经圣人的运用而终于走出它向来隐匿之地,闪耀神圣之光于世界至高之处,辉映万有,照烛三才,建构一个有"文"遍布万有的世界。在这里,刘勰对"天文"、"地文"等"道之文"的言述用了最大化语符:他认为"道之文"有最伟大的德性,最遥远的在世时间,最广大的存在(或覆盖)空间。这"天文"和"地文"的神圣性因此被极端地强调出来,刘勰的"文"因此内含着从无到有的、具有形而上学性质的宇宙发生论和向人站立的整个时空撒播的内在动势。

"文"即因其先在性与神圣性,而一方面作为源头向下"流注",在纵向上完成自身义项的增生,生成文学的文学性;另一方面,"文"作为在自然、社会、人生这一个共时性的结构中的最高者,把审美性向该结构的各层次流注,"流注"让一切美的现象蒙赐美本身,从而成其为美。同时,在这一"流注"过程中,文学并未得到那神圣之"文"的特别青睐,独占来自"文"的文学性,"文"的"流注"主要是使中国古代社会的各个层次,以及使中国古代文化整体都具有了"泛文性"。[⑦]

先在的、神圣的"文"不是虚无,在古人的理解中,它是一个实在的、动态的审美性结构。这一结构,就是造物主创化世界,创起万有的那个结构,创化所依据的基本原则是这结构的主要构架。"文"作为世界的美本身和最大的美的精神、气质、风韵,"文"之能为文学注入文学性的机理,都在这结构中聚拢、流动、敞现和散发。没有"文"的这一内在结构机理,"文"仅仅凭其时间的先行与作为神圣的"道",是无法为文学注入文学性的。下面,我们就对"文"的这一结构试作具体剖析。

二、"文"何以是"文学性"?

文学性与文学的因果关系应该如是理解:文学性不是文学的结果,而是文学的原因。用语言文字书写的文章只是从"文"那里领受了文学性之后,文学这一审美的书写行为方式才在实用的文章之林中蜕变出来,在人的自觉观念中生长为一块独立的家园。

从字面上看,"文学"是由"文"限定之"学",其"文"也就是文学的文学性。此"文"采自刘勰所说的"道之文"。如果说文学之文是"小文"的话,那么"道之文"就可称为"大文"。"大文"生成文学性和起源文学的机理,在于它自身存在与运行的、具有审美性的特殊结构,这一结构可描述为世界的差异性、同一性与和谐性相交汇的网状结构,是差异与和谐、杂多与统一的世界状态。"《春秋传》曰:'经纬天地曰文。'"⑧《说文》说:"文,错画也,象交文。"就是说,世界之"文"是天地相交织而构成的一种纹理结构,文字之"文"是笔画线条经纬交织的图画符号。文字之"文",是天地之"文"的符号形式,后者是实体之文,而前者是符号之文。在这两个可以涵融为一体的定义里,"文"有以下几层内涵:

1. 差异性。符号或文字的笔画线条依不同的方向伸展(如"经"线是纵向的,"纬"线是横向的),在不同方向上的线条是主要以差异性相互区别的线条,差异使每一根线条都是独一无二的,从而与其他任何线条相区别开来。

2. 同一性。在由交叉的线条构成的宇宙时空里,差异性与同一性、和谐性共筑着世界与人栖身的地基。所谓"差异性"法则指的是,世界上每一类存在物和每一存在的个体是独立的、特殊的;所谓"同一性"法则指在一个"类"中的所有个体都有共同性,每一个体依照这共同性而可以归于一类。"交叉"既是不同个体之间的互相切入对方,也是不同类之间彼此的纠缠。就是说,万类在差异的基础上,它们会以各种方式发生彼此的交往,即在同类物种中,相异的个体也会以某种方式进行社会的交往。在交往过程中,不同的类或个体实现着彼此的遭遇,构成了作为事件的世界,以矛盾斗争与和谐共处两面,世界也走向自身的和谐。

3. 和谐性。在差异性与同一性法则的共同作用下,存在物的个性与惟一性彰显出来,世界的混沌性崩解,整一碎裂为杂多。但由于有和谐性,碎裂的世界又重新被"缝合"起来,世界的碎裂在"碎裂"被保持的同时被挽救,世界的碎片被和谐性缝缀到一起,裁织为属于人的世界的基本框架。所谓"和谐性",指"交叉"的不同个体或不同的类,在"交叉"的过程中,相互关系由对立的、矛盾的一变而为水乳交融的、和谐的。晏子指出,"和"与"同"是两个不同的范畴,"和如羹焉,水火醯醢盐梅以烹鱼肉……宰夫和之,齐之以味,济其不及,以汇其过"。"和"是一种高于"交叉"各方的意志,是在这一意志下有目的地对"交叉"各方原本矛盾的关系的平衡与调和,是平衡与调和之后"交叉"各方融入自己原来的对立面而产生的一种新的、化敌为友的关系。"和",也即审美的关系。如晏子所说:"声亦如味,一气、二体、三类、四物、五声、六律、七音、八风、九歌,以相成也。清浊、小大、短长、疾徐、哀乐、刚柔、迅速、高下、出入、周疏,以相济也。君子听之,以平其心,心平德和。"①和谐,即是"交叉"的目的。此"和谐"同时也就是"交叉"所构成之"文"的审美性的集中体现。在中国古代伦理学和美学思想体系中,"和"以及围绕"和"产生的一大族词,历来就是属于核心层的范畴。

在世界的框架内,"交叉"是一个特别的区域,它既不是单纯的差异性法则的天下,也不是同一性法则一家的领土,它是在和谐法则的导引下,同时由差异性与同一性共管的地带,在这里,两个法则共存于一个时空之内,并同时起着作用,一个"交叉"点是一个线条经纬交织成的结,由差异性法则界画出的种种存在物都会与另一类或另一个体存在物相交,因此,世界的"交叉"点是无限多的,而世界所有的"交叉"点联结成一体,便构成了世界经纬交织的整一结构。这个结构,也就是世界的"文"。《国语·郑语》说:"声一无听,物一无文",就是说"一",即无"交叉"者,不能定义为"文",不能称为"文"者是说其不能成其为一个结构,同时也就是不美者。"交叉"是"文"成其所是的前提,因为只是在"交叉"中,世界才不再是"一",而是"以一总多"的审美性结构。多物共在才有"杂",物相杂才生"文"。同时,"文"的无数彼此相异的线条是相互呼应的,它们协同行动,形成一个整一的结构。差异的众线条经"交叉"最终走向和谐。在"交叉"中的世界,差异的合法性最终获得认可,并经由和谐法则的作用,凸显为世界的秩序。此一"交叉"结构亦由此而是古代中国的社会理性,以及理性的日神型艺术精神滋生的原结构。

"交叉"把无限的丰富性、复杂性、矛盾性与和谐性带入了世界,让世界脱离了单一性、平面性与天真性;让世界从绝对的静态转入到生机四溢的动态过程之中;让世界这个系统中的各部分从绝对孤立的状态步入生生不息的彼此交往的行为中。"文"即是世界成为属人的世界的内在的动态机理。在这一方面,我们很容易看到古代中国人的社会性本质的源头就是"文","文"的和谐性、差异性和同一性三大法则的共生互动,正是古代儒家社会的等级制——礼乐制度成立和运作的机理,这可以解释为什么像孔子、《易传》作者、刘勰、石介和刘师培等人会一致地认为"三才之文"中的"人文"就是礼乐之文。正是根据这一机理,古代儒家用礼乐制度既把人按礼分为不同的等级,置人于社会的道德实践理性精神之中,又在乐中让恪守本分的等级获得彼此在文化、血缘和宗姓方面的认同,置不同等级的人于情感的和谐状态。

4. 审美符号性。"文"是八卦、洛书等前文字符号系统,物相杂之文与错画之文最初就是在这个系统中现身,并得到定义的。《易·系辞上》说:"子曰:'圣人立象以尽意,设卦以尽情伪'。"孔子认为圣人创设卦象符号之文是为了真实地、穷尽地表达世界的内在意义,刘勰把"象"与"卦"的符号特征描写为:"玉版金镂之实,丹文绿牒之华。"这符号的鲜明色彩、金玉外观,说明它们是审美性的符号。[⑩]"文"在这里因此是将和谐、差异与同一三大法则交织起来作为能指,而实现其指称异质同构的世界的所指功能的符号。这一符号也就是中国文字登上历史舞台的最直接的一个台阶。文学的语言家园因此是以这符号之"文"为根的,文学语言的审美性在符号之文里就已经先行生成了。

《易·系辞》对"文"的定义是:"物相杂,故曰文。"其与《说文》一样,都把世界的差异性原则看成"文"最高的规定。只是《易·系辞》更着眼于"物"的相杂,而不是从符号的角度来谈"文"的交叉本质。也就是说,《易传》所界定的"文"是实在世界本身的"文",而《说文》界定的则是符号线条之"文"。刘勰论"文",是将《易传》与《说文》对"文"的两种阐释捏在一起,从而指出人的文字符号之文的产生,乃是人摹写"物"之文(具体的叙事就是仓颉模仿鸟迹而创造文字)的结果。所谓"自鸟迹代绳,文字始炳"[⑪]。

符号之"文"是世界的美的外观形式,这一形式表现为鲜明的颜色、形态、纹理、声音和情状等。如作为鲜明的色彩,《易·说卦》说《离卦》之"离":"离也者,明也,万物皆相见,南方之卦也。"离卦是太阳所在之地,《说卦》释之为宇宙光明之施予者,太阳又为天空的主神,人之天父,则"离"是从一无限高远之处自放光明。此光明是可见的、美丽的,"离,丽也"。"离"所发出的光是天父的目光,"离为目",光照出万物,即太阳之光自身是可见的,它又使万物从原本不可见的黑暗深渊被敞亮出来,成为可见者,"离"之光与它所照亮的万物由此构成视觉的审美对象。在光亮下,我们才能看到"文"整体的形式外观,才能看到"文"之呈现为美的颜色、声音和线条等。如大地承受天之光照而有美丽黄色,《易·文言》说:"(坤)含万物而化光,坤道其顺乎,承天而时行。""君子黄中通理,正位居体,美在其中而畅于四肢,发于事业,美之至也。""文"作为形体,如古人认为天圆地方,刘勰说天地"方圆体分",认为天有"日月叠璧"的美丽之象,地有"山川焕绮"之形。"文"并且分布于一切现象之物上,构成人—自然二维的种种之美。刘勰对这种情形有一个精彩的描述,他说:

> 仰观吐曜,俯察含章,高卑定位,故两仪既生矣。惟人参之,性灵所钟,是谓三才。为五行之秀,实天地之心。心生而言立,言立而文明,自然之道也。傍及万品,动植皆文:龙凤以藻绘呈瑞,虎豹以炳蔚凝姿;云霞雕色,有逾画工之妙;草木贲华,无待锦匠之奇;夫岂外饰,盖自然耳。至于林籁结响,调如竽瑟;泉石激韵,和若球锽。故形立则章成矣,声发则文生矣。

"文"的上述特征,使它本身既是中国古代美学中的美本身,又是依自然意志冲动、开放、涌流的一切美的事物的审美形式外观。

如果"文"只是世界的和谐性、差异性与同一性的动态结构,则我们还没有充分的理由说"文"是古代中国文学性之源,"文"必得同时是一种世界的根本的审美形式,它才首先让自己审美化,并才可能向后、向下流注,最终生成中国古代文学的文学性。就是说,世界的和谐性、差异性和同一性法则本身虽然有审美化的潜在可能,其本身虽然在一定条件下可以直接是世界的审美精神,但若没有一个明确和强烈的导向,其潜在的可能就无法转变为现实。若没有审美的形式外观,它与文学之间就缺乏一个互动的中介。譬如纺织学、植物学或地理学意义上的"纹理",是有着潜在的转化为审美性文采结构的可能性的,但是,如果没有人提示以审美的视角来看"纹理",则"纹理"就将始终是一个坚硬的知识术语。而刘勰说:"山川焕绮,以铺理地之形。"他即用"焕绮"这一提示语,把山川大地的"纹理",导向了审美之路,赋予了"文"以"山川大地"这样的审美形式外观。如此一来,被"文"限定的天、地、人除了获得宇宙本源论意义的形上规定外,同时获得的是审美的限定。

综括上述,"文"的内在机理与外在形式都是审美化的,世界的"文"化既是世界的人化,又是世界的审美化。其中,"文"作为世界的审美符号,直接导向的是人的语言文字的审美性生成,这就使人的书写这一存在维度内涵了一个历史意向,就是人及其所在的世界的文学化。文学的文学性,即审美的文学语言,就是从这一符号之"文"的审美基质中生长起来的。此外,"文"中的差异性、同一性与和谐法则的互动结构,同时就是以一总多,在杂多中求和谐的中国古代美学法则。这些世界赖以运行的美学法则向下、向后流注,便生成了文学创作的审美尺度。可以说,"文"与文学性在作为审美的符号一点上,二者存在异质同构的关系。"文"能流注为文学的文学性,二者的异质同构性是基本的保证。至于"文"的符号形态作为文字的先驱,其内涵的审美性自然流变为文学语言的审美性,则更是不言而喻的。实际上,语言文学活动的审美意向性,审美价值观和审美形式结构等基本内涵,都是在"文"中先行以世界整体的名义生长起来的,准备好的。

三、中国古代文学性的领受

中国古代文学从"道之文"这里,领受它的文学性,但它是以"文章"的身份,而不是以文学的名义来领受文学性的。

古代中国一般用"文章"概念来涵括书写的种种文类、文体。明人吴讷

《文章辨体序说》以"文章"之名统领 51 种文体、文类,其中既有文学类如"古歌谣词"、"古赋"、"乐府"、"古诗"、"律诗"、"绝句"、"杂体诗"和"近代词曲"等,也有"论"、"说"、"诏"、"制"等论说、应用之文。吴讷的文章概念代表着中国古人的普遍认识,这样的"文章"概念,其内涵与外延显然是远大于西方的"文学"概念的。

中国古代符合本文所说的"文学"这一西方式范畴的,其实是诗、赋、戏剧、小说和散文等较小类的文学体类。说文学从"文"那里领受文学性,这"文学"具体指的是这些小的文学体类。在中国古代,这些小的文学门类并不是怀揣自觉的意识,单独地来领受"文"所流注的文学性的,中国古代几乎在一切书写的行为中,都在领受"文"的美本身内涵和语言符号的审美性,作为施予者的"文",先把自己的审美性流注到"文章",再由"文章"流注到诗赋等纯文学体类中。这一路径表明,如果说"文"的审美符号性就是文学的文学性的话,那么,中国古代文学的文学性总是在文章这一大的领域中被几乎一切非文学的书写体类分享着,文学的文学性实际上是被文章的文章性所遮盖着的,文章的文章性,也就是书写的语言文字的审美性,是人的书写活动的审美性。[12]由于"文"首先在文章中流注,中国古代文学始终无法因对"文"的审美性的独占的领受,而画出自己独立存在的清晰的界线,"文史哲不分",因此一直被公认为是中国古代文学生存状况的切实的描述。

中国古代文学从"文"那里领受的文学性可以大致剖解为以下几个方面:1. 与抒情性和形象性连在一起的审美的言语(口说的)或语言(书写的)维度。2. 文本形式的审美结构维度。3. 在差异性、同一性基础上的和谐这一存在的审美生态、审美精神。

审美的言语维度当从口头文学时代来考察。中国口头文学作为中国文学的第一个历史形态,其始自何时,今天已无从考实,但文献最早的记载,或在于《尚书》之中,其他如《候人歌》、《弹歌》等,或许也是口头文学时代的遗存,而文献记载让今人仍可以感受到其活的话语气息的,则只有春秋到战国这一短短的历史时期。在这一时期里,虽然书写的方式已经成为现实,但当时人们的思与说,大致还放在言语的维度,其时的诗与散文因此都基本上仍是以口说的文学形态存在。此时的人高度关注言谈的审美(文)性:"言谈者,仁之文也。"[13]"言,身之文也,身将隐,焉用文之。"[14]"动作有文,言语有章。"[15]"夫貌,情之华也;言,貌之机也;身为情,成于中;言,身之文也……"[16]"此必令其言如循环"[17]。先秦时人的这些论述,表明言语作为口说之文的审美性在当时已为人们自觉地,甚至常常是过度地在追求,而且,人们已经把言语的美拆解为言语与言语所表达的情、貌和意义的关系,言语声调的流美、婉转、珠圆玉润等具体的方面。正是在这样的氛围中,《诗三百》作为口头歌唱的言语材料,其"文"受到了人们的重视,这一点,从孔子说人不学诗如正墙而立,孟子说说诗者不能"以文害辞"[18],《晏子春秋》中晏子对儒家缘饰诗书的批判等言行态度中,可以得到正反两个方面的证实。

言语的美(即文),是后来书写的文字的美(文)的前身。

中国文人开始自觉地对书写的文学文本的语言美给予强烈关注与评说,实自汉代文人为屈原的骚赋文本的精彩绝艳的语言美所震撼,以及对汉赋语言的"巨丽"特征的评说。班固评屈原骚赋:"然其文弘博丽雅,为辞赋宗。"[19]王充说:"……以敏于赋颂,为弘丽之文为贤乎?则夫司马长卿、扬子云是也。文丽而务巨,言眇而趋深。"[20]汉代人注意到屈原的骚赋和汉赋语言的美与政治、道德经典文本语言的理性中庸之"文"相比较,是超乎寻常的"巨丽"。并且,他们接受了这一"巨丽",尽管每个人接受的程度、立场都有所不同。如果说审美性语言是文学的最基本的文学性的话,那么,中国古代文学的这一文学性就是从这一对骚赋语言"巨丽"特征的接受开始生长起来,并一步步走向成熟。魏晋曹丕提出"诗赋欲丽"[21],陆机说"诗缘情而绮靡"[22],二人对诗歌语言的审美特性的认识,是中国古代对诗歌的文学性的奠立的标志。因为,只是到了他们这里,文学语言的美才被自觉视为文学活动的目的。而此期人们对书写的文章的押韵、抒情和语言的美三位一体的整体认识,以此为基础而展开文、笔之分的论争,则是对中国古代文学的文学性的初次全面认识。

文、笔之分被认为是中国纯文学与杂文学,狭义文学与广义文学的分野,而笔者认为这其实既不是文学内部体裁的区分,也并非完全就是文学与非文学的分野。这次区分虽然让文学的文学性较之前代有更大的清晰度,但并没有为文学给出一个确定不移的生存时空界域。当时及后来的人们认为具有押韵、抒情、语言美者为"文",无此三者的文章为"笔",前者主要是诗、赋一类文体,后者多是奏议、书论一类文体,萧绎在《金楼子·立言》中说:

> 至如不便为诗如阎篡、善为章奏如伯松,若此之流,泛谓之笔。吟咏风谣,流连哀思者,谓之文。……至如文者,惟须绮縠纷披,宫徵靡曼,唇吻遒会,情灵摇荡。

其列为"笔"的文体如章奏之类,是政府公文文体,其属于非文学体裁自不待言,而属于"文"者明确是语言的美、押韵和抒情性三者结合为一个整体,仿佛是文学体类的文学性规定。但问题是从押韵、抒情和语言的美作为一般原则看,古代许多押韵的、抒情的或语言美的文章却未见得就是文学作品。如刘勰说《老子》五千文字,颇有抑扬顿挫、声韵相叶的美,贾谊在其中长叹息的《陈政事疏》,则是政治论文,而非专供人怡情的文学散文。由于凭借这三原则在当时无法真正明确何为文学,因此,文、笔之分本质上不过是"文章"这一古代中国的宏大概念的二分,二分的尺度是审美的,而非文学的。而由于"文章"本身就是一个大审美概念,因此,这次二分本质上应该是"文章"之一切文体的一次二元裂变,以及时人对"文章"之"文",即文章的审美性的坚守。这一坚守,直接生成了历代文章写作风气的华靡,如隋代包括政府公文写作在内的华靡文风,虽经君王下令也不能制止。这一现象说明"文"的文学性向下、向后的流注。最大的和直接的效果是生成了古代文章领域的泛美性,而并不是单独地生成了文学的文学性。

四、结语:开放的古代文学性

中国古代的"文",其作为世界审美符号的一面,对文章之"文"与文学之"文"都是根本的规定,来自这世界深处的"文"同时引领文章及文章之中的"文"向着整个世界开放。一方面作为世界审美符号的"文"即是文章、文学之"文"的精神家园,另一方面文章、文学之"文"又使世界的符号之"文"精细化,并充分地铺展开来。

诗、赋这样的文学在古代中国没有以文学为名的家园,它们只是文章之林中的一草一木,它们不必通过文学这一独立的审美时空与非文学的文章或世界发生关系,在它们的小小的体裁之外,直接就是其他的文章体类,而这些文章体类的本质总是非文学的。诗、赋等文学体裁的这种古代特有的生存情形,相对于西方的那种收束的狭义文学来讲,无疑是极为开放的。因为在这里,在世界存在与运行的"文"的机理上,中国古代的诗、赋等文学体裁与世界的最高、最广大的审美性,与全部非文学,但同样受溉于那崇高之文的文章是相互打成一片的,在与非文学的文章共同分享世界神圣之文给予的审美性的处境中,古代中国历代对文学界线的界划都最终失效了。当时诗、赋的文学性限定可以说是清晰的,但可以把一切小的文学体类统摄为一体的文学的文学性限定,却始终在古人的思与说中失问,就更不要说被建构起来了。

这也就是说,文学性在中国古代那里从来就未曾被意识为一个问题,古代中国的文学主体要么生活在极大的"文章"天地中,要么生活在诗、赋等极小的、个别的文学体裁里。因此,如果我们以"文章"为神圣之文流注的主要对象,并在此论域中来讨论古代中国的文学性,则我们最终会发现,我们所讨论的文学性,其实都不过是文章的审美性。在作为古人全部书写的文字的文章中,文学语言的审美性亦不能作为文学园地的醒目界标。这种历史的存在情状一方面固然使中国的文学理论严格说来只是诗、赋这样的文体理论的并列,显得门户窄小,但亦令中国古代诗、赋理论的本体论或总论无限延伸、扩大为以世界为对象的文论。而这样的本体论或总论,完全不是狭义文学意义上的,因为它们同时也就是一切文章的本体论或总论。立足于这样的理论,中国古代文人一书写,无论所写者是不是文学,就总是在审美地生存。"文"即使在成为了诗、赋等文学体裁的文学性之后,它也同时存在于非文学文体中。如此,我们说中国古代文学性的存在情状是以

"道之文"为中心,以诗、赋等文学体类为栖身的基本时空,向着其他非文学文章辐射的。它对文章的审美性认定是成功的,但对文学界线的划定,却就不那么成功了。

但是,以上判断的前提是以当代西方文学性为真正的文学性来作出的,如果我们去掉这一前提,而把文学性理解成一个中立的在中西方文化中有着各自成长道路的历史范畴,则我们也可以说中国古代的"文"就是中国古代文学特殊的文学性。其最大的特殊之处是"文"作为世界与人生的审美精神、诗意栖居之维,作为中国古人思、说、写的审美符号,敞现的是中国古人对于世界和人生的根本的把握方式,对于人的审美性生存与文学生存具有涵摄作用的哲学与诗学的方法论意义。此文学性让文学直接是世界与人生整体及其各个层面的符号形式。与俄国形式主义文论将文学文本本体化,从而使文学文本向内封闭,把文学的语言形式理解为世界与人生的指喻系统相比,它将世界、人生本体、诸象与世界、人生的审美符号视为同一之物,从而将文学建构为一个完全开放的系统,让文学文本不是向内封闭,而是对应于世界和人生无限敞开。中国古代的"文"这一文学性因此更为贴近当代中、西方文学性的走向,或者说,在当代文学的文学性寻绎与建构中,中国古代文学的"文"性已经为我们准备了一种极佳的可供参考的方法。

注 释

① 雅可布逊说:"文学研究的主题不是作为总体的文学,而是文学性(literatumost)。亦即使特定的作品成为文学作品的东西。"见特伦斯·霍克斯所著《结构主义和符号学》,上海译文出版社1987年版,第61页。

② "文学"一词,始见于《论语·先进》:"文学,子游、子夏。"次见于《韩非子·难言》:"殊释文学,以质信言,则见以为鄙。"

③ 刘师培《论文杂记》四说:"又孔子之论学诗也,亦曰'多识鸟兽草木之名',是诗歌亦不啻古人之文典也。"即刘氏认为孔子师徒也是把《诗三百》当作一本知识性词典来对待的。

④刘勰《文心雕龙·原道》就论述了天、地、人三才之文已经产生之后,文字始产生,文字产生之后,才渐渐有了书写的文章,再以后,才有了文学。文学产生的历史进程大致情形被描述为:"太极"—《易》象八卦符号—结绳记事—文字—文章—文学。

⑤刘勰在《文心雕龙·原道》中说:"夫玄黄色杂,方圆体分,日月叠璧,以垂丽天之象;山川焕绮,以铺理地之形。此盖道之文也。"

⑥刘勰《文心雕龙·原道》。

⑦所谓"泛文性"指古代中国社会的各个重要层面都"文"化了,如刘师培《论文杂记》中说古人以天地文物、礼乐制度、威仪动作、谈吐言辞、语言文字和文章文学为"文"。可以说,古人整体的精神生活、情感生活、政治生活、道德生活、宗教生活、科技生活、教学生活和日常生活,都无不是自觉地生活在"文"之中。

⑧石介《上蔡副枢书》,见《徂徕石先生文集》,中华书局1984年版。

⑨《左传·昭公二十年》。

⑩萧统在《文选序》中说:"诏诰教令之流,表奏笺记之列,书誓符檄之品,吊祭悲哀之作,答客指事之制,三言八字之文,篇辞引序,碑碣志状……并为入耳之娱……俱为悦目之玩"。把大量非文学文体的文章均认定为具有对人的审美感动作用,萧统的思之理路,代表的是中国古人对文章的普遍思路,在这一思与说之中,文学的文学性显然已经被文章的审美性所遮蔽了。

⑪《礼记·儒行》。

⑫《左传·僖公二十四年》。

⑬《左传·襄公三十一年》。

⑭《国语·晋语十一》。

⑮《战国策·燕策》。

⑯《孟子·万章上》。

⑰班固《离骚序》。

⑱王充《论衡·定贤篇》。

⑲曹丕《典论·论文》。

⑳陆机《文赋》。

㉑郭绍虞主编的《中国历代文论选》第一册《金楼子·立言》之《说明》说:文与笔是"文章或文学共名中的分名",认为笔和文"同样属于文学的范畴"。这种认识,其实质仍是在古人的漫无边际的"文"观上来言说文笔之分对文学界线的划定的。

㉒见李谔《上隋高祖革文华书》。

原刊《中外文化与文论》第10辑,四川教育出版社2003年版

作者简介:刘朝谦,1957年生,文学博士,四川师范大学教授,主要论著有《技术与诗——中国古人在世维度的天堂性与泥泞性》、《赋文本艺术研究》、《苏轼诗学研究》和《汉代诗学发微》等。

中国艺术与中国哲学

高尔泰

一

每一个民族、时代、社会的文化,都有其不同于其他民族、时代、社会的特征,表现出不同的民族性格、不同的时代精神和不同的社会思潮。所谓艺术的民族气派与民族风格,不过是特殊的民族精神在艺术中的一般表现而已。每一个民族的艺术都是丰富多彩的,甚至于形成许多不同的流派。但是与其他民族的艺术相比,这些不同流派又都显得近似。

在一定的意义上,这"近似"之处,往往正是它的价值所在。一件艺术作品,不仅表现出作者的思想感情,也表现出一个民族、一个时代、一个社会共同的心理氛围,和一种文化共同的价值定向。表现得越多,作品的艺术价值就越高。无所表现的艺术,也就是没有价值的艺术。

人们常常用"镜子"来比喻艺术,这个比喻并不恰当。艺术不同于镜子。一面镜子是一个死的物理事实,它所反映的事物,事实上存在于它之外。而一件艺术作品则是一个活的有机体,它就是它所反映的事物。一个民族、一个时代、一个社会的要求、理想、信念与价值在艺术作品中获得的意义与表现力,离开了艺术作品就不复存在。所以艺术,尽管与哲学有许多明显的区别,还是有共同的基础。

一个民族、时代、社会的艺术,必然与这个民族、时代、社会的哲学相联系。哲学是民族、时代、社会的自我意识。伟大的艺术作品总是表现出深刻的哲学观念。它不仅是民族性格、时代精神、社会思潮等等的产物,而且也能动地参与形成民族性格、时代精神和社会思潮,是自己的民族、时代、社会的代表。我们很难设想,如果没有艺术和哲学,我们到哪里去找一个民族的灵魂。

中国古典美学的重要特征之一,就在于强调艺术与哲学的这种联系,而不是致力于把二者区分开来。它认为最广义的艺术也就是最广义的哲学:"画以立意","乐以象德","文以载道","诗以言志"。中国艺术高度的表现性、抽象性和写意性,来源于它同哲学的这种自觉联系。通过中国哲学来研究中国艺术,通过中国艺术所表现的哲学精神来理解它的形式,我们可以得到许多有益的启示。

二

哲学,作为人类的自我意识,主要是理性精神的表现。如果借用康德的术语来比较,我们不妨说,西方哲学偏于"纯粹理性",偏重于追求知识;中国哲学偏于"实践理性",偏重于追求道德。前者多描述自然界的必然,后者多强调精神领域的自由。所谓"精神领域的自由",是指精神通过内省的智慧跨越语义符号、逻辑公式的平面直接进入道与德,实现同外间世界的统一。它是通过沉思和修行来实现的,所以中国哲学的途径又带有感性的和直观的性质(例如"顿悟"),而同强调逻辑实证的西方哲学很不相同。这种不同甚至在著作的形式和概念符号、语义结构方面也反映出来。前者是开放的(多义的)、启示性的;后者是封闭的(严密的)、描述性的。

中国哲学是内省的智慧,它最重视的不是确立对于外间世界的认识,而是致力于成就一种与外间世界(儒家是社会,道家是自然)相统一的人格。所以,和西方哲学相对而言,它并不重视对于客观对象的分析、区分、解释、推理,并不重视对于对象实体及其过程的精确陈述,而是把最高的真理,理解成一种德性的自觉。它始终不曾脱离人的社会关系,不曾脱离伦常情感的具体实践和具体感受。这也就是说,中国哲学作为一种理性精神,较之于西方哲学更多地同人的感性生活相联系。

这不是偶然的。中国历史上无情的阶级对抗关系,从来是笼罩在原始时代保留下来的血缘氏族宗法关系之下的。这种双重关系所形成的文化心理结构,以及在这种文化心理结构的基础上形成的中国哲学,首先考虑的就是人与人的关系,而不是人与物的关系。为了协调人与人的关系,就要讲统一、讲秩序、讲仁爱、讲礼让、讲义务、讲亲和、讲道德。而不是像西方哲学那样,更重视讲知识、讲方法、讲逻辑因果规律等等。所以现实的人生问题,在中国哲学中占有重要的地位。所以中国哲学较早达到"人的自觉"。

这种自觉不是表现为宗教观念淡薄,而是表现为一种强烈的忧患意识。东方思想宗教观念淡薄是哲学史家们常说的问题。其实这种所谓的淡薄,不过是用对君主、族长的崇拜和服从,以及对肯定君主、族长至尊地位的关系结构(礼)的崇拜和服从,来代替对神的崇拜和服从而已。这是一种不同于宗教而又类似于宗教的另一种异化现实。思考在这种异化现实中感受到的痛苦与绝望,以及对未来的忧虑,是中国哲学走向自觉的契机。所谓自觉是指人的自觉,指人意识到自己的力量和地位,意识到一切忧患和痛苦都在于忘记了自己的地位和内在的力量,而听凭外在的天命摆布。我们把这种意识称之为忧患意识,它是中国哲学的起源,也是中国哲学发展的基础。这一点决定了中国哲学不同于西方哲学的许多特征。

在西方哲学史上,直到16世纪文艺复兴时期,才有所谓"人的发现",或者说"人的自觉"。与教会、神学和经院哲学所提倡的禁欲主义相对立,以薄伽丘为代表的文艺复兴作家们宣称发现了与彼岸天国的幸福相对立的此岸的、地上的欢乐。这种欢乐意识是西方哲学觉醒的契机。以此为起点,西方哲学强调幸福的价值,个人追求幸福的权利,以及"叛逆精神"、"反抗性格"等进取性道德。我们不妨说它的基础是"欢乐意识"。相对于宗教世界观而言,欢乐意识也是一种人的自觉。它是一种不同于忧患意识的另一种人的自觉。反映在艺术中产生于欢乐意识的痛苦必然伴随着消沉和颓废,产生于欢乐意识的悲剧必然伴随着恐怖和绝望。这些,正是西方表现痛苦的艺术作品共同具有的总的特点。

中国哲学从一开始就表现出很高的自觉性。这种自觉性是建立在忧患意识的基础之上的。如果从文献上追索渊源,可以一直上溯到《周易》中表现出来的忧患意识。正是从这种忧患意识，产生了周人的道德规范与先秦的理性精神，以及"惜诵以致愍兮，发奋以抒情"的艺术和与之相应的表现论和写意论的美学思想。正如没有生命的阻力，生命不会意识到自己的存在，没有忧患，人也不会意识到自己的力量。生命的力量和强度只有依照阻力的大小才有可能表现出来。与之相同，只有忧患和苦恼才有可能使人在日常生活中发现和返回他的自我，而思考生活的意义与价值，而意识到自己的责任和使命。

《易·系辞传》云："作易者，其有忧患乎？"是的，其有忧患，所以对于人间的吉凶祸福深思熟虑，而寻找和发现了吉凶祸福与人的行为之间的关系，以及人必须对自己的行为负责的使命感。通过对自己的使命的认识，周人的以"德"（"敬德"、"明德"）为中心的道德观念与行为规范，就把远古的图腾崇拜和对于外在神祇的恐怖、敬畏与服从，即那种人在原始宗教面前由于感到自身的渺小与无能为力而放弃责任的心理，转化为一种自觉的和有意识的努力了：通过对忧患的思考，在图腾文化中萌生的"天道"和"天命"观念，都展现于人自身的本质力量。人由于把自己体验为有能力驾驭自己命运的主体，而开始走向自觉。人们所常说的先秦理性精神，实际上也就是这样一种自觉的产物，所以它作为理性的结构也包含着感性的动力。

周人亡殷以后没有表现出胜利的喜悦，而是表现出那样一种冷静而又深沉的"忧患意识"，是人们走向自觉的最明显的表现。这种表现是先秦理性精神的前导。我们很难设想，如果没有那样一种主体观念的先期确立和感性动力对理性的推动，先秦学术能够呈现出如此生动丰富而又充满活力的局面。

《汉书·艺文志》云："诸子十家，其可观者九家而已，皆起于王道既微；诸侯力政，时君世主好恶殊方，是以九家之术，蠭出并作。"这一段话，比较正确地概括了诸子兴起的原因。东周列国互相兼并，战争绵延不绝，灭国破家不计其数，富者剧富，贫者赤贫，百姓生死存亡如同草芥蝼蚁，不能不引起人们深深的思索。为了寻找这一切忧患苦难的根源及其解脱的途径，各家各派参照《易经》的启示，提出了各种不同的看法。"其言虽殊，譬犹水火相灭,亦相生也。'虽说是各家互相对立,没有一家不从对方得到好处。虽说是法家"严而少恩",墨家"俭而难遵",名家"苛察缴绕",阴阳家"拘而多畏",不如道家和儒家那样源远流长,影响深广,但如果没有这些学说与之竞争,儒家和道家也不会得到如此长足的发展。儒家和道家,附带其他诸家和外来的佛家,相反相补,相辅相成,挟泥沙而俱下,成为后世中国学术思想的主流,而渗透到和积淀在中国文化的各个方面。当这些沉淀物一旦被生生不息的感性动力所激活,就会在艺术中得到鲜明的表现,而构成艺术的特色和内涵。相对而言,儒家思想更多地渗透到和积淀在政治关系和伦理规范方面,道家思想更多地渗透到和积淀在艺术形式和审美观念方面。但无论哪个方面都存在着两家共同的影响。所以在艺术中,这两种影响都得到表现。对于审美感受它们彼此不分,但又可以用哲学分析区别出来。

儒家强调不以规矩不能成方圆;道家主张任从自然才能得天真。它们之间的矛盾,常常表现为历史和人的矛盾,政治和艺术的矛盾,社会与自然的矛盾。从美学的角度来说,前者是美学上的几何学,质朴、浑厚而秩序井然,后者是美学上的色彩学,空灵、生动而无拘无束。前者的象征是钟鼎,它沉重、具体而可以依靠;后者的象征是山林,它烟雨空濛而去留无迹。从表面上看来,二者是互相对立和互相排斥的,但是在最深的根源上,它们又都为同一种忧患意识即人的自觉紧紧地联结在一起,而又互相补充。正如历史和人、政治和艺术以及社会和自然都有其同一的根源,儒家和道家也都是同一种忧患意识即人的自觉的两种不同的表现。那种早已在《周易》、《诗经》和各种文献中不息地跃动着的忧患意识,不但是儒家思想的核心,也是道家思想的核心。

儒家尚礼乐,道家说自然,从同一种忧患意识出发,都无不带着浓厚的伦理感情色彩,都无不是通过成就某种人格的内省功夫,去寻求克服忧患的道路。两家道路不同,而所归则一。《孟子·告子下》云:"天将降大任于斯人也,必先苦其心志、劳其筋骨、饿其体肤、空乏其身、行弗乱其所为,所以动心忍性,曾(增)益其所不能。人恒过,然后能改;困于心,衡于虑,而后作;

征于色，发于声，而后喻。入则无法家拂士，出则无敌国外患者，国恒亡。然后知生于忧患，而死于安乐也"。这是儒家的道路。老子《道德经》则主张"贵大患若身"，"处众人之所恶"，这不是退避和忍让，而是顺应自然的法则（"反者道之动，弱者道之用"）来和忧患作斗争（"将欲取之，必固与之"），这是道家的道路。二者殊路而同归。那种单纯强调儒家入世、道家出世，儒家积极进取、道家消极退避的流行观点，恐怕失之片面，有必要加以补充才是。

从能动的主体的责任感，产生了人的自尊和对人的尊重。这是儒道两家都有的态度。孔子所谓"三军可夺帅也，匹夫不可夺志也"，孟子所谓"富贵不能淫、贫贱不能移、威武不能屈"，老子所谓"自知不自见、自爱不自贵"，庄子所谓"举世誉之而不加劝，举世非之而不加沮"，都无非是表现了这样一种人的自尊和对人的尊重而已。"寂兮寥兮，独立而不改！"这是什么力量？这是一种自尊自爱的、人格的力量。无论是儒家还是道家，人格理想的追求，在这里都充满着感性的、积极进取的实践精神。与忧患作斗争，与命运作斗争？这是一种普遍的实践。在这种实践中思想感情的力量不是首先被导向成就外在的、异己的宗教、国家、法律等等，而是首先被导向成就内在的人格，则是一种特殊的实践。这是中国哲学的特殊性，也是中国艺术、中国美学的许多特殊性的总根源。

总之，在中国文化中，与忧患抗争的人的感性动力，表现为起源于忧患意识的人的自觉。在忧患意识之中形成的积极进取的乐观主义以及建基于这种自觉和乐观主义的、致力于同道与自然合一的伦理的追求，以及在这种追求中表现出来的人的尊严、安详、高瞻远瞩和崇本息末的人格和风格，是我们民族文化的精魂。经过秦、汉两朝的扫荡和压抑，经过魏晋人的深入探索和韬厉发扬，它已经深沉到我们民族类生活的各个方面，成为构成我们的民族文化、精神文明的基本动力。尽管千百年来兴亡相继的，统政治、经济、文化于一体的，大一统的封建国家力图按照自己的需要来熔铸和改造它，它始终保持了自己的活性。从另一方面来看，也许正是这种封建体制的压迫，才使它得以保持自己的活性吧？

三

古代思想，无论在东方还是在西方，都有一个共同的特点，就是不满于当时灾难深重的现世生活，把希望寄托在对于彼岸世界的信仰上面。在西方，这个彼岸是以宗教方式提出来的天国，在中国，这个彼岸是以伦理方式提出来的"先王世界"。前者是一个外在的世界，通向那个世界的途径是知识和信仰。后者由于它的伦理性质又获得了此岸的实践意义，基本上是一个主体性的、内在的世界，通向那个世界的途径，主要是内省的智慧。

自古以来，中国人就对救世主之类抱着一种充满理性精神的怀疑态度。庄子的泛神论和孔子的怀疑论都反映了这个特点。孔子说："敬鬼神而远之，可谓知矣。"他说出了一个事实：以"敬"为中心的天道观念并没有把人导向外在的宗教世界。而这，也就是最高的智慧。从这种智慧产生了人的自尊、自信、自助的责任感，和荀卿所说的"制天命而用之"的主体意识，以及它的乐观主义的进取精神。这种精神表现在哲学之中，也表现在艺术和美学之中。

所以在中国，艺术创作的动力核心是作为主体的人的感性与理性的统一。它先达到意识水平，然后又沉入无意识之中，不断积聚起来，由于各种客观条件的触动发而为激情，发而为灵感，表现为艺术。所谓"情动于中，故形于声"(《乐记》)，"在心为志，发言为诗。情动于中，而形于言。言之不足，故嗟叹之，嗟叹之不足，故永歌之，永歌之不足，不知手之舞之，足之蹈之也。"(《诗大序》)这是一种内在的动力，而不是西方美学家所常说的那种外在的动力，例如神灵的启示(灵感)，或者外在现象的吸引所造成的被动的"反映"。

但是这种内在的动力，却又力图与外间世界相统一。例如，它追求人与人、人与社会的统一("论伦无患，乐之情也。""所以同民心而出治道也。")。追求人与自然，即"人道"与"天道"的统一("大乐与天地同和。""乐者，天地之和也。")。这种统一，作为艺术表现的内容，也就是情感与理智的统一,即所谓"以理节情"。把"以理节情"作为音乐创作和一切艺术创作的一条原则,是中国古典美学的一个独到的地方。

情是生生不息、万化千变的事实,它呈现出无限的差异和多样性。理是万事万物共同的道理,它贯穿在一切之中,所谓"道一以贯之",它呈现出整体的统一。"以理节情",也就是"多样统一"。"多样统一"作为"和谐"的法则,不但是西方美学所遵循的法则,也是中国美学所遵循的法则。但西方所谓的和谐主要是指自然的和谐,它表示自然界的秩序。中国所谓的和谐主要是指伦理的和谐,它表示社会和精神世界的道德秩序。中西审美意识的这种差别,反映出西方物质文明的务实精神同东方精神文明的务虚精神各有不同的侧重。

若问这个贯通一切的道理是哪里来的,那么我们可以简单地回答说:来自此岸的忧患意识。产生于忧患意识的情感是深沉的和迂回的,所以当它表现于艺术时,艺术就显出含蓄、敦厚、温和、"意在言外",所谓"好色而不淫、怨诽而不乱"。这是中国艺术传统的特色。"以理节情"的美学法则,不过是铸造这种特色的模子而已。它不但是美学的法则,也是一切政治的和伦理的行为法则,所谓"乐通伦理"、"乐通治道"。它们归根结底都是"忧患意识"的产物。

产生于忧患意识的快乐必然伴随着沉郁和不安。产生于忧患意识的痛苦必然具有奋发而不激越、忧伤而不绝望的调子。而这正是中国艺术普遍具有的调子。中国的悲剧都没有绝望的结局,即使是死了,也还要化作冤魂报仇雪恨,或者化作连理枝、比翼鸟、双飞蝶,达到亲人团圆的目的。"蝴蝶梦中家万里",正因为如此,反而呈现出一种更深沉的忧郁。这是个人的忧郁,同时也表现出一个社会、一个时代的心理氛围。

四

《史记·太史公自序》云:"夫《诗》、《书》隐约者,欲遂其志之思也。昔西伯拘羑里,演《周易》;仲尼厄陈、蔡,作《春秋》;屈原放逐,著《离骚》;左丘失明,厥有《国语》;孙子膑脚,而论兵法;不韦迁蜀,世传《吕览》;韩非囚秦,《说难》、《孤愤》;《诗》三百篇,大抵圣贤发奋(愤)之所为作也。此人意皆有所郁结,不得其通道也,故述往事,思来者"。又《屈原贾生列传》云:"屈原正道直引,竭忠尽智以事君,谗人间之,可谓穷矣!信而见疑,忠而被谤,能无怨乎?屈平之作离骚,盖自怨生也。"这个说法,虽然在个别细节上与考证略有出入,但总的来说是符合史实的。屈原本人就说过,他之所以写作,是"惜诵以致愍兮,发愤以抒情"。这不仅是屈原的态度,也是中国艺术家普遍的创作态度。我们看古代所有的诗文,有多少不是充满着浩大而又沉重的忧郁与哀伤呢?《诗》三百篇,绝大部分是悲愤愁怨之作,欢乐的声音是很少的。即使是在欢乐的时分所唱的歌,例如游子归来的时分,或者爱人相见的时分所唱的歌,也都带着一种荒寒凄冷和骚动不安的调子使听者感到凉意袭人,例如《小雅·采薇》:

　　昔我往矣

　　杨柳依依

　　今我来思

　　雨雪霏霏

又如《郑风·风雨》:

　　风雨如晦

　　鸡鸣不已

　　既见君子

　　云胡不喜

　　这种调子普遍存在于一切诗歌之中。"正声何微茫,哀怨起骚人",普遍的忧患,孕育着无数的诗人。所谓诗人,是那种对忧患特别敏感的人们,他们能透过生活中暂时的和表面上的圆满看到它内在的和更深刻的不圆满,所以他们总是在欢乐中体验到忧伤,紧接着"我有嘉宾,鼓瑟吹笙"之后,便是"忧从中来,不可断绝"。紧接着"今日良宴会,欢乐难具陈,弹筝奋逸响,新声妙入神"之后,便是"齐心同所愿,含意俱未伸,人生寄一世,奄忽若飙尘"。这种沉重的情绪环境,这种忧愁的心理氛围,正是中国诗歌音乐由之而生的肥沃的土壤。

读中国诗、文,多听中国词、曲,实际上也就是间接地体验愁绪。梧桐夜雨,芳草斜阳,断鸿声里,烟波江上,处处都可以感觉到一个"愁"字。出了门是"鸡声茅店月,人迹板桥霜";在家里是"梨花小院月黄昏","一曲栏干一断魂"。真的是"出亦愁,入亦愁,座中何人,谁不怀忧?"以致人们觉得,写诗写词,无非就是写愁。即使是"少年不识愁滋味",也还要"为赋新词强说愁"。浩大而又深沉的忧患意识,作为在相对不变的中国社会历史条件下代代相继的深层心理动力,决定了中国诗、词的这种调子,以至于它在诗、词中的出现,好像是不以作者的主观意志为转移似的。"愁极本凭诗遣兴,诗成吟诵转凄凉",即使杜甫那样的大诗人,也不免于受这种"集体无意识"的支配。

不仅音乐、诗歌如此,其他艺术亦如此,甚至最为抽象的艺术形式书法也不例外。孙过庭论书,就强调"情动形言,取会风骚之意,阳舒阴惨,本乎天地之心"。(《书谱》)这种奔放不羁、仪态万方而又不离法度的艺术,是中国艺术最好的象征。杜甫欣赏张旭的书法,就感到"悲风生微绡,万里起古色",这不是偶然的。绘画,是另一种形式的书法。它在魏晋以后的发展,内容上以画神怪人物为主逐渐转向以画山水竹石为主;技法上由以传移模写为主逐渐转向以抒情写意为主;形式上由以金碧重彩为主逐渐转向以水墨渲淡为主。这种转变和发展趋势,也不过是"取会风骚之意",把忧患意识所激起的情感的波涛,表现为简淡的墨痕罢了。"秋江上,看惊弦雁避,骇浪船还。"在那种平静和超脱的境界背后,横卧着我们民族的亘古的苦难。

五

"发愤以抒情"的观点,用现代美学的术语来说,就是"表现论"。

"表现论"是相对于"再现论"而言的。艺术的本质是什么?是再现作为客体的现实对象?还是表现作为主体的人的精神,即人的思想感情?主张前者的是再现论,主张后者的是表现论。二者并不互相对立,但各有不同的要求。西方美学侧重前者,它强调模仿和反映现实;中国美学侧重后者,它强调抒情写意。这种不同的侧重是与它们各自不同的哲学基础相联系的。

西方美学思想是在自然哲学中发生的,古希腊最早提出有关美与艺术问题的人是毕达哥拉斯学派,这个学派的代表人物大都是天文学家、数学家和物理学家,他们着眼于外在的客观事物的比例、结构、秩序、运动、节奏等等,提出了美在和谐的理论。这种和谐是一种数学关系,所以在他们看来,"艺术创作的成功要依靠模仿数学关系","艺术是这样造成和谐的:显然是由于模仿自然。"后来的苏格拉底考虑到美与善的联系,但他仍然认为艺术的本质是模仿,除了模仿美的形式以外,还模仿美的性格。亚里士多德在总结前人成就的基础上,即在模仿论即再现论的基础上,建立了西方美学史上第一个完整的美学体系——《诗学》。在《诗学》中他提出了三种模仿:按事物已有的样子模仿它;按事物应有的样子模仿它;按事物为人们传说的样子模仿它。后来的达·芬奇和莎士比亚,还有艺术史家泰纳,都继承了这一观点,他们先后都宣称艺术是客观现实的镜子。左拉和巴尔扎克则把艺术作品看作是历史的记录。车尔尼雪夫斯基则更进一步,他宣称"艺术是现实的苍白的复制"。这是一个在历史上不断完善的完整体系,在这一体系的范围之内,所谓浪漫主义与现实主义的区分,不过是模仿事实和模仿理想的区分而已。所谓现实主义和自然主义的区分,不过是模仿事物的本质属性和模仿事物的现实现象的区分而已。为了模仿事物的"本质属性",在这一体系中产生了"典型论"。"典型论"是更深刻的模仿论,但它并非近人所创,其根源仍然可以追溯到亚里士多德的模仿论。这是西方美学的主流和基调。

与之相比,中国艺术与中国美学走着一条完全不同的道路。与《诗学》同时出现的中国第一部美学著作《乐记》,按照中国哲学和中国艺术的传统精神,确立了一种与《诗学》完全不同的理论。除了把艺术看作是思想感情的表现以外,它还把艺术同道德、同一种特定的人格理想联系起来。这在中国哲学和中国艺术中本是一种固有的联系。《乐记》把它应用于创作,指出"乐者,德之华也"。"乐者,通伦理者也。"这样的概括,标志着一条与西方的模仿论完全不同的发展道路。《乐记》以后的中国美学,包括各种文论、诗论、画论、书论、词论甚至戏剧理论,都是沿着这一道路发展的。

现在我们看到,西方美学所强调的是美与"真"的统一,而中国美学所强调的则是美与"善"的统一。质言之,西方美学更多地把审美价值等同于科学价值,中国美学则更多地把审美价值等同于伦理价值。前者是"纯粹理性"的对象。后者则是"实践理性"的对象。它们都以情感为中介,不过前者更多地导向外在的知识,后者更多地导向内在的意志。二者的价值定向、价值标准不同,所以对艺术的要求也不同。

把艺术看作认识外间世界的手段,自然要求模仿的精确性,反映的可信性,再现的真实性。自然要求对它所再现和反映的事物进行具体的验证。例如西洋画很重视质量感、体积感、空气感、色感和光感等等,哪怕是画虚构的事物,想象出来的事物(例如拉斐尔的圣母和天使,鲁本斯的魔鬼和精灵)都力求逼真,力求使人感到若有其物。这就需要求助于对透视、色彩、人体结构和比例等等的了解,这些都可借实用科学来验证。透视可以用投影几何来验证,色彩可以用光谱分析和折射反映来验证,人体的结构和比例可以用解剖来验证。验证就是认识必然。画如此,文学、雕刻、电影等等亦如此。

中国美学把艺术看作一种成就德性化人格的道路,所以它不要求把艺术作品同具体的客观事物相验证,而是强调"以意为主",即所谓"取会风骚之意"。即使"传移模写",目的也是为了"达意"。所以也可以"不求形似"。越往后,这一特点越明显。魏晋人"以形写神"的理论,发展到宋代就被解释为"以神写形"了。对象实体不过是情与意的媒介,所以艺术创作贵在"立意",可以"不求形似"。欧阳修诗:"古画画意不画形,梅卿咏物无隐情。"苏轼诗:"论画以形似,见与儿童邻。作诗必此诗,定知非诗人。"这种观点,同西方美学迥然各异。

在中国美学的词汇中,所谓"创作",也就是"意匠"的同义词。杜甫诗

"意匠惨淡经营中"一句话说尽了创作的甘苦。意匠功夫来自人格的修养,所以做诗、作曲、写字、画画,必须以在一定生活经验的基础上建立起来的一定的人格修养、一定的精神境界作基础。"汝果欲学诗,功夫在诗外。"这种诗外的功夫同样也就是画外的功夫。中国画家论创作,强调"读万卷书,行万里路",强调"人品不高,用墨无法",就因为"意诚不在画也"。既如此,实物的验证就完全没有必要了。因为画的价值不是由它在何种程度上精确逼真地再现了外在对象,而是由它在何种程度上生动感人地表现了人的内在人格和表现了什么样的内在人格来决定的。

音乐也不例外。在中国美学看来,音乐的形式并非来自模仿客观事物,例如模仿小鸟的啁啾或者溪流的叮咚。而是来自主体精神的表现,来自一种德性化了的人格的表现。所以它首先不是要求音乐反映的真实、具体、精确、可信。而是要求"德音不瑕","正声感人"。要求"情见而意立,乐终而德尊"。孟子《公孙丑上》云:"闻其乐而知其德。"《吕氏春秋·音初篇》云:"闻其声而知其风,察其风而知其志,观其志而知其德。盛、衰、贤、愚、不肖、君子、小人,皆形于音乐,不可隐匿。"我认为中国美学的这些观点,比西方美学更深刻地触及了艺术的本质。

六

如所周知,人物画在中国画史上不占主导地位。与之相应,小说和戏剧在中国文学史上也不占主导地位。虽然在明、清以后,中国也曾出现过一些真正伟大的小说、戏剧作品,但是,这几种西方艺术的主要形式,总的来说不曾受到中国艺术的重视。鲁迅说:"小说和戏曲,中国向来是看作邪宗的。"(《且介亭杂文》二集)他没有说错。《汉书·艺文志》早就宣称这类作品是"君子弗为"的"小道",而把它黜之于"可观者"诸家之外。唐人以小说戏曲为"法殊鲁礼,亵比齐优"(《通典》)。宋人以小说戏曲为"玩物丧志"、"德政之累"(《漳州府志》)。造成这种情况的原因很多,其中的一个主要原因是,这种擅长于模仿、叙事的艺术门类,同中国美学的主导思想的联系不是最直接的。

这并不是说,古籍中没有关于戏剧和小说的专著。也有过一些这样的专著,如《东京梦华录》、《都城纪胜》、《西湖老人繁胜录》、《梦梁录》、《武林旧事》、《醉翁谈录》、《少室山房笔丛》等等,但是这些著作,没有一本算得上是美学著作。都无非野史、笔记,资料性、技术性的东西。《焚香记总评》和几本小说集的序言,虽然也发过一点议论,都无非杂感之类,没有什么系统性、理论性。所以在中国传统美学中,小说戏剧的研究是十分薄弱的一环。这最弱的一环恰恰是西方美学中最强的一环。因为从模仿论的观点看来,这种叙事的形式正是再现现实的最好形式。

在西方,最早的诗歌是叙事诗,即史诗。如《伊利亚特》、《奥德赛》,它着重描绘事件发展过程,人物状貌动作,以及发生这一切的环境。西方的戏剧、小说就是从史诗发展而来。所以西方戏剧小说理论强调的是情节,认为戏剧小说的要素是情节而不是人物的个性或者思想感情。亚里士多德《诗学》第八章规定,史诗必须遵循情节发展的逻辑必然性这一规律,达到"动作与情节的整一",他指出这种"动作与情节的整一"是史诗与历史的区别。后来新古典主义者在"动作与情节的整一"之上加了诸如"时间与空间的整一"等等,被称为"三一律","三一律"一度是西方古典戏剧小说创作公认的原则。

在中国,最早的诗歌是抒情诗,如《诗经》,它直接表现或通过自然环境或人物动作的描述间接表现主体的人的心理感受。"劳者歌其事,饥者歌其食。"饥寒劳苦(忧患),以及起于饥寒劳苦的喜、怒、哀、乐、思虑(忧患意识),才是它的真正动力和内容。它有时也着重叙述人物、环境和事件,如《七月》、《伐檀》等,但即使在这些作品中,环境和事物也仍然不过是表现的媒介而已,它的要素仍然是思想感情而不是故事情节。中国文学史上最重要的叙事诗是《孔雀东南飞》。即使是《孔雀东南飞》,它的形式、结构也无不从属于情感的旋律。从"孔雀东南飞,五里一徘徊"到"徘徊庭树下,自挂东南枝",在徘徊而又徘徊之中表现出来的无穷的苦恼意识,才是这篇作品的中心内容。这个内容不仅决定了它的一唱三叹的形式,而且赋予了它以无可怀疑的抒情性质。其他如《木兰诗》等,无不如此。

不论小说戏剧是否确是从诗歌发展而来,中国的戏剧小说都带有浓厚的抒情性,同中国诗的性质相近。《红楼梦》中有一段叙事,脂砚斋评道:"此即'隔花人远天涯近',知乎?"其实整部《红楼梦》又何尝不是"隔花人远天涯近"。王实甫的《西厢记》,是典型的剧本故事,但是,你看它一开头:

> 可正是人值残春蒲郡东,门掩重关萧寺中,花落水流红。闲愁万种,无语怨东风!

一种炽热的、被压抑的、在胸中汹涌骚动而又找不到出路的激情,成了揭开全剧的契机。这是诗的手法,而不是戏剧的手法。汤显祖的《牡丹亭》,以出死入生的离奇情节著称,但是这情节所遵循的,仍然是情感的逻辑,"袅晴丝吹来闲庭院,摇漾春如线,停半晌,整花钿,没揣菱花,偷人半面。""原来姹紫嫣红开遍,似这般都付与断井颓垣,良辰美景奈何天,赏心乐事谁家院!"……由于是沿着情感的线索发展,而不是遵循逻辑的公式进行,全剧的结构就成了一种抒情诗的结构。连《桃花扇》那样的历史剧也不例外,"斜阳影里说英雄","闲将冷眼阅沧桑",忧国忧民的愁思,交织着荣衰兴亡的感慨,就像是一首长诗。

与表现论相联系的是写意原则。这一点,即使对于小说戏曲来说也不例外。"优孟学孙叔敖抵掌谈笑,至使人谓死者复生,此岂举体皆似,亦得其意思所在而已"(《东坡续集》卷十二)。苏轼这段话,可以看作是写意原则在小说、戏剧中的应用。中国戏剧的程式化动作已成为一种惯例,像诗词中的典故一样,信手拈来,都成了情感概念的媒介。例如在京戏中,骑马的时候不必有马,马鞭子摇几下,就已经走过了万水千山,这是无法验证,也无需验证的。所谓"得鱼而忘筌","得兔而忘蹄","得意而忘言",这些中国哲学一再强调的道理,在这里既是创作的原则,也是欣赏的原则。西方的戏剧电影,务求使人感到逼真,演戏的骑马就得处处模仿真实的骑马,草原和道路伴随着得得的蹄声在银幕上飞掠过去,这种手法比之于京戏的手法,其差别就像是中医同西医的差别。前者讲虚实、讲阴阳,后者讲血压体温、细菌病毒。后者可以验证,前者不可以验证。不可以验证不等于不科学,有许多西医治不好的病中医能治好，就是这一点的证明。这就叫："可以言论者，物之粗也；可以致意者，物之精也。言之所不能论，意之所不能察致者，不期精粗焉。"（《庄子·秋水》）

七

中国哲学所要把握的不是局部现象，而是与人相统一的终极实在。由于语言不能表示这种实在，所以中国哲学轻视语言的功能，而更经常地通过感性的、直观的方式去"沉思"。它由此而获得的智慧，具有"顿悟"的性质，无法通过具有线性序列结构的概念和符号系统来表达。而往往"只可意会，不可言传"。所谓"道可道，非常道"。老子这句话，可以直译为能够用言辞表达出来的道不是真正的道，也可以意译为地图不是领土。不管后来的诗人们怎样锤炼自己的句子。他所追求的仍然是意在言外，而不是在地图上扬鞭耕耘。

我很喜欢刘禹锡的四句诗：

　　常恨语言浅

　　不如人意深

　　今日两相视

　　脉脉万重心

这四句诗以最少的字句传达出最多的信息，如此富于禅意而又如此执着于生活。其手法也很有代表性："发愤抒情"而又"不求形似"。这不但是中国诗常用的手法，也是中国画常用的手法。

"发愤抒情"是关于创作动力的理论。"不求形似"是关于创作方法的理论。二者在中国艺术和中国美学缓慢而又漫长的发展过程中统一起来，成为中国艺术和中国美学的主流。这一主流的发展线索，同中国哲学的发展线索基本上符合。

"不求形似"的"形"，犹言形质、形象、器用。也就是各个具体的事物之所以存在的或者说之所以被我们感知、认识和利用的方式。在中国哲学看来,形质、形象、器用都不重要。只有这些事物之所以成为这些事物的道理才重要。道理是无形的,所以在形以上,器质是有形的,所以在形以下。《易》曰:"形而上者谓之道,形而下者谓之器。"重"道"轻"器",重"意"轻"言",是中国哲学一贯的立场。

西方哲学所使用的语言,是经验科学的语言,即"形而下学"的语言,它首先是人们认识一事一物与一事一物之理的工具,它的功能是描述性的,所以言能尽意而力求名实相应,力求反映的忠实性、模仿的精确性、再现的可以验证性;与之相异,中国哲学所使用的语言是"形而上学"的语言。[①]它主要的是人们追溯万事万物本源的工具,它的功能是启示性、象征性的,所以常常"书不尽言,言不尽意"。中国哲学常常强调指出这一"书不尽言,言不尽意"。而这,也就是中国艺术和中国美学所谓"不求形似"的理论来源。

中国艺术和中国美学追求"言外之意"、"弦外之音"、"象外之旨",是同中国哲学的形而上学精神相一致的。正如西方艺术和西方美学要求反映的精确和描述的具体,是同西方哲学的形而下学精神相一致的。形而上学要求越过物物之理而追索那个总稽万事万物的道理,所以表面上看起来同辩证法相对立,有点虚玄,其实不然。这种思想恰好是要求从联系的观点和整体论的观点来看问题,所以它与辩证法息息相通。"玄之又玄,众妙之门",它是启迪我们智慧的一种途径。《易经》讲相反相成,老子亦讲相反相成,我们常说《易》和《老》有朴素的辩证法思想,但是我们又把它们的"形而上"立场同辩证法的立场对立起来,这岂不是很值得商榷的吗?

宋人最喜欢用"形而上"和"形而下"这两个概念,美学上的"不求形似"说之所以首先出现于宋代,不是偶然的。中国绘画之所以到宋代特别明显地趋向于写意,不是偶然的。"运用于无形谓之道,形而下者不足以言之。"(张横渠:《正蒙·天道篇》)不足以言之,故"贵情思而轻事实"。"逸笔草草",宜矣。

所以中国美学不承认有西方美学中所常说的那种"纯形式"。中国美学从来不讲"形式美"。在中国美学看来,形式不过是一种启示、一种象征,它无不表现一定的道理、一定的人格。"道者器之道,器者道之用","尽器则道无不贯,尽道所以审器,知至于尽器,能至于践形,德盛矣哉!"(王夫之:《思问录内篇》)艺术创造形式,不仅是为了明道,而且是为了明德。"德盛矣哉",于是乎有"文"。"象者文也","文以载道,诗以言志",哲学上的人格追求,导致了艺术上的写意原则。

道就是理,理就是德,德就是人格,人格的表现就是迹,迹就是器,所以器虽小,却又足以发明道。"夫道,弥纶宇宙,涵盖古今,成人成物,生天生地,岂后天形器之学所可等量而观!然《易》独以形上形下发明之者;非举小不足以见大,非践迹不足以穷神"(郑观应:《盛世危言·道器》)。这种从具体达到抽象,以个别领悟普遍,由感性导向理性,把概念和实在、形式和内容、必然性和偶然性统一起来的观点,虽然说得虚玄晦涩,却深刻地触及了审美与艺术的本质:艺术,在中国美学看来,就是要即小见大,以器明道。借用黑格尔的话说,就是要在个别中见出一般。不过黑格尔所说的是本体论,中国哲学所说的是价值论,黑格尔所说的是认识论,中国哲学所说的是表现论。话虽同,含义还是不同的。

《周易·系辞传》云:"生生之谓易。""易者象也,象也者像也。"易象是一种抽象,又是一种具象。人们出于忧患,探索盈虚消息,因卜筮而有象,因象而有情,因情而有占。它是以形而上者说出那形而下者,又是以形而下者说出那形而上者,所以既是哲学的精义,又是艺术的精义。象形文字的形声和会意,也包含着许多哲学和艺术的要素。当然,卦、爻和象形文字既不是真正的哲学,也不是真正的艺术,它们是介乎哲学和艺术二者之间的、象征性的东西,但它们是中国艺术的雏形。正如胚胎发育的过程是生物进化的过程的缩影,在这个雏形之中包含着许多中国艺术由之而生成的要素。

最基本的要素是"道"与"德"。道是忧患所从之而来和从之而去的普遍规律,德是生于忧患意识的责任感和行动意志。由于忧患与人的行为之间存在着因果关系,所以"道"与"德"是统一的。"道德实同而异名",把道与德相统一是中国哲学的伟大成就之一[②]。所谓"文以载道",实际上也就是"文以明德",它所表现的仍然是德性化的人格,而不是外在于人的客观事物。《庄子·天地篇》云:"通于天地者德也,行于万物者道也。""形非道不生,生非德不明。"《关尹子·一字篇》云:"道终不可得,彼可得者,名德不名道。"《大戴礼记·主言篇》云:"道者所以明德也,德者所以遵道也,是故非德不尊,非道不明。"道与德这两个概念,可以说是中国哲学的骨干。实际上,它也是中国艺术与中国美学的骨干。从往后的发展来看,中国艺术和中国美学愈来愈强调表现人格,愈来愈强调"以意为主",愈来愈把表现在艺术中的喜怒哀乐,同一定伦理的、政治的状况联系起来,这种发展趋势,也反映出哲学的影响。

与中国哲学相一致,中国艺术和中国美学之所以"贵情思而轻事实",缘其着眼点在德不在形,在意不在象。"乐者,所以象德者也",所以"情见而义立,乐终而德尊"。"画者,从于心者也",所以"人品不高,用墨无法"。这是完全合乎逻辑的。根据这一逻辑,自然"逸笔草草,不求形似",否则就是自相矛盾了。

道是形而上的东西,看不见也听不着。"道也者,口之所不能言也,目之所不能视也,耳之所不能听也,所以修心而正形也。"(《管子·内业篇》)修心而正形,于是乎有德,有德便有象。由于"言不尽意",所以要"立象以尽意"。在这个意义上,人对道德的追求,也就是对美的追求,这两种追求在艺术中合而为一。在这个意义上,一切艺术都是"六经",而"六经"也是最广义的艺术。明乎此,我们就知道为什么中国艺术和中国美学愈来愈倾向于不求形似了。

王弼《周易略例·明象》云:"言者所以明象,得象而忘言;象者所以存意,得意而忘象。""象生于意而象存焉,则所存者,乃非其象也……故立象以尽意,而象可忘也。"象,即形象,不过是一种符号,一种象征,一种启示,一种过程的片断,不是实体,不是目的,不是对象的留影。所以"忘象"才能"得意"。拘于"形似",是"舍本逐末"的"余事",是"与髹漆圬墁之工争巧拙与毫厘",这样的人,不唯不可以作画,也"不可以与谈六经"。

这样的观点是逐渐建立起来的。早先,艺术家和美学家们还兼顾到形似。在讲表现的同时也讲再现,例如《乐记》在讲表情的同时也讲"象成",顾恺之在讲传神的同时也讲"形神兼备",谢赫在讲"气韵生动"的同时也讲

"传移模写",刘勰在讲"情在词外"的同时也讲"状如目前"。但是越往后,再现论的因素越来越少,表现论的因素越来越多,这一发展道路,是同艺术通向德性化人格的道路相一致的。

八

艺术,作为德性化人格的表现,不言而喻,它首先要求诚实。不诚实,不说真话,要表现德性化的人格是不可思议的。中国美学对艺术提出的最基本的要求,也就是诚实。这一要求,同中国哲学的传统精神完全一致。

《周易·文言传》:"修辞立其诚。"《荀子·乐论篇》:"著诚去伪,礼之经也。"《庄子·渔父篇》:"真者,精诚之至也,不精不诚不能动人,故强哭者虽悲不哀,强怒者虽严不威,强亲者虽笑不和。真在内者,神动于外,是所以贵真也。"这个儒道两家一致的意见,成为中国美学的一个核心思想。

中国哲学是实践理性,所谓"修辞立其诚",也有其实践意义。忧患意识是对德与福之间因果关系的意识。"天道福善祸淫"(《尚书·汤诰篇》),"唯厚德者能受多福"(《国语·晋语》),"诚"是德,故能致福,不诚是失德,故能致祸。古人所谓的"福"与"祸",也就是今天我们所说的"社会效果"。按照中国哲学和中国艺术的传统精神,只有说真话的作品才能表现自己的时代精神和引起好的社会效果。说假话的作品尽管一时好听,从长远来说则是有害于社会和国家的。李觏《潜书》云:"善卜筮者,能告人以祸福,不能使祸福必至于人。喜福而怠修,则转而致祸;怛祸而思戒,则易而为福。若是,则龟莢皆妄言。故歌大宁者,无验于昏主,恤危亡者,常失于明后。善言天下者,言其有以治乱,不言其必治乱。"艺术家和哲学家都不是预言者,他们只要说出自己的真实的感受,真实的思想,他们也就对社会尽到了自己的责任。

钟嵘《诗品》:"观古今胜语,多非补假,皆由直寻。"东方树《昭昧詹言》:"古人论诗,举其大要,未尝不喋喋以泄真机。"刘熙载《艺概》:"赋当以真伪论,不当以正变论。正而伪不如变而真。"《袁中郎全集序小修诗》:

"非从自己胸臆中流出,不肯下笔……真人所作,故多真声。不效颦于汉魏,不学步于盛唐,任性而发,苟能通于人之喜、怒、哀、乐、嗜好情欲,是可喜也……"像这样的例子,不胜列举。诗、文如此,绘画、音乐等等亦如此。俗人之画必俗,雅人之画必雅,"贤、愚、不肖……皆形于乐,不可隐匿"。所谓文如其人,画如其人,乐亦如其人,这是中国美学一贯的观点。这种观点同西方美学的着重强调真实地再现客观事物,真实地反映客观现象,其着眼点和出发点显然是不同的。

因为说真话,所以艺术作品才有可能表现出自己的时代,表现出自己时代的时代精神和社会心理面貌。"是故治世之音安,以乐其政和;乱世之音怨,以怒其政乖;亡国之音哀,以思其民困。声音之道,与政通矣。"如果说假话,治世之音怨,乱世之音安,那就不真实,不能表现时代思潮了。另一方面,由于艺术在本质上是真诚的,所以从你的作品中不仅可以见出时代,也可以见出你自己的人格,如果你说假话,也可以见出你虚伪的或者阿谀取宠的人格,"不可隐匿"。"予谓文士之行可见:谢灵运小人哉,其文傲;君子则谨。沈休文小人哉,其文冶;君子则典。鲍照、江淹,古之狷者也,其文急以怨;吴筠、孔珪,古之狂者也,其文怪以怒;谢庄、王融,古之纤人也,其文碎,徐陵、庾信,古之夸人也,其文诞。或问孝绰兄弟?予曰,鄙人也,其文淫。或问湘东王兄弟?予曰,贪人也,其文繁。谢朓,浅人也,其文捷。江聪,诡人也,其文虚。"(王通《中说》)作品的形式结构,也表现出作者的心理结构。心理结构又可以纳入道与德的范畴。所以大至国家的道德(政治),小至个人的道德(人品),都无不在艺术作品中表现出来,而起到不同的社会效果,而成为衡量作品价值的一个重要尺度。

这个尺度,不仅是美的尺度,也是善的尺度。所以艺术作品,在中国美学看来,是真(真诚)、善、美的统一。这种统一也就是人格的统一。艺术不仅表现这统一,也通过人与人之间思想感情的交流,导向这统一。所谓"同民心而出治道",从有文献可以严格考察的历史时代起,自古以来一直是这样。这可说是中国艺术的一个传统。

当然,中国艺术在其发展过程中,也曾出现过偏离这个传统的倾向,如辞、赋骈文的纤巧,齐、梁宫体的浮艳,"俪采百字之偶,价争一字之奇",完全颠倒了文与质的关系。但是这种倾向出现以后,立刻就受到中国美学的批评。当时的刘勰、钟嵘、斐子野、苏绰、李谔……以及后来唐代古文运动诸大家,都曾在批评这种倾向的同时,重申了"修辞立其诚"的原则。

刘勰《文心雕龙》云:"夫铅黛所以饰容,而盼倩生於淑姿;文采所以饰言,而辩丽本于情性。故情者文之经,辞者理之纬;经正而后纬成,理定而后辞畅,此立文之本源也。昔诗人篇什,为情而造文;辞人赋颂,为文而造情。何以明其然?盖风雅之兴,志思蓄愤,而吟诵性情,以讽其上,此为情而造文也。诸子之徒,心非郁陶,苟驰夸饰,鬻声钓世,此为文而造情也。故为情者要约而写真,为文者淫丽而烦滥。而后之作者,采滥忽真,远弃风雅,近思辞赋,故体情之制日疏,逐文篇愈盛。故有志深轩冕而讽泳皋壤,心缠几务而虚述人外,真宰勿存,翩其反矣。……是以衣锦褧衣,恶文太章;贲象穷白,贵乎反本。"刘勰这一段话,在批评"为文而造情"的同时,也指出了艺术的本质是"为情而造文","为情而造文"者是诗人,"为文而造情"者,辞人而已。按照刘勰的语义,诗人和辞人的区别,是说真话和说假话的区别,也就是真艺术和假艺术的区别。后世论画者,多指出"金碧重彩"画是"功倍愈拙",是"为学日益,为道日损"。其所持的理由,基本上与刘勰相同。

"为情而造文"的所谓"情",也不是任何一种"情",而是在"以礼节情"的哲学思想指导下受"礼"所调节的"情"。即符合仁义道德的"情"。这一点在批评齐梁风气的许多文献中,可以看得很清楚。如《中说·王道篇》云:"古君子志于道、据于德、依于仁,而后艺可游也。"《隋书·文学传序》云:"易曰,观乎天文以察时变,观乎人文以化成天下。传曰,言,身之文也,言而不文,行之不远。故尧曰则天,表文明之称,周云盛德,著焕乎之美。然则文之为用,亦大矣哉!""梁自大同之后,雅道沦缺,渐乖典则,争驰新巧……其意浅而繁,其文匿而彩……盖亦亡国之音乎?"柳冕《与徐给事论文书》云:"杨、马形似,曹刘骨气,潘陆藻丽,文多用寡,只是一技,君子不为也。"韩愈《答李秀才书》云:"愈之所志于古者,不惟其辞之好,好其道焉尔。"又《答李翱书》云:"行之乎仁义之途,游之乎诗、书之源,无迷其途,无绝其源，吾终身而已矣。"柳宗元《答韦中立论师道书》云："始吾幼且少，为文章以辞为工。及长，乃知文者以明道，是固不苟为炳炳烺烺，务采色，夸声音，而以为能也。……本之以《书》以求其质；本之《诗》以求其恒；本之《礼》以求其义；本之《春秋》以求其断；本之《易》以求其动；此吾所以取道之源也。参之谷梁氏以厉其气；参之孟、荀以畅其友，参之老、庄以肆其端；参之《国语》以博其趣；参之《离骚》以致其幽；参之太史以著其洁，此吾所以旁推交通而以之为文也。"我们看，韩、柳古文运动之所以有"起八代之衰"的力量，还不是由于它的根子是扎在中国哲学的深处的吗？

古文运动给了虚伪浮夸和片面追求形式美的倾向以有力的冲击，但是那种"两句三年得，一吟双泪流"的作风，直到宋明以后才真正廓清。"真诚"问题作为一个艺术的本质问题，被明确地提出来。正如"不求形似"的问题作为一个创作方法提出来，都是宋、明以后的事。最明确地突出这一点的是李贽。李贽认为："结构之密，偶对之切，依理于道，合乎法度，首尾相应，虚实相生"等等形式美的要求，之所以"皆不可以语于天下之至文"，其根本原因就是"假"。他写道："岂其似真非真，所以入人之心者不深耶！"（《焚书》）他指出，真正的艺术家，只能是那种有话要说，不得不说，"宁使见者闻者切齿咬牙，欲杀欲割，而终不忍藏之名山，投之水火"的人。他的这种思想，上接屈原的"发愤抒情"说、司马迁的"发奋著书"说和刘勰的"为情而造文"说，下通袁宏道的"率性"说和龚自珍的"童心"观，可以说是中国艺术和中国美学的核心思想。

九

"临邛道士宏都客，能以精诚致魂魄。"艺术家不是方士巫师，没有催眠术，但他确实"能以精诚致魂魄"。精诚，是一种能摇撼别人灵魂的力量。不仅是情感的力量、人格的力量，而且是一种意志的力量。这种被西方美学普遍理解为"形象感染力"的东西，在中国美学看来，无非是一种贯注着精诚的意志的形象。意志由于贯注着精诚，所以才能够在形象上表现坚忍和顽强。

《论语·子罕篇》："三军可夺帅也,匹夫不可夺志也。"《孟子·尽心上》："士何事?孟子曰:尚志。"《礼记·学记篇》："官先事,士先志。"从事艺术创作和哲学研究的中国知识分子——士,最重视的就是"尚志"。"何谓尚志?曰,仁义而已矣。"(《孟子·尽心上》)"志于道而道正其志,则志有所持也。"(王夫之《读四书大全》)中国哲学所崇尚的道与德,其支柱就是志。

志是一种感性动力与理性结构相统一的精神力量。其强度愈大,则人格愈高。"义所当为,力所能为,心欲有为,而亲友挽得回,妻孥劝得止,只是无志。"(吕坤《应务》)所以有志者,"富贵不能淫,贫贱不能移,威武不能屈"(《孟子·尽心上》)。中国哲学上的这个"志"的概念,也就是中国艺术上的"力"的概念。

那种《易》所借以"观我生进退"的力,在艺术中表现出来时渗透着作者的情感和意志。这就是构成艺术的最基本的要素。各种力的不同形式的运动所留下的轨迹,若无"志"的充实,便不会形成一个方向性结构。如果是画的话,线条就会在纸上轻飘飘地、无目的地滑过去,而不会"力透纸背",或者"如锥划沙"。情意力的基质是画的"骨"。没有力也就是没有骨。③荆浩《笔法记》云:"生死刚正谓之骨。"画家们所谓笔法,其实也就是骨法。所以思想感情不同,笔情墨趣也就不同。

张彦远《历代名画记》云:"骨气形似皆本于立意;而归乎用笔。"这也就是我们前面所说的艺术修养,艺术修养基于人格修养、道德修养。必须"精诚忽交通,百怪入我肠",然后"龙文百斛鼎,笔力可独扛"。没有这种画外功夫,画是不会有力的。中国书法家画家论字画,常说"有力量"或者"没有力量",很少说"美"或者"不美",这种用词上的差异,是值得研究的。吕凤子先生说:

> 根据我的经验,凡属表示愉快感情的线条,无论其状是方、圆、粗、细,其迹是燥、涩、浓、淡,总是一往流利,不作顿挫,转折也是不露尖角的。凡属表示不愉快感情的线条,就一往停顿,呈现出一种艰涩状态,停顿过甚的就显示焦灼和忧郁感。有时纵笔如"风趋电疾",如"兔起

鹊落",纵横挥斫,锋芒毕露,就构成表示某种激情或热爱或绝忿的线条。不过,这种抒写激烈情绪的线条,在过去的名迹中是不多见的。原因是过去的作者虽喜讲气势,但总要保持传统的雍穆作风和宽宏气度。所以状如"剑拔弩张"的线条且常被一些士大夫画家所深恶痛绝,而外柔内劲的所谓"纯棉裹铁"或"棉里针"的圆线条,就从最初模仿刀画起一直到现在都被认为是中国画的主要线条了。(《中国画法研究》)

这一段话不但说明了艺术以渗透作者情意的力为基质,也说明了中国艺术所追求表现的力,不是"剑拔弩张"的力,而是"纯棉裹铁"的力。

其实,中国美学对中国画的这种传统要求,也是中国美学对诗、文、书法等等的共同要求。书法固然是反对"剑拔弩张"了,诗、词也反对"剑拔弩张"。所谓"怨诽而不乱","好色而不淫",所谓"发乎情,止乎礼义",不也就是诗、文领域中的"纯棉裹铁"和"棉里针"吗?中国美学认为,只有这样的作品才是理想的作品。所以,虽然像《胡笳十八拍》或《窦娥冤》那样呼天抢地的作品也能感人至深,却很少有人那么写。传世名作大都是合乎"温柔敦厚"的所谓"诗教"的。这不是软弱的表现,而是强毅的表现。西方表现忧患与痛苦的作品,音调多急促凄厉,处处使人感到恐怖和绝望。中国表现忧患与痛苦的作品,音调多从容徐缓,处处使人感到沉郁和豁达,感到一种以柔克刚的力量。

刘琨诗:"何意百炼钢,化为绕指柔。"我想我们不妨拈出这后一句,来形容中国哲学和中国艺术的特点。如果说民族气派、民族精神的话,那么我认为这就是中国艺术的民族气派和民族精神。流行的观点认为中国的艺术是消沉的、避世的、退让的,我一直不敢苟同。我认为恰恰相反。在漫长而又黑暗的中世纪封建社会,中国艺术很好地表现了处于沉重的压力之下不甘屈服而坚持抗争,不甘沉寂而力求奋发,不同流合污而追求洁身自好的奋斗精神。所谓"三军可夺帅也,匹夫不可以夺志也"。所谓"举世誉之而不加劝,举世非之而不加沮"。联系发展缓慢、数百年如一日的中国封建社会巨大的历史背景来看,它的进步含义应该是很清楚的。"人生在世不称意,明朝散发弄扁舟","安能摧眉折腰事权贵!"这是什么力量?!这是在异化现实中追求自由解放的力量,是起于忧患意识的人的自觉的力量。所以它是入世的力量而不是出世的力量,是进取的力量而不是退避的力量。但它又以出世和退避的形式表现出来,所以是"纯棉裹铁"的力量。这种力量,归根结底,也就是"志"的力量、"骨"的力量,是在强大的持久的压力下坚定不移的力量。这种骨也就是所谓的"傲骨",这种封建社会的"傲骨"是中国艺术的主干。中国的画,虽然也有画牡丹和芍药者,但更普遍的题材却是梅、兰、菊、竹,这是它们有"傲骨"的缘故。"梅花香自苦寒来","菊残犹有傲霜枝","高标逸韵君知否?正在层冰积雪时!"这些题材是中国艺术最好的象征,也是中国哲学所追求的理想人格的象征。④

十

当然,一切艺术都表现力量,西方艺术也表现力量。但这是两种完全不同的力量,也是两种完全不同的表现。拿敦煌彩塑和一些西方雕刻比较一下,这一差别可以看得很清楚。面对着外间世界的忧患苦难,二者都表现出一种反抗的力量。但前者的反抗通过实践理性表现为一种精神的力量,后者的反抗通过求生本能表现为一种物质的肉体的力量。一如西方雕刻中的人物各有个性,敦煌彩塑中的人物亦各有个性。阿难是朴实直率的;迦叶是饱经风霜的;观音呢,圣洁而又仁慈。他们全都赤着双脚,从风炎土灼的沙漠里走过来,历尽万苦千辛,面对着来日大难,既没有畏缩,也没有哀伤。既不横眉怒目,咬牙切齿,也不听天由命,随波逐流。他们没有被苦难征服,又迎着苦难平静地走去,不知不觉征服了苦难。第138窟的巨大的卧佛,是释迦牟尼临终时的造像,他以单纯的姿势侧卧着,脸容安静、和平而又慈祥,"如睡梦觉,如莲花开",他没有被死亡所征服,而是平静地迎着死亡走去,不知不觉地征服了死亡。好像是在对弟子们说:"如来正在消逝,去宣扬佛法吧。"死亡的主题,被表现为一曲生命的凯歌,它像庄严徐缓的进行曲,给我们以无穷的力量。

这是什么力量?是一种精神的力量而不是物质的力量。如果把它同西方雕塑的力量放在一起作比较,我们就有可能对它获得一个比较明确的概念。你看西方同样以死亡为主题的雕塑作品,例如《拉奥孔》,米开朗琪罗的《死》或者罗丹的《死》,其主题莫不是在强壮肉体的剧烈挣扎中展开的,雄厚宽阔的胸脯中骚动着恐怖,郁结着生活的渴望。大块大块隆起而纠结的肌肉中凝聚着生命力,而脸孔上绝望的表情却呈现出一种无声的哀号。在这些形象里面我们也感到一种巨大的力量。它带着雷雨般的气势,猛烈地摇撼我们的灵魂。它是对死的抗议,是对于外在的忧患的外向的抗议。这种抗议的表现具有很高的审美价值,但它同东方艺术中所表现出来的那种力量迥然异趣。

不管论质、论量,前者都不亚于后者,甚至比后者更强。虽然它是通过一些体质文弱、动作安详、姿势单纯的形象表现出来的。这也是一种"纯棉裹铁"。它的这种神秘的表现性很能说明中国艺术的美学特征。你看那些修长而又柔和的衣褶,它们互相跟随,时而遇合,时而分离,徐缓伸展又蓦然缩转,轻悠下降又陡然上升,交织、纠缠而又分开,飞向四面八方又回到原来的地方,好像是一首无声的乐曲。它有着管弦乐的音色,但不软弱。有着进行曲的旋律,但不狂放。它从容不迫,而又略带凄凉。不是禁欲的官能压抑,也不是无所敬重的肉体解放。不是宿命的恐惧或悲剧性的崇高,也不是谦卑、忍让或无所依归的彷徨。深沉而又冷静的忧患意识,表现在一种情感和理性相统一的形式之中,使我们感受到一种巨大的力量。这样的一种力量,不正是中国艺术和中国哲学民族特征的一个最好的象征吗?如果说精神文明的话,中国艺术和中国哲学所表现出来的这种共同特征,不正是中国民族精神最集中的反映吗?

指出东西方精神文明的这种不同,并不是要扬此抑彼。在一定的意义上,彼与此的不同价值,正由于对方的存在才得以确立。有差异才有竞争,有比较才有选择,然后人类才有进步。在这个意义上,一个民族的精神特征,一个民族独特的文明,不但是属于民族的,而且是属于全人类的。所谓属于全人类,是指它以自己的独特性为人类的进步作出贡献。这独特性正因为它是民族的,所以才具有全人类的意义。如果比较中国艺术、中国美学同西方艺术、西方美学的异同,并不一定非要分一个什么高低优劣。这其间不存在什么高低优劣。正因为存在着差异,人和艺术才呈现出丰富性多样性。艺术作为艺术,它的价值也就在于它的丰富性和多样性。所以西方艺术的特点,也正如中国艺术的特点,同时也就是它们各自的优点。如果一种特点得不到发展,它就会消失而不成其为特点。没有特点的艺术是什么艺术呢?!

为了进步,为了发展,差异、矛盾、对立面的竞争或斗争都是必要的。如果都一致,也就没有发展了。冲击也罢,耦合也罢,一种文明的存在是另一种文明发展的条件,一种艺术的存在是另一种艺术发展的条件。值得注意的倒是,现代西方艺术已经由模仿转向了表现,美学也由物理的验证转向了心理分析,几乎可以说整个方向都已经从根本上改变了。这个转变过程的开始可以上溯到19世纪的雪莱和华兹华斯,现在已经成了西方艺术的主流。这在某种意义上,可以说它们是在向中国艺术和中国美学靠拢。

这种靠拢的趋势,也同哲学的发展趋势相一致。西方的自然哲学正在走向与东方思想有许多显著类似的方向,这不仅是由于自然科学发展,也由于社会科学的发展。在物质文明高度发达的西方社会,人们因为近视的和无情的实用主义,由于精神生活找不到出路而彷徨无所依归,纷纷把视线转向伟大的东方。他们需要一种信仰,不是对外在神祇的信仰,而是对自己的信仰。他们需要一个伟大的人格理想与和谐的伦理结构,来维持前进的力量。愈来愈多的西方学者指出,只有中国精神文明的伟大和谐,才是未来世界的希望。当然我们自己未必能从这种说法中得到同样多的安慰,因为不同的历史处境,赋予了我们不同的现实需要。在数千年来东方式的封建专制统治所造成的僵死的大一统的局面中,中国哲学与中国艺术的感性进取精神,早已几乎被窒息了。以至于这种具有全人类意义的精神价值似乎倒反而在西方更能起到积极的作用。但是认识到这一点,认识到自身的被压抑的价值,于我们毕竟也是一种激励。激励我们突破大一统封建意识的牢笼,去开拓我们祖国的前程。

注　释

①这里取"形而上"一词的本意，而不是取现在所流行的、所谓与辩证法相对立的那个引申义。

②有一种看法认为道与德不同，其依据就是老子所谓"失道而后德"。但老子这句话并不是说道与德相对立，而是说"道生德"。"博爱之谓仁，行而宜之之谓义，由是而之焉之谓道，足乎己无待于外之谓德。仁与义为定名，道与德为虚位，故道有君子小人，而德有凶有吉。老子之小仁义，非毁之也，其观者小也。"(《韩愈·原道》)"道散而明德，德溢而为仁义，仁义立而道德废矣。"(《文子·精诚篇》)所以道德与仁义的关系，仍然是一个形而上和形而下的关系。"形而下者谓之器"，"六经皆器"，诗、文、词、赋何能不器。"文以载道"，也就是以器明道，这里的绝对中介仍然是德与仁义，一种理想的人格。

③画史上的所谓"没骨花卉""泼墨山水"不在此例，因其有内含的骨，论者并不以为无骨。"无骨"是指没有力量，并不是指没有线条。

④这个"纯棉裹铁"的铁，竟然经历两千余年而不锈，也可以说是一种今古奇观了。但是，如果没有更大的今古奇观——历时两千余年而不变的中国封建社会，这"纯棉裹铁"也是不会出现的。

原载《美是自由的象征》，人民文学出版社1986年版

作者简介：高尔泰，生于1935年，著名美学家、旅美学者。1985至1989年为四川师范大学教授。

论"味"
——中国古代饮食文化与中国古代美学的本质特征

皮朝纲

"味"是一个具有我国民族特色的审美范畴[①]。孕育、产生和形成它的深厚土壤是中国古代饮食文化,它鲜明地体现出中国古代美学的基本特性,表现了中国古代人的审美意识。

一

我国古代美学把审美观照及其审美体验以直观理性主义的思维方式概括为"味"、"体味"、"玩味"、"咀味"、"寻味"、"品味"、"研味"等的过程,认为审美对象的审美意蕴只有通过审美活动的审美主体的玩味体悟,才能转化为审美主体自己的审美情感,从而在自己的想像中形成有关审美对象的真实世界。

在中国古典美学逻辑结构中,"味"是一个核心范畴,它在美学理论构架中处于举足轻重的地位。所谓美学逻辑结构,是指诸美学范畴之间的逻辑联系或结构方式。美学逻辑结构中的主要结构内诸要素(范畴)之间的对待统一,对整体结构的系统质(性质)、构功能具有决定的意义。因此,组合成主要结构的诸范畴之间的排列次序、方式就具有十分重要的意义,它们决定了中国古代美学思想体系的基本特性。

中国古代美学有很多重要范畴。从审美主体的审美活动、审美意识看,重要范畴有:味(体味)、意象(意中之象)、兴会、悟、神思、虚静、气(艺术创造的推动力)等;从审美对象的审美属性、审美特征看,重要的范畴有:味(滋味)、意象(艺术形象)、意境、气(艺术生命力)等。从作用和地位看,"味"是一个核心范畴,它有两个方面的含义:一是指主体的审美活动(观照、体验);二是指客体的美感力量(滋味、韵味)。"味"的两个方面的基本内涵融为一体。它在中国古代美学思想体系内,不以其他范畴作为自己存在的依据,不以其他范畴规定自己的性质,它"直截了当地是一个直接的东西,或者不如说,只是直接的东西本身"(黑格尔《大逻辑》上卷第54页),因而它在中国古代美学逻辑结构中所处的地位举足轻重。此外,"意象"和"气"是两个基本范畴,它们都包括主、客体两个方面的基本含义。除了核心范畴和基本范畴之外,还有若干重要的中介范畴。当这些范畴全部进入自身"发展与运用"的轨道(列宁:《哲学笔记》,人民出版社1974年10月版,第188页),即以作为主体审美活动的"味"为逻辑起点而拉开范畴体系运动的序幕之时,所有的范畴都将依次发生作用,并且作用于相邻的范畴而共同产生效应。这可以大致作如下描述:

味(体味)与悟→悟与兴会→兴会与意象(意中之象)→意象(意中之象)与神思→神思与虚静→虚静与气(艺术创造的推动力)→气(艺术创造的推动力)与味(滋味)……味(滋味)与意象(艺术形象)→意象(艺术形象)与意境→意境与气(艺术生命力)→气(艺术生命力)与味(体味)……

上述轨迹的建构可以使我们得到一些重要的理论发现。一、"味"这个核心范畴,既是中国古代美学的逻辑起点,又是它的归宿和落脚点。从"味"(体味)⇌"意象"(意中之象)⇌"意象"(艺术形象)⇌"味"(滋味)形成一根主轴线,可以看出审美创造和审美鉴赏活动的过程及心理活动的轨迹,成为中国古代美学的逻辑结构[②]。而且从"味"到"味",首尾衔接,始终在作"圆圈"运动。二、从味(体味)到味(滋味)形成第一个"圆圈",它和从味(滋味)到味(体味)所形成的第二个"圆圈"不仅首尾衔接,而且存在某些等距离对应点(比如意象、气等基本范畴)。不过,对应并不是简单重叠,因为它们各自具有不同的中介范畴,各自代表了不同的运动层次。可见,两个"圆圈"之间的关系不是重叠而是螺旋推进,各种螺旋推进的发展过程,可以周而复始以至无穷。三、这种"圆圈"的螺旋推进形成中国古代美学范畴运动的总体导向,而属于艺术传达和艺术表现的许多成双成对的范畴(诸如形与神、虚与实等等)都可以在相应"圆圈"的边缘上,各自找到自己的位置。黑格尔首先把哲学史比喻成为"圆圈",认为在"这个圆圈的边缘又有许多圆圈"。列宁称赞这是"一个非常深刻而确切的比喻",并且指出:"每一种思想=整个人类思想发展的大圆圈(螺旋)上的一个圆圈。"(《哲学笔记》,第271页)中国古代美学范畴运动的推势与导向跟列宁、黑格尔的构想十分吻合,表现了中国古代美学的智慧与内在活力。四、在"圆圈"的螺旋推进中,体验性贯穿始终,每一个"圆圈"又表现了不同的体验层次,体现出中国古代美学的基本特性:体验性。

必须指出,我们所讲的体验,不只是普通心理学上所使用的概念的含义。普通心理学认为情绪和情感与体验之间有密切的关系,甚至完全一致,体验的主要内容是情绪和情感。而我们所说的体验,"是指审美主体对审美对象进行聚精会神的审美观照时在内心所经历的感受"[③]。"在审美创造中,特别是艺术家在艺术观察中,不但对象经历了一个变形的过程,而且主体也经历了一个内心体验的变态过程(审美体验实际上是审美观察中的内心体验)。"[④]这就是说,体验不只是情感功能,而是感知、想像、情感、理解等多种心理功能的有机结合的整体。正像苏联体验心理学家 Ф. E. 瓦西留克所指出的:"在体验的'表演'中,通常是心理功能的整个'戏班'都上场,但每一次由它们中的一个来扮演主要'角色',担当体验工作的主要部分,即解决那解决不了的情境的工作。情绪过程经常扮演这个角色。……但是,与那存在于心理学中的认为'情绪'和'体验'之间有密切联系(甚至完全一致)的说法相对立,我们必须强调指出,情绪对于完成体验的主要角色不具有任何特权。主要角色可能由知觉、思维、注意以及其他心理机能来承当。""通常,加入到体验中的不是某一个机制,而是所建立的那些机制的整个系统。"(《体验心理学》,中国人民大学出版社1989年版,第25、68页)审美主体在"内心所经历的感受",所经历的"内心体验的变态过程",常常是在体验人生、感受人生时的心灵震动。审美的深层体验,是以深层的人生体验为基础、为中介的,而丰富的人生经验的积累,有助于审美体验的深化。中国古典美学的从"味"到"味"的螺旋推进以及所形成的逻辑结构中,体验性贯穿始终,而决定着中国古代美学思想体系的基本特征。

二

"味"这个审美范畴的孕育和产生,中国古典美学的基本特性(体验性)的形成,有着深厚的文化土壤——中国古代饮食文化。

中国古代文化的价值取向及其形态,是沿着伦理政治一体化的方向建构起来的,因而形成以"礼"为中心的文化形态。而中国古代的礼制,却是始于饮食的。《礼记·礼运》曰:"夫礼之初,始诸饮食。"又曰:"饮食男女,人之大欲存焉。"这表明了古代中国人对于饮食的看法。饮食是人们生活的主要方面,是人类最基本的生理需要,是生存和繁衍种族的重要条件。一个时代、一个民族、一个国家,其饮食观念从一个侧面反映着社会生活的实际。古人认为礼制始于饮食,揭示了文化现象是从饮食文化中产生和发展的,这符合自然生态的创造,反映了古代中国人重视生命、重视现实的原初心态。

我国古代饮食文化非常丰富,其烹饪艺术源远流长,闻名世界。孙中山先生曾说:"我中国近代文明进化,事事皆落人之后,惟饮食一道之进步,至今尚为文明各国所不及。""烹调之术本于文明而生,非深孕乎文明之种族,则辨味不精;辨味不精,则烹调之术不妙。中国烹调之妙,亦是表明文明进化之深也。"(孙中山:《建国方略》,见《孙中山全集》第六卷,中华书局1985年版)中国烹饪史证明,古代中国人非常重视饮食,而在饮食中又特别讲究品味,追求饮食的艺术性和娱乐性;特别重视烹饪之术,讲究五味调和,追求"鼎中之变"。因而在中国古代饮食文化中,"味"这个概念和范畴的产生和形成很早。在商汤时代,古人的饮食已由简单的原始熟食制作,发展为一门综合性科学,反映了人们日益增长的物质与精神生活的需要。伊尹"说汤以至味",就是这一文化现象的生动反映。伊尹为商代人,先为奴隶,幼时寄养于庖人,习烹饪之术,后由厨入宰,做了汤的大臣。据《吕氏春秋·孝行览第二·本味篇》记载,"汤得伊尹,祓之于庙,爝以爟火,衅以牺猳,明日,设朝而见之。说汤以至味"。伊尹对于烹饪之术讲了以下一段十分重要的话:

> 凡味之本,水最为始。五味三材,九沸九变,火为之纪。时疾时徐,灭腥去臊除膻,必以其胜,无失其理。调和之事,必以甘酸苦辛咸,先后多少,其齐甚微,皆有自起。鼎中之变,精妙微纤,口弗能言,志弗能喻,若射御之微,阴阳之化,四时之数。

这段话涉及了几个重要问题:一、五味调和是中国烹饪的基本原理的核心,而本味论又是五味调和的主要内容之一。《本味篇》的"本味",是属于本味论的"本味",一是指烹饪原料的自然之味,诸如当时各地所产的"肉之美者"、"鱼之美者"、"菜之美者"、"水之美者"、"果之美者",等等;二是指经过烹饪而出现的美味,即伊尹说的"凡味之本,水最为始","火为之纪",经过"五味三材,九沸九变"的烹调之后,达到了新的、"至味"的境地。二、伊尹论证了"调和之事"乃是"鼎中之变"所追求的目的之一。烹饪所讲究的"鼎中之变"就是追求味的变化和创新,所谓"凡味之本"中的"本"字,就是指调味乃制作馔肴的根本(熊四智:《中国烹饪学概论》,四川科学技术出版社1988年版,第48、87页)。三、伊尹指出"鼎中之变,精妙微纤,口弗能言,志弗能喻"(高诱注云:"鼎中品味,分齐纤微,故曰不能言也,志意揆度,不能喻说。"),完全靠在长期实践中细细体味领悟。

值得注意的是,伊尹对"至味"(美味)获得的基本原则和方法的论述,对"调和之事"的规律的分析,对"鼎中之变""口弗能言"的描述,突出了中国古代烹饪方法注重宏观把握的特点,带有浓厚的中国哲学思维方法的模糊性、体悟性、整体性,因对美味的获得,要靠整体把握,要靠细细玩味,富于艺术和审美的氛围。而且,伊尹已将"美"与"味"联系在一起来探讨,他一方面列举了烹饪原料的自然之"美"(诸如当时各地所产的食品之"美","美"是指味),另一方面指出了经过烹饪之后产生的美味("至味"),也就是说,味美已经作为"美"字的一个独立义项出现了。从伊尹"说汤以至味"可以看出,当时的文化已发展到一个相当高的水平,人们要求饮食舒适爽口,得到美的享受;要求有较高的烹饪技术和烹饪水平,已开始注意探索和总结烹饪经验和烹饪规律。

中国古代饮食文化是审美文化的重要组成部分。饮食文化中的重要概念和范畴"味",积淀着十分丰富的文化的、哲学的、美学的内容。

《说文》曰:"味,滋味也。"段注:"滋,言多也。"(《说文》曰:"滋,益也。"段注:"草部兹下曰,草木多益也。此字从水兹,为水益也。")可见,古人在诠释"味"字时,是很注意"滋味"即味觉的多层次的、错综复杂的内容的。味感是一种错综复杂的现象,它包含化学味觉、物理味觉和心理味觉,实际上是味觉、嗅觉、触觉、温度觉等的"通感"反映。古代中国人正是基于这种错综复杂的味感现象,才重视调和五味,以烹饪出人们喜欢的美馔佳肴来的。味,是人的一种生理机能,是味觉器官对于食物所产生的甜、咸、酸、苦等的生理感受,是主、客体交融的产物。作为饮食文化的重要范畴的"味",既有作为动词的含义,指对食物的品味;又有作为名词的含义,指食物的滋味。对美味的获得与把握,常常是有会于心而难达于口。加之,古代中国人在烹饪艺术中讲究菜肴的美化装饰及食品雕刻[5],人们在品尝美味食品得到生理快感的同时,又从菜肴造型中获得美的享受,引起心理和精神愉悦。因此,早在商周时代,人们已将"味"与"美"联系起来,在《吕氏春秋》、《韩非子》等典籍中,"美"字已较多用于味美[6]。这反映出古代中国人的审美意识的产生和审美心态的形成,同饮食品味中的味觉体验有关。可以说,中国古代饮食文化,是孕育、产生、形成古代中国人的审美意识和审美心态的深厚土壤,而这种审美意识带有十分浓郁的体验性特征。

先秦时代的饮食观念往往溶解于诸子百家的哲学思想之中,虽然随着社会历史的发展,饮食观念,也在不断发展变化,但饮食观念始终没有脱离与哲学的联系。中国烹饪史证明,烹饪的发展变化,始终是在哲学思想的影响之下进行的。儒家崇尚礼乐,主张饮食时宜;道家崇尚自然,倡导饮食养生;释家禁欲修行,主张清心素食等等,这些有关饮食的哲理对中国烹饪文化有很深的影响。不仅如此,由于古代中国人对饮食的特别注重,对食物的品味又擅长整体把握、玩味体悟,虽然是难达于口,但却是有会于心,体验甚深,从而能"近取诸身,以文拟人"(钱钟书:《谈艺录》,中华书局1984年9月版,第40页),把饮食文化中的重要概念"味"借喻到精神领域。先秦时代的老子曾提出过"为无为,事无事,味无味"(《老子》六十三章)的哲学命题,这显然是把饮食文化中的重要概念"味"借喻到哲学领域,表明他崇尚自然、返璞归真、无为而无不为的哲学思想。同时表明了他的崇尚淡味的饮食观,这对后世的饮食文化产生了重要的影响,形成了一种特殊的审美趣味。诸如饮食环境、宴席设计、饮食器具、食品调味方面,不少人都追求淡雅之趣。老子关于"味无味"的哲学命题,对我国古代美学关于审美观照及审美体验和文艺的审美本质,以及两者之间的内在联系的探讨和论述,产生了深刻影响。"味无味"的命题把"味"这个概念的两个方面的含义密切地联系在一起,揭示了对"无味"("至味")的把握,必须要通过"味"(体味)这个步骤和过程。老子把"无味"作为一个审美标准,指出"道"是一种"无味"之"味",是一种"至味"。因而"味无味"就是体味、观照"道"的本质特征和深刻意蕴,体味、观照美的最高境界,以获得最大的美的享受⑦。可见,老子的美学思想极富于体验性特征,这也是受了中国古代饮食文化的启示和影响。

总之,在中国古典美学中,大凡与审美观照及审美体验有关的概念,常常拈出饮食文化中的重要概念"味"字来揭示。这是由于审美体验难落言筌,不如"近取诸身",拟之于象,以"口腹之事"的滋味来比况相通,既生动贴切,又意味深刻。这表明了中国古代饮食文化对中国古典美学的体验性特征的形成的深刻影响。

三

中国古典美学的体验性特征的形成和发展,是与中国古典美学以人生论为其确立思想体系的要旨分不开的。

一部中国古代美学思想史证明,中国古典美学审美观念的确立,是以

"人"(作为社会关系总和的人)为中心,基于对人的生存意义、人生价值和人生理想境界的探寻和追求,旨在说明人应当有什么样的精神境界,怎样才能达到这种精神境界,人应当怎样生活,怎样才能生活得幸福、愉快而有意义。换句话说,中国古典美学的思想体系是在体验、关注和思考人的存在价值和生命意义的过程中生成和建构起来的。因此,中国古典美学具有极为鲜明而突出的重视人生并落实于人生的特点。

由于中国古典美学是以人生论为其确立思想体系的要旨,其对美的讨论总是落实到人生的层面。所以,中国古典美学认为,通过审美体验,可以帮助人们认识人生主体,把握人生实质,弄清人生需要,树立人生理想,实现人生价值。而且认为审美不是高高在上或者外在于人的生命的东西,而是属于人的生命存在的东西。正是基于这个特点,中国古典美学乃是一种人生论美学。

如果比较一下人生论美学与认识论美学的不同之处,就可以清楚地看到,中国古典美学的本质特征是体验性。首先,是两者进行审美观照的视线的指向不同,认识论美学把视线指向客观现实,其所重视的是文艺对现实的认知性(诚然认知性中也包含着体验性,然而却更强调认知性);人生论美学则把视线指向人本身,其所重视的乃是文艺对人内在生命的体验性(诚然体验性中包含着认知性,然而却更强调体验性,认为体验性乃是更根本、更本质的东西)。其次,是两者关于艺术表现对象的认识不同,认识论美学认为艺术应偏重于对现实生活、自然景象的再现,即是表现情感,也是凭借"摹仿"来表现,把情感看作是主体所认识、再现的对象。而人生论美学则相反,中国古典美学尽管也强调主体心中情感的引发来源于外物的感召(例如《礼记·乐记》提出的"物感心动"说),然而它所追求的是心灵的抒发,是要在现实人生中达到一种超越的审美境界,所以对外物再现毕竟是从属于主体的情感表现的,是借外物来表现人对内在生命的体验。我们在中国古代艺术中所感受到的生活场景,都是通过创作主体的心灵观照,依据一定的精神需要,从客观现实中筛选提炼出来的、有着情感烙印的一种新的物象,是主客体相互融合的审美境界,而且常常是对人生的深切体验和心灵震动的结晶。

  中国古代文艺史上的大量事实,证明中国古代美学——人生论美学的上述特征。宋人苏轼是一位诗画俱精、才华横溢的文人,在他的诗画中所表现出的那种消沉自适思想、洒脱傲放风格,与他一生的升降荣辱的境遇以及对人生的深切体验,有着非常密切的关系。正如他自题《偃松图》所言:"怪怪奇奇,盖是描写胸中磊落不平之气,以玩世者也。"也如画论家米芾所说:"子瞻作枯木,枝干虬屈无端,石皴硬,亦怪怪奇奇无端,如其胸中盘郁也。"(《画史》)苏轼平生嗜作枯木怪石,正是借此以寄情遣怀,写出胸中逸气,抒发自己对人生的真切体验。汉代史学家、文学家司马迁因李陵事件受宫刑,使他在肉体上和人格上都受到了极大的摧残。在面临着生死的抉择时,他经过了关于人之死是"轻如鸿毛"还是"重如泰山"的严肃思考,坚定了自己要完成"立言"而"成一家之言"的信念,从而写下了彪炳史册的不朽之作——《史记》。他在《史记·太史公自序》中,通过对历史上许多思想家、文学家的创作实践经验和自己的切身感受的总结,指明了真正能够光照千秋的杰作,大多是发愤之所作,提出了著名的"发愤著书"说。他明确指出创作的心理动力为"愤",其具体内涵是"意有所郁结",是压抑的心理状态。有了"愤",且需要抒"发",故有了"述往事,思来者"的创作。他所认为的审美需要,乃是创作主体通过对现实人生的深刻体验,积累了强烈的难以抑制的情感冲动,才产生了发泄的需要,渴望把自己所感受到的悲愤感伤之情用审美创作表现出来。苏轼和司马迁的创作实践和对审美创造经验的描述或理论概括,说明审美需要和审美动机的产生,是以对人生的深切体验为基础的,说明中国古代艺术和美学是十分重视体验性的,而且把体验性看成是艺术创作和审美活动的更为重要、更为本质的东西。

(1990 年 10 月)

注 释

  ①见拙作《"味"——具有我国民族特色的审美范畴》,载《美的研究与欣赏》丛刊第 2 辑。

②参见拙作《关于创建中国古代文艺美学的思考》,载《四川师范大学学报》1986年第6期。

③⑦见拙著《中国古代文艺美学概要》,四川省社会科学院出版社1986年12月版,第13—15页。

④见拙著《审美心理学导引》,成都电讯工程学院出版社1988年12月版,第214页。

⑤远在春秋战国时期,对菜肴造型就有了较高的要求。《管子·侈靡》云:"雕卵而瀹之。"说明先秦时就有了食品雕刻技术。许多烹饪典籍如宋林洪的《山家清供》、宋陶谷的《清异录》、宋浦江吴氏的《中馈录》、隋谢讽的《食经》、清袁枚的《随园食单》等都有不少生动的记载。

⑥《吕氏春秋·孝行览第二·本味》中,列举了许多美味的食品,其用"美"字是指美味。《韩非子》一书中用"美"字近70处,而取味美含义的就有10处。

原刊《西南民族学院学报》1991年第1期

作者简介:皮朝纲,1934年生,美学教授,主要论著有《审美与生存》、《中国美学体系论》、《中国美学沉思录》、《禅宗美学史稿》、《禅宗美学思想的嬗变轨迹》等。

"诗可以怨"与"怨而不怒"的再解读

李 凯

1981年,钱钟书先生发表了《诗可以怨》一文,[①] 钱先生以博古通今的学识、汇通中外的眼光对"诗可以怨"进行了精辟论述,从而使这一长期未得到肯定和彰显的诗学命题广为世人关注。但钱先生未对"诗可以怨"背后的文化背景、文化精神以及儒家关于"怨"的另一观点——"怨而不怒"作出分析。不独钱先生本人,或许是出于"古为今用"的考虑,整个中国古代文论研究界在研讨这两个围绕"怨"的诗学命题时,或者有意无意地忽略其间的内在联系,或者过分贬抑或抬高其中的一个命题。我们认为,从辩证和历史的立场来分析这两个命题的历史意义和现实价值,是今日研究的必需。本文拟从儒家元典如何认识和论述"怨"入手,分析"诗可以怨"和"怨而不怒"背后的文化意蕴,从而说明"诗"何以"可以怨"而又要求"怨而不怒",以此对"怨"在中国传统诗学中的全面内涵进行把握,同时也借此文向时贤请教。

一、"诗可以怨"的文化根源

中国古代绝大部分诗学命题大都与儒家元典及其阐释有关,"诗可以怨"就来自于《论语》。"诗可以怨"首先作为文学的功能价值论,其次引申到创作论。它之所以成为儒家诗学最核心的命题之一,就在于儒家对"怨"的肯定。

"怨"作为人类的情绪、情感,是人对客观事物与其自身需要之间的关系的反映。鲁迅先生曾说:"喜怒哀乐,人之情也。"②这句话是有所本的,《礼记·礼运》说:"喜、怒、哀、惧、爱、恶、欲,七者弗学而能。"《乐记》说:"夫民有血气心知之性,而无哀乐喜怒之常;应感起物而动,然后心术形焉。"③《左传》说:"民有好、恶、喜、怒、哀、乐,生于六气。是故审则宜类,以制六志。哀有哭泣,乐有歌舞,喜有施舍,怒有战斗。喜生于好,怒生于恶。是故审行信令,祸福赏罚,以制死生。生,好物也。死,恶物也。好物,乐也。恶物,哀也。哀乐不失,乃能协于天地之性,是以长久。"④"怨",其实就是"怒",《说文解字》说:"怨,恚也。""怒,恚也。"⑤"怨怒"是人类自然而原始的情感,是来自于客观事物的激发,是人的需要得不到满足的心理反应。

一般认为,快乐、愤怒、恐惧、悲哀是最基本和最原始的情感,"怨"被认为是否定的一极。而在儒家看来,"怨"同其他情感一样,都是自然和正常的,《论语》说:"冉有曰:'夫子为卫君乎?'子贡曰:'诺。吾将问之。'入,曰:'伯夷、叔齐何人也?'曰:'古之贤人也。'曰:'怨乎?'曰:'求仁而得仁,又何怨?'出,曰:'夫子不为也。'"⑥孔子是肯定人的怨怒的,只是伯夷、叔齐"求仁得仁",不再有怨恨而已。《论语》还记载道:"'克、伐、怨、欲不行焉,可以为仁矣?'子曰:'可以为难矣。仁则吾不知也。'"⑦原宪问孔子什么是"仁",并举出一般人难于控制的"克、伐、怨、欲",孔子认为控制这些是难能可贵的,但离"仁"还相差甚远。这就说明,孔子是承认"克、伐、怨、欲"的客观存在的。

刘勰在《文心雕龙·明诗》中叙述诗歌的发展时说:"及大禹成功,九序唯歌;太康败德,五子咸怨;顺美匡恶,其来久矣。"此处提到的"五子咸怨"出自伪《古文尚书·五子之歌》,文云:"太康尸位以逸豫,灭厥德,黎民咸贰……五子咸怨,述大禹之戒以作歌。"⑧《五子之歌》是伪书,自然不能将其作为太康时期的文献来使用,但它肯定了"怨"的存在;五子咸怨,并且形之于诗歌,又可见诗歌创作与怨情抒发的密切关系。

"怨"既存在于一般的人际关系之中,也存在于亲人之间。《礼记·内则》说:"父母有过,下气怡色,柔声以谏。谏若不入,起敬起孝,说则复谏;不说,与其得罪于乡党州闾,宁孰谏。父母怒,不说,而挞之流血,不敢疾怨,起敬起孝。"⑨这说明儒家认可子女对父母的过错是可以"怨"的,只是出于孝道而"不敢疾怨"。正是立足于孝道,孟子认为该怨则怨,《孟子·万章上》曰:"万章问曰:'舜往于田,号泣于旻天。何为其号泣也?'孟子曰:'怨慕也。'万章曰:'父母爱之,喜而不忘。父母恶之,劳而不怨。然则舜怨乎?'"⑩舜是儒家所崇奉的大孝子,照理不应该有"怨",所以万章向孟子发问,孟子指出,这是爱和恨的缘故。万章认为,不管怎样,舜都不应该"怨",说明万章没有把握爱与恨的联系。万章怀疑舜有偏私,孟子解释说:仁人对于兄弟,内心不藏怒,不记隔夜仇,只是亲近和爱罢了。《告子下》云:"公孙丑问曰:'高子曰:《小弁》,小人之诗也。'孟子曰:'何以言之?'曰:'怨。'曰:'固哉,高叟之为《诗》也!'……曰:'《凯风》何以不怨?'曰:'《凯风》,亲之过小者也。《小弁》,亲之过大者也。亲之过大而不怨,是愈疏也。亲之过小而怨,是不可矶也。愈疏,不孝也。不可矶,亦不孝也。'"⑪孟子认为"怨"与不"怨",要看具体情况,亲人过错很大而不怨,实际上是放弃对亲人的爱。

《诗经》充分展示了"怨"在文学中的表达,其中九首提到"怨"字。这九首分别是《卫风》的《氓》,《小雅》的《节南山》、《雨无正》、《谷风》、《楚茨》、《角弓》,《大雅》的《思齐》、《假乐》、《荡》。九首中,《毛诗序》说是"刺"诗的有七首;《小雅》五首中,《毛诗序》直接点明为"刺"的有四首。看来"怨"与"刺"有着密切的关系。正因为如此,《史记·屈原贾生列传》引用刘安之语说"《国风》好色而不淫,《小雅》怨诽而不乱",非常准确地概括了《诗经》这一特点。汉儒所总结的"美刺"传统,并非空穴来风。

《乐记》专论歌舞音乐,其中云:"凡音者,生人心者也。情动于中,故形于声,声成文,谓之音。是故治世之音安以乐,其政和;乱世之音怨以怒,其政乖;亡国之音哀以思,其民困。声音之道,与政通矣。"⑫"乱世之音怨以怒"是承认乱世人有怨怒,且应该怨怒。又说:"角乱则忧,其民怨",⑬这说明音乐中的"怨"来自于现实中的"怨"。又说:"乐至则无怨,礼至则不争,揖让而治天下者,礼乐之谓也。"⑭"乐至无怨"认为人的"怨",应该用"乐"去控制、化解。

从上述儒家元典的论述可以看出,立足于对人的重视,儒家充分肯定了"怨怒"作为人类自然情感存在的合理性。"诗可以怨"不仅可以起到"怨刺上政"的作用,同时也为后世文人"发愤抒情"提供了经典的依据。此点,钱钟书先生论述详细,可参见。

二、"怨而不怒"的文化根源

儒家在充分肯定"怨"作为人类正常、自然的情感的同时,基于君子人格和中和精神,又特别强调不怨是人的美德以及如何有效地消除"怨怒"。这正是儒家诗学一方面肯定"诗可以怨",而同时又要求"怨而不怒"的根本原因。

(一)不怨是人的美德

在儒家看来,人之所以与禽兽有别,正因为人有仁义礼智信等,人知道用礼乐仁义来控制感情。这就是儒家反复强调礼乐的原因。心理学认为,道德感、美感、理智感是高级的社会性情感。孔子正是把"无怨"看作一种美德,将其作为"仁"的重要内容。这里即包含了道德感、美感和理智感。《论语》中说:"仲弓问仁。子曰:'出门如见大宾,使民如承大祭。己所不欲,勿施于人。在邦无怨,在家无怨。'仲弓曰:'雍虽不敏,请事斯语矣。'"[15],孔子把"在邦无怨,在家无怨"看作是"仁"。《礼记·礼器》云:"君子有礼,则外谐而内无怨。"[16]这是在强调"礼"对人的重要性。"礼"是外在的,但是真正深入人的内心之后,就会内外和谐。"外谐而内无怨"也就是"仁德"。《燕义》在讲到燕礼的作用时说:"上必明正道以道民,民道之而有功,然后取其什一,故上用足而下不匮也。是以上下和亲而不相怨也。和宁,礼之用也。此君臣上下之大义也。故曰:燕礼者,所以明君臣之义也。"[17]燕礼能使上下相亲而不相怨,这就肯定了不怨是美德。《左传》曰:"卒享。文子告叔向曰:伯有将为戮矣。诗以言志。志诬其上,而公怨之,以为宾荣,其能久乎?幸而后亡。"[18]伯有当着别国贵宾的面,公开表达对自己君王的怨恨,以取悦于宾客,所以文子由此判断伯有将会被杀。从这里可以看出,文子显然是不赞成"怨"的。

对于个人来讲,儒家要求"不怨"甚至"无怨";对于国家来说,则要求列国相好,不相互结怨。《孟子·梁惠王上》云:"'抑王兴甲兵、危士臣、构怨于诸侯,然后快于心与?'王曰:'否。吾何快于是?将以求吾所大欲也!'"[19]在孟子看来,作为贤明的君王,对内要保民而王,对外要结好诸侯,也就是使诸侯"不怨"。

"不怨"是孔子评价人的标准。有人问子产是怎样的人,孔子说:"惠人也。"子产为政,施惠于民,所以孔子这样回答。问子西怎样,孔子说:"彼哉!彼哉!"也就是不置可否。又问管仲,孔子说:"人也。夺伯氏骈邑三百,饭疏食,没齿无怨言。"[20]孔子赞许管仲为"人",对管仲是肯定的,管仲"九合诸侯,一匡天下",对国家、对民众都有好处。

"不怨"同时是评价文艺的标准。《左传·襄公二十九年》中,季札把"不怨"和"怨而不言"作为评价周乐的重要标准,这一点,对后世有深远的影响。孔子说"《关雎》乐而不淫,哀而不伤"以及"《诗》三百,一言以蔽之曰:思无邪",都是对季札评周乐的继承和发挥,而汉儒由此引申出的"诗教"传统对中国文学产生了重大而深远的影响。

(二)去"怨"之道

既然不怨是人的美德,那么,最好是没有怨怒。如果有了怨怒,则应该消除,因此首先要了解"怨"是怎样产生的。现代心理学认为怨怒是人的愿望不能实现并一再受到挫折,致使紧张状态逐渐积累而产生的情绪体验。儒家认为"怨"产生于求利,同现代心理学的看法是一致的。《里仁》中说:"子曰:'放于利而行,多怨。'"《论语注疏》说:"孔曰:放,依也。每事依利而行。""孔曰:取怨之道。"《正义》说:"此章恶利也。放,依也。言人每事依于财利而行,则是取怨之道也。故多为人所怨恨也。"[21]朱熹《论语集注》引用程颐说:"欲利于己,必害于人,故多怨。"[22]如果一个人处处以私利为中心,势必不能与他人和谐相处,从而招致怨恨。表面看来,孔子是反对谋利,实际上孔子是反对谋求私利。由于私利是产生"怨"的根源,所以儒家一直对谋求私利持反对态度。孔子说:"君子喻于义,小人喻于利。"[23]又说:"吾未见刚者。"有人回答说:"申枨。"孔子说:"枨也欲,焉得刚!"[24]多欲、谋求私利都是"怨"产生之由。

怎样消除"怨"呢?孔子认为,首先,应该从自身去寻找原因。"躬自厚而薄责于人,则远怨矣。"朱熹解释说:"责己厚,故身益修;责人薄,故人易从,所以人不得而怨之。"[25]这是做到自己不怨的积极方法。《礼记·射义》和《孟子·公孙丑上》都用射击打比方,认为射击不中目标,当从自身寻找原因,而不是怨恨比自己水平更高的人,这就是孔子一贯提倡的忠恕之道。其次,多肯定别人。《礼记·坊记》说:"子云:'善则称人,过则称己,则民不争。善则称人,过则称己,则怨益亡。'"[26]多肯定别人,多从自己身上去寻找错误的原因,自然会"民不争,怨益亡"。再次,重然诺。《礼记·表记》中说:"子曰:口惠而实不至,怨灾及其身。是故君子与其有诺责也,宁有已怨。"[27]这段话强调言行一致,与其做无效的承诺,不如一开始就拒绝而让人怨恨。最后,摆正个人的位置。《礼记·中庸》说:"在上位不凌下,在下位不援上,正己而不求于人,则无怨。上不怨天,下不尤人。故君子居易以俟命,小人行险以徼幸。"[28]这里强调摆正自己的位置,特别是其中提到的"不怨天,不尤人",更成为了中国人重要的人生信条。

以上就普通个体而言,对为政者来说,去怨首先应该修德、敬天保民、实行仁政。顾颉刚先生认为是"可以信为真"的《古文尚书·康诰》中有"怨不在大,亦不在小"[29]的说法,意思是说,明君应该尽心王政,无使民怨。《酒诰》和《无逸》中也有类似的话,意在警告统治者保民,遵奉先王的成法,接受多方面的教诲,不要让百姓有怨言。这些都可视为孔子"去怨"主张的思想来源。其次,统治者还应该广开言路,让百姓有表达自己意愿的机会和场所,以疏导民怨。《左传·襄公三十一年》中记有"子产不毁乡校"的著名故事,《国语·周语》中载有"召公谏弭谤"的历史事实,《国语》中《楚语》、《晋语》,《汉书》中《食货志》、《艺文志》,以及《左传·襄公十四年》等,也都有献诗、采诗以讽谏的记载。第三,"以德报怨"、"择可劳而劳之"。《论语》

载周公说:"君子不施其亲,不使大臣怨乎不以。故旧无大故,则不弃也。无求备于一人。"㉚周公告诫其子伯禽,无求备于人,则使大臣不怨。子张问孔子"何如斯可以从政矣",孔子告诉他:"因民之所利而利之,斯不亦惠而不费乎?择可劳而劳之,又谁怨?……"㉛"择可劳而劳之"就是为了防止别人的"怨"而秉以公心处事。《礼记·表记》云:"子曰:'以德报德,则民有所劝。以怨报怨,则民有所惩。'《诗》曰:'无言不雠,无德不报。'太甲曰:'民非后,无能胥以宁。后非民,无以辟四方。'子曰:'以德报怨,则宽身之仁也;以怨报德,则刑戮之民也。'"㉜这是对《论语》"以直报怨,以德报德"的引申和发挥。

三、"可以怨"与"怨而不怒"相反而又相成

以上我们分析了儒家对"怨"的多层认识,儒家肯定"怨"存在的合理性,更强调"不怨"是人的美德,同时提出了消除"怨"的手段和方法。这一文化精神直接影响到"诗可以怨"和"怨而不怒"这两个相反相成的命题。长期以来,研究者们未能全面把握儒家对"怨"的认识的多面性,大抵对"怨而不怒"批评过多,而对"诗可以怨"则多予以肯定,似乎这两个命题是截然分开的。儒家诗学的核心是"教化",即通常所谓的"诗教"。"诗可以怨"和"怨而不怒"正是围绕"诗"(包括所有艺术)如何更好地为"教"(教育、教化、政治)服务而提出的诗学命题。下面即对这两个命题的诗学内涵进行分析,看看它们是如何有机地结合在儒家诗学当中的。

关于"诗可以怨",主要是集中在文学功用和创作内容两方面。这两者是相连的,因为要"怨刺上政",就要求作家在创作时不回避产生悲伤怨怒之情的现实状况,而怨怒从根本上说就是人类的自然情感。由此"诗可以怨"和"诗言志"便很自然地连在一起,进而成为诗歌的本质论。汉代《毛诗大序》说"诗者,志之所之也。在心为志,发言为诗。情动于中而形于言。言之不足,故嗟叹之;嗟叹之不足,故永歌之;永歌之不足,不知手之舞之足之蹈之也",诗者,"吟咏情性,以讽其上"。㉝但是对于这种情感的认同和肯

定是有条件的,那就是此"情"应该是"发乎情,止乎礼义"。《毛诗大序》既肯定诗抒发情感的本质特征,又要求用礼义节制,正是看到了先秦儒家对"怨"的两方面认识。所以"诗可以怨"和"怨而不怒"本为一个问题的两面。

"怨而不怒"出自《国语·周语》,其中说:"厉之乱,宣王在邵公之宫。国人围之。邵公曰:'昔吾骤谏王,王不从,是以及此难。今杀王子,王其以我为怼而怒乎!夫事君者险而不怼,怨而不怒,况事王乎?'乃以其子代宣王。宣王长而立之。"㉞这里的"怨而不怒"是指侍奉君王的态度,与诗学没有直接的关联,但是从语源讲,却是最早的。宋代朱熹在《论语章句集注》"诗可以怨"下注说:"怨而不怒。"㉟即与诗学有关系。蒋凡先生在谈到"怨而不怒"的来源时说:"语见宋代朱熹《论语集注》。"㊱如果仅从字面与诗学有关联而言,蒋先生的说法是对的;如果从语源来讲,蒋先生的说法则不正确。

就"怨而不怒"所蕴涵的诗学精神而言,早在孔子时代即已出现,其背后是儒家一贯倡导的"中和"精神。关于"中和",孔子在《论语》中曾多次提及:如《诗》三百,一言以蔽之曰:思无邪"㊲所谓"无邪",就是"中正"。又如:"《关雎》乐而不淫,哀而不伤。"㊳"不淫"和"不伤"都是指不过分,适中。再如:"颜渊问为邦。子曰:'行夏之时,乘殷之辂,服周之冕,乐则《韶舞》,放郑声,远佞人。郑声淫,佞人殆。'"㊴所谓"郑声淫"就是郑声太烦乱,不符合中和之美的要求,所以孔子"恶郑声之乱雅乐也"㊵,要放郑声。儒家对中和之美的强调和关注贯穿在整个儒家元典之中。《古文尚书·舜典》中就说:"帝曰:'夔!命女典乐,教胄子,直而温,宽而栗,刚而无虐,简而无傲。诗言志,歌永言,声依永,律和声。八音克谐,无相夺伦,神人以和。'"㊶人们大多重视的是这段话中的"诗言志",却未对其中"和谐"的诗学观念多加注意。在这短短的几句话中,两次出现"和",一次出现"谐","谐"也是"和"。"律和声"与"八音克谐"说的是音乐歌舞的节奏和谐;"神人以和"是指音乐歌舞所达到的沟通神与人的效果。"诗言志"只是为了取得"神人以和"之最终目的的途径和方法。《左传·襄公二十九年》季札观乐的记载中共有二十句使用"□而不□"句式,其中包含了丰富的中和精神。《礼记》的《中庸》和《乐记》对"和"有大量的论述。《中庸》将"和"上升到哲学的高度,说:"中也者,天下之大本也;和也者,天下之达道也。致中和,天地位焉,万物育焉。"[42]《乐记》提出了"和顺积中而英华发外"的命题,其中说:"是故君子反情以和其志,广乐以成其教,乐行而民乡方,可以观德矣。德者,性之端也。乐者,德之华也。金石丝竹,乐之器也。诗,言其志也。歌,咏其声也。舞,动其容也。三者本于心,然后乐器(气)从之。是故情深而文明,气盛而化神,和顺积中而英华发外,唯乐不可以为伪。"[43]和顺积中则内外和谐,自然可以怨而不怒。

"怨而不怒"与《礼记·经解》中的"温柔敦厚"有密切关系。《礼记正义》说:"温谓颜色温润,柔谓情性和柔。诗依违讽谏,不指切事情,故云温柔敦厚,是诗教也。"[44]"温"是外在的显示,"柔"是内心的和谐。《正义》没有解释"敦厚",我们认为,"敦厚"即"实诚"。《经解》的作者特别强调"《诗》之失愚"、"温柔敦厚而不愚",正是一方面看到《诗经》对培养人和谐的内心具有重要作用,另一方面又看到了过分放纵和听任情感的泛滥所带来的害处。所谓"愚",就是忠实或忠诚得过头。可以说,《礼记》所提出的"温柔敦厚"的"诗教",就是要求"怨而不怒"。《毛诗大序》在充分肯定诗歌抒情的同时,又提出"故变风发乎情,止乎礼义","发乎情,民之性也;止乎礼义,先王之泽也",正是对"怨而不怒"、"温柔敦厚"的继承。

从上面的引证可以看到,"怨而不怒"从字面与诗学发生关联虽然较晚,而其诗学精神却在孔子之时即被重视。那么,儒家诗学为什么一方面提倡"诗可以怨",另一方面又提倡"怨而不怒"呢?《礼记》从人性与礼乐的关系作了说明,《乐记》说:"人生而静,天之性也。感于物而动,性之欲也。物至知知,然后好恶形焉。好恶无节于内,知诱于外,不能反躬,天理灭矣。夫物之感人无穷,而人之好恶无节,则是物至而人化物也。人化物也者,灭天理而穷人欲者也。于是有悖逆诈伪之心,有淫泆作乱之事,是故强者胁弱,众者暴寡,知者诈愚,勇者苦怯,疾病不养,老幼孤独不得其所,此大乱之道也。是故先王之制礼乐,人为之节:衰麻哭泣,所以节丧纪也;钟鼓干戚,所以和安乐也;昏姻冠笄,所以别男女也;射乡食飨,所以正交接也。礼节民心,乐和民声,政以行之,刑以防之。礼乐刑政,四达而不悖,则王道备矣。"[45]又说:"故礼以道其志,乐以和其声,政以一其行,刑以防其奸。礼乐刑政,其极一也,所以同民心而出治道也。"[46]在儒家看来,文学属于礼乐的范围,这里虽是在论述礼乐,同样也适用于文学。《乐记》又说:"夫乐者,乐也,人情之所不能免也。乐必发于声音,形于动静,人之道也。声音、动静,性术之变,尽于此矣。故人不耐无乐,乐不耐无形;形而不为道,不耐无乱。先王耻其乱,故制《雅》、《颂》之声以道之,使其声足乐而不流,使其文足论而不息,使其曲直、繁(瘠)省、廉肉、节奏,足以感动人之善心而已矣,不使放心邪气得接焉。是先王立乐之方也。"[47]《礼记》与荀子《乐论》有直接的承继关系,而荀子对礼乐相胥为用有较多论述,兹不赘。《汉书·礼乐志》继承了《礼记》这一说法,其云:"《六经》之道同归,而《礼》、《乐》之用为急。治身者斯须忘礼,则暴嫚入之矣;为国者一朝失礼,则荒乱及之矣。人函天地阴阳之气,有喜怒哀乐之情。天禀其性而不能节也,圣人能为之节而不能绝也,故象天地而制礼乐,所以通神明,立人伦,正情性,节万事者也。"[48]

显然,先秦儒家和后代接受儒学的人,都充分认同人的情感存在的合理性,但同时更重视对情感的节制,这就是儒家及其后学反复强调礼乐的重要性的原因,因为"乐和同,礼别异"[49],"乐统同,礼辨异。礼乐之说,管乎人情"[50]。孔子在"《诗》可以怨"的前面还有"可以群"。"可以群"就是可以用《诗》来和谐人际关系。而"兴观群怨"首在"兴"。"兴"是感发人的志意。所谓"志意",就包含情感在内。

通过上述分析,我们已能明显地感受到,受制于儒家对"怨"的两方面认识,中国传统诗学既充分肯定诗歌抒发怨愤情感的合理性,同时更强调"怨而不怒"的含蓄精神,由此对中国古代文学的基本面貌产生了深远的影响。如果说20余年前钱钟书先生出于拨乱反正的需要强调"诗可以怨"的合理性有其现实意义的话,那么,今天再回头仔细审视中国传统诗学命题时,不仅要注意到传统诗学的"古为今用",还应该注意到它的科学内涵。

注 释

①钱钟书:《诗可以怨》,《文学评论》1981年第1期。

②鲁迅:《"硬译"与"文学的阶级性"》,《鲁迅全集》,人民文学出版社1981年版。

③⑨⑫⑬⑭⑯⑰㉖㉗㉘㉜㊸㊷㊹㊺㊻㊼《礼记正义》,十三经注疏本。

④⑱㊿《春秋左传正义》,十三经注疏本。

⑤许慎:《说文解字》,中华书局1963年版。

⑥⑦⑮⑳㉑㉓㉔㉚㉛㊲㊳㊴㊵《论语注疏》,十三经注疏本。

⑧㉙㊶《尚书正义》,十三经注疏本。

⑩㉝《毛诗正义》,十三经注疏本。

⑪⑲《孟子正义》,十三经注疏本。

㉒㉕㉟朱熹:《四书章句集注》,上海书店1987年版。

㉞《国语》,上海书店1987年版。

㊱傅璇琮:《中国诗学大辞典》,浙江教育出版社1999年版。

㊽《汉书》,中华书局点校本。

㊾《荀子》,二十二子本。

原刊《文史哲》2004年第1期

意境本质

董志强

意境在中国古典美学中具有十分重要的意义,是一个能集中体现或代表中国艺术精神之独特追求的美学范畴。意境的这一重要性已广为学人所关注,有关的研究论著可谓汗牛充栋。然而尽管如此,意境至今仍是一个模糊不清的概念。鉴于此,本人不揣浅陋,从一个新的理论视角,[①]就意境之本质内涵抒一管之见。

一

关于意境这一范畴,古人在用词上或用"意境",或用"境界",或单用一"境"字,此外,还有诸如"物境"、"情境"、"实境"、"空境"、"神境"等与之相关的概念。这些概念之间因使用者和使用场合的不同而有着或多或少的差异,但立足于范畴的角度,其差异则可忽略。意境范畴的核心概念在于"境","境"的独特规定性即意境的本质内涵之所在。

"境"本义表一定的疆土范围,其本字为"竟"。《周礼·夏官·掌固》有"凡国都之竟"句,下释说:"竟,界也。"《说文·音部》释"竟"曰:"竟,乐曲尽为竟。"段注云:"曲之所止也,引申凡事之所止,土地之所止皆曰竟。"《说文·由部》释"界"曰:"界,竟也。"段注云:"竟俗本作境。今正。乐曲尽为竟,引申凡边界之称。"故"境"字产生于"竟"之引申义,"境"是一表空间性概念,而"竟"之本义则为一表时间性的概念。由"竟"到"境",展示出一种从时间向空间的引申转化,即时间的空间化。而"境"与"竟"之间的今古字关系,使空间性概念的"境"内在地蕴含着"竟"之本义所具有的时间性。这从"境"所表的疆土范围义亦可看出。疆土范围并非是一恒定性的存在,而是在时间的流逝中变化着的。其空间上的确定性,以时间上的确定性为前提,否则便不可能有明确的疆土观念。故"境"字本义是一个以空间蕴含时间的概念,即时空一体化的概念。而这种时空一体化又是有限的、现实的时空一体化。

魏晋时期,佛教传入,"境(界)"被用于表示佛家的超越世界。所谓"了知境界,如幻如梦"②,"一切境界,本自空寂"③,等等。这里"境"指的是一种超越现实时空的空无存在。于是"境"便具有一种超越性的含义。同时,"境"在文人的使用中又获得了另外的含义。陶渊明《饮酒》诗云:"结庐在人境,而无车马喧。"《世说新语·排调》载:"顾长康啖甘蔗,先食尾。人间所以,云:渐至佳境。"显然,"人境"、"佳境"既非具体的疆域之境,亦非空无的佛家之境,而属于一种体验之境。这种"境",既实亦虚,既现实亦超越,既是有限的同时又有某种不确定性而通于无限。

以上通过字源学的粗略考察,显示出"境"字具有十分丰富的含义,正是在这种背景下,"境"步入了美学天地成为一美学范畴。那么,"境"字本身所具有的这些含义是否仍保存于意境范畴之中呢?如果是,它们是如何实现和展示的?它们意味着什么?

"境生于象外"④,这是刘禹锡对意境所作的最基本的规定。显然,"境"离不开"象","象外"是相对于"象"而言的,有"象"然后才可能有"象外";同时"境"又不是"象",而是对"象"的超越——"生于象外"。故对"境"的理解,首先有待于对"象"和"象外"的把握。

何谓"象"?《易传》有"观物取象"之说,又云:"象也者像也""圣人有以见天下之赜,而拟诸其形容,象其物宜,是故谓之象。"故"象"即具体的物像,指对象的诉之于感观把握的外在存在形态,亦即对对象进行现象学直观所得之物。在这个意义上,"象"也就是"物"或者更确切地说,是物之向人显露的存在之代表。作为物之代表,"象"的最大特点是具有感官把握上的空间存在的具体限定性。老子曾云:"大象无形。""大象"是相对于一般的"象"而言。强调"大象"之"无形",缘于"象"之"有形"。"有形"即"象"之存在的限定性。"象"的这种限定性是人在认识世界时所不得不赋予的。正是通过这种限定性,才得以使物质对象从其浑然一体的本然世界中凸现出来,从而为人们所认识和把握。然而与此同时,这种对物的个别化和孤立化,使物仅仅作为个别的存在者而显现,而不是作为其本然的存在而显现。亦即使物从一种本体存在转化为一种现象存在。

由此可见,"象"是一种把握物的中介。通过这一中介,一方面因"象其物宜"使物显露,使我们得以确切地计算物、与物打交道;一方面又使物个别化而遮蔽着物,使物从我们身边隐退,与我们相疏远。针对"象"的这一局限性,强调"象外"便是一种克服"象"所造成的物之疏远性的企图,从而使物的本然存在得以出场和显现。在这个意义上,"象外"与"大象"是相通的。故意境说之精神可一直追溯于老子。这已为许多论著所详述,不作赘言。

"象外"在古人那里是一个缺乏界定的概念,故其意义模糊而又丰富复杂。在此我们拟从逻辑的角度而不是按历史顺序,对其意义作出具体的分析和界定。"象外"是与"象"相对的概念,这是其基本的规定性。这一规定性便是我们分析的出发点。

首先,从事物的存在方式来看,世上没有绝然孤立的存在者,而总是与其他存在者处于千丝万缕的联系中。在此意义上,与"象"相对者有"他象","他象"是在"此象"之外的,即属于此"象"之"象外"的范畴。这是可赋予"象外"的最表层含义。南朝谢赫曾云:"若拘以体物,则未见精粹,若取之象外,方厌膏腴,可谓微妙处。"⑤这里他并没解释"象"为何物,又如何"取之象外"。但显然"取之象外"是针对于"拘以体物"的,后者意即局限于对物象本身的体察,可以说是一种"入乎其内"的功夫。强调"取之象外",也就是说艺术创造不能停留于"入乎其内",还必须做到"超乎其外",即要超越对对象的孤立的体认,从对象之外对其进行体味,这样才能达到"微妙"的境界。那么如何超越呢?对此,东晋顾恺之的一段话可看作是对"取之象外"的一种解释。他说:"凡生人无有手揖眼视,而前无所对者。以形写神而空其实对,荃生之用乖,传神之趣失矣。……一象之明昧,不若悟对之通神也。"⑥这段话的意思是,表现人物必须从人物与其周围人物的关系入手,才能捕捉和展示人物的内在神韵,即"悟对之通神";反之,仅仅着眼于对象自身,是不能达到传神之目的的。这里,"所对者"即我们所说的"象外"之"他象";"空其实对"而专注于"形"而"拘以体物";而"悟对"便是"取之象外"。故在此意义上,"取之象外"的实质便是强调艺术创造必须从对象与其周围的关系物的联系中去把握对象,表现对象,这样才能超越"象"对物的孤立化和疏远化,而呈现出物的内在神韵。如果仅"拘以体物",就不可能克服"象"本身所具有的对物的遮蔽性,艺术也就失其作为艺术的存在价值。顾、谢二人所强调的"拘以体物"和"取之象外"之别,亦即后来唐皎然所说的"取象"和"取境"之别。顾、谢二人虽一讲"传神",一讲"气韵",都没使用"境"的概念,但他们的理论实质上是一脉相通的,从中国美学的宏观角度来看,都属于意境说的有机构成部分。

"象外"的这一层含义,在具体的艺术创造中又表现为三种出场方式。其一,他象作为烘托或陪衬所表现对象之手段而出现于作品的整体形象中,即所谓"彩云烘月"。如顾恺之画谢幼舆将其置于丘壑中,在此丘壑即他象,其意义在于表现谢幼舆之精神品格。⑦在此情况中,他象仅具有手段的意义而从属于主要表现对象,则他象作为一"象"其自身则仍处于遮蔽之中,从而所著之"象"亦仍处于某种程度的遮蔽中。其二,他象并不直接出现于作品之中,但却又潜在地到场,存在于作品之中。这种关系类似法律上的缺席审判,被审判者是缺席的,但在整个审判过程中,他又一直是在场的。例如齐白石笔下的虾,是在水中游动的虾,这里"水"便是他象。但画面对水未着任何笔墨,而水却自然地从画面呈现出来了这种情况,是了悟所造之象(虾)与他象(水)之本质关联性;而将他象内在地融入所造之象中,从而一方面使所造之象因获得内在的生气和神韵及其存在的丰富性而澄明,一方面也使没有出场的他象暗中到场,获得一种无形的存在而一起澄明。这样整个作品便实现了对象的孤立限定性的超越,展示出从有限到无限的拓展和延伸。其三,他象不是作为烘托手段而是作为作品整体的有机构成因素直接出场于作品中,亦即艺术整体中的各"象"之间相对而言又是相互作为他象而出场的。例如诗句"明月松间照,清泉石上流"是由四个意象构成的整体形象,对于其中的每一"象"来说,其他的都属于它的"象外"——他象。每一"象"都从属于他象的制约,使"象"与"象"之间互相规范着、涵盖着、生发着,每一"象",都借助于他象而获得其存在的规定性及超越自身的力量,成为一活泼泼的有生命力的存在,从而构成一气韵生动的艺术整体。这艺术整体也就在各象相互关联的自我超越中,实现了其整体的自我超越,呈现出一澄明的存在之境。"象外"的这一出场方式,王国维曾用"隔"与"不隔"的概念来说明。"不隔"谓之有境界,"隔"谓之无境界。"隔"指艺术整体中的各"象"缺乏有机的本质关联性,亦即是没能立足于"象外"来体悟和塑造"象"自然无界之生成。"不隔"指艺术整体中的各"象"之间具有的关联性而互相融通和生发,于是"象"质变为"境",而此即"取之象外"之果。故王国维的"隔"与"不隔"之别亦即前述"取象"之别,只不过一取鉴赏的角度,一取创造的角度,其实则一也。"取象"必"隔","取境"则自然"不隔"。之所以"取境之时,须至难至险,始见奇句",⑧因为"取境"意味着须对事物之间的本质关联性及其自身的本然存在的了然彻悟,唯如此,才能实现"采奇于象外",获意境之生成。

上述讨论的是作为他象之"象外"的三种方式。其中第一种方式因他象尚处于遮蔽之中,从而使所造之象亦不能获完全的澄明,故这种方式只是艺术创造的初级阶段,而尚未达到意境的高度。因为意境所追求和呈现的是对象的完全的澄明,因此仅仅作为手段而出场的他象,严格来说不属于意境中的"象外"范畴的含义,只能说是意境说思想的萌芽。故只有后两种出场方式,才真正具有意境之"象外"的内涵。而且后两种出场方式在具体的艺术创造中往往是交织一体的。限于篇幅,在此不作具体的分析。

以上讨论的是"象外"的第一层内涵,作为他象之"象外",其基本含义是:艺术创造须立足于他象来写"此象",通过他象的到场和与之相互的生发使"此象"获得本真的生命存在,并且由此呈现于作品中的"此象",也就内在地蕴含着他象,从而达到以有限蕴含无限,言有尽而意无穷的艺术效果,实现艺术自身的超越性。

与"象"相对的"象外",从逻辑的角度看,除他象外,尚指不涉及他象的"象"在空间存在的本身之"外",即与"象"的实体有形的空间存在相对的无形非实体性空间存在。

空间是物的存在场所,物的贴己之外即空间。但空间本身是一种纯粹的空无,按康德的说法只是纯粹的逻辑规定性,或者属于不可穿透的物自体范畴。那么我们是如何知觉到空间的表象的呢?便是通过光、影和气等的存在。这一类存在物,相对于物的实体有形,它们表现为无形的非实体性,显示出一种虚无的存在性;同时相对于空间本身的纯粹空无,它们又表现出一种实有的存在性,故可称之为"虚有"。正是由于它们充斥于空间,空间才获得了可以知觉的具有现实规定性的表象性存在形式。故虚有是空间之表象存在的中介。通过这一种中介,空间转化为现实性的存在,并且被时间化。现实性的表象空间是在时间的流动中变幻着的空间,因为其借以呈现的中介——虚有是在时间中变幻的。

"象外"的第二层含义便是虚有。它可以被感觉所把握,但同时这也是一种非限定性的把握,似存若无,似无又有,界乎存与不存之间,而显得空灵和缥缈。对此,司空图称之为"象外之象,景外之景",并引戴叔伦的话"诗家之景,如蓝田日暖,良玉生烟,可望而不可置于眉睫之前"加以解说。⑨这里,玉是具体的物象,玉在阳光照射下所生的朦胧光泽与烟霭便是"象外之象"。显然,司空图所谓的象外之"象"不是前述之他象,而是作为"象外"的虚有。他象与虚有是具有质的区别的两个层次的"象外"。他象是与"象"有着本质关联性的同时又具有自身存在的独立性的存在者,虚有则不具备存在的独立性,而是与"象"具有本质的一体性。一方面,虚有缘"象"而生成和存在,没有玉,烟霭光泽便无从生发;另一方面,"象"又因虚有的到场而使其代表的物获得了本真性的存在。正如玉之为玉就在其有光泽、烟霭,如剥夺此特性,则与顽石无异,玉亦不显现为玉了。虚有作为一种无形的存在,本质上属于物的本然存在的有机构成部分,"象"对物的遮蔽便是以其具体有形对物的无形存在属性的遮蔽,从而也就是以其有限性对物的本然存在的无限性的遮蔽。故虚有之到场,便是一种去蔽,而还物之本来面目,使"象"获得对其自身的超越而成为澄明之象,这种澄明即境之生成。皎然曾说:"采奇于象外,状飞动之趣。"(《诗评》)显然,象外之"奇"即"飞动之趣"即虚有。这"飞动之趣"并非空穴来风,而是"象"的飞动之趣,此即物的内在生命之流光溢彩,是物的本然的与造化自然的无限存在息息相通融为一体的生命力之显现。

　　虚有和他象作为"象外"的两个层次,既有区别又有内在的联系。如果说他象层侧重的是物与物之间存在的关联性和整体性,在整体性的把握中呈现一物之为此物的独特性,同时又通过整体性的把握而克服了物的个别化所造成的与他物与存在的疏远化,而使存在之整体性得以显现;那么虚有则侧重于物之存在本根,使物之与自然造化本为一体之本然属性得以敞亮。另一方面,他象与虚有又是不能截然分开的。他象层面强调的关联性,必须以虚有为中介,故内在地包含着虚有层面,否则这种关联性就不是本质的关联性;反之,虚有层面所呈现的物与自然造化的一体性亦必须凭借他象层面的关联性、整体性而彰显,否则无限性便无从到场。故他象与虚有只是逻辑地区分的"象外"的两个层次,而在具体的艺术创造中,它们是融为一体一起到场的。

　　上述"象外"的两个层次均属象外之象,它们所呈现的是意境突破有限通于无限的超越性层面。目前学界的一种流行观点便是将此看作意境的本质内涵。其实不然,因为我们的分析尚在途中,只有走完全部旅程,意境之本质内涵之全貌才会展现出来。现在让我们继续这一艰涩而饶有趣味的旅途。

　　"象外"除有"象",还有"意"。从逻辑上讲,相对于"象"之空间有形的实体存在,除虚有外,还有无形的实体性存在纯粹时间中的非,此即"意"。故"象外意"是"象外"在逻辑上的第三层含义。这里我们很高兴地看到,在开篇所揭示的"境"字含义中的时间性因素终于出场了。

　　有论者认为意不属于意境之"象外"的范畴,此论偏颇。古文论中说"象外意"者比比皆是。刘勰《文心雕龙·隐秀》曰:"隐也者,文外之重旨也。"皎然《诗式》强调诗应"至近而意远","意远"即指诗有"两重意"、"三重意",而"两重意已上,皆文外之旨"。司空图在提出"象外之象"、"景外之景"的同时,亦强调"韵外之致"、"味外之旨"。北宋郭熙在《林泉高致·山水训》中则有"画之景外意"、"意外韵"之说等等。以上所举谈论的都是"象外"之"意"。故无论从逻辑还是从历史来说,"象外"都内在地包含有"意"的内涵。

那么,"意"之作为"象外"的内涵是什么?首先,它不同于"象内意"。"象内意"是对物之作为存在者的体认和感悟,它受象之限定性的制约因而是一种"有尽之意"。"象外意"则是对物之与自然造化融为一体的本然存在之领悟和体认,它超越于象的限定性因而是一种"无穷之意"。近人况周颐在《蕙风词话》中说:"吾听风雨、吾览江山,常觉风雨江山外有万不得已者在。此万不得已者,即词心也。而能以吾言写吾心,即吾词也。"所谓"万不得已者"即"象外"之"意"。显然,如果听风雨览江山仅止于风雨之声、江山之色——此只是对作为存在者之风雨江山的把握,无从获象外之"意",只有超越其声色领悟到其外之"万不得已者在"——此已是对风雨江山之成其为,风雨江山的自然造化的领悟,才是象外之"意"。这"意"是"词心";而这"词心",既是"吾心"同时亦是风雨江山之"心"。故作为"象外"之"意",不是对事物的一般性的感悟,而是对事物之作为事物、对人生宇宙之本体的领会。这"意"也不是主体的纯粹主观情怀的抒发,而是王夫之所谓的"两间之固有者",即主体情怀与自然造化通而为一的生命之本然。其次,作为"象外"之"意"虽在象外,但又必须缘象而发,舍弃风雨江山之声色便无从领悟"万不得已者"。"万不得已者"既超越于风雨江山之声色,也内在地存在于其中。故作为"象外"之"意",又内在地存在于象中。"意"与"象"有着本质的关联性。再次,这种本质关联又不是直接的,而是以"象外"之"象"的到场为中介。因为能生发无穷的"象外意"之"象",必是已超越其自身的限定性而具有活泼泼的内在生命之"象"的到场。由此可见,"象外"之作为"意"的层次的内涵与作为"象"之层次的内涵是内在地统一的。司空图曰:"超以象外,得其环中。"(《二十四诗品》)"超以象外"是"象外象"层面,"得其环中"是"象外意"层面。一方面,"超以象外"是为了"得其环中",而且后者是前者的自然结果,另一方面,欲"超以象外",如前所述,以对生命之本然存在的领悟为前提,即以"得其环中"为前提。二者所构成的互为因果、互为前提的"解释学循环"的关系,显示出其内在的统一性。故"何象外之非圜中,何圜中之非象外也"。[⑩]"象外象"与"象外意"的有机统一构成"象外"的完整内涵。

二

通过以上的考察,"境"之面目已呼之欲出,"境生于象外"的真正含义是由于"象外"的到场,使"象"获得了生气灌注而超越了自身的限定性,质变为一崭新之象或曰"大象",此一"大象"之到场,即"境"之生成。而此"大象"即"象"与"象外"的浑然统一体,故圆满地说,"境"是生于"象"与"象外"的相互生发。正如清笪重光所说:"林间阴影,无处营心;山外清光,何从着笔? 空本难图,实景清而空景现;神无可绘,真境逼而神境生。……虚实相生,无画处皆成妙境。"(《画鉴》)这里,实者,山、林、实景是"象";虚者,光、影、空、神是"象外",二者相生遂成"妙境"。一方面,由实而生虚,所谓"实景清而空景现",即"象外"的到场是由"象"之存在而生发;另一方面,又由虚而生实,"实景"因"空景现"而质变为"真境",亦即"象"缘"象外"的到场而获本真的生命。这一获得本真生命之"象"生气流溢,于是"神境生",于是"无画处皆成妙境"。

故"境"的生成,是一个由"象"到"象外",又从"象外"返回到"象"的完整的圆融过程,意境说所真正关注的不是"象外",而仍然是"象"。强调"象外"之目的,在于使艺术之象成为不是遮蔽物之本真存在之"象",而是成为使物之本真存在得以澄明之"象",即使"象"成为物之本真存在之"象",由此生命之本真得以在艺术中澄明。那么何谓生命之本真? 其澄明是如何在意境中到场的?

生命根植于大地,大地是生命的承载者和养育者,生命与大地血脉相连,生命因汲取了大地的营养而富有活力,大地则随生命的展开而出场、敞亮。在这敞亮过程中,生命之存在场所——时空亦随之出场。时空作为生命的存在场所是内在于生命活动之中的,是伴随着生命活动的展开一起出场和展开的。存在场所——时空的展开过程,也就是生命与大地浑然一体之同在的不断敞亮,此即生命之本真状态。然而这种存在场所的展开,在生命的现实活动中,首先被意识把握为一种外在于生命活动的客观存在物,于是时空成为空洞的与生命无关的形而上学的"物自体",由此,生命活动不再是与其存在场所的一体展开,而变成外在于她的存在场所——时空中的流动。同时,时空也因之成为可计算之物而相互分离。这种生命活动与其存在场所的分离,切断了生命与大地的血脉相连。生命本身亦落入被计算之中,一切本然存在之物都成为可以计算的存在者。在这计算性中,大地被遮蔽而隐退,生命陷入沉沦而无根飘荡着。我们表面上是生命的主体而实际上并没有真正拥有她,只是一具被异化了的"计算性存在"所操纵着而不自知并且热衷于这种被操纵的躯壳罢了。生命与大地的分离,使生命将自身体验为一"有限性"的存在,而赋予大地以"无限性"存在之规定性。被遮蔽了的原本一体化的生命与大地的本真关系被体验为外在疏远化了的有限与无限的对立。有限性成为生命存在的规定性,无限性则成为超越之物。于是有限性企盼着无限性,生命渴望着超越。然而,超越的真正含义并非是突破有限而通达于无限,这只是其表面现象,因为有限与无限之对立恰恰是生命本真存在被遮蔽后的产物。因此滞留于有限性是一种遮蔽,舍弃有限性之无限性仍然是一种遮蔽,因为生命之本真状态无所谓有限与无限。因此,超越是对有限与无限之对立的超越,其实质是对计算性存在的遮蔽之去蔽,而回归于生命之本真存在。超越之本质即回归,故超越并非是要舍弃被体验为有限性的现实生命而去,而是更深入、更圆满、更充分、更亲密地亲近、占有、充实和看护这现实生命,在这亲近、占有、充实和看护中,回归于生命之本真状态。使生命之本真得以在当下的现实的生命活动中到场和澄明。意境之本质所揭示的正是这种生命的超越与回归。

意境是在"象"与"象外"的相互生发中生成,"象"是于时间的一刹那中凝固的物之存在的表象。"象"对物之遮蔽首先表现为对物之存在的时间性的剥夺,由此"象"所表征的物成为一孤立的、纯粹的空间有限性的存在,而失去了其内在的生命力。由"象"到"象外象"层次的拓展,呈现出对"象"的空间有限性的超越而成为一空间无限性的存在。"象"之空间有限性来自于时间中的凝固,而这种"凝固"之发生源自于时间是可计算性的,在这种计算性时间中把握的空间也是计算性的,故"象"呈现为一种空间的有限性。因此,对"象"之空间有限性的超越其实质是对计算性时空的超越,其具体方式是通过将时间空间化,即通过消解时间性而消解其计算性,使"象"在其有限性中获得了无限性,亦即消解了其空间的计算性,而获得了一种非计算性的空间存在。但这种纯粹的空间性存在,尚不是本真的存在状态,仍然是一种抽象之物,因为它剥夺了存在的时间性。由"象外象"到"象外意"的生发,使被剥夺了的时间性在"意"的蕴含中再次出场,使抽象的空间性存在时间化而获得了具体性。这意味着被"象"之计算性时间所遮蔽的存在的本然时间性得以到场和澄明。而这一时间性的出场不是和空间分离的,而是和空间本然一体性的到场。在这一体化的时空中,生命获得了其本然的存在场所而得以澄明。"象"由遮蔽之"象"而质变为澄明之"象"。因此,意境的本质内涵即生命本真之澄明,这一澄明过程,从表层来看,是通过对"象"的有限性超越达于无限,再从无限性回归于"象"之有限性,使"象"成为一既有限亦无限即超越了有限与无限之对立物的本然存在。从深层来看,则是通过时间的空间化和空间的时间化,通过对遮蔽的时空的计算性的消解而诞生一崭新的一体化的"瞬间时空",这一瞬间时空即是生命活动内在融为一体的生命之本然存在场所,随着瞬间时空的生成,生命之本真得以澄明。

三

以上是我们对意境本质的阐释。意境的本质即使生命的本真存在得以澄明。用古人的话来说即"传神写真"。"传神"即描写对象作为大千世界之一的独特存在所独具的生命气质和灵性;"写真"则是直探使对象具有气质和灵性的生命存在之根基和本源。显然,这两个层次在意境创造中是融为一体的,如果勉强地将其作简单化区别,可以说,"传神"侧重于"象","写真"侧重于"象外",只有二者的有机融通才有"境"之生成。同时也只有在"境"中,二者才真正融通一体地一起到场。这种到场的方式所呈现的便是生命之本然存在的澄明。显然,生命之本然存在的澄明是通过具体的物之存在的澄明或在此物的澄明中而澄明的,因为存在本身是不可能通过虚无而得以澄明的,存在之"光"只有借承受其泽之物的在场而显现。所谓"道"是"一","化"是"万","万"内在地蕴含着"一","一"通过"万"而彰显。而"万"之所以能彰显"一",就在于它们各自都是作为一独特的"此物"之存在。正是由于作为"万"之存在物各具有其独特的生命存在,才显示出"一"之本身的无穷的生命力。因此,意境创造的实质便是通过对对象独特的内在神韵的抒写而实现对自然造化本身——"道"之流变的把握,从而呈现出"一"与"万"融为一体的生命之本然存在。故意境说之强调"象外",其目的在于"象"本身的澄明,从而达到存在本身的澄明。在这种澄明的过程中,显现出一种从有限到无限的超越,又从无限回归于有限的超越与回归浑然一体的生命活动方式。而这种生命活动方式也就是中国文化所塑造的独特的生命超越方式——超越即回归,或曰回归式的超越。

宗白华先生曾说:"中国人于有限中见到无限,又于无限中回归有限,他的意趣不是一往不返,而是回旋往复的。"[⑪]这种"回旋往复"正是中国人独特的超越方式。对此佛家有一段话说得极为清楚:"老僧三十年前来参禅时,见山是山,水是水;及至后来亲见知识,有个入处,见山不是山,见水不是水;而今得个休歇处,依然见山是山,见水是水。"(《青源惟信禅师语录》)这段话表现的是从参禅到悟透禅机的完整的超越过程。超越本是对当下之现实存在境域的超越,而这里所显现的最终超越却是当下之现实存在境域的回归。意境所展示的从"象"到"象外"再返回"象"的过程,便是这种回归式的超越的浓缩。这里,初次的"见山是山,水是水"即主体尚滞留于"象"的遮蔽层次。进而"见山不是山,见水不是水",即超越"象"之有限性而达

"象外"之无限。但生命并不停留于满足于此无限的获得,因为这无限是舍弃了生命之圆满丰富性的空洞的无限。故最后又"见山是山,见水是水",此即从"象外"返回到"象"。但这并非是简单的回复,而是使空洞的无限获得了内在的充实性,使单一的有限获得了丰富性,此时之"山"、"水"已是融有限与无限为一体的本然存在了,此时方达超越之圆满境界。这种回归式的超越,显然迥异于西方文化所孕育的以浮士德精神为代表的那种对无限的一往不复至死方休的追求之超越方式。[12]

回归式超越的实现,是通过瞬间时空的生成而完成的。这从中国的山水画可以得到具体的说明。中国绘画采用的是散点透视法,故山前之流水与山后之亭阁可同时呈现于画面之中。中国人并非不懂焦点透视,之所以固着于散点透视,就在于这种方式所创造的画面呈现的便是一去蔽之后的瞬间时空。从山前到山后在现实存在中伴随着一个时间性的流逝过程,而这一流逝过程是此在的计算性时空的遮蔽性所造成的。通过散点透视法呈现于画面的山前山后的一起到场,便是对计算性时空的超越,具体来说即时间被空间化了,同时空间也被时间所充满而时间化了。由此产生了一浑然整体的"瞬间时空"。当观赏者面对这一瞬间时空,画面所呈现的空间中内在蕴含的时间性,便随着其目光的流动而出场,于是静止的画面空间成为生气勃勃的流动往复的空间。由此观赏者便从当下的现实的计算性时空被带入画面中的瞬间时空,从而实现其当下的生命之超越而回归于存在之家园。

注　释

①本文主要化用海德格尔的理论对意境作一新的阐释。文中所使用的诸多术语如"遮蔽"、"澄明"、"计算"等均出自海氏,文中不再注明。请参见海氏主要著作《存在与时间》、《艺术作品的起源》。

②《华严梵行品》。

③《景德传灯录》卷四《交州降魔藏禅师传》。

④刘禹锡:《董氏武陵集纪》。

⑤谢赫:《古画品录》。

⑥顾恺之:《魏晋胜流画赞》。

⑦《世说新语·巧艺》。

⑧皎然:《诗格》。

⑨司空图:《与极浦书》。

⑩王夫之:《明诗评选》卷四胡翰《似古》评语。

⑪宗白华:《艺境》,第 215 页。

⑫关于中西超越方式的比较,请参见拙文《向无限的回归与向无限的挣扎——壮美与崇高比较》,刊于《四川师范大学学报》1996 年第 3 期。

原刊《东方丛刊》1996 年第 1 辑

作者简介:董志强,1963 年生,哲学博士,现为四川师范大学教授,主要论著有《消解与重构——艺术作品的本质》。

审美客体与审美对象

董志强

"审美客体"与"审美对象"都是源于对西语"aesthetic object"的翻译而产生的现代汉语词汇,故在现行的美学理论中,"审美客体"与"审美对象"是两个没有区别的、可以相互替换的同义概念,它们的所指都是在审美活动中审美主体与之发生关系的事物。但作为汉语词语,它们明显的是两个不同的、有一定差异的词语,因此也就可以成为两个不同的概念。而对这两个概念作出明确的区分和界定,将有助于进一步深入地揭示审美活动的性质。

一、审美客体与审美对象的界定

在20世纪50年代的美学大讨论中,朱光潜先生曾提出著名的"物甲"和"物乙"说,以说明审美活动中所涉及的真正对象是"物的形象"(物乙)而不是"物"本身(物甲)。他说:"物甲是自然物,物乙是自然物的客观条件加上人的主观条件的影响而产生的,所以已不是纯自然物,而是夹杂着人的主观成分物,换句话说,已经是社会的物了。美感的对象不是自然物而是作为物的形象的社会的物。"(《朱光潜选集》第3卷,第34页)但朱光潜先生的这一区分,当时并没有引起学术界应有的重视,使得这一极有启发性的思想,没能及时地被吸收到一般美学理论中。朱光潜先生的区分包含着深刻的理论洞见。但朱先生使用的"物甲"和"物乙"两词,则缺乏作为概念所要求的严谨性和明晰性。因此,我将用"审美客体"和"审美对象"作为基本概念来描述事物在审美活动中的呈现方式。但审美客体与审美对象并不是朱先生的"物甲"和"物乙"的对等概念,而且审美客体与审美对象的内涵及其二者的关系与区别,与"物甲"和"物乙"有着本质的不同。

要界定审美客体与审美对象,首先有必要对"客体"和"对象"这两个概念作出界定。我用"客体"和"对象"分别来描述事物在我们与其打交道中呈现出来的两种具有本质差异的出场方式和存在方式。所谓"客体",指事物以"现成化"的存在方式呈现于我们与其所打的交道中。所谓"对象",指事物以某种对主体的生命世界产生建构作用的方式进入和显现于主体与它所打的交道之中。显然,对象较之于客体,揭示着事物与我们的更为亲密的关系。我与对象是一种"你中有我,我中有你"的相互勾连、相互建构的一体化关系。因此,对象是一种"属我性"的存在物。对象也就是我的"对象化",它既是事物的一种存在方式,同时也是我的一种"化入"事物中的存在方式。

这种人与事物的对象性关系或对象性存在方式是在人类的生命实践活动中历史地建构起来的,因而也是人的类本质的存在规定性。正如马克思所说:"劳动的对象是人的类生活的对象化","通过实践创造对象世界,即改造无机界,人证明自己是有意识的类存在物";"一方面,随着对象性的现实在社会中对人说来到处成为人的本质力量的现实,成为人的现实,因而成为人自己的本质力量的现实,一切对象对他说来也就成为他自身的对象化,成为确证和实现他的个性的对象,成为他的对象,而这就是说,对象成了他自身","另一方面……我的对象只能是我的一种本质力量的确证,也就是说,它只能像我的本质力量作为一种主体能力自为地存在着那样对我存在,因为任何一个对象对我的意义(它只是对那个与它相适应的感觉说来才有意义)都以我的感觉所及的程度为限"。(《1844年经济学哲学手稿》,第54、53、52页)这里马克思对"感觉"的强调,也就是强调对象的意义是相对于人的全部的感性的存在而言的,而不只是相对于人的意识层面的。因此,人与世界的对象性关系是一种存在本体论的规定性,而不只是认识论层面的东西。

然而,人作为类整体所建构起来的对象世界,并不完全相应于单个的主体的生命存在,因此某一事物尽管相对于类来说已经历史地获得了其对象性的存在,但相对于某一具体的主体却并不一定也必然地显现为一个对象,而只是显现为某种客体的存在。马克思曾说:"对于没有音乐感的耳朵说来,最美的音乐也毫无意义,不是对象。"(《1844年经济学哲学手稿》,第82页)但在此这"不是对象"的音乐,却仍然是一种客体的存在,即它作为一种对我不显现"意义"的、没有进入我的生命世界的、因而与我没有发生本质关联的,但又出现在我的世界之中的一个客观事物而存在着。

事物作为客体的存在方式是人类生命实践活动的历史建构的产物。在不同的生命实践活动中,同一事物便会显现为不同的客体存在。因此,在审美活动中显现出来的审美客体也不同于我们在日常活动中遭遇的客体。

审美客体与日常客体的区别,可以从对二者的现象学描述中显现出来。让我们以陶渊明的"采菊东篱下,悠然见南山"这一诗句所描述的审美活动为例。"南山"作为一个自在的事物,是一个潜在的我们可以与其打各种交道的事物,从而在这各种交道中也就转化为各种不同的客体。对于审美活动中作为审美客体存在的"南山",我们看的是些什么呢?是山的形状、植被的色彩、山林中忽隐忽现的烟氲等,一句话,是它的"外观形态"。而这一"外观形态"与作为日常客体的"南山"的物质实体性无关。这里我们所谓山的"外观形态"与其物质实体性无关,其确切含义是指,在审美活动中所观看的只是某一客体所显现的外观形态的"形式"存在,而与这一外观形态是如何构成的无关。在审美活动中所观看的仅仅是山的"外观形态"本身,至于这一外观形态"之下"如何,对正在发生的"观看"活动没有任何影响。这也就是说,审美"观看"所涉及的真正"客体"只是"外观形态",除此而外的构成这一外观形态之客体的其他部分或内容,都是在审美观看的视域之外的。因此,可以说,出现于审美活动中的"审美客体"其实是一种"形式客体",是区别于"物质实体性"存在的日常客体。

审美客体与日常客体的这一区别,可以在以艺术作品为客体的审美活动中更清晰地显现出来。例如,一件青铜雕塑作品,当它作为一个日常客体存在时,其物质实体属性便是其有机的构成部分。比如我们要把它从一个地方运到另一个地方,便要考虑它的重量,以决定如何包装、运输等事宜。这时,此一作品是一个实心的还是中空的雕塑便非常重要。而当它作为一个审美客体存在时,这一青铜雕塑是实心浇铸的还是中空的,对我们的审美观看便没有任何差别；此时对我们有意义的仅仅是其外观形态的存在。

因此，不论是自然事物还是艺术作品，当它作为审美客体出现于审美活动中时，便由日常的物质实体性存在转化为形式性存在。形式性存在是对审美客体的存在属性的规定性描述。审美客体本质上是一种形式客体。

二、审美客体的普遍性与审美对象的个体性

审美客体在审美活动中只是作为触发主体的审美感兴的客体而已，还不是真正的审美对象。正如日常客体在进入审美活动的一刹那间转化为审美客体一样，审美客体在触发主体的审美感兴的一刹那间又转化为真正的审美对象。郑板桥写道：

> 江馆清秋，晨起看竹，烟光、日影、露气，皆浮动于疏枝密叶之间。胸中勃勃，遂有画意。其实胸中之竹，并不是眼中之竹也。（《郑板桥集·题画》）

这里，郑板桥之"看竹"有三个层次。首先是"眼中之竹"，所看到的是竹的疏枝密叶及浮动于其间的烟光、日影、露气，即物的外观形态。如果这一"看竹"的活动仅止于此，那么它不过是日常活动中所恒常发生的视知觉与外物的普通接触而已，即此时的"竹"也只是一种日常知觉的客体。但在此"看"的活动中，发生了另一个使其获得了异于日常之看的事件，即观看者的"胸中勃勃"。这使得这一看竹活动从日常之"看"转换为审美之"看"，从而"眼中之竹"也就从日常知觉客体转化为"审美客体"。但伴随着"胸中勃勃"又发生了另一事件，即"胸中之竹"的出现。显然"胸中之竹"也是这一看竹活动中所"看"到的"竹"，但此"胸中之竹"却不是"眼中之竹"。并且，可以进一步说，正是这一"胸中之竹"的出现，才使得这一"看竹"的活动与日常的看竹活动真正区别开来，而将其标识为审美活动。这也就是说，在审美活动中我们与之打交道的真正对象是"胸中之竹"而不是"眼中之竹"，前者才是真正的"审美对象"。

关于在审美活动中存在着审美客体与审美对象这两个层次的区别，中

国古典美学中有许多论述都已触及,只是尚缺乏明确的概念提炼和理论总结而已。例如,王夫之曾云:"'日落云傍开,风来望叶回',亦固然之景,道出得未曾有,所谓眼前光景者此耳。所云'眼'者,亦问其何如眼。若俗子肉眼大不出寻长,粗俗如牛,目所取之景亦何堪向人道出。"(《古诗评选》)这里,所谓"固然之景"即是审美客体;"眼前光景"则是审美对象。而从"固然之景"到"眼前光景"的转换,取决于"何如眼"——即如何"看"。这也就是说,"眼前光景"是"看"出来的。

由此可见,审美对象是审美主体在审美活动中的意向性建构活动的产物;而审美客体相对说来,则是事物的外观形态的一种"客观"呈现。这正是审美对象与审美客体的本质区别所在。但从现象学的观点来看,一切呈现于意识之中的客体对象都是意识的意向性活动建构的产物。审美客体也不可能例外。在此意义上,我们可以说,审美对象是在个体主体的意向性建构活动中建构出来的一种具有"个体性"规定性的存在物;审美客体相对而言则可以说是一种"非个体意向性"的客观存在物。在此,把审美客体界定为"非个体意向性"是这种本质力量的独特本质,因而也是它的对象化的独特方式,它的对象性的、现实的、活生生的存在的独特方式。(《1844年经济学哲学手稿》,第82页)如前所述,这种对象性关系是在人类的实践活动中历史地建立起来的。一方面,人"通过实践创造对象世界",从而"人同世界的任何一种人的关系……是通过自己的对象性关系,即通过自己同对象的关系对对象的占有,对人的现实的占有"。另一方面,世界也因此成为向人显现的世界,并"表现为他的作品和他的现实"。(《1844年经济学哲学手稿》,第53、80、54页)这种在实践中建构起来的人和自然勾连为一个整体的生命世界的对象性关系,是审美活动得以发生的本体论基础。在审美活动中所呈现出来的主体与客体融为一体的完整存在,其实就是对在实践中经由"自然的人化"和"人的自然化"的过程所历史地发生的人与世界的一体化存在的一种直观体验。

但这种人与世界一体化存在的对象性关系,是人作为类整体的实践活动建构起来的。因而个体要获得对此存在本质的直观,则必须经由与个体自身的本质力量相对应的客体对象的触发才能实现。王夫之曾说:"天地之际,新故之迹,荣落之观,流止之几,欣厌之色,形于吾身以外者化也,生于吾身以内者心也;相值而相取,一俯一仰之际,几与为通,而勃然兴矣。"(《诗广传》)这里,所谓的"化"者即审美客体,所谓的"心"者即审美主体。二者在审美感兴触发之前,是各自独立的客观存在。而审美感兴之所以得以触发,缘于二者的"相值而相取"以致"几与为通"。所谓的"相值",实即格式塔心理学所揭示的主体心理与客体形式之间的"同构关系";这种同构关系采自于人在实践活动中建构的社会存在本体论层面的对象性关系。由于同构关系的存在,使主、客体之间产生了契合,并相互彰发,此即为"相取"。通过"相取",最终达到物我交融"几与为通"的完全契合。而这种契合的形成也就是"审美意象"的诞生。由之"而勃然兴矣"。

由于客体的性质具有相对于个体主体的客观独立性,因此由审美客体向审美对象的转换的关键因素在于主体的本质力量的性质。审美主体的本质力量的性质不仅决定着审美意象的诞生,而且也决定着审美意象的具体种类及其独特性。对主体的这种决定性意义不可做主观的唯心主义的理解。这里所讲的起决定意义的主体的本质力量的性质是一种存在本体论意义上的规定性,是一种客观的历史存在物,而不是主观的意识存在物。因此由主体所决定和建构的审美对象,也不是主观的意识活动的建构物,而是一种存在论意义上的呈现。

参考文献

[1] 马克思:《1844年经济学哲学手稿》,人民出版社1985年版。
[2] 王夫之:《诗广传》,见《古诗评选》。
[3] 叶朗主编:《现代美学体系》,北京大学出版社1988年版。
[4] 《郑板桥集》。
[5] 《朱光潜选集》,上海文艺出版社1983年版。

原刊《哲学研究》2002年第11期

"古雅"说的美学解读

李天道

"古雅",属于文艺美学雅俗论的一个范畴。它涉及到创作主体的学识修养、人格操守、个性气质以及作品的内容与形式诸方面的问题。体现出中国美学所特有的诗家之心,包括宇宙,总览古今的时空意识。从艺术审美追求来看,所谓"古雅",不是要求复古,而是要求贯古通今、宙合天地、周流六虚;在作品艺术风貌方面,则要求审美意旨超远、高妙、古朴,具有高风远韵;在创作主体审美心理结构方面,则要求学识渊博,涵养厚重,品格高尚,境界高远。

一、"古雅"说的生成

在中国美学雅俗论中,最早提出"古雅"的是唐代王昌龄。他在《诗格》中,将诗歌的审美趣向和风貌分为"高格"、"古雅"、"闲逸"、"幽深"、"神仙"五种,说:"一曰高格。曹子建诗:'从君过函谷,驰马过西京。'二曰古雅。应休琏诗:'远行蒙霜雪,毛羽自摧颓。'三曰闲逸。陶渊明诗:'众鸟欣有托,吾亦爱吾庐。'四曰幽深。谢灵运诗:'昏旦变气候,山水含清辉。'五曰神仙。郭景纯诗:'放情凌霄外,嚼蕊挹飞泉。'"从其所举诗例来看,应休琏,即三国时期的诗人应璩,为建安七子之一的应玚之弟。刘勰《文心雕龙·明诗》篇云:"若乃应璩《百一》独立不惧,辞谲义贞,亦魏之遗直也。"说应璩《百一》诗,直言无畏,措辞婉转,意义正直,不失魏代质直的文风,所谓"辞谲",意指文辞有讽谏救正的含义。即要求诗歌创作应运用象征、借代等比兴手法,以表达对政局的忧虑和对国君的谏劝,达意曲折幽婉、委婉含蓄、温柔敦厚、怨而不怒。由此可见,王昌龄所主张的"古雅",与"风雅"传统美学精神接近。

继王昌龄以后,中唐皎然与晚唐司空图都有近似于"古雅"方面的论述,主张"高古"。皎然在《诗式》中将诗歌创作的艺术境界与艺术风貌分为19种,即"高、逸、贞、忠、节、志、气、情、思、德、诚、闲、达、悲、怨、意、力、静、远"。说:"高,风韵朗畅曰高。逸,体格闲放曰逸。贞,放词正直曰贞。忠,临危不变曰忠。节,持操不改曰节。志,立性不改曰志。气,风情耿介曰气。情,缘境不尽曰情。思,气多含蓄曰思。德,词温而正曰德。诚,检束防闲曰诚。闲,情性疏野曰闲。达,心迹旷延曰达。悲,伤甚曰悲。怨,词调凄切曰怨。意,立言盘泊曰意。力,体裁劲健曰力。静,非如松风不动、林狖未鸣,乃谓意中之静。远,非如渺渺望水、杳杳看山,乃谓意中之远。"皎然论诗主张"高"、"逸",尚雅卑俗。他认为自己的写作动机是"将恐风雅寝泯,辄欲商较以正其源",主张诗歌创作应达到情性统一,重视诗歌的政治伦理教化功能,强调"识理",反对"虚诞",推举"高古",鄙弃"凡俗",曾提出"诗有七德",其首要二德就是"识理"与"高古"。同时,他所提出的"十九体"中的"贞、忠、节、志、德、诚、悲、怨、意"等都偏重于诗歌的审美意旨。由此可知,皎然所赞许的"高古"、"识理"和"高"、"逸"与"古雅"是相通相近的。

司空图在其《诗品》中也推举"高古"。他在《二十四诗品·高古》中说:"畸人乘真,手把芙蓉。泛彼浩劫,窅然空踪。月出东斗,好风相从。太华夜碧,人闻清钟。虚伫神素,脱然畦封。黄唐在独,落落玄宗。"所谓"畸人乘真,手把芙蓉"所描写的人物形象,与昔者释迦牟尼在灵山会上说法,手拈一朵莲花,含着笑不说一句话,众人不知所以,只有面面相觑,惟有迦叶尊者从中悟出佛法真谛,从而发出会心微笑的"拈花微笑"故事情景相似。而"泛彼浩劫,窅然空踪"与"虚伫神素,脱然畦封"中的"泛"指经过、变过。"浩",指空间的广阔,"切"则指时间的悠长。"窅然",指渺然;"空踪",空留踪迹;"脱",超脱;畦封,疆界,指世俗。可见,这里表现了一种超凡脱俗的审美意趣。"黄唐在独,落落玄宗"中的"黄唐",指黄帝和唐尧,"落落",高超的样子。对此,杨振纲《诗品解》引《皋兰课业本原解》说得好:"追溯轩黄唐尧气象,乃是真高古。"黄帝与唐尧时期,均为古代哲人所向往的淳朴的太古,寄心于此,则自然而生遗世独立和幽深玄妙之感。不难看出,司空图所推举的"高古",包含有古淡、古朴、古雅、苍古、率古等审美意味,乃是一种宁静高远、高雅脱俗、超然尘世、古趣盎然的审美风貌和审美境界。

这以后,提及"古雅"或近似"古雅"风貌的,如高棅《唐诗品汇·总序》评论陈子昂与柳宗元,认为前者诗歌创作"古风雅正";后者诗歌创作"超然复古"。谢榛在《四溟诗话》卷三中则推重"初盛唐诸家之作","有雄浑如大海奔涛,秀拔如孤峰峭壁,壮丽如层楼叠阁,古雅如瑶瑟朱弦"。胡应麟在《诗薮》中评论韩愈与柳宗元时,也指出"韩诗"的审美风貌为"雄奇","柳诗"的审美风貌则为"古雅"。说:"韩之雄奇,柳之古雅,不能挽也。"南宋词论家沈义父特别提倡"古雅"。他在《乐府指迷》中强调指出,诗词创作,其审美风貌"当以古雅为之",认为"吾辈只当以古雅为主"。可以说,对"古雅"审美风貌的推崇,是《乐府指迷》全书的美学精神。在沈义父看来,所谓"古雅"审美风貌,主要表现在艺术语言的表述方面,是创作主体通过遣词择语、炼字造句、选择推敲、熔铸锤炼以创构而成的。故而,他专定"论词四标准",强调指出:"盖音律欲其协;不协则成长短之诗;下字欲其雅,不雅则近乎缠令之体;用字不可太露,露则直突而无深长之味;发意不可太高,高则狂怪而失婉柔之意。""缠令之体"之所以"不雅",据蔡嵩云《乐府指迷·笺释》的解释:"缠令为当时通行的一种俚曲,其辞不雅驯,而体格亦卑,故学词者宜以为戒。"这就是说,从体裁上说,缠令比较粗俗,所运用的语言也比较俚俗、浅显,风貌与意趣庸俗、不健康、不雅,为文人雅士所瞧不起。由此,不难看出,沈义父主张"古雅"是与他的尚雅卑俗审美意识分不开的。也正是由于他尚雅卑俗,所以,他在品评词人词作时,都以"雅"为最高审美标准。如他赞扬周邦彦,说:"凡作词,当以清真为主。"认为周邦彦在诗词审美创作中善于提炼字句,讲究字法,注重传神写意,"且无一点市井气,下字运意皆有法度,往往自唐宋诸贤诗句中来,而不用经史中生硬字面,此所冠绝也"。以周词为他所标举的"古雅"风范。所谓"用经史中生硬字面",似指以辛弃疾为代表的一派词人的词作。沈义父认为辛派词人用典生硬,而周邦彦的词作则遣词造句、传神达意皆古雅而有法度,故而他强调词创作应以周词为最高审美境界。在他看来,吴文英的诗词创作,则是以周邦彦为典范,继承并发扬了周词雅化的审美传统,"深得清真之妙",其词作符合"古雅"审美标准,无不雅之病。而康与之、柳永则既有雅化的优点,也有庸俗的不足之处:"句法亦多好处,然未免有鄙俗语"。施梅川的词风也与此相同,由于读唐诗熟,所以语言艺术具有雅淡的特色,但"亦渐染教坛之习",故"间有俗气"。孙惟信的词作尽管"亦善运意",但"雅正中忽有一两句市井句,可憎"。蔡嵩云在《乐府指迷笺释》中指出,沈义父所贬斥的具有"鄙俗语"、"俗气"、"市井语"的词风可以分为两类,第一种是"市井流行语,所谓浅近卑俗者";第二种是教坊用语,所谓"批风抹月者"。蔡嵩云认为,"南宋人论词,以雅正为归",故"浅近卑俗"的"市井流行语"与"批风抹月"内容的词作词风,"宜乎在屏弃之列"。

的确,南宋的诗词理论家,许多都以"雅正"为最高审美标准,鄙弃卑俗、庸俗之作,推崇"古雅"审美风貌。如张炎就极力提倡"古雅",尚雅鄙俗。他在《词源·序》中,一开始就鲜明地表述自己的审美标准与审美理想是"雅正"风范,说:"古之乐章、乐府、乐歌、乐曲,皆出于雅正。"而之所以要撰写《词源》,乃是"嗟古音之寥寥,虑雅词之落落",即要倡导古风,弘扬"雅正"美学精神,追求"古雅"之境。他在《词源·清空》一节中说:"词要清空,不要质实;清空则古雅峭拔,质实则凝涩晦昧。姜白石词如野云孤飞,去留无迹。吴梦窗词如七宝楼台,眩人眼目,碎折下来,不成片断。此清空质实之说。"这里将"古雅"与"峭拔"并列,并以之来表述"清空"的审美特征,指出,"古雅"即为"清空"的重要审美特色。所谓"清空",张炎举姜白石词为例,认为其《疏影》、《暗香》、《扬州慢》、《一萼红》、《琵琶仙》、《探春》、《八归》、《淡黄柳》等曲,不惟清空,又且骚雅,读之使人神观飞越"。"清空"又与"意趣"相连。在《词源·意趣》一节中,张炎又举苏轼《水调歌头·明月几时有》、《洞仙歌·冰肌玉骨》,王安石《桂枝香·登临送目》,姜白石《暗香》、《疏影》为例,认为"此数词清空中有意趣,无笔力者未易到"。由此可见,其所标举的"清空",乃是一种清澄透灵、空明峭拔的"古雅"之境。表现在词作中,即为清新、高雅、峭拔、虚明、空灵,如"野云孤飞,去留无迹",如光风霁月,朗照如如。正如司空图《二十四诗品·高古》所描绘的"虚贮神素,脱然畦封,黄唐在独,落落玄宗"。在这种虚灵古雅、古趣晶莹的境界中,人的心灵超越于人世羁绊,寄心于太古之时,徜徉于寥廓之间,意与象、情与景、心与物相交相融,生命于瞬间获得永恒。清代词论家沈祥龙说得好,他认为,所谓"清空"是"清者不染尘埃之谓,空者不著色相之谓,清则丽,空则灵,'如月之曙,如气之秋',表圣品诗,可移之词"(《论词随笔》)。词论家周济则就"空"、"实"发表议论说,"空则灵气往来","实则精力弥满"(《介存斋论词杂著》)。袁枚《随园诗话》卷四云:"先生有《莲塘诗话》,载初白老人教作诗法云:'诗之厚在意不在辞,诗之雄在气不在句,诗之灵在空不在巧,诗之淡在妙不在浅。'""清者不染尘埃","空则灵","空则灵气往来","诗之灵在空不在巧",都表明"清空"或"古雅"之境是以无载有,以静追动,是虚廓心灵,澄彻情怀,空诸一切,心无挂碍,无物无我心境的物态化,是"空潭泻春,古镜照神",是勃郁盎然的春意泻落于渊深澄澈的潭水里,风采照人的神情映照在古雅锃亮的明镜中,是无垠的自然世相与不息的生命勃廓动化入虚灵空廓的心灵之中的艺术升华。故而表现出远阔、空灵、清幽、超妙的"古雅"风貌。即如刘永济《诵帚论词》所指出的:"清空云者,词意浑脱超妙,看似平淡,而义蕴无尽,不可指实。其源盖出于楚人之骚,其法盖由于诗人之兴;作者以善觉、善感之才;遇可感可觉之境,于是触物类情而发于不自觉者也。唯其如此,故往往因小可以见大,即近可以明远。"又如刘庆云《试论张炎〈词源〉对后世词论的影响》所指出的:"清空乃是指摄象须善于取神遗貌,行文疏快,意境空灵超越,语言工致淡雅,自有一股不染尘俗之清气流于其间。"[1]在他看来,"清空"之境乃是由于清气充盈,富有高情远致,故能使接受者在欣赏过程中自致远大,自达无穷,精神境界获得升华。如前所说,张炎推崇"清空",追求"古雅"之境,是与他主张尚雅隆雅的审美观分不开的。他标举"雅正",主张继承"骚雅",即"风雅"传统美学精神,反对柔媚、香艳、婉约的词风,认为那些专写男欢女爱情思的词作背离了"风雅"传统,庸俗、低级,不能登大雅之堂。据曾随他学习词法的元代词论家陆辅之在《词旨·序》中所说:"予从乐笑翁(张炎的号)游,深得奥旨制度之法,因从其言,命韶暂作《词旨》……"表明《词旨》一书是奉张炎的要求撰写的。而《词旨》的核心美学精神即为"雅正"。如其自叙云:"夫词亦难言矣,正取近雅,而又不远俗。"又云:"周清真之典丽,姜白石之骚雅,史梅溪之句法,吴梦窗之字面。取四家之所长,去四家之所短,此乐笑翁之要诀。"由此,也可以看出张炎尚雅隆雅的审美意趣和审美理想。张炎在《词源》中说:"词欲雅而正,志之所之,一为情所役,则失雅正之音。耆卿、伯可不必论,虽美成亦有所不免,如……'又恐伊寻消问息,瘦损容光';如'许多烦恼,只为当时,一饷留情';所谓淳厚日变成浇风也。"这里为他所鄙弃的"情",就是特指那种绮靡庸俗之情。在张炎看来,周邦彦(美成)亦不能免俗。至于柳永、康与之等词人更是专写艳情,词风香艳,属于不雅的"浇风"淫词,他曾批评周邦彦的词作,认为"于软媚中有气魄",但"惜乎意趣都不高远,致乏出奇之语,以白石骚雅句法润色之,真天机云锦也"。这里所谓的"意趣",即为继承"风雅"传统美学精神的"忧生"、"忧世"的审美意趣和审美追求。从其崇尚"雅正"的审美意趣出发,张炎在《词源·赋情》一节,极力提倡词作应追求"骚雅"之境。他说:"簸写风月,陶写性情,词婉于诗,盖声出莺吭燕舌间,稍近乎情可也。若邻乎郑卫,与缠令何异也。如陆雪溪《瑞鹤仙》……皆景中带情,而有骚雅。故其燕酬之乐,别离之愁,回文、题叶之思,岘首、西州之泪,一寓于间。若能屏去浮艳,乐而不淫,是亦汉、魏乐府之遗意。"他认为,表现风花雪月、"陶写情性",是词作审美特色的一个方面,也是词作的长处,但"陶写情性"必须要体现"骚雅"传统美学精神,应"屏去浮艳,乐而不淫",怨而不怒,合度中节,中和适度,把握好分寸。同时,"意趣"必须高远。表现手法,也应追求含蓄绌缊,"景中带情",情景交融,"淡语有味",而不应直露、平铺。总之,既要符合"雅正"审美风范,要"意趣"高远,委婉含蓄,乍合乍离,烟水迷离,水月空灵,意度超玄,情景交炼,如"天机云锦",以给读者"神思飞越"的审美享受。

张炎以后,提倡"古雅"之境的文艺理论家很多,如王世贞在《艺苑卮言》中称"拟古乐府"、"须极古雅";费经虞在《雅论》中则认为诗歌创作中遣字炼句要"清润俊逸"、"古雅微妙"等等。一直到近代,王国维更是将"古雅"作为一个重要的美学范畴,对之作了非常具体的阐述,并"直接引导"了他的"人间词语"的写作。

二、"古雅"说的美学意旨

尽管历代文艺理论家对"古雅"的看法各有不同,但总的看来,"古雅"说包括有三个层次的内涵:

首先,"古雅"说主张意趣贵高。南宋张表臣在《珊瑚钩诗话》中说得好,"推明政治,庄语得失,谓之雅";"高简古澹,谓之古"。这里就指出,所谓"雅",应基于"雅者正也"的"风雅"传统美学精神,在文艺创作中立意于纲纪人伦、敦厚礼教的审美理想。艺术语言表达方面,则应庄重含蓄,以彰明得失,针砭时弊。而所谓"古",则表现为高远、疏淡、空灵、超妙。要达到此,必须先立意正志。即如韩驹所说:"诗言志,当先正其心态。心态正,则道德仁义之语,高雅淳厚之义自具。"(《陵阳宝中语》)只有立意远,诗文创作才可能达到简淡高远、兴寄超妙之境。提倡"雅正"、"清空"、"古雅"说的张炎就特别注重立意,强调"词以意为主"。他品评词作的最高审美标准即是"雅正"、"清空"、"意趣高远",并特别赞扬姜夔的词作,认为其词作意蕴圆融,融凝着"骚雅"的情思意趣,是"清空"、"古雅峭拔"的审美典范。作为张炎的好友,姜夔也主张诗歌创作"意格欲高"。他在《白石道人诗说》中说:"诗有四种高妙:一曰理高妙,二曰意高妙,三曰想高妙,四曰自然高妙。"这里所说"理、想",都可以包容到"意"中,可见他对于"意"的推重。只有立意高,诗歌创作才能达到"古雅"、"峭拔"之境,因此"古雅"说非常强调创作主体的才识学力,认为创作主体的意趣情性必须纯正,品德高尚,识见高超,立志于世道人心才能在诗歌创作中达到高远、超妙、空灵的"古雅"之境。对此,可以追溯到孔子的"有德者必有言","孟子的"集义"、"养气",董仲舒的"志和而音雅",刘勰的"必先雅制"、"文以行立,行以文传",裴行俭的"士之致远,先器识而后文艺"(《旧唐书·王勃传》),以及中国美学所谓的"诗以言志"、"画以立意"、"乐以象德"、"文以载道"、"书以如情"、"言以明心"、"言以显德"的主张,都强调创作主体必须"才、胆、识、力"兼备。在中国美学看来,文艺作品的审美意旨及其审美价值同创作主体的人品有着密切的关系,有什么样的人品就有什么样的诗品和文品。魏了翁说:"气之薄厚,志之大小,学之粹驳,则辞之险易正邪从之,如声音之通政,如蓍蔡之受命,积中而形外,断断乎不可掩也。"(《攻愧楼宣献公文集序》)文艺作品是创作主体心灵化的产物,是主体个性精神的传神写照,作品审美意境中所蕴藉的是"气"、"志"、"学""积中而形外",由"气"、"志"、"学"则可以观照到"人",亦即人的品格、审美理想、道德情操和精神面貌。刘勰认为,审美创作是"原道心以敷章",是"心生言立"、"吐纳英华"。审美创作是主体的心灵观照与物态化的过程,是审美主体根据自己对自然、人生的独特见解和审美取向,从个性的心灵模式出发,去选取那些与自己的心灵同条共贯、意断势联,从表层到深层多重共通的东西,以发现和把握最适应自我的艺术传达媒介的过程。即如司空图所说:"大用外腓,实体内充"(《二十四诗品》)。也如王夫之所说:"内极才情,外周物理。"(《姜斋诗话》卷二)是的,"严庄温雅之人,其诗自然从容而超乎事物之表"(宋濂《林伯恭诗集序》)。客观景物审美特征的发现和重构"必以情志为神明",离不开创作主体的"情之所赏"(李善)。"若与自家生意无相入处"(刘熙载),没有审美主体的介入,则不可能有含英咀华的审美创作,也不可能有"高格"、"高调"和"意趣高远"的"古雅峭拔"的审美风貌,和使"千载隽永常在颊舌"的审美效应。文艺审美创作是作为主体的人的本质力量的对象化,是作为主体的人的审美认识的结晶体,因而,如《文心雕龙·知音》篇所指出的:"世远莫见其面,觇文辄见其心。"作为这一过程的物态化成果的文艺作品必然带着属于主体自己的独特的心灵印记,必然要体现出创作主体的"文德",也即其品性与气格。

同时,中国美学认为,人道为体,文道为用,体用合一,文道合一。因此,随着主体的人品价值向文艺作品审美价值的转化,那么,透过文艺作品则能在一定程度上考察出创作主体人品与"文德"价值的高低。"人品高,则诗格高,心术正,则诗体正。"审美创作主体的人品对文艺作品审美价值的影响是非常显著的。和顺积于中,英华发于外,"有第一等襟袍,第一等学识,斯有第一等诗"。胸襟高,立志高,见地高,则命意自高,审美理想及其审美情趣也高,其创作出的作品,自然光明而俊伟。屈原"志洁行廉","惊才风逸,壮志烟高",故其诗作具有"蝉蜕浊秽之中,浮游尘埃之外,皭然泥而不滓"的审美特征,其审美价值和所达到的审美境界可"与日月争光","金相玉式,艳溢锱毫",为后人树立了伟大的榜样。即如刘勰在《辨骚》中指出的,其审美创作"体慢于三体,而风雅于战国,乃雅颂之博徒,而词赋之英杰"。"观其骨髓所树,肌肤所附,虽取熔经意,亦自铸伟辞。"认为其作品"气往铄古,辞来切今,惊采艳艳,难与并能"。并"赞"曰:"不见屈原,岂见《离骚》?惊才风逸,壮志烟高。山川无极,情理实务。金相玉式,艳溢锱毫。"在刘氏看来,屈原之所以能取得杰出的艺术成就,是与其伟大人品分不开的。陶渊明具有"旷而且直"的胸怀,"贞志不休"的情操,故"其文章不群,辞彩精拔,跌宕昭彰,独超众美"。杜甫"笃于忠义,深于经术,故其诗雄而正";所以说,"学之不至,不能研深雅奥",则不可能在审美创作中达到"古雅"之境。可见,审美创作主体只有加强自己本身的修养,通过积学与研阅以砥砺人格,洗濯襟灵,加强道德情操的修养,使自己具有高尚的品德和气节,以增强对整个人类的幸福、前途、忧患、命运的审美洞察力和审美理解力,完善其人品与审美个性心理结构,从而始能创作出艺术的精品。揭曼硕说:"学诗必先调燮性灵,砥砺风戈,必优游敦厚,必风流酝藉,必人品清高,必精神简逸,则出辞吐气,自然与古人相似。"薛雪也认为:"著作以人品为先,文章次之。"彭时说得好:"格有高下,词有清新、古雅、富丽、平淡之殊。皆系乎其人之所养与所学何如也。学博而养正,诗有不工者哉?"(《蒲山牧唱集序》)审美创作主体个性中的人品价值是创构"古雅"之境的根本,人品高尚自然是能创构出"古雅"之境的基本保证之一。

其次,"古雅"说主张意趣贵新。中国美学求新重变。《易·系辞上》云:"生生之谓易。""生生"即生生相续,一个生命滋生出另一个生命,每个生命都是一个实体,生命本身可以滋生新的生命,在新的生命中又可滋生出"新新生命",以至无穷。可以说,《易传》这种强调生生变易为恒久之道的思想正好体现了中国美学求新务变的特点。中国美学所说的"古",其含义主要有两种,一是就时间的悠长久远而言,意指古代;一是就意蕴的深厚、高妙而言,意指古朴高远的艺术境界。"古雅"之"古",应是两种含义兼而有之。如就艺术境界而言,即指古淡、古朴、古拙、苍古、高古、亘古。如就"古雅"之境的创构而言,则为第一种含义。为师古,通古。不是要求"复古",而是通古贯今,以创构新颖独特、充满生命活力的艺术之境。即诗文创作构思必须融汇古今,不能不古而今,更不能袭古人语言之迹,冒以为古。所谓"诗不可有我而无古,更不可有古而无我。典雅、精神,兼之斯善"(刘熙载《艺概·诗概》)。陆机《文赋》指出,诗文创作应"收百世之阙文,采千载之遗韵。谢朝华于已披,启夕秀于未振"。刘勰《文心雕龙·通变》也指出,"文律运周,日新其业。变则其久,通则不乏",在刘勰看来,"设文之体有常,变文之数无方,何以明其然邪?凡诗赋书记,名理相因,此有常之体也;文辞气力,通变则久,此无方之数也。名理有常,体必资于故实;通变无方,数必酌于新声,故能骋无穷之路,饮不竭之源"。在诗文创作中,有一种不变的美学精神,这就是"通";还有一种生生不息的审美追求,这就是"变",只有"通"中求"变",常中有变,正中有奇,以古为今,以故为新,以俗为雅,尽得古今之势,日新其业,从而才能创构出"古雅"之境。

萧子显说得好,诗文创作"若无新变,不能代雄"(《南齐书·文学传论》)。韩愈指出:"惟陈言之务去。"(《答李翊书》)李德裕也指出:"辞不出于风雅,思不越于《离骚》,模写古人,何足贵也?"(《文章论》)在他看来,诗文创作"譬诸日月,虽终古常见,而光景常新,此所以为灵物也"(《文章论》)。诗文创作审美经验的获得,必须经过一个相循、相因、相荣、相通、相变而化古通今的过程,必须"斟酌乎质文之间,而櫽括乎雅俗之际",而绝不可"竞今疏古",趋时附俗。时世推移,光景常新,文风多变,然而诗文创作中表情达意,"名理相因"。历代文艺理论家、诗文作者对人的生存意义、人格价值和人生审美境界的探寻与追求,并由此而获得的美学精神必定会穿透并照亮文字与历史。所谓"设文之体有常",而"通变"之数"无方"。故而,在诗文创作中必须"资故实,酌新声","望今制奇,参古定法","斟酌质文","櫽括雅俗"

(《文心雕龙·通变》),以星悬日揭,照耀太虚,浑朴古雅,光景常新。诗文创作应追求"意新"、"辞奇",追求"古雅"、"浑朴",但同时,又必须做到"新而不乱"、"奇而不黩"、"古而不泥",只有通古今之变,才能变而不失其道。欧阳修《六一诗话》说:"圣俞尝语余曰:'诗家虽率意,而造语亦难。若意新语工,得前人所未到者,斯为善也。'"胡仔《苕溪渔丛话》说:"学诗亦然,规摹旧作,不能变化自出新意,亦何以名家?鲁直诗云:'随人作计终后人。'又云:'文章最忌随人后。'诚至论也。"又引徐俯语云:"作诗自立意,不可蹈袭前人。"周辉《清波杂志》说:"为文之体,意不贵异而贵新,事不贵僻而贵当,语不贵古而贵淳,事不贵怪而贵奇。"吕祖谦《古文关键》认为,诗文创作应求新,主张"意深而不晦,名新而不怪,语新而不狂,常中有变,正中有奇。题常则意新,意常则语新"。李东阳在《怀麓堂诗话》中指出,诗歌创作贵在"不经人道语"。他认为,"自有诗以来,经几千万人,出几千万语,而不能穷,是物之理无穷,而诗之为道亦无穷也"。李渔在《窥词管见》中也指出,诗文创作"莫不贵新,而词为尤甚。不新可以工作。新为上,语新次之,字句之新又次之。所谓意新者,非于寻常闻见之外,别有所闻所见,而后谓之新也"。"意新语新而又字句皆新,是谓之诸美皆备"。诗文创作必须求新,具有独创性,"自有一定之风味",能自驰骋,不落蹊径,"优美及宏壮必与古雅合"(王国维语),从而其文艺作品才具有独特的审美价值。然而求新必须"会通","通则可久"。知新变而不知"通变","近附而远疏","龌龊于偏解,矜激于一致"(《文心雕龙·通变》),这样去追新求变,必然会导致"虽获巧意,危败亦多","习华随侈,流遁忘返",因此,"古雅"说中包含着"通变"精神。

我们从王国维的"古雅"说中,也可以发现其对"通变"精神的重视。在《古雅之在美学上之位置》文中,王国维认为,"一切之美皆形式之美"。同时,他还提出美的"第一形式"与"第二形式",而"古雅"则属于美的"第二种之形式"。他指出"一切形之美"都必须经过这"第二种之形式",从而才能使"美者愈增其美"。他说:"自然但经过第一形式,而艺术则必就自然中固有之某形式,或所自创造之新形式,而以第二形式表出之。""虽第一形式之本不美者,得由其第二形式之美(雅)而得一种独立之价值。""绘画中之布置属于第一形式,而使笔使墨则属于第二形式,凡以笔墨见赏于吾人者,实赏其第二形式也。……凡吾人所加于雕刻、书、画之品评,曰神、曰韵、曰气、曰味,皆就第二形式言之者多,而就第一形式言之者少。文学亦然。古雅之价值大抵存于第二形式。"不难看出,王国维"古雅"说所强调的美之"第二形式",其精神实质与刘勰所说的"通变则久"的"文辞气力"相似。就属于"古雅"这种"第二形式"的"使笔使墨"而言,看似指中国书画艺术中用笔、用墨等形式方面的问题,实际上还是涉及到书画艺术中的生命意识体现。中国书画艺术同源,都注重线条表现,线条的偃仰、开合、起伏、避就、跌宕等运动,有如音乐的旋律,展现着生命的节奏。中国书画艺术讲究用笔,"一画含万物于中。画受墨,墨受笔,笔受腕,腕受心"(《苦瓜和尚画语录》),线条贯通宇宙,界破虚空,凿破质实,即如石涛所说:"墨能栽培山川之形,笔能倾覆山川之势,未可以一丘一壑而限量之也。"(《苦瓜和尚画语录》)笔走龙蛇、活泼飞动、寓含生机的线条,就是不息的生命之流,而绝不是单纯的空间、无意味的形式。石涛说:"墨非蒙养不灵,笔非生活不神。"(《苦瓜和尚画语录》)在他看来,中国画是"从于心者也","形无地万物者也",是画家"借笔墨以写天地万物而陶泳乎我也"(《苦瓜和尚画语录》)。绘画所体现的是宇宙万物中的生命律动,因此,"使笔使墨"必须活泼流动,风神凛凛,生机勃勃,要有一股盎然生意蕴藉于中。所谓心随笔转,笔因意话,笔法中只有饱笃活泼风致,才能使万物含生,气脉贯通,绵延不绝。

正由于"古雅"说"求通""求变",重视高古、古朴,要求返璞归真,回复到亘古的生命之本,体验并汲取原初生命的灵气,饱览人间春色,以获取活跃的生命力,并化归于冲淡、"古雅",因而"古雅"说特别强调创作主体的学识、人品。指出,要在书画艺术创作中达到"古雅"之境,书画家必须要有极高的知识修养和审美实践经验,要有高情雅致,"人格诚高,学问诚博",其"使笔使墨",才具有"神韵气味"。故而,王国维认为,"古雅之力",为"后天的、经验的也"。即如佛雏所指出的,属于"第二种形式"的"古雅",其充满生气、灵气的"使笔使墨"中既表现着艺术家自身的意愿、情感,同时又

"蕴含着传统伦理、时代精神以及个人品格诸方面的内容"。[2] 既染于世情，又系乎时序，"名理相因"，古今融汇。正由于此，所以"古雅之致存于艺术而不存于自然"，"同一形式也，其表之也各不同。同一曲也，而奏之者各异；同一雕刻绘画也，而真本与摹本大殊。诗歌亦然"。也正由于此，所以王国维的"古雅"说特别强调艺术家的修养。他说："艺术中古雅之部分，不必尽俟天才，而亦得以人力致之。苟其人格诚高，学问诚博，则虽无艺术上之天才者，其制作亦不失为古雅"。这里就强调指出，"古雅"之境的构筑，离不开艺术家的品格、学识。

王国维极其重视艺术创作主体的人格、胸襟及其艺术修养。在他看来，"内美"与"修能"二者不能缺一。在《人间词话》中，他曾以苏轼和辛弃疾为例，说："东坡之词旷、稼轩之词豪，无二人之胸襟而学其词，犹东施之效捧心也。"又说："读东坡、稼轩词，须观其雅量高致，有伯夷、柳下惠之风。白石虽似蝉蜕尘埃，然终不免局促辕下。"苏轼、辛弃疾都具有高尚的人品和胸襟气度、雅量高致，有伯夷、柳下惠的高风亮节、超凡脱俗，故而才有词风的旷达、豪放。而姜夔虽然看起来具有不俗之慨，实际上却有格而无情，远远地逊于苏辛。之所以存在这样的区别，主要就在于胸襟气度的高下不同。故而"无高尚伟大之人格"，则不可能创作出"高尚伟大之文学"。

参考文献

[1] 赵小兰：《宋词雅论研究》，巴蜀书社1999年版。
[2] 佛雏：《王国维诗学研究》，北京大学出版社1987年版。

原刊《北京大学学报》2004年第41卷第1期

作者简介：李天道，1951年生。文学博士，现为四川师范大学文学院教授，主要论著有《中国美学之雅俗精神》、《中国古代文学理论概要》（合著）、《中国古代审美心理学论纲》等。

西方理论语境中的"意象"("image")概念

董志强

一

目前,我们正处在一个世界一体化的时代潮流之中。这种"一体化"表现于文化理论领域,就是产生于不同文化传统中的观念、思想、理论的相互碰撞、融合和重构。并且这种"重构",将不再是仅仅局限于某一文化传统之内的重构,而必将是立足于"世界"视野的一种真正意义上的"世界文化"的建构。落实到具体的理论建构的操作层面来说,就首先体现为一些基本概念术语的重新铸炼。

"意象"是中国传统美学中的核心概念。严格地说,由中国传统文化孕育的意象概念在西方美学中找不到完全对等的概念。这是由中西文化的差异造成的。但不同的文化之间的差异的存在,并不能抹杀它们之间的共同性的存在。并且正是这种共同性的存在,构成不同文化之间的融会的基础。这表现于语言层面,就是不同的语言系统之间的可翻译性的存在。[①]在西方理论语境中,与意象概念相近的是"image"[②]。意象在英文中通常翻译为"image"或"image in the mind"。但目前汉语学术界对"image"这个词的翻译并不统一,它既被翻译成"意象",也被翻译成"形象"或"影像"、"影象"、"心象"以及"表象"、"观念"等。这一方面是由于在西语语境中对"image"的使用本来就因人而异,另一方面也是由于汉语翻译者对这个词的认识不同。翻译上的这种混乱,为我们的比较造成一定的麻烦。在此,我们只有暂时将翻译问题悬置起来,依据"image"在西语语境中的使用来分析它的基本

西方理论语境中的"意象"("image")概念

内涵,而在汉语的表述上,则一律使用"意象"。

根据《牛津大字典》,image 作为名词的基本含义可归纳如下:1.任何客体,尤其是人或人的上半身,其外观形式的人工模本或再现(representation),诸如雕像、肖像等。2.客体的一种视觉的显现(appearance)或对等物,诸如镜像或棱镜折射之像等。3.某物(尤其是可见对象)的一种心理的再现,不是通过直接的知觉,而是通过记忆或想像;心理图画或印象;观念(idea)、意念(conception)。同时,作为形象用法,指缘于任何感官(不仅仅是视觉感官)和肌体感觉而产生的心理再现。4.通过言谈或书写的方式使某物在心中的再现。③

据《汉语大词典》,意象有如下基本含义:1.谓寓意深刻的形象;2.经过运思而构成的形象;3.指人的神态、风度;4.想像;5.印象;6.意境;7.心境。把汉语中的"意象"与英语中的"image"的基本含义相对照,则两者的语义域基本相吻合。也就是说,作为普通的语词,两者是近似对等的概念。但在词语的日常使用中,一个词在其出现的语境中通常表现为单一的语义,而历史赋予它的丰富的、深刻的蕴涵则处于遮蔽之中。尤其是当一个词语成为一个哲学概念时,其使用方式与日常使用方式常常有着巨大的差异,其原因在于,就语言层面来说,哲学概念所致力揭示的恰恰是包蕴在日常使用显现的表层语义中的深层蕴藏。因此,对词语的词典意义的考察,只能提供给我们一个最基本的语义语境,而不能替代对词语作为一个哲学概念的使用历史的考察。为此,我们必须进一步深入到"image"的理论使用的历史中。④

在西方,image 作为一个理论术语,首先出现于认识论和心理学领域。Image 从辞源上讲源于拉丁语的"imago",而 imago 又是对古希腊语的"eidolon"的意译。《西方哲学英汉对照辞典》对 image 的解释是:"一个表象(representation),一个据称是表征外部客体的心的图画(mental picture)。"⑤在西方哲学传统中,意象被认为与知觉、思维等认识活动有密切的关系,即我们在感知、认识外界事物时伴随着一种心理意象的产生。这一观点的源头,可以追溯到古希腊的德谟克利特。德谟克利特认为,我们对事物的感知,缘于感官与事物的原子"流射"的相互作用,事物在被感知时便流射出具有与事物相似形状的"意象"(eidolon),这些意象进入感官和心灵,便使人产生了感觉和思想。所以,德谟克利特把所有感官得到的关于物体的印象,都叫做意象。认为"感觉和思想都是外部模压的意象造成的,没有这种意象,它们都不会发生"[6]。继德谟克利特之后,亚里士多德也认为,"没有心灵图画(意象)的伴随,便不可能去思维"[7]。此后,这一思想在西方近代哲学尤其是英国经验主义哲学中获得继承和发展。洛克和休谟都认为观念(idea)和意象是同一个东西,因此思维活动和具有心理意象是等同的。例如,休谟说:"……观念,我所指的则是这些知觉在思维和推理之中的模糊意象。"[8]后来,许多哲学家都未经检查地接受了意象这种心理内容。总之,"他们认为,意象是这样一种东西,其存在或性质对所有人来说都是显而易见的,它可以最简单地被描述为外部世界的'摹本'或'图象'"[9]。由于思维和语言的密切关系,意象又被看作是词语意义的承担者,理解一个词语的意义被认为是在心中产生一个与其相关联的意象。这一观点在当代遭到分析哲学的批判。弗雷格认为意象仅仅是一种心理的东西,在关于词语意义的说明中没有任何地位。维特根斯坦在《哲学研究》中曾针对这种"意象意义论"做过一连串的追问:"我怎样从我的意象中知道该颜色实际上看起来是怎样的?"[10]"是否有人给我指出过蓝色的意象并告诉我这就是蓝色的意象?'这个意象'这些词的意义是什么?人们怎样指出一个意象?怎样两次指出同一个意象?"[11]"两个意象相同的判据是什么?——某意象之为红的判据是什么?当它是另一个人的意象时:对我来说判据就是他所说的话和他所做的事。当它是我的意象时,对我自己来说,就根本没有判据。"[12]因此,我们在认识事物时并不需要心理意象的伴随,也不存在所谓的"私人意象"[13]。而"意象意义论"的产生,其实是出自"一幅错误的图画"——"好像认出总是在于把两种印象相互进行比较。好像我随身带着一幅图画所代表的对象。"而实际上"我们的记忆似乎就是进行这种比较的动因:它通过为我们保留过去所见过的东西的图画,或者通过容许我们窥视过去(好像从一只小望远镜中看过去那样)而引导我们进行这种比较"[14]。

二

显然,西方哲学认识论领域中的"意象"概念与中国传统美学中的"意象"概念相去甚远,也不是我们要讨论的审美意象,其中既有文化的不同造成的差异,也有出自学科领域和研究对象的不同而产生的差异。但它们之间仍然有一定的关系。并且在某种意义上,这种差异对于我们从中国传统美学出发来研究审美意象,恰恰构成一种补充,因为西方认识论所讨论的意象,正是中国传统意象论所缺乏的。而出自西方传统认识论的意象概念与出自中国传统美学中的意象概念之间的关联,在某种意义上可以说,是通过西方当代现象学关于意象的研究而显现出来的。

在西方传统认识领域中,虽然意象是一个重要的概念,但关于意象的性质及其如何产生的机制并没有得到深入的研究,也因此产生了许多似是而非的东西。现象学的诞生,导致对意象的研究获得了一种质的推进。在这方面,现象学的重要意义首先在于一种方法论的突破,即超越了西方传统哲学的主、客对立的认识论视野,从而揭示了意象作为一种"意向性建构"的产物所具有的与主体和客体两方面的同时性的本质关联在一起的整体结构。

胡塞尔关于知觉、想象之意识活动以及时间意识结构等的分析,以及梅洛·庞蒂的知觉现象学等,都直接或间接地涉及到意象的构造问题。在此我们仅就萨特的理论作一分析,因为在西方当代哲学家中,对意象进行了较系统研究的,当首推萨特。萨特有两本专门讨论意象的专著:*L' Imagination*(1936)和 *Psychologie phénoménnologique de L'imagination*(1940)[15],前者是一种准备性的资料研究,后者则是展现萨特本人用现象学方法对意象和想像活动的研究所得。因此,这里对他的意象理论的分析也以后一本书为主。

从上面对意象概念发展历史的简要描述可知,在西方传统哲学认识论领域中,意象问题被归属于知觉领域。萨特认为把意象与知觉混为一谈其实是一种错觉,并称之为"内在固有的错觉"[16]。针对这一"内在固有的错觉",萨特首先强调的是,意象与构造意象的意识活动本身是不能分离的,意象是意识活动反思的对象,"被称作是'意象'的东西,本身即是与反思一道出现的"[17]。并通过现象学描述的方法把"意象"和"意象的对象"区分开来。他对意象的初步定义是:"'意象'这个词只能指意识同对象的关系;换言之,它只表示对象在意识中显现所采取的某种方式;或者如有人愿意这样说的话,它是意识使对象出现在自身之中的某种方法。"[18]因此,意象是一种"意识",更确切说,是一种"想像性意识",一种"完整的综合组织"的意识。既然意象本身就是一种意识,根据胡塞尔"意识总是关于某物的意识",那么作为意象的对象的某物就不可能是意象本身。因此,"意象的对象本身并非意象"[19]。在此,萨特关于意象和意象的对象之区分是通过与知觉活动的区别而进行的。针对传统认识论把意象描述为一种"模糊"知觉的观点,萨特认为,"对象的内核(即内在的结构)在意象与知觉中并不是相同的"[20]。因此,意象活动即想像性意识与知觉是两种有本质区别的意识形式。他说:"在知觉中,认识是缓慢形成的;而在意象中,认识是瞬间性的。"[21]举例来说,当我说"我所感受的对象是一个立方体"时,其中蕴涵着这一知觉可能是错误的可能性;而当我说"我目前所具有的意象,其对象是一个立方体"时,这一判断是最终的,而不存在错误的可能性。因此,"知觉的对象不断地充实着意识;而意象的对象则不过是人对它所具有的意识……从意象中可以得知的不过就是已经知道的东西。"意象"是作为一整件东西展示给直觉的,它也是在瞬间就展示出它是什么的"[22]。

知觉与意象的区别,更本质地表现在它们对象的不同。按照萨特的说法,我的面前有一把椅子,我对这椅子有一个知觉意识,而这一知觉意识的对象就是那把现实地存在于我的意识之外的椅子。[23]当我闭上眼睛后,这时我无法知觉到椅子的存在,但我可以在意识中构造出一个椅子的意象。然而这个作为意象出现在意识中的"椅子",却不是被我知觉到的那把现实存在着的椅子。因此,如果按通常的说法,意象的对象指现实的存在物的话,那么显然"意象的对象本身并非意象"。但是,在这里,萨特似乎有某种混乱。一方面,他把现实存在的物质性的椅子看作是知觉意识的"对象",同时认为"无论我是看到了还是想像到了这把椅子,我的知觉的对象与意象的对象都是同一的,亦即就是这把我坐在上面的草编的椅子……在这两种情形下,椅子都是就其具体的个性而言的,都是就物质性而言的"[24]。另一方面,他又把知觉与意象看作是两种不同的意识方式,"在一种情形下(知觉),椅子是为意识所'遇到'的;而在另外一种情形下(意象),却没有这样"[25]。既然椅子并没有被意象意识所"遇到",则这把椅子如何能成为意象的对象呢?并且,他又说:"作为意象的对象绝不会是别的什么,而不过是人对它所具有的意识。……对意象具有模糊的意识也就是对模糊的意象的意识。"[26]按此,则意象的对象也是一种"意识",因此不可能与作为现实存在的知觉对象相同一;另一方面,这又造成了与"意象是一种意识"之说法的混淆。这种关于"对象"的含混也表现于下面的这段话中:"我对彼得所具有的想像性意识并不是关于彼得的意象的意识:彼得是直接地被接触到的;我所注意的,并不在意象上,而是在对象上。"[27]

事实上,根据萨特在该书后面的说法,他所要强调的是,意象的对象是一种"虚无"的"非存在"。他说:"意象包含了某种虚无。其对象不是单纯的肖像,它是表现了自身的,但在表现自身的时候,它也破坏了自身。无论意象怎样生动,怎样令人动情或怎样有力量,它所展示出的对象都是不存在的。"[28]这里,"存在"所指的就是现实世界中的物的具体存在,而"对象"这一概念在萨特的使用中,在没有限定描述的情况下,通常指的也是现实世界中存在着的事物。而思想的混乱或表述上的含混,也主要是表现在对"对象"这一概念的使用上。实际上,在我看来,萨特关于意象和意象的对象之区分涉及三种不同的存在物:意象、意象的对象和知觉对象。现实中存在的具体事物椅子、彼得是知觉的对象;作为一种意识呈现出来的椅子或彼得的意象,这是一种心理上的或意识的存在物,在此意义上,它也是一种现实的意识存在或心理存在;以及这一意象的所指物,即意象的对象——"虚无"化的、"非存在"的"椅子"或"彼得"。这里,对理解造成一定困难的就是这种"虚无性"的对象。其基本含义是:在我的心中有一个彼得的意象,但这个关于彼得的意象,并不是来自我对当下就现实具体地存在于我面前的彼得的知觉,因此也不指向现实存在中的彼得;因为当我头脑中呈现彼得的意象时,作为现实世界中的存在物的彼得可能远在千里之外,他此时的衣着、容貌形态等,与作为意象出现于我头脑中的彼得可以完全不同——例如意象中的彼得是微笑着的,而现实中的彼得却正在哭泣。所以,关于彼得的意象虽然指向一个叫彼得的人,但却又不是现实存在的这样一个人,而是一种非存在的虚无。意象对象的这种非存在性,在对意象活动与知觉活动的发生方式,即与对象的关联方式的比较中,可以看得更清楚。在知觉活动中,知觉的产生直接与被知觉的对象关联在一起,即我对彼得对知觉必须以彼得这个人当下存在于我面前为前提。而在意象活动的情形下则正相反,我产生一个关于彼得的意象,必须以彼得的当下"不在现场"为前提,在我看着(知觉)彼得的情况下,我不可能产生关于彼得的意象,而只能产生对彼得的知觉表象。因此,作为意象对象出现在我头脑中的彼得,只是我假定的彼得的一种存在方式,而不是其现实的存在方式。所以,"想像性意识的意象对象,其特征便在于它并不是现存的而是如此这般假定的,或者说便在于它不是现存在的而是被假定为不存在的"[29]。

意象对象的这种非存在性,从意象的形成或构造来看,就在于想像性意识是一种"意向性的综合"意识。"彼得这个意象的形成,也就是进行一种意向性的综合;这种综合将以往的大量事件概括在一起,通过这些多样性的表现确认彼得这个人,并以某种形式展示出一个完全相同的对象。"[30]而在知觉中则不存在这样的综合。对某物对知觉,只是某物当下呈现的"这一"具体存在形态。尽管意象对象是一种非存在,但意象的意向同时又指向现实的存在,即关于彼得的意象是指向现实存在的彼得这个人的,否则,我们便不能把这个意象叫做是关于彼得的意象。但同时意象的对象又不是现实存在的对象。意象对象与现实对象的这种似是而非、似非而是的关系,萨特叫做"近似代表物"。

在进行了所谓的"必然性"考察后,萨特作出一个结论:意象(想像)活动"所针对的是一种作为物体不在现场或非存在的对象,它所借助的是一种只是作为所针对对象的'近似代表物'存在的物理或心理的内涵"[31]。意象具有四个基本特征:1. 意象本身是一种意识;2. 这种意识从认识的角度讲,呈现的是一种"近似观察的现象";3. 这种意识"假定其对象不存在";4. 具有"自发性"。而意象的基本功能是"象征"㉜。总之,意象"这种意识可以被称作是断面性的,它是无对象的。它无所假定,无所涉及,也并非是一种认识:它是意识本身所释放出的一种散射的光";它"具有一种产生并把握意象对象的自发性。这一情形近似于以对象作为虚无产生。这种意识表现为一种创造性的意识,但却并不假定它所创造的东西就是对象"㉝。因此,"意象是一种意识类型,这种意识绝无可能成为一种较广义的意识的一部分。除了思想、符号、情感与感觉之外,在包含它的意识之中并无意象。意象意识是一种综合的形式,其出现有如时间性综合的某一刻,而且也将自身同前后的其他形式的意识组织起来,从而形成一个连续的整体。"㉞

　　以上只是对萨特的意象理论的基本观点的一种描述性的介绍分析,自然,这并非是萨特意象理论的全貌,并且我们也并不完全赞同萨特的观点——例如他把意象限制于想像活动,这与审美观照中的审美意象的呈现方式显然不相吻合;但从中已经显示出许多有益的启示。显然,在萨特的意象研究中,他的问题意识仍然是西方传统哲学认识论领域中的意象问题。因此,意象在萨特那里是一个指称一般的意识活动的概念,而不仅仅是指称审美意象的。但同时,萨特又把审美对象——艺术作品看作是一种意象性的存在物㉟,这使他的意象概念把西方传统认识论领域中的意象概念与美学领域的意象概念勾连为一个整体的东西,并因此而使得西方的意象(image)概念通于中国传统美学的意象概念。因此,在某种意义上说,萨特关于意象的一般性研究,为审美意象的研究提供了更为广阔的哲学视野。

三

　　在西方美学和艺术理论领域,意象成为一个醒目的概念首先来自作为现代诗歌流派之一的"意象派"(imagist)的诗论。意象派的创始者庞德认为,诗歌创作的目的应是塑造意象,而不是情感的直接抒发,并引中国诗歌为旁证,认为"中国诗人从不直接谈出他的看法,而是通过意象表现一切"。他给意象下的定义是:"一个意象是在瞬间呈现出的一个理性和情感的复合体。""正是这种'复合体'的突然呈现给人以突然解放的感觉;不受时空限制的自由的感觉,一种我们在面对最伟大的艺术作品时经受到的突然长大了的感觉。"⑱并提出"意象可以有两种。它可以产生于人的头脑中。这时它是'主观的'。也许是外因作用于大脑;如果是这样,外因便是如此被摄入头脑的:它们被融合,被传导,并且以一个不同于它们自身的意象出现。其次,意象可以是客观的。攫住某些外部场景或行为的情感将这些东西原封不动地带给大脑;那种旋涡冲洗掉它们的一切,仅剩下本质的、最主要的、戏剧的特质,于是它们就以外部事物的本来面目出现"。而"在这两种情况下,意象都不仅仅是一种观念。它是融合在一起的一连串思想或思想的旋涡,充满着活力"⑲。从以上引文可见,庞德的"意象"具有以下几个特点:1. 意象是一种心理表象;2. 意象是一种瞬间的呈现;3. 意象不是观念,而是"理性与情感的复合体";4. 意象虽然是瞬间的呈现物,但不同于直接的知觉表象,而是经诗人对知觉表象的"融合"、"传导"、"冲洗"等加工后产生的一种质变;5. 意象的瞬间呈现给人一种自由的解放感;(客观的)意象可以表现事物的"本来面目"。

显然,庞德对意象的论述,与中国美学中的意象概念是相通的,或者说,它在本质上同于中国美学中的意象概念,这或许与庞德的意象论本身就是受中国古典诗歌的影响而产生的有关;但同时我们也看到,庞德的意象概念无论在广度或深度方面,都没有超过中国传统美学。庞德关于意象之"主观的"和"客观的"区分,在某种意义上,与王国维之"以我观物"和"以物观物"的区分有相似之处。但两者又有本质的区别:前者明显地带有西方传统主客二分的认识论视野的背景,因此这种区分实质上是对意象的统一性的一种错误的割裂;而后者的区分则是一种涉及生存论的区分⑳。

庞德的意象概念仅涉及诗歌领域,就其本身来说极单薄且又浅尝辄止,缺乏必要的理论深度。因而对我们要进行的美学基本理论领域的研究来说,基本上没有什么价值。但就西方美学来说,它的重要意义在于第一次明确地把"意象"确立为艺术作品的本体和核心。并且,由于"意象派"是作为西方现代艺术潮流的一个重要运动而出现的,因此其影响是极为广泛的。在某种意义上可以说,意象主义和绘画领域的印象主义的艺术主张和实践,为意象概念逐渐成为西方美学和艺术理论领域中的一个重要概念,提供了审美实践的基础。

因此,可以说,庞德只是提出了艺术作品的本体是意象的观点,而真正从理论上确立这一观点的则是萨特。遗憾的是,萨特没有在此基础上进一步地建立一种以意象为中心的美学理论,这部分地是由于他的学术兴趣不在于此,部分地也是由于在西方哲学传统的学科划分中,美学处于一种相对次要的被忽略的地位。而在我们看来,这是一种由传统惯势所造成的一种理论偏见。并且这一偏见不仅存在于西方,也存在于中国的传统与现实。这或许是由于美学问题是隐含于各种日常生活问题的最深层的缘故,因而时常被哲学家们看作是可有可无的问题而遭到忽视。对于这一偏见,我们的观点是:美学问题实际上是一切哲学问题中所隐含着的深层问题,例如就我们这里触及到的认识论问题来说,无论是知觉活动还是想像活动,可以说,最充分的和最精细化的知觉和想像实际上都发生于审美活动中,因此,要真正地揭示知觉或想像活动的发生机制,就必须深入到对审美活动的分析,否则,这种揭示就仍然是不充分的和粗糙的。因此,我们可以确定地说,对审美现象的分析,是解决各种哲学问题的最终出路,因为只是在审美活动中,人的生命存在才以完整的形态呈现出来。在此意义上,美学应该是——我们相信也必将是——哲学的核心。

在萨特之后,西方当代便没有一流的哲学家关注审美领域的意象问题。在西方当代美学中,真正把意象视为其理论整体中的重要概念甚至是核心概念的是苏珊·朗格。苏珊·朗格认为,艺术作品创造出来的真正对象亦即艺术作品的本体"是一个意象,一个以真实而非想像中的材料——画布或纸张,颜料、木炭或墨水第一次创造出来的意象"。[9]但是,在苏珊·朗格的使用中,意象(image)是一个与"幻想"(illusion),尤其是与西方传统美学的核心概念"形式"(form)相等同的可以互换的概念,例如她对意象的说明:"当某物呈现出来纯粹诉诸人的视觉即作为纯粹的视觉形式而与实物没有实际的或局部的关联时,它就变成了意象。如果我们完全看作直观物,我们就从它的物质存在抽取了它的表象。以这种方式所观察到的东西,也即成了纯粹的直观物——一种形式,即一种意象。"[40]也就是说,虽然她的文本中大量地使用了"意象"的概念,但这一概念的内涵,相对于西方美学传统的核心概念"形式",并没有取得一种质的突破,甚至可以说仍然依附于"形式"概念的内涵,因此,她的代表作的书名叫"情感与形式"而不是"情感与意象"。因此,可以说,她的意象概念无论是在深度还是广度上都没有超出萨特,而且也不具备中国传统美学的意象概念所拥有的植根于本体论层面的力量。这主要是由于苏珊·朗格的基本理论视野仍囿于西方传统主客二分的认识论视野中的卡西尔的符号哲学,因此她没有力量摆脱"形式"概念所蕴含的传统的"客体性"含义,从而建构起一种真正的具有突破意义的"意象美学"。但尽管如此,她的关于艺术意象的某些具体分析,对于我们来说,仍有一定的借鉴意义。除苏珊·朗格以外,西方当代美学家如贡布利希、阿恩海姆等关于审美知觉中的"幻象"的研究,实际上也触及意象问题,对我们的研究也具有一定的启示。但同样,他们的研究主要是在心理学层面进行的,而没有深入到生存论的层面。

以上我们对西方理论语境中的"意象"(image)概念的梳理,目的在于立足于现代汉语语境中完成对传统美学中的"意象"概念的现代重构。通过以上的梳理,我们可以清楚地看到,出自中国传统文化的"意象"概念与出自西方传统文化的"意象"(image)概念既有相同、相通之处,亦有明显的差异,而这种差异在某种意义上说,恰恰构成一种文化的互补,向我们揭示出重铸"意象"概念所可能具有的内涵张力和解释学空间,为在一种统一的现代学术视野中建构一个能包容中西传统"意象(image)"概念内涵的一个现代的"审美意象"概念,奠定了基本的跨文化视域。

注 释

①关于"世界文化"的理论重构问题的思考,请参见拙著《消解与重构成——艺

作品的本质》(人民出版社 2002 年版)"导论"中的有关论述。

② 这里，我们将"西方"作为一个文化整体来对待，并主要以英语表达作为西方理论的代表，而忽略西方不同语言表达之间的差异。

③ 参见 The Oxford English Dictionary, Second Edition. Volume VII, Edited by R. W. Burchfield, pp. 665—666.

④ 关于语言的日常使用和理论使用的区别，请参见拙著《消解与重构——艺术作品的本质》第一章第二节的论述。

⑤ 尼古拉斯布宁、余纪元主编：《西方哲学英汉对照辞典》，人民出版社 2001 年版，第 473 页。按：该辞典将 image 翻译为"影像"，本文将其改为"意象"。

⑥ 引语出自艾修斯：《哲学家意见集成》第 4 卷第 8 章第 10 节，转引自汪子嵩等：《希腊哲学史》第 1 卷，人民出版社 1997 年版，第 1050 页。关于德谟克利特的意象说，亦参见该书 1048—1050 页。按："eidolon"在该书译为"景象"，这里为术语的统一，改为"意象"。虽然就德谟克利特的思想来说，似乎不妥，因为他对 eidolon 的使用偏重于被认知的客体的一面；但就德谟克利特认为人和物体都有灵魂，而 eidolon 又是原子流射的产物来说，从西方当代现象学的立场出发对其进行阐释，则译为意象似乎也可以说得通，甚至更能揭示德谟克利特思想中包含的"eidolon"乃感官与事物的"相互作用"之产物的一面。尤其是，这一理论后来被英国经验主义继承发展，eidolon 在英语中被译为 image，而 image 在洛克、休谟等人的语境中，翻译成"意象"似乎比"影象"更妥当些，因为他们主要是从人的感知、心理的角度来谈论 image 的，而不是从客体的角度。

⑦ Aristotle, On Memory and Recollection, 450a, 转引自 The Encyclopedia of Philosophy, Editor in Chief: Paul Edwards, New York, Macmillan Inc., Reprint Edition 1972, p. 133。

⑧ 休谟著、关文运译：《人性论》上册，商务出版社 1980 年版，第 1 页。

⑨ The Encyclopedia of Philosophy, p. 134.

⑩ 维特根斯坦著、李步楼译：《哲学研究》，商务印书馆 1996 年版，第 388 节第 179 页。

⑪ 同上书，第 382 节第 177 页。

⑫ 同上书，第 377 节第 175—176 页。

⑬ 同上书，第 133—136 页。

⑭ 同上书，第 604 节第 238 页。

⑮这两本书都已有中译本,前者翻译为《影象论》,魏金声译,中国人民大学出版社1986年版;后者根据英译本 The Psychology of Imagination 译为《想像心理学》,褚朔维译,光明日报出版社1988年版。

⑯⑰⑱⑲⑳㉑㉒萨特著、褚朔维译:《想像心理学》,光明日报出版社1988年版,第22、21、25、25、28、28、29页。

㉓这里,萨特关于意识的对象的说法,实际上似乎是对胡塞尔的现象学的一种粗糙化的退化。按照胡塞尔的悬置原则,现实世界的存在是应被放在括弧里的;因此,知觉意识的对象不是现实存在的椅子。

㉔㉕㉖㉗㉘㉙㉚萨特著、褚朔维译:《想像心理学》,第24、24、37、25、35、35、35页。

㉛㉜㉝㉞㉟萨特著、褚朔维译:《想像心理学》,第44、153、36、37页,第五章、第二节:艺术作品。

㊱㊲黄晋凯等主编:《象征主义意象派》,人民大学出版社1989年版,第135—136、150页。

㊳关于中西"意象"概念的具体比较,我们将另文专述,在此无法展开具体的分析。

㊴㊵苏珊·朗格著、刘大基等译:《情感与形式》,中国社会科学出版社1986年版,第56、77页。

原刊《学术月刊》2003年第9期

孔子"成于乐"思想索解

钟 华

翻开《论语·泰伯》篇,我们便会读到这么几句非常著名的话:

子曰:"兴于诗,立于礼,成于乐。"

这就是孔子对中国传统文化独特形态的形成产生过根本性影响的"兴诗""立礼""成乐"之教。后世注疏笺证者往往对"兴于诗""立于礼"大书特书,对"成于乐"却惜墨如金。个中缘由,固有出于学术理念者,如韩愈、李翱之"三经一原"、"皆起于诗而已"[①]。更为要者,恐如《四书翼注》所言:乃"'兴诗''立礼'易晓,'成于乐'之理甚微"[②]也。

我认为,从义理解"成于乐",不外乎要回答这么几个问题:"乐"所"成"者何?为何"成于乐"?"乐"何以能"成"?如何"成"?试分而论之:

一、"乐"所"成"者何?

对于"乐"之所"成",前贤各说不一、见仁见智:

1. "成性"说

此说为汉儒孔安国、包咸所倡,影响深广。孔曰:"乐,所以成性也"[③];包曰:"乐所以成性。"[④]南朝皇侃曰:"行礼必须学乐,以和成己性也"[⑤];宋儒邢昺曰:"修身当先起于诗也,立身必须学礼,成性在于学乐"[⑥];清儒刘宝楠云:"乐以治性,故能成性,成性亦修身也"[⑦]。

2. "成德"说

此说为宋儒邢昺所倡,影响甚大。邢曰:"此章记人立身成德之法也。……修身当先起于诗也,立身必须学礼,成性在于学乐。"[⑧]宋儒程颐曰:"安之而和乐,德之成也";"乐者,所以成德也。"⑨程子之后,此说大盛。谢显道曰:"乐则存养其善心,使义精仁熟、自和顺于道德也。"⑩尹焞曰:"乐则安,安则久,久则可以成其德矣。"⑪元儒刘因、明儒蔡清、清儒黄式三等亦主此说。

3. "成学"说

此说为南朝皇侃所倡,影响亦深。皇曰:"此章明人学须次第也"⑫。宋儒陈祥道曰:"学始于言,故'兴于诗';中于行,故'立于礼';终于德,故'成于乐'。"⑬尹焞曰:"三者学之序也"⑭;朱熹曰:"(乐)学之最早而其见效反在诗礼之后也"⑮,"学者之终,所以至于义精仁熟,而自和顺于道德者,必于此而得之,是学之成也"⑯;张栻、戴溪、金履祥等皆同朱子;明儒胡广等人编《论语集注大全》云:"学者须是先有兴诗立礼工夫,然后用乐以成之"⑰;吕柟云:"此言其学成之序也。故'兴于诗'非不学礼也,特不可谓之'立';'立于礼'非不知乐也,特不可谓之'成'。"⑱清儒焦袁熹云:"'兴''立''成'是大学始终之次第,谓其不离乎小学则可,谓小学可以尽得此三项工夫则不可"⑲;刘宝楠曰:"夫子因略本古法教之:学诗之后即学礼,继乃学乐。盖诗即乐章,而乐随礼以行,礼立而后乐可用也。"⑳

4. "成心"说

此说为元儒刘因所倡,亦甚有影响。刘曰:"'兴于诗',兴此心也;'立于礼',立此心也;'成于乐',成此心也"㉑。清儒陈廷敬、喇沙里曰:"此一章书是明经学之有益于人也。……人止一心,'兴''立''成',乃学者因心之获;'诗''礼''乐',即学者治心之资。言其序虽有后先,究其归总无内外"㉒。孙奇逢等人亦从此说。

此外,还有朱熹、刘宗周等人的"成性情"说:"乐有五声十二律,更唱迭和,以为歌舞八音之节,可以养人之性情,而荡涤其邪秽,消融其渣滓"㉓、"兴也者,始而亨者也;立且成者,性情也"㉔;王弼、范祖禹等人的"成有为之政"说:"言有为政之次序也"㉕、"有序而后可兴,有定而后可立,有和而后可成。治身以此,治天下国家亦以此,此其先后之次也"㉖;韩愈、李翱等人的"成《诗》"说:"三者皆起于诗而已"㉗、"删诗而乐正雅颂,是成于乐也。

三经一原也"[28],等等。显然,韩、李二人把"成于乐"解作了一个历史事实。难怪后人要责怪他们"以空说解经"[29]了。其余诸说看似于不尽同、聚讼纷纭,但联系到中国古代哲学中"心"、"德"、"性(情)"之间关系之紧密,而"学"不过是修养它们的手段和过程,便可明乎这表面分歧的背后有着根本的一致或相通。至于"成有为之政"一说,儒家的"修、齐、治、平"原本就一脉贯通,固无不容。

据我看来,它们还可用"成人格——人格修养之完成"一说来统言之。教育之归乃在培养具有健康健全人格的人,孔子之所以主张三教并举,乃因三教原本一指。由此观之,所谓"兴于诗、立于礼、成于乐"不过是孔子提出的一套培养健康健全人格的方案而已。人格修养需要一个从萌生、发展到完成的过程,因此,所谓"成于乐"乃是说,"人格的完成"(即健康健全人格的获得)必须经历"诗"教的开启、"礼"教的固立,最后通过"乐"教来实现。这不是我的发明。徐复观先生在《中国艺术精神》中亦指出:"礼乐并重,并把乐安放在礼的上位,认定乐才是一个人格完成的境界,这是孔子立教的宗旨"[30]。怎样才是"人格完成"的境界呢?徐先生曰:"圆融。"在我看来,其实就是孔子所谓"从心所欲不踰矩"、程子所谓"安之而和乐"、朱子所谓"义精仁熟而自和顺于道德"的境界。它是人的"性""理""德"已自然融化于"心""情"并"安""顺"而"和乐",即人的道德理智与情感欲望已臻于和谐顺畅、圆通无碍时所达到的境界。质言之,所谓"人格完成"的境界,亦即儒家"中和"人格圆满完成之境界。

二、为何"成于乐"?

对于"兴于诗,立于礼,成于乐",除极个别人因认为此经意在表明"人心有真诗有真礼有真乐"、"非后人穷经之实学"[31]而主张三者并不表示某种实际次序外,先贤们都主张它们表示着某种次序(尽管对其究竟表示何种次序他们的主张并不一致)。它们究竟表示何种次序呢?

若"乐"之所"成"乃"完满人格",则它们所表次序,应为人格修养从发端、确立到最后完成之次第无疑。"成"者,"完成"也。

可是,人格为何"成于乐"呢？皇侃曰:"学礼若举,次宜学乐也。所以然者,礼之用,和为贵。行礼必须学乐,以和成己性也"。又云:"……至二十学礼后,备听八音之乐和之,以终身成性,故后云乐也"㉜。谢显道曰:"诗吟咏情性,能感动人之善心,使有所兴发；礼则动必合义,使人知正位可立；乐则存养其善心,使义精仁熟、自和顺于道德"㉝。谢氏此论上承程颐,下启朱熹。程子曰:"'兴于诗''立于礼',自然有着力处；'成于乐',自然见无所用力处""中心斯须不和不乐,则鄙诈之心入之矣。不和乐则无所自得,故曰'成',此乐之本也"㉞。朱子《四书集注》解释此章时对程谢之论作了详备的阐发。此后,金履祥曰:"'兴诗'是感发,'立礼'是持守,'成于乐'则是融化矣"㉟。新安陈氏云:"'成于乐',所以成就其始焉中焉之'兴于诗''立于礼'者也"㊱。刘宗周云:"'兴于诗',兴于善也；'立于礼',立于敬也；'成于乐',成于和也"㊲。刘宝楠云:"诗即乐章,而乐随礼以行,礼立而后乐可用也"㊳。

以上是先贤对为何"成于乐"的解答。概其要有二:其一,"诗"教虽然能感发人之善心,但毕竟只是善的萌芽,还不够强大和稳定；"礼"教虽然能使人知正位而立,秉正道而行,但终究未内化成己性,很容易改变乃至丧失。其二,"诗"教所兴之善和"礼"教所立之义,从本质上说乃是外在的、带强制性的道德准则和行为规范,要实行它们需要"敬"、需要"持守",往往还需要同人的自然本性作斗争,"自然有着力处"。一旦懈怠,则功亏一篑。而"乐"则正好用来解决这些问题。此外,如前所述,人格完成的境界乃是一种"从心所欲不踰矩"的境界,一种自由的境界,一种情性已经澄汰、唯善无邪,法度已自然融化于心、"义精仁熟"且"安之而和乐"的境界。这其实是一种审美人格生成的境界。"兴诗""立礼"只能实现善心的"感发"和法度的"持守",即道德人格的生成。很显然,唯有当一个人的人格已由道德人格上升为审美人格的境界,方可谓"人格完成"了。它需要"先有'兴诗''立礼'工夫,然后用乐以成之"㊴。这就是为何"成于乐"。言"成于乐",犹言审美人格的生成是人格修养最高——最后完成——的境界。联系《论语·先进》篇中孔子"吾与点也"之叹,夫子之道不也一以贯之?

三、"乐"何以能"成"?

这是从义理上解说"成于乐"的核心和关键。"乐"何以能"成"呢?这可以从"乐"自身的特点得到说明。

1. 乐者,和也。

礼自别始,乐从和生。"乐"以"和"为本,"和"是"乐"成立的基本条件。《尚书·尧典》"八音克谐,无相夺伦"首开中国乐论以"和"言"乐"之先河;《庄子·天下》云:"乐以道和";《荀子·儒效》谓"乐言是其和也";《乐论》谓"乐也者,和之不可变者也。礼也者,理之不可易者也";《礼记·乐记》云"大乐与天地同和,大礼与天地同节","乐者天地之和也,礼者天地之序也";《史记·滑稽列传》云"乐以发和";刘宗周《论语学案》云"礼只是敬,乐只是和"。先贤们一致把"和"作为"乐"的根本特征,所以徐复观先生说,"乐的正常本质,可以用一个'和'字作总括"[⑩]。

由于"乐"以"和"为本,无"和"不成"乐","乐"的基本特质就是"和",所以"乐"能"发和"、"乐"能"成和"。不仅如此,"乐"之"发和"乃是以"和""发和","乐"之"成和"乃是以"和""成和"。正如刘宗周《论语学案》所言,"'成于乐',成于和也"。"礼"的目标亦在致"和"——社会群众之和,但由于"礼"的根本不是"和"而是"别",所以"礼"之"发和"乃是以"别""发和","礼"之致"和"亦是以"别""致和"。它的策略是:先别"异",次立"序",终致"和"。不言而喻,以别发和或以别致和是曲折的、人为的,必须借助道德理性的干预;相反,以和发和或以和致和却是直接的、自然顺畅的,只需通过自由体验以陶冶性情。这也正是在人格修养上"乐"高于"礼"之处。

2. 乐者,中和之纪也。

孔子所说的"乐"并非只供人享乐的玩物,它担负着神圣的教化职责。因此,它除了有"和"这个基本条件外,还应有别的规定性:那就是"中"。《论语》中的孔子虽未明确提出"乐道中和"的主张,但他第一个明确区分了

"雅正之乐"与"淫乱之声",而"雅""淫"之别正在乎"中和"与否耳。荀子深谙此中奥妙,明确提出了"礼之敬文也,乐之中和也"㊶和"乐者,天下之大齐也,中和之纪也"㊷的论断。

何为"中和"呢?"和"字易解,"中"字稍难。朱熹云:"中者,不偏不倚、无过不及之名"㊸。冯友兰先生说,"中"很像亚里士多德的"黄金中道",其奥义是"既不太过,又不不及","恰到好处"㊹。

那么,什么才是孔子的"雅正之乐"呢?一言以蔽之:"乐而不淫"。这既是孔子的"诗教原则",也是他的"乐教原则"。正如徐复观先生所言,"快乐而不太过,这才是儒家对音乐所要求的'中和'之道"㊺。"乐"(lè)离不开"中和"的形式,"不淫"需要"无邪的内容"来保证。换言之,在孔子所说的"乐"中,中和的形式与纯正的内容、艺术与道德、美与善,应该是自然完满地统一于一体的。这也正是他赞美《韶》、惋惜《武》、力斥"郑卫之声"所持的准则。

3. 乐者,乐也。

无论作乐还是赏乐,都是一件令人身心愉悦的乐事。即便是"乐教",与"礼教"比起来,也应该算是一种"快乐教育"。因此,荀子论乐一开口就强调音乐的"快乐"特质,并认为那是理所当然的。他说:"夫乐者,乐也,人情之所必不免也"㊻。孔子所言之"乐"虽有"中"之规定性,但我们一开始就讲了现在还要强调的是,"和"是"乐"成立的基本条件,因此"乐"的一切都必须以"和"为基础并以不破坏"和"为前提。而"和"(和谐)与"乐"(审美快感)之间的联系则是不言而喻的。再说孔子也并不简单否定"乐",只要求"乐而不淫"——不要乐过头就行了。

追求快乐乃人之常情,而音乐既能给人以道德教益,又能给人以审美愉悦,在社会教化和个人修养方面自然就有了其特殊优势。孔子曰:"知之者不如好之者,好之者不如乐之者"㊼。荀子云:"故乐者,治人之盛者也""其感人深,其移风易俗(易)"㊽。荀子这些思想,《礼记·乐记》和《汉书·礼乐志》中都有继承和发展。

"和"与"乐"(lè)正是"乐"在人格修养方面高于"礼"的地方。礼自外作,乐由中出;礼本别始,乐从和生;礼者强,乐者乐;礼便于修行,乐长于治心。"立于礼"是"持守",它必须借助道德理性去战胜自然人性(按荀子的说法便是"化性起伪")并无条件地接受某些绝对律令与规则,因而是人为地有意为之,带有强制性;"成于乐"则是"融化",它以"和"与"乐"为依托,并通过"和"与"乐"来实现道德规则或律令的自然而然的内化。换句话说,它是在人性得以自然生发、生命力得以自由挥洒、身心和顺悦乐的情形下使人的情感欲望得到陶冶升华,并与道德理智自然和顺的。换个角度说,要使人达到一种"随心所欲不踰矩"即既守规范又觉自由的境界,就必须借助一种把道德内容化入"和""乐"形式的东西的陶冶来实现。"乐"正是这样一种东西。因此,孔子把人格修养的完成放到了"成于乐"而非"终于礼"。

可是,"乐"又如何能实现道德律令规则的自然"融化"呢?朱子曰:"乐有五声十二律,更唱迭和,以为歌舞八音之节,可以养人之性情,而荡涤其邪秽,消融其渣滓。故学者之终,所以至于义精仁熟而自和顺于道德者,必于此而得之,是学之成也"[49]。刘因云:"涵养德性,无斯须不和不乐,便是'成于乐'之功"。相形之下,朱子主要从生理与心理相结合的角度揭示了"乐"所具备的去邪存正、使人之性情自然臻于"义精仁熟而自和顺于道德"之境之效;刘因则主要强调了"乐"所具备的能使人之德性在一种既"和"且"乐"的状态下得到潜移默化的特殊之功。此外,明儒章世纯还有一段非常精彩的话,从礼乐互补的角度揭示了"乐"何以能实现"礼"之内化成天性的问题。章云:"乐者,所以安礼也。礼强人心,乐则顺之,故圣人使以乐为礼。以乐为礼,是使以顺行强也。顺者既胜,则安其所强而无难;至于信,心自然不入于邪。礼,人之所畏也。畏而不安,久则去之;不去,亦非已质也。圣人制乐以和礼。乐之音声,礼之文辞也;乐之俯仰,礼之节趋也。习于乐者,通乐于礼而礼可安矣。安则化,化则天"[50]。

四、如何"成于乐"?

那么,"乐"是如何完成健康健全人格的塑造的呢?

1. 致乐以治心

《乐记》云:"凡音者,生人心者也。情动于中,故形于声;声成文,谓之音。"音生于心,故乐由中出。礼自外作,故便于修行;乐由中出,故长于治心。"致乐以治心,则易直子谅之心,油然生矣。易直子谅之心生则乐,乐则安,安则久,久则天,天则神。天则不言而信,神则不怒而威。致乐以治心者也"[51]。这段话虽不见于《论语》,但却同时见于《礼记》之《乐记》和《祭义》二篇,"可见这是孔门相传的通说"[52]。

2. 养导以成性

对于人性中的情与欲,"礼"的策略是运用道德理性去战胜自然人性,用"节"和"敬"的方式去抑制它、剪除它。孔子曰:"不以礼节之,亦不可行也"[53];孟子曰:"礼之实,节、文斯二者是也"[54];《礼记·表记》曰:"礼以节之";荀子曰:"礼之敬文也"[55]。显然,"礼"用的是"堵"的办法,在避免人性中情感欲望的膨胀泛滥方面,自然有其不可或缺的作用。但情感欲望好比一条挟带着泥沙的河流,长时间地"堵"下去终究是危险的。因此,即使以"性恶"说大倡礼法的荀子也主张用雅正之乐以"养"和"导"的方式去疏导、升华它。《乐论》云:"夫乐者,乐也,人情之所必不免也。……乐则不能无形,形而不为道,则不能无乱。先王恶其乱也,故制雅、颂之声以道之,使其声足以乐而不流";"故乐者,所以道乐也。金石丝竹,所以道德也。"这几个"道"字即"導(导)"字,意为疏导、引导等。朱熹《四书章句集注》"成于乐"条注:程子曰:"古人之乐,声音所以养其耳,采色所以养其目,歌咏所以养其性情,舞蹈所以养其血脉。"[56]清人黄式三亦云:"乐,所以化拘苦之迹、宣沉郁之情也。君子之于乐,以暇豫之时养和平之气,所以防闲断之獘、密涵养之功也。此成之所以得于乐也"[57]。总而言之,乐是以借"养""导"之功而"化成己性"的方式来澄汰人性中的情与欲的。另据《尚书·尧典》和《礼记·乐记》等文献我们得知,古之乐远比今之乐要广:声、色、歌(诗)、舞集于一身。在对情感欲望的"导"或"养"中,它们各司其职、各尽其妙,共同完成人性的锻造。

3.穷本以和心

《乐论》云:"礼乐之统,管乎人心矣。穷本极变,乐之情也;著诚去伪,礼之经也。"这就是说,与"礼"之以道德理性去抑制、剪除自然人性不同,"乐"的策略是"穷本极变"。"穷",穷尽、穷究;"极",完全无遗地表现;"本",生命根源之地:性情(含欲);"变",性情复杂精微之变化。刘宗周亦云:"乐以穷神达化教,主成,故人得之以成。成,以人心所自成也"[58]。也就是说,"乐"能让人性得以自然生发、生命力量得以自由表现,并以此实现对人的情欲的疏导与升华;它让生命之河在河床里自由流淌,自然而然地澄汰自己挟带的泥沙而成为一股清流。此即荀子所谓"乐行而志清"[59]。

范祖禹曰:"乐所以和人心,故非乐不成"[60]。刘宗周曰:"'成于乐',成于和也"[61]。那么,"乐"如何"和"人心呢?《乐记》云:乐"生于心"、"本于心"。朱子常常称道张载"心统性情"之说。儒家乐论中的"心"正是这"统性情"之"心"。所谓"心统性情"即是说,在人的"心"中,道德理智与情感欲望原本就是水乳交融、浑然一体的。正因为如此,"生于心"、"本于心"之"乐"才一方面是"情动于中"而自然向外"施"、"发"的产物,另一方面又是"足以感动人之善心"[62]的"通伦理者"[63]。但这合道德的"善"的内容又是以"和""乐"的"美"的形式出现的,并且以"养""导"的"自然和顺"的方式诉诸人的生命整体,从而使其道德理智与情感欲望和谐顺畅、圆融无碍。此时,"情欲因此而得到了安顿,道德也因此而得到了支持"[64]。二者完满地"融化"为一体。这时,"随心所欲不踰矩","义精仁熟","安顺而和乐"之"中和"人格——审美人格便自然生成矣。

注 释

①[27][28]韩愈、李翱《论语笔解》卷上,文渊阁四库全书本,台湾商务印书馆1986年影印。

②程树德《论语集释》第一册,《新编诸子集成》第一辑,中华书局1990年版,第531页。

③④⑤⑫㉕㉜何晏、皇侃《论语集解义疏》卷四,《丛书集成初编》,中华书局1985年据“知不足斋本”排印。

⑥⑧邢昺《论语正义》卷八,《十三经注疏·论语注疏》卷八,中华书局1980年版。

⑦⑳㊳刘宝楠《论语正义》卷九,《诸子集成》,中华书局1954年版。

⑨⑩⑪⑭㉖㉝㉞(60)朱熹《论孟精义·论语精义》卷四下,文渊阁四库全书本。

⑬陈祥道《论语全解》卷四,文渊阁四库全书本。

⑮朱熹《四书或问》卷十三,文渊阁四库全书本。

⑯㉓㊾(56)朱熹《四书章句集注·论语集注》卷四,《新编诸子集成》第一辑,中华书局1983年版。

⑰㊱㊴胡广等撰《论语集注大全》卷八,文渊阁四库全书本。

⑱吕柟《四书因问》卷三,文渊阁四库全书本。

⑲焦袁熹《此木轩四书说》卷四,文渊阁四库全书本。

㉑刘因《四书集义精要》卷十六,文渊阁四库全书本。

㉒陈廷敬、喇沙里《日讲四书解义·日讲论语解义》卷六,文渊阁四库全书本。

㉔㊲(58)(61)刘宗周《论语学案》卷四,文渊阁四库全书本。

㉙朱维铮编《周予同经学史论著选集》,上海人民出版社1983年版,第274页。

㉚㊵㊺(52)(64)徐复观《中国艺术精神》,春风文艺出版社1987年版,第4、13—14、20、22、24页。

㉛陆陇其《四书讲义困勉录》卷十一,文渊阁四库全书本。

㉟金履祥《论语集注考证》卷四,文渊阁四库全书本。

㊶(55)王先谦《荀子集解·劝学》,《新编诸子集成》第一辑。

㊷㊻㊽(59)(62)王先谦《荀子集解·乐论》,《新编诸子集成》第一辑。

㊸朱熹《四书章句集注·中庸章句》之题解,《新编诸子集成》第一辑。

㊹冯友兰《中国哲学简史》,北京大学出版社1985年版,第204页。

㊼阮元校刻《十三经注疏》下册《论语注疏·雍也》,中华书局影印,1980年版。

㊿章世纯《四书留书》卷三,文渊阁四库全书本。

(51)(63)阮元校刻《十三经注疏》下册《礼记正义·乐记》。

(53)阮元校刻《十三经注疏》下册《论语注疏·学而》。

(54)焦循《孟子正义·离娄上》,《新编诸子集成》第一辑。

(57)黄式三《论语后案·泰伯八》,《儆居丛书》,光绪九年刻本。

原刊《天府新论》1998年第6期

作者简介:钟华,1964年生,文学博士。现为四川师范大学副教授,成果有专著《从逍遥游到林中路——海德格尔与庄子诗学思想比较研究》等。

"成人"与审美
——儒家诗学的终极价值

李 凯

20世纪80年代以来,随着政治的拨乱反正、经济的体制改革,特别是对外开放政策的实施,中国无论是经济、政治还是文化,都发生了极大的变化,学术研究开始走入正轨。人们在反思"文革"十年给中国带来的历史灾难时,把眼光投到对传统文化的追寻上,由此,对传统文化的评判成为学术界关心和讨论的热门话题。同时,由于国门打开,海外新儒学的回介,又给人们在审视和反思传统文化时提供了一个新视角。毫无疑问,由于儒学在传统文化中占据了太耀眼的位置,因此,人们在对传统文化进行反思和研究之时,无论是肯定者还是反对者,无不集矢于儒学。在文学和美学研究界,"审美性"和"主体性"成为风行一时的主流话语,对儒学家诗学的评判多少显示出否定多于肯定的局面。价值评判的预设立场,使得研究者对儒家诗学的内容和价值的评判出现偏颇,也就毫不奇怪了。譬如,对儒家诗学的最高主旨何在,儒家"诗教"功过是非的评价,仍然有值得再探讨的余地。本文认为,"成人"(养成具有高尚品德的君子)是儒家诗学的终极价值,审美作为"成人"的手段在儒家诗学中具有至关重要的地位,使人生艺术化是"成人"的境界。

一、儒家诗学的核心是"成人"

"文学是人学",高尔基的这一名言道出了文学的真正核心。文学既源于人类的社会生活,又源于人类的生存需要。因此,探讨诗学不以"人"为出发点和归宿，就不可能真正把握其实质。而对人的重视、关注正是儒学一以贯之的特点。不少论者认为儒家学说是"道德哲学"、"人生哲学"；还有学者认为儒学具有丰富的人文精神，这些都是不错的。本文认为，儒家学说核心是"成人"。

"成人"一词出自于《论语·宪问》，说："子路问成人。子曰：'若臧武仲之知，公绰之不欲，卞庄子之勇，冉求之艺，文之以礼乐，亦可以为成人矣。'曰：'今之成人者何必然？见利思义，见危授命，久要不忘平生之言，亦可以为成人矣。'"什么是"成人"？"成"字该如何解释？《论语注疏》云："《正义》曰：此章论成人之行也"①。这里未对"成人"作出明确解释。朱熹《论语集注》云："成人，犹言全人。"②看来朱熹是将"成"理解为形容词，指"完美"。《辞源》(修订本)接受了这一说法，说："指德才兼备的人，犹言完人。"《荀子·劝学篇》云："君子知乎不全不粹之不足以为美也……夫是之谓德操。德操然后能定，能定然后能应。能定能应，夫是之谓成人。"杨注说："内自定而外应物，乃为成就之人也"③。所谓"成就之人"，"成"就是"就"的意思，《说文解字》："成，就也。"因此此处的"成"应为动词。为了落实该字究竟该作何解，笔者又查阅了《汉语大字典》，在其罗列的20多个义项中，只有通"盛"的用法才是形容词。作动词的一个义项是"成全，助之使成功"，引例是《论语·颜渊》"君子成人之美，不成人之恶"。反观《论语·宪问》中两处"成人"之义，如果说第一处的"成人"尚可按照"完人"或"全人"来理解的话，那么，第二处，无论如何不能按照形容词来理解。因为"可以"二字是"可以之为"的省略。"可以为之成人"，无论如何是不符合语法规则的。因此，我们认为，此两处之"成人"皆应解为动宾结构，即"使人成为人"，或者说助成(自己和他人)成为真正的人。结合《礼记·祭义》的"成人之道"的用法，"成"作为动词应该是它的正解。当然，朱熹解作"全"，也不是毫无道理。"成全"连用，"成"也是"全"；同时，儒学所要求成的"人"，正是完美的圣人、仁者。从这种意义来讲，朱熹的说法也有道理。不过这已经是引申之后的意义了。正是在这种意义上，我们认同有的学者对"成人"的释义④。

"成人"即"成人之道",就是如何使人成为真正的"人"。在孔子看来,知(智)、不欲(即廉,参见朱熹释义)、勇、才能、礼乐的修饰,这些都是"成人"之道。

仔细分析,孔子所谓"成人",包含了两方面内容,一是使自己成人,这在前面已经谈到,二是使他人成人,也就是如何帮助他人成人。《颜渊》中说:"君子成人之美,不成人之恶。小人反是。"此属于"成人"的第二种意义。"成人之道"其实就是儒学中的"仁学"。《礼记·中庸》说:"仁者,人也",《孟子·离娄下》:"仁者,爱人",就分别表达了"仁"的两方面含义。

儒学的核心是"仁学",这一观点得到了绝大多数学者的认同。以今人普遍认为研究孔子思想比较可靠的资料《论语》而言,全书仅万八千余字,"仁"字就出现了109次,可见其在儒家学说中具有的重要地位。"仁"的最基本的含义是"爱人"、"立人"、"达人"(《论语·雍也》)。许慎《说文解字》云:"仁,亲也。从人二"⑤。"亲"就是"爱",二者同义,从词语组合结构看,"亲爱"一词是并列结构,同文互义。"从人二",是说无论"亲"还是"爱",都是针对两人以上而言的。因此,"仁"谈的就是人与人相亲相爱。清代段玉裁注说:"亲者,密至也"。"人偶犹言尔我亲密之词。独则无偶,偶则相亲,故其字从人二。"⑥段玉裁的注释把"仁"字包含的人际关系点明了。不过,段玉裁对"亲"词性的理解与许慎有些出入,许慎把"亲"看作动词,段玉裁却把"亲"看作形容词。"仁学"(成人之道)不仅是孔子哲学观、美学观的基础,也是儒家诗学的基础,更是儒家诗学的终极价值。下面试以儒家元典为例,分析孔子的"仁学"的具体内容。

"仁学"首先要求把人当作"人",重视和关爱具有生命、意志、情感的个体之人。《礼记·中庸》云:"唯天下至诚为能尽其性;能尽其性,则能尽人之性;能尽人之性,则能尽物之性;能尽物之性,则可以赞天地之化育;可以赞天地之化育,则可以与天地参矣。"这段话虽然是在论证"诚"的重要性,实际上也是在论证"人"的重要性,因为人之重要,就在于尽物性、尽人性,从而使人充分发挥自己的主观性,取得和天地并立的资格。人与天地并立,这就是古代著名的三才论。应该说,三才论的源头在《易传》。《系辞下》

云:"《易》之为书也,广大悉备,有天道焉,有人道焉,有地道焉。兼三才而两之,故六。六者非它也,三才之道也。道有变动,故曰爻。爻有等,故曰物。物相杂,故曰文。文不当,故吉凶生焉。"这是对卦符何以为六爻的说明。三才(天地人)两两相配,故为六爻。六爻是道的象征,道有变化,六爻的位置和顺序皆有不同。通过六爻的不同,正好可以见出道的意义。这种说法摆脱了传统对六爻为物象的说法,作了形而上的归纳和概括。《易经》六十四卦,上经以《乾》、《坤》为始,下经以《咸》卦为始,就是以天地配人。乾、坤即天地,此不用论,《咸》卦是讲人,需略作说明。《咸·彖》云:"《咸》,感也。柔上而刚下,二气感应以相与,止而说(悦),男下女,是以'亨,利贞','取女,吉'也。天地感而万物化生,圣人感人心而天下和平。观其所感,而天地万物之情可见矣。"天地交感,万物化生,男女交感,则人类衍生,因此《咸》卦就是谈人道的起源的。《系辞下》云"天地氤氲,万物化醇。男女构精,万物化生"把这个道理说得非常明白了。《礼记·礼运》中云:"故人者,其天地之德、阴阳之交、鬼神之会、五行之秀气也。故天秉阳、垂日星,地秉阴、窍于山川,播五行于四时,和而后月生也……故人者,天地之心也,五行之端也,食味、别声、被色而生有也。"这里加进五行的观念以论证人的高贵。《荀子·王制》云:"水火有气而无生,草木有生而无知,禽兽有知而无义;人有气、有生、有知亦且有义,故最为天下贵。"[⑦]荀子将人与草木、禽兽比较,肯定人之可贵就在于人的社会属性,即有知(智)、有义。因此,人之可贵,不在于其仅仅具有生命的本能,更在于后天的改造,这就是为什么荀子认为人性本"恶",要"劝学",要"化性起伪",高度重视"礼乐"的原因。

其次,"仁学"要求个体成为具有高尚品德的仁人、君子、充满浩然之气的大丈夫。前面已经说到,在儒家看来,不是具有四肢、自然生命的就是"人",而是必须具有"德"的才是人。儒学重视人的自我修养,强调每个人通过自己的努力,皆可以成为圣人(即孟子所谓"人皆可为尧舜")、君子、仁者。"仁"的具体细目,据有的学者分析,多达几十种,如恭、敬、宽、惠、敏、信、诚、慈、孝、悌、忠、温、良、俭、让等等。这些还只是应该做的,还有不少有悖于"仁"而不该做的,如"非礼勿视,非礼勿听,非礼勿言,非礼勿动","己所不欲,勿施于人"(《颜渊》),"巧言令色"(《学而》),"德之不修,学之不讲,闻义不能徙,不善不能改"(《述而》),"过"与"不及"(《先进》),"同而不和"(《子路》),"邦无道,谷","怀居"("士而怀居,不足以为士矣")(《宪问》),"求生以害仁"(《卫灵公》),"乡愿","饱食终日,无所用心"(《阳货》)等。

由于儒家以"成人"为诗学的基础和终极价值,因此,儒家并不单纯从诗学本身来立论,而是要求摆正"仁"与"礼乐"的关系。孔子说:"人而不仁,如礼何?不而不仁,如乐何?"(《阳货》)就是这个意思。但是儒家并不否定礼乐对"成人"的重要作用,这一点,下文即作分析。

二、"以文化成"是"成人"的主要手段

儒家重视人的价值、意义,实际上强调用"仁德"来充实人自身,因此,儒家对礼乐在"成人"过程中的重要作用予以高度重视。在儒家思想中,"礼"是仅次于"仁"的一个概念。由于"礼"在儒家思想中显眼而特殊的位置,以致有学者认为"礼"才是儒学的核心,"礼"和"仁"共同构成儒学的核心等等观点[⑧]。还有人将儒学概括为"礼乐政教文化",也是因为看到了"礼乐"作为"成人"手段在儒学中具有的地位和意义而作出的判断。我们虽然不赞成将"礼"看作儒学的核心,但也充分肯定"礼"在儒学中具有举足轻重的地位。

"礼乐"就是广义的"文",而"以文化成"正是儒学对如何"成人"的回答,"人文"、"文化"是与"成人"紧密联系在一起的。因此,探讨儒家诗学不能不从"人文"、"文化"的含义说起。儒家有一个"成人"的最高目标,即成为尧舜。而成为"尧舜"的条件是必须用"文"来装饰、充实自身,即"以文化成"。为了准确说明"人文"的含义,我们有必要追述一下"人文"二字在汉语中的来源和意义。按《辞源》释"人文"说:(1)指礼教文化。《易·贲》:"观乎人文,以化成天下。"(2)人事。对自然而言。《后汉书》七三《公孙瓒传论》:"舍诸天运,征乎人文。"按照《辞源》的解释,"人文"第一个意

思指人之"文",即人类的文化创造。中国古代的文化创造(这里指狭义的文化,即纯粹的精神文化),又主要是以儒家学说为中心的礼教文化。从这种意义上讲,《辞源》的释义是正确的。但是以儒家礼教文化代替整个中国文化,又是一种片面的看法。中华文化的主体是由儒道二家共同构成的。《辞源》的第二种释义是针对人天关系而言的。中国古代一直以天人对举,以天配人。《辞源》引述《易·贲》文的前一句是"观乎天文,以察时变",接着才是"观乎人文,以化成天下",就是将天文与人文对举。以人配天,以天人关系为整个世界的关系,以天人关系的探讨为中国古代最高、最基本的学问,这是古人的基本看法。司马迁著《史记》,自言欲"究天人之际,通古今之变,成一家之言",他将"究天人之际"放到最前面,就是对这一传统的继承。刘勰在《原道》中说:"文之为德也大矣,与天地并生者何哉? 夫玄黄色杂,方圆体分,日月迭璧,以垂丽天之象;山川焕绮,以铺理地之形:此盖道之文也。仰观吐曜,俯察含章,高卑定位,故两仪既生矣。惟人参之,性灵所钟,是谓三才。为五行之秀,实天地之心。心生而言立,言立而文明,自然之道也。"这一说法明显来自于《易·贲》,目的是为了论证"文之德"伟大,而"文"的伟大从根本上讲,是源于人的伟大,因为,人是"天地之心,五行之秀"。万俊人先生对《易·贲》和《汉书·公孙瓒传论》中"人文"词源及引申义的分析颇有道理。他说:"就第一种意义(指与自然天象相对的人类文明或文化)言,由于在人类文明初期,人之文明化的基本标志首在文化学识,且最初的文化学识主要集于语言、文字、历史和哲学等科目,故所谓'人文'者主要指包括上述科目在内的'人文学科'。就第二种意义(指与自然物事定数相对的人事人理)言,因天人关系或人自关系是人类(不只是中国先民)早期认识的最基本主题,'人文'一词因之获得与'物理'、'天道'相对应的'人性'、'人道'意义"。

从上面对"人文"以及"文化"("以文化成")词义的探源可以看出,儒学虽然没有专门谈诗学问题,只是说没有把诗学作为一种纯粹的理论和技巧来谈而已,而是从根本上着眼的。儒家对文饰是很强调的,前面提到的《易·贲》中的"贲",按《序卦传》:"贲者,饰也。""贲"就是装饰、修饰的意思。孔子说:"质胜文则野,文胜质则史。文质彬彬,然后君子。"(《论语·雍也》)就是强调作为完美的人应该是文质二者的结合。因此,对只重"质"不重"文"的说法,孔门弟子子贡明确反对,他说:"惜乎!夫子之说君子也。驷不及舌。文犹质也,质犹文也。虎豹之鞟犹犬羊之鞟?"《文心雕龙·情采》云:"是以'衣锦褧衣',恶文太章;《贲》象穷白,贵乎反本。"刘勰反对"采滥忽真,远弃风雅"的做法,认为"情者,文之经;辞者,理之纬。经正而后纬成,理定而后辞畅,此立文之本源也"。当然,刘勰并不反对文采的修饰,他用专篇来探讨"情采"就是明证。而其对文质或情采关系的认识显然借鉴了儒家的看法。《论语》一书中论及"文"的地方有多处,如:

> 子贡问曰:"孔文子何以谓之文也?"子曰:"敏而好学,不耻下问,是以谓之文也。"(《公冶长》)

> 子曰:"质胜文则野,文胜质则史。文质彬彬,然后君子。"(《雍也》)

> "子以四教:文、行、忠、信。"(《述而》)

> (子)曰:"文王既没,文不在兹乎?天之将丧斯文也,后死者不得与于斯文也;天之未丧斯文也,匡人其如予何?"(《子罕》)

> 子曰:"从我于陈、蔡者,皆不及门也。"德行:颜渊,闵子骞,冉伯牛,仲弓。言语:宰我,子贡。政事:冉有,季路。文学:子游,子夏。(《先进》)

> 子路问成人。子曰:"若臧武仲之知,公绰之不欲,卞庄子之勇,冉求之艺,文之以礼乐,亦可以为成人矣。"(《宪问》)

归纳起来,《论语》中"文"的含义是多方面的:《公冶长》中所言指"文德",敏而好学,不耻下问,都是人的美德。《雍也》中所言指文饰,具体包括内外的文饰,如德、礼乐、言语、行为。《述而》和《先进》中所言指文献典籍。《子罕》中所言指周代的礼乐文化。《宪问》中所言用作动词,指修饰。当然作为"成人"手段的"文",在儒家那里,更主要是指"礼乐"。"礼乐"既是《周官》所载六艺的内容(即礼、乐、射、御、书、数),也是孔子所说六艺的内容(即《诗》、《书》、《礼》、《乐》、《易》、《春秋》六部典籍)。在六艺中,礼乐不仅数量占了三分之二(《诗》、《书》与《礼》、《乐》曾属广义的"文"),而且是孔子教学的主要内容。与墨家和法家不同,无论是孔子本人还是孔门后学,无不强调礼乐在修身中的作用。单以"乐"而言,荀子有《乐论》,《礼记》有《乐记》。中国古代比较系统地论述"乐"的著作皆为儒家所作,这并不是偶然的。至于孔子本人对"乐"的喜好、熟悉、精通,则是人所共知的。徐复观先生在《中国艺术精神》中比较详细地分析了"乐"在中国古代艺术和在儒学中的地位、孔子对中国音乐的贡献,他说:"到了孔子,才有对于音乐的最高艺术价值的自觉",又说,"孔子可能是中国历史上第一位最明显又最伟大的艺术精神的发现者"[10]。儒家对"礼"和"乐"皆有大量的论述。关于"礼"的作用,《礼记》一书进行了详尽的论述,如《曲礼上》云:"夫礼者,所以定亲疏,决嫌疑,别同异,明是非也。"又说:"道德仁义,非礼不成。教训正俗,非礼不备。分争辨讼,非礼不决。君臣、上下、父子、兄弟,非礼不定。宦学事师,非礼不亲。班朝治军、莅官行法,非礼威严不行。祷祠、祭祀、供给鬼神,非礼不诚不庄。是以君子恭敬撙节退让以明礼。鹦鹉能言,不离飞鸟。猩猩能言,不离禽兽。今人而无礼,虽能言,不亦禽兽之心乎?"同样,"乐"在人类生活中也有举足轻重的地位,《乐记》云:"乐者,天地之和也。礼者,天地之序也。和,故百物皆化;序,故群物皆别。乐由天作,礼以地制。过制则乱,过作则暴。明于天地,然后能兴礼乐也。""礼"、"乐"既然在人类社会具有如此重要的作用,是判定人与禽兽的根本区别,那么,要想成为现实的人、社会的人,不学习"礼"、"乐",显然无以在社会立足。礼与乐,二者相胥为用,不可分离,这在儒家元典中已有充分论述。总而言之,以文(礼乐、道德、文献典籍等)为手段,使自然的人成为社会的人,这就是儒学诗学价值的终极追求。

三、人生艺术化是"成人"的境界

前面我们在对"成人"一词释义的时候,已经谈到,"成人"就其本义讲是"使人如何成为真正的人",引申一下,"真正的人"就是"完人"、"全人",

因此"成人"既是手段,也是目的,更是人生的一种境界。将人生艺术化,或者说以审美的眼光来看待人生,正是儒学所追求的目标。对此,徐复观先生有过精辟的论述,他说:"由孔子所传承、发展的'为人生而艺术'的音乐,决不曾否定作为艺术本性的美,而是要求美与善的统一,并且在其最高境界中,得到自然的统一;而在此自然的统一中,仁与乐是相得益彰的。"又说,"就儒家自身说,孔门的为人生而艺术,及其究竟,亦可以融艺术于人生"[11]。徐先生是就音乐一方面而言,其实这话也可用之于儒学对所有艺术的看法。孔子生活在一个列国纷争、战乱不已的时代。以一般人的眼光来看,这样一个时代,何来诗意的人生?孔子又怎么能在此纷争和混乱的时代中抱着艺术的眼光来看待、欣赏人生?其实这是一种误解,人生艺术化并不是要在一种完美的社会和时代才能实现,无论是和平安宁的时代,还是战乱纷争的时代,只要以艺术的眼光来看待人生,则无处不有诗意,因此,单纯以时代、物质条件来认识这一问题,否定审美主体对审美结果的关键作用是很不恰当的。而人生之需要艺术,也正是寻求精神和心灵的安慰和寄托。明乎此,我们对宋儒所津津乐道的"孔颜乐处"才会有比较深入的理解。下面,我们以《论语》和《史记》的记载来看孔子是如何使"人生艺术化"的。

使"人生艺术化"的第一种方式是使艺术进入生活,使生活充满艺术的氛围。唱歌、诵诗、击磬、群居相切磋,都是孔子使人生艺术化的方式。《述而》云:"子于是日哭,则不歌。"那么,这句话反过来说,只要孔子不哭的日子,他是每天都要唱歌的。孔子对音乐的喜好达到了痴迷的程度。同篇又说:"子在齐闻《韶》,三月不知肉味。曰:'不图为乐之至于斯也!'"这一方面说明审美对象《韶》乐感人之深,另一方面说明孔子确实具有很高的音乐欣赏能力,是一个合格的审美主体。《论语》中多次提到孔子对音乐的评论,如"师挚之始,《关雎》之乱,洋洋乎盈耳哉";"子语鲁大师乐。曰:'乐其可知也:始作,翕如也;从之,纯如也,皦如也,绎如也,以成'";"子谓《韶》:'尽美矣,又尽善矣。'谓《武》:'尽美矣,未尽善也'"(以上三则见于《泰伯》)。孔子也很喜爱诗歌,他以《诗经》为教学的重要内容,多次谈到《诗经》,要求他的学生和他的儿子学习《诗经》。自然,学习《诗经》不止一个目的,不纯粹是为了审美的需要,还有其他目的。他说"《诗》可以兴,可以观,可以群,可以怨,迩之事父,远之事君,多识于草木鸟兽之名"(《阳货》)即是明证,但是他将"可以兴"放在最前,并不是无关紧要的,"兴"正是其他功能得以实现的前提;如无"兴",则所谓"观"、"群"、"怨"、"事父"、"事君"、"多识草木鸟兽之名"也就没有了落脚之处。所以历来对"兴"给予了重要关注。以春秋时期"赋诗言志"普遍的社交风气而言,孔子重视对他的学生、儿子进行《诗经》的教育,这是毫不奇怪的。孔子多才多艺,会击磬,能鼓琴。《史记》和《论语》都记载了孔子击磬的故事,《论语》云:"子击磬于卫。有荷蒉者而过孔氏之门者,曰:'有心哉!击磬乎?'既而曰:'鄙哉!硁硁乎!莫己知也,斯已而已矣。深则厉,浅则揭。'子曰:'果哉!末之难矣。'"《史记》云:"孔子击磬,有荷蒉而过门者,曰:'有心哉!击磬乎。硁硁乎,莫己知也夫而已矣!'"《论语》、《史记》和《韩诗外传》还详细记载了孔子向襄子学鼓琴的事。孔子以《诗》、《书》、《礼》、《乐》教,他的学生子游按照他的教育,把礼乐实施到执政中,取得显著效果。《阳货》云:"子之武城,闻弦歌之声。夫子莞尔而笑,曰:'杀鸡焉用牛刀?'子游对曰:'昔者偃也闻诸夫子曰:"君子学道则爱人。小人学道则易使也。"'子曰:'二三子,偃之言是也。前言戏之耳。'"武城是个小地方,居然弦歌之声不绝,在孔子看来,未免有些小题大做,所以孔子莞尔一笑之后表示了婉转的否定之意,没想到子游颇为认真地纠正了先生的看法,使孔子马上认了错。

如果说,在日常生活中重视艺术等审美实践活动,使日常生活充满艺术的氛围,还只是使人生艺术化的浅表层次的话,那么,在生活中处处以审美的眼光、诗意的心情对待生活中的每时每刻,对待生活中的一切处境才是使生活艺术化的真谛。生活是多方面的,学习是人类重要的活动方式之一。在孔子看来,学习当中就充满了诗情画意,他说:"学而时习之,不亦说乎?"(《学而》)学习本为求知,是一种理性的活动,也是一个艰苦的过程,但是孔子认为,"知之者不如好之者,好之者不如乐之者"(《雍也》),如果是快乐的学习,是发自内心的一种需求,那么学习并不痛苦,而是一种愉快。今日所倡导的愉快教育,两千多年前的孔子早已认识到并且在教育活动中实施、贯彻。群居相切磋也是人生的一大乐事。《论语》中记载了大量孔子与学生在相互切磋中的愉悦,比如,《先进》"子路、曾皙、冉有、公西华侍坐章"记录孔子与其喜爱的四位弟子言志的场面,特别是曾皙的回答以及孔子对曾皙所言的赞赏,屡屡为论者所引用。的确,这段话最能说明孔子最真实和富有人情的一面。司马迁对孔子富有人情和审美的一面把握是准确和深入的,《史记》中对此有较多的叙述,如:"孔子去曹适宋,与弟子习礼大树下。宋司马桓魋欲杀孔子,拔其树,孔子去。弟子曰:'可以速矣。'孔子曰:'天生德于予,桓魋其如予何!'"这段记录,后世有人怀疑,在我们看来,孔子完全可能是这样的。孟子说:"充实之谓美,充实而有光辉之谓大"[12],一个内心充实的人,完全可以做到临危不乱,临危不惧。孔子本人不也说过"知者不惑,仁者不忧,勇者不惧"[13]吗?我们认为下面两段话表现出的孔子真性情并不亚于《先进》篇中的表述。一是《史记》的记载:"孔子适郑,与弟子相失,孔子独立郭东门。郑人或谓子贡曰:'东门有人,其颡似尧,其项类皋陶,其肩类子产,然自要以下不及禹三寸,累累然若丧家之狗。'子贡以实告孔子。孔子欣然笑曰:'形状,末也。而谓似丧家之狗,然哉!然哉!'"我以为这段话真正传达出了孔子在现实困境中的真实情况,也真正表达出了孔子的性情,这就是"真"。本来,按照常人的理解,身处困境的孔子应该表现出忧虑才对,孰料孔子对有意贬斥他的话,表达了欣然而笑的态度,这难道不是真正表达了孔子在现实生活中如何将艰难的人生化为"美"的享受吗?另一段话见于《论语·子罕》。子贡曰:"有美玉于斯,韫椟而藏诸?求善价而沽诸?"子曰:"沽之哉!沽之哉!我待贾者也。"孔子本是有志于世的人,他周游列国,备受艰辛,也是为了实现他的政治理想,但他却屡屡碰壁,当子贡问到有人用他的时候怎么办,孔子表达了急不可耐的心情,这里绝对没有后世所认为的圣人风范,纯粹是现实中的人,是一个表露了真实性情的人。面对自然山水,孔子表达了真实的喜爱和愉悦之情,他说:"知者乐水,仁者乐山"(《雍也》),"岁寒,然后知松柏之后雕也"(《子罕》)。这些话固然有从中悟道的意味,但即使是比德吧,也仍然是一种审美观。

以上从三方面分析了儒家诗学的终极价值追求是"成人","以文化成"

(其中最重要的是礼乐)是"成人"的手段,将人生艺术化是"成人"的境界。我们认为以"诗教"作为儒家诗学的核心并没有真正把握儒家诗学的实质,固然,"诗教"是儒家诗学中重要问题,也与本文所说"成人"有密切关系,但是"诗教"只是"成人"的手段之一。除了"诗教"而外,儒家诗学同时很重视审美在"成人"中的作用。

注 释

①《论语注疏》卷十四,中华书局1980年版,第2511页。
②朱熹:《四书章句集注》,上海书店1987年影印,第103页。
③《荀子》,见《二十二子》,上海古籍出版社1986年版,第288—289页。
④李旭:《文野之辨——孔子关于文艺的基本思想辩证》,《孔子研究》2000年第1期。
⑤许慎:《说文解字第八》,中国书店1989年版。
⑥段玉裁:《说文解字注》,上海古籍出版社1986年版,第365页。
⑦《荀子》,见《二十二子》。
⑧蔡尚思先生以"礼"为儒学核心;赵吉惠等著《中国儒学史》认为"仁"、"礼"同为儒学核心。
⑨万俊人:《儒学人文精神的传统本色与现代意义》,《浙江社会科学》1998年第1期。
⑩徐复观:《中国艺术精神》,春风出版社1987年版,第4页。
⑪徐复观:《中国艺术精神》,第25、31页。
⑫《孟子·尽心下》。
⑬《论语·子罕》。

原刊《古代文学理论研究》第20辑,华东师范大学出版社2002年版

析老子"道象"论

——源初存在境域的揭示与呈现

董志强

中国传统美学具有迥异于西方传统美学的理论内核。要完成传统美学的现代转换,使其成为构建现代美学的重要资源,我们首先要做的工作便是对传统美学理论之精神和深度进行充分的挖掘和理解,而这一过程也就是在现代语境中对传统美学的解释和重构。意象是中国传统美学中的核心概念。作为一个具有丰富内涵的语言符号,其中凝聚着中国传统文化的智慧,珍藏着古人对生命之存在意义的领悟,并集中地体现着传统美学的精神之所在。一个概念的意义与产生它的语境具有内在的关联。我们要在现代语境中重建意象的概念,首先必须返回到它产生的源初语境中考察它所具有的基本规定性。黑格尔曾说:"一个定义的意义和它的全部证明只存在于它的发展里,这就是说,定义只是发展过程里产生出来的结果。"[①]因此,要真正理解一个概念的意义,就应该从概念形成的历史源头开始。这种对概念的溯源考察,实质上也就是聆听这一语词本身的言说,把其中蕴涵的宝藏挖掘、揭示、呈现出来,使其鲜活地融入到我们当下的生活世界中,以构成对我们当下生命存在之意义的表达。

从汉语的构词法上来看,"意象"是由"意"与"象"两个单字词组合而成的。因此,意象概念的内涵与"意"、"象"的内涵有关。要明了"意象"的含义,首先必须对构成它的"意"和"象"的含义进行必要的考察。限于篇幅,本文着重于通过对老子关于"象"和"道"的论述的分析,揭示"象"所蕴涵的深层本体论含义。而关于"意"及"意象"整体的内涵,将另文分别讨论。

"象"作为一个哲学概念的使用首见于《老子》。

在《老子》中,"象"共出现了五处。除在"吾不知谁之子,象帝之先"[②]中是作为动词使用外,其余皆是作为名词使用。更重要的是,"象"在此已不再仅仅是表示事物的外观形象的一般性概念,而是与表示宇宙本体的概念"道"紧密联系的,即作为对"道"的一种描述,成为一个获得了深刻的本体论内涵的哲学概念。因此,要揭示"象"的深刻内涵,我们必须先考察老子之"道"。

在《老子》中,"道"是一个表示宇宙最高本体的概念[③]。关于老子的"道",历来解释纷纭,莫衷一是。其中较为流行的占主导地位的解释有两种:一是把"道"理解为一种抽象的"形而上之理",统辖宇宙万物的根本法则、规律。这一理解的始作俑者是韩非,所谓"道者,万物之所然也,万理之所稽也。理者,成物之文也;道者,万物之所以成也。故曰:'道,理之者也。'……万物各异理而道尽稽万物之理,故不得不化;不得不化,故无常操"[④]。后经有宋一代"理学"的发挥而流传至今。另一理解是把"道"等同于"无",而把"有"看作是衍生于"无"的次级存在物。这种理解以《庄子》为始作俑者,后经《淮南子》、王弼等的发挥,形成一个深厚的传统,在当代亦不乏回应。对这两种解释我们都不赞同。因为它们都在某种意义上把"道"看作一种独立的现成存在的实体,借用海德格尔的说法,看作"存在者"而不是"存在"本身[⑤]。就《老子》的文本来说,"道"首先是一种"有"和"无"的统一体[⑥]。《老子》第一章是对"道"的总论,也是给出"道"的基本规定性:

　　道可道,非常道。名可名,非常名。无名天地之始;有名万物之母。
　　故常无欲以观其妙;常有欲以观其徼。此两者同出而异名,同谓之玄。
　　玄之又玄,众妙之门。

老子是从"无"和"有"两方面来描述"道"的,其中"可道"、"可名"、"万物之母",属于"有"的一面;而"非常道"、"非常名"、"天地之始"、"妙"则属于"无"的一面。但"有"和"无"并不是两个相互独立、相互对峙的东西,它们之间也不是某种高低、主次的关系,而是不可分离的一个整体,故"此两者同出而异名,同谓之玄"。这里的两个"同"字,强调的正是"无"和"有"同是"道"的显现方式。或者说,"道"之显现总是同时呈现出"有"和"无"的两个方面,纯"有"和纯"无"都不足以言"道",都不是"道"本身,故"玄之又玄",才是"众妙之门"。对"玄之又玄"一句,历来解老者均释为对"道"之变化莫测、"不可致诘"的描述,把"玄"释为"超形象"、"超感觉"、"玄妙不可知"的意思。本人拙见,这种解释虽有一定的道理,但似乎仅仅是文本的表层含义,而没有真正把握老子的真意。这种解释把本就有点"玄妙"的《老子》文本,引向一种神秘主义。从文本的语境看,显然"玄"是"无"和"有"的共同别名,所谓"同谓之玄",因此,接下来的"玄之又玄",就当解为"'无'('有')之又'有'('无')",意思是,说它是"无"它又是"有",说它是"有"它又是"无",亦即"无"中蕴涵着"有",同时"有"中也蕴涵着"无"。只有这种融有无为一体,似无若有、似有若无,"其上不皦,其下不昧"⑦的东西,才是"道",才是"众妙之门"。因此,"道"具有"恍惚"的特点⑧。

一方面,"道"具有"无"的规定性,它是一种超越具体的感性形式的存在;另一方面,"道"又具有"有"的规定性,它可以经由某种感性经验形态而显现。"道"所体现的"无"不是一种纯粹的"虚无"、"空无",而是一种"妙";它所体现的"有"也不是现成性的"实有",而是一种"徼"。因此,"道"作为一种宇宙本体,不同于西方哲学中的"逻各斯",它不是纯理性把握的抽象实体,也不是所谓的"绝对精神"。因此,老子的思想也不是什么"唯心主义"。或者说,西方哲学中的"唯心"、"唯物"之区分,在这里根本就对不上号。如果硬要套一个"唯什么"的名称的话,我们赞同张祥龙教授的观点,可以把老子的道论叫作"唯境域论"。在《海德格尔与中国天道》中,张祥龙教授借用海德格尔的概念,把中国传统哲学中的"天道"释为"终极境域的缘构发生"。我们认为这种理解颇得古人之意。融有无为一体的"道"是一种"境域性"的存在,而单纯的"无"不可能构成境域的发生。因为"这境域缘于有而成就有之为有,离开了有之终极也就没有无的境域,两者从'意义逻辑'上就分不开,'同出而异名'。这境域确是更本源的和有构成发生能力的,一切有之为有都因它而成,但这'发生'并不意味着一个还有独立的现成存在性的东西生出另一个现成东西;它只能意味着一切有只是在这种发生构成态中才是其所是。说到底,'无'就相当于'根本的构成';构成域就是指有的构成态,而绝没有一个在一切有之外的'无'的境域。真正的无境或道境就是我们对有的构成式的领会,得道体无就意味着进入这样的领会境域"⑨。因此,老子说:"有无相生。"⑩然而,《老子》四十一章云:"天下之物生于有,有生于无。"这似乎与我们的解释相冲突。人们往往也是本于此而言"道是无"。如王弼注曰:"天下之物皆以有为生,有之所始以无为本,将欲全有必反于无也。"⑪对此,张祥龙教授认为是一种形而上学的理解,"有生于无"的真正含义应理解为:"对有的透彻领会生自它的终极构成状态或'无'的领会。"⑫但此解含有把"道"归之于"无"的倾向,似仍有不尽之意,且把原语句的纯然描述语态,转换为一种"领会",亦有把老子主观化之嫌。我们认为,对此句含义的理解,应从本章的整体语境出发。本章前两句为:"反者道之动,弱者道之用。"显然,这是对"道"之运行规律和作用方式的一种概括性的描述,如此,则下面的"天下之物生于有,有生于无"句,其实就是对上面的概括性描述的一种具体阐释。因此,我们应根据"反者道之动,弱者道之用"之义,来理解"天下之物生于有,有生于无"之义。这样,此句中的"有"和"无"的具体所指就不应看作是生存论上的,而应是对存在者状态上的一种概括描述。"反者道之动,弱者道之用"的直解就是,道之发动内在地包含着趋向于反的趋势,道之作用是以柔弱微妙的方式进行的。这两句之间实际上还具有一种互文关系,或者说后句是对前句的进一步解说:"道之动"亦即"道之用","反者"之表现即"弱者";"道"所包含的"反"的趋向力之作用是以柔弱微妙的方式进行的。据此,"天下之物生于有,有生于无"句中的"有生于无"便可解作是对"物生于有"这一"道之动"所包含的"反"的一种解说:天下之物作为"有"诞生、生长的同时,便内在地包含着趋向于"无"的"反"。即"无"是蕴涵于"有"中的"反","有"和"无"是"道"之一体之两面。

作为一种境域性存在的"道",显现为既是超越具体感性存在("无")的同时又具有某种感性显现形态("有")的统一体。正是由于它具有感性的显现形态,我们才可以"观"其"妙"与"徼"。或者说,"妙"与"徼"正是"道"之得以显现的东西。但"道"的这种感性显现形态又不是一种具有确定的规定性的"形"——形式,而是具有"恍惚"特点的"象"。

"象"在《老子》中是一个非常重要的概念,不理解老子的"象",也就无法真正理解老子的"道"。而这一点,却一直被人们忽略了[13]。在《老子》中,关于"道"的直接描述的文字共有七章(一、四、十四、二十一、二十五、三十五及四十一章),而"象"在《老子》中共出现五次,大多恰巧都是出现于上述的段落中(除一章和二十五章外)。显然,这并非仅仅是作者书写中的一种无意识巧合,而是有内在的逻辑关联,即"象"是一个标志"道"之显现形态的概念。"妙"与"徼"实质上就是"道"所显现出来的"象"。

在《老子》文本中,"象"首次出现于第四章:

> 道冲而用之,或不盈。渊兮,似万物之宗。挫其锐,解其纷,和其光,同其尘。湛兮,似或存。吾不知谁之子,象帝之先。

"象"通常解为"似"。高亨说:"象帝之先,犹言似天帝之祖也。"[14]但还不是作为对"道"之描述的概念在使用。如果我们从语言符号的多义性及一个词语在文本的语境中其多重含义常具有微妙的相互指涉、相互缠绕之关联来看,则"象"在此的使用,已约略地透露出它与"道"的关联了。因为本章全文是对"道"的一种描述解说,从句法结构看,"吾不知谁之子,象帝之先"句是对前面的描述的一种总结性概括。而在前面的描述中,连用了两个"似"字,而这里却换用了一个"似"的同义词"象"。对此,既可以理解为纯粹出于修辞的角度,也可以理解为这里用"象"而不用"似",有深意焉。"象"在此虽为动词,但同时这一语词符号也揭示出它作为名词的含义。就"象"字自身的词义来说,其动词性含义本于名词性含义,我们之所以说某物看起来"象"某物,是因为两者的"象"有某种同构关系,而这种同构关系,又是以对两者的"象"有一定的把握为前提。"象帝之先"的文本含义可解读为"(其)象(显现为)帝之先"[15]。这样解读,同时暗示出"帝之先"本身也是一种"象",而不可仅以字面义作解。不仅如此,在此之前,文本中已出现了多种多样描述"道"的"意象"、"喻象",此处"象"字的出现——尽管尚是在其引申义上的使用,不仅提示着本章中的"冲(盅)"、"帝之先(祖)"等是"象",前面的"母"、"玄"、"门"、"谷"等也都是"象",甚至提示我们,整个文本其实不过是言"道"的一种"象"。这种提示一旦从潜文本中生发出来,其给予的总体指向是,对"道"只能从"象"的角度来把握。因此,"象"字与文本中的各种言"道"的喻象之间,具有一种相互指涉的深层关联[16]。

在第四章中的"象"字的这种暗含的潜文本含义,在第十四章中终于转变成文本的显层含义:

> 视之不见名曰夷。听之不闻名曰希。抟之不得名曰微。此三者不可致诘,故混而为一。其上不皦,其下不昧,绳绳不可名,复归于无物。是谓无状之状,无物之象,是谓惚恍。迎之不见其首,随之不见其后。

"道"已经被明确地描述为一种"无状之状,无物之象"。上面引文共包含四层含义:其一,"道"不是独立的感官把握的对象,故"视之不见"、"听之不闻"、"抟之不得"。《老子》三十五章云:"道之出口,淡乎其无味。视之不足见。听之不足闻。用之不足既。"强调的也是"道"的非感官性存在。其二,"道"也不是言词概念的把握对象,即"不可名",所谓"非常名"、"道常无名"、"道隐无名"[17]等,讲的都是这个意思。这两层含义都强调,"道"之存在方式不同于我们通常用感官和概念所把握的事物的存在方式,因为"道"是一种整体性的存在,相对于我们的各种感官感知来说,它"混而为一";相对于我们的理性来说,它"不皦""不昧"、无涯无际("绳绳"),而"复归于无物"。但所谓"无物",仅仅指相对于我们感官的、概念的把握方式而言的,而"道"本身并不是"无"。那么,"道"是如何显现的呢?接下来的第三层含义便是给出回答:"道"之存在,显现为一种具有"恍惚"特点的"无状之状,无物之象",即"道"呈现为"象"。正因为"道"呈现为一种"恍惚"的"象",所以单纯的感官或名言都不可能达到对其的把握。对此,《庄子·天地》中有一段寓言可看作一种形象的解释:"黄帝游乎赤水之北,登乎昆仑之丘而南望,还归,遗其玄珠。使知索之而不得,使离朱索之而不得,使喫诟索之而不得也。乃使象罔,象罔得之。黄帝曰:'异哉!象罔乃可以得之乎!'"吕惠卿注:"象则非无,罔则非有;不皦不昧;玄珠之所以得也。"[18]郭嵇荛注:"象罔者,若有形,若无形,故眹而得之。即形求之不得,去形求之亦不得也。"[19]"玄珠"即"道","象罔"即老子之恍惚之"象"的进一步解释。故"象"即"道象",而"恍惚之象",也就是"境"[20]。

上引《老子》十四章文本的最后两句"迎之不见其首,随之不见其后"是对"道象"的进一步规定,构成第四层含义:即我们永远居于"道""之中"。"道"作为"象"呈现出来,但此"象"不同于一般的物象,而是一种"无形"之"大象",所谓"大象无形"[21]。因此,此"大象"一旦呈现出来,便已经弥漫于我们的存在境域,我们就总是已经"在其中"了,故"迎之不见其首,随之不见其后"。"道"所描述的就是构成我们存在之根据的源初的"存在境域"。

通过"象"而揭示出来的"道"的境域性本质在后面得到进一步的描述。《老子》二十一章云:

道之为物,唯恍唯惚。惚兮恍兮,其中有象;恍兮惚兮,其中有物。窈兮冥兮,其中有精,其精甚真,其中有信。

首先我们必须把"道之为物"及后面的"有物混成,先天地生"[22]等句中的"物",与一般具体存在的事物之"物"区别开来,在此"物"是一种"强曰之"的用法,故"道之为物"即"道之作为存在显现"的含义。在前面老子已经把这种显现描述为一种"恍惚之象",而这里则是对这种"恍惚之象"的进一步剖析。故除了讲"惚兮恍兮,其中有象"外,还讲"其中有物"、"其中有精"、"其中有信"。这里的"象"、"物"、"精"、"信"是讲"道之为物"的四个层次,而四者之间是一种层层递进的规定关系。即"道"作为终极境域之存在显现为一种恍惚之象,但此恍惚之象并不是一种"空无"之象,而是"象"中"有物";但此"物"不是一般的作为现成存在者的具有明确规定性的事物,而仍然是一种具有"恍惚"特征的"物",即是源初存在境域("道")构成着、生成着的充满生机之"物",故此"物"的显现特征是"窈兮冥兮"。而在这"窈兮冥兮"之"物"中有"精"。关于"精",历来有多种解释,有"精气"、"精微"、"生命力"等说法[23]。我们认为上述三种理解都有道理,并且相互之间也并不冲突,而实际上这三种含义在老子那里是"混而为一"的。《管子·内业篇》云:"精,气之极也;精也者,气之精者也。"而古人的所谓"精

析老子"道象"论

气",也就是一种源初的生命力。《管子·内业篇》又云:"凡人之生也,天出其精。""凡物之精,化则为生。"《易传·系辞下》云:"男女构精。万物化生。"这一含义在现代汉语语境中仍然保有,如"精气不足"、"精力充沛"等。而这种作为源初生命力的"精气"又是一种"精微"之物,《庄子·秋水》云:"夫精,小之微也。"综上而言,"其中有精"指"道"之境域显现为一种构成源初生命力的"几微",此"几微""甚真",故"其中有信"。"信",《说文》曰:"诚也,从人从言,会意。"而"诚,信也。从言成声","诚"又可训为"真",故"信"即"真诚之言说"。而言说总是言说着某种东西,即传达出某种兆讯、消息,故"信"又指信息、征兆。"其中有信"句便可解为:"道"通过"象"所呈现出来的"几微"向我们诉说着某种"消息",并且这种消息是"真诚"可"信"的。因为这种消息来自于我们居住、生存于其中的源初的和终极的存在境域,同时,我们也正是凭借此"信"抵达、亲近那变化不拘的"道"体。故老子又说:"吾何以知众甫之状哉!以此。"[24]

正如海德格尔所说,存在总是存在者的存在,没有离开存在者而孤立抽象地存在的"存在"。老子之"道"亦是如此。"道"虽然成就万物,是万物生成、存亡之根据,但"道"又不是离开物而独立存在之物,而是"道"就在万物之中。老子说:"有物混成,先天地生。寂兮寥兮,独立而不改,周行而不殆,可以为天下母。"[25]这很容易给人"道"是一种独立的抽象实体的错觉,仿佛是在开天辟地、宇宙鸿蒙之前,先有一个叫作"道"的东西存在,然后再由这个"道"生出天地万物。现今流行的所谓老子的"宇宙生成论"就是这种"错觉"的产物。这里强调的不过是:"道"作为源初存在境域相对于具体事物之存在的逻辑在先的"源初性"和"本源性",即作为物之为物的根据所在,只要有物存在,"道"就总是已经蕴涵其中。"独立"不可理解为所谓"不倚赖于客观世界而独立存在","不改"、"不殆"也不可解为"不生灭,无增减"之义(严复),而应理解为,"道"相对于世界中的现成事物体现出"寂兮寥兮"的特点,并不因现存事物的尊卑、高下、美丑、大小等而改变("独立而不改"),正如庄子所谓的"举莛与楹,厉与西施,恢恑憰怪,道通为一"[26]。"道"虽贯穿于事物的存在之中,却并不随个别的现成事物的生灭而生灭

古代文论与美学研究

("周行而不殆"),因为万物之成毁生灭本身,就是"道"境之缘构发生几微的运作之显现。因此,"道"作为存在境域是与万物之存在内在地勾连在一起的。"道"虽"隐"、"无名",却又无所不在。《管子·心术上》说:"道在天地之间也,其大无外,其小无内",实深获老子之"道"意。"其大无外",指万物只要存在,便总是存在于"道"所提供的存在境域中,而不可能存在于这源初的"道境""之外"。"其小无内",指道境——源初存在境域——不是一种有具体规定的有形的"框架",把万物都框在其中,而是哪怕是再微小的存在物,"道"也总是已经体现于其存在之中了。"道""在"天地"之间",即"道"之存在总显现为一种"居间"、"居中"性。因此,"道"才"不上不下"、"不皦不昧"、"恍兮惚兮"、"惚兮恍兮"、"迎之不见其首,随之不见其后",瞻之在前、忽焉在后。老子一再强调"道"之"无"的属性,其实正是针对人们通常都把事物作为一种现成化的确定性的存在来把握的思维定势,而进行的一种"破执"。因而,"无"的真切含义就是"非现成化"、"非固定化"、"非实体化"。如果把"道"理解为一种先于并独立于"有"的"无",则恰恰是一种现成化思维定势的表现,"无"便退化为一种既定性的"有",而正与老子之意相悖。

我们对老子两段文本的解释可概括为:"道"虽然是一种"视之不见"、"听之不闻"、"抟之不得"、"绳绳不可名"之"物",但却又可以通过"道象"而呈现出其"生生"的"几微",向我们传达着来自源初存在境域的真诚的消息,而为我们所体悟。一旦我们对此道象有所领悟,并"信"道而行,便可"执大象,天下往。往而不害安平太"[27]。

故"象"即"道象",而"道"又只有通过"象"才能显现,或者说"道"仅仅显现为"象"而不显现为有形有实的物。在此意义上,"象"也就是"道"[28]。而作为"象"而显现的"道"也就是"气"。老子罕言气,"气"作为一个成熟的哲学范畴的提炼是由庄子完成的。但"气"在老子那里已初见端倪。《老子》文本中"气"字三见,其中"专气致柔,能如婴儿乎"(第十章)与"心使气曰强"中的"气"[29],均指较具体的人的呼吸之气。而"道生一,一生二,二生三,三生万物。万物负阴而抱阳,冲气以为和"[30]中的"气",则是一个普遍的范畴概念。关于此段文本的解释,历来歧义丛生,对此我们且悬置不论。结合前面的分析,我们认为"气"实质上就是"道象"的一种具体表述,或者说,是对道之作为象的呈现的具体表述。高亨说:"《说文》:'冲,涌摇也。'《广雅·释古》:'为,成也。'冲气以为和者,言阴阳二气涌摇交荡以成和气也。"[33]将此对照《老子》四章"道冲而用之,或不盈。渊兮,似万物之宗。挫其锐,解其纷,和其光,同其尘。湛兮,似或存",则"道冲而用之,或不盈",即"道"涌摇着而起作用,无穷无尽。"用"不可解为"使用"而应为"作用";"不盈",即不满、不竭、不尽。而这涌摇着起作用的"道"之具体表现也就是"气"。对照下文"渊兮"、"湛兮"的描述,尤其是被认为是衍文的"挫其锐,解其纷,和其光,同其尘"[34],便能获得更切近的理解。对此段文本的理解,关键处在于明白"道"不是某种静止的实体存在(包括虚无),而总是变化不拘地生生构成。"道冲而用之"不仅是对"道"之"用"的描述,而且是首先是对"道"之"体"的描述,即"道冲而用之"应读作:"道,冲而用之","冲而用之"就是对"道"之存在状态的描述。"道"之存在本身就是"冲而用之";而不存在不"冲而用之"的"道",所谓体用合一也。则"渊兮,似万物之宗"句,"宗"不应作"祖宗"、"根源"解,而应训为"总"、"综",其义为无涯无际,笼罩万物于其中。接下来,"挫其锐,解其纷,和其光,同其尘",则是更进一步具体地描述"道"之用。这里,"其"很清楚地是指代上句中的"万物"。"锐"、"坚"、"强"、"硬"等在老子看来,都是物之现成化存在达到极至状态显露的属性,而"道"所体现的则是永恒的"生生",并内在地蕴涵着"反"和"复",故必"挫其锐",此即"反者道之动"之义。"纷",即纠纷、纷争,王弼本"纷"作"分",实两者互通。纠纷、纷争产生于"分",而"分"源于"锐",故"挫其锐"的同时,也就"解其纷",而"解其纷",也就是"和","冲气以为和"也。"和其光,同其尘"则是对上述"道"之用的方式、状态的描述,即"道"在如此地作用、运行时,并非是以某种外在于万物的另一物之姿态、方式而出现的,而是与万物同在,就在万物之中,间不可分,即是以"无为"的方式而达到的"有为",所谓"道常无为,而无不为"[35]。故下文的"湛兮,似或存",便是对这种间不可分的"无为之为"的进一步描述,即道之用是无声无迹的，仿佛不存在一样。

　　上述对"道"的描述所用的潜在的"意象"就是"气"。《老子》文本中潜在地弥漫着"气"的意象，正如我们前文对"象帝之先"的"象"的分析一样，这种潜含于文本中的意象，终于在"冲气以为和"中上升为显文本中的概念，并且在这里，"象"与其所象之"体"合而为一。可以说，"气"作为传统哲学中的重要概念，最初就是从"气"之"象"来把握的，正所谓"天有六气，降生五味，发为五色，征为五声，淫生六疾。六气曰阴、阳、风、雨、晦、明也。分为四时，序为五节，过则为灾"[39]。这里，"（六）气"实际上就是"天"之"象"，所谓"天气"；而"阴、阳、风、雨、晦、明"则是"气"之"象"，它们仍然是现代汉语中的"气象预报"中的"气象"的基本含义。"阴、阳、风、雨、晦、明"都是人所能直观把握的感性自然存在形态，且其中除了"雨"相对具体而外，其余五者又都是虽能为我们所直观把握又没有具体确定之形态的对象，即有"象"而无"形"。故它们作为"气"之象，其实也就是"气"本身的存在显现。中华文明形成于靠天吃饭的农业社会，天气之好坏在根本上决定着人的生存状态，因而是古人所关心的首要大事。对天气的敏感，使得"气"很早就成为一个重要的概念。"气"是象形字，甲骨文中"气"字像云气的形状，直接就是对天气的感性直观形态的摹写。"可直观性"一直是"气"之含义的一个基本内核。而这一概念所含有的感性直观中的"既有又无"、"象""体"合一的特点，遂成为一个把握各种宇宙本体的潜在的意象。据甲骨卜辞文献来看，先有"天"字后有"气"。而对天的崇拜，其实来自于对自然气候之变幻莫测的恐惧。因此，在"天"的内涵中实已隐伏着"气"之基本内核。"气"之概念的产生，是抽象思维进一步发展的结果，就是"天"中原本具有的一种含义的分化独立。故"气"是"天"之"气"。在还没产生"气"的概念前，古人总是直接讲"天生万物"。而从上述《左传》的引文中可见，在"气"成为一个普遍的抽象概念后，这种表达已转换为"天有六气，降生五味……"即"天"所具有的"生"物的功能已转输给"气"，即由天—物转换为天—气—物。在此意义上，"气"也就是"天"。但作为两个概念，它们自然有一定的区别。这区别就在于"气"是"天"之可直观把握的"象"。

"气"作为"天"之"象",显然比日、月、星等"天象"能更切近地和更本真地"象""天"。这不仅在于它与"天"本身之间所具有的直观上的"无间",而不像日、月、星之与"天"的仍然"有间",也在于它本身具有的既有且无的特点,恰好能表达出"天"所具有的无限性和神秘性。故"气"之概念一产生,便已经具有和隐含着与"天"等同的本体论含义。同时,"天"所具有的表达实体、自然之天(天空)的含义,与"气"之原型——自然之气的无影无踪的存在特点相比,其作为一种最高宇宙本体概念的缺点便暴露出来。所以,在后来的中国哲学中,人们逐渐用"道"、"气"、"理"等取代"天"作为最终的本体论范畴,而通常的表述方式便是"先天地生"。"天"仍然作为一个表示最高本体论范畴的概念活跃于传统文化中,则毋宁说主要是宗教意义上的,而不是哲学意义上的。但不管后人用"道"或是"理","气"总是一个摆脱不掉的具有相当地位的概念,以致后来许多不以"气"为本体的哲学家,大多显示出某种程度的"理/道、气"二元论的倾向。究其原因,在于"气"的概念最符合中国文化"尚象"的把握世界的方式。"理"太过抽象,"道"之原型概念"道路"则较为具体,只有"气",才是同时兼具既抽象得无影无踪又具体得我们时时刻刻都能直观到其存在,即"既无且有"的特点。在此意义上说,"气"之概念比"天"、"道"更能体现中国文化的"特色"和精义。

让我们从对"气"的考辨回到老子的文本。之所以绕了一大圈,我们的目的在于证明"气"在《老子》中是作为"道"之"本象"而出现的。因此,"气"实际上也就是"道",或者说,是"道"的另一别名。由此,"冲气以为和"的"冲气"便是对"道"之运行状态的描述,即"道"显现为涌摇之气,或"道"作为涌摇之气而构生万物。但在此,"和"不应释为"和气",解为"柔弱"、"柔和"亦不妥,而应解为是对"道"之构生万物的机制、几微的一种描述。所谓"和实生物"[35],其下注曰"阴阳和而万物生",后来《中庸》说:"和也者,天下之达道也。"因此,"和"即"道"之生发的几微。因为这段文本总体上是讲"道生万物"。上半段"道生一,一生二,二生三,三生万物"是对"道生万物"之逻辑秩序或宇宙发生论的时间秩序的一种解说;下半段"万物负阴而抱阳,冲气以为和"则是对"道生万物"之具体机制的解说。我们对"和"的这种解释,在《老子》文本中尚有旁证。五十五章说,"赤子""终日号而不嗄,和之至也"。而婴儿的啼哭声并非是"柔和"的,而是异常响亮和尖锐的。因为哭叫是婴儿生存之道的重要手段,它唯有靠哭叫来表达其当下的生存处于一种匮乏状态,并以此来唤起父母的关注。因此,婴儿总是尽其全力地哭叫,以使此生存信号能获得预期的效果。而弱小、柔和的声音是不可能或不利于达到这种生存目的的,故婴儿的哭声响亮而锐利。因此,这里如把"和"解为"柔弱"、"柔和"则不通。故此处"和"亦作"道"之几微讲。婴儿之所以"终日号而不嗄",因为它自然而然地符合"道"之生生的几微。"道"之构生的几微是一种绵绵不绝的生机力量,故得"道"之"和",便获得了恒常的生机,便"终日号而不嗄"。因此,老子紧接着又说:"知和曰常,知常曰明。"㉚而"和"之几微亦即"负阴抱阳"。故后来《易传·系辞上》说:"一阴一阳之为道。"因此,"冲气以为和"其实就是对"道"之构生万物之几微的一种"象"的摹状。这里,"气"即"道",亦即"象"。"道"、"气"、"象"是三而一、一而三,即"道"发为"气"、"气"显为"象",三者本就是"混而为一"的源初存在境域。

我们对老子之"道象"论的分析显示,"象"这一概念在《老子》中获得了极为深刻的内涵。经老子把"象"提炼为一个哲学范畴后,它就不再仅仅是一个指涉认识论层面之物象的概念,而是一个与生存本体论、与宇宙的最高本体"道"有着深刻的内在关联的概念。"象"蕴涵着"道"与"气"并呈现着"道"与"气"。"道"与"象"本就是内在关联于一体的。"象"实质上也就是"道",或者说是"道"的显现方式。正如章学诚所说:"道不可见,人求道而恍若有见者,皆其象也。"㉛同时,老子的"道象"论也对"象"的存在形态作出了规定:"象"是一种"不皦不昧"、"既皦又昧"的"恍惚"的存在物,它既是一种可以在经验形态中直观到的"有",同时又是一种超越任何既定存在的"无形""无状"的"无"。反过来说,"象"既非实存性的"有",亦非纯粹抽象的"无",充分体现了"道"作为"有"与"无"之统一体的特性。由此,"象"便与一个与它相近的概念"形"——事物的具有明确规定性的外观——区别开来,所谓"大象无形"㉜。因此,"象"一方面是一种在感性直观中呈现出来的并可以为直观所直接把握的具体存在物,另一方面又不具有确定的规定性并呈现为"恍惚"特点的存在物。"道"总是流行不滞、变化不居的,"象"也不是一种静止的、凝固的存在物,而是一种生动的、活泼的当下构成和呈现,它所揭示出的是事物的一种活生生的出场方式,而与物之现成的、静止不变的"形式"存在构成本质的区别,即"象"所呈现的是根源于"道"而"气"贯穿其中的活生生的物之当下的源初存在状态。我们可以通过观"象"——对物之象的直观,而获得对物的本体论的存在的把握,此即所谓"玄鉴"、"观复"[39],庄子所谓的"目击而道存"[40],这在实质上就是审美观照。

《老子》所展示的"象"的本体论含义内在地蕴涵于作为审美本体的"意象"概念中,但对意象概念的整体含义的揭示,将是另外的任务了。[41]

注　释

① 黑格尔:《小逻辑》,商务印书馆1980年版,第7页。

② 《老子》四章。按:本文所引《老子》文字,以王弼注《老子道德经注》本为据(见《二十二子》,上海古籍出版社,1986)。

③ "道"字在《老子》文本中有多种含义,除指称宇宙最高本体外,还用作"规律"、"法则"、"动力"等义。参见陈鼓应《老子注释及评介》中"'道'的各种意义"及"'道'的脉络的意义"两节(中华书局1984年版),这里我们只着重讨论作为最终本体的"道"。

④ 《韩非子·解老》。

⑤ 对这种历史误解的清理,参见张祥龙《海德格尔与中国天道》,三联书店1996年版,第260—264页。按:在《庄子》中对"无"的理解有实体化的,亦有境域化的,这里未加详辨。

⑥ 陈鼓应认为"'无''有'"是用来指称'道'的",这与我们的看法相同;但他接着说:"是用来表明'道'由无形质落实向有形质的一个活动过程。"(见陈鼓应《老子注释及评介》,63页)对此,我们则不敢苟同。这其实仍是一种变相的"道无"论。

⑦ 《老子》十四章。

⑧ 《老子》十四章、二十一章。

⑨ 张祥龙:《海德格尔与中国天道》,第284页。按:张祥龙的解释,在某种意义上

说,有过分海德格尔化的倾向,对此,我们是有所保留的。又:在张祥龙的解释中,或是其表述方式上,似乎仍然有把"无"看作是比"有"更为本源的倾向,他说:"(老子)以'器'为象,显示出了一个在'有'的终结处存在的虚无境域。这种'无'既不是概念可把握者,也不是无从领会的'黑洞',而是有势态的、能统取有、成就有之所以为有的构成域……'有'的根本含义('常有')在于显示一切现成者的界限('徼');而这种界限的充分完整的暴露也就是'无'的显现。这个与有相互牵涉的无就是日常讲的那种缘有而又成就有之为有的发生势域。"(《海德格尔与中国天道》,第 283 页)而我们认为,老子的"有"有两种含义,借用海德格尔的区分:一种是存在者状态上的"有",即现成性的存在者,这在《老子》文本中通常是以"形"、"器"、"名"等概念表示的;另一种是存在论意义上的"有",这种"有"并非是"现成者",而本身就是源初存在境域的组建因素,它与"无"具有同等的存在论(本体论)价值。(参见陈鼓应《老子注释及评价》中关于两种"有"和"无"的分辨,第 224—225 页。)故"徼"作为"道"之"有"所呈现的属性,似不宜理解为"界限"。"徼",敦煌本作"曒",似更能体现"道"之本义。《说文》:"曒,玉石之白也。"《方言十二》:"曒,明也。"而"白"、"明"都是事物所呈现的在直观中没有明确"界限"的属性。因此,"曒"("徼")应理解为一种"呈现",而这种呈现本身却并非现成化的。也就是说,"有"在此本身就是一种含有非确定性、非现成性的东西的呈现,是存在论意义上的"有"。因此,"终极境域"不是"在'有'的终结处存在的虚无境域",而是本身就是由"有无相生"构成的。"无"只是比存在者状态上的"有"("器"、"形")更本源,却并非是比存在论上的"有"更本源的东西。因此,"有无相生"之"终极境域"的呈现,显现为"象",而不是"无";是"象境",而不是"无境"。

⑩《老子》二章。

⑪王弼:《老子道德经注》。

⑫汪裕雄认为,《老子》的文本本身,是一个"言象互动"的符号系统,"不讲老子'象'论,就难以诠释其'道'论。"(汪裕雄:《意象探源》,第 156 页)此论甚是。但该书把老子之道解为"浑元之气"——"世界的物质统一性",就此而言,则似又未得老子象论的真谛。

⑭㉛高亨:《老子正诂》,古籍出版社 1956 年版。

⑮此句的上一句"吾不知谁之子",朱谦之释:"广雅释言:'子,似也。''吾不知谁子',即吾不知谁似也。"(朱谦之:《老子校释》,中华书局 1984 年版,第 21 页)按此解,则文本可变为:"吾不知谁似,象帝之先";而"似"即"象"也,则"象帝之先"可直接解作

"是帝之先"或"是帝之先之象也":按:朱谦之认为"吾不知谁之子"中的"之"乃衍字,应无。

⑯按:"象帝之先"中的"象"字的这种用法,在古汉语中实为常见,如"其清明象天,其广大象地"(《荀子·乐论》)、"《原道》者,卢牟六合,混沌万物,象太一之容,测窈冥之深"(《淮南子·要略》)等,其中的"象"都可解为包含着名词义的动用。即"其清明象天"亦即"其清明(之象)象天(之象)"。

⑰分别见《老子》一章、三十二章、四十一章。

⑱吕惠卿:《庄子义》。

⑲郭庆藩:《庄子集释》。

⑳叶朗教授说:"唐代美学家提出的'境',就是'象'和象外虚空的统一,也就是庄子说的'象罔'的对应物。"(《中国美学史大纲》,第131—132页。)

㉑《老子》四十章。

㉒㉕《老子》二十五章。

㉓参见卢育三《老子释义》,天津古籍出版社1987年版,第12页。

㉔《老子》二十一章。

㉖《庄子·齐物论》。

㉗《老子》三十五章。

㉘按:"执大象,天下往"句,河上公注:"象,道也"。

㉙分别见《老子》十章、五十五章。自然,人之血气,乃本于天地之元气。

㉚《老子》四十二章。

㉜卢育三:《老子释义》此段文下注:"马叙伦、高亨、陈柱等都认为是衍文。上下两段都是状道,说明道是万物的根源,中间夹此一段,很难说通。四个'其'字指代何物,亦不明确。道是虚无,无锐可挫,无纷可解,无光可和,无尘可同,显然不是指道;如指物,又无所指。此段疑为衍文,然诸本均有此段,或者另有说法。"(第56页)作者按:之所以会产生这种不解,在于忽略了老子的象,从而把道误解为"虚无"。

㉝《老子》三十七章。

㉞《左传·昭公元年》。

㉟史伯语,见《国语·郑语》。

㊱《老子》五十五章。按:《老子》中多处言"柔弱",如"柔弱胜刚强"(三十六章),"人之生也柔弱,其死也坚强。草木之生也柔脆,其死也枯槁。故坚强者死之徒,柔弱者

生之徒"、"强大处下,柔弱处上"(七十六章),"天下莫柔弱于水。而攻坚强者,莫之能胜"、"弱之胜强,柔之胜刚"(七十八章)等等,人们据此把"柔弱"看作是"道"之作用和体现。实有偏颇。实际上"柔弱"作为一种"象",其"象"下义乃在于强调"道"之非现成化的生成性。故并非"柔弱"者即"道","刚强"者非"道";而是"柔弱"与"刚强"的相互转化、生成的几微本身才是"道"。"柔弱"者作为一种现成的存在状态本身,亦非"道"也。

㊲章学诚:《文史通义》,中华书局 1985 年版,第 18 页。

㊳关于"象"与"形"的区分,我们将另文辨析。

㊴《老子》十章、十六章。

㊵《庄子·田子方》。

㊶本文为我的博士论文《审美意象结构研究——立足于当下汉语语境的审美书体论建构》中第一章《意象概念的准备性研究》的部分内容,指导教师为北京大学哲学系叶朗教授。

原刊《东方丛刊》2004 年第 1 辑

理性的超越与感性的生动
——魏晋玄学与自然审美意识关系论

刘 敏

从两汉到魏晋,自然从神学意志的象征变为感性的审美对象,万事万物褪下威严而空洞的外衣,凸现出鲜活灵动的本然面貌。魏晋自然审美意识的确立,是由玄学对宇宙本体的抽象思辨而引发的对人与自然关系的新的思考与新的发现。

一

玄学是魏晋士人在思想领域发动的关于宇宙本体的思考,也是关于现实社会人生的思考。玄思幽远,玄学所要反对的是两汉重感性经验的具体思维,所要超越的是纷扰琐屑的现象世界,然而,玄学抽象思维的起始,却恰恰是现实事务的要求。

玄学产生的时代,不是政治强悍、高度统一的秦汉,也不是诸子百家纷纷而起,都渴望以自己的思想学识有为于苍生社稷的战国,而是士人与中央集权有了一定的距离,知识分子的个人生活与政权政治的要求成为可以分而论之的话题的汉魏之际。

从孔孟开始,就建立起了个体生活的意义在于超越自我的有限并将自我汇入族类和宇宙的丰富无限的价值观念。《孟子·尽心上》曰:"尽其心者,知其性也,知其性则知天矣。""万物皆备于我矣,反身而诚,乐莫大焉。"超越具体局限,追求崇高人生价值具体化为个人的行为,就是做有理想、有责任感、以天下平治为己任的人:"笃信好学,守死善道,危邦不入,乱邦不

刘　敏

居。天下有道则见,无道则隐。邦有道,贫且贱焉,耻也;邦无道,富且贵焉,耻也。"①"夫天未欲平治天下也。如欲平治天下,当今之世,舍我其谁也?"②君主是理想人格的典型,政权在君主的领导下定名分、立纲纪,维持着社会的稳定与发展,给老百姓以幸福生活,因此,以君主为中心的国家政权的发展与士人人生价值的取向是一致的,士人与政权政治达成一种彬彬有礼甚至惺惺相惜的和谐:"臣事君以忠",同时,"君使臣以礼"③,邦有道,则仕;邦无道,则可卷而怀之"④。至董仲舒,君权绝对的观念被提了出来。《春秋繁露·为人者天》曰:"唯天子受命于天,天下受命于天子。"天子法天而行,具有至高无上的权威,臣子法地,只能服从顺应天子。君权绝对也并不打破士人与政权的和谐。

经学大师刘向在《说苑》中论臣道:"人臣之术,顺从而服命,无所敢专,义不苟合,位不苟尊,必有益于国,必有补于君,故其身尊而子孙保之。"这事实上是刘向对于士人现实生活形态的思考,他自己也是努力这样实践的。在士与政权的和谐关系中,两者的紧密联系甚至不可分割。士人明经致仕,以对当世政权政治的贡献来实现自己的人生价值。他们因对皇帝政权的忠而获得高名美誉,如成帝时的朱云、宣帝时的龚遂;以在体制内的有所作为而确认自我,如哀帝时的王嘉、光武帝时的卫飒;即使是被俳优畜之的东方朔、枚皋等人,在心理上也自觉站在君主政权一边,以为自己是在以一种特殊的方式"悉力尽忠以事圣帝"⑤。这种局面直到东汉后期方有所改变。

应该说士人与政权政治的疏离实非自愿。外戚专权、阉党当政,汉室的衰败无能,使士人在儒学正统熏陶出来的澄清天下之志失去施展的可能;两次"党锢之祸"牵连之广、刑罚之惨烈,成为士人心头一团挥之不去的阴影,彻底灭绝了士人对于政权的温情与幻想,在这种背景之下,士人与政权保持一定的距离就成为必然。

《剑桥中国秦汉史》论曰:"在后汉,我们在分属社会和个人领域的相对价值方面,看到了一种改变。在后汉早期,有一些杰出的人对朝廷政治完全绝望,以致拒绝接受政府职务。后汉衰落时,这种行为在精英分子中成为时尚,成为一种新的理想……"在后汉,士人与中央集权的关系有两种不同的倾向。一种是面对政治的腐败、政权的无能,士人的反映直接而强烈,他们或公然表示出与政府的对抗,如李固与杜乔死后,郭亮、杨匡、董班抚尸痛哭,完全无视政令的权威;或直言上书,慷慨陈辞,如刘陶等数千太学生为朱穆辩冤。另一种倾向是与现实政治产生一定距离,甚至显示出某种程度的超越。

最能代表这种倾向的人是郭泰。据范晔《后汉书·郭太(泰)传》载,郭泰出身寒微,生平未做过一天官,更谈不上显赫的政绩,亦无注解经传阐明儒学的著述。作为士人,郭泰无范滂那样慷慨激烈的言辞,也无陈蕃那种胸怀天下的志向,而正是这样一个在言行上无更多特异之处的人,却是清议名士真正的精神领袖。范书本传言郭泰死,"四方之士千余人,皆来会葬"。李贤注引谢承《后汉书》则称:"泰以建宁二年正月卒,自弘农函谷关以西,河内汤阴以北,二千里负笈荷担弥路,柴车苇装塞涂,盖有万数来赴。"蔡邕为郭泰撰写碑文后,"既而谓汲郡卢植曰:'吾为碑铭多矣,皆有惭德,唯郭有道无愧色耳'"⑥。郭泰所拥有的似乎只是一种神韵:"(郭泰)后归乡里,衣冠诸儒送至河上,车数千辆林宗唯与李膺同舟而济。众宾望之,以为神仙焉"⑦这种神韵的核心,在于他冲淡平和的人格魅力。范书本传记范滂论郭泰曰:"隐不违亲,贞不绝俗,天子不得臣,诸侯不得友。"以范滂的耿介、狂狷,而对郭泰推崇备至,无疑是对这种游离于体制之外的生活态度的嘉许。这种态度在当时很有号召力,在《后汉书》的《儒林列传》与《隐逸列传》中,我们可以找到一批这种刻意与政权保持距离的士人。值得注意的是,这种观点也得到当权者的认可。如周党不愿出仕遭博士范升谗言,光武帝却诏曰:"自古明王圣主必有不宾之士。伯夷、叔齐不食周粟,太原周党不受朕禄。亦各有志焉。其赐帛四十匹。"⑧

第一种倾向仍不出传统的轨道,强烈的对抗、反叛出于深情的眷顾,士人对政治政权的愤怒、失望、怨恨,甚至不惜以自己的生命和鲜血来冲击现存秩序,都以士人将个人的生活价值与政权紧紧维系并且其取向一致为前提,而第二种倾向则是一种新的生活态度。这种新的生活态度把士人从对政权政治的依附,对君主绝对权威的崇拜中解放出来,转而关注个性的自由发展,享受现存的平淡的生活乐趣。

当士人的人生价值实现不再与政权政治紧紧维系,价值标准与现实政治的需要出现偏离,士人的外在生活形态也必然出现新的气象。也就是说,与政权政治的疏离这一观念的改变,反映在个人的生活形态上就成了任情放诞的行为方式。汉末、魏晋名士的特行怪异,历来为论者所关注,他们的通脱、重情、怪癖、自恋、追求风流、放诞任性,构成了一段特殊的文人生活风貌。对研究者而言,重要的不是对士人奇行怪止的现象认知,而是对造成这种现象的原因,以及此种现象对思想的发展演变的意义的分析。很明显,政权政治的黑暗是造成士人与政权疏离的最初动因,放诞任性、率情而动是这种转变的行为表现,但是士人的思考不会止于放纵情欲、风流倜傥这些外在形态上,它必定会有更深层次的思想内涵。因为事物的发展除了客观现实的促进外,还因承着自身的内部发展规律。从殷商时代的"帝"、"命"观念到孔子的言"人事",再到董仲舒的神学,都是人对客观世界的认知和自我认知的意识的发展。同样地,放纵任性的外在生活形态最终也将进入对世界对自我的理性思考。何况,在那样一个新旧交替的混乱年代,士人必须寻找理性的力量来为自己撑腰,这寻找的第一步便是对原有思维秩序的破坏。

在以何晏、王弼为代表的正统玄学产生之前,有一段以破坏儒学正统地位为主旋律的思想变奏。建安时期的思想家仲长统和刘廙的论著中都充满异端思想。仲长统的《昌言》夹杂着老庄的天道自然观、名家思想,如他说君主、论取士:"彼君子居位,为士民之长,固宜重肉累帛,朱轮四马。今反谓薄屋者为高,藿食者为清,既失天地之性,又开虚伪之名。……夫选用必取善士。善士富者少而贫者多,禄薄不足以供养,安能不少营私门乎?从而罪之是设机置阱,以待天下之君子也。"⑨仲长统还提出新的"孝"的标准。刘廙则提出了传统圣人观念中自相矛盾的地方:"圣人能睹往知来,不下堂而知四方;萧墙之表,有所不喻焉。诚无所以知之也。夫有所以知之,无远而不睹,无所以知之,虽近不如童昏之履之也。"⑩也指责经学是"俗人拘文牵古,不达权变"。除了以理论著作阐明观点外,其时士人的人生态度也出现一些微妙的变化。马融是儒生,生活态度却颇圆滑。永初年,融尚困顿,邓骘欲召其为舍人,而马融为名不应命。继而后悔,谓其友人曰:"古人有言:'左手据天下之图,右手刎其喉,愚夫不为。'所以然者,生贵于天下也。今以曲俗咫尺之羞,灭无赀之躯,殆非老、庄所谓也。"⑪孔融与祢衡"不遵朝仪"、"言论放荡",竟自许"仲尼不死"、"颜渊复生"⑫。曹操的用人标准也很特别。他在《举贤勿拘品行令》中称:"若文俗之吏,高才异质,或堪为守将,负污辱之名,见笑之行;或不仁不孝,而有治国用兵之术,其各举所知,勿有所遗。"⑬完全放弃了传统的忠孝标准,重实用才能。在标举新观念的同时,对传统的东西仍借而用之,故曹操后来杀孔融时,谓其"不孝"。

圣人可以质疑,君臣之义也可重新论定,经学可以菲薄,个人生活根据不同需要自取标准,说明此时即使不是思想混乱的年代,至少已不是儒学至尊一统天下的年代,一种持续了几个世纪的思维秩序被冲破了。对新的理性的寻找势在必行。

二

当我们寻绎出了汉魏之际士人的人生价值标准、外在生活形态和思想领域的变化,也就发现了魏晋玄学的肇始之基,甚至把握了新的理性的发展走向。一种理论能够在多大程度上面对现实,就能具有多大程度的意义,玄学一出现即成为魏晋社会的主流,因为它是士人安身立命的思想凭据。玄意幽远,抽象思维的置重和指归却不离具体现实,玄学中的主要命题都具有现实意义。

有无问题是魏晋玄学的核心理论问题。正如历代论者所言,玄学是贵无的,以王弼的言论为代表:"魏正始中,何晏、王弼等祖述老庄,立论以天地万物皆以无为本。无者,开物成务,无往而不存者也。阴阳恃以化生,万物恃以成形,贤者恃以成德,不肖恃以免身,故无为之为用,无爵而贵矣。"⑭与有无相对应的问题是本末。无为本,则有为末,也就是说,尚虚无重视个体的道家是比注重社会人伦的儒家更高一筹的思想。玄学似乎是在鼓励人们摆脱社会、摆脱事务。

刘　敏

　　如果就贵无言,玄学算不得高明,老子庄子早说过了,且比王弼、何晏们极端,玄学深契人心在它的另一面,即在贵无,强调以无为本、以无为体的同时,及时地强调了体用一如,即体即用的观念。无或有都不是新鲜东西,老子《道德经》曰:"天下万物生于有,有生于无。"而王弼却说:"天下万物,皆以有为生。有之所始,以无为本。将欲全有,必反于无也。"⑮虽然无是本,有是末,但无和有并不是对立的,也没有先后顺序,无不是虚无,而是自然的有,无不在有之外、之前,而是在有之中。这就和老子不一样了。

　　玄学家的贵无主张显然是另有企图的。他们标榜老庄但并不想回到老庄,老庄的清心寡欲、绝圣弃智与名士的饮酒服食、放浪形骸相差何其远矣。玄学家提出无并非有之外另有一物,而是自然的有,无存在于自然万物之中,那么,贵无也就成了贵现存万物的另一种说法了,王弼《老子指略》说得很明确:"故其大归也,论太始之原发明自然之性,演幽微之极以定惑罔之迷。因而不为,损而不施。崇本以息末,守母以存子。贱夫巧术,为在未有。无责于人,必求诸己。此其大要也。"崇本是为了生息末,守母是为存子,推求事物的本源——无,是为了更好地理解有——万事万物的存在。因此,王弼强调对待万事万物要顺其自然:"圣人达自然之性,畅万物之情,故因而为不为,顺而不施。""万物以自然为性,故可顺而不可为也,可通而不可执也。"⑯以自然的态度对待现存之物,使玄学从虚空的无、道、一回到现实的土地上,也使公元三四世纪的这场对本体的理论探求和士人的现实人生联系起来了。

　　玄学贵无思想对士人现实人生的最大影响,是为生活价值态度从社会政治转向个体自然提供了理论依据。"由于'无'为本而'有'为末,那么与'无'相应的自然秩序就处于与'有'相应的社会人性之前,那种淳朴、混沌的生活态度就被置于明智、理性、和谐的礼乐生活态度之前,据有了价值上的绝对意味"⑰。如前所述,新的生活价值态度的萌芽、个人与政权政治的疏离在东汉后期就已出现,但此时的士人,对于他们要躲避的东西很明确,或避名,或避财,或避世,他们以藏身山野或不即不离的态度拒斥这些东西,而反过来,对于自己所要追求的东西却不甚明了,也就是说,人生价值的转

古代文论与美学研究

变尚无充分的理性自觉,只有当玄学出现之后,他们才为自己的行为找到思想凭据。

郭泰不仕,是因为他清醒地认识到政治的腐败,《抱朴子·正郭篇》引郭泰语:"天之所废,不可支也。……虽在原陆,犹恐沧海横流,吾其鱼也,况可冒冲风而乘奔波乎!未若岩岫颐神,娱心彭老,优哉游哉,聊以卒岁。"徐稚被征辟而不就,说:"大树将颠,非一绳所维。"[18]促使他们避世的更多是现实政治的原因。到正始名士嵇康,不仕主要出自对自然生活的追求。在著名的《与山巨源绝交书》中,嵇康明白地表明了自己的这种志向:"游山泽,观鱼鸟,心甚乐之;一行作吏,此事便废,安能舍其所乐,而从其所惧哉?""抱琴行吟,弋钓草野,而吏守之,不得妄动,二不堪也。"他所向往的是摆脱世俗的羁缚,回到大自然,因此他常与吕安、向秀"率尔相携,观原野,极游浪之势,亦不计远近,或经日乃归,修复常业"[19]。另一位身在朝中的名士阮籍,他的理想人物也是"飘扬于天地之外,与造化为友,朝餐阳谷,夕饮西海,将变化迁易,与道周始"的"大人先生"[20]。他们所向往的生活是自然适性,他们的生活方式是优游容与,在玄学贵无思想的指引下,体现着自然之性的山川林木、花鸟虫鱼成为比社会伦理更重要也更美妙的东西,自然适性的生活也比传统的建功立业更有吸引力。自东汉后期开始的人生价值转向在玄学这里找到了有力的理性支持,价值观念的转变又改变了士人看待自身、社会、自然万物的眼光。中国人的自然审美意识在魏晋达到自觉,与玄学的思想有逻辑上的联系。

玄学对士人的影响其次表现在促成了士人感性生活的丰富,玄学对宇宙本体的追求无疑极大地拓宽了魏晋人的精神境界,在感性事实之上开拓出一片宽阔的精神领域。同时由于玄学体用一如、本末不二的特点,魏晋士人在追求理性的超越的同时,又并不背弃感性的现实,而是以理性光芒朗照现实,使现实焕发出生动的光辉。正如黑格尔在《精神现象学》所言:"精神首先出自直接的东西,但后来就抽象地理解自己,想从自身铸造出自然,从而解放自己。"

本末不二、体用一如论最大的现实目的在于调和自然与名教,因为这是当时最主要的矛盾。没有人能真正忘怀现实,玄风之下的士人也是如此。不管他们如何追求自然、高自标置,但在实际生活中调节人际关系建构社会秩序的,却不是自然的无而是人为的名教,即一套历史与社会中形成的法律、制度、习俗以及在传统与现实中形成的正义、良知、公平观念等,这些都是人为的,也是每个人都无法回避的。自然与名教不是理论的冲突,而是具体行为规则的两难,因此,调和自然与名教的矛盾是玄学的当务之急。玄学家们认为,无非空无,而是自然的有,万物只要合乎自然,顺物之性,也就是无,名教的纲常伦理只要合于自然,就与自然并无矛盾,王弼确实是这样说的:"自然亲爱为孝,爱及物为仁也。"㉑"孝悌也者,其为仁之本也"。(王弼注)不是不要孝,而是不要伪饰的徒具形式的孝。孝应该自然亲爱,发自内心。他注《论语·里仁》:"夫子之道,忠恕而已矣";"忠者,情之尽也;恕者,反情以同物者也。"也是着眼于道德出于自然的特性。玄学理论是承认名教的存在,但它应该顺物之性,因而不为,把名教引向了自然。

让我们感兴趣的是这样一个事实,魏晋时期士人生活多姿多彩,其中不乏矛盾,远非自然二字所能涵括。嵇康弃绝尘世,而山涛干进求禄;阮籍忧愁忧思,刘伶旷达豪放,何晏丰姿丽影,阮咸脱略形迹;王戎义理甚精而贪财聚敛;向秀一边吟诵《思旧赋》一边坦然入洛;嵇康为司马政权所杀,他的儿子嵇绍却是晋王室忠臣;王羲之飘逸出世却孜孜以求永生。出现这些现象除了才情性格的个体差异外,更重要的原因在于玄学自然适性的理论指导。

体用一如、本末不二不仅在政治上为自然和名教都提供了合理的存在依据,也为人的各种才性、欲望、贪恋敞开了门户。在这种理论背景之下,要人只一味追求精神境界的高远、道德的完善似乎不大可能,老庄的"同于婴儿"、"心斋"、"坐忘"是一种纯哲理的境界,绝非魏晋士人想要的,他们所渴望的是一种充满智慧的乐趣、理性的光芒、物质的丰沛包括感官享受的现实人生,因此,与精神的高旷、理性的深邃同时呈现的,是魏晋士人之重生命、重形器、重自然万物的特点。阮籍《大人先生传》明确区别老庄的生活形态与自己追求的生活形态;"(大人先生)曰:太初真人,唯天之根,专气一志,万物以存,退不见后,进不睹先,发西北而造制,启东南以为门,微道而以德久娱乐,跨天地而处尊,夫然成吾体也。是以不避物而处,所睹则宁,不以物为累,所逌则成。彷徉足以舒其意,浮腾足以逞其情。故至人无宅,天地为客;至人无主,天地为所;至人无事,天地为故。无是非之别,无善恶之异,故天下被其泽而万物所以炽也。若夫恶彼而好我,自是而非人,仇激以争求,贵志而贱身,伊禽生而兽死,尚何显而获荣,悲夫!子之用心也,薄安利以忘生,要求名以丧体,诚与彼其无诡,何枯槁而逌死,子之所好,何足言哉?吾将去子矣。"阮籍是很鄙薄那种"禽生兽死"的生活的,他所向往的是与万物亲爱、重个体生命甚至重利禄享乐的现实生活。

向秀《难养生论》曰:"若夫节哀乐、和喜怒、适饮食、调寒暑,亦古人之所修也。至于绝五谷、去滋味、寡情欲、抑富贵,则未之敢许也。何以言之?夫人受形于造化,与万物并存,有生之最灵者也。异于草木,草木不能避风雨,辞斧斤;殊于鸟兽,鸟兽不通远网罗而逃寒暑。有动以接物,有智以自辅,此有心之益,有智之功也。若闭而默之,则与无智同,何贵于有智哉!"向秀认为人的本性就是趋利避害,生存问题是一个现实问题,人不能"绝五谷、去滋味、寡情欲、抑富贵"而只作单纯的精神追求;相反,只有人的各种欲求都得到实现的生活才是自然的生活,也才是完美的生活:"夫人含五行而生,口思五味,目思五色,感而思室,饥而求食,自然之理也。但当节之以礼耳。"[2]

《世说新语·文学》载王弼答裴徽语:"圣人体无,无又不可以训,故言必及有;老、庄未免于有,恒训其所不足。"无固然是天地间最高存在,无又不可训,对无的认识、体验只能在有名有形的有上获得,这决定了魏晋士人审美眼光的最大特点,既超迈高旷又精致入微。超迈高旷是理性探求支撑下一股向上的力,理性的超越使他们有能力脱离具体感性的事物,生成一片纯精神的诗意天地;精致入微是"言必及有"的现世关怀,有是无的显现,他们对风姿、感情、金钱、自然万物都怀抱欣喜欣赏之情,因于此,他们的夸富斗豪、进退出处、好乐喜啸、裸裎醉饮都非常真诚投入,他们就是要在这一切行为中呈示人性本真,以无拘束的自然去体现那最高的无,理性的超越最终带来了感性的丰富。

魏晋士人经常使用的语词为其超迈与精致作了注释。形与神,这对哲理性很强的概念是他们经常关注的话题。卫玠说:"形神所不接而梦。"[23]表明魏晋士人关注形下的现象世界与形上的理念世界,在对形的执著中体验神的飞扬则是他们向往的境界。《世说新语·文学》载:"郭景纯诗云:'林无静树,川无停流。'阮孚云:'泓峥萧瑟,实不可言。每读此文,辄觉神超形越。'"王佛大叹:"三日不饮酒,觉形神不复相亲。"[24]"仰观"与"俯察"也在这期间的诗文中频频出现:"俯仰自得,游心太玄"(嵇康);"俯仰终宇宙,不乐复如何"(陶渊明);"仰观宇宙之大,俯察品类之盛"(王羲之);"俯视乔木杪,仰聆大壑"(谢灵运)。这"俯仰"之际,既是对外部自然的探求,又是神思的超越。再如这时人们对时空的感受,也普遍地呈现出既恢弘阔大又焦躁不安的特点。

魏晋时期,自人类诞生以来就与人类相伴相生的自然万物,在文人眼里焕发出美的光辉,玄学对士人人生价值的改变,培养新的审美眼光是关键:自然适性的生活是最重要最完美的生活,那么不加修饰的自然万物很容易成为这种生活的外在象征,士人关注自然万物的目光之中一定会蒙上一层情感的色彩。这时,以前附着于自然之上的伦理观念、神学目的、功用功能退居其次,自然成为安顿心灵的福地。精致入微的审美眼光使士人更多地亲近自然、观察自然,当自然生动的感性形式进入士人眼帘,与心中的神思合流,就造成了审美活动的丰富。

当思想上摆脱儒学独尊的束缚以后,人的思维重心从人与人、人与社会关系的思考转向人与自然关系的思考。魏晋以前,士人借功名士禄等社会人际的位置确认自我,玄学帮助士人在这些现实事物之上找到一个更高的目标,即确立宇宙的本体——无,与无相应的万事万物必然成为士人安顿心灵、抒发精神的载体。玄学在士人生活改变的现实背景下出现,必然会影响到士人的行为方式,自然审美意识的自觉,是理性的超越与感性的生动互动的结果。

注　释

①③④《论语》,中华书局诸子集成本。
②《孟子》,中华书局诸子集成本。
⑤班固:《汉书》,中华书局1965年版。
⑥⑦⑧⑨⑪⑱范晔:《后汉书》,中华书局1965年版。
⑩王仁陵:《玉函山房辑佚书续编三种》,上海古籍出版社1989年版。
⑫⑬陈寿:《三国志》,中华书局1979年版。
⑭房玄龄:《晋书》,中华书局1974年版。
⑮⑯楼宇烈:《王弼集校释》,中华书局1980年版。
⑰葛兆光:《中国思想史·七世纪前中国的知识、思想与信仰世界》,复旦大学出版社1998年版。
⑲㉓㉔余嘉锡:《世说新语笺疏》,上海古籍出版社1993年版。
⑳张溥:《汉魏六朝百三名家集·阮步兵集》,江苏广陵古刻印社1990年版。
㉑㉒戴明扬:《嵇康集校注》,人民文学出版社1962年版。

原刊《四川师范大学学报》2000年第1期

作者简介:刘敏,1964年生,文学博士,现为四川师范大学文学院副教授,主要论著有《美学基础与审美活动》等。

《典论·论文》新论

刘朝谦

文艺美学是探讨文艺审美本质、审美创造和审美欣赏等有关方面的理论学科,它对文艺中的美感经验、风格、自由创造能力的实现等有特殊的兴趣。探讨《典论·论文》在中国古代文艺美学史上的地位与价值,就是看它是否在上述方面和问题上提出了新见解,是否对后世的中国古代文艺美学发生了影响,影响的程度如何等等。

目前学术界一般认为《典论·论文》是我国古代第一篇文学理论批评专著,专门论述作家个性和文学风格。按照这种看法,则曹文亦应是中国古代文艺美学理论批评专著,因为文学的个性论、风格论及其批评实践,理应属于文艺美学的范畴。但是,这种判断似乎并不符合曹文之原旨。古代文学理论批评,或文艺美学理论批评第一篇专著的桂冠,恐怕还不应由曹文来荣膺。也就是说,我们认为《典论·论文》在中国古代文艺美学理论批评史上的地位与价值,与其享受到的传统理论的高度评价之间,颇有名不符实的地方,需要给予重新反省,以求得出一个较为合理的评判。本文主要想探索《典论·论文》中的"文章"、"文气"、"丽"、"壮"、"健"、"和"等概念是否属于文艺美学范畴,在这方面做一些初步的尝试工作。

"文章"不指"文学"

我们认为,《典论·论文》不是第一篇古代文艺美学专文,因为,文中所谓"文章"、"文",并不指文学。(一)从曹文本身内容看,所论文章分为四科八体;"盖奏议宜雅,书论宜理,铭诔尚实,诗赋欲丽"。其中除"诗赋"一科二体为文学外,余皆属公文、应用文和说理文的范畴。如"奏","进也;言敷于下,情进于上也。"①"议","议之言宜,审事宜也"。②属于政府公文。"书","舒也。舒布其言,陈之简牍,取象于夬,贵在明决而已"③。"论","伦也;伦理无爽,则圣意不坠。"④二者皆说理之文。"铭","名也,观器必也正名,审用贵乎盛德"。⑤"诔者,累也;累其德行,旌之不朽也。"⑥铭诔都系为歌颂表彰人事而作的应用文。以上三科六体,与诗赋文学在本质上是不同的。曹文之"文章"内容既包容四科,并论八体,则其文绝不是文艺美学专著明矣。准确地说,应该是文章理论批评专著。(二)从汉末魏初的文章概念看,"文学"、"文章"、"文"皆不专指文学艺术。"文学"指文章之士,如曹丕之言"文学托乘于后车"⑦;又指文章著述,如"初,帝好文学,以著述为务,自所勒成垂百篇"。⑧并指儒学,如裴松之《魏书·文帝纪第二》注引《魏书》曰:"时文学诸儒,或以为孝文虽贤,其于聪明,通达国体,不如贾宜。""文学"三义,没有一种是专指文学艺术。故夏侯惠云:"文学之士,嘉其推步详密……文章之士,爱其著论属辞。""文学"、"文章",互文生义,其人喜的是"推步详密"的抽象思维,爱的是"著论属辞"的学术文章的理清辞顺,则不指文学明矣。因为文学艺术以形象思维为主,而且像曹丕所著《典论》,徐干所著《中论》,都不是文学的著作,而是总结国家政治历史经验教训的理论长编,而曹丕是称徐干因写了《中论》这样的文章会不朽的。"文章"另一义指写作史书。如魏人刘劭所著《人物志·流业篇》云:"能属文著述,是谓文章,司马迁,班固是也。""文章之材,国史之任也。"但是,我们知道,国史巨著不管它多么具有文学性,对后世文学发生了多么大的影响,如《史记》中的列传部分,它在本质上和总体上都与文学迥然不同。要言之,历史文章以循生活真实为最终目的,以"实录"为宗;而文学追求艺术的真实,不能无有"虚构"。所以,曹丕之《建安诸序》赞李伯宗"少有文章,贾逵荐尤有相如,扬雄之风,拜兰台令史,与刘桢等共撰《汉记》"。又《典论·论文》引班固与班超之《书》曰:"武仲以能属文,为兰台令史。"其所言"文章"与"文",显然不应当作文学艺术之"文"解。而且,曹丕将长于写史的李伯宗与善于辞赋的司马相如同置之一类,也见出他是文史不分,将文学艺术与历史文章混为一谈的。从上述两方面的探讨,我们可以自然地得出这样一个结论:《典论·论文》只能是文章理论批评专著。其论文不以论文学为主,也就意味着曹丕在文中不会在文艺美学上较之前代,有较新的突破。譬如,他并没有提出文学的不朽观点,没有指出文学对人的精神不朽的审美作用。他仅仅是说——

文章不朽

文章之所以不朽,是曹丕认为文章是"经国之大业",写作文章就是从事伟大的国家政治工作和统一三分天下的宏伟事业。这是所有文章的本质所在。事业不朽,所以作家的声名也就不朽。

文章为政治服务,分为两大方面:一是以奏议章表等公文、应用文为现实军国政治效力。如陈琳以其"殊健"的章表,先为袁绍摇笔,作《为袁绍檄豫州》一文痛责曹操,后为曹操所获,爱其才而不咎,又为曹操军政事务尽心挥毫。《三国志·魏书·王卫二刘傅传》袁松之《注》引《典略》即云:"太祖先苦头风,是日疾发,卧读琳所作,翕然而起曰:'此愈我病'。数如厚赐。"而《典略》亦载阮瑀之以"翩翩"书记为军政事务服务:"太祖尝使瑀作书与韩遂,时太祖适近出,瑀随从,因于马上具草,书成呈之。太祖临笔欲有所定,而竟不能增损。"故曹丕说:"琳、瑀之章表书记,今之隽也。"对二人文章是统治者的优良工具表示衷心赞赏。另一方面,曹丕认为文章为政治服务,是通过立言著论,以总结政治的一般规律,成为现实政治的指导思想。所以,其子曹叡,即魏明帝在《刊〈典论〉诏》中说:"先帝昔著《典论》,不朽之格言,其刊石于庙门之外及太学,与石经竝以永示来世"。就文章为政治服务的两方面说,前者是以文章立功,后者是以文章立言扬德。可见曹丕的文章不朽论直接渊源于先秦个人三不朽思想,即如《左传》所载:"太上有立德,其次有立功,其次有立言。虽久不废,此之谓不朽。"其将文章在本质上当作政治工具是很明显的。在思想深度上也没有超越汉人,在本质上是仍然认为德行为本,立言为末的。即只把立言作为一种手段,而把立德立功作为立言的目的。故曹丕认为文章体裁、风格等形式的东西,如四科八体,如"雅"、"丽",都是立言作文的末小之处,而立言以服务于经国大业才是作文的本质重要之处。

所以,曹丕还没有认识到文学作为一种艺术的、审美的、独立于政治的自由形式的不朽性,还没有把握住文学的审美本质。其言"诗赋欲丽",并没有超出汉人,如扬雄的见解,因为扬雄早就说过"诗人之赋丽以则,辞人之赋丽以淫"。[9]并不能说明文学由此已经获得审美的自觉。认为曹丕已经使文学获得独立的地位,并且认识到文学使人不朽的理论观点是并没有对《典论·论文》真正理解,没有理解曹丕文章不朽论小文章而大政治,文章只能依附于政治而存在的文章价值论。而且,把文章体裁风格的初步揭示当作对文学审美本质的把握,把文章的不朽误为文学的不朽,也是不对的。因为文学是否独立,人们是否认识掌握了文学的审美本质,关键在于人们是否已经认识到文学的存在价值是对人的整个人生而言,而不仅是对人的政治生活而言,在于人们是否已经认识到文学是一种愉悦人的情感的自由形式。曹丕的文章不朽论并没有认识到这两点,那么,我们有什么理由说曹丕认为文学不朽,使文学从此获得了独立的地位呢?其实,在中国古代,对于散文,人们从来没有纯文学的观念,只是对诗歌辞赋,在晋、宋以后,才开始有纯文学的认识。关于这一点,拟另文论述,此不赘言。总之,由于儒、释、道审美的政治人生观的影响,中国古代不乏审美的文章观念,却甚少审美的文学观念。由此,我们并且认为——

"文学"不是风格

既然我们已经证实《典论·论文》是指所有文章的著作,对于文中"文气"概念的理解,我们就必然得出与目下学术界一般观点不同的看法。我们认为,把曹丕的"文气说"简单当作文学的审美风格理论来阐述探讨,显然是不妥当的。因为,即令"文气"就指风格,它也指文章的审美风格。而把文章的审美风格等同于文学的审美风格,在此无异于把属概念等同于种概念,把全体与局部相等,这就混淆了文学概念对于文章概念来说的下属关系,在逻辑上是站不住脚的。而且,把文章之气看成风格,还有下述问题不能令人释然:

(一)曹丕对于文章风格并不看重,他说文章"本同而末异",所谓"末"者,是文章的小端,指文体内容特征和语言风格,如君臣之间所用公文有典雅风格,文学类文章有"丽"的风格。这些小端之文章语言风格形式,是为文章之本,即为国家政治服务的。如果说"气"指文章风格,则曹丕似乎在小视文章风格的同时,又在重视文章风格,强调作家要以创作独特的文章风格为写作的主要目的,显出唯风格论的审美至上的趋向。这岂不是前后矛盾了吗? 不是与曹丕之极力主张文章主要是国家政治的重要工具,是"经国之大业"相矛盾了吗? 因为文章作为政治工具之所以重要,在于其是传达和交流政治思想内容的最佳手段,并不是因文章有风格形式的特异。(二)曹丕确实极力鼓励作家成一家之言,但他要求这"言"是服务于经国大业的,是对国家历史,现实的政治经验进行总结,就像他写《典论》,徐干写《中论》一样,力求以独成体系的理论弘扬德功,使自己在历史上芳名不朽。但是,主张理论上的独特见解不等于宣扬作家以行文风格和个性独特为主。风格平凡的作品,只要其内容对国家政治有合理的独到见解,就可以说自成一家言,就有了使作者不朽的效用。曹丕既有文章以"成一家言"为主的意思,又怎能同时说文章以作家个性和风格为主呢? 这不是有二元论的谬误了吗? (三)一般学人认为"文气说"中清指阳刚之气,浊指阴柔之气,以谓作家作品的刚柔文学风格。然而这种说法,在《典论·论文》中找不到明显的证据。如徐干之"齐气"虽是曹丕用以批评他的辞赋写作,但曹丕是把辞赋视为文章之一科,在本质上是为了政治服务的工具的。则"齐气"不指阴浊的文学风格个性明矣。况且"徐干时有齐气"句是与"王粲长于辞赋"句相比。言王粲时并不是论其风格,而是论其创作心理机制在写作辞赋方面呈极佳状态,论徐干"齐气"也应当是对这方面的评价,才能随后得出"然粲之匹也"的结论。孔融体内高妙之气,所指更不能确定为就是对孔融诗赋风格的赞语。要说孔融的高妙之气就是"清气"风格,实际上也只是大家的臆测。有的同志把"清气"释为建安文学的时代风格——慷慨之气,更是运用联想思维推出的结果,不能真正令人信服。我们知道,曹丕偏重的"清气"是泛指所有文章的,那么,曹丕讲"文以气为主",不就是要求一切文章,包括章表书记奏议等等,都以具有慷慨的风格为主吗?不论是铭诔的歌功颂德,还是书论的侃侃说理;不论是史书的十表八记,还是诗赋的铺采摛文,一律如此,这不显得曹丕太不合情理,也太不现实了吗?而且,曹丕在盛赞徐干"中论"语言风格典雅时,为什么不径以"清气"或"慷慨之气"论之呢?(四)认为"文气"指文学风格的观点,一般首先认为曹丕是以"气"论作家个性。但是,我们知道曹丕居于重视个性差异和个性解放的建安时代,又有一个不拘一格用人才的父亲,所以,很难相信他会将五彩缤纷的个性统论为"清、浊"两种,也很难相信会因此将本来是绮丽多姿的文学风格概论为"清、浊"两种。

总之,曹丕的"文气说"是就文章而言,而非谈论文学艺术。因此,"文气说"不可能是文学的风格论,更不可能专属于文艺美学的范畴。那么,"文气说"究竟指什么呢?我们认为,它指——

文章创作本体论

《典论·论文》说:"文以气为主,气之清浊有体,不可力强而致。譬诸音乐,曲度虽均,节奏同检,至于引气不齐,巧拙有素,虽在父兄,不能以移子弟。"总观全文,是"文气说"为文章创作而提出。其中清浊二气指作家的两种创作心理机制的本体构造,也指作家心灵世界以及反映这一世界的作品境界构成的两个最基本的要素。作家心灵世界的清浊本体构造是其政治生命力的组合,是作家创作心理机制的动力源泉,它经过作家的表现和外化,就成为文章、作品的盎然生意。这一文章创作本体论首先渊源于先秦两汉哲学本体论中的阴阳二气说。

从先秦开始,我国古代哲学家已经认为宇宙万物的本原物质就是"气","通天下一气耳"[⑩]。"气"分阴(浊)阳(清),"气有涯根,清阳者薄靡而为天,重浊者凝滞而为地"。[11]一为轻灵飞飏,一禀凝重厚实之质,二者相反相成,实"天地之始","万物之母"[12]。曹丕对这种观念是完全接受的,故他说:"夫阴阳交,万物成"[13]。认为阴阳二气必须配合协作,才是生命之源,单有清气或仅有浊气,都不能构成生命,所以,"火性酷烈,无含生之气"。[14]正是从这种哲学的元气生命说得到启发,曹丕于是亦用清浊二气来论述文章生命和作家创作生命的本源。所以要"文以气为主",因为作家是否有创作活力,文章作品是否有生意,均决定于作家自身内是否荡漾着清浊二气。

在先秦时,哲学就是一种音乐。哲学的元气本体论自然在音乐理论中大放光彩,形成比较系统的"乐气说"理论。从"乐气说"起始,人们已经把"气"看作艺术的生命本源,如春秋子产认为地生六气,而"气为五味,发为五色,章为五声"。[15]而《吕氏春秋·大乐》篇云:"万物所出,造于太一,化于阴阳。萌芽始震,凝塞以形;形体有处,莫不有声,声出于和,和出于适,先王定乐,由此而生。"把宇宙万物的元气生命本原也视为音乐的生命的由来,这种认识的产生是因为根据老、庄哲学,气(道)超越于万物,滋生万物而又具体地表现在万物之中。音乐是宇宙万物之一种,当然也就有着清浊二气的本原,充分表现了天地二气的调和。所以,《乐记·乐礼篇》说:"地气上齐,天气下降,阴阳相摩,天地相荡,鼓之以雷霆,奋之以风雨,动之以四时,煖之以日月,而百化兴焉。如此,则乐者,天地之和也。"曹丕在音乐上有很深的造诣,对"乐气说"也是有所继承的,如他认为"四时殊气,天不赐,故岁成"。[16]就与《乐礼》所言在精神上是一致的,都把万物生命的丰茂归因于清浊二气在春夏秋冬四时的不同运动和相互之间既矛盾斗争,又相调和。又如曹丕在下列诗句中,就是以"气"论乐:"哀弦微妙,清气含芳。"[17]"悲弦激新声,长笛吹清气。"[18]"女娥长歌,声协宫商。感心动耳,荡气回肠。"[19]用"清气"、"荡气"来表达自己对音乐和声中勃勃生机的审美感受和自己在音乐中生命律动振幅改变的程度。而且,曹丕是以音乐中引气不齐的例子,来支持他的"气之清浊有体,不可力强而致;虽在父兄,不能以移子弟"的观点的。说明他在思考和阐述"文气说"时,是直接以"乐气说"为参照系统的。曹丕正是因为受到"乐气说"的启示,才同样把作家和文章看作宇宙万物中的成员,才同样认为清浊二气既超越和滋生了作家作品,又具体在作家作品中体现着,使作家创作充满活力,使作品洋溢生机,认为清浊二气是作家作品的生命本体,是推动创作进行的动力。

曹丕的文气说与其文章不朽论在本质精神上都是一致的,都坚持认为文章以政治为中心。只是"文气说"是创作本体论,而不朽论是文章作品本质论。前者是以哲学的形式,对文章创作本体作出抽象的、概括的揭示,披露作家政治情思不仅是表现的对象,而且还影响着作家表现的心理机制。后者是从作品的社会功能角度,指出作品服务于政治的本质。前者以后者为目的,即创作要直接指向经国大业,所谓"夫文本同而末异",所谓"文以气为主",都无非是说各体文章的创作本质只是一个,即为政治服务。

曹丕之言气,因此首先是对人、对作家内在政治情思的审善(美)评价。他受先秦哲学和音乐气本体论的影响,认为清浊二气的调和,是政治生活中矛盾的调和在人的内心的映射,是历史地积淀为人的内在心理意识的政治美好秩序与善良品德。因为,人的内在心理机制,按先秦以来通行于哲学和音乐理论中的阴阳五行图式的观点,是与外界自然、社会政治同构同律的,所以,由美善的政治情志等构成的心灵,其中弥漫着的生命之气,也是美善的。如曹丕在《周成汉昭论》一文中说:"余以为周成王体上圣之休气",认为周成王之所以能实现令后世钦慕不已的"成王之治",就因为他的体内充盈着由周民族历代英雄祖先"圣人"所积淀的集体无意识,一种休美的政治性生命之气。周成王治天下,因此能依自然大道,禀"上圣"礼仁精神,使含气有生之类,"靡不被服清风"[20]。曹丕的"文气",就与此"休气"有相同的地方。认为文章要能为经国大业服务,主要在于作家要有休善的、活跃的政治生命力。如"箕山之志",即曹丕之夸誉徐干:"伟长独怀文抱质,恬淡寡欲,有箕山之志,可谓彬彬君子者矣。著《中论》二十篇,辞义典雅,足传于后,此子为不朽矣。"[21]徐干本人主张"含清歌以咏志"。如其残存的《七喻》就是咏叹他的"箕山之志"的清歌作品,属于有"齐气"的作品。其赋云:"有逸俗先生者,耦耕乎岩石之下,栖迟乎穷谷之岫,万物不干其志,王公不易其好,寂然不动,莫之能惧。"表现出他与巢父许由一样,有高洁不阿,至大至刚的浩然正气,禀具历来为孟子等齐鲁缙绅等极力推崇的政治生命意识。即所谓舍生取义,杀身成仁的殉道的刚毅精神。曹丕在"文气说"中盛赞齐气是有他的思想基础的,他虽然处于儒学衰落,黄老盛行的建安时代,思想上有着巨大的时代烙印,但是,他对儒学历来怀着尊崇态度。如其下《追崇孔子诏》,认为仲尼"可谓命世之大圣,亿载之师表者也"。封赠孔丘后人孔羡为宗圣侯。在《轻刑诏》中又郑重自明:"吾备儒者之风,服圣人之遗教,岂可以目玩其辞,行违其诫者哉?"对于儒家文章是经常研习欣赏的。在政治上,自陈继周孔之道,如其《定正朔诏》曰:"朕承唐虞之美……四时之服,宜如汉制,宗庙所服,一如周礼。"其文章论,在主要观点上,沿袭了先秦儒家之旧论。如前论立言不朽论;又如《与钟繇谢玉玦书》,与儒家一样认为"良玉比德君子,珪璋见美诗人"。裴松之《三国志·魏书·文帝纪第二》注引《魏书》说:"故论撰所著《典论》、诗赋,盖百余篇,集诸儒于肃城门内,讲论大义,侃侃无倦。"以实施奉行儒家仁德之政自诩,以儒说为《典论》之本旨大义。所以,曹丕以齐地儒雅之气颂徐干之"箕山之志"并不足怪。案,学术界现在一般认为"齐气"是指责徐干在辞赋创作上的不足,但我认为,如联系曹丕对徐干的总体评价似应认为"齐气"乃是对徐干的肯定之辞。因为曹丕对徐干的书论辞赋都是很欣赏的。对徐干的为人更认为高出一般文人。而且已经指出徐干除《玄猿》、《漏卮》、《团扇》、《橘赋》外,"然于他文,未能称是"。如再说其有不足之"齐气"未免在七子批评中,唯独显得对徐干责之太过,与曹丕在《与吴质书》中对徐干的高度赞美显得矛盾。再者,就"王粲长于辞赋,徐干时有齐气,然粲之匹也"这句话讲,我认为句中的"然"字除了可作转折连词解外,也可以作不完全内动词解。我偏向于后一种解释。据杨树达先生《词诠》"然"字条(二)说:"不完全内动词,乃也,是也。"并且举例说明:"譬其若去日之明于庭而就火之光于室也,然可以小见而不可以大知。"(语引《贾子·修政》)其句比较"去日之明于庭"和"就火之花于室"两件事上表现出的句中主动者智识的优劣。"然"字在比较结果前面,做比较结果"可以小见而不可以大知"谓语,意为"乃也,是也。"同样,曹丕的原句是把"王粲长于辞赋"和"徐干时有齐气"相比,"然"作比较结果"粲之匹也"的谓语,其义为"乃也,是也"。全句可以理解为,"王粲在辞赋写作上很擅长,而徐干的辞赋也常常表现了高洁不阿,文质彬彬的齐鲁儒生之气,(徐干因此)是王粲在辞赋写作上势均力敌的并驾齐驱者"。

其次,曹丕的"文气说"还认为文章写作主要应表现出作家的政治情气。能否完美地表现,决定了文章的美丑价值。曹丕既以宇宙本体之气(道)为文章本体,这就决定了他的"文气说"带有神秘的气息和直觉思维的特征。即认为作家的体善情思和创作心理机制的本源物质——气,是不能以学习、传授的方法,凭知解力而获得,"虽在父兄,不能以移子弟"。如同在哲学和音乐本体论中一样,文气是超验的物质实体存在,它"有情有信,无为无形。可传而不可受,可得而不可见。自本自根,未有天地,自古以固存,神鬼神帝,生天生地。在太极之先而不为高,长于上古而不为老。"②也就是说,曹丕认为文章法则是确定的,有限的,形式可以凭知解力,凭学习,比较容易地实现,就像人们经传授较易把音乐曲谱所规定的均匀曲度,同节奏再创造出来一样。但作家要体悟和完美表现自身内在的清浊休气,就很难,因为"气"的表现以及作家最佳创作心理机制的形成,不在于技,而在于达道。关键在于作家本人对政治的以及围绕政治之宇宙自然大道的直觉悟会,就像音乐演奏(唱)中,音乐家要将曲谱情气内容再现得声情并茂,其"引气"是否美善,全在于音乐家本人是否有良好的情气修养和对作品情气是否有充沛透彻的悟会一样,因为深深影响"文气说"的"乐气说"认为:"是故情深而文明,气盛而化神,和顺积中而英华发外。"㉓其"和顺积中"就是曹丕所论作家悟会体养休气善志的功夫。情气充沛则作家的创作心理机制就灌注了生机,显得活跃生动,情气流动于作品中,则使作品大而光辉,成为不朽的文章,永垂作家的芳名。表现的标准一是真实,因为"乐气说"中的情气表现论主张"唯乐不可以为伪",故曹丕亦认为文章写作不可以为伪,除了"铭诔尚实"外,即使"欲丽"的诗赋,也不能虚构,同样要求真实。要求作者"不虚其辞,受者必当其实"。㉔以"实录"为诗赋的创作原则,反对夸饰。二是和谐,即文章要将作家内在情气的清浊和谐真实地再现出来,使文章境界充满和谐亲切(即"密")的生命之气。三是作家的充沛情气应尽情表现出来,使作品中也充盈着壮大奔腾的休逸善气,但这气之壮大须与清浊二气之和谐两相协调才是对作家情气的理想表现,实现了这种表现的作品才是不朽的文章,这种理想的表现在现实中很少有作家办到。因为,一则作家对气的体悟甚难,二者文章未异,体裁甚多,一个作家很难做到对每种体裁都得心应手,所以,作家创作出的文章,往往和(密)与壮(健)不能兼顾,如"应玚和而不壮,刘桢壮而不密"。总之,曹丕认为"文气"是创作之枢机。当气来之时,作家的创作心理机制就处于高度激活的状态。灵感喷发,辞涌蹁跹,如孔融之体气高妙,如刘桢之有逸气,显得才华横溢,过于常人,则其所作文章,如王粲《登楼》与徐干《玄猿》等赋,"虽张、蔡不过也"。如刘桢"其五言诗者,妙绝时人"[25]。又如孔融赋文,"及其所善,杨班俦也"。当气弱情乏之时,作家创作心理机制缺乏活力,所作文章就谈不上"文明"、"化神"。如王粲、徐干的创作,至于此时,则曹丕"惜其体弱,不足以起其文"[26]。写出的文章"未能称是"。孔融当此之际,则是"然不能持论,理不胜辞,以至乎杂以嘲戏"。曹丕这样的文章情气表现论,在建安时代本是流行的观点。如孔融《荐祢衡表》即说祢衡"性与道合,思若有神",以为作者言家,其生命的自然属性与儒家大道相合,化生为"忠果正直,志怀霜雪"的情气品格,表现出来时,气过思维,其妙若神,如冲开灵感,以至于"飞辩骋辞,溢气坌涌"。所不同的是,曹丕不仅谈具体的作家作品之气,而且专门从文章写作本体论的角度,从普遍的意义上来谈文章情气表现论。这就使他在这方面的思想居于时代的最高峰。

综上所述,《典论·论文》本身并不包含直接的文艺美学的内容。其文章美学思想集中在"文气说"中,主要是对作家审美创造心理机制的本体与悟会建构的描述。其审美之义同于审善。由于文中兼论及诗赋,因此,在某种程度上,可以说在曹丕的文章美学思想中,包含着文学美学的因素。可见,曹丕的论文尚未建立独立的文学美学观念。其实这种文学美学思想包含于文章美学思想中的情况,在散文方面,是贯穿几乎整个中国古代都如此的。如《文赋》、《文心雕龙》,如韩愈之言气,如北宋柳开、石介等人的复古文章论,如明人宋濂之《文原》、清代桐城一派文论等等,无不是以文章论文学。在文章审美理论中包孕文学审美理论,可以说这是中国古代文艺美学在存在形态上表现出的一大特色,是由王充、曹丕所奠定的。在中国古代,具有比较纯粹和独立的文艺美学思想,主要还在诗赋、书法、绘画、音乐等门类艺术理论中,譬如沈约的《宋书·谢灵运传论》,就是我国第一部比较纯正的诗歌美学著作。紧接其后的是钟嵘的《诗品》,自宋代《六一居士诗话》出,此类著作便如雨后春笋,洪波涌起,汇积成诗歌美学的洋洋大观。又如音乐,从《乐记》开始,已经有对郑卫之音"清""悲"的审美风格的描述,曹丕自己就因身当世积乱离之中,而对音乐的"清""悲"风格颇为好尚,在其诗中多作评价称许。如"悲弦激新声,长笛吹清气。弦歌感人肠,四坐皆欢悦",又如"哀弦微妙,清气含芳"。在悲剧性音乐的审美感受中获得情感的愉悦。与这些纯正的文艺美学著作和思想相比较而言,《典论·论文》对文艺美学问题的思考与阐述,显得如同隔靴搔痒,不能令人解颐。而且,在文章美学领域内,它在总体上也及不上陆机《文赋》,特别强调以文章立功立言,为政治服务。就是说,真正全面地研究和论述文章的审美形式和美感,实际上是从陆机开始的。

但是,《典论·论文》的"文气说"建筑在儒家哲学的、政治人生的、充满音乐精神的阴阳二气和谐理论上,强调文章诗赋作品情气生命力的和谐壮大,强调作家政治情志的修养和创作心理机制的本体建构,在古代文章美学史上,都是开风气之先的,对后世文章美学思想,也即对后世散文文学美学思想,有极大的启示和影响,从此开始,经《文赋》的承绪,由刘勰而弘扬,经杜牧而转变,生发新意,衍生出许多文章和文学美学的理论与范畴,如"风骨""气韵""神气"等等。其在古代文艺美学史上的地位和价值,是不可低估的。可以这么说,《典论·论文》是我国第一篇文章美学理论论文,其中的"文气说"是古代文章美学的第一个较系统完整的重要思想,它对我国后世文学美学具有巨大的启示意义,催生了后世文学美学的"文气说"。同时,曹文还提出和使用了"和"、"密"、"壮"、"健"、"丽"、"雅"、"实"等文章审美范畴,为后世的文章美学与文学美学奠定了一定的基础。

注 释

①《文心雕龙·奏启》，陆侃如、牟世金译注本，齐鲁书社1982年版。

②《文心雕龙·议对》。

③《文心雕龙·书记》。

④《文心雕龙·论说》。

⑤《文心雕龙·铭箴》。

⑥《文心雕龙·诔碑》。

⑦㉑㉕㉖曹丕:《与吴质书》，见郭绍虞主编《中国历代文论选》四卷第二册，上海古籍出版社1979年8月第1版。

⑧陈寿:《三国志·魏志·文帝传》。

⑨扬雄:《法言·吾子》，见郭绍虞主编《中国历代文论选》四卷本第一册。

⑩《庄子·知北游》，郭庆藩辑《庄子集释》，见《新编诸子集成》第一辑，中华书局版。

⑪刘安:《淮南子·天文训》，《诸子集成》第七册，中华书局版。

⑫陈鼓应:《老子注译及评价》，中华书局1984年5月第1版。

⑬曹丕:《交友论》，严可均辑《全之国文》。

⑭曹丕:《典论》。

⑮《左传》昭公二十五年。

⑯曹丕:《连珠》。

⑰曹丕:《善哉行》其二。

⑱曹丕:《铜雀园诗》。

⑲曹丕:《大墙上蒿行》。

⑳曹丕:《让禅令》。

㉒《庄子·大宗师》。

㉓《乐记·乐象》，吉联杭译注本，人民音乐出版社1985年版。

㉔《答卞兰教》。

原刊《四川师范大学学报》1988年第3期

"风骨"精神的文化阐释
——兼论刘勰《文心雕龙·风骨》与儒家思想的联系

李 凯

"风骨"是中国古代诗学中一个颇为引人注目的诗学范畴,对于它的探讨,迄今为止仍然没有统一的结论,其含义之繁杂,论述之歧异,皆为古代诗学中的奇特现象。只要翻检一下当今的各种文献索引,这一范畴仍然在为人们探讨。正如西人所言,人们说得最多的,往往是最不了解的。那么,何以在对"风骨"的研究上出现如此现象呢?一方面固然与中国古代诗学多比喻言说方式的诗性特征有关,另一方面恐与研究者太执著于对"风骨"进行词义分析和套用西方文学理论有关。自然,不能说这种研究方法没有它的成绩,但长期走不出"风骨"研究的这种怪圈(也包括其他的诗学范畴)与太注重字义分析和套用西方文学理论是有联系的。张少康先生说:"现在回顾和检讨有关风骨论的研究,我以为以往我们的研究有一个根本性的缺点,就是偏重于从文学理论批评中有关'风骨'的论述,来对'风骨'的具体含义作诠释,而较少从广阔的中国历史文化背景上来考察'风骨'的意义和价值,因此,这种具体的诠释往往就失去了其正确的导向,而不能揭示其深层意蕴,也容易在表层意义解释上产生某种片面性,难以使人信服,也不可能得到多数人的认同。"[①]曹顺庆先生曾多次以"风骨"范畴的研究为例,指出古文论范畴研究存在的缺陷。党圣元、蒲震元先生对古代文论范畴的方法论进行了有益的探索,提出了许多好意见,上述诸位先生的意见,笔者深表赞同。

在笔者看来,"风骨"作为诗学范畴固然是刘勰首次提出,但更重要的,

"风骨"还是一种诗学精神,它的文化根源就是儒家对刚健中正人格的强调,或者说"刚健中正"的文化精神正是"风骨"这一诗学范畴的内在精神。本文不仅分析了"风骨"的文化根源,而且就刘勰《风骨》与儒家思想的联系进行了探讨。

一、"风骨"之源:儒家对刚健中正人格的强调

一般论者在分析"风骨"的起源时,皆认为"风骨"最先运用于人物品评,由先秦的相术发展为两汉的重骨法,再进一步发展到魏晋时期重神理的人物品鉴。特别在魏晋,以"风骨"品人成为一时的风气。这种说法自然是对的,但是如果我们不是仅仅以"风骨"一词的字面意思,而是从"风骨"所蕴涵的精神实质——刚健中正的人格要求来看,那么,以具有"风骨"精神来评人、来作为对人格的要求,早在先秦时期即已出现。因此追寻诗学范畴之"风骨"出现的源头还应该充分考虑到儒家思想对它的影响和制约。

儒家观点的中心和焦点是"人",因此,对于"人之为人"以及人应该成为一个什么样的人,从儒家创始人孔子开始,一直是研究的重点。所谓儒家要求人成为什么样的人,实质是对人格的要求。在儒家看来,真正的人格就是具有刚健中正的人格。

儒家元典是儒学最集中的表达,下面的分析即从儒家元典对"刚健中正"人格的有关论述入手进行分析。

孔子以"刚"作为评价人的重要标准。《论语·公冶长》说:"子曰:'吾未见刚者。'或对曰:'申枨。'子曰:'枨也欲,焉得刚?'"[②]在孔子看来,"刚"就是无私无欲。个人没有多余欲望,自然可以走得端,行得正,自然可以"不忧,不惑,不惧"。《述而》说:"君子坦荡荡,小人长戚戚。"[③]君子坦荡荡,是因为君子品行端正,无私无畏,所以心中坦荡。与之相反,小人常常患得患失,多思多欲,而欲望又不是始终可以得到满足的,因此,小人常戚戚。《子罕》说:"三军可夺帅,匹夫不可夺志也。"[④]"匹夫不可夺志",则要求任何个人都应该保持自己的坚定志向。孔子所谓的"志",是成为仁人、君子,

是孟子所说的"舍生取义"的"义",是《礼记》所说的"临财毋苟得,临难毋苟免"⑤。《子路》说:"刚毅木讷,近仁。"⑥这里的"刚毅"就是刚健中正的意思。子路问事君之道,孔子说:"勿欺也,而犯之。"⑦这话的意思是,对待君王,不应该欺骗,却可以直言犯谏,敢于用刚正不阿的态度对待君王。直道事君,可能对仕途极为不利,《微子》中说:"柳下惠为士师,三黜。人曰:'子未可以去乎?'曰:'直道事人,焉往而不三黜?枉道而事人,何必去父母之邦?'"⑧柳下惠是孔子所称赞的贤人,之所以"贤",是因为他明明知道"直道事人"的结局而仍然坚持自己的原则,也就是坚守他个人的信念。宋代王禹偁曾作《三黜赋》以见志,当受此影响。直道事人就是一种刚正的人生态度。

孔子有一个"成人"境界的著名观点。《宪问》说:"子路问成人。子曰:'若臧武仲之知,公绰之不欲,卞庄子之勇,冉求之艺,文之以礼乐,亦可以为成人矣。'"⑨所谓"成人",《论语正义》说是指"成人之行",即人应该具有的德行。这里提到的"知"(智慧)、"不欲"(不贪)、"勇"、"艺"(多才)都是德行的具体内涵。孔子把"勇"作为其中重要的因素之一,这是值得十分重视的。一般人心目中,孔子和儒生都是文弱之人,把"恂恂"看作儒者的特征,正因为这样,《礼记·儒行》才对儒者应该是怎样一种人进行了论说。

孔子对人要求刚健中正,在对自然物的评价上也作如是观,他说:"岁寒,然后知松柏之后雕也。"⑩这是对后代影响深远的"比德"说的滥觞。松柏以其后雕("凋"的通假字)的特性为孔子所赞赏,实际上是对人饱经风霜而宁折不弯的刚强精神的赞美。

《孟子》将具有刚健中正人格之人称之为"仁者"、"大丈夫"。《梁惠王上》说:"仁者无敌。"⑪仁者刚健中正,施仁政于民,故天下莫与之争。仁者无敌,首先要求是必须做一个仁者。如何成为一个仁者,孟子特别提出"养气"的理论。《公孙丑上》孟子说他"四十不动心",公孙丑问他之不动心与告子之不动心有何不同。孟子回答说:"告子曰:'不得于言,勿求于心。不得于心,勿求于气。'不得于心,勿求于气,可。不得于言,勿求于心,不可。夫志,气之帅也;气,体之充也。夫志,至焉;气,次焉。故曰'持其志。无暴其气。'"⑫孟子又说他"善养浩然之气"。浩然之气的特征是"至大至刚,以直养而无害","塞于天地之间"。但是这种"气"不是自然界之"气",而是"配义与道"、"集义而生"的。换言之,浩然之气是个人内在修养所达到的充实而饱满的精神状态。"气"只是一种比喻的说法。"气"既现于外("至大至刚"),又是内在的,即仁义。孟子后文举了一个著名的寓言故事,即揠苗助长,以此说明"浩然之气"在于培养。这种培养必须根据人性本身的特点,循序渐进地进行,否则即会成为那位本想帮助禾苗成长结果反而使禾苗枯萎了的宋人一样。"浩然之气"中的"至大至刚",就是刚健的精神。《滕文公上》孟子引用成覸"彼丈夫也,我丈夫也,吾何畏彼哉"⑬和颜渊"舜何人也？予何人也？有为者亦若是"⑭,以此说明滕国虽然是小国,但仍然可以有所作为。既然小国与大国一样可以有所作为,那么平凡人同样也可以做到尧舜做的事情。这其实是对主体自身的充分肯定。《滕文公下》又说:"景春曰:'公孙衍、张仪岂不诚大丈夫哉？一怒而诸侯惧,安居而天下熄。'孟子曰:'是焉得为大丈夫乎？丈夫之冠也,父命之。女子之嫁也,母命之,往送之门,戒之曰:"往之汝家,必敬必戒,无违夫子。"以顺为则者,妾妇之道也。居天下之广居,立天下之正位,行天下之大道。得志,与民由之；不得志,独行其道。富贵不能淫,贫贱不能移,威武不能屈,此之谓大丈夫。'"⑮"富贵不能淫,贫贱不能移,威武不能屈"正是"浩然之气"在人格上的表现。为了养成"浩然之气",除了用"仁义"来培植和浇灌而外,还需要在艰苦环境中磨炼。《告子下》说:"孟子曰:'舜发于畎亩之中,傅说举于版筑之间,胶鬲举于鱼盐之中,管夷吾举于士,孙叔敖举于海,百里奚举于市。故天将降大任于斯人也,必先苦其心志,劳其筋骨,饿其体肤,空乏其身,行拂乱其所为,所以动心忍性,曾益其所不能。人恒过,然后能改。困于心,衡于虑,而后作。征于色,发于声,而后喻。入则无法家拂士,出则无敌国外患者,国恒亡。然后知生于忧患,而死于安乐也。'"⑯这里直接论述的自然是忧患意识,也涉及到如何培养"浩然之气"的问题。"苦其心志,劳其筋骨,饿其体肤,空乏其身,行拂乱其所为"之所以有必要,正是为了"动心忍性,曾益其所不能"。《尽心上》孟子说他有三乐,其中第二种"乐"是"仰不愧于天,俯不怍于人"⑰。孟子对天对人之不惭愧,是因为胸中有自己执著的理念,有浩然之气的存在。《尽心下》中孟子说:"说大人则藐之,勿视其巍巍然。堂高数仞,榱题数尺,我得志弗为也。食前方丈,侍妾数百人,我得志弗为也。般乐饮酒,驱骋田猎,后车千乘,我得志弗为也。在彼者皆我所不为也,在我者皆古之制也,吾何畏彼哉?"⑱孟子这番话,正可以说明,一个人不管其地位如何煊赫,只要你胸中有浩然之气,你仍然可以藐视他。这一点,不是仅仅作为说客所应具备的心理素质,而是作为常人应该具有的信心和理念,更是刚强的人格追求。

《易传》对"刚"和"中"有较多叙述。一方面是因为八卦的构成中,"乾"、"震"、"坎"、"艮"四卦从卦性讲是"阳"、"刚"。另一方面是《易传》作者特别推崇"阳"与"刚"。《易经》第一卦是"乾"卦,《乾·象》说:"天行健,君子以自强不息。"⑲"乾"卦的卦象是"☰",象义是"天",卦义是"健"。天矫健地运行于空中,人以天为法,自然也应该像天那样运行不止、进取不息。《乾·文言》说:"大哉,乾乎!刚健中正,纯粹精也。六爻发挥,旁通情也。"《周易正义》说:"刚健中正,谓纯阳刚健,其性刚强,其行劲健。中,谓二与五也。正谓五与二也,故云刚健中正。六爻俱阳,是纯粹也。纯粹不杂是精灵,故云纯粹精也。六爻发挥,旁通情者,发谓发越也,挥谓挥散也。言六爻发越挥散,旁通万物之情也。"⑳六爻皆阳,所以本卦是最吉祥的一卦。《需·彖辞》说:"《需》,须也,险在前也。刚健而不陷,其义不困穷矣。"㉑虽然前面有危险,但是因为主人刚健,具有一往无前的气概,所以仍然能够不困。《讼·彖辞》说:"《讼》,上刚下险,险而健,讼。"㉒讼就是打官司。讼卦的卦象是下坎上乾。坎是险,虽然下面是险,但是上面是乾,乾义为健,所以仍然可以打这场官司。《易传》认为,凡是处于第二和第五位的是阳爻,那么本卦即使有不利也会转化为有利。《师·彖辞》说:"师,众也。贞,正也。能以众正,可以王矣。刚中而应,行险而顺,以此毒天下而民从之,吉,又何咎焉?"㉓《师》的卦象是坎下坤上,第二爻是阳爻,除此一阳爻外,余五位皆阴爻,照理不应该"吉",但《彖辞》认为,刚中而应,行险而顺,最后是吉,并不值得奇怪。《比·彖辞》说:"'原筮,元[亨]永贞,无咎。'以刚中也。"㉔

《比》卦与《师》卦的卦象恰好相反,坎上坤下,阳爻处于第五位。《小畜·象辞》说:"《小畜》,柔得位而上下应之,曰小畜。健而巽,刚中而志行,乃亨。"㉕《小畜》的卦象是乾下巽上,除第四位为阴爻外,余五爻皆阳爻。一方面是"健"(五爻皆阳),另一方面是"巽"(一爻为阴),而且二、五位为阳,所以说"刚中而志行,乃亨"。《同人·象辞》说:"《同人》,柔得位得中而应乎乾,曰同人。……文明以健,中正而应,君子正也。唯君子为能通天下之志。"㉖何谓"文明以健"?本卦的卦象是离下乾上。"离"为"火",所谓"文明",是指火光照耀,映红了天空。"健"指本卦上部为乾。二位为阴,五位为阳,所以说"中正而应"。火光映红天空,犹如君子以其文明照耀天下。类似对"刚中"的肯定,在《易传》中比比皆是,我们不一一举例。

根据陈良运先生的研究,在《易传》中有一组以阳刚美为主轴的审美观念系列,他说:

> 《易传》发挥此种审美意识,已浸透了儒家"君君、臣臣、父父、子子"的封建伦理思想,于是构建了一个以阳刚之美为主轴的审美观念系列,由"大"派生,主要由"刚"、"健"、"实"、"壮"、"丰"等审美观念组合,在对《乾》、《大有》、《大畜》、《大壮》、《丰》(引者按。原书为"羊",为印刷错误。)卦解释中比较集中地表现出来。……以上五卦,由"大"派生的审美意识,都以阳刚之美为主轴,蕴于内而发于外,我们将其稍加调整,是否可作这样的组合、概括:"大"的东西,总体审美特征为"刚健中正,纯粹精也";"有"与"畜"(蓄)主要体现其内在的充实,"壮"与"丰"则是以表现与外在的强壮、丰盈,为其"辉光"。㉗

陈先生的分析非常精辟,其实《易传》所包含的阳刚之美不仅仅限于上述五卦。举凡有阳爻的卦,《易传》皆认为是美的,比如《同人》、《贲》、《无妄》、《夬》等都有阳刚之美在内。同时《易传》在比较阳刚之美与阴柔之美时,总是将前者置于后者之上。这可能与《易传》产生时较多地接受了儒家对上位(君、夫、长、父等)的尊崇有关。当然《易传》作者并没有把阳刚之美看成唯一的,相反却更重视刚柔的结合,认为只有刚柔和谐才是最高境界,这就是儒家所推崇的"中和"精神。

"风骨"精神的文化阐释

　　《尚书》中对"刚"也有论及。《古文尚书·舜典》中帝命夔掌管"乐"教胄子,要培养胄子"直而温,宽而栗,刚而无虐,简而无傲"^㉙的品德。"刚而无虐"要求既要刚强中正,又要求不能"暴虐"。《皋陶谟》中皋陶对大禹说"行有九德",这九德包括"宽而栗,柔而立,愿而恭,乱而敬,扰而毅,直而温,简而廉,刚而塞,强而义"^㉚,其中的"扰而毅"、"刚而塞"、"强而义",显然是对刚毅、刚强等人格的要求。《洪范》中箕子说洪范九畴之六为"三德"。所谓"三德"是"一曰正直,二曰刚克,三曰柔克。平康正直,强弗友刚克,燮友柔克,沈潜刚克,高明柔克"。《尚书正义》说:"此三德者,人君之德。张弛有三也。一曰正直,言能正人之曲使直;二曰刚克,言刚强而能立事;三曰柔克,言和柔而能治。既言人主有三德,又说随时而用之。平安之世,用正直治之;强御不顺之世,用刚能治之;和顺之世,用柔能治之。既言三德张弛随时而用,又举天地之德以喻君臣之交。地之德,沉深而柔弱矣而有刚,能出金石之物也;天之德,高明刚强矣而有柔,能顺阴阳之气也,以喻臣道虽柔,当执刚以正君;君道虽刚,当执柔以纳臣也。"^㉛作为人君,刚柔正直皆是其美德。

　　《诗经·大雅·烝民》中说:"人亦有言:柔则茹之,刚则吐之。维仲山甫:柔亦不茹,刚亦不吐;不侮矜寡,不畏强御。"^㉜按《毛诗序》说这诗是赞美周宣王的,实际上,这首诗就是直接歌颂仲山甫的。它称赞仲山甫不欺负弱小,不畏惧强暴,是一个软硬不吃、敢于坚持正义的人。这几句话两为《左传》引用。《文公十年传》云:"或谓子舟曰:'国君不可戮也!'子舟曰:'当官而行,何强之有?《诗》曰'刚亦不吐,柔亦不茹','毋纵诡随,以谨罔极',是亦非辟强也。敢爱死以乱官乎?'"^㉝《定公四年传》说:"郧公辛之弟怀将弑王,曰:'平王杀吾父,我杀其子,不亦可乎?'辛曰:'君讨臣,谁敢雠之?君命,天也;若死天命,将谁雠?《诗》曰:"柔亦不茹,刚亦不吐;不侮矜寡,不畏强御。"唯仁者能之。违强凌弱,非勇也;乘人之约,非仁也;灭宗废祀,非孝也;动无令名,非知也。必犯是,予将杀女!'"^㉞可见这几句已经成为春秋战国时期人们对刚直性格最恰当的表述。

　　《礼记》结合"礼"的论述,对刚建中正也有不少论述。《曲礼上》说:

古代文论与美学研究

李 凯

"夫礼者,自卑而尊人。虽负贩者,必有尊也,而况富贵乎?富贵而知好礼,则不骄不淫。贫贱而知好礼,则志不慑。"㊳儒家认为,人无论地位和经济状况如何,作为独立的个体,仍然有其尊严。这种尊严既来自于天地之间人性为贵的信念,也来自于儒家对个体的人文关怀。《学记》说:"知不足,然后能自反也。知困,然后能自强也。故曰'教学相长也'。"㊴这是论述"教学相长"的道理,同时也说明自强进取的理由。自强进取的目的是要培养刚健中正的人格。人之所以要学习,从某种意义上讲,则是对人的内心世界的培养,正如孟子所说,"浩然之气"是要用"仁义"来培养和扶持的一样。《乐记》说到民性的喜怒哀乐与音乐的关系时有云:"粗厉、猛起、奋末、广贲之音作,而民刚毅。"㊵这是说有什么样的音乐则会培养出相应的民性。反过来也可以说,有什么样的民性,则音乐中就会有相应的表现。《王制》即说:"凡居民材,必因天地寒暖燥湿,广谷大川异制。民生其间者异俗,刚柔、轻重、迟速异齐,五味异和,器械异制,衣服异宜。修其教,不易其俗;齐其政,不易其宜。"㊶生存的地理环境造就了不同的民性、民风、民俗。民性之中,则有刚柔、轻重、迟速等等差异。对于这种差异,既要尊重,同时又要通过政治和教化的手段使其得到提高。《孔子闲居》中孔子提到"五至",说:"志之所至,《诗》亦至焉;《诗》之所至,礼亦至焉;礼之所至,乐亦至焉;乐之所至,哀亦至焉。哀乐相生,是故正明目而视之,不可得而见也;倾耳而听之,不可得而闻也;志气塞乎天地。此之谓'五至'。"㊷孔子之谓"五至"是指志、《诗》、礼、乐、哀五者的关系。五者俱至,则志气塞乎天地。这很容易使我们想起孟子"至大至刚"的"浩然之气"。《中庸》说到"强"的问题。孔子说:"南方之强与?北方之强与?抑而强与?宽柔以教,不报无道,南方之强也,君子居之。衽金革,死而不厌,北方之强也,而强者居之。故君子和而不流,强哉矫!中立而不倚,强哉矫!国有道,不变塞焉,强哉矫!国无道,至死不变,强哉矫!"㊸孔子针对子路问"强",反问他所说的哪种"强",是北方的,还是南方的,或者是整个中国的"强"。既明"强"有多种,又进一步分析南方之"强"与北方之"强"的不同特点,说明真正的"强"是"和而不流","中立不倚","国有道,不变塞","国无道,至死不变",一句话,即孔子所谓

"中庸之道"。所以在孔子看来,外在的强武有力并不是"强",真正的"强"是深谙中庸之道且能坚守中庸之道的人。又说:"唯天下至圣为能聪明睿知,足以有临也;宽裕温柔,足以有容也;发强刚毅,足以有执也;齐庄中正,足以有敬也;文理密察,足以有别也。"按照《礼记正义》的说法,本章为子思申明孔子有其德无其位。按照朱熹的解释,"宽裕温柔"等四者就是仁义礼知。不管怎样理解,其把"发强刚毅"作为人的重要品德则是无疑义的。《儒行》是孔子回答鲁哀公何谓真正儒者的一篇陈述,其中有四则提到儒生应该具有的品德:"儒有可亲而不可劫也,可近而不可迫也,可杀而不可辱也。其居处不淫,其饮食不溽,其过失可微辨而不可面数也。其刚毅有如此者。""儒有忠信以为甲胄,礼义以为干橹;戴仁而行,抱义而处,虽有暴政,不更其所。其自立有如此者。""儒有上不臣天子,下不事诸侯;慎敬而尚宽,强毅以与人,博学以知服;近文章,砥砺廉隅;虽分国,如锱铢;不臣,不仕。其规为有如此者。""儒有不陨获于贫贱,不充诎于富贵,不愿君王,不累长上,不闵有司,故曰儒。今众人之命儒也妄,常以儒相诟病。"⑩这段话想来不会是孔子亲口所言,而倒像儒者的处境并不美妙时的一段辩解。从上述四段引文中我们看到,该文对儒者的品行作了高度的赞扬,其中有一个基本的立场和观点,那就是儒者因为有仁义在胸,他们不羡慕富贵,不畏惧贫贱,内心充满刚毅之气,以名誉重于生命,可杀而不可辱。仔细对照一下孟子对大丈夫的论述,可以清楚地看到,儒生就是"大丈夫"。既然对人作如此要求,而"文如其人"又是中国古代的一种基本信念,那么,为文要求"刚健中正",就自然成为重要的诗学精神。仅从相术角度来探究"风骨"的文化来源,显然是很不够的。

二、刘勰"风骨论"与儒家思想的联系

以上,我们就《论语》、《孟子》、《易传》、《尚书》、《诗经》、《礼记》等儒家元典对刚健中正精神的论述进行了分析,从中可以看出,儒家元典虽未使用"风骨"一词来论人和论文,但用"刚强"、"刚毅"之类词语对人的人格和

品德作出了要求。正是因为有儒家对人的刚健中正和刚强进取精神的肯定,然后才对有此特征的"文"予以肯定。两汉以来,人们对"人"与"文"的密切关系多有论述,比如,扬雄"心声心画"的提出,王充要求实诚胸臆显现于文墨竹帛中。论者普遍认为"风骨"是由先秦迄魏晋的相人转化而来的一个诗学范畴,研究者多从相术的发展历程来追溯"风骨"产生的文化背景[41],但是,我们只要仔细分析刘勰之以专篇形式来探讨"风骨"的原因和意图,就会看到,刘勰提出"风骨"是与儒家元典对刚健中正人格的推崇有直接而密切的关系,"风骨"的得来更与"宗经"和"征圣"分不开。而刘勰受到的儒家影响之深,也是大家认同的。

毫无疑问,"风骨"之所以成为重要而著名的诗学范畴是从刘勰开始的。那么,刘勰为何要写作《风骨》,其意图何在,与儒家思想有何联系?这些都需要在具体分析"风骨"含义之前首先进行考察。《文心雕龙》的整个创作意图,刘勰在《序志》篇作了详细的交代:第一段说明《文心雕龙》命名之意及写作缘由。在叙述写作缘由时,刘勰接受了《左传》中"三不朽"的观点,认为君子处世,应该"树德建言",以不虚度一生。第二段叙述作者写作的动力及现实原因。刘勰说他7岁梦见彩云即有著述之意,30岁时梦见孔子,从此决定追随孔子,以发扬光大儒家的事业为终身追求。他本想以注经的方式来阐述儒学的大义,但是两汉的大儒们已经做到非常好了。注释经典的路既然走不通,那就探讨文章的规律。一方面,文章具有经国治世的重大功能;另一方面,文学创作在当时产生了很大的弊病。这就是刘勰为什么要写作《文心雕龙》的原因。第三段进一步叙述其写作缘由,是要救前人论"文"之失。第四段叙述写作的思想原则和行文原则。思想原则是"本乎道,师乎圣,体乎经,酌乎纬,变乎骚"。针对魏晋以来的文论著作"各照隅隙,鲜观衢路","并未能振叶以寻根,观澜而索源,不述先哲之诰,无益后生之虑"的弊端,他提出了"原始以表末,释名以彰义,选文以定篇,敷理以举统"[42]的行文原则。

刘勰写作《文心雕龙》的意图主要在两方面:一是要返本。所谓"本"是指以儒家元典为代表的"质",是"志足而言文,情信而辞巧"[43]。为何要返回元典？因为"经也者,恒久之至道,不刊之鸿教也",能够"象天地,效鬼神,参物序,制人纪,洞性灵之奥区,极文章之骨体"㊹。二是纠失。所谓"失",即"去圣久远,文体解散,辞人爱奇,言贵浮诡,饰羽尚画,文绣鞶帨,离本弥甚,将遂讹滥"㊺。他肯定和赞扬建安文学"慷慨以任气,磊落以使才。造怀指事,不求纤密之巧;驱辞逐貌,唯取昭晰之能",肯定"嵇志清峻;阮旨遥深",批评"何晏之徒,率多浮浅",论两晋言"晋世群才,稍入清绮","采缛于正始,力柔于建安","江左篇制,溺乎玄风",不满之意十分明显。在说到刘宋以后"近世之所竞",则言"俪采百字之偶,争价一句之奇,情必极貌以写物,辞必穷力而追新"㊻,对此追逐形式的风气,作者是持反对态度的。所以作者在《通变》篇说:"魏晋浅而绮,宋初讹而新。从质及讹,弥近弥淡。何则？竞今疏古,风末力衰也。"㊼《情采》篇也说:"后之作者,采滥忽真,远弃风雅,近师辞赋,故体情之制日疏,逐文之篇愈盛。"㊽

从刘勰对建安和正始诗歌的肯定以及对齐梁诗风的否定可以看出,无论肯定还是否定,刘勰始终将"风骨"作为评判的标准。尤其是对建安诗歌的推崇,更明显地表现出这种倾向,所以《风骨》篇的写作意图是清楚的,就是要以风骨、风力来代替齐梁以来的"纤微"、"萎弱"、"纤秾"等萎弱文风。我们注意到,尽管诸家对"风骨"的确切含义理解各有不同,但多数肯定,"风骨"就是"力",就是"刚健"、"遒劲"、"有力"。比如王运熙先生说:"'风'是指文章的思想感情表现得鲜明爽朗,'骨'是指语言质朴而劲健有力",认为风骨合起来指作品具有明朗刚健的艺术风格㊾。詹锳先生说:"'风骨'是刚的风格,就是鲜明生动、雄健有力的风格。"㊿廖仲安、刘国盈两先生说:"'风'是情志","是发自深心的,集中充沛的,合于儒家道德规范的情感和意志在文章中的表现。惟其发自深心,合乎规范,才能'成为化感之本源';惟其集中充沛,才能风力遒劲,不致'思不环周,索莫乏气'。""'骨'是事义","是指精确可信、丰富坚实的典故、事实,和合乎经义、端正得体的观点、思想在文章中的表现。事义的运用和取舍虽然得从属于情志,但是也能加强情志的力量。"[51]周振甫先生说:"'风'是内容的美学要求",要求"写得鲜明生动而有生气","写得骏快爽朗";

"'骨'是对作品文辞方面的美学要求","是对有情志的作品要求它的文辞精练,辞义相称,有条理,挺拔有力,端正劲直。"[⑫]又说:"'风'是感动人的力量;是符合志气的,跟内容有关。""'骨'是对构辞的要求,用辞极精练,才有骨。"[㉝]宗白华先生说:"'风'可以动人,是从情感中来","咬字是骨,即结言端直,行腔是风,即意气俊爽动人情感"[㉞]。罗宗强先生认为风是"感情的力",骨是"表现出力量的笔致"[㉟]。上述诸位先生,对"风骨"的理解各不相同,或以"风"为"文意",为"情感",为"教化力量",为"形式";以"骨"为"文辞",为"事义",为"内容";或认为"风骨"就是风格、美学要求。在这分歧的理解之中,各位先生尽管对"风骨"之"力"来自何处有不同的看法,但又有一个共同的指向,即认为"风骨"就是"力"、"刚健"、"遒劲"、"有力"。如果说仅就中国诗学本身很难说明问题,那么,曹顺庆先生通过中西比较,对"风骨"特征的把握应该是具有说服力的。曹先生将"风骨"与西方的"崇高"相比较,认为,"崇高与"风骨"有一个最根本的共同之处——'力'。这是它们二者之基本特质。我们必须首先把握住这个'力',方能'振叶以寻根,观澜而索源'"[㊱]。

对于"风骨"产生的"刚健"、"遒劲"之"力"究竟来自何处,各位先生的看法是不同的,我们以为,陆侃如、牟世金先生的看法值得重视。陆、牟两位先生说:"'风'是风教:作品内容的教育感化作用","'骨'是骨力完善的文句对读者的影响力量。"[㊲]后来牟世金先生又指出:"'风'是要求作者以高昂的志气,用周密的思想,表达出鲜明的思想感情,并具有较大的教育意义和感人力量。'骨'则是要求用精当而准确的言辞,有如坚强的骨架支撑全篇,把文章组织得有条不紊,从而产生出刚健的力量。"[㊳]有论者不同意将"风"释为"风教"、由思想情感表现出的"教育意义和感人力量"。我们注意到牟先生本人在前后表述也有差异,那就是前期提"风教",后期提"并且有较大的教育意义和感人力量"。虽然措辞有所差异,但二者的基本精神是相同的。有人以为:"这种说法也值得商榷。首先,定'风'为'风教'的依据不足。如果'风教'是根据《毛诗序》:'上以风化下,下以风刺上,推出,那么'风'就只有'化下,(风教)而无'刺上'的作用了。其次,以'风'代'风

"风骨"精神的文化阐释

教'也是黄侃的'文意'说,况又派生出个'教育感化作用'的抽象概念,就越发令人费解。"我们当然不是完全赞同牟先生对"风骨"的理解,但论者的反对似也可再商榷。论者将"风教"之"风"由《毛诗序》而引出即断言"那么'风'就只有'化下'(风教)而无'刺上'的作用了",不知论者作此理解的道理何在。

不管怎样认为陆、牟两先生的看法有多么不正确,但刘勰在《风骨》篇中较多的接受儒家的观念则是不争的事实,不仅《风骨》在一开始以六义作为"风"的起始,如说:"诗总六义,风冠其首,斯乃化感之本源,志气之符契也。是以怊怅述情,必始乎风,沈吟铺辞,莫先于骨。"而且在文章最后一段再次强调了文学与儒家元典的密切关系:"若夫熔铸经典之范,翔集子史之术,洞晓情变,曲昭文体,然后能孚甲新意,雕画奇辞。昭体故意新而不乱,晓变故辞奇而不黩。若骨采未圆,风辞未练,而跨越旧规,驰骛新作,虽获巧意,危败亦多,岂空结奇字,纰缪而成经矣。《周书》云,辞尚体要,弗惟好异,盖防文滥也。然文术多门,各适所好,明者弗受,学者弗师。于是习华随侈,流遁忘反。若能确乎正式,使文明以健,则风清骨峻,篇体光华。能研诸虑,何远之有哉?"这里不仅引用了《尚书》和《易传》中的文句,更重要的是刘勰认为"确乎正式"的"正式"是要"熔铸经典之范,翔集子史之术,洞晓情变,曲昭文体"。熔铸经典之术,就是要"原道"、"征圣"、"宗经"。此点,在《文心雕龙》中有丰富的论述,如《序志》说"至于割情析采,笼圈条贯,摘神性,图风势"。这里的"风势"指《风骨》和《定势》。《风骨》承《体性》,专门分析刚健风格,以之作为文学的普遍要求。之所以将《风骨》与《定势》放在一起,刘勰是有深意的。《风骨》所言,正是所谓"骨力"或"风力"的问题。刘勰数次将"风"与"势"对举成文,如《诠赋》说"枚马同其风,王扬骋其势","子云《甘泉》,构深玮之风;延寿《灵光》,含飞动之势"。可见,"风"与"势"的意义是相同的。怎样获得文章的飞动之势(即"风骨"),刘勰认为,根本在于宗经。《宗经》说:"文能宗经,体有六义:一则情深而不诡,二则风清而不杂"。这里所谓"风清"与《风骨》所云"风清骨峻"之"风清"是一致的。《定势》说:

古代文论与美学研究

"是以模经为式者,自入典雅之懿。""典雅"是刘勰一再推崇的风格,"典雅"来自于儒家经典的浸润,但同时也可表现出"风骨"。由此可见,"风骨"所产生的"力"与"文能宗经"有密切关系。而儒家经典对"力"的推崇正是前面所谈到的对刚健中正的君子人格的重视。

由上述分析可知,"风骨"强调的"刚健"、"遒劲"、"有力",正是儒家对人的刚健中正精神在创作和诗学上的要求。之所以分析《风骨》篇与儒家思想的联系,意图正在于此。

注 释

①张少康:《六朝文学的发挥和"风骨"论的文化意蕴》,《夕秀集》,华文出版社1999年版。

②③④⑥⑦⑧⑨⑩《论语》,十三经注疏本。

⑤㉞㉟㊱㊲㊳㊴㊵《礼记》,十三经注疏本。

⑪⑫⑬⑭⑮⑯⑰⑱《孟子》,十三经注疏本。

⑲⑳㉑㉒㉓㉔㉕㉖《周易》,十三经注疏本。

㉗陈良运:《周易与中国文学》,百花洲文艺出版社1999年版。

㉘㉙㉚《尚书》,十三经注疏本。

㉛《诗经》,十三经注疏本。

㉜㉝《左传》,十三经注疏本。

㊶汪涌豪:《中国古典美学风骨论》,中国人民大学出版社1994年版。

㊷㊸㊹㊺㊻㊼㊽㊿范文澜:《文心雕龙注》,人民文学出版社1958年版。

㊾王运熙:《文心雕龙风骨论诠释》,上海古籍出版社1986年版。

㊿詹锳:《文心雕龙的风格学》,人民文学出版社1982年版。

51廖仲安、刘国盈:《文心雕龙论文集》,人民文学出版社1990年版。

52周振甫:《文心雕龙注释》,北京出版社1981年版。

53周振甫:《文心雕龙选译》,中华书局1980年版。

54宗白华:《中国美学史中主要问题的初步探索》,《艺境》,北京大学出版社1986年版。

55罗宗强:《非文心雕龙驳议》,《文学评论》1978年第2期。

㊎曹顺庆:《中西比较诗学》,北京出版社 1988 年版。
㊗陆侃如、牟世金:《文心雕龙创作论》,文昌书局 1962 年版。
㊘牟世金:《说"风骨"》,《文史知识》1983 年第 11 期。
㊙魏洪泉:《关于"风骨"之我见》,《烟台师范学院学报》1997 年第 1 期。

原刊《四川师范大学学报》2002 年第 5 期

萧绎思想体系论

钟仕伦

赵翼《廿二史札记》卷十二"齐梁之君多才学"条云:"创业之君,兼擅才学。曹魏父子,固已旷绝百代,其次则齐梁二朝,亦不可及也。……至萧梁父子间,尤为独擅千古。……元帝好学,博极群书,才辩敏速,冠绝一时。"在"四萧"之中,梁元帝萧绎是思想体系最为复杂、著述作品最为丰富的一个。从《金楼子·著书》篇,特别是从《金楼子》本身来看,萧绎学养之渊深,治学范围之宽大,不独在"四萧"中首屈一指,而且在赵翼所列举的历代喜好著述文学的君王中也实为翘楚。今试对萧绎思想体系作一分析,以明江左北人武力集团在思想文化领域中的统治地位的形成。

一

自汉魏之际发轫的中国传统思想文化的嬗变转型,到萧梁王朝,已呈儒、释、道、玄、名、墨、法、农诸家思想渐趋合流的态势。梁武帝萧衍可谓儒、释、道三者合流的鼓吹者。他继位后,即下《修五礼诏》云:"礼坏乐缺,故国异家殊,实宜以时修定,以为永准。"[1](《徐勉传》载武帝萧衍《修五礼诏》)表明他以传统儒家礼乐教化以治梁朝的决心。萧衍又倡儒家思想,以仁孝宽糅代萧齐兄弟之残杀,凡有"孝行"者均予擢拔。另一方面,萧衍又信奉道教,与著名道教学者陶弘景相与往还,交谊甚厚,常与之论道品书,且不时以政事咨询,故时人多以"山中宰相"称誉陶弘景。然萧衍最为崇信的却是佛教。佛教以其宗教信仰的普范性和教仪教规教理的大众性赢得众多信徒的崇拜。武帝萧衍起于"次门",成于军功,对佛教有一种依赖性。天监十八年(519),

武帝萧衍"于无碍殿受佛戒",[2](《梁武帝纪》)大通元年（527）以后，又创"同泰寺"，且多次舍身事佛，以身为祷，招引名僧，谈论不绝。然而，武帝萧衍始终是杂取儒、释、道之长以治国安邦。开始中国历史上"三教合流"的新思潮。武帝"三教合流"的思想在决定整个萧梁社会主流思潮的同时，决定了萧绎思想体系中的儒、释、道兼涉的基本性质。张之洞《书目答问》卷三称《金楼子》"体兼释、老"已对此明鉴在先。余嘉锡先生《古书通例·明体例二》亦云："杂家者'兼儒墨，合名法，知国体之有此，见王治之无不贯'。故必杂取各家之长，如《吕览》、《鸿烈》而后可。后世杂家，若《抱朴子外篇》、《刘子新论》之兼道家，《金楼子》、《颜氏家训》之兼释家，《长短经》之兼纵横家，此特于儒家之外，有所兼涉耳，未尝博综以成一家之学也。"萧绎虽然没有留下成一家之言的著述，但从《金楼子·立言》篇中的一段话可以看出萧绎思想杂取众家的特征。其文云："余以孙、吴为营垒，以周、孔为冠带，以老、庄为欢宴，以权实为稻粮，以卜筮为神明，以政治为手足。一围之木持千钧，五寸之楗制开阖，总之者明矣。"萧绎生当中国历史上由分裂走向再次统一的历史时期的前夜。一般来说，每当新的统一时代到来之前，思想意识上的统一就会首先出现，《吕览》就是最显著的代表。萧绎在这里所说的"一围之木持千钧，五寸之楗制开阖，总之者明矣"，我以为，它表露了萧绎欲杂取众家思想以成一家之言的愿望和收拾支离破碎思想以明正统的志向。他甚至认为，天已降大任于其身："周公没五百年有孔子，孔子没五百年有太史公。五百年运，余何敢让焉？"[3](《立言》)"饱食高卧，立言何求焉？修德履道，(立)身何忧焉？居安虑危，戚也；见险怀惧，忧也。纷纷然，荣枯宠辱之动也，人其能不动乎？仲尼其人也，抑吾其次之。"[3]《史记·封禅书》云："其后百余年，秦灵公作吴阳上畤，祭黄帝；作下畤，祭炎帝。后四十八年，周太史儋见秦献公曰：'秦始与周合，合而离，五百岁当复合，合十七年而霸王出焉。'"《文选》卷四十一李陵《答苏武书》李善注引《孟子》云："千年一圣，五百一贤，圣贤未出，其中有命世者。"所谓"五百年运"既包含了"五百年出一圣人"的意思，又包含了"合久必分，分久必合"的意思。萧绎"宿有匡时调，早怀经世方"（徐勉《和元帝诗》），自命不凡，以周、孔自比,其目的依旧是一匡天下,棱威翰海,完成神州一统之大业。而欲遂此愿,舍儒家正统思想以治国实难达到。因此,萧绎的思想体系中,儒家思想始终是最基本的构成因素。但萧绎时代的儒家思想毕竟不完全同于先秦两汉的儒家思想,萧绎对儒学的态度也与荀卿、董仲舒不一样。孔子的神圣地位在这时被动摇,齐梁人已剥离了笼罩在孔子头上的神圣光环。萧绎不独以孔子自居,且以萧衍配孔子。《金楼子·立言》云:"绎窃慕考妣之盛,则立尊像,供养于道场内。……故月祭日祀,用遵《祭法》;车舆箧衣,谨同鲁圣。"换言之,孔子在萧绎心目中既是圣人又是常人,但对儒家的民本思想、仁爱孝义思想,萧绎秉承之至。萧绎治政,遵奉传统儒家思想。裴子野称其早年在丹阳尹任上,"求余论于故府,想遗风于旧哲。延儒生于东阁,命文学于后车。重门洞启,列筵广置,四民总至,狱讼殷集。王兼而治之,绰有余裕。上弘其礼,下悦其风,虚往实归,人得所至"。[4](卷五十二) 任荆州刺史时,又"起为学宣尼庙,自图宣尼像"。[1](《元帝纪》) 继位江陵的第四个月,萧绎发布《劝农诏》,以励农耕,强调"食乃民天,农为治本"。其《祭东耕文》也云:"三农九谷,为政所先。万箱亿庾,是曰民天。"[4](卷三十九) 反映了萧绎以农家和儒家民本思想治国的选择。同时,萧绎深知修身齐家治国平天下的道理。后世虽有论者将江陵亡陷归于"凤无侍晨之功",但客观地说,萧绎治家教子依然遵奉儒家传统,否则,我们无法解释萧绎遣子抗击侯景乱军而无一生还的现象。"频丧五男",虽使萧绎为父之心悲恸欲绝,却也是他践履儒家"居家治理,可移于官"之古训的忠壮之举。[3]

萧绎以儒家礼教为修身准则,他认为"君子有'三患':未之闻,患弗得闻;既闻之,患弗能学;既学之,患弗得行。君子有'四耻':有其位无其言,君子耻之;(鲍本《金楼子》原案:"此下疑脱'有其言'三字。"——引者注)无其行,君子耻之;既得之,又失之,君子耻之;地有余而民不足,君子耻之"。[3] 在萧绎心目中,"仁义"是与天地日月同在的至上美德。萧绎尤善诵《曲礼》,自五岁诵《曲礼》至留遗嘱云"以《曲礼》随葬",[3](《终制》) 其意也正在尊奉儒家之修身谨秩之教。萧绎以儒家的伦理道德为立身准则,以身正而法立为治国之本。他认为一个统治者"言行在于美不在于多,出一美言美行而天下从之。或见一恶意丑事而万民违之，可不慎乎"。[3]他认为，人的最高追求在"立功立事"，人生的最高境界是"修德立功"："《书》云：'立功立事，可以永年。'君子之用心也，恒须以济物为本。加之以立功，重之以修德，岂不美乎！"[3]当立功、立事难以实现，萧绎又以立言为乐，但他的立言带着极浓的治世色彩。所以，萧绎一生惟以管夷吾、诸葛孔明为楷模，认为此二人之"雅谈宏论"与治道相关，"足以言人世，足以陈政术"。[3](《序》)当文学创作与治世之政冲突时，萧绎又总是以政事为本。他曾说："余好为诗赋及著书，宣修容敕旨曰：'夫政也者，生民之本也，尔其勖之'。余每留心此处，恒举烛理事，夜分而寝。"[3](《终制》篇)终其一生，萧绎立身安命和治世救亡无不以儒家立德修身的伦理道德为上，也就是说，儒家思想构成了萧绎整个思想体系的核心，成为他一生的精神支柱。

二

然而，萧绎毕竟生活在一个中国传统文化，特别是儒家文化发生转型的时代。外来的佛教思想借玄学之"体"，迅速渗透到儒家文化之中，使整个社会的思想意识表现为一种时代的进步。而每一种新的进步都必须表现为对某一神圣事物的亵渎，表现为对陈旧的、日渐衰亡的、但为习惯所崇奉的秩序的叛逆。佛教中的"一阐提皆可成佛"的教义至少在想象或在理论上满足了人的贪欲——对权势的贪欲。当这种贪欲得到表达或得到实现的时候，自然就是传统思想和圣人传统遭到破坏的时候。萧绎之所以能够自比孔子，担起所谓"五百年运"的神圣职责，他之所以能以孔子所享之祭祀礼法祭祀梁武帝，其原因在于这是一个在思想意识和精神现象世界中缺少权威的时代，整个思想界呈现支离破碎的现象。在这种时代思潮的裹挟下，萧绎的整个思想体系也呈现出杂取众家以成一说的特征。杂家兼融并包的理论形态往往因各家思想和各部分理论形态的整合而产生新的理论体系，因而也具有新的功能，形成新的特征，并预示着新的社会思潮的到来。或者说杂家的理论形态的开放性和不完全性为新的历史时期的到来作好了思想上的准备。萧绎于此,似有觉悟。与其"五百年运,余何敢让焉"相一致的是,萧绎《金楼子·立言》篇中:"天下一致而百虑,殊途而同归。何者?儒者,列君臣父子之礼,序夫妇长幼之别。墨者,堂高三尺,土阶三等,茅茨不翦,采椽不斫,冬日以鹿裘为礼,盛暑以葛衣为贵。法家不殊贵贱,不别亲疏,严而少恩,所谓法也。名家苛察徼倖,检而失真,是谓名也。道家虚无(疑脱"为"字——引者注)本,因循为务。中原丧乱,实为此风。何、邓诛于前,裴、王灭于后,盖为此也"所阐发的取各家学说之长、弃诸子思想之短而自成一家之言的思想十分明显。萧绎说:"世有习干戈者,贱乎俎豆;修儒行者忽行武功。范宁以王弼比桀、纣,谢绲以简文方赧、献。李长有显武之论,文庄有废庄之说。余以为不然。余以孙吴为营垒,以周孔为冠带,以老庄为欢宴,以权实为稻粮,以卜筮为神明,以政治为手足。一围之木持千钧,五寸之楗制开阖,总之者明矣。"[3]很显然,萧绎以其才学胆识和亲身体悟看出了儒、道、墨、法、名、兵、农各家之短,懂得了治国安邦须兼取各家之说以为己用的道理。

其次,从思维方式看,萧绎所谓"总之者明矣"实则为抽象概括、形而上之思维形式,颇与汉末郑玄所倡明的"依方辩对"之说相类似。萧绎所形成的这种一家之说、取长弃短、避实就虚的思想体系和高度概括以实际效用为本的思维方式,既是他崇尚清谈的结果,又是其博学深思的结果。萧绎对自先秦至齐梁的各种学说,特别是对殊途同归、百虑一致有如此明确的思想,反映出他"欲棱威瀚海,勒名燕然"的政治抱负。但封建社会的统治权力,特别是最高集权的掌握是建立在血缘宗法关系之上的,要维持掌握或延续这种权力,只有靠牺牲血缘宗法关系才能达到目的。封建社会的这一基本性质,决定了萧绎的雄图大略难以实现,最终使他成了一个具有悲剧色彩的封建君主。萧统、萧纲先后立为太子之时,萧绎有幸但又不幸,他虽未遭受类似曹植"七步诗"那样的迫害和"楗门退扫,形影相吊"的孤独,但他是带着对至上权力无望的心态来看待这种至上权力的重要性的。因此,这就不可避免地铸定了萧绎在政治统治上的失败,尽管历史给了他这样的机会,他也在"侯景之乱"的历史赐与的机遇中靠牺牲叔侄兄弟之情而掌握了至上权力。但这毕竟是晚到的机遇。萧绎在积极参与现实政治,欲展鸿鹄之志的同时又因政治前景的黯淡而退居到空旷的自由思想的王国,去构筑他自己的世界——精神的世界和艺术的世界,去寓目词林,体验人生乐趣。他读到潘岳《闲居赋》:"太夫人御板舆,升轻轩,远览王畿,近周家园。体以行和,药以劳宣。常膳载加,旧痾有瘳。席长筵,列孙子,柳垂荫,车结轨。陆摘紫房,水挂赪鲤,或宴于林,或禊于汜。昆弟斑白,儿童稚齿,称万寿以献筋,咸一惧而一喜"时,不由得击节慨叹:"天下之至乐,唯斯而已,天下之至乐,唯斯而已矣!忽忽穷生,百年之内,曷由复如此矣!"[3]但萧绎的命运似乎给他开了一个玩笑:当他欲树立名节,为国尽忠之时却因身世而被冷落,当他不欲立功立德而想立言不朽之时,时代又将他推上摇摇欲坠的政治舞台而最终仅以悲剧告终,送走了萧梁升平之世,落得个因江陵亡陷和焚毁古籍而获的千古骂名。所以我认为,《金楼子·立言》篇中的:"吾于天下亦不贱也。所以一沐三握发,一食再吐哺。何者?正以名节未树也。吾尝欲棱威瀚海,绝幕居延,出万死而不顾,必令威振诸夏,然后度聊城而长望,向阳关而凯入,尽忠尽力以报国家。此吾之上愿焉。次则清浊(文渊阁库本作"酒"——引者注)一壶,弹琴一曲。有志不遂,命也。如何脱略刑名,萧散怀抱而未能为也。但性过抑扬,恒欲权衡称物,所以隆暑不辞热,凝冬不惮寒,著《鸿烈》者,盖为此也"可以视为萧绎人生选择的概括。

三

在这种人生选择的支配下,形成了萧绎思想体系中的另一个重要内容,即"朝隐"思想。萧绎自己曾在《全德志论》中表露过这种思想:"物我俱忘,无贬廊庙之器;动寂同遣,何累经纶之才。虽坐三槐,不妨家有三径;接五侯,不妨门垂五柳。但使良田广宅,面水带山,饶果果而足花卉,荷筱篁而玩鱼鸟。九月肃霜,时飨田畯;三春捧茧,乍酬蚕妾。酌升酒而歌南山,烹羔豚而击西缶。或出或处,并以全身为贵;优以游之,咸以忘怀自逸。"[3]出于"次门",起于军功家世的萧绎,本来无过江中原世家大族所秉承的儒家文化传统的厚重之风,而齐梁"朝隐"之风的兴起,正迎合了萧绎这一类"发迹"的江左北人武力集团文化传播者的精神需要。类似的思想,在萧绎的作品不时可读。例如《自江州还入石头》诗云:"鼓枻浮大川,遥睇雏城观。雏城何郁郁,杳与云霄半。前望青龙门,斜晖白鹤馆。槐垂御沟道,柳缀金堤岸。迅鸟晨风趋,轻舆流水散。高唱梁尘下,萧瑟翔禽乱。我思江海游,曾与朝市玩。忽寄灵台宿,空轸及关叹。仲子入南楚,伯鸾出东汉。何能栖林枝,取毙王孙弹。"[5]《全德志序》云:"人生行乐,止足为先。但使樽酒不空,坐客恒满。宁与孟尝问琴,承睫泪下;中山听息,悲不自禁,同年而语也。"[4](卷十)又《玄圃牛渚矶碑》:"窃以增城九重,仙林八树,未有船如鸣鹤,时度宓妃。桥似牵牛,能分织女。丹凤为群,紫柱成迾。清风韵响,即代歌仙。桂影浮池,仍为月浦,璧月朝辉,金楼启扉。画船向浦,锦缆牵矶。花飞拂袖,落香入衣。山林朝市,并觉忘归。"[4](卷十)从这些作品看,在萧绎的思想体系中,似乎老庄道家的学说又占有相当的地位。萧绎的时代,清谈之风盛行,玄学虽不如魏晋之世成为社会的权力文化和社会思潮的主流,但是,如果就玄学对士人学者思想的制约而言,其影响之深恐亦不亚于魏晋之士。萧绎贵为皇子,就其政治抱负的实现而言,自然对"清谈误国"有所警惕,在思想上又以儒家治世之道为主,欲用以济世以成其功名。但是,就学人,特别是就"有志不遂"的政治学人而言,萧绎在思想的底蕴中依然以老庄道家学说为重,这便是他在《金楼子》序中所说的"常贵无为,每嗤有待。闲斋寂莫,对林泉而握谈柄;虚宇辽旷,玩鱼鸟而拂丛著。爱静之心,彰乎此矣"。正如政治与文学,在萧绎那里是"并得俦匹"一样,"玩鱼鸟"与"玩朝市"在萧绎的思想中是融为一体的。不过,从总体上看,萧绎的玄学思想是从属于他的儒学思想的。特别是他开始掌握至上权力之后,儒家思想固有的治世策略自然成为他思想的主导。也就是说,就立功而言,儒家为上,这是传统士人学者难以超越的地方;就立身而言,萧绎与萧纲"立身惟须谨重"不同,他主张的是"遵儒者之教,履道家之言。故以玄默冲虚为名,顾名思义,不敢违越也"。[4](《诫子》)

此外,就萧绎之经学成就而言,也可看出他对儒家学说的重视。试举一例以明之。著名经学大师陆德明早年在南朝时,曾与颜之推等人同萧绎过从紧密,相与商校经书异同。颜之推、陆德明在经学修养上,多承萧绎之恩。《颜氏家训·书证》篇载:"《左传》曰:'齐侯痎,遂痁。'《说文》云:'痎,二日一发之疟。痁,有热疟也。'案:齐侯之病,本是间日一发,渐加重乎故,为诸侯忧也。今北方犹呼痎疟,音皆。而世间传本多以痎为疥,杜征南亦无解释,徐仙民音介,俗儒就为通云:'病疥,令人恶寒,变而成疟。'此臆说也。疥癣小疾,何足可论,宁有患疥转作疟乎?"颜之推此说实从萧绎而来。陆德明《经典释文》卷十九《春秋左氏音义》之五云:"齐侯疥,旧音戒,梁元帝音该。依字则当作痎。《说文》云:'两日一发之疟也。'痎又音皆,后学之徒,佥以疥字为误。案《传》例,因事曰遂,若痎已是疟疾,何为(《左传》)复言'遂痁'乎?"后孔颖达亦采用了梁元帝的说法。《春秋左传正义》云:"后魏之世,尝使李绘聘梁,梁人袁狎与绘言及《春秋》说此事云:'疥当作痎,痎是小疟,痁是大疟,患积久,以小致大,非疥也'。狎之所言,梁王(萧绎)之说也。"于这件事可知萧绎对儒家学说的重视。儒家的民本思想、济世安邦思想和终制从俭、忧患意识、匹夫之责等等,不仅在萧绎的作品里,而且在萧绎的行动上都有所体现。[3]

四

萧绎思想体系的另一个特征是以释入老。张之洞《书目答问》曾以"体兼释、老"评萧绎的代表著作《金楼子》,这的确是很有见地的观点。如前所述萧绎"朝隐"思想时,可看到萧绎"动寂同遣"中所蕴含的佛学思想。禅法认为,定心不乱,寂静思虑即可修炼成佛,强调"执寂以御有,崇本以动末"(《安般注序》)。"寂"、"本"即老庄所谓之"无"。"本无"之说为玄学兴起之时,何晏、王弼诠释《老子》、《易经》、《庄子》"三玄"常用之思想。佛学认为,"苟宅心本无,则斯累豁矣"。汤用彤先生说,佛教典籍中的"本无",乃"真如"之古译。"而本末者,实即'真''俗'二谛之异辞。真如为真,为本。万物为俗,为末。则在根本理想上,佛家哲学已被引而与中国玄学相关合。

《安般守意经》曰:'有者谓万物,无者谓空。'释道安曰:'无在万化之前,空为众形之始'。本无一辞,疑即《般若》实相学之别名"。[6]若依汤用彤先生:"中国之言本体者,盖可谓未尝离于人生也。所谓不离人生者,即言以本性之实现为第一要义。实现本性者,即所谓返本。而归真、复命、通玄、履道、体极、存神等等,均可谓为返本之异名。佛教原为解脱道,其与人生之关系尤切。"[6]之说,则可知萧绎以老入释之动机在于寻求人生之精神上的解脱。但事实上,萧绎又不能免"俗"弃"有",常怀管仲、孔明,甚至是周文汉武之志。在这种心境下,常"想禅说为娱"。他在写给好友刘智藏的信中说:"仆久厌尘邦,本怀人外,加以服膺常住,讽味了因,弥用思齐,每增求友。常欲登却月之岭,荫偃盖之松;挹璇玉之源;解莲华之剑。藩维有限,脱屣无由。"[7](卷二十八上)欲解脱而不得解脱,欲遂其立名立功之志而常难遂其志,这样的现实使萧绎成为佛家学说的忠实信徒。有人认为,"需求的培养和扩大有悖于智慧,也和自由与安宁背道而驰。任何需求增长都会使一个人更加依靠他所不能控制的外部力量。因此,就加剧了生存恐惧"。[8]这正是"过去的宗教大师们一致反对非分的消费、占有和对物质的普遍迷恋"[8]的心理学原因。

佛教本创立于生产力极度低下,物质成果极度匮乏的时代,其创始人所亲奉的就是一种"反对非分的消费、占有和对物质的普遍迷恋"的社会行为。当他的门徒把这种宗教伦理行为抽象地概括为普遍法则时,实际上决定了佛教在古代中国必然受到普遍欢迎的命运。"食货型"生产方式决定下的古代中国的政治制度,首要的就是解决需求与生存的矛盾,这是"洪范八政"为帝王启蒙之书的根本原因。梁武帝萧衍夺得萧齐政权后不久即宣布"舍道事佛",以佛教为国教,令臣民"速施行"。他甚至以为"老子、周公、孔子虽是如来弟子,而为化既邪"。[9]后又下《断酒肉文》,且身体力行,这实际上是萧衍为使梁国"安宁"而采取的一个措施。萧绎崇佛之后,秉承萧衍旨意,也欲断绝物质欲望之心以修成正果,其《与萧谘议等书》云:"碧玉之楼,升堂未易;紫绀之殿,入室为难。必须五根之信,以信为首;六度之檀,以檀为主。故能舍财从信,去有即空,率斯而谈,良可知矣。窃以瑞像放光,倏将旬日,蹈舞之深,形于瘠瘵。抃跃之诚,结于兴寝。稍觉十字之蒸,嗤何曾之馔;五鼎之味,笑主偃之辞。鼋羹麟脯,空闻其谈,关酪猩唇,曷足云也。"[7]然而综观萧绎一生,虽信佛教,但更多的还是在宗教伦理的修炼上下工夫,即在生活的态度和行为上自觉或不自觉地从佛教教规、教仪规范自己。当这种规范制约了他欲创立功名的欲望时,萧绎自然选择了那种既可让精神世界得到超脱,又可以不误治国安邦之大业的禅宗思想作为思想的一部分。所以,就萧绎思想体系的主要构架看,依然是儒、释、道三者杂糅而兼取兵家、墨家、名家、农家等思想而成一家——融会进外来佛教文化的杂家之说。

参考文献

[1]《梁书》,中华书局点校本。

[2]《南史》,中华书局点校本。

[3]萧绎:《金楼子》卷四,知不足斋本。

[4]《艺文类聚》,上海古籍出版社 1965 年版。

[5]逯钦立:《先秦汉魏晋南北朝诗》,中华书局 1983 年版。

[6]汤用彤:《汉魏两晋南北朝佛教史》上册,中华书局 1983 年版。

[7]《广宏明集》,上海古籍出版社 1991 年版。

[8]杰里米·里夫金、特德·霍华德:《熵:一种新的世界观》,上海译文出版社 1978 年版。

[9]《全梁文》,中华书局 1958 年版。

原刊《北京大学学报》2001 年第 3 期

萧绎与梁代今古文体之争

钟仕伦

一

萧梁文坛,自始至终不离今、古文体之争。天监十二年(513),沈约逝世前,梁代文坛的今、古文体之争主要表现为以任昉为代表的"京师文体"与以沈约为代表的"永明体"之争。

梁代初年,吴均、柳恽的创作即呈古文体的气象。《梁书·吴均传》云:"天监初,柳恽守吴兴,召为主簿,日引以赋诗。均文体清拔,有古气。好事者或效之,谓为'吴均体'。"

萧衍早年为文旨趣略近新文体,此为"竟陵文友"风气所染。梁国建立后,萧衍遂改追新之风。《梁书·何胤传》载高祖萧衍手敕何胤云:"自非以儒雅弘朝,高尚轨物,则汩流所至,莫知其限。治人之与治身,独善之与兼济,得失去取,为用孰多。吾虽不学,颇好博古,尚想高尘,每怀击节。"又萧衍《敕萧子云撰定郊庙乐辞》云:"郊庙歌辞,应须典诰大语,不得杂用子史文章浅言;而沈约所撰,亦多舛谬。"武帝治梁,虽兼取释道、杂糅儒墨,但颇重上古礼治之风和秦汉文章,其重古之文风对任昉等桢干之臣影响较大。

任昉曾为"竟陵八友"之一,然"雅善属文,尤长笔翰,当世王公表奏,莫不请焉。……好交结,奖进士友,得其延誉者,率多升擢,故衣冠贵游,莫不争与交好,坐上宾客,恒有数十。时人慕之,号曰任君,言如汉之三君也"(《梁书·任昉传》)。萧绎也曾在《金楼子·立言》篇中以"任彦升甲部阙如,才长笔翰,善辑流略,遂有龙门之名"称誉之。

任昉在当时为京师文坛领袖,长于章表书奏,不善作近体诗。但他对当时"任笔沈诗"之说颇以为恨,加以时俗以吟咏为上,所以任昉后来又喜作诗。因他的才性学识均不在诗,故其诗作"不得流便,自尔都下士子慕之,转为穿凿"(《南史·任昉传》)。任昉的《赠王僧孺诗》用四言古体,本无可厚非,但诗句艰涩,实无婉转流变之态。其"谁其执鞭,吾为子御。刘《略》班《艺》,虞《志》荀《录》"四句竟用五事,故钟嵘《诗品》对任昉之诗有"既博物,动辄用事,所以诗不得奇。少年士子,效其如此,弊矣"的评价。

从任昉的创作和萧纲《与湘东王书》"比见京师文体,懦钝殊常,竞学浮疏,争为阐缓。玄冬修夜,思所不得,既殊比兴,正背风骚"和萧绎《金楼子·立言》篇"夫今之俗,缙绅稚齿,闾巷小生,学以浮动为贵,用百家则多尚轻侧,涉经记则不通大旨。苟取成章,贵在悦目。龙首豕足,随时之义;牛头马髀,强相附会"对当时京师文坛风气的描述中可以知道,所谓"京师文体"的要害在于将文学与经学、史学和诸子混为一体,重典故征实,对文学的情感性和虚构性,特别是诗歌的音乐性有所忽略,而后者正是以沈约为代表的"永明体"文学之所长。

"永明体"以其讲求诗歌之音韵声律在梁代文坛领有风骚,深受文人之追慕。沈约不独以其清新流转之诗作取名当世,而且以标榜"四声"之学奠定了近体诗的理论基础。他所主张的"文章当从三易:易见事,一也;易识字,二也;易读诵,三也;直指"京师文体"之所短。同时也为江左庶族、过江流民从南朝的武力强宗、政治集权转化为文化世族鸣锣开道。

以司马氏及王、谢为代表的中原士大夫阶层过江之后,仍然不忘汉儒及太康文人的典重繁缛,为文赋诗并以逞学为主。至萧梁之时,过江名士虽淡出政界者甚多,然一因家学渊源所浸润,标举文风的典实厚重以巩固其文化地位。二因京师建康为过江名士世代所居之地,"缙绅稚齿"无意或无法仕进,故模仿任昉文风者甚众。因此,"京师文体"的出现实由这一文化渊源所决定,此时人呼任昉为"任君",譬汉之"三君"可证。

但历史毕竟发展到了过江流民和江南武力豪族、庶族士子因军功才学而致位通显,并且欲以此通显成为文化世族的时代。以沈约为代表的"永明体"派文人,包括早些时候的"竟陵八友"大多属于这一集团,他们要达到这一目的,惟有弃汉儒之典实厚重与太康之繁缛星绸以及玄言诗之柱下旨归、漆园义疏一类文风而另觅一现实途径。

此途径表现为作品既能平易通达为无家世硕学渊源之流民庶族所能接受,又能以本身语言的音乐特性区别于传统的礼乐文化,而在以沈约为代表的"永明体"派文人那里,这两个特征都已实现。王夫之《古诗评选》卷五评沈约《古意》诗的一段话正好说明沈约等人创立"永明体"的目的:"(《古意》)首尾裁净。'明月虽外照,宁知心内伤',休文得年七十三,吟成数万言,唯此十字为有生人气,其他如败鼓声,如落叶色,庸陋酸滞,遂为千古恶诗宗祖。大历人以之而称才子,宋人以之而称古文,高廷礼以之而标正声之目。老措大试牍,野和尚偈颂皆可诗矣。古来作者心血几许付之消沉,而梁之沈约、唐之罗隐传诗尤充帙绿施盈庭,岂徒在名位之间乎!"沈约以新体动摇禀承中原士大夫传统的过江名士在文化上的统治地位的做法,自然得到过江流民、靠武力军功而成霸业的萧氏父子的首肯和褒赞。萧衍常与沈约商校文义,且对沈约有"才智纵横,可谓明识"之誉;萧绎则以"诗多而能者沈约"表示其尊崇之心。

二

天监十二年(513),沈约逝世后,任、沈"京师文体"与"永明体"之争演变为萧纲、裴子野今文体与古文体之争。

萧纲在藩或为太子、皇帝时,身边都有不少追新出奇、崇尚丽辞的文人,号为"高斋十学士"。这一派文人承"永明体"而更重声韵,"弥尚丽靡,复逾于往时",无论赋诗操笔,均讲究声韵的悦耳及辞藻的华美,史称其"伤于轻艳,当时号曰'宫体'"。(《梁书·简文帝纪》)今文体或曰宫体派的理论集中体现在萧纲成为太子后于中大通三年(531)写给萧绎的信中。

从萧纲《与湘东王书》中所表明的"若以今文为是,则古文为非;若昔贤可称,则今体宜弃。俱为盍各,则未之敢许。又时有效谢康乐、裴鸿胪文者,亦颇有惑焉。何者?谢客吐言天拔,出于自然,时有不拘,是其糟粕;裴氏乃是良史之材,了无篇什之美。是为学谢则不届其菁华,但得其冗长;师裴则蔑绝其所长,惟得其所短。谢故巧不可阶,裴亦质不宜慕"这一观点可以看出,以萧纲、庾肩吾、徐陵为主的今文体派既有别于以"清水出芙蓉"美誉著称于史的"谢灵运体",也不同于混文、史为一体的以裴子野为代表的古文体派。

萧纲继承的是以运用四声、讲究音律为特点的"永明体"文风,自然对出语天然、不大讲求声律的"谢灵运体"不满。据《南齐书·武陵王奕传》记载,齐高帝即位后,见武陵王萧奕学谢灵运诗风作诗,训之曰:"康乐放荡,作体不辨首尾。安仁、士衡,深可宗尚,颜延之抑其次也。"梁代的伏挺,自幼敏悟,常因与物往还而吟咏,"为五言诗,善效谢康乐体"(《梁书·伏挺传》)。梁代的王籍也善效谢灵运体,《南史·王籍传》称王籍"为诗慕谢灵运,至其合也,殆无愧色。时人咸谓康乐之有王籍,如仲尼之有丘明,老聃之有严周"。

从以上这些记载可以看出,谢灵运诗中融自然美景与自我生命体验为一体的特征在齐梁时期的确不乏知音。萧纲所谓谢灵运诗"时有不拘",指的是谢诗"作体不辨首尾"的特点,而非完全否定谢灵运诗的自然天成,否则难以解释《颜氏家训·文章》篇所说的王籍《入若耶溪》曾引得"简文吟咏,不能忘之"的事实。

古文体派的代表作家有裴子野、刘显、萧子云、张缵、刘之遴、顾协。这一派文人以儒家诗教为主旨,以尊圣、宗经为创作标准。他们针对今文体派的"轻艳"、"险放"提出了"劝美惩恶"的文学创作思想。

裴子野与沛国刘显、南阳刘之遴、陈郡殷芸、陈留阮孝绪、吴郡顾协、京兆韦棱相与友好,并皆博及群书,而裴子野于其中实为领袖之人。"时吴平侯萧劢、范阳张缵,每讨论坟籍,咸折中于子野焉"(《梁书·裴子野传》)。裴子野认为梁代文人,特别是今体派的文人缺乏才学,为文浅陋。说:"学者以博依为急务,谓章句为专鲁。淫文破典,斐而无功,无被于管弦,非止乎礼义。深心主卉木,远致极风云。其兴浮,其志弱。巧而不要,隐而不深。"(《雕虫论》)裴子野的这些观点虽大体不离传统诗教,但主张文章诗歌要有才学,尤其是要有史学的思想,却未囿于诗教。

梁代文坛的今、古文体之争实质上是今文体、古文体派文人对文学特性的认识的反映。他们对文学形式、风格的不同看法源于他们各自固有的文学本质观。今文体派以情感抒写、表现人的自然属性为文学的第一要素,把文学作品作为怡情自娱的工具,故主张作品的音乐辞藻之美。然矫枉过正,遂流于淫词丽句、酥软横陈之偏激。古文体派视文学为治国安邦之工具,所以尊奉六经,强调质实,突出其移风易俗的作用,但忽略了文学的情感特性和语言的艺术化。

三

在这一争论中,起而调合今、古文体的正是领袖当时文坛的萧绎。

萧绎对文学性质的看法兼顾了传统诗教和新变代雄两个方面,主张的是"文能怀远"和"叙情志,敦风俗"与"情灵摇荡"的结合(《金楼子·立言》)。因此,萧绎既同今文体派的庾肩吾父子、徐陵父子有所交往,又"比复稀数古人,不以委约而能不伎痒"(《梁书·刘孝绰传》载萧绎《与刘孝绰书》),同裴子野等人相与交好。

《金楼子·序》云:"裴几原、刘嗣芳、萧光侯、张简宪,余之知己也。"《梁书·元帝纪》亦云:"世祖性不好声色,颇有高名。与裴子野、刘显、萧子云、张缵及当时才秀为布衣之交。"此外,萧绎与刘之遴、顾协等崇尚古文之风的文士交游甚深。

萧绎与裴子野过从颇多,二人常商略文义。萧绎甚至把自己写作《金楼子》的初衷及具体构想等都告之裴子野。萧纲只承认裴子野的史学才能而不首肯其文学成就,萧绎则称:"几原博闻,裁为典故,比良班、马,等丽卿、云。薰莸既别,泾渭以分。圣皇御极,钦贤盱顾。储后特圣,降情文苑。既匹严、朱,复同徐、阮。"(《艺文类聚》卷48萧绎《散骑常侍裴子野墓志铭》)萧绎非但未否定裴子野的文学才能,而且将裴子野同司马相如、扬雄、徐干、阮瑀等相提并论,虽略嫌过誉,但至少可以说萧绎认为裴子野在文学上取得的成就与他在史学上取得的成就具有同等重要的意义。这同时表明,萧绎与萧纲在文学本质的看法上有分歧,至少可以说,萧绎对萧纲关于裴子野"了无篇什之美"的评价并不赞同。

曾为萧绎长史的刘之遴"好古爱奇,在荆州聚古器数十百种。……时鄱阳王范得班固所上《汉书》真本,献之东宫,皇太子令之遴与张缵、到溉、陆襄等参校异同。……之遴好属文,多学古体,与河东裴子野、沛国刘显常共讨论书籍,因为交好"(《梁书·刘之遴传》)。在萧绎交往的古文体派文人中,刘显是一位早年既受任昉赏识又得沈约推赞的文人,然而刘显又"与河东裴子野、南阳刘之遴、吴郡顾协,连职禁中,递相师友,时人莫不慕之。显博闻强记,过于裴、顾,时魏人献古器,有隐起字,无能识者,显按文读之,无有滞碍,考核年月,一字不差,高祖甚嘉焉"(《梁书·刘显传》)。刘显有一首《发新林浦赠同省诗》:"回首望归途,山川邈难异。落日悬秋浦,归鸟飞相次。感物伤我情,惆怅怀亲懿。"诗的格调气味很像曹植《赠白马王彪》,足以见出刘显诗风与萧纲等人的区别。萧绎引刘显为知己,似爱慕其风骨沉雄的诗风。

至于张缵:"自见元帝,便摧诚诿结。及元帝即位,追思之,尝为诗。其序曰:'简宪之为人也,不事王侯,负才任气,见余则申旦达夕不能已已。怀夫人之德,何日忘之。'"(《梁书·张缵传》)张缵有一《南征赋》,铺写他任湘州刺史途中见闻,极尽壮阔恢宏之势。如写江水一段:"于是千流共归,万岭分状;倒影悬高,浮天泻壮。清江洗涤,平湖夷畅;翻光转彩,出没摇漾。岷山、嶓冢,悠远寂寥;青盆、赤岸,控汐引潮。"将山川之壮丽与征人之思融为一体,其风格气魄对萧绎后来创作《玄览赋》似有所启迪。

从上面的引述可知,萧绎同古文体派接触,引裴子野等人为知己的目的似想走一条他自己的创作之路。

另一方面,萧绎身边又常有今文体派文人,如庾肩吾、庾信父子和徐陵、徐俭父子。庾肩吾于中大通三年(531)除安西湘东王录事参军,在萧绎西府任职。萧绎对庾肩吾的才识气度和文学才华甚为推许:"荆山万里,地产卞和之玉;隋流千仞,水出灵蛇之珠。故能胤兹屈、景,育斯唐、宋。……肩

吾气识淹通,风神闲逸。钟鼓辞林,笙簧文苑。"(《艺文类聚》卷 48 萧绎《中书令庾肩吾墓志》)

庾肩吾之子庾信,先为萧纲今文体派重要人物,以才学丰美深得萧纲赏爱。侯景乱中,台城陷落后,庾信即投奔江陵依于萧绎,后除为御史中丞,加散骑常侍,被萧绎遣往西魏,足见萧绎对庾信的爱重。

今文体派徐陵、徐俭父子均仕于西府。徐陵以而立之年入西府,四十四岁使于东魏,在萧绎手下长达十四年之久。其君臣相交之谊,见于徐陵《劝进梁元帝表》、《致杨遵彦书》。徐陵之子徐俭,遇"侯景乱,陵使魏未反,俭时年二十一,携老幼避于江陵。梁元帝闻其名,召为尚书金部郎中,尝侍宴赋诗,元帝叹赏曰:'徐氏之子,复有文矣。'"(《陈书·徐陵传》附《徐俭传》)

显然,萧绎对梁代今古文体之争有自己独特的看法。萧绎与萧纲为友于兄弟,又同今文体派文人多有往还酬答之作,那么能不能把萧绎划作今文体派文人呢?对此问题的回答,应该说尚有深入讨论之必要。

四

萧华荣在《齐梁文坛古今之争与〈文心雕龙〉》中说:"今体派的理论也是很神气的。他们并不征引圣贤的遗教,而是标举文学发展的规律,其理论代表是'诸萧'——梁萧统、萧纲、萧绎兄弟以及入梁的南齐宗室萧子显。"(《文心雕龙学刊》第二辑,第 94 页)其实这种把萧绎看成今文体派文人的观点来自《隋书·文学传序》:"梁自大同(535—546)之后,雅道沦丧,渐乖典则,争驰新巧。简文、湘东,启其淫放。"而王通《中说·事君》:"或问湘东兄弟(之文),子曰:'贪人也,其文繁,'可谓将萧纲、萧绎文风归为一类的启其先鞭者。"

日本学者清水凯夫则以萧绎为从古文体派转向宫体派的文人,其《梁简文帝萧纲〈与湘东王书〉考》云:"武帝七子湘东王本人没有独自的文体,其迎合倾向很强,所以他以此书(指萧纲《与湘东王书》——引者注)为转机,逐渐接受了盛行起来的'宫体'的影响,将自己的文体转变成为《隋书》及简文帝皆评为'启淫放'那样的'轻险'文体。"(《六朝文学论文集》,韩基国译,重庆出版社1989年版,第183页)清水凯夫也认为湘东王与"古体派"文人有"布衣之交",这是史实,但其言湘东王萧绎从古文体派转向今文体派,与谢灵运诗派有"深交"似为不妥。

萧绎很少提到谢灵运及其作品,倒是"永明体"成员的谢朓、沈约等人令他十分钦慕,而且萧绎重文学作品之音律声韵,谢灵运之短正在于此。梁代倾慕谢灵运诗者可记载的主要有伏挺和王籍,萧绎同伏挺和王籍似乎没有什么交往,此其一。

其二,清水凯夫同篇引颜之推自云"吾家世文章甚为典正,不从流俗。梁孝元在藩邸时,撰《西府新文史》,讫无一篇见录,亦以不偶于世,无郑、卫之音故也"(《颜氏家训·文章》)以证萧绎得萧纲书后,由"古体派"的支持者转向"淫放"的"宫体派"。

其实,颜之推与萧绎的文学观念甚为接近。在古今并重、新变代雄和人品与文品以及反对滥用反语等方面,二人的观点十分相同。更重要的是,颜之推曾长期仕于西府,本人即是"西府文士集团"的重要成员之一,其称"家世文章甚为典正",斥"西府新文"为郑、卫之音,恐因为身仕异朝,褒赞亡主萧绎之文欲招致祸患。

从《北齐书·颜之推传》:"之推博览群书,无不该洽,词情典丽,甚为西府所称"可知,以萧绎为首的"西府新文"既不同于萧纲、徐陵为代表的"今文体派",也不同于以裴子野为代表的"古文体派",更不同于所谓的"谢灵运诗派"。

在梁代今文体与古文体的冲突中,萧绎选择的是调和折中的道路。他一方面认为"士衡之后,唯在兹日"、"二陆三张,岂独擅美"(《艺文类聚》卷30萧绎《与萧挹书》),肯定梁代文学的代雄薪变;另一方面又主张有选择地学习古代,其《金楼子·立言》篇云:"诸子兴于战国,文集盛于二汉。至家家有制,人人有集。其美者足以叙情志,敦风俗,其弊者足以烦简牍,疲后生。往者既积,来者未已。翘足志学,白首不遍。或昔之所重今反轻,或今之所贵,古之所贱。嗟我后生博达之士,有能品藻异同,删整芜秽,使卷无瑕玷,览无遗功,可谓学矣。"萧绎以自己的才华声望和远离京师、镇守西府的地缘政治条件,在调合折中今、古文体之争中,逐渐形成了他自己独特的文体,即"西府新文体",其特征似可以"典丽"概括之。

在《内典碑铭集林序》中,萧绎阐释了他的为文重"典丽"的思想:"夫世代亟改,论文之理非一;时事推移,属词之体或异。但繁则伤弱,率则恨省,存华则失体,从实则无味。或引事虽博,其意犹同;或新意虽奇,无所倚约;或首尾伦帖,事似牵课;或翻复博涉,体制不工。能使艳而不华,质而不野,博而不繁,省而不率,文而有质,约而能润,事随意转,理逐言深,所谓菁华无以间也。"(《广宏明集》卷20)从昭明太子萧统"夫文典则累野,丽亦伤浮,能丽而不浮,典而不野,文质彬彬,有君子之致。吾尝欲为之,但恨未逮耳。观汝诸文,殊与意会"(《全梁文》卷20萧统《答湘东王求文集及〈诗苑英华〉书》)可知萧绎的创作实际上已在实践他的"典丽"的观念。

如据《内典碑铭集林序》作一假设,其序文所谓"引事虽博,其意犹同"是针对前引任彦升《曾王僧孺诗》"刘《略》班《艺》,虞《志》荀《录》"而言,"首尾伦帖,事似牵课"指"古文体派"的作品缺乏音乐之美,"新意虽奇,无所依约"是就"今文体派"的"俪采百字之偶,争价一句之奇"的弊端而言,那么可以说萧绎的这篇《内典碑铭集林序》实际上是以他为首的"西府新文体派"的文学宣言书,甚或可以看作是对梁代今、古文体之争的理论总结,也是他"性过抑扬,恒欲权衡称物",始终想做文坛领袖的结果。

沈约逝世后,梁代今文体派、古文体派均走向偏颇。萧绎对今文体派的"淫丽"、"轻率"并不赞同,而在他看来,古文体派的"质实"、"野"、"省"又有悖于"绮縠纷披,宫徵靡曼,唇吻适会,情灵摇荡"。萧绎所标举的"艳而不华,质而不野,博而不繁,省而不率,文而有质,约而能润,事随意转,理逐言深"这一审美标准,纠正了今、古文体之失而兼取其之所得,为文学作为一门艺术向前发展扫清了理论上的混乱。

总起来说,在梁代今、古文体之争中,萧绎以其时文坛领袖(萧纲《与湘东王书》有"领袖文坛,非弟而谁"之语)之尊和帝王之资的双重身份调和着这种争论,并以自己的学识才胆和创作体验提出为文重"典丽"的口号。

萧绎这种文质并重、华实并茂的文学主张的提出在南北朝后期具有重大的现实意义。一般来说,南北对峙后,随传统文化中心的南迁和北方少数民族政权的建立,南方和北方的文学艺术日益呈现出"北重气质,南贵清绮"的特点。南北文学风格的真正融合虽要等到盛唐时代的到来才会出现,但萧绎的"典丽"的文学思想毕竟已开启这一融合的先河。在这个意义上说,萧绎调和梁代古、今文体之争在中国文学理论批评史上具有转折的意义。

原刊《社会科学战线》1998 年第 6 期

嵇康音乐美学情感论

刘朝谦

对嵇康提出的"声无哀乐论",今天的研究者一般持否定的观点,认为"声无哀乐论"在哲学本体论上是心物二元论,在认识论上是不可知论,其实质是唯心主义的,作为音乐艺术理论,它否认音乐是一门情感艺术。有人认为,嵇康主张"音乐的效果只是'声音和比',不能在思想感情上对人起影响";"其实质是取消音乐的教育作用,取消音乐为政治服务的社会功能"。[①] 所以"声无哀乐论"是一种奇谈怪论。[②] 这种评价是值得商榷的,我们认为:嵇康的哲学思想在本体论方面是一元论的,在认识论方面是可知论的;他虽然强调音乐形式美的客观性,指出音乐的声音节奏可以独立于情感而存在,但是他又强调音乐的主要功能是传达情感,唤起情感,并未忽视音乐的情感教育作用。他的理论之所以历代罕见,是因为他禀承了时代的理性批判精神,首先在理论研究方法上除旧布新。他认为旧的音乐理论在方法上"不言理自尽此,而推使神妙难知,恨不遇奇听于当时,慕古人而叹息,斯所以大罔后生也"。[③] 这种方法是神秘主义的,非理性的,故弄玄虚以图哗众取宠的,其实质不过是"欲令天下惑声音之道"。要阐明声音的道理,旧的研究方法行不通,于是嵇康提出了新的音乐理论的研究方法。即"推类辩物,当先求自然之理;理已足,然后借古义以明之耳"。新方法强调对于研究对象的逻辑论证和客观规律的昭示,并辅之以历史经验的证明,以使音乐艺术理论既抽象,又具体,不至于偏执一端,失之片面,而是尽量符合音乐艺术本身的实际情况。与旧方法相比,新方法所具有的科学性显而易见,同时,嵇康的"声无哀乐论",也因此在当时成为一种反儒家传统的、创新的音乐观点,在他的音乐论文——《声无哀乐论》中,他一手对旧音乐理论进行了无情的清算,进一步,在旧乐论的废墟上筑起了自己关于音乐艺术的崭新的理论体系。

一、对儒家传统乐论的批判

嵇康对于儒家传统乐论的批评,是在魏晋名教与自然之争的哲学和政治的时代背景里进行的。在当时司马氏与曹魏集团之间的篡位与反篡位斗争中,嵇康站在曹魏一方,属于失败的一方,在面临司马氏集团加于其身的迫害和打击时,他始终是激烈地反抗,以白眼对政敌。在思想论争上他高举"自然"的旗帜,以老庄玄学为哲学武器,来与司马氏集团主张的"名教"相对抗,来掩饰自己在政治上的失败,并成为他的音乐艺术理论的哲学基础。而政治情绪的对立,也成为他写作《声无哀乐论》时主要的心态动力。《声无哀乐论》借鉴汉代赋体惯用的主客辩难的写法写成,其中主人与秦客两种音乐思想的较量,实质上是自然与名教的对抗在艺术理论中的延伸表现。以秦客为代言人的名教音乐理论是围绕政治来发挥的,所以魏晋两大政治力量的对抗必然延伸为艺术思想上的论争。嵇康的音乐批判的核心,因此只是紧紧围绕着音乐与政治的关系这一问题。

战国末期以来,儒家音乐理论便一直明确宣称:"声音之道,与政通矣。""乐者,通伦理者也。"④秦客以前儒的观点为准,以为"夫治乱在政,而音声应之,故哀思之情表于金石,安乐之象形于管弦也"。嵇康(主人)尖锐地指出这种观点在概念上历来没有搞清楚:"斯义久滞,莫肯拯救,故令历时滥于名实。"秦客不知古人(主要指孔子原始儒学)的音乐理论概念的真实含义,不知古人在立论时是"因事与名,物有其号"。如:"哭谓之哀,歌谓之乐,斯其大较也。然'乐云,乐云,钟鼓云乎哉?哀云,哀云,哭泣云乎哉?'因兹而言,玉帛非礼敬之实,歌舞非悲哀之主也。"秦客一派的错误,便在于把符号与象征形式和符号、象征所指称比喻的内容二者混为一体,所谓"乐象政"与"乐关伦理",便不过是错误地认为音乐便是政治自身。嵇康认为,在名(符号象征形式)与实(被指称象征的对象)之间,有着本质的不同,玉帛是周代礼仪活动最具代表性的符号,它可以象征祭祀者的虔敬的心情,也可用于君子之比德,循规蹈矩,佩玉丁当,进退合节,但所有这些都不过是礼仪的外部形式,而不是礼仪的本质。礼仪的本质不在于玉的洁润和帛的素绚,也不在于玉制与礼仪之间的象征指称关系,而在于参加礼仪活动的主体内在心情是否诚信虔敬,是否有"仁、义、礼、智、信"之心。同理,鼓舞也是礼仪的重要符号之一,又是独立的艺术符号,它能唤起艺术活动中主体内心的哀乐之情,但在本质上,符号是符号,哀乐是哀乐,二者是绝不相同的,声音只有善恶,哀乐在乎人心。这样,在嵇康那里,玉制歌舞之类,皆属于一种刺激或象征的形式,形式可以有异,但内容本质则一:"夫殊方异俗,歌哭不同,使错而用之,或闻哭而欢,或听歌而戚;然其哀乐之怀均也。"故哀乐"无系于声音,名实俱去,则尽然可见矣"。既然如此,则所谓"乐与政通"一类说法,依照音乐理论的那种阐释,便不能成立。因为音乐与政治的关系只能是间接的或唤起与被唤起的关系,二者不是直接的、相等的关系。嵇康由是破除了传统儒家乐论的音乐决定政治论。这在他对孔子的"移风易俗,莫善于乐"新解中阐发得相当精到:"'秦客'问曰:仲尼有言:'移风易俗,莫善于乐。'即如所论,凡百哀乐,皆不在声,则移风易俗,果以何物邪?"嵇康的辩难,以为"移风易俗者,必承衰弊之后也"。是中兴政治的努力,是孔子居礼崩乐坏的春秋时代,而欲"克己复礼"的良苦用心。但政治的中兴,原不关音乐之事,"至八音会谐,人之所悦,亦总谓之乐,然风俗移易,本不在此也"。与清化政治相关的是另一种"音乐",即"无声之乐",或者说是纯粹精神的超越感觉世界的"音乐"。因为"乐之为体,以心为主"。这样一种"乐",本质上是由清明修治所带来的和谐愉悦的,属于人生的音乐精神。关于这种音乐精神和政治的关系,嵇康是以老庄的政治理想为依据来阐述的。

> 古之王者,承天理物,必崇简易之教,御无为之治,君静于上,臣顺于下,玄化潜通,天人交泰,枯槁之类浸育灵液,六合之内沐浴鸿流,荡涤尘垢,群生安逸,自求多福,默然从道,怀忠抱义,而不觉其所以然也。和心足于内,和气见于外,故歌以叙志,舞以宣情,然后文之以采章,照

之以风雅,播之以八音,感之以太和,导其神气,养而就之,迎其情性,致而明之,使心与理相顺,气与声相应,合乎会通,以济其美。故凯乐之情,见于金石,含弘光大,显于音声也。若以往,则万国同风,芳荣济茂,馥如秋兰,不期而信,不谋而成,穆然相爱,犹舒锦布彩,灿炳可观也。大道之隆,莫盛于兹,太平之业,莫显于此,故曰:"移风易俗,莫善于乐。"

可以从中见出嵇康所谓的政治人生的音乐精神,包括(一)人与自然相互关系的和谐,为"天人交泰";(二)人的内在与外在的和谐,"和心足于内,和气见于外";(三)人与人之间关系的和谐,相互之间"不欺而信,不谋而成,穆然相爱"。这三方面和谐的实现均以统治者实行"无为政治"为前提。这也便是"无声之乐"与"移风易俗"的关节点。如此一来,有声音乐当然便完全谈不上对政治有决定性的影响了,所谓"治世之音安以乐,亡国之音哀以思"的观点便不过是雌黄之语了。

嵇康对于"移风易俗,莫善于乐"的新解,以"和谐"二字,贯穿他的哲学、政治与艺术思想,足见他于哲学、人生、政治和艺术所抱的主要是审美的态度,其"无为"的超功利性与名教的热衷利禄形成鲜明的对照。但最重要的是嵇康的审美态度,使他把我国古代音乐从不自觉的时代推入了自觉的时代。在秦客一派手里,音乐从来没有在本体上被加以认识,对于音乐的所有功能的认识,都不过是使音乐完全沦为政治的工具和附庸,被看作是时代精神的单纯的传声筒,音乐的这一屈辱地位标志着嵇康之前的音乐艺术尚处于在观念不自觉的时代,只是当嵇康明确宣布"声无哀乐"时,音乐才历史地第一次获得了作为艺术符号的独立地位。这一点,是嵇康对旧音乐理论批判的最重大的意义,是嵇康对于我国古代音乐美学思想发展所作出的最辉煌的贡献。

需要特别注意的是:自西周以来的中国古代政治,不像西欧古代那样是一种法制政治,而是血缘宗法的政治,与道德伦理融为一体,不追求对人的外加强制,而强调主体自觉的行为规范和社会对主体的舆论监督,感情约束。在很大程度上,可以把这种政治称为感情政治。所以嵇康批判"乐象政"的论点,主要便是从音乐与人的情感关系着手的,从而提出"声无哀乐"的著名论点。他的全部音乐美学情感理论,首先便是从这种对旧乐论的"声有哀乐"的批判而着手建立起来的。

二、情感与音乐情感的区别

情感历来是中国古代哲学、政治和艺术都频频涉及的问题。嵇康对情感的认识,主要见于他的养生理论和音乐理论中。魏末晋初,社会政治极端黑暗,文人的人格自由以至生命,常常遭到粗暴的蹂躏和威胁,即使激愤清峻如嵇康,也常常欲效文豹,远隐山林,全身避害。从洁身自好和明哲保身出发,也为与热心机务的司马氏集团中人划清泾渭,他承袭了庄子养生理论中的原始人道主义精神,提出了"越名任心"[5]的主张,核心是要以人的自然属性与人的社会属性相对抗,强调完善和满足人的情欲但又不为物累,使人从异化状态中摆脱出来,复归于自由自在的,真正完美的人。这也是嵇康以情感为中心的音乐理论的哲学根源。

从养生的角度出发,嵇康认为情欲难灭故养生有五难:"名利不灭"、"喜怒不除"、"声色不去"、"滋味不绝"、"神虚精散"。[6]这五种难灭的情欲就是人的一般情感。嵇康认为:人的一般情感是有害于人性完善的,所谓"喜怒悖其正气,思虑销其精神,哀乐殃其平粹"。[7]这是就危害的深层次来讲的。即从表面层次看,人的一般性情欲,由于累于外物,也是要残害人性,危及健康的:"美色伐性不疑,厚味腊毒难治。"[8]一句话以概括之,是"役神者弊,极欲令人枯"。[9]在文明时代发展和丰富起来的人的一般情感和欲望,在玄学清谈者嵇康的眼里成为扭曲的,异化的人性象征。这种变态的人性是与人的真正本质和根本利益背道而驰的。

嵇康认为利于养生,与人的本质和根本利益相一致的是作为音乐艺术的、以"和"为特征的情感。他说:"智之所美,美其养生而不羡;生之为贵,贵其乐和而不交。"[10]所谓"乐和而不交",指"心不存乎矜尚","情不系于所欲"。[11]说穿了,人生最可贵的便是能全真保性,超然物外,情感自由,益寿延年,人生的最高目的也便在于此。作为自由和超越的人性表征,"和"情以超越此在,中平温敬为特征,即它是一种由喜怒哀乐等相对立的情感平衡均势地交融为一体的综合性情感,故"若言平和,哀乐正等"。其状如"目送归鸿,手挥五弦。俯仰自得,游心太玄"⑫。这种"和"的情感主要通过属于养生范畴的音乐审美而获得,如嵇康说的:"善养生者……守之以一,美之以和……绥以五弦,无为自得,体妙心玄。"⑬我们在上一节中谈到的嵇康的哲学人生的音乐精神,一个核心的内容便是这种"和"的情感。它同时是嵇康艺术哲学和音乐美学思想的中坚内容。它以不为物役的自由自在的特质区别于累于外物的人的一般情感和欲望。作为对客体的价值评判,前者还因其超越此在而显得不偏不倚,后者则因其执著于此在而显出强烈的倾向性。

根据人的一般情感欲望与音乐艺术情感的区别,嵇康作出了自己的评价。对于前者,他贬斥为"俗之所乐",说:人"于将获所欲,则悦情注心;饱满之后,释然疏之,或有厌恶"。正确地指出生理性的一般情感欲望在满足之后,在人的心理上会随之产生厌恶之感,这一点正是一般生理性快感不同于审美快感的地方。对于在音乐活动中所获得的审美的情感愉悦,嵇康盛赞为"至乐":"若以大和为至乐,则荣华不足顾也,以恬淡为至味,则酒色不足钦也。"把审美活动,精神享受看得远比物质更为利于人的自由发展。因为生理快感"无立于内,借外物以乐之;外物虽丰,哀亦备矣"。这种情欲的满足是以丧失人的自由人格和尊严为代价的,在情欲满足的同时,便有人变为物的悲哀,不为真乐也。而音乐审美的情感愉悦是"有主于中,以内乐外,虽无钟鼓,乐已具矣"。审美主体与审美对象之间保持着的是超功利的自由契合关系。在审美享受中,关键是主体内心始终处于愉悦的状态。只要能做到这一点,那么审美对象——音乐是否在场,就不是关乎紧要的事了,这也便是"乐之为体,以心为主"的意思。嵇康对音乐审美关系自由契合、无利害特征的认识,表明嵇康准确地抓住了音乐艺术的情感活动的本质,这在当时的音乐美学界,几乎还是一种孤明之见。

但是还要看到,嵇康在论述音乐艺术情感时,从养生的根本利益出发,分音乐为内音乐(内琴、无声之乐,也就是我们前此谈及的哲学人生的音精神)和外音乐(钟鼓琴瑟人声等此在之乐),音乐艺术情感至高无上的境界——太和,只存在于内音乐中,最利于养生。一般的音乐艺术的情感"和",则主要存在于外音乐中,"太和"是人性已经绝对完善与自由的情感心理状态,"和"则是外音乐导养一般情感使之达到"太和"境界进程之中的情感心态。"和"是"太和"的基础,"太和"是养"和"的终极目的。二者代表了养生与音乐审美的深浅不同的层次,相互之间,并不矛盾。

三、否定音乐情感的艺术

自先秦以来,在音乐理论中,音乐的政治情感思想一直居处核心的地位,音乐是情感的活动成为一般的常识。在封建社会特定的环境下,也只有识高胆壮,不惜牺牲自己以实践理想的嵇康才敢于向这一常识,也即经典的音乐思想掷出批判的投枪,树起"声无哀乐"的旗帜,宣称音乐本身与情感无关,说:"声音自当以善恶为主,则无关于哀乐;哀乐自当以情感而后发,则无系于声音。"与名教的经典音乐情感论公开对抗。

嵇康是在将音乐视为纯粹符号形式的前提下否定音乐为情感艺术的,作为一种纯粹符号形式,音乐自成一个系统,而情感是另一系统,作为两种独立自在的存在,"音声有自然之和,而无系于人情","声之与心殊途异轨,不相经纬"。音乐不是形式化的情感,它只是能唤起情感的美的形式;它的意旨在于人的本质内积淀着人性生成、发展、完善的历史内容,体现为"太和"的音乐理性精神。只是在这一精神的照耀下,音乐成为唤起人的哀乐之情的刺激信号,主体与音乐才构成审美的关系,即如嵇康所说:"和心足于内,和气见于外,故歌以叙志,舞以宣情。"这样,音乐虽然不具备表现情感的功能,但作为"有意味的形式",它能在审美主体方面唤起富于理性色彩的愉悦的情感。人的哀乐之情在音乐的进行中净化为平和的心态,由不平衡潜移默化为平衡,并进而升华至"太和"之境,各种对立矛盾的心理情感力量悄然隐去,利欲昏昧的心境返璞归真为一面清明澄澈、平滑润洁的"镜子"。这便是音乐审美的极致,主体从中在最深层处体验到的是自身的人性本质,绝不单纯的是情感的满足。单纯的情感满足在嵇康看来是"饱满之后,释然疏之,或有厌恶"的。唯其如此,嵇康才把音乐作为养生的重要手段,并指出音乐具有"可以导养神气,宣和情志,处穷独而不闷"[14]的功能。由上述可知,在整个音乐欣赏过程中,嵇康认为音乐始终只是人的本质的符号,而不是人的情感的符号。在老庄哲学中,人性是静态的,是人的自然属性;情感是动态的,是文明社会带来的人的社会属性。后者是对前者的背叛,同时意味着对造物主——"道"的背叛,因而是可诅咒的,包括肯定音乐表现情感而象政、而关伦理的音乐理论。嵇康便是依据了老庄的这一理论思想,扬弃了老庄全面否定艺术活动的表象,从而提出声音与哀乐无关、否定音乐为情感艺术的主张。立足点仍然在于"越名教而任自然"的思想。

先秦两汉儒家的音乐情感论虽然认为音乐的主要功能便是表现情感,"心应感而动,声从变而发。心有盛衰,声亦降杀。"但它并不把音乐作为情感艺术来看待,而只是看作统治者治理臣民内心的有力工具。它在统治者的手中,发展为关于音乐与政治现实关系的极端理论,过分强调了音乐对于社会政治的反作用。由于受两汉宗教化的儒学的影响,更带上了谶纬神秘的色彩,使原始儒家的音乐情感论变得离艺术的理论更远,近乎高热病人的呓语,如"若葛卢闻牛鸣,知其三生为牺;师旷吹律,知南风不竞,楚师必败;羊舌母听闻儿啼,而知其丧家"。这种违背科学的、非理性的音乐情感思想,在尊重理性和逻辑推理的嵇康手中首次得到了无情的清算。他把音乐看作纯粹符号形式,与完善的人性——和谐自由的音乐精神联系起来,认为音乐直接服务于人的最高目的——养生。音乐对情感的影响只是全部音乐活动过程的初级阶段。在本质上,嵇康否定音乐是一门情感艺术,是为了把音乐界定为美的艺术,一种有意味的形式。

当然,由于嵇康在否定音乐是情感艺术时,并非是绝对冷静,由理性支配一切的,而是掺杂了相当分量的政治斗争的意气,所以,他的否定有绝对化、片面化的不足,推理上也有一些漏洞。他没有意识到社会性情感是人类本质进步的标志(标志着人摆脱了自然,也即从动物的情欲进化为人的情欲),因此他对社会性情感的全盘贬低,以及否认音乐是情感艺术的思想都是不尽恰当的。实践证明,尤其在音乐的作曲与演奏两个创作过程同步进行时,在空气中回荡萦绕的音调和声与旋律节奏中,往往有作曲者也即演奏者的情感的抒发。尤其是嵇康以自然和谐的乐声与自然和谐的人性相联系,而把和声与情感断然分开,以为主体在乐声中只是体验自然和谐的人性,这是向后看的消极理想主义的审美观。没有也不可能认识到主体在音乐艺术中主要是在体验对象化了的自身创造性的本质力量。结果是嵇康的理论只能使音乐活动成为人向历史倒退的生活方式,这和音乐本应引导人向前走的功能背道而驰。音乐与自然人性的亲切,与情感表现的生分,也使音乐现实地成为哲学的奴仆。这是嵇康对秦客代表的儒家音乐情感表现论的矫枉过正的必然结果。

四、音乐美是客观存在之物

从道家自然之道出发,嵇康说:"夫天地合德,万物资生;寒暑代往五行以成,章为五色,发为五音。音声之作,其犹嗅味在于天地之间,其善与不善,虽遭浊乱,其体自若而无变也。岂以爱憎易操、哀乐改度哉。"他指出天籁地籁等自然界中的音响律动一旦产生,便以客观存在着的形态呈现于人耳,其美丑与否,是不以人的哀乐之情而移易的。人工创作的音乐虽是"成于金石","得于管弦",但发声的物理原理与自然界音乐的发声原理是完全一致的,都是气流和发音物体的振动所致,故它和自然音律一样,也具有客观性。人的音乐的美是一种和谐的形式,也具有客观性。人的音乐的美是一种和谐的形式,就是说:"且声音虽有猛静,各有一和,和之所感,莫不自发。"或者说:"声音以平和为体,而感物无常,心志以所俟为主,应感而发。""和"是音乐恒常的特性,是"哀乐正等"的均衡协调之情,有"和"的音乐便是"善"的音乐,即美的音乐。音乐的"善"决定于音乐的"和",而与是否表现情感及表现什么情感无关:"音声有自然之和,而无系于人情。"也与审美主体的爱恶无关,"爱憎宜属我,而贤愚宜属彼"。"和"是客观的存在,而审美主体的情感爱恶是主观的存在,二者之间有唤起与被唤起的关系,而绝不相等。情感是音乐活动的主体——人在外物刺激下的心意活动。它依赖于物质,所以不能自生,如嵇康所说:"至于爱与不爱,喜与不喜,人情之变,统物之理……皆无豫于内,待物而成耳。"这个"物"不是抽象的音乐,而是具体的人世遭际,音乐是不能产生情感的,情感是心感于四季变化及社会人生的结果。故我们不能说"欢乐的音乐"或"悲哀的音乐",而只能说欢乐或悲哀的情感。这便是"心之与声,明为二物"的意思。

嵇康这一情在心,和在声的音乐思想,由于极端强调音律和谐独立于情感存在而受到人们的普遍误解,认为他取消了音乐的情感作用,粗暴地割裂了音乐的形式(和谐)与内容(情感)的表现与被表现的关系。但实际上,历史地看待嵇康的对于音乐美的客观性的论述,应该说嵇康的见解,比之名教对音乐美的政治化,以及对音乐的随心所欲的臆释,是要深刻得多,进步得多的。我们应该承认嵇康对名实的看法,音乐作为人性自由体验的符号形式,作为唤起主体情感活动的刺激信号,在本质上与性、情是不相同的。一在客观对象,一在主体心灵,不论二者是否现实地共存于音乐的文本中。同时,由于嵇康认为音乐的审美本质乃在于对自由完善的人格力量的体验,是太和之境,和谐的、善的音乐形式不过为审美提供了客观的条件,主体方面与之发生关系后才有审美体验的出现,"和有乐,然随曲之情,尽乎和域"。也就是说音乐美的本质在于主体内在的音乐精神。音乐形式的美,是客观存在着的与音乐美的本质异质同构的审美激活基因。因此,嵇康提出音乐形式美是客观的存在绝非是粗暴地割裂音乐的形式与情感内容,他也是确认音乐形式的和谐与审美主体内心和情的唤起与被唤起的统一关系的。只是音乐的情感教育作用不再像名教解释的是对万众的政治风化,是对社会人生的歌颂与讽刺,而表现为摆脱世情纷扰,向简朴大美的人性的复归。嵇康否认音乐对于政治的决定性的作用,当然不无偏颇之处,但他的音乐思想作为对魏晋黑暗政治的反抗,对神秘化的名教音乐情感论的批判,无疑是有积极意义与合理之处的。

五、音乐唤起情感

嵇康否认音乐具有表现情感的功能,指出声音与哀乐无关,也不表现作曲者的情感,尽管在创作活动中有情感的参与:"夫内有悲痛之心,则激哀切之言,言比成诗,声比成音。"但作品一经完成,它便成为客观的和谐形式,与创作者的情感脱离了关系。创作激情在创作实践中充当的是推动曲子写成的力量,曲子一经写成,力量便消失了。曲子并不是创作激情的固态,而只是因创作激情而催生。所以曲子本身是不表现情感的。如周文王的功德与其时风俗的盛平是不可能"象之于声音"的,否则,凭借乐工演奏,三皇五帝的情志便可以永存了。在生活中,每个人的情感活动都要受到严格的时、空环境的限制,情随事迁,人死无情,因此,音乐是不可能使某个人的某种情感凝固为纪念碑以永垂不朽的。况且,音乐审美经验告诉我们,对作品的演奏(唱)只能做到相对忠实作曲者的原意,绝对忠实根本不可能做到。演奏(唱)者在时空上距离作者越远,背离作品原意的地方就越多。因为每个时代的音乐技巧和审美意识都是不尽相同的。其中关键的原因是:演奏(唱)不仅是对作品原有情意的重理,那样演奏(唱)者就纯然是一个鹦鹉学舌的拙劣的工匠了。更主要的演奏(唱)是对作品的二度创作,演奏(唱)者的时代,个人经历,艺术修养不可能同于作曲家,他们的"再现"和再创作就必然远离作曲者的原意。所以文王功德及其时之风俗盛衰不可能在音乐中得到确定的表现。否则,"则文王之操有常度,《韶》、《武》之音有定数,不可杂以他变,操以余声也"。音乐演奏(唱)技巧就会经千百年而无丝毫变化,这是违背音乐实践常理的。如此,嵇康便以演奏(唱)的不确定性否定了音乐可以表现确定的情感,得出了"和声无象"的结论。

嵇康一方面认为音乐不表现情感,世上不存在悲哀或欢乐的音乐,另一方面他则力主音乐可以唤起情感。音乐不表现情感主要是就音乐的二度创作说的,音乐唤起情感是就音乐审美欣赏说的。

嵇康认为人的情感"自以事会,先构于心",产生后便沉睡于人的心中。

音乐唤起情感的过程是"夫哀心藏于内,遇和声而后发"。源于事功的社会性情感被音乐的和谐从沉睡状态中唤醒,使自身转化审美情感的愉悦,"劳者歌其事,乐者舞其功"。审美主体悦情注心于在乐音中对象化了的自身本质力量。

音乐之"和"为什么能唤起情感呢?依照嵇康的意思,是因为音乐之"和"是平和而无哀乐的、不表现出任何倾向性的综合性情感的诱发剂,它可以对应于和情中每一单一情感,故能"兼御群理,总发众情"。这反映在欣赏者身上,则表现为"人情不同,各师所解,则发其所怀"的情状,指出音乐唤起什么样的情感取决于欣赏主体的情感种类。如:"夫以有主之哀心,因乎无象之和声而后发,其所觉悟,惟哀而已。"而沉睡的若是欢乐之心,则"五音会,故欢放而欲惬"。所以在室内音乐会上,"理弦高堂而欢戚并用者,直至和之发滞导情,故会外物所感得自尽耳。"同一乐曲,由于欣赏者的人生遭际不同,所以可以同时使这一审美主体欢乐,使那一审美主体悲哀,这与现在的文学理论中说"一千个读者,便有一千个哈姆雷特"是有异曲同工之妙的。

嵇康认为音乐唤起情感的具体途径在于音乐与情感之间的同构对应关系。他说:音乐"皆以单、复、高、埤、善、恶为体,尽于舒疾,情之应声,亦止于躁静耳"。把音乐形式与情感的关系当作动态对应关系,认为音乐作为人们的审美观照对象,虽在体制上包括旋律的单一与复合;音量的大与小;音色的好与坏,但九九归一,它"尽于舒疾",是一种速度快慢杂陈错比的有节奏的声音的波动,其波动的"舒疾"与情感律动的"躁静"恰好形成同构对应的关系。这种关系延伸到乐器发音特色与情感的对应关系中,某种乐器只能唤醒某种情感,如:

> 枇杷、筝、笛,间促而声高,变众而节数,以高声御数节,故使形躁而志越。就铃铎警耳,而钟鼓骇心,故"闻鼓鼙之音则思将帅之臣"……琴瑟之体,间辽而音埤,变希而声清,以埤音御希变,不虚心静听,则不尽清和之极,是以听静而心闲也。

认识到枇杷(琵琶)、筝、笛的发音和演奏的主要特色是节奏快,变化多,发音高亢,唤起的是惊骇激烈的情感。琴瑟则相反,节奏慢,变化少,发音清远,唤起的是清和恬淡的情感。嵇康对音乐与情感的这种同构对应关系的认识十分可贵,现代音乐理论认为:"在二拍子体制中,相继两强拍的间隔与相继任何两拍的间隔,它们的长度比例是 2∶1;在三拍子体制中,3∶1。两种体制的表情意蕴素质是迥然不同的,粗略地讲,二拍子较刚,三拍子较柔。"而且"每种节奏型样态都是有自己的表情意蕴素质的"。[15]这与嵇康关于音乐与情感的同构对应关系的论述是十分相近的,可以相互印证。通过这种关系,音乐唤起情感,使审美主体在想象和联想中超越现实地体验到人生的最高目的。如黑格尔所说:"音乐通过……必要的比例关系给它所表现的心灵的自由运动提供了一种较稳定的基础和土壤,在这种基础和土壤上,内心生活就只有通过……必要的比例关系才达到内容丰富的自由的活动和发展。"[16]也就是说,由于音乐唤起的只是欣赏者内心的情感,这就等于说欣赏者在音乐中面对的只是对象化了的自身情感。音乐不是音律与情感的对话,而是在音律的刺激下情感的自言自语,自我满足,正如费尔巴哈讲到的那样:"当声调抓住了你的时候,是什么东西抓住了你呢?难道听到的不是你自己心的声音吗?因此感情只是向感情说话,因此感情只能为感情了解,也就是只能为自己所了解——因为感情的对象本身只是感情。"[17]既然感情只能由感情去了解,当然便不能到音乐的形式中去了解。这意思与嵇康"察者欲因声以知心,不亦外乎"的观点不谋而合。

音乐唤起情感在美学上的深刻内涵,借用立普斯的一句话来概括,就是"审美的欣赏并非对于一个自我的欣赏,它是一种位于自己身上的直接的价值感觉"。[18]人的情感便在这种自我的价值感觉中向真正的人的情性升华。嵇康无疑在哲学的高度,也在美学的高度,把握住了音乐审美的最深层的内核,深刻地阐述了音乐的情感功能和音乐作为美的艺术的本质。

六、音乐对主体身、心的影响

音乐唤起情感,在实质上,或者说从艺术心理学的角度看,是情感的宣泄和导养。这一功能使音乐在艺术门类中属于"感人之最深者也"。具体的作品如《咸池》等"先王至乐,所以动天地,感鬼神者也"。在使情感动荡的同时,会在主体身上伴随出现生理上的反应,所谓"心动于和声,情感于苦言,嗟叹未绝,而泣涕流连也"。足见音乐既影响人的心理,也影响人的生理。也就是说音乐既调节人的心理平衡,使人性超越此在而达至善的境界;也调节人的病理机制,使人的身心健康。

我们知道,音乐是高度抽象的精神的艺术,但它的进行却必须以生理为基础,情感之舟是在生理的水面上荡漾。人的情感生活无非是由猿到人的生理活动的高度发展的结果。音乐既面向人的心理,就必然会同时面向人的生理,这是不足为怪的。

在生活中,人往往处于人与自然,人与社会,人与自身等诸多利害关系中,全部人生充满了矛盾斗争与短暂的平衡,人的"自以事会,先构于心"的情感是十分丰富和复杂的:"民有好、恶、喜、怒、哀、乐、生于六气。"[19]从心理学角度说,由性到情实在是人的心理从平衡变为了不平衡。不平衡是因为心累于外物,所以情感的不平衡必然导致生理上的病理机制的产生,影响人的健康。原因就在于动荡的情感相对于原来的心态说来是一种异状,它不能积郁于心,以中医理论的说法:"通则不痛,痛则不通。"情感积郁就会阻塞人的正常心理和生理运动,形成病理的身心机制。嵇康认为,最宜于经常用来宣泄和导养人的情感的,非音乐莫属。他的体会是:"余少好音声,长而玩之,以为物有盛衰,而此无变;滋味有厌,而此不倦。可以导养神气,宣和情志,处穷独而不闷者,莫近于音声也。"[20]因为音乐具有不拘物累,超功利的特征,所以审美主体不会"饱满之后","或有厌恶"。而是乐此不彼,养气和志。也因为音乐可使动荡的一般情感升华为和谐平衡的审美情感,经过平衡的心理情绪是比一般情感更高级的,更利于人身心的愉悦之情,所以"琴诗可乐",审美主体可以经常"歌琴咏诗,聊以忘忧"[21]嵇康诗中的一个"聊"字,还表明了音乐对于情感的宣导是无限循环的过程,每次宣导只能暂时地、相对地解脱。旧的动荡不能彻底平衡,宣导后的平衡亦不能永驻,新的不平衡却在源源产生,平衡与不平衡的无休止循环,客观地规定了人在自己的发展完善过程中,永远不可离开音乐,音乐是"人情所不能已者也"。

音乐对情感的平衡带来对人的生理上的病理机制的协调。从现代科学的角度看,乐音的波压和频率经过耳膜的谐振并传递到人的大脑神经感觉中枢,才能使人的情感发生变化和运动,而情感的宣导也会通过神经运动中枢使人起生理反应:"哀之应感,以垂涕为故。"生理反应是情感宣导的必经之途和效应显示,是宣导后呈物质形态的副产品。当代医学已知人在痛苦时流泪可以排泄出体内不健康的情绪。而悲哀的音乐催人泣涕,在泪水中当已有不健康的情绪从体内排泄而出。生理机制在排泄泪水的动作过程中,自身已得到了协调,排除了病理的因素。音乐宣导协调人的心理平衡和病理机制的总过程,可以大致地分为如下三个环节:耳$\xrightarrow{感知}$心理$\xrightarrow{宣导}$流泪。第一个环节是音乐形式作为刺激信号输入审美主体的音乐器官。第二个环节是乐音对主体情感的唤起,打通主体内心阻滞积郁的情感通道,对一般情感进行净化和升华。第三个环节是由心理平衡的调节从而实现病理机制的调节,在生理的运动排泄中求得生理机制的平衡。第二和第三环节往往同时出现,审美的体验也主要在这两个环节中。

对于音乐的宣导调节,嵇康认为其效果要受审美主体的艺术修养水平的制约。同一音乐对有的欣赏者可能利其健康,对有的欣赏者则会使其心理病理的不平衡更为加剧。如"音声之至妙"的郑乐,对于一般人来说,是"犹美色惑志,耽槃荒酒,易以丧业"。因为一般人只有较低层次的音乐修养,只能沉溺于郑乐的轻曼歌声和音律节奏的繁复变化中,获得一种感官刺激的欢乐,而领略不到其中和谐的音乐精神。只有在音乐修养上已臻化境的"圣人",对于郑乐才具有"音乐的耳朵",才能真正欣赏郑乐之美。所以对于郑乐,"自非圣人,孰能御之?"总之圣人可以欣赏一切音乐,而一般人只能在雅乐中宣导情感。嵇康正确地指出了音乐欣赏的多层次特征。而认为郑卫利于圣人宣导情感,也等于是否认了名教对于音乐有邪、正的划分。破除了过度强调音乐为政治的工具的极端说法之弊端。坚持在音乐调节人的心理和病理平衡中,起决定和支配作用的是人,而不是音乐,这见解无疑是深刻和正确的。

以上对嵇康音乐美学情感论的粗略剖述支持了我们在本文开篇所下的

结论。总之,嵇康的乐论以人为出发点,以情感与音乐的关系为中心,以人性的归真返璞,自由完善为最高目的,与以儒家的政治伦理为中心的正统音乐理论相对立,是充满理性的,论证推理精微的音乐艺术哲学,它一扫旧乐论研究中以体验性语言为主的做法,与旧乐论中充斥的神秘荒诞的奇谈怪论势不两立。在中国音乐思想史上,嵇康是把音乐作为一门独立的艺术形式来研究的第一人,也是真正把握住音乐的审美本质的第一人。

注 释

① 吉联抗:《声无哀乐论·音乐家嵇康及其音乐思想(代序)》,人民音乐出版社1964年版,第9页。

② 葛路:《魏晋南北朝的艺术美、嵇康的声无哀乐论》,载《美学讲演集》。

③ 嵇康:《声无哀乐论》,本文自此以上所引嵇康文字未标明出处的,均系引自吉联抗《声无哀乐论》。

④《乐记·乐本篇》。

⑤⑪ 嵇康《释私论》,见戴明扬《嵇康集校注》。

⑥⑩《答难养生论》。

⑦⑬《养生论》。

⑧《六言诗》。

⑨㉑《重作六言诗十首代秋胡歌诗七首》。

⑫《赠兄秀才入军》。

⑭⑳《琴赋序》。

⑮ 赵宋光:《数在音乐表现手段中的意义》,见《美学》第3期。

⑯ 黑格尔:《美学》第三卷上册,《各门艺术的体系·音乐》。

⑰ 费尔巴哈:《十八世纪末—十九世纪初德国哲学》,见《西方哲学家论美和美感》,商务印书馆1980年版,第211页。

⑱ 立普斯:《移情论》,见伍蠡甫主编《现代西方文论选》。

⑲《左传·昭公二十五年》子产语。

原刊《音乐探索》1988年第1期

张戒论诗歌审美生成

张骏翚

张戒所著《岁寒堂诗话》,是宋代一部重要诗歌理论著作,在中国诗话史和文艺美学思想史上影响甚大,特别是从他开始,才有了对苏、黄诗风的正面批判[1],直言苏、黄是诗坛病症之根源,直斥诗歌"坏于苏、黄"(《岁寒堂诗话》卷上,以下不录书名,只注卷数)。同时,张戒还提出了许多针对性的补救措施。这就开始打破了张戒所处的时代苏、黄诗风垄断诗坛的沉闷局面,为诗歌走上正确的发展道路作出了积极贡献。

张戒诗论,涉及到了传统诗歌美学一个重要问题,即诗歌审美生成。对于这一命题的论述,我国古代历来都十分强调审美情兴来自于自然感发的审美体验,认为在审美活动中,诗人是感物而吟志,内在情思随物色景观而摇荡,景哀而情哀,景乐而情乐,两相融会,自然契合,而不是有意地通过思维"造作"而产生审美情兴,引起审美活动。如果"本无是情,而设情以为之"[2],就成为"为文而造情"[3],就是"于心本无所欲言……故其辞多近于勉强,以是而称之曰诗,未见其可也"[4]。但是,中国诗歌美学思想发展到宋代却出现了波折。虽然当时的道学家有"心学",并认为情是"感于外而发于中"的,具有合理之处,但其对情的最终态度却是"正其心,养其性","性其情"。这样,不仅把性、情厘为二,而且强调要约情归性,以天理遏制人欲,从而最终否定了情[5]。而以苏、黄为代表的诗风却主张"以文字为诗,以才学为诗,以议论为诗"[6],以补缀奇字,斤斤于技巧为能事,从而使忽视真情实感的诗风风靡一时。正是在这种背景下,张戒对苏、黄诗风的不良倾向提出了大胆的批评,同时重新举起了传统诗学中对"情"重视的旗帜,并发挥、发展了传统诗学。

张戒论诗歌审美生成

　　张戒认为,诗歌之审美生成在于"情动于中而形于言",只有创作主体面对所观照的对象,引起某种感动时,才有可能产生审美创作活动。并且,在审美生成过程中,主体的积极性与主动性是非常重要的,它起着不可忽视的主导作用。他说:"山谷云:'诗句不凿空强作,对景而生便自佳。'山谷之言诚是也。然此乃众人所同耳。惟杜子美则不然。对景亦可,不对景亦可,喜怒哀乐,不择所遇,一发于诗,盖出口成诗,非作诗也。观此诗(按指杜甫《洗兵马》)闻捷书之作,其喜气乃可掬,真所谓'情动于中而形于言,言之不足,不知手之舞之,足之蹈之也'。"(卷下)在这段话中,张戒首先肯定了黄庭坚关于诗歌之审美生成在于"对景而生便自佳"之说,指出"对景亦可",认为诗歌审美生成活动中应有相应的客体对象对主体的感发与触动,是客体对象的感动牵引着主体情思而引发出一片诗情,但这只是审美活动的一个方面。另一方面,诗歌审美创作乃是抒发诗人的审美情兴,因此,只要胸中蓄积着"喜怒哀乐"之情就会"不择所遇,一发于诗",这样,"不对景亦可"。可见,张戒强调了诗歌审美创作中主体的能动作用。诚然,在审美生成活动中,主客二体不可或离,"情景名为二,而实不可离"[⑦]。但是,在创作活动中会出现不同的情况,或者是触景而生情,或者是借景而言情,因此张戒既同意"对景亦可",指出这是一般人的见解,"乃众人所同";同时强调指出"不对景亦可",表现出不囿于流俗的主张。但需指出,张戒之"不对景亦可"并非就是排斥"景"(客体)在诗歌审美生成中的作用。张戒关于"喜怒哀乐,不择所遇,一发于诗,盖出口成诗,非作诗也"的主张,实际上是把"喜怒哀乐"这纯然人情、"喜气可掬"的主体感性的兴奋也视作诗歌审美生成中的观照对象,重视对自然感发的情兴的观照、体验与抒发,或者说重视主体的自我体验。很有意思的是,后来王国维有段著名的话:"境非独谓景物也。喜怒哀乐,亦人心中之一境界。故能写真景物、真感情者谓之有境界。"[⑧]这里,王国维已不把"景"仅仅看作自然景物,而广义为"自然及人生的真实",因此,"景"不可与"境"等同。"境",就是"深邃感情"之"素地"[⑨],就是感情的、精神的境界。可以说,王国维的看法是对张戒的借鉴与发挥。虽然张戒对情、景的认识还没有达到王国维的如此深度,他们之理解也还有出入之

古代文论与美学研究

处,但他们在重视主体,把主体的"喜怒哀乐"当作诗歌审美生成中可以观照的对象这一点上,却有一致之处。

那么,张戒对审美主体的情感又有什么样的要求呢?也就是说,引起审美生成活动展开的是什么样的情感?张戒的论述涉及了两方面,一是要求"情真",二是要求"情意有余,汹涌而后发"。

张戒谈到古诗、苏、李、曹、刘、陶、阮诗"咏物之工,卓然天成,不可复及"时说,"其情真,其味长,其气胜,视《三百篇》几于无愧。"(卷上)他明确提出古诗、苏、李等诗可以逼近典范的《三百篇》的原因,首要的就是"情真",在诗作中抒发、表达了真情实感。在审美生成过程中,真情是审美主体参与其中的核心要素。主体只有以真情去观照、渗透对象,展开审美生成活动,才可能有感动他人的作品产生。因为作者与鉴赏者之间是以心换心的,没有真情的参与,必不可能唤醒他人。杜甫《洗兵马》一诗达到"其喜气乃可掬"的程度,原因就在于杜甫"闻捷书"而有真情实感参与到诗歌审美生成中去。杜甫此诗是一篇精心之作,王安石选杜诗,以此为"压卷"⑩。它大约写成于乾元二年(959年)春二月杜甫在洛阳时。此诗表视了杜甫高度的爱国主义和清醒的现实主义精神。它一方面对祖国的走向复兴,表示了极大的喜悦和歌颂,另一方面则对当时朝廷存在的弊政,提出了严厉的批评和意味深长的警告。故此诗在当时具有鼓舞和警告的双重作用。王嗣奭云:此诗"笔力矫健,词气老苍,喜跃之意,浮动笔墨间"⑪。而且,杜甫诗之所以千古不朽,还在于其"真情"乃"人人心中所有"的东西,这正像薛所蕴《桴庵稿·与某》引文信同云:"凡吾意所欲言,子美先代为言之,乃知子美非能自为诗也,自是人性情中语,烦子美道耳。"要知道,审美情感之所以不同于一般的喜怒哀乐,正是由于它具有普遍有效性,它是通过观照有限的具体对象的形式,认识某种无限的真理的内容而产生的喜悦和满足,它是由认识真理而引起的一种人类精神的流动、满足和喜悦;而一般的感情,则没有普遍有效性,往往是单纯的个人对现实对象的主观的爱憎与好恶。张戒还在对苏、黄诗风的批评中,表明了重"情真"的美学主张。他在指责苏、黄诗歌"喜用俗语"时称其"然时用之亦颇安排勉强"(卷上),而非真情实意的自然抒发。在审美生成活动中,主体若本无真情吐露、参与,而是"安排勉强"为之,其情也必然是虚情、矫情,这样去展开审美活动,并物态化为作品,亦必不能产生优秀之作,难以与鉴赏者心心相印,获得艺术与社会价值。这样勉强为之,当然是"不能如子美胸襟流出"(卷上)所达到的艺术成就了。

关于"情真",张戒还提出了"诗人之工,特在一时情味"(卷上)这个命题。它指出审美生成的展开,关键在于审美主体抓住彼时彼地具体而微的切身感受,这样才可能获得诗人所期望的艺术价值。但这一命题本是基于张戒所谈到的"以中的之为工"(卷上)而提出的。所谓"中的",即是要求抓住事物的审美特征,使所描写的对象鲜明生动,情真而意切,这样的作品才能产生强烈的艺术感染力。如何才能做到"中的"呢?就是张戒提出的"诗人之工,特在一时情味,固不可预设法式也"(卷上)。张戒强调的"一时情味",正是那种"由心与物相遇(人与世界相遇)那一刹那不知缘起的感动,继而达到的一种感性的兴奋"[12]。这种感性的直觉,"是人的精神的自由和解放"[13]。诗人感物而动,因情而发,抓住具体而微的真情实感,作出形象的"中的"描绘,因而"尤为至切,所以为奇"(卷上),具有此叩彼应的审美效应。张戒论及此时,运用了实例加以分析、佐证。他说:"'萧萧马鸣,悠悠旆旌',以'萧萧'、'悠悠'字。而出师整暇之情状,宛在目前。此语非惟创始之为难,乃中的之为工也。荆轲云:'风萧萧兮易水寒,壮士一去兮不复还。'自常人观之,语既不多,又无新巧,然而此二语遂能写出天地愁惨之状,极壮士赴死如归之情,此亦所谓中的也。"(卷上)如果说《诗经·小雅·车攻》这两句诗把"出师整暇之情状"写得栩栩如生,"宛在目前",乃在于"萧萧"、"悠悠"二语准确地抓住了"出师整暇"的基本特征,而谓其"中的之为工"的话,那么,荆轲诗之情则完全是因为写出了那种"赴死如归"的一腔真情。据司马迁《史记·刺客列传》载其当时情景:"太子及宾客知其事者,皆白衣冠以送之。至易水之上,既祖,取道,高渐离击筑,荆轲和而歌,为变徵之声,士皆垂泪涕泣。又前而为歌曰:'风萧萧兮易水寒,壮士一去兮不复还。'复为羽声慷慨,士皆瞋目,发尽上指冠。于是荆轲就车而去,终已不顾。"可见,荆轲本有"心知去不归"的悲壮之情,在"萧萧哀风逝,淡淡寒波生"⑬的客观环境和"士皆垂泪涕泣"、"瞋目,发尽上指冠"的动人场面感染烘托下,使其固有的思想感情更加强化,而自然地一发吟出了"风萧萧兮易水寒,壮士一去兮不复还"的千古绝唱。这两句诗的确是淋漓尽致地写出了"壮士赴死如归之情"和"天地愁惨之状",确是所谓"中的"之佳作。张戒反对那种有意地通过思维来"创造"情兴,因为诗歌审美生成重在"一时情味",所以说喜时亦可言喜,说怨时亦可言怨,只要这种喜、这种怨是真实的、自然的,那么,"说喜时不得言喜,说怨时不得言怨"的做法自是"得其粗尔"(卷上)。所以《古诗》"白杨多悲风,萧萧愁杀人"中"悲"、"愁"二字,"乃愈见亲切处,何可少耶"(卷上)。

对于审美生成中的"情"这个要素,张戒还进一步指出:"《诗序》云:'情动于中而形于言,言之不足,故嗟叹之。'子建、李、杜皆情意有余,汹涌而后发者也。"(卷上)这里,提出了"情意有余,汹涌而后发"的命题,这是对传统诗学关于"情"的立论的发挥,是对审美创作心理动力的探求和表述。它表明了诗歌审美生成乃出自于诗人的审美需要,"审美需要乃是一种追求和获得审美情感的需要。人们进行审美活动,主要是使自己的本性需要和审美需要得到满足"⑮,也表明了诗歌审美生成乃是一种情感宣泄的间接形式,虽然情感宣泄不是诗歌创作活动中的本质和目的,但它确实具有一定的情感宣泄的功能,许多优秀的诗篇,往往正是以这种集聚而浓烈的情感为动力创作出来的。张戒"情意有余,汹涌而后发"的命题,正是对曹子建、李白、杜甫等杰出诗人的审美创作之成功原因的明确概括,是对"发愤著书"⑯、"不平则鸣"⑰、"穷而后工"⑱等美学思想的继承和发展。张戒在论述"情"这个要素时,虽没有明确提出"发愤著书"、"不平则鸣"等一类不合儒家正统的怨情命题,但他在评论作家作品时,却表露了相似的观点。如在评说杜甫《莫相疑行》时称:"以子美之才,而至于头白齿落无所成,真可惜也。故尝有'中宵只自惜,晚起索谁亲'之句。……子美之自惜,盖叹时之不用,人之不知耳。悲夫!'往时文彩动人主',今不幸而流落,至于'饥寒趋路旁','晚将末契托少年',岂其得已哉?"(卷下)在评杜甫《舟中出江陵南浦奉寄郑少尹审》一诗时亦谓:"少陵遭右武之朝,老不见用,又处处无所遇,故有'百年同弃物,万国尽穷途'之句,余三复而悲之。"(卷下)在对以上两首诗所作的审美评价中,张戒是肯定了杜甫因"头白齿落无所成"、"时之不用,人之不知"、"遭右武之朝,老不见用,又处处无所遇"的遭际和命运而产生的伤感怨情,一发而为诗这一做法的,所以他有"真可惜也"、"三复而悲之"的审美反应。

应该说,"情意有余,汹涌而后发"这个命题,是张戒诗歌美学思想中最为宝贵、最有价值的观点,应该引起足够的重视,有必要对这一命题的内涵作一简析。"情意",乃指"情""理"相融的审美情感,或者说是"理"渗透、溶解于"情"中而"无迹可求"的审美情感。当诗人的审美体验蓄积日久,就会萌动、勃发于胸中,当其"汹涌"而不可遏止时,必然会"悲斯叹,叹斯愤,愤必有泄,故见乎词"[19],其"汹涌"于胸中的"情意",正是推动审美创作的内在动力。在张戒看来,曹、李、杜等的优秀篇什,正是这些诗人"情意有余,汹涌而后发"的产物——人的生命体验和创造能力的结晶。

张戒在评说杜甫诗《晴》之第二首时,有这样一段话:"子美之志,其素所蓄积如此,而目前之景,适与意会,偶然发于诗声,六义中所谓兴也。"(卷下)这里,张戒把"兴"解释为"其素所蓄积"于胸中的情感与"目前之景"的偶然相遇("适与意会"),而"发于诗声"。这是对"情意有余,汹涌而后发"这个命题的补充,是对儒家"六义"中"兴"作出的新的阐释,它表明审美感兴的基本特征是一种感性的直接性。在张戒看来,审美生成往往是以往的生活际遇产生的情感在作家心中蓄积已久,一旦遇到某种外物刺激,见景生情,就一发于诗。总之,张戒看到了审美主体的审美情感经过平素之积累,在心中越积越多,酝酿、膨胀,最后如山洪决堤,不得不暴发出来。相反,若情感蓄积、酝酿不充分,审美生成活动也必难产生;即便产生了,也往往苍白无力,显得无病呻吟。张戒的这些论述,无疑对后代的美学家产生过有益的启示。如明代思想家、美学家李贽说:"世之能文者,比其初皆非有意于文也。其胸中有如许无状可怪之事,其喉间有如许欲吐而不敢吐之物,其口头又时时有许多欲语而莫可告语之处,蓄积已久,势不可遏,一旦见景生情,触目兴叹,夺他人之酒杯,浇自己之垒块,诉心中之不平,感数奇于千载。既已喷玉唾珠,昭回云汉,为章于天矣,遂亦自负,发狂大叫,流涕恸哭,不能自止。"[20]李贽的这一论述中,明显地有着张戒的影子。

但是,张戒究竟还是一个正统儒家美学思想的继承者,所以他对于审美情感的发挥不会走到如六朝所谓"放荡"[21]的地步。他之论及审美情感,是注意到了儒家诗教的规范的,或者说,是在儒家诗教的大前提下讨论、提倡审美情感在审美生成活动中的作用和必要性的。这可以从他继承发扬"诗言志"和"思无邪"两方面加以讨论。

关于"诗言志",张戒认为"言志乃诗人之本意"(卷上),"诗者,志之所之也"(引《毛诗序》卷上)对于他所称赏的古诗、苏、李、曹、刘等,他的评价是:"凡以得诗人之本意也。"(卷上)相反地,则斥为"诗人之本旨扫地尽矣","风雅自此扫地矣"(卷上),等等。由此可见,张戒是把"言志"作为诗的本旨所在,是把"志"的内容规定为"风雅"之义的。

虽然,"诗言志"、"诗者,志之所之也"中的"志",有情性、情感的含义,但在中国古代文艺美学特别是传统儒家文艺美学那里,这个"志"更多地偏向于一种伦理的实践的意志怀抱;即使有个体之"情"的含义,传统儒家文艺美学也要将其引导到外向性的伦理教化价值体系中去。这个"志",更多地是与"情"相对立使用的。这在张戒诗学亦有明显表现。

"风雅",或者说《诗经》,在中国古代诗史上,一直是作为诗人们所追求的典范,诗人们没有一个不是孜孜以求达到《诗经》的光辉成就。能够被称为"视《三百篇》几于无愧"(卷上),大概是中国古代诗人们的最高荣耀了。而所谓"诗可以兴,可以观,可以群,可以怨,迩之事父,远之事君"[22],"先王以是经夫妇,成孝敬,厚人伦,美教化,移风俗","上以风化下,下以风刺上,主文而谲谏,言之者无罪,闻之者足以戒"[23]等等,正是《诗经》价值之所在,为正统儒家诗教继承者奉为圭臬。这些诗论主张,也正是"志"的主要内容。张戒也就是这样理解、接受并发扬它的。因此,在张戒诗学中,"言志",就意味着诗歌要担负起社会政教之功用。而审美情感要在这个前提下抒发和表达,以便更好地为发挥这种社会功用和价值服务。在张戒那里,真正伟大的诗人应不仅仅是"诗人",还应是政治家、教育家等等,所以他一再称赞诗圣杜甫的诗"乃圣贤法言",而杜甫"非特诗人而已"(卷下);他反复宣称杜甫"心存社稷"、"深于经术"、"独得圣人删诗之本旨",甚至"恨世无孔子,不得列于《国风》、《雅》、《颂》尔"(卷下)。可见,张戒要求诗歌应为发挥社会政教功用服务,诗之本旨就在于此,而"志之所之"、"情动于中"、"汹涌而发"的诗歌审美生成活动也要基于此而展开和进行。本此,张戒反对"嘲风咏月"(卷下)之作,反对苏、黄那种"雕镌刻镂之工日以增"、"以议论为诗"、"补缀奇字"、"学子美但得其格律"(卷上)等等着眼于形式的诗风,并斥之为"诗人之意扫地矣"(卷上),甚至视苏、黄乃"诗人中一害"。

但必须指出,张戒强调"志",以"言志"为诗人之本意,并没有因此而否定"情"在审美创作中的作用。前已详述他对"情"之重视,兹不赘述。这里需要补充的是他如何把这两者有机地结合在一起。张戒继承了刘勰"情"、"文"关系之说,称"刘勰云:因情造文,不为文造情。若他人诗(按:即相对于子建、李、杜以外之诗人),皆为文造情耳"(卷上)。我们看看刘勰原话:"昔诗人什篇,为情而造文,辞人赋颂,为文而造情,何其明其志?盖风雅之兴,志思蓄愤,而吟咏情性,以讽其上,此为情而造文也;诸子之徒,心非郁陶,苟驰夸饰,鬻声钓世,此为文而造情也。"[24]在刘勰这里其实已隐含了"情"与"志"合二而一的关系,所以"诗人什篇",在"志思蓄愤"的心理前提下,既已"吟咏情性",同时又要达"以讽其上"的教化目的。这正是传统儒家"诗言志"的宗旨所在。到唐代孔颖达更是明确地指出"在己为情,情动为志,情、志一也"[25],这观点遂成为后来不少诗论家的共识,张戒也正是如此认识"情"、"志"关系而倡导"为情造文"的。再者,在张戒关于"特诗人之余事"的咏物诗的论述中,也可以见出张戒是如何认识情、志关系,如何把二者融合为一体的消息。他指出,咏物之工要做到"本不期于咏物,而咏物之工,卓然天成,不可复及"(卷上),从而达到"其情真,其味长,其气胜"的审美要求,使之"视《三百篇》几于无愧",以"得诗人之本意",这就是曹植、杜甫之所以让后人终"莫能及"的原因。而潘、陆以后的诗人,"专意咏物"、"极其工巧"(卷上),这样的创作也就谈不上"情真",只能是"诗人之本旨扫地尽矣",其原因就在于他们不知"言志之为本",必须在"言志"的大前提下,将情、志融为一体。

　　对于审美情感的规范,张戒还有"思无邪"方面的讨论。他说:"孔子曰:《诗》三百,一言以蔽之,曰思无邪。世儒解释终不了。余尝观古今诗人,然后知其言良有以也。《诗序》有云:'诗者,志之所之也。在心为志,发言为诗,情动于中而形于言。'其正少,其邪多。孔子删诗,取其思无邪者而已。自建安七子、六朝、有唐及近世诸人,思无邪者,惟陶渊明、杜子美耳,余皆不免落邪思也"(卷上)。可见,张戒比较全面地继承了儒家的诗教观,既肯定了"诗言志"说,又规范"志"的内容为"思无邪"。张戒基于这种审美观点,一再声称诗歌创作应"微而婉,正而有礼"(卷上),"主文而谲谏"等等,并大力反对"无礼"、"嘲风咏月"、"韵度矜持,冶容太甚,读之足以荡人心魄"(卷上)之作。张戒推崇陶潜和杜甫,认为自建安至今,思无邪者,惟此二人而已,而就中,他又尤其推崇杜诗,认为"读之,使人凛然兴起,肃然生敬"(卷上),可以正人邪思,达到教化之功用。张戒在对杜诗的审美评价中屡屡言及于此。他对唐人有关咏杨太真事的诗篇作了对比分析,认为杜甫《哀江头》一诗"其词婉而雅,其意微而有礼,真可谓得诗人之旨者"(卷下)。而认为其他诗人同一题材之作,如白居易《长恨歌》等则"类皆无礼",认为"太真配至尊,岂可以儿女语黩之耶?"(卷上)这暴露了张戒美学思想中的封建正统观念。张戒在论述这些问题时,是紧密围绕着如何规范审美情感出发的,如由要求"微而婉"出发,在创作上就应做到"情意"不要"失于太详","景物"不要"失于太露"(卷上),否则,既不符合温柔敦厚的诗教,又会在艺术上成为"浅尽"之作,"略无余蕴",而白居易、元稹等人之病处正在这里。

注　释

①虽然在张戒以前,对苏、黄也有某些非议,如叶梦得《石林诗话》卷中就曾对苏、黄"用事"欠妥提出过一些批评,对苏、黄诗歌大量用事乃其所表现出的不良倾向,却没有任何非难。故说直到张戒,才有了对苏、黄诗风的正面批评。

②徐渭:《肖甫诗序》。

③㉔刘勰:《文心雕龙·情采》。
④朱彝尊:《曝书亭集·陈罗诗集序》。
⑤参见程颐:《颜子所为何学论》。
⑥严羽:《沧浪诗话·诗辨》。
⑦王夫之:《姜斋诗话》。
⑧王国维:《人间词话》。
⑨《静安文集续编·屈子文学之精神》。
⑩《杜诗详注》引朱鹤龄语。
⑪《杜诗详注》卷六引。
⑫⑬叶朗主编:《现代美学体系》,北京大学出版社1988年版,第172、171页。
⑭陶渊明:《咏荆轲》。
⑮皮朝纲等:《审美心理学导引》,成都电讯工程学院出版社1988年版,第37页。
⑯司马迁:《史记·太史公自序》。
⑰韩愈:《送孟东野序》。
⑱欧阳修:《梅圣俞诗集序》。
⑲刘禹锡:《上杜司徒书》。
⑳《焚书·杂说》。
㉑萧纲:《诫当阳公大心书》。
㉒《论语·阳货》。
㉓《毛诗序》。
㉕《左传·昭公二十五年》疏。

原刊《四川师范大学学报》1996年第4期

作者简介:张骏翚,四川仁寿人,四川师范大学文学院副教授,文学博士,四川大学文学与新闻学院文艺学专业博士后。

张戒论诗歌审美风格

张骏翚

张戒《岁寒堂诗话》不仅继承、发展了传统诗学重"情"的诗歌审美生成论[①],而且发表了许多有关审美风格的意见,对审美风格形成的因素和风格类型的划分,都提出了自己的看法。

审美风格的形成因素是多方面的,极其复杂的,但归纳起来,不外有主观因素和客观因素两个方面。在张戒的论述中,更强调主观因素,即作家自身因素。而所谓形成审美风格的作家自身因素,也就是每个作家所独具的创作个性。审美风格是由内而外,发于中(情志)而形于外(形式)的。我国古代文艺美学由此特别注重和强调创作主体的个性及其在文艺作品中的表现,并把是否体现出鲜明的个性特征作为评价文艺作品成就高下的一个标准,反映到创作理论上即"文如其人"说的提出。"文如其人"说认为文艺创作是创作主体的个性的比较充分的反映和表现。文艺作品是创作主体感知审美对象所引起的心理效应的独特之光的折射,是主体心灵的外化和物态化,"不可违心而出,亦不能违心而出"[②],在张戒那里,就是"诗文字画,大抵从胸臆中出"(《岁寒堂诗话》卷上,以下不录书名,只注卷数)。从接受角度看,接受者亦可以从字里行间读见出创作主体之心性为人,所谓"读其诗,可以想见其胸臆矣"(卷下)。但具体论述起来,这个从审美主体"胸臆中出"的、影响审美风格形成的作家主观因素又包括作家的性格气质、艺术趣尚以及对于事物独特的感受和认识能力,在张戒那里,即表述为"气"、"才力"、"性情"等等。

气质是人的高级神经活动类型特点在行为方式上的表现,是个人心理活动的动力特征,是"自然之恒资,才气之大略"[③],是作家审美心理结构的客观自然基础。创作主体的个性气质是千差万别的。文艺作品中所反映和再现的内容,既然是创作主体心灵的外化和物态化形式,那么,创作主体在个性气质上的差别必然会显现在文艺作品中,并由此而形成作品的不同风貌和审美特色。在我国古代,气质这一范畴基本上是包含在有关"气"的论述当中的。"气"本是一个哲学概念。先秦时代,在对天地万物的起源问题的解释上,有一种可称之为"气源论",认为气是万物之源,而气分阴阳,是阴阳二气相交形成天地万物。自然地就逐渐形成了把"气"看成为一种既支配着人的生命活动,又决定着人的精神活动、决定着人的情志和个性的物质力量这种认识,天有六气,人有六情。魏晋南北朝的曹丕,第一次提出了"文以气为主",把"气"对文学创作的作用放到了首要位置,这为审美风格理论的形成作了充分准备。曹丕提出:"文以气为主,气之清浊有体,不可力强而致。譬诸音乐,曲度虽均,节奏同检;至于引气不齐,虽在父兄,不能以移子弟。"④在曹丕看来,创作主体先天所禀赋的"气"与文艺作品的风格有着十分密切的关系,主体的"气"是形成其独特的审美风格的重要因素。因而各个作家各有擅长,出现风格上的差异,也就主要在于其所禀之"气"的不同。曹丕的观点,对后世美学理论产生过很大影响。张戒继承了曹丕的"文气"论来谈风格的形成。他不仅以"气"来评说诗歌审美风格(如称杜甫诗"以气胜"),表明他看到了审美主体所禀之"气"与其所形成的审美风格之间的关系,而且他还指出,"气有强弱,则不可强矣"(卷上),"人才气格,自有高下,虽欲强学不能"(卷上),这又同曹丕一样,认为个人先天所禀的"气"是各自不同,有强有弱的,并且不能因"力强"而改变。

其次,张戒还着重谈到了"才"(也称"才力"、"才气"或"人才")。这也是作家先天所禀赋的主观条件,它包括了对事物的感受力、想像力等。张戒认为,才力是决定作家创作、影响其风格形成的一个重要因素。才力不同的作家,创作上必然表现出差异,作品的内容有深浅之别,艺术上有优劣之分。他说"人才高下,固有分限"(卷上),"人才各有分限,尺寸不可强"(卷上)等等,认为"才力"同"气"一样,人各有别,且不能为后天所改变。因此,"同一物也,而咏物之工有远近;皆此意也,而用意之工有浅深"(卷上)。张戒举了许多例子来说明这一论点。如同样写登塔,杜甫《登慈恩寺塔》与章八元《题雁塔》、苏东坡《登灵隐寺塔》、刘长卿《登西灵寺》、王安石《登景德寺塔》相比较,就要高人一筹。他称章八元《题雁塔》"此乞儿口中语也"(卷上),是很看不起的。他认为东坡诗是"意虽有佳处,而语不甚工,盖失之易也"(卷上)。他评刘长卿、王安石二人诗"语虽稍工,而不为难到"(卷上)。他对杜甫诗则极尽夸赞之能事,句句与他人诗句相比较:"《登慈恩寺塔》首云:'高标跨苍天,烈风无时休,自非旷士怀,登兹翻百忧。'不待云'千里'、'千仞'、'小举足'、'头目旋',而穷高极远之状,可喜可愕之趣,超轶绝尘而不可及也。'七星在此户,河汉声西流。羲和鞭白日,少昊行清秋。'视东坡'侧身'、'引手'之句陋矣。'秦山忽破碎,泾渭不可求。俯视但一气,焉能辨皇州?'岂特'邑屋如蚁冢,蔽亏尘雾间',山林城郭漠漠一形,市人鸦鹊浩浩一声而已哉?"(卷上)他进而得出结论说,造成诗艺高下如此的原因就在于"人才有分限,不可强乃如此"(卷上)。张戒对杜甫《白帝城最高楼》一诗也竭力称赞:"使后来作者如何措手?"(卷上)真是才大艺绝了。他还用杜甫此诗与苏东坡、黄庭坚相比较,认为东坡《登常山绝顶广丽亭》诗乃"袭子美已陈之迹,而不逮远甚"(卷上),说黄庭坚《登快阁》诗"落木千山天远大,澄江一道月分明"是"但以'远大'、'分明'之语为新奇,而究其实,乃小儿语也"。(卷上)此外,他还用唐人同样写唐玄宗之事,因才之高下有别,而表现出不同的艺术水平。他指出白居易《长恨歌》、元稹《连昌宫词》是"数十百言,竭力摹写"却均"不若子美一句(按:杜甫《哀江头》),人才高下乃如此"(卷上)。张戒推崇韩愈,也因韩氏"才气有余",表现出独特的风格,"故能擒能纵,颠倒崛奇,无施不可。放之则藏形匿影,乍出乍没,姿态横生,变怪百出,可喜可愕,可畏可服也"(卷上)。作家才力的高下不同,便形成了审美风格的差异,所以李贺诗与李白相比较,是李贺诗之"瑰奇谲怪"似太白,而"秀逸天拔则不及也,贺有太白之语,而无太白之韵"(卷上)。实乃才力之不及也。张戒曾引苏轼论孟浩然之语:"子瞻云:'浩然诗如内库法酒,却是上尊之规模,但欠酒才耳。'此论尽之。"(卷上)可见,才力不足会直接影响和限制作家审美风格的形成。

张戒论诗歌审美风格

中国古代审美心理学十分强调"才力"对于审美创作的作用和影响,认为"才力"规定着创作主体的观察感受力、直观体悟力、想象创造力、理解分析力、语言表现力等等,为审美主体的审美创造不断发展和生命律动的充满活力准备了充分的条件。张戒对作家作品的分析比较,对"才力"的认识都体现出他对传统观点的继承和发扬,并成为古代审美心理学中"才力"论的一个组成部分。但需要注意的是,张戒同其他许多美学家一样,虽然一再以才力论作家,一再声称才力高下不能强学,强调其先天所禀的特点,但他并没有因此而否定后天学习、习染的重要意义。他说:"人才高下,固有分限,然亦在所习,不可不谨,其始也学之,其终也岂能过之。"(卷上)可见,他是比较辩证地看待才力与学习的关系的,认为后天学习对审美风格的形成也有影响,但他同时指出学习要得法。张戒不主张只是孤立地去学某一位诗人,而主张博采众长,他虽推崇陶、阮、李、杜,但并不否定广泛学习前人之所长。因此,他对苏轼学陶渊明而鄙薄曹、刘、鲍、谢、李、杜以及黄庭坚学杜甫而仅"得其格律",是非常不满的。他说:"鲁直学子美,但得其格律耳。子瞻则又专称渊明,且曰'曹、刘、鲍、谢、李、杜诸子皆不及也'。夫鲍、谢不及则有之,若子建、李、杜之诗,亦何愧于渊明?"(卷上)他对欧阳修学韩愈、李白以及王安石学三谢,亦有微词。张戒强调博学,广泛吸收前人之所长。他把从《风》、《骚》起直至宋代的诗分为五等,要求学者"须以次参究,盈科而后进"(卷上),也就是要求学诗者对《风》、《骚》以来各个历史时期的诗作,都认真深入地钻研探讨。张戒非常推崇杜甫学习前人的方法。元稹曾说:杜甫"上薄《风》、《骚》,下该沈、宋,古傍苏、李,气夺曹、刘,掩颜、谢之孤高,杂徐、庾之流丽,尽得古今之体势,而兼人人之所独专矣"。[5]张戒同意这一看法。他说:"子美诗奄有古今,学者能识《国风》、骚人之旨,然后知子美用意处;识汉、魏诗,然后知子美遣词处。至于'掩颜、谢之孤高,杂徐、庾之流丽',在子美不足道耳。"(卷上)这段话与元稹的意思是一致的。不同的是它还说明了杜甫学习前人博采众长之方法,堪为后学之楷模;同时,张戒还指出,在博采众长的基础上,还必须取法高格。如果取法不高,学又不能过,势必造成"房下架屋,愈见其小"(卷上)的状况。张戒心目中的高格,当是

《风》、《骚》和汉、魏诗,故其强调学者"识《国风》、骚人之旨","识汉、魏诗",甚至认为"后有作者出,必欲与李、杜争衡,当复从汉、魏诗中出尔"(卷上)。而且认为杜甫主要就取法《风》、《骚》和汉、魏诗。他明确指出,苏、黄诗,唐人声律,六朝诗均非高格,不可取法。"苏、黄习气尽,始可以论唐人诗;唐人声律习气尽,始可以论六朝诗;镌刻之习气尽,始可以论曹、刘、李、杜诗"(卷上)。张戒主张,对诗坛的不良习气,要像"段师教康昆仑琵琶"那样,使之"忘其故态"(卷上),方能取法高格,有所成就。当然,对于高格又须学到真正的精髓。黄庭坚学杜,取法甚高,然其仅"得格律",这就舍本逐末了。

此外,在关于影响审美风格的形成的因素上,张戒还论及了创作主体的性情、所处的地位及环境等。他指出,杜甫"笃于忠义,深于经术"(卷上),忧国忧民,"心存社稷",表现到诗中,就形成"雄而正"(卷上)的独特诗风;李白"喜任侠,喜神仙"(卷上)的性情和作风,表现到诗中,就"多天仙之词"(卷上),形成其"豪而逸"(卷上)的独特风格;韩愈处在文章侍从的地位,出入朝廷,故其诗文"有廊庙气"(卷上);王维"心淡泊,本学佛而善画,出则陪岐、薛诸王贵主游,归则餍饫辋川山水"(卷上),这样的心性和环境地位,自然造就了王维之诗"于富贵山林两得其趣"(卷上)。

张戒还就作家风格的高低进行比较。他称引苏辙的话说:"'唐人诗当推韩、杜,韩诗豪,杜诗雄,然杜之雄犹可以兼韩之豪也。'此论得之。"(卷上)在张戒看来,杜诗"雄"的风格已把韩诗"豪"的风格包容在内,所以杜诗为高。但是,韩愈诗风为"豪",李白诗风亦称"豪",那么,有何分异?张戒指出,韩愈是以其词中"喜崛奇之态"(卷上)而称"豪",李白则以其任侠好仙,"多天仙之词"称"豪";再者,"二豪不并立,当屈退之第三"(卷上),把韩愈诗放到李白之下。张戒还比较了元、白、张籍与李贺诗风的各自不同,认为:"元、白、张籍以意为主,而失于少文;贺以词为主,而失于少理;各得其一偏。"(卷上)张戒不仅对作家总体风格作如是比较,而且还就同一体裁进行作家不同风格的比较。他指出李商隐、刘禹锡、杜牧三人,他们都"工律诗而不工古诗,七言尤工,五言微弱"(卷上),但在同擅的律诗文体上,三人风格亦自不同:"义山多奇趣,梦得有高韵,牧之专事华藻。"(卷上)这种评价是否妥当可置而不论,但张戒的确看到了他们之间风格的不同。再如张籍、元稹、白居易三人,虽然其诗都有"专以道得人心中事为工"(卷上)的特点,但仍有差异:"白才多而意切,张思深而语精,元体轻而词躁。"(卷上)

在我国古代风格论中,一个很重要的问题,就是研究风格的类型及其特点,以期总结归纳出一些基本的风格类型。对于风格的分类,在先秦时就已出现,季札观乐就提出了"细"、"婉"、"曲"等不同的风格类型。其后,对风格的分类日益发展,亦愈分愈细。刘勰有"八体"说,皎然又分诗歌风格为十九种,到司空图更归纳出二十四种诗歌风格。张戒在《岁寒堂诗话》中也提出了不少的风格范畴,其中尤其值得注意的是,他认为在诗歌风格方面,有以"意胜"的,有以"韵胜"的,有以"味胜"的,有以"气胜(意气胜)"的等等。这种见解以及按此标准所推出的相应的代表作家,虽然并不一定完全恰当,但却反映了对于风格的研究愈来愈深入、细致,而有其一定的积极意义。另一方面,由于当时苏、黄诗风盛行一时,正如张戒所云:"诗妙于子建,成于李、杜,而坏于苏、黄"(卷上),并且,"苏、黄用事押韵之工,至矣尽矣,然究其实,乃诗人中一害,使后生只知用事押韵之为诗,而不知咏物之工,言志之为本也"(卷上)。张戒正是针对当时诗坛的不良风气,而推举出了几种诗风,以匡救时弊;而且,更为重要的是张戒按此标准所推出的这几种诗风的代表人物,如阮籍、陶潜、曹植、杜甫、李白、韩愈等,都是中国诗歌史上的诗歌大家,历来为人所推崇,这就为人们指出了学习的榜样,为诗歌的健康发展指明了道路。试分论之:

阮籍诗歌风格"专以意胜"(卷上),这一点,张戒之前亦早有此认同。刘勰《文心雕龙·明诗》篇中称:"阮旨遥深。"钟嵘《诗品》中也说:阮籍诗"言在耳目之内,情寄八荒之表","厥旨渊放,归趣难求"(卷上)。这些都是"意胜"的表述。由于阮籍生活的时代,正是魏晋相替之时,"天下多故,名士少有全者"[6],"籍非附司马氏,未必能脱祸也"[7],现实严峻、残酷至于此,使阮籍不能、也不敢以斗士的姿态出现于世,他能做的就是"作青白眼"[8],而在诗歌中亦只能隐晦地表达他的嫉恶现实社会之情,遂指桑骂槐,"言在耳目之内,情寄八荒之表"了。从艺术角度讲,这是一种含蓄委婉的表达方法,符合中国传统的审美趣味。

以"味胜"的审美风格,张戒认为其代表作家是陶潜:"陶渊明诗,专以味胜"(卷上),并称其"味有不可及者"。所谓"味胜",是指诗歌中具有优美的意境所产生的,能够给人以回味无穷的美感趣味。陶渊明的诗总是以悠然恬淡的心情去抒写其直观和直感,因此往往有一种意味深长的美。如其"狗吠深巷中,鸡鸣桑树巅","采菊东篱下,悠然见南山"等等,说像一幅画,却又有画中难以描绘出来的东西,正如张戒所谓"此景物虽在目前,而非至静至闲之中,则不能到,此味不可及也"(卷上)。张戒还称其"迢迢百尺楼,分明望四荒。暮则归云宅,朝如飞鸟堂"诗:"此语初若小儿戏弄,不经意者,然殊有意味可爱。"(卷上)张戒如此称赏陶诗,正在于它能够给人一种回味无穷的意趣,这种意趣,是从他诗中所呈现的一种"含不尽之意见于言外,状难写之景如在目前"(梅尧臣语)的艺术境界体现出来的。这种"不尽之意见于言外"的境界,也正是司空图所说的"韵外之致"、"味外之旨"⑨的境界。这种境界的特点是"美在咸酸之外,可以一唱而三叹也"⑩。苏东坡十分欣赏陶诗,是因为他看到了陶诗中体现着这种境界。他说陶诗"外枯而中膏,似淡而实美"⑪,并且认为"'采菊东篱下,悠然见南山',则本自采菊,无意望山。适举首见之,故悠然忘情,趣闲而累远。此未可于文字、语句间求之"⑫。因此他对那些随意乱改陶诗的人提出严厉的批评,他说:如果改为"'望南山',觉一篇神气都索然"。⑬这和张戒所论基本上是一致的。

张戒把曹植作为以"韵胜"的代表作家:"韵有不可及者,曹子建是也。"(卷上)"韵"这个审美范畴,是由论乐而及于诗文的,指一种深远无穷之味;它是以优美的语言、铿锵和谐的音韵来抒发主体饱含之真情而体现出来的一种审美效果,也是历来诗人所追求达到的审美境界。张戒称曹植诗具有"微婉之情,洒落之韵,抑扬顿挫之气","铿锵音节,抑扬态度,温润清和,金声而玉振之"(卷上)的特色,正是看到了曹植诗中语言的优美、音韵的铿锵和谐,以及行于文中的那种从容娴雅的气度,并且"辞不迫切,而意已独至"(卷上),从而表现出一种深永蕴藉的艺术美。

"气",作为影响作家风格形成的主观因素,是指作家先天禀赋的气质等等,当它表现到特定作家的审美活动中,物态化到审美作品坚时,就表现为作品所具有的一种激情和气势。张戒指出:"杜子美诗,专以气胜","意气有不可及者,杜子美是也"(卷上)。同时,他还说:元、白、张籍、王建乐府"专以道得人心中事为工"(卷上),然而其词浅尽,其气卑弱,又不足为道。可见,在张戒看来,有"气"的诗歌,就是优秀的诗歌。而杜甫诗歌,之所以"千古独步"(卷上),主要就是由于"气胜";元、白等人的诗歌比不上李、杜,是由于他们词浅气卑。但是,作品风格表征的"气势"同作家内在的激情是相互关联的。张戒说过,"诗文字画,大抵从胸臆中出"(卷上),作家自身如果充满着强烈的激情,他写出来的诗篇,就必然呈现出饱满的感情,旺盛的气势。杜甫是我国古代的伟大诗人,他的创作既有对社会的深入观察、体验作基础,又有其个人坎坷不平的生活阅历作依据,这使他能在诗歌中"汹涌而发"出其内在蓄积饱满的真情实感;杜甫以其特有的气、才、情,"发于诗",自然就呈现出了一种饱满激烈的感情、旺盛跌宕的气势,其"雄姿杰出,千古独步,可仰而不可及耳"(卷上)。

再说以"才力"胜。张戒说:"才力有不可及者,李太白、韩退之是也","杜子美、李太白、韩退之三人,才力俱不可及"(卷上)。作为影响到作家创作风格的主观因素的才力,对于作家创作来说是非常重要的。张戒所推崇的杜、李、韩三人,均是才力突出的。张戒不仅把才力看作是风格形成的前提条件之一,而且还指出有的诗人的作品因才气纵横而直接体现出一种以"才力"胜的审美风格。如张戒称韩愈:"退之诗,大抵才气有余,故能擒能纵,颠倒崛奇,无施不可。"(卷上)"能擒能纵,颠倒崛奇,无施不可"十二字正是以"才力"胜的审美风格的具体展现。而太白"多天仙之词",也正是太白以才力胜的审美风格的表现。张戒认为,"退之犹可学,太白不可及也"(卷上),看来他更以李白为才力胜这一审美风格的杰出代表。

对于以上五种审美风格,张戒又有语云"然意可学也,味亦可学也,若夫韵有高下,气有强弱,则不可强也"(卷上),"意味可学,则才力不可强矣"(卷上)等等。张戒认为以意胜、以味胜这两种审美风格是可以通过学习而获得的,但韵胜、气胜、才力胜这三种审美风格则不可强力为之,难以经由后天学习而致。其间原因,在张戒看来,以意胜的审美风格,乃因作者胸中之情久酿所致。"志"与"情",又实一也⑭,只要审美主体抒发的是心中实具之"志",吐的是真实之情,能在审美表现中,凝练之、含蓄之、曲折写之,则不难达到以意胜、以味胜的审美境界。而以韵胜、气胜、才力胜的三种审美风格,看其形态似三,又实有紧密联系之处,其纽带和关键乃在一"气"字。作家先天所禀赋的气质和才力是密不可分的,张戒也常常以"才气"称之(或以"人才气格"名之)。刘勰在《文心雕龙·体性》篇中早就说过,"才有庸俊,气有刚柔……并性情所铄",指出了其才、气的不同是由作家性情不同所形成的。张戒也常以"气"、"韵"并举,他称韦苏州诗"韵高而气清"(卷上);他称曹植"以韵胜",乃在于其诗有"微婉之情、洒落之韵,抑扬顿挫之气"。在中国古典美学范畴中,以"气"、"韵",或"气韵"论艺者在在可见。在张戒看来,"才"与"气"是作家的先天禀赋,他人是不可力强而致的,所以他一再声称"人才气格,自有高下,虽欲强学不能","韵有高下,气有强弱,则不可强矣","人才高下,固有分限"。气胜以审美主体气盛而体现自不待言,其实韵胜、才力胜何尝又非气盛之结果?日人笠原仲二在分析谢赫"气韵生动"时认为:"一个人如果有前述那样的 vital 的'气'(按:指前面所说的充盈在动物体内的 vital 的生命力,它在生动、活动的意义上被称为'生意'),他自己就可以由此生出'韵'来。"⑮再看张戒,他称曹植是"以韵胜"的典型,但同时又说曹植诗有"抑扬顿挫之气",可见,他是看到了气与韵之间的关系,认识到了气胜与韵胜的密不可分的。再者,张戒以杜甫为"以气胜"的代表,但同时又说杜甫乃"才力不可及者"。可见,才力胜也正是气胜,二者不可截然分开。

注　释

① 参见拙文:《张戒论诗歌审美生成》,《四川师范大学学报》1996 年第 4 期。

② 叶燮:《原诗·外篇上》。

③ 《文心雕龙·体性》。

④《典论·论文》。
⑤《唐故工部员外郎杜君墓系铭并序》。
⑥《晋书》卷四十九《列传》第十九。
⑦⑧叶梦得:《石林诗话》卷上。
⑨《与李生论诗书》。
⑩苏轼:《书黄子思集后》。
⑪何汶:《竹庄诗话》卷八。
⑫⑬《竹庄诗话》卷四。
⑭《左传·昭公二十五年》孔疏:"在己为情,情动为志,情志一也。"
⑮《古代中国人的审美意识》,北京大学出版社1987年版,第134页。

原刊《四川师范大学学报》1999年第1期

论宗教境界与审美境界

刘 敏

境界一词,原指疆界和境况、境地,宗教境界与审美境界则标示着宗教与审美的基本内核和最高追求,因此,宗教境界与审美境界的比较,是从深层次上探讨宗教与美学的一致性和差异所在,是对宗教美学这一边缘学科的基础的探讨。

一

从表面上看,宗教境界与审美境界似乎是完全不同的,因为宗教与审美有着完全不同的出发点与最终归宿。审美是对一种绝对的感性的追求,以感性的沉醉、个体自足为特征,有强烈的此岸性,审美的最高境界是人的精神的极大的自由与放松,在现实感性的审美愉悦中达到对自我的确认和对世界的深层体验,从而进入一种生命与大化同流、物我互渗的混融境界。宗教追求的是超验的神性、带有神秘性、不可知性,以感性的背弃为特征,宗教的最高境界是在对神的绝对皈依中完全否定自我、否定感性现实。从历史的发展来说,也是神性的根基受到摧毁后,才有了审美主义的出现。在西方传统的精神中,审美的地位较低,超验的神性高高在上。西方的审美主义在德国古典哲学中才受到重视,而这正是一个从信仰上帝到不信仰上帝的时期。康德提出的审美方式经席勒推演,播下了审美主义的种子。随后的早期浪漫派在启蒙精神对神性传统的巨大打击之下,走向了这条由康德和哈曼提出、席勒呼吁的审美之路。但在审美或救赎的抉择面前,早期浪漫派哲学仍然回到神启的世界。一直到尼采,才毅然举起审美主义的大旗。尼采在宣布"上帝死了"后,重新诠释了人的生存方式与生存意义:"只有作为审美现象,人世的生存才有充足理由。事实上,全书只承认一种艺术家的意义,只承认在一切现象背后有一种艺术家的隐蔽意义,——如果愿意,也可以说只承认一位'神',但无疑仅是一位全然非思辨、非道德的艺术家之神。他在建设中如同在破坏中一样,在善之中如在恶之中一样,欲发现他的同样的快乐和荣光。"[1]

那么,审美与宗教是否真的就像尼采所说的那样是截然对立的呢?果真如是,那么这样那样的部门宗教美学的存在依据又是什么?其实,稍微细心一点的人就会注意到,即使是在康德、席勒和尼采那里。审美与宗教的契合点也是非常明显的,即无论是宗教还是审美,都是一种关于人的学问,或者说是以人为中心的学问。对宗教而言,正如麦奎利所说:"正是人,才生活在信仰中,正是人,才探求作为信仰之阐释的神学,所以,如果我们要达到对信仰和神学基础的任何理解,我们似乎就必须通过研究人来寻求它。"[2]可以说,宗教是从有神论的基本立场出发,考察、分析了人的现实特征和人类的现实生活状况,设定了人生的理想,指出了实现人生理想的途径,提出了一种完美的人生模式。因此,宗教思想家说:"很明显,信仰不仅仅是一种相信,而且还是一种生存的态度。"[3]同样地,美学也是人学,美学在创立之初就确定了以人的感性为研究对象,正是有了人的感性生存活动与表达人类精神追求的艺术创造,才有了美的焕然华彩。无论宗教境界与审美境界在表现形态上是多么的迥然不同,就其最基本的思想内核而言,无疑是有着极大的一致性的,正如刘小枫在《拯救与逍遥》中所分析的:"当人感到处身于其中的世界与自己离异时,有两条道路可能让人在肯定价值真的前提下重新聚合分离了的世界。一条是审美之路,它把有限的生命领入一个在沉醉中歌唱的世界,这条道路的终极是:人、世界和历史的欠然在一个超世的上帝的神性怀抱中得到爱的救护。审美的方式在感性个体的形式中承负生命的欠然,在救赎的方式中神性的恩典形式中领承欠然的生命。"[4]

无论是以感性沉思的方式逍遥于生命的欠然之外,还是在神圣的赐予中承受欠然的生命,宗教与审美,都是对生命的关切,对生命的价值和意义的追寻,对这一基本问题的发问与回答,使得宗教与审美具有了先天的亲缘关系。

二

除了在基本思想内核上的一致外,从更深的层次上说,审美境界与宗教境界也有着内在的紧密关联。我们知道,宗教境界的最高层次是神性,是彼岸;宗教的彼岸之思来自于超越现实的苦难与罪恶的欲求。宗教认为,现实人生是充满苦难与罪恶的,与来世的幸福生活相比是没有什么价值的,不值得留恋,所以,人应当超越现实的存在,追求来世的幸福。而要从现世的苦难与罪恶性中解脱出来,获得来世的幸福,人就必须在现世存在中不断努力,求得神灵的救助。换句话说,宗教的彼岸之思实际上是另一角度的现世之思,是对人和世界的来源、价值、意义和归宿的终极思考,宗教的彼岸追求就是对现世的不完满和贫乏的超越。现代的很多学者都注意到了宗教的这种本质。蒂利希认为宗教的本质就是人类的终极关怀:"我们的终极关怀就是决定着我们是生存还是毁灭的东西。只有那些能把它们的对象作为对我们具有生存或毁灭意义的事物来加以阐述的陈述,才是神学的陈述。"[5]马利坦认为追寻终极价值、超越现实处境是人类思考的根本目的:"任何伟大的道德体系事实上都是这样的一种努力。那就是要求人们以这样或那样的方式,在这种或那种的程度上,无论如何要超越自己的自然处境。"[6]麦奎利把这种超越称为寻求一种"更加广阔的存在"。"而对这种情境,宗教的态度意味着什么?这种态度包含着对生存的事实性接受,其认真性一点不亚于萨特,而且,与萨特一样,也看到了人的源泉(事实上被给定的遗产)与我们对之要作出反应的要求(开放了的种种可能性)之间的鸿沟。它在这种状态中寻求意义,它发现了,其中能够有意义的条件,就是我们被给定的存在(生存的事实性的一极)同我们被召唤前往的存在(可能性的一极)是一致的;看出了它们并非是偶然结合在一起的,也并未被注定要求永远彼此冲突,正相反,二者都植根于人在其中获得存在的更广阔的存在的背景之中。假如在我们努力实现我们存在的种种可能性时,这种更广阔的存在支持着并补充了我们有限的存在的贫乏的遗产,那么,人类的生存就能够具有意义了。"[7]

审美不讲彼岸,审美是此岸世界的感性沉醉。但是,它又不止于感性本身,对人而言,审美的重要就在于它始终是人类精神努力向上挣扎的标示。想要突破个体生命的狭隘,穿越时间空间的有限存在,通过追寻一个绝对无限的存在,个体生命的意义与永恒存在的意义合为一体,这才是审美精神的实质,也是具有超越性的。可以想象,如果审美仅仅是感性本身,是不会有如此永不磨灭的生命力的,蒂利希说美是对于表达终极关怀的无限渴望,这是非常深刻的。尽管审美境界表现出各种不同的面目,或者是对社会的全然退避,在超然的内敛退隐生活中享受身心的极大自由,或者是个性淋漓尽致的张扬,以极端的不妥协彰显自己的追求,或者是在现世生活中取一种积极进取的态度,在脚踏实地的努力中趋进无限,不管是哪种姿态,无一不显示出人的本质的超越特征。艺术是人类审美精神的集中表达,也是审美境界的最高层次,而艺术的永恒魅力绝不是对感性生存的生动表现,而在于艺术为现实生活提供了一个内在的符合人的本质的尺度,以理想的光芒洞照着人类的未来。伽达墨尔对美的本质的论述深刻地表明了这点:"美的本质恰好并不在于仅仅是与现实性相对立,而是在于,美即使仿佛像是一种不期而遇的邂逅,它也仍然是一种保证,要在现实的一片混乱中,在所有现实的不完满、恶运、偏激、片面以及灾难性的迷误中最终保障,真实不是遥远得不可企及,而是可以相遇的。美的本体论功能在于它沟通了理想与现实的鸿沟。"[8]

亚里士多德在《诗学》中就说过:"比起历史知识来,诗更有哲理。"历史只述说已发生过的事而诗总是述说可能发生的事。因而,从超越性、对无限的渴望和对理想的追求来说,审美境界与宗教境界的深层意蕴也是一致的。

三

既然宗教境界与审美境界在基本思想内核和深层意蕴都存在着如此的

一致性,那么,宗教境界与审美境界的沟通、相容就是理所当然的了,毫无疑问,这沟通的桥梁、相容的交点就是人生,即从最根本的意义上说,宗教境界与审美境界都是人生境界。所谓人生境界,是指人的精神修养与人格素质所达到的程度,以及由此决定的认识世界与支配自我的能力。人生境界有高下之分。冯友兰在《新原人》中根据人对宇宙人生的觉解程度,把人生境界分为四种:自然境界、功利境界、道德境界与天地境界。自然境界是人生的初级境界,在这种境界中,人的行为只是顺其天赋的才能,心理状况也是对自然规律与社会法则无所觉解。在功利境界中,人的行为就已经是为了达到自己的私利,具有为我、为私的特点。处于道德境界的人,对人性已有所觉解,行为的目的是贡献,与功利境界中的占有有别。人生的最高境界是天地境界。处于天地境界的人,不仅清楚人在社会中的地位和作用,而且明了人在宇宙中的地位和作用,人的行为已经进入知性、知天、事天、乐天以至于同天的状态。他对宇宙人生已有完全的体知与把握。这种体知与把握是对宇宙人生的最终觉解,能在最大程度上实现自我,获得人生的最高的、永恒的价值。这种最高的人生境界,实际上也是审美境界,因为审美精神的实质,就在于对人类生存困境的反思与自我实现的渴求。"人希望有一种自我意识的生命,希望从一切外在束缚中解脱出来,希望弃去一切压迫。……面对这些力量,审美个体主义能做些什么?怎样才能成功地获取生命的独立实现?它运用的方式是激发一种不受限制的心境,和那种为了在其自身意识的积极状态中最大可能地专心内敛的退隐生活。因为通过这种方式,一个人可以在一定程度上从种种俗事的压迫中解放出来,并想象自己是充分自由的。"[9]

中国古代思想所标举的最高的人生境界,就是与审美境界完全合一的境界。如儒家的孔子,把人生境界的建构分为由"知天命"到"耳顺",再到"从心所欲不逾矩"的几个层面。朱熹对此的解释是:"矩,法度之器,所以为方者也。随其心之所欲而不过于法度,安而行之,不勉而中也。"[10]程子解释为:"圣人之神,与天为一,安得有二。至于不勉而中,不思而得,莫不在此。"[11]看来,所谓的"从心所欲不逾矩",是指一种个人身心的极大自由畅快,同时又在一定的法度之内的既美好舒适又具有价值意义的人生境界;这种法度有个人意志力量,如圣人的道德人格,又与宇宙大化、自然万物的最高存在、根本法则相合,进入这种状态的人,不仅个人身心极度自由,精神得到极大的愉悦,也能觉解到宇宙人生最深的奥秘,洞察到世间万物最精微的存在,从而超越个体感性的局限,超越时间空间的有限存在,最大限度地实现人生价值,寻找永恒的人生意义。这样的人生境界,显然也是审美境界。道家的人生追求是"合于道",在庄子那里,进入了这种最高境界的人就"无所待"而"逍遥游",他称之为"真人"、"至人"、"神人"。在庄子看来,人生的价值与意义在于适情任情,以求得自我生命的自由发展。要实现自我,则必须摆脱外界的客观存在对人的束缚和羁绊,达到精神上的最大自由,这同样是一种审美的人格思想。[12]同样地,宗教境界也是人生境界。宗教是从有神论的基本立场出发,对人的现实特征和人类的现实生活状况的考察和分析,对人的价值和意义的思考,因此,宗教境界就是对于人生理想与归宿的设定。不同的宗教所追求的最高境界各有不同。佛教的最高境界是涅槃,梵文原意为"风的熄灭或吹散状态",它是佛教徒全部修行所努力达到的最高境界。佛教认为,人之所以为"六凡"之一,处于六道轮回之中,世世流转而不绝,备受痛苦而不能解脱,根本原因就在于人有各种欲望及思想行为,特别是世俗的种种欲望和是非观念,涅槃就是对生死诸苦及其根源的彻底断灭。佛经《大乘义章》卷十八说:"灭诸烦恼故,灭生死故,名之为灭;离众相故,大寂静故,名之为灭。"《大乘起信论》说:"以无明灭故,心无有起;以无起故,境界随灭;以因缘俱灭故,心相皆尽,名得涅槃。"由此可见,佛教的涅槃境界,就是一个与现实的生活相反的、充满了欢乐的永恒的人生境界。道教贵生、重生,以生为乐,以长生为大乐,以不死成仙为极乐,道教的最高境界是成仙。道教认为,人一旦修持道,进入神仙境界,就能够长生不死,变化自如,自由自在,永远快乐幸福。《太平经》说,人得道之后,就会"身变形易,神道同门,与真人为领,与神人同户"。人体变化为神仙之本,与道同在,与神同处,长生不死,永存不朽。道教经典中存在大量的对神仙的描述,充分表达了对摆脱生老病死的局限、获得永恒的存在和绝对的自由的渴望,这也是一种由现实的人生困境而引发的对美好人生的设计。

参考文献

[1] 尼采:《自我批判的尝试》,《悲剧的诞生》,三联书店 1986 年版,第 275 页。

[2][3][7]《人的生存》,《20 世纪西方宗教哲学文选》,上海三联书店 1996 年版,第 50 页。

[4] 刘小枫:《拯救与逍遥》,上海三联书店 2001 年版,第 33 页。

[5] 张志刚:《宗教文化学导论》,东方出版社 1996 年版,第 214 页。

[6]《人和人类的处境》,《20 世纪西方宗教哲学文选》,第 35 页。

[8]《美的现实性》,《人类困境中的审美精神——哲人、诗人论美文选》,东方出版社 1994 年版,第 659 页。

[9] 倭坚:《审美个体主义之体系》,《人类困境中的审美精神》,第 194 页。

[10]《论语·为政第二》。

[11]《河南程氏遗书:卷二》。

[12] 潘显一:《大美不言——道教美学思想范畴论》,四川大学出版社 1998 年版。

原刊《社会科学研究》2003 年第 4 期

禅宗美学论纲

皮朝纲

禅宗美学是中国古代美学的一个重要组成部分,也是世界美学发展历程中一个不可忽视的内容。近 20 年来,随着人们对禅宗美学在中国美学发展进程中的地位和作用的认识逐步增强,禅宗美学的研究逐渐展开,日趋深入,取得了可喜的研究成果,并正在努力争取与其身份相称的地位,发挥其应有的作用[①]。禅宗美学作为中国古代美学的一个重要分支,有着它作为一个美学分支学科的基本理论问题,系统地揭示、阐明这些基本理论问题(诸如它的研究对象、独特性质、思想体系等等),对于进一步发掘、整理这一既属于中国文化,也属于世界文化的精神财富,为在当代历史条件下建设具有中国特色的现代美学体系提供思想资源,无疑是一件必要的、有益的工作。

一

众所周知,一个学科的研究对象,直接关涉该学科的性质和任务。因此,弄清禅宗美学的研究对象,是进行研究所必须做的一件基础性工作。那么,禅宗美学的研究对象是什么?

中国古代美学的研究对象是中国古代人的审美活动(包括人生美的创造与鉴赏活动、艺术美的创造与鉴赏活动,而这两者又直接与中国古代美学的人生美论——人生审美化与艺术美论——艺术生命化的向度相关联)[②],作为中国古代美学重要组成部分的禅宗美学,其研究对象则是禅师们(以及受其深刻影响的士大夫、文人学士)的审美活动。诚然,禅宗美学有着它十分独特的性质,因而其审美活动也有它鲜明的特点。禅宗所要解决的根本问题,与传统佛教一样,仍然是个人如何在现实的苦海中得以解脱,如何"明心见性"以"自成佛道"这一人生的根本问题。禅宗思想的鲜明特色是对人的生命的关注,对人的生命意义、价值的追问以及对生命存在本身的反思,它是在般若直觉的方式中表达了对人生意蕴的热切关注,在超越的空灵态度中透露了对生命自由的迫切渴望。

因此,禅门中人的审美活动就有其独特的内容与意蕴。我们从大量的禅宗史、传记、灯录与语录等典籍可以得知,禅门中人一生的参禅悟道和承传禅法,就是要"识心见性",获得"本来面目",从而进入"境界澄明"③的禅境——人生境界的极致。因此,参禅悟道与承传禅法活动则成为他们重要的生存方式、生命活动的重要组成部分。那么,作为禅师们的重要生存方式、重要生命活动的参禅悟道与承传禅法活动蕴含着何种审美意味呢?

禅宗美学认为审美活动乃是一种富有具足一切的圆满性、自在任运的自由性、绝妄显真的纯真性的生命活动,一种理想的生命存在方式。而禅门大师的参禅悟道与承传禅法活动,以及各宗派的独特家风所表现出的禅学思想,就充分蕴含着并表现出这种审美活动的特质④。

在我们看来,审美活动有着它的本体论内涵,那就是审美体验,因为审美活动是"根本地体现了体验的本质的类型"⑤。而体验在中国传统哲学美学中,乃是以身体之、以心验之、以思悟之⑥的解谜过程,通过内心直觉以觉解宇宙人生真谛所达到的精神境界。禅宗大师对"禅"的领悟和把握,是靠般若体验。般若就是"智慧性",即众生之本性,参禅者如要自在解脱,就必须"起般若观照","自性心地,以智慧观照,内外明彻,识自本心,若识本心,即是解脱"⑦。所谓般若观照,乃是超越主客二分的一种洞察,是基于本觉自性的一种直观,是将能所消融于自心的一种体悟,乃是自心自性的自我观照、自我体悟、自我显示⑧。"禅"的本质就在于它自身那种非理性的、不可思议的微妙,因为"禅绝名理"⑨,是无名相无言说,超越一切思维、概念、理论——语言概念与知识形式而后才可出现的。而禅体验的本质特征就在于"非思量"⑩,它以非理性超越理性,以神秘的直觉超越逻辑的思辨,以体悟超越推理,以审美之思超越理性之思。它极富超越性,而"超越"一词是禅宗大师惯常使用的概念与范畴。在禅们宗师看来,禅家进行般若观照获得开悟的结果,就是人生的超越,生命的自由和解放,因而他们强调"超越生死"[11],"超越世出世间"、"超越生死无常"[12]。正因如此,禅体验才闪现出生命智慧之火,审美智慧之光,而成为一种审美体验。

二

关于禅宗美学的性质,学界是存在着分歧的。一些学者认为禅宗美学是"生命美学"[13],有的则主张是一种"修养美学"[14],有的指出是一种"直觉性美学"[15],有的提出"在其本质上是追求自由的本质的自由哲学与自由美学"[16]。

在我们看来,禅宗美学有着它十分独特的性质,因为,以"禅"这个本体范畴作为逻辑起点的禅宗美学,乃是对于人的意义生存、审美生存的哲学思考,或者说它是对生命存在、意义、价值的诗性之思,是对于人生存在的本体论层面的审美之思,因而它在本质上是一种追求生命自由的生命美学。这种独特的性质,是基于禅门大师所具有的诗人的性质与诗性的思考。因为他们在本性上是"真正的诗人",他们不仅能主动为世界提供意义,而且还为人生的安身立命提供价值依据,他们是能够担当起在"世界黑夜的贫困时代"对终极价值的追问的诗人[17]。

那么,说禅宗美学是一种追求生命自由的生命美学的根据在哪里?

让我们从禅宗美学的理论基础(人生哲学——生命哲学)[18]说起。

方立天先生指出:

> 佛教哲学从其出发点和归宿点来说,是重在人生哲学,是一种宗教人生观。[19]

作为佛教中国化的禅宗,其哲学的出发点和归宿点,也是重在人生哲学,它在人生真谛、人生价值、人生目的、人生态度、人生修养等等方面,都提出了自己的主张。对于人在宇宙中处于何种地位,古今的圣哲们作出了迥然不同的回答。而禅宗大师们特别强调了人的生命存在的价值,人在宇宙中处于至高无上的地位,十分鲜明而突出地表现出"重人"的思想。马祖道一的再传弟子、百丈怀海的法嗣长庆大安禅师就指出,每个人自身就是"无价大宝"[20]。马祖道一在弘法中特别注意启发学人去发现和认识"自家宝藏"。而且明确指出,现实的具体的人就是"宝藏",它"一切具足,更无欠少"[21]。这无疑是把富有生命力的活生生的现实之人,也就是把人的生命的全体,视为无价之宝。

总之,在禅宗人生哲学那里,不仅"重人"而且"贵生",珍视现实的生命存在,表现出十分强烈的生命意识[22]。在禅宗大师看来,人的生命存在是觅得佛法的前提,离开了人世间的生命存在就无法找到佛法,因为佛性和生命存在(首先是物质层面的生命)是并存而不能分离的。慧能说:"佛是自性作,莫向身外求。自性迷佛即众生,自性悟众生即是佛。"[23]即是说佛性不能离开生命(首先是物质层面的生命)而存在。慧能说:"世人自色身是城,眼、耳、鼻、舌、身即是城门,外有五门,内有意门。心即是地,性即是王,性在王在,性去王无,性在身心存,性去身心坏。"[24]虽然慧能强调"身心"(物质层面的生命)不能离开"性"。但反过来看,也可以说明,如果没有"身"这个"城"、"心"这个"地","性"是不能成为"王"的;如果"性"不能成为"王",又到何处去觅佛性,又如何成佛呢?既然佛由众生而成,没有众生就没有佛;既然众生是佛之源泉,那就必须肯定众生的存在——也即生命的存在,因为众生的存在(即生命的存在),对于求佛具有十分重要的价值和意义。所以慧能又说:"佛法在世间,不离世间觉,离世觅菩提,恰如求兔角。"[25]

当代著名禅师耕云指出:"禅是生命之学","因为人生最大的问题,是生死苦乐的问题"。"而禅,就是要了解生从何处来,死往何处去。要发掘生命的基因,永恒不变的那个因素是什么?要捕捉到自己生命的永恒相。要发掘人的生命表征的心,最初是个什么形态?要求证出何以光明解脱的佛祖和烦恼愚昧的众生是平等的?为何是自他不二?……这些都是生命的问题,生命本质的问题。"[26]要知道,生与死的问题是人生的一大谜团,人生的意义和价值,往往就蕴藏在死生之间,而生死问题乃是生命哲学所要探讨的重大课题。禅宗大师们最为关切的也是生死问题。了悟生死大事,乃是禅宗主张的重要内容之一,他们把参透"生死"、了脱"生死"作为参禅的最终目的。

中国传统哲学与美学认为,人生诸种重要问题之中,最为首要,于人最为关切、最有切肤之痛的,乃在于人的生死问题。旷代书圣王羲之面对兰亭的春日佳景,曾发出过摧人肝胆的悲鸣:"死生亦大矣,岂不痛哉!"[27]这种悲鸣,也令禅宗大师心灵震撼,他们说:"何谓参禅是向上要紧大事?盖为要明心见性,了生脱死。生死未明,谓之大事。祖师道,参禅只为了生死,生死不了成徒劳。王右军亦曰:'生死亦大矣,岂不痛哉。只为生死事大,故以参禅为向上事也。'"[28]这种悲鸣传达出了人类古今的共同心声。这也绝非偶然,因为死亡的面临,对每一个感性生存的个体来说,从来就是一个不可避免的大问题。正因为如此,中国传统哲学与美学也就在生死反思之中,闪现出人生智慧之火,美学智慧之光。而禅宗大师们的人生态度的美学意味,就体现在对生死大事的态度之上。他们总是将"无常迅速,生死事大"挂在嘴边:"会须真个把生死大事横于胸中,塞于意下,情欲方生而遭其障,想将拟变而遭其夺矣。你若不以生死大事切胸中,看个话头,必于悟证,但一向遏捺它情想之不生不变,是犹元气既丧,而事吐故纳新奚为哉!"[29]

禅宗大师把"了脱生死"问题作为参禅的最终目的,而且十分突出地强调"超越生死"[30]。所谓超越,在中国古代哲人那里,是人格境界最终对物欲、人欲等等的狭隘性与片面性在精神上的制胜。对生命主体来说,人的一生是短暂的、有限的,肉体生命是无法抗拒死亡的。人们面对死亡,必然会产生一种恐惧心理,而平衡这种恐惧心理的唯一途径,就是企图超越肉体生命的短暂和有限,使精神生命走向无限和永恒。禅宗大师们"决欲要超越生死无常"[31]的主张,使他们在对待生死大事的人生态度上,表现出一种人生智慧,一种死亡智慧。

我们还必须指出,禅宗哲学美学特别看重"心本体",也充分表现出禅宗美学的独特性质。因为,在禅门中人看来,"心本体"乃是众生的"本来面目",本真状态[32]。要知道,现实人生包含了生命与生活,人的生命世界与人的存在状态这样两个方面的内容。人的存在展现为人的现世生活,人的生活状态又总是人的生命存在的具体体现。生命和生活都包括物质与精神这样两个层面,而中国古人更看重精神生命与精神生活。禅宗认为"生命表征的心",并非指生物的本能,并非指物质的肉体生命,而是指精神层面的精神生命;而且,并非指精神生命中那种思想意识(禅宗认为是妄心、染心),而是指精神生命中的"本来面目"(真心、净心)。因而禅宗在"生命表征的心"上竭力实现两重超越,其一是实现从物质生命到精神生命的超越,其二是实现从精神生命的妄心(染心、分别心)到精神生命的真心(净心、无分别心)的超越,从而见到自己的"本来面目",进入澄明之境。中国古代哲人和思想家(包括禅门宗匠)总是重视从精神的维度来探讨和认识人的生命存在的价值和意义,表现出十分惊人的哲学与美学智慧[33]。

三

关于禅宗美学的思想体系及其主要内容,已有学者进行过探讨,提出了自己的独到见解[34],对我们研究禅宗美学思想体系很有启示。

我们曾经指出,禅宗大师提出的"道由心悟"或"由心悟道"[35]的命题,是禅宗哲学与美学思想的纲骨。所谓"道由心悟"或"由心悟道",也就是"识心见性",是自心自性的自我观照、自我体悟、自我显现。它是禅宗哲学与美学的本体论命题。因为对"禅"的把握是由"心"而"悟"的,只有通过自心自性的"悟"才能获得生命之美,并达于禅境(审美境界),而"悟"乃是"识心见性"以"自成佛道"[36]。必须指出,"道由心悟"这一命题,把"道"("禅",其内涵涉及禅宗的审美境界论)、"心"(其内涵涉及禅宗的审美本体论)、"悟"(其内涵涉及禅宗的审美认识论)、"参"(其内涵涉及禅宗的审美方法论)等等重要范畴有机地组合在一起,呈现出禅宗美学思想体系的逻辑结构,展现出禅宗美学体系的主要内容[37]。

必须强调指出,要探讨禅宗美学思想体系的逻辑结构,就必须弄清它的逻辑起点是什么,这是禅宗美学研究无法回避而必须回答的问题。因为本体范畴乃一个自我融洽的理论体系的逻辑起点,而任何一种自我融洽的理论体系都只能在本体论上建构完成。无论在西方还是在东方的任何一个民族文化中,本体范畴总是有信仰的生命主体安身立命的源点,而任何一个民族在文化初创时期,思想家们都无法回避要在终极信仰中先验设定本体,以作为安身立命的终极。而思想家们也只有根据这个形而上的"本体",才有可能建构一个自我融洽而又独具特色的哲学体系和美学体系。禅宗,作为中国化的佛教宗派,作为中国传统文化的重要组成部分,在它的初创时期,它的思者和哲人就在终极信仰中先验设定"禅"作为本体,作为安身立命的源点。诚然,"禅"不是禅宗的专有物,然而以"禅"命宗,使"禅"的概念有了根本性的变化,从而使禅宗成了有别于佛教整体的独特派别。

"禅"在原初意义上是指佛教僧侣主义的一种基本功、一种修行方法。它在大小乘共修的"三学"里,在大乘独修的"六度"里,都占了重要地位。但是,中国禅宗以"禅"命宗,其"禅"的内涵已不是"禅"的原初意义,已不是传统禅学所说的只是"静心思虑"之意,已不是禅宗出现之前僧人所修习的"四禅八定"。禅宗大师曾指出:"此禅含多名,又名最上乘禅,亦名第一义禅,与二乘外道,四禅八定,实天渊之间也。"㊳禅宗把"禅"视为众生人人本来具有之本性,是众生成佛的因性,禅宗又把它称之为本来面目:"禅是诸人本来面目,除此之外别无禅可参,亦无可见,亦无可闻,即此见闻全体是禅,离禅外亦别无见闻可得。"㊴

南禅创始人慧能曾在理论上把"禅"从传统禅学所指称的作为宗教修习方法的"禅定"概念中提升到本体论上来加以解释,指出:"此法门中何名坐禅?此法门中一切无碍,外于一切境界上,念不起为坐,见本性不乱为禅。何名为禅定?外离相曰禅,内不乱为定。外若着相,内心即乱;外若离相,内性不乱。本性自性自净自定,只缘境触,触即乱,离相不乱即定。"㊵慧能法嗣神会和尚也说:"坐念不起为坐,见本性为禅。"㊶可见,从慧能开始,已把"禅"作为代表"本性"(自性、佛性、法性)的本体属性的概念,代表宇宙人生的本体属性的概念。

宗密在《禅源诸诠集都序》卷一中,对"禅"与"真性"(佛性、法性、自性)的关系作了分析与说明,指出了"禅"之"源"是"真性"。他说:"源者,是一切众生本觉真性,亦名佛性,亦名心地……然亦非离真性别有禅体……况此性是禅之本源,故云禅源。"[42]又指出:"况此真性,非唯是禅门之源;亦是万法之源,故名法性;亦是众生迷悟之源,故名如来藏藏识;亦是诸佛万德之源,故名佛性;亦是菩萨万行之源,故名心地。"[43]宗密的分析与论证,说明了"真性"(佛性,心地)是"禅"之"本源"(根本);也说明了"禅"是"万法之源"(法性),是"众生迷悟之源"(如来藏藏识,自性),也就是宇宙人生的奥秘("本源""根本")。可见,宗密实际上指出了"禅"是一个代表"本性"(真性、佛性、法性、自性)的本体属性的概念,代表宇宙人生的本体属性的概念,或者说它就是"存在",它是禅宗哲人和思者在终极信仰中所设定的、作为安身立命的本体范畴。

元代高僧中峰明本则明确界定了"禅"的内涵。他说:"禅何物也,乃吾心之名也;心何物也,即吾禅之体也……然禅非学问而能也,非偶然而会也,乃于自心悟处,凡语默动静不期禅而禅矣。其不期禅而禅,正当禅时,则自知心不待显而显矣。是知禅不离心,心不离禅,惟禅与心,异名同体","禅是诸人本来面目。"[44]他明确指出了"禅"与"心"是"异名同体"的,"禅"就是"吾心之名",是众生具有的"自心"(自性,本性),是"诸人的本来面目"。在禅宗那里,"禅"作为本体范畴,是以"立心"(佛性论是禅宗哲学的基本理论,而佛性论的实质是心性论)建构其心性本体论的。因为禅宗是把心性论作为自己的理论基础,而"心"这个概念又是整个禅宗哲学与美学的理论基石,可以说禅宗的整个理论体系就是从把握本源——"心"这点出发而建立起来的[45]。

明代高僧憨山德清则在继承前人理论成果的基础上,有所发展与创造,对"禅"这一本体范畴作了系统的论述,因而具有理论意义与学术价值。德清也直接而明确地把禅说成是"心之异名"。他多次指出:"禅者,心之异名也。"[46]

必须指出,德清在学理上超越前人之处,在于他明确提出"心乃本体"[47]的命题。他多次指出"心"(自心、自性、佛性、真心、真如等等)是"本体"。

他说:"所谓真如者,乃一心之异称也","盖直指吾人本体而言"[48];"良以吾人本体,原是妙明真心"[49]。德清还多次使用了"心本体"(或"心体")的概念,并对它的特性、功能作了富有感情色彩的描述与赞颂:"自心本体,光明照耀,自然具足"[50],"盖此心体,本自灵明廓彻,广大虚寂,平等如如,绝诸名相,圣凡一际,生佛等同"[51]。

德清还特别强调指出,"心"(禅)是禅宗哲学与美学的"宗极"即最高原理与终极存在,更具有重要的学术价值。他说:"佛教宗旨,单以一心为宗。……达摩西来直指此本有真心,以为禅宗。……从前诸祖所传,即指此心,以为宗极,是名为禅。"[52]又说:"故我世尊,特说三界惟心,万法惟识,以直示之,是为宗极。"[53]德清明确指出禅即心,而且指出禅宗"以为宗极"。"宗极"有两义,一指最高原理。僧肇《般若无知论》:"夫般若玄虚者,盖是三乘之宗极也。"这是说般若这个虚寂的原理,可算得一切佛教徒公认的最高原理。二指本源,终极存在。沈约《神不灭论》:"穷其原本,尽其宗极。"德清多次使用了"宗极"一词。他说儒家"所传之心性,则曰唯精唯一,以精一为宗极"[54];道家"以无为为宗极"[55]。在德清看来,作为本体范畴的"心"(禅)乃是禅宗哲学与美学的最高原理,终极存在,因而它是禅宗在终极信仰中安身立命的源点。

四

禅宗大师提出的"道由心悟"的命题,揭示了禅宗美学体系的逻辑结构;而禅宗大师所提出的"味无味"的命题则从又一个侧面,展示了禅宗美学思想的理论形态,它们内在地、有机地联系在一起,概括了审美活动的过程、特征、内涵与主要范畴的理论构架。而禅门大师所提出的"味无味"这一理论命题,又与美学理论范式密切相关,有着重要的理论意义。

禅宗大师倡导在参禅悟道以及弘宣禅法活动中,应该重视对"禅"(道)的观照、洞察与体悟。在他们看来,参禅悟道的过程就是进行般若观照以去妄显真的过程,就是获得般若体验以"识心见性"的过程,也才有可能获得开悟彻见自己的"本来面目"。憨山德清提出了"味无味"的命题,以概括参禅悟道活动的过程、特征与目的,对禅宗美学作出了重要的贡献。他说:"趣利者急,趣道者缓。利有情,道无味,味无味者,缓斯急也。无味,人孰味之?味之者,谓之真人"[56]。"味无味"的第一"味"是动词,是指般若观照与般若体验,是对"禅"(道)的体味,是对"本来面目"的追寻。这在德清言论中可见。他说:"吾佛最初出世,即揭波罗提木叉以示人,此即以甘露陈于周道,冀人人而味之,同入不死之乡矣。过而味之者,几何人哉!"[57]"至若祖语,无如《永嘉集》一书,足下熟读玩味……"[58]这在禅宗典籍中也随处可见。高峰原妙禅师称:"精穷向上之玄机,研味西来之密旨。"[59]《续高僧传》卷十七《周涵阳仙城山善光寺释慧命传》云:"初(慧)命与慧思定业是同,赞激衡楚,词采高掞,命实过之,深味禅心,慧声遐被。"[60]刘禹锡曰:"味真实者,即清净以观空;存相好者,怖威神而迁善。"[61]独孤及曰:"及尝味禅师之道也久,故不让其铭……"[62]其"冀人人而味之"、"过而味之者"、"熟读玩味"、"研味西来之密旨"、"深味禅心"、"味真实"、"尝味禅师之道"等等之"味"均属此类。"味无味"中的第二个"味"("无味")是名词,是指禅道、禅境。这在德清言论中多处可见。他说:"方今学者广学多闻,但增我见,少能餐采法味,滋养法身慧命者,岂非颠倒之甚也"[63];"山中得奉手书,知道味日深,世情日远"[64];"居士春秋日高,前景日窄,从来浊世滋味,备尝殆尽"[65]。这在禅宗著作中也随处可见。神秀云:"贪着禅味,堕二乘涅槃,是名无方便缚。"[66]《五灯会元》云:"首依水南遂法师,染指法味。"[67]元僧释英更称"无味乃真味",他说:"参幻习唐声,雕刻苦神思。竭来入禅门,忽得言外意……始信文字妙,妙不在文字。食蜜忘中边,无味乃真味。"[68]其"禅味"、"法味"、"道味"、"滋味"、"真味"等等系指禅道、佛法之滋味,谓佛所说之法门,其义趣精妙深邃,如美味悦人。因而德清提出的"味无味"就是对禅道("无味")进行般若观照与般若体验("体味"),就是去妄("情"、"利")返真("道")。

"味无味"这一命题的提出,最早见于《老子》[69],其"味"就是体味和观照,"无味"就是一种至味,就是"道"(《老子》云:"道之出口,淡乎其无味"[20])。"味无味"就是体味、观照"道"的本质特征和深刻意蕴,体味、观照美的最高境界[21]。"味无味"又见于《晋书·索袭传》。晋代敦煌太守阴澹称同时代的隐逸者索袭云:"世人之所有余者,富贵也;目之所好者,五色也;耳之所玩者,五音也。而先生弃众人之所收,收众人之所弃,味无味于恍惚之际,兼重玄于众妙之内。"[22]可见,德清是借鉴前人的论述,用"味无味"这一命题以概括参禅悟道活动对禅道、禅境的观照、体悟和把握的。还必须注意,"味无味"这一命题中的第一个作为动词的"味",与第二个作为名词的"味",是处在同一意义链上,表明了它们之间存在的天然的内在联系,表明了在观道、参禅以及审美活动中,对人生美与艺术美的观照、体悟,以及达于某种人生境界与艺术境界,是密不可分的。

我们从禅宗典籍和著作得知,"味无味"("味……味")这一句式已明显成了一种范式。诸如,李充云:"正法无著,真性不起,苟能睹众色,听众声,辨众香,味众味,受众触,演众法,而心恒湛然,道斯得矣。"[23]东汉安世高译《安般守意经》云:"眼不视色,耳不听声,鼻不受香,口不味味,身不贪细滑,意不志念,是外无为;数息、相随、止观、还净,是内无为也。"[24]其"味众味"、"味味"等等,就是"味……味"这一句式的应用。我们在本文前面所引的"深味禅心"、"贪味真如"、"味真实"、"味禅师之道"等等内涵,又何尝不是"味……味"这一句式的表现哩!

从先秦时代的老子提出"味无味"这一命题,以表述对"道"的观照、体悟与把握,到明代德清运用这一命题以概括对禅道的观照、体悟和把握,其"味……味"这一句式已逐渐成为一种理论范式。按托马斯·S.库恩的说法,范式是一组为一个科学共同体在一个社会和体制情境中所共有的成功说明的信念、价值、技术、实践和范例;范式是常规科学用以解决问题的模型或说明框架[25]。纵观中国美学史,我们可以发现,自老子提出"味无味"这一命题后,其"味……味"这一理论模型具有很大的统摄力,在中国传统美学中有着广泛而深刻的影响。诸如南北朝刘宋时期的画论家宗炳在老庄思想的影响下所提出的"澄怀味象"、"澄怀观道"[26]的命题,其"味象"、"观道"的内涵又何尝不是"味……味"这一范式的表现呢?

我们曾经指出过中国传统美学的审美活动的轨迹,它呈现出从"味"(体味)⟷"气"(审美创造力)⟷"意象"(意中之象)⟷"意象"(艺术形象)⟷"气"(艺术生命力)⟷"味"(滋味)这一根主轴线,可以从"味"(体味)到"味"(滋味)的轨迹中,看出审美创造和审美鉴赏活动的过程及心理活动的轨迹,成为中国古代美学的逻辑结构[⑰]。在我们看来,从"味"(体味)到"味"(滋味)的逻辑结构也即是"味……味"这一理论范式的展开,它不仅贯穿在艺术美的创造活动中,也贯穿在人生美的创造活动中。诚然,在"意象"(艺术形象)、"气"(艺术生命力)、"味"(滋味)的表现形态上,人生美与艺术美有所不同。在人生美的创造活动中,其"意象"是指"意中之象"内化(心灵化)于审美主体的审美人格之中,体现为人格美的种种表现;其"气"是指人格美所充溢的生生不已的生命力;其"味"是指一种人生境界、审美境界,因为"无味"乃是"至味"。南朝齐梁间的丘迟《思贤赋》云:"目击而道存,至味其如水。"[⑱]宋魏了翁云:"无味之味至味也。"[⑲]张实居(萧亭)曰:"水味则淡,非果淡,及天下至味,又非饮食之味可比也。"[⑳]总之,"至味"作为中国古代美学范畴,是指最高的人生境界——审美境界或美的本体、终极本原[㉑]。在艺术美的创造活动中,其"意象"则是指"意中之象"外化(物态化)为艺术形象;其"气"是指灌注于艺术作品的生命力;其"味"(滋味)则是指一种艺术特征、美感力量,而且常常表现为一种艺术境界。总之,"味……味"这一理论范式概括了审美活动的过程、特征与主要范畴的逻辑结构。

我们在前面已经提及,禅宗美学在本质上是一种追求生命自由的生命美学,因此它特别重视人格美的建构,重视人生美的创造,而"味……味"这个理论范式就概括了人生美的创造活动的过程、特征以及范畴的逻辑结构;它与"道由心悟"这个命题的内涵密切相关,可以说,"道由心悟"这一理论命题在审美活动中具体展现为"味……味"这一理论范式,因为"道由心悟"就是"识心见性"以"自成佛道",通过自心自性之"悟"以获得生命之美并达于禅境(审美境界)。可见,这一命题所展示的仍然是审美活动(它是参禅悟道与弘宣禅法活动——生命活动与生存方式的理想形态)的过程、特征与主要范畴的逻辑结构。总之,"味"是一个具有中国民族特色的审美范畴,它体现出与西方美学迥然不同的显著特征[13],而"味无味"则是一个十分重要的命题,它具有非常丰富的美学内涵和理论意义,值得进一步深入研究。

注　释

① 参见马奔腾:《当代禅美学研究述评》,《北京大学学报》2001年第3期。

② 参见皮朝纲:《中国古代美学的独特品格及其现代意义》,《山东医科大学学报》2000年第4期。

③《宏智禅师广录》卷六,《禅宗语录辑要》,上海古籍出版社(影印《大正藏》本)1992年版,第645页下。

④ 参见皮朝纲:《禅宗美学史稿》第一章至第十二章,成都科技大学出版社1994年版,第38—227页。

⑤ 伽达默尔:《真理与方法》,辽宁人民出版社1987年版,第99页。

⑥ 宋人杨时《寄翁好德》:"夫至道之归,固非笔舌能尽也。要以身体之,心验之,雍容自尽、燕闲静一之中,默而识之,兼忘于书言意象之表,则庶乎其至矣。"(见《宋元学案》卷二十五,中华书局1986年版,第952页)

⑦《坛经》(敦煌本)三十一节,《中国佛教思想资料选编》第二卷第四册,中华书局1983年版,第16页。

⑧ 参见皮朝纲:《南能北秀美学思想异同论》,《四川师范大学学报》1997年第3期,第37—46页。

⑨《佛果克勤禅师心要》卷下《又示〈成都雷公悦居士〉》,《中国佛教思想资料选编》第三卷第一册,中华书局1987年版,第436页。

⑩《五灯会元》卷五《药山惟俨禅师》,中华书局1984年版,第258页。

⑪《高峰和尚禅要·示直翁居士洪新恩》,《中国佛教思想资料选编》第三卷第一册,第482页。

⑫《天目中峰和尚广录》卷五之上《示海印居士泙王王璋》,同上书,第529、530页。

⑬ 潘知常:《生命的诗境——禅宗美学的现代诠释》,杭州大学出版社1993年版,第46—48页。邓绍秋:《后结构主义美学与禅宗美学的相似点》,《云梦学刊》1999年第2期,第40页。

⑭王建疆：《庄禅美学》第六章《禅宗美学的性质和特点》，甘肃文化出版社1998年版，第104页。

⑮吴功正：《中国文学美学》"结构篇"第三《禅宗美学结构体——直觉性美学》，江苏教育出版社1990年版，第900页。

⑯刘方：《诗性栖居的冥想——中国禅宗美学思想研究》，四川大学出版社1998年版，第33页。

⑰海德格尔：《诗人何为?》《海德格尔选集》上册，上海三联书店1996年版，第409页。

⑱关于禅宗哲学，学术界已有不少论著，作了深入的分析。可参见任继愈《汉唐佛教思想论集》中《禅宗哲学思想略论》（人民出版社1981年版）、冯友兰《中国哲学简史》第二十二章《禅宗：静默的哲学》（北京大学出版社1985年版）、郭朋《中国佛教思想史》（中卷）第四章第四节《中国佛教的特产——禅宗》（福建人民出版社1994年版）、杜继文与魏道儒《中国禅宗通史·导言》（上海古籍出版社1993年版）、张节末《禅宗美学》第二章《孤独者的智慧》，浙江人民出版社1999年版）。吴言生《禅宗哲学象征》（中华书局2001年版）对禅宗哲学体系及其内容的概括，简明、精当。宋伟《禅宗美学》指出：禅宗哲学"是一种生命哲学"（见王向峰主编《文艺美学辞典》，辽宁大学出版社1987年版，第755页）。

⑲方立天：《佛教哲学·前言》，中国人民大学出版社1986年版，第2页。

⑳《五灯会元》卷四《长庆大安禅师》，中华书局1984年版，第191页。

㉑《五灯会元》卷三《大珠慧海禅师》，第154页。

㉒李霞认为"珍重生命""是禅宗的一个显著特征"，"禅宗这种重生思想与道家的贵生观念正相吻合，它们构成了中国传统人生哲学中的生命哲学"（《道家与禅宗的人生哲学》，《安徽史学》1998年第3期，第3页）。

㉓《坛经》（敦煌本）三十五节，《中国佛教思想资料选编》第二卷第四册，中华书局1983年版，第18页。

㉔《坛经》（敦煌本）三十五节，同上书，第18页。

㉕《坛经》（宗宝本）《般若品》，同上书，第41页。

㉖耕云：《禅、禅学与学禅》，《耕云先生禅学讲话》（三），中国世界语出版社1994年版，第58—59页。

㉗《王羲之传》，《晋书》卷八十，中华书局1982年版，第2099页。

㉘《天如惟则禅师语录》卷二《普说》,《中国佛教思想资料选编》第三卷第一册,第555页。

㉙《天目明本禅师杂录》卷中《示正闻禅人》,同上书,第541页。

㉚《高峰和尚禅要·示直翁居士洪新恩》,同上书,第482页。

㉛《天目中峰和尚广录》卷五之上《示海印居士冲王王璋》,同上书,第531页。

㉜吴言生精辟指出,禅家"参禅的终极目的是明心见性,彻见'本来面目'","禅宗以重视'本来面目'为终极关怀","禅宗在表征生命体验、禅悟境界时,于'禅不可说'的无目的性中建构起一个严谨而闳大的禅宗哲学体系。……本心论揭示本心澄明、觉悟、圆满、超越的内涵与质性;迷失论揭示本心扰动、不觉、缺憾、执著的状况及缘由;开悟论揭示超越分别执著以重现清净本心的方法与途径;境界论揭示明心见性回归本心时的禅悟体验与精神境界"(《禅宗哲学象征》,中华书局2001年版,第224—225、380、224页)。

㉝我曾在《禅宗美学史稿》"导言"中,明确提出"禅宗美学是生命美学,它带有中国自己的作风与气派",并从三个方面("社会根源"、"内涵"、"思维方式")进行考察,"说明中国禅宗——生命美学与西方生命哲学及其美学思想在主要方面是有区别的"。试图说明在中国古代思想家那里就可以找到生命哲学意识和生命美学意识。诚然,"生命哲学"与"生命美学"在西方和中国,都有它们各自的、特定的内涵。

㉞祁志祥《佛教美学》第一章第二节指出:"以慧能为代表的唐代禅宗美学,乃是一种主观唯心主义的美学,它大体由美本体论('自心本清净')、审美方法论('无念'、'无相'、'无住'、'无言'、'顿悟')和审美心态论('无住'、'去来自由')构成"(上海人民出版社1997年版,第47页)。王海林《佛教美学》第七章指出:"禅宗美学的主要内容和美学价值所在是它的审美心学",慧能"是受到《金刚经》和《楞伽经》的惠示","《楞伽经》的'自心见',是从心取向而言的,《金刚经》说'无所住心'是从心自性而言的,两者结合就完成了禅家唯心主义本体论的理论基础建构"(安徽文艺出版社1992年版,第198页、207、215页)。耿庸主编的《新编美学百科词典》的"禅宗美学"条指出:佛教到了禅宗,已经"成为一种哲学、一种心境、一种体验","禅宗从本质上讲是对人生自由境界的体验","就内容上讲,禅宗的体验是对人生最高境界——自由境界的体验"。禅宗美学思想大体包括以下四个方面,即"'境'的艺术本体"、"'参'的创作态度"、"'悟'的审美心理"、"'空'的审美境界"(福建人民出版社1989年版,第749、750、749、750—752页)。

㉟前者见《坛经》(宗宝本)《护法品》,《中国佛教思想资料选编》第二卷第四册,第61页;后者见《祖堂集》卷二《第三十三祖惠能和尚》,上海古籍出版社(据高丽覆刻本影印)1994年版,第47页。

㊱《坛经》(敦煌本)十九节,《中国佛教思想资料选编》第二卷第四册,第11页。

㊲参见皮朝纲:《禅宗美学体系的逻辑结构与历史发展线索》,《四川师范大学学报》增刊第11期(1994年10月),第80—87页。

㊳《天目中峰和尚广录》卷十一上《山房夜话》,《中国佛教思想资料选编》第三卷第一册,第517—518页。

㊴《天目明本禅师杂录》卷上五《结夏示顺心庵众》,同上书,第538页。

㊵《敦煌新本六祖坛经》,上海古籍出版社1993年版,第19—20页。

㊶《南阳和尚答杂征义》,见《神会和尚禅话录》,中华书局1996年版,第101页。

㊷《禅源诸诠集都序》卷一,《中国佛教思想资料选编》第二卷第二册,第422页。

㊸《禅源诸诠集都序》卷一,同上书,第422—423页。

㊹《天目明本禅师杂录》卷上《结夏示顺心庵众》,同上书,第538页。

㊺方立天深刻指出:"禅宗以心性论为核心,并把心性论和本体论、成佛论结合起来了,这种心性论和本体论的密切联系是一大特色"(《佛教与中国哲学》,《晋阳学刊》1987年第3期)。

㊻《憨山老人梦游集》卷十九《春秋左氏心法序》,江北刻经处本(福建莆田广化寺佛经流通处佛历2509年影印。以下同),总1022页。

㊼《憨山老人梦游集》卷四十四《大学纲目决疑题辞》,江北刻经处本,总2389页。

㊽《憨山老人梦游集》卷三十九《聂应如字说》,江北刻经处本,总2129页。

㊾《憨山老人梦游集》卷十四《与曾健斋太常》,江北刻经处本,总728页。

㊿《憨山老人梦游集》卷四十四《大学纲目决疑题辞》,江北刻经处本,总2384页。

㉛《憨山老人梦游集》卷四十一《首楞严经悬镜序》,江北刻经处本,总2195页。

㉜《憨山老人梦游集》卷十《答德王问》,江北刻经处本,总504页、505页。

㉝《憨山老人梦游集》卷二十《因明入正理论寐言序》,江北刻经处本,总1060页。

㉞《憨山老人梦游集》卷五《示李福净》,江北刻经处本,总247页。

㉟《憨山老人梦游集》卷四十五《观老庄影响论·论宗趣》,江北刻经处本,总2430页。

㊱《憨山老人梦游集》卷四十五《憨山绪言》,江北刻经处本,总2456页。

(57)《憨山老人梦游集》卷十二,江北刻经处本,总 604 页。

(58)《憨山老人梦游集》卷十二《示周子寅》,江北刻经处本,总 591 页。

(59)《高峰和尚禅要·示众》,《中国佛教思想资料选编》第三卷第一册,第 484 页。

(60)《历代高僧传》(据《大正藏》第五十卷影印),上海书店 1989 年版,第 561 页中。

(61)《袁州萍乡杨歧山故广禅师碑》,《中国佛教思想资料选编》第二卷第四册,第 377 页。

(62)独孤及:《毗陵集》卷九《舒舟山谷寺觉寂塔故镜智禅师碑铭并序》,《四库全书》第 1072 册,第 230 页上。

(63)《憨山老人梦游集》卷八《示顺则易禅人》,江北刻经处本,总 394 页。

(64)《憨山老人梦游集》卷十八《与贺函伯戸部》,江北刻经处本,总 977 页。

(65)《憨山老人梦游集》卷十六《与胡顺庵中丞》,江北刻经处本,总 849 页。

(66)《大乘无生方便门》,《大正藏》卷八十五,第 1275 页下。

(67)《五灯会元》卷二十《天童昙华禅师》,第 1354 页。

(68)释英:《白云集》卷三《言诗寄佑上人》,《四库全书》第 1192 册,第 676 页下—677 页上。

(69)《老子》六十三章,见《中国哲学史资料选辑》(先秦之部中),中华书局 1984 年版,第 654 页。

(70)《老子》三十五章,同上书,第 628 页。

(71)参见皮朝纲:《中国古代文艺美学概要》,四川社会科学院出版社 1986 年版,第 14—15 页。

(72)《晋书》卷六十四《索袭传》,中华书局 1978 年版,第 2449 页。

(73)李充:《大唐东都敬爱寺故开法临檀大德法玩禅师塔铭并序》,《全唐文》附《唐文续拾》卷四,中华书局 1983 年版,第 11221 页上。

(74)安世高译:《安般守意经》,《大正藏》卷十五,第 169 页下。

(75)托马斯·S. 库恩:《必要的张力——科学的传统和变革论文选》中《再论范式》,福建人民出版社 1981 年版,第 291—293 页。尼古拉斯·布宁与余纪元编著《西方哲学英汉对照辞典》“范式”条,人民出版社 2001 年版,第 724 页。

(76)前者见宗炳:《画山水序》,《画论丛刊》上卷,中华书局香港分局 1977 年版,第 1 页;后者见张彦远《历代名画记》卷六,上海人民美术出版社 1964 年版,第 129 页。

(77)参见皮朝纲:《关于创建中国古代文艺美学的思考》,《四川师范大学学报》1986

年第 6 期。

⑱《全上古三代秦汉三国六朝文》之《全梁文》卷五十六,中华书局 1983 年版,第 3282 页下。

⑲《鹤山集》卷六十一《跋胡文靖公(晋臣)橄榄诗真迹》,《四库全书》第 1173 册,第 24 页下。

⑳王士禛等:《师友诗传录》,《清诗话》上册,上海古籍出版社 1963 年版,第 144 页。

㉑参见成复旺主编:《中国美学范畴辞典》,中国人民大学出版社 1995 年版,第 22—24 页。

㉒参见陈应鸾:《诗味论》,巴蜀书社 1996 年版,第 6—9、16—19 页。

原载《中国禅学》第 2 卷,中华书局 2003 年 5 月版

禅:生命之境和最高审美之境

李天道

佛禅讲定慧。"定"就是体验,是生命体验也是审美体验;"慧"则是通过这种体验所达到的生命境界,也即极高审美境界。宗白华说:"静穆的观照和活跃的生命构成艺术的两元,也是构成'禅'的心灵状态。"[①]所谓"静穆的观照"就是"定",而"活跃的生命"则是"慧"。在禅宗美学看来,"定"与"慧"是体一不二的。

这里所说禅宗美学,是特指那种"教外别传,不立文字,真指人心,见性成佛"的南宗禅及其美学思想。南宗禅所谓的"禅"与传统禅法,即菩提达摩来华以前的禅法有很大的差别,不仅如此,即使是与达摩来华建立的早期禅宗如来禅相比,也存在着明显的差异。在传统禅法那里,"禅"是戒、定、慧"三学"的重要过渡环节。它们之间的关系是以戒资定,以定发慧,因而定慧相分,定是发慧的手段,或者说是获得成佛境界的必要准备。在如来禅那里,则是要通过禅定真实证入如来境,从而获得自觉圣智,也即所谓转识成智,大智慧在。这样,如来禅就把定与慧契合于如来藏,即真如、佛性的境界之中,因而有突破以定发慧、定慧相分的倾向。但尽管如此,如来禅最终还是没有突破以定发慧、定慧相分的界限,其门下宗风仍然是"藉教悟宗"。像四祖道信,就"既嗣祖风,摄心无寐,胁不至席仅六十年"[②],以禅定作为发慧的手段。而在慧能所创立的南宗禅这里,则"以定慧为本"、"定慧一体"、"以定慧等"[③],倡导祖师禅,并赋予"禅"以全新的内容。在南宗禅看来,"禅"既是修行,又是得道,既是手段,又是目的,既是方法又是本体,既是定又是慧。也就是说,只要进入"禅",就能豁然晓悟,自识本心,万法尽通,全面、整体地体悟到宇宙和人生的真谛,达到自我生命与最高生命存在相融合一的"慧"境,即"禅"境。在这里,禅是定与慧的圆融浑一。故从禅宗美学来看,则禅是生命之美的集中体现,为美的生命本原,既是审美体验的过程与途径,又是通过这种审美体验以获得的对生命本旨的顿悟以及由此以达到的生命之境和最高审美之境。

一

也正是如此,所以说禅宗美学是生命美学,所推崇的"禅"境是生命体验与生命境界的实现。即如铃木大拙所说:"禅即生命"④。禅是生命之灵光,是"活跃的生命"的传达,也是生命之美的集中体现。而禅体验在本质上就是一种生命体验,也是一种审美体验。因为审美体验是对生命意义的一种体验活动,"在体验中所表现出来的东西就是生命"⑤;所以"每一种体验都是从生命的延续中产生的,而且同时是与其自身生命的整体相连的"⑥。在禅宗美学看来,由"禅"这种生命体验所达到的禅境,则是一种心灵境界、生命境界与审美境界。

禅宗美学认为,禅是众生所具有的本性与宇宙万有的法性,是万物生机勃勃的根源,天地万物与人之美则是禅的生动体现。天目明本禅师说:"禅是诸人本来面目,除此外别无禅可参,亦无可见,亦无可闻,即此见闻全体是禅,离禅外亦别无见闻可得。"⑦禅是众生之本性,是人的"本来面目"、本地风光、自家本分,也就是人人本来所具有的"自性"、"自心"、"本性"、"本心"、"人性"。这种"本性"、"本心"人人具足,与"禅"、"佛"等同,在实质上相通相合,故又可称为"法性"、"真如"、"佛性"、"智慧性"。禅宗美学作为一种生命美学和体验美学,就是特别重视对人的内在生命意义的体验,所谓"见本性不乱为禅"⑧,"识心见性,自成佛道"。在对"禅"这一审美境界的追求中,禅宗美学以实现人生价值为主要目的,提倡"我心自佛","禅不离心,心不离禅,惟禅与心,异名同体"⑨,对"禅"的把握,乃由"心"而"悟",强调"道由心悟","禅由悟达","不期禅而禅",认为众生身心原本就是圆满具足的禅。原始佛教以四谛之首的"苦谛"为立身根基,认为人世间是火

禅:生命之境和最高审美之境

宅,是无边苦海,因此,才幻想出西天乐土的彼岸世界和超度众生的佛祖圣僧。然而,中国禅宗则将其追求理想返回到人生的此岸世界,把解脱成佛的希望从未来拉回到现实,从天上拉回到人间。在禅宗看来,禅是人的本性,是人性的璀璨之光,是人人心中的"常圆之月"、"无价之宝",人们应该"自我解脱",亲证亲悟,自达禅境。禅门宗师指出:"于自性中,万法皆见","万法尽在自心","诸上人各各是佛,更有何疑到这里"[⑩];认为"诸上座,尽有常圆之月,各怀无价之宝"[⑪];就指出众生自心就是澄明圆满的禅境,"识心见性,自成佛道","识自本心,若识本心,即是解脱","自性心地,以智慧观照,内外明彻","何不从自心顿见真如本性","见本性不乱为禅",活生生的现实的人心,就是人的生命全体,是无价之宝。而在禅宗美学看来,这个无价之宝,就是美的最集中、最圆满的体现,而这种最集中、最圆满的体现,就是禅境,也就是"禅"。

必须指出,"万法尽在自心"的命题,似乎是说:"心"产生宇宙万物,"心"为宇宙的本原,但禅宗的理论核心是解脱论,它一般不涉及宇宙的生成或构成等问题。在禅宗思想体系中,真心与妄心本质上是一回事,"真"与"妄"体用一如,"真如"、"佛性"并不是自心之外的神秘实体,它们都统一于人们当下的自心之中,也即当下的现实的活泼泼的人心之中。禅宗六祖慧能就始终强调禅是人人共同具有的本性,是人性的灵光,人应该自证自悟,自我解脱,认为禅始终不离众生的当下之心。在《坛经》中,有许多专门强调禅在众生心中,众生自心圆满具足的论述。在慧能看来,佛性之于一切众生,有如雨水之于万物,悉皆蒙润,无一遗漏,因而佛性圆至周遍,悉皆平等。正是基于此,所以慧能明确指出,自性(人性、心性、本性)即是佛是禅,离开自性则无佛无禅:"我心自有佛,自佛是真佛";"佛是自性,莫向身外求";"本性是佛,离性无别佛。"这里所谓的成佛,既是众生对自我先天所具有的清净本性的体证,又是显现本性以包容圆融万物,"见性显心",成就"清净法身",即对宇宙万物的最高精神实体的契证、禅悟与圆觉。其主旨在强调众生自心、自性圆满具足一切,自心有佛、自性是佛是禅,迷悟凡圣,皆在自心的一念之中,因而不必向外寻求,只要识心见性,从自心顿现真如

古代文论与美学研究

本性,心自圆成,便能解脱成佛。这也就是所谓"识心达本"、"顿悟成佛",直达禅境。

二

在对禅的参证与体验方式上,禅宗美学提倡"契自心源"、"顿悟心源"。龟山正元禅师偈颂曰:"寻师认得本心源,两岸俱玄一不全。是佛不须更觅佛,只因如此便忘缘。"[12]雪窦持禅师偈倾曰:"悟心容易息心难,息得心源到处闲。斗转星移天欲晓,白云依旧覆青山。"[13]禅宗大师万言千语,无非教人认识本心,返回心源:"夫百千法门,同归方寸,河沙妙德,总在心源。一切戒门、定门、慧门,神通变化,悉自具足,不离汝心。"[14]"菩提只向心觅,何劳向外求玄?听说依此修行,天堂只在目前。"[15]"心源"超越主客二分,充满灵性,无杂无染、孤明历历、本来如是,既是生命律动的本源,也是"禅"的所在。正如天目中峰和尚所指出的:"禅不离心,心不离禅,惟禅与心,异名同体。""禅何物也,乃吾心之名也;心何物也,即吾禅之体也。"[16]因而,对禅的体验,只有由"心"而"悟":"禅非学问而能也,非偶尔而会也,乃于自心悟处,凡语默动静不期禅而禅矣。其不期禅而禅,正当禅时,则知自心不待显而显矣。"[17]在禅宗美学看来,禅是活泼泼的人之为人的本性,也是活泼泼的人的生命。人的生命是圆满具足、透脱自在、清净圆明的,这样,对禅的体验与把握也就是一种圆满具足、自在任运、绝妄显真、心自圆成的生命活动,一种活生生的人的最高生命存在方式的体验活动,也即审美体验活动。因而禅宗重视澄心静观与静坐默究,强调"清心潜神,默游内观,彻见法源"[18]。慧能所主张的"净心"说就显现出这种通过静观默究以"契自心源"、"顿悟心源",以"默游"而"内观"的生命体验与审美体验方式。

慧能提倡"无念为宗,无相为体,无住为本"说。在他看来,既然人人心中本自有佛,人性本净,"本性自净自定",每个人心中都有"常圆之月",人的本性、本心本来就没有烦恼、逆妄,人的本性本心就是佛是禅,那为什么人人又不能随时悟禅成佛呢?这是由于有"妄念浮云"的遮盖,所以清净的佛

禅:生命之境和最高审美之境

性便显现不出来,就恰似空明天空、皎洁圆明的日月被浮云遮盖了一样。人们要想使自己所具有的"本自具足"的"自性"、"本心"、"佛性"、"真如",也"禅","不期禅则禅",使"自心不待显而显",让"即心即佛"的可能性变为现实,就必须断除妄念,使"性体清净"。慧能说:"自性常清净,日月常明,只为云覆盖,上明下暗,不能了见日月星辰。忽遇惠风吹散,卷尽云雾,万象森罗,一时皆现。世人性净,犹如青天,惠如日,智如月,智惠常明,于外著境,妄念浮云盖覆,自性不能明,故遇善知识开真法,吹却迷妄,内外明彻,于自性中,万法皆见。"[19]"卷尽云雾"、"吹却迷妄",为了把"妄念浮云"吹散,正是为了使清净常明,让"犹如青天"的"自性"显现出来,使万法在自性中呈现,或者说是在自性中显露万法,以"自成佛道"、"见性成佛"、"自心自佛"。当然,需要指出的是,由于主张定慧一如、心性一体、佛在自心、"本性是佛",所以慧能认为"卷尽云雾"、"吹却迷妄"要如"忽遇惠风吹散",要任运自然,从自心顿现真如本性。也正由于此,慧能才提出"三无"说。他说:"何名无念?无念法者,见一切法,一著一切法,遍一切处,不著一切外,常净自性,使六识从六门走出。于六圣中,不离不染,来去自由,即是般若三昧,自在解脱,名无念行。若百物不思,常令念绝,即是法缚,即名边见。"[20]这里就强调在禅体验中,既要心不受外物的迷惑,"于一切境上不染","于念而不念",以做到"无念";同时又要做到随心任运、自然无心,不要着意去除自然之念。所以说"无念"是指无妄念,并非是无"自念",而是有正念无妄念。要自然无碍,任心自运,而不能起任何追求之心,"欲起心有修,即是妄心,不可得解脱"[21]。"无念"也并非是"百物不思",不食人间烟火、万念除尽,而是说在与外物接触时,心不受外境的任何影响,"虽见闻觉知,不染万境,而常自在";要能"于自念上离境,不于法上生念"[22]。禅体验在于不依境起,不随法生,要由真如而起念,"真如是念之体,念是真如之用"。这就是说,在进行禅体验时必须要将其心灵放在体悟"真如本性"的正念上,应顺应本性,要注意真如佛性的自然发挥和心灵的自由自在,以及由此而得的直觉感受。只有进入自在自为的心理状态,才能一任自由的心灵,率意而为,不期然而然,通过唤醒潜意识中多种潜在的意象和印象,以顺应本性的念念不住、迁流不止之势,来自致广大、自达无穷,"从于自心、顿现真如本性"㉓,而进入心灵解悟的禅境。

在慧能看来,只有当下任心,不起妄心,才能自达禅境,顿至佛地。所谓"无念为宗",实际上就是以人们当下之心念为宗,强调自然无碍、迁流不息、念念不止、圆明活泼的生命不要被观念所束缚。所谓"无相",则是指心不要执著在外境,不要为繁杂的色声香味等外相所迷惑,应"于相而离相"。尽管见色、闻声、觉融、知法,但只要不计较、不执著外物的事相,便能"离一切相"。此即所谓"虽见闻觉知,不杂万境,而常自在"。因为"凡所有相,皆是虚妄",而实相无相,但能离相,"性体清净,此是以无相为体"。要进入真正的禅境与审美境界,就必须"性体清净",反身内省,以般若之智悟见自心佛性,顿入佛地。中国美学则称此为"游心内运"、"收视反听,绝虑凝神"。在中国美学看来,审美主体在进行审美体验时,必须要在"澄心端思"中走进自己内心世界的深处,去沉思冥想,以参悟本心,从心灵出发,而起浩荡之思,生奇逸之趣。萧子显说:"蕴思含毫,游心内运,放言落纸,气韵天成。"㉔李世民说:"收视反听,绝虑凝神。心正气和,则契于妙。"这就是说,主体在进行审美体验时,应该"游心内运",通过心灵观照、神游默会等内心体悟活动,以领悟幽邃的心灵中的生命内涵,通过"绝虑凝神",在空灵明静中审视、体味自己心中的意绪和情感。"收视反听",反身内求,通过心灵的内运以反观无意中记忆下来的、潜移默化在心底深处的意识,使那些处于朦朦胧胧中先前有了的、在心中活动的意象,以及"被长期保存在灵魂中,长期潜伏着"的意识"脱离睡眠状态"㉕,从而在意识深层获得一种无上的喜悦和美感,以体悟到一种平日苦思不得的人生哲理,使审美体验"豁然贯通",获得妙悟心解。所谓"人闲桂花落,夜静春山空"。没有"人闲",就不可能体验到"桂花落",这种空灵静寂的审美意趣。同时,如果没有心境的静谧澄澈,没有"收视反听"、"游心内运",也不可能体悟到似"春山"一样空灵透彻、精微神妙的意境。因此,只有沉潜到意识的底蕴,灵心内运,精思入神,才能洞达天机;只有忘形忘骸、无念无相,以进入无物无我的空明澄清的审美心境,使心灵绝对自由自主,从而才能在"净净而明"、"卓卓自神"的反观内求

禅:生命之境和最高审美之境

中,促使潜意识活动,以再度唤起过去储存的种种带有内心情感与生命之光的表象,进入洞见宇宙,直视古今,无所不致其极的审美境界。

慧能提出的"三无"说,无念是宗旨,无相是本体,无住是根本,三者同等重要。所谓"无住",慧能指出:"无位者,为人本性,念念不住,即无缚也。"[38]这就是说,人心本有佛性,原本是无住、无缚,"而常自在"的,而人的本性就体现在人们当下心念之中,它是念念相续,流转不息,而又于一切法上无住的。因此,"无住"既有心念圆活无穷、迁流不止之义,又有心念不滞留在虚妄不实的万相上,不执著妄相之义。因为在慧能看来,心于境上起执著,哪怕执著的是般若行、圣人境,也会失却自己的本来面目,即内在的活泼泼、圆满具足的生命。他强调"无住",就是让活泼泼、圆满具足的生命透脱自在,处处不滞,不被一切欲望所窒息,而保持其清净光明,纯一无杂,圆明纯真,让当下之心呈现"内外不住,来去自由"那样一种自在任运、生意盎然的状态。因而,所谓"无住为本",就是以这种自在的随缘、圆满具足、皎然莹明之心为本,以人们内在真实鲜活的生命为本。

慧能所强调的这种通过"三无"以"无住为本",直达禅境,来获得对随缘任运、自然适意、一切皆真、宁静淡远而又生机勃勃的禅体验的观念是建立在深厚的中国美学思想基础之上的。中国美学认为,美是生生不已,周流不居的。在中国美学看来,作为宇宙万物生命与美的生命本原是气,是道,是一。气是万物生命生存的本质,宇宙天地间的万事万物都可以归结为一种气化。同时,作为本体之气,其化生功能和生命活力的内在本质,又受"道"所主宰。"道"存在于生命之气的中间,虽虚而无形,却又无所不在。道充塞于宇宙,无处不存,万物以生,万物以成。道始于一,又归于一,周匝无垠,故又是一个完整的、充满了生机与活力的整体。这样,受道的作用,整个宇宙和人生,也都处于一种多样统一的环式运动。《淮南子·原道训》云:"驯乎!玄,浑行无穷正象天。"驯,指顺;这里所谓的"玄"和"太极"相同,意指天道、地道、人道的宇宙本体,它好像圆天一样,周行无穷而不殆。扬雄认为,天与宇宙的特点就是运转不息。故他在《太玄·太玄摛》中又指出:"圜则杌棿,方则啬吝。"在《太玄·太玄图》中也指出:"天道成规,地道成矩,规动周营,矩静安物。"所谓"圜",就是指天;机棁,意为动荡不停;啬夫,意指聚敛收藏。天圜则以动为性,地方则以静为特点,动与静为生命的质和德,一动一静相辅相成,辟阖往来,则构成一生命整体。唐杜道坚说:"天运地斡,轮转而无废,水流而不止,与物终始,风兴云荡,雷升雨降,并应无穷。"宋张载在《横渠易说》中也指出:"天地动静之理,天圆则须动转,地方则须安静。"在中国古代哲人看来,整个宇宙天地就像一轮运转无废的圆环,周转不息,往复回环。天道生生不止,流转不居,美也是这样。中国美学认为,受"气"、"道"的作用,美既生气流荡、氤氲变化、生生不穷,处于永不停息的创造和革新之中,同时,美又是一个统一的有机整体,生动活泼,圆融无碍。故中国美学强调审美活动应由方入圆,即由具象到超越,透过表相以直达生命内核,去掘取宇宙天地运转不已的生命精神。即如司空图在《二十四诗品·流动》中所指出的:"若纳水輨,如转丸珠。夫岂可道,假体遗愚。荒荒坤轴,悠悠天枢。载要其端,载同其符。超超神明,返返冥无。来往千载,是之谓乎!"水輨,即水车,纳置于水而流动不居;转丸珠,言珠之圆转如丸。这里可以说道尽了美的圆转不息的生命之流的奥秘。美的生命,即宇宙天地精神是变动不居的,审美主体只有德配宇宙,齐天同地,才能臻于审美的极佳境界,而参赞化育,融汇于万物皆流的生命秩序之中。故中国美学主张"心斋"、"坐忘";强调"无听之以耳,而听之以心,无听之以心,而所之以气"[22];可以说,正是追求对古往今来、乾旋坤转,以一治万,以万治一,一以化万,万万归一,流转不息的宇宙天地与人的生命精神和美的生命的体验,才使包括禅宗美学在内的中国美学把审美的重点指向人的心灵世界,"求返于自己深心的心灵节奏,以体合宇宙内部的生命节奏",[23]并由此而形成中国美学的独特的审美体验方式和传统特色。

是的,禅宗美学是生命美学,它始终关注活生生的人的生命活动,探索活生生的人的生命存在方式及其价值。它认为审美体验活动乃是一种任运自适、去妄存真、圆悟圆觉、圆满具足的生命活动,一种活生生的人的最高生存方式。而慧能的"三无"说在实际上就是对这种审美体验活动的自由性、纯真性与圆满性的高度概括。它把人的内在生命提到本体的高度,把宇宙

禅：生命之境和最高审美之境

本体与人的本体统一于人的"无念、无相、无住"的当下之心,而这个当下之心是一个圆活流变的过程。其旨归就在于从人们现实的当下存在来寻找自我,揭示人的生命存在及其价值。而其突出当下之心则正是为了除却妄心而见圆明本心,如"云开见月",使本心光明圆朗,在妄念不起、正念不断的自然任运、绝妄呈真的生命活动中,达到与天地圆融一体的禅境,领悟和把握自己的本来面目。

慧能在论述"三无"时,指出要做到"于念而不念"、"于相而离相",关键在于要"净心"。通过"净心",则"心量广大,犹如虚空……虚空能含日月星辰、大地山河、一切草木、恶人善人、恶法善法、天堂地狱,尽在空中,世人性空,亦复如是"。㉙他所谓的"性空",是只"空"虚妄,不"空"真实(真如佛性),而真如、佛性则是"真有",而不是"空"。这就是说,在他看来,由于"常净自性"具有"净心",空诸虚妄,"打破五阴烦恼尘劳",犹如"虚空",就能以"虚空"之"净心"观照宇宙万物,而体认到宇宙万有的真如本性。显而易见,慧能这种以"净心"观照宇宙万物的思想,实际上就是通过"静默观照"以体验"活跃生命",也就是定慧一体,以"禅"求"禅"审美观念的体现。"虚空"圆赅一切,实质上也就是"禅"。"净心"就是审美主体以一种高洁的、虚空圆明的审美心胸,也即自由的、纯真的、圆满而充满活力的内在生命去进行审美观照与审美体验,因为高洁的、澄明空彻的审美心胸乃是进行审美观照与审美体验的必要前提。正如宏智正觉所指出的:"吾家一片田地,清旷莹明,历历自照",㉚"人人具足,个个圆成。"只要"磨砻明净"、"净治楷磨"、""洗磨田地,尘纷净尽",就能使人的心境"卓卓自神"、"净净而明"、"事事无碍",如"露月夜爽,天水秋同",湛湛灵灵,而"妙穷出没,照彻离微",如水涵秋,如月夺夜,以"直照环中",显示"清白圆明之处",而体验到宇宙人生的微旨,进入"皎然莹明"的禅境。在禅宗美学看来,"天地与我同根,万物与我一体","万象森罗尽我家","十方大地是我一个身",心本自圆明,心物也本自圆融,故而,只要"扫断情尘,沥乾识浪","绝言绝虑",保持心胸的莹彻透明,通过"默照默游",那么就会使自己的圆明本心"豁明无尘,直下透脱",如"莲开梦觉",而达到心物圆融,物我一如,定慧一体,进入

古代文论与美学研究

人之自性与宇宙法性的冥然合一,生命本体与宇宙本体的圆融一体的最高审美境界。所以石头希迁说:"圣人无己,靡所不己。法身无象,谁云自他?圆鉴灵照于其间,万象体玄而自现。"㊾万法如如,无自无他,圣人无心,触目会道,自然与万法为一。无知而无不知,无为而无不为,只有"空虚其怀",无我无心,从而才能"冥心真境","彻见法源",达到"智法俱同一空",而万物与我为一的审美极境。

所以在禅宗美学看来,禅以及自然宇宙与社会人生的"至理"不是什么别的,都是以"生"为动力的对圆满具足的"本心"之美的不懈追摄。具有圆满之美的禅是众生之本性、生命之灵光,是解脱成佛之圣境,生命的自由境界,也是审美的最高境界。这种美和审美境界的获得,皆源自于"心"。那么,这里的"心"是指什么呢?它既不是真心,也不是妄心,而是集真妄于一身的自心、本性,是妄念不起、正念不断的当下现实之人心。它如"日出连山,月圆当户"㊿,"一片凝然光灿灿",既光明灿烂,又圆满具足,"天真而妙",具有光明圆满之美。所谓以"心"悟"道",就是"识心见性"以"自成佛道"、自达禅境。而"识心见性"乃是在般若观照的刹那间"识自本性"。"若识本心,即是解脱",在这"识"、"见"、"悟"中,并没有识与被识、见与被见、悟与被悟,它只是自心自性的自我呈现、自我显露、自我观照、自我体悟、自达圆成。或者说,识与被识,见与被见,悟与被悟都消融于自心的一种禅境与审美境界之中,而达到生命本体与宇宙本体的圆融一体的至美至乐境界。

三

禅宗美学这种"以禅为美"、"定慧一体"、"道由心悟"、"契自心源"、回光就己,返境观心的审美观念极具传统美学的民族特色,具有非常深厚的传统美学思想基础。它揭示了中国美学精神秘密的一个极其重要的因素,体现着中国美学追求自我生命与宇宙生命统一的审美特性,展现出中国美学是人生美学注重生命体验的丰富内容。在中国美学看来,美的生成与审境界的创构,离不开主体的投入和主导作用,需要主体的心旌宕荡和心灵领悟,必须"中得心源","因心而得"。因此,中国美学极为重视人与人生。以人为中心,通过对"人"的透视,妙解人生的奥秘,也揭示宇宙生命的奥秘,是中国美学确立思想体系的要旨。也正由于此,所以中国美学强调心灵感悟,要求审美主体应在一种空明澄澈的审美心境中进入到自己内心世界的深处,去"游心内运"、"神游默会",以把握生命本源。

所谓"游心内运"、"神游默会"又称"内游"、"心游"、"神游",就是指心灵的览观和体验。它要求审美主体必须保持一种玲珑澄澈之心去玄览物象,在静穆的内视中,去参悟宇宙的微旨,与自然的生命节奏妙然契合,在"虚静"中洞彻心灵奥秘,洞见宇宙精神,直视古今,达到无所不想其极的审美境界。充塞天地之间的元气是物质生命的凭借,人的生命也来源于这种元气;物与人不是相衡相峙的异己对象,而是与人息息相通的生命本体,"守其神,专其一,合造化之功"(张彦远语),人的生命节奏就可以与自然万物的生命韵律相合拍。因此,在中国美学所主张的"内游"式审美体验活动中,审美主体"身不离于衽席之上,而游于六合之外,生乎千古之下,而游于千古之上"。故郝经主张:"持心御气,明正精一,游于内而不滞于内,应于外而不逐于外。常止而行,常动而静,常诚而妄,常和而不勃。"(同上)这样,人心"如止水,众止不能易;如明镜,众形不能逃,如平等之权,轻重在我;无偏无倚,无污无滞,无挠无荡,每寓于物而游焉",从而则能充养其道德气质,使其心中胸中之"卓尔之道,浩然之气"涌跃澎湃,"嶽乎与天地一",以达到极高的审美境界。在审美创作构思中,始能促使深层生命意识的涌动,在无意识中自在自为地让自我情愫飘逸到最渺远的所在,于静中追动,在蹈虚逐无中完成审美构思体验的目的,获得宇宙间最精深的生命隐微,从而创作出艺术的珍品。

我们知道,人既是自身活动的主体,也是自身一切活动的发轫和归依。故中国美学认为,作为人掌握世界的一种特殊方式,审美活动实际上是人对自身本质特性与生命奥秘的一种自我发现、自我确证、自我观照和自我体验,是"饮吸无穷于自我之中"(宗白华语);是"于自性中,万法皆现";是

"赴就吾人而显示其浑然与宇宙万有之本体,则确然直指本心"[38];是自证自悟,自我解脱;是要恢复本心,以合天人。正如孟子所指出的:"万物皆备于我矣,反身而诚,乐莫大焉。"[39]这里的"诚",就是指诚明本心,既指一种极高的精神境界,也可以看作是一种最高的审美境界。"反身而诚",则是指人通过对道德意识的自我体认,以及对实践经验的内心体验,以完成从心理学到哲学、美学境界的超越,而认识自我、体验自我、发现本心并把握本心,由此以体知天理,达到与天道合一,也即达到天人合一的极致审美境界,从而悟解宇宙万物生命的奥秘。故而《中庸》说:"诚者,天之道也;诚之者,人之道也。诚者,不勉而中,不思而得,从容中道,圣人也。"又说:"唯天下至诚,为能经纶天下之大经,立天下之大本,知天地之化育。""诚则明矣,明则诚矣。"可见,"诚"也就是"诚明"、"大清明"、"玄览"、"灵明"、"兴会"等生命与心灵获得极大自由的境界。我们知道,作为宇宙万物的生命本体与本原,"道"是"视之不可见,听之不可闻,搏之不可得的",必待"观之以心",凭主体自由的心灵去体验,通过"尽心"、"思诚"、"至诚"、"诚之",从而始可能超越包罗万象、复杂多样的外界自然物相,超越感观,以体悟到那深邃幽远的美妙生命本原——"道"。故而,可以说,正是由于注重这种对"道"的审美体验,才使中国美学把审美的重点指向人的内心世界,并由此影响及禅宗美学,形成其"道由心悟"、"即心即佛"的审美特性。

并且,在中国美学看来,人的心、性本体就是一种主客、天人合一的原始统一体,故而"尽心"、"思诚"则能使万物皆备于我。是的,尽性知天,以诚为先,穷神达化,天人合一。正如《中庸》所指出的:"唯天下至诚,为能尽其性;能尽其性,则能尽人之性;能尽人之性,则能尽物之性;能尽物之性,则可赞天地之化育;可以赞天地之化育,则可以与天地参矣。"人在审美活动中的内心体验,乃是全身心参与其中的感悟和穿透活动,它灌注着人的生命,是人的精神在总体上的一种感发和兴会,也是人的精神的自由和解放,所以,能使人在一种切入和生命的挥发中把握到自己的本心,认识自我、体验到自然之道与宇宙精神,达到与万物合一,体悟到"参赞天地之化育"的生命创造的乐境,进入"与天地参"的审美极境。

我们认为,所谓"反身而诚",亦就是中国美学所推崇的"游心内运"、"收视反听"这种审美体验方式的具体体现。唐李翱《复性书》说:"其心寂然,光照天地,是诚之明也。"又说:"道者至诚也,诚而不息则虚,虚而不息则明,明而不息则照天地而无遗。"在他看来,"诚"是"道",也是至静至灵、寂然不动的本心,人们只要通过自我体认,"反身内游",以归复"诚明"的本心——内在生命,那么就能够让内在生命之光照亮天地万物,领悟到天地万物生命的微旨妙谛。不难看出,这里的"其心寂然,光照天地"与禅宗美学所谓的"默游内观"、"神静心空"、"皎然莹明"、"彻见法源";所谓的"缄默之妙,本光自照"、"廓落无依,灵明自照"等命题的审美意旨是根本一致的。审美体验中,主体要保持自由心灵的飞翔,必须依靠人体脏腑的"和"与有机体的有序,而这"和"与有序又必须依靠生命之"气"的"静"。故而要达到"光照天地"、"以天合天",使人体生命之气融合自然万物之心,则必须保持"其心寂然"、"神静心空",使心境"皎然莹明",才能"神凝气聚,浑融为一",而使"本光自照"、"灵明自照",以"彻见法源",而进入"内不觉其一身,外不知其宇宙,与道冥一,万虑俱遗,溟溟一如"(同上),物我贯通,天人合一的审美境界。道家美学认为,人的本心即赤子之心,亦即童心,是未受过世俗杂念染化的本初之心。禅宗美学则谓"本心"为"清净本原"之地,宋明理学美学谓"本心"为"明莹无滞"之所。人的自然本心原是直通自然宇宙的生命底蕴的。审美体验中,主体必须"观之以心",通过心灵体验,尽心、尽诚、持气、御气,从而始可能超越包罗万象、复杂丰富的外在自然物象,超越感观,以体悟到那种深邃幽远的宇宙万物的生命本体与美的本原"道"(气)。

我们知道,中国美学所标举的审美活动是主体自我生命与客体生命的契合和认同。在这种由本心意蕴深沉的物我交融所达到的深深认同中,开通了人心与物象之间的生命通道,由"能体天下之物"而臻于"视天下,无一物非我",最终主体将宇宙生命化入自我生命,"以合天心",从而获得生命的超升与审美的升华。人与自然万物都是"气"化所生,以"气"为生命根本,"游气纷扰,合而成质者,生人物之万殊",因此,在审美活动中,人能归于本心,通过自我调节、自我完善,去除人的生理所带来的种种欲望,以创造出一个虚明空静的审美心灵本体;归复自然的本真,泯灭物我之间的界限,就能使人与天地万物合一。审美活动的最高境界是人的自得,自得其心,自得其性,自得其情。用庄子的话来说,就是"任其性命之情而已矣。"任随其情之所由、心之所向、性之所致,让审美心灵在人的纯真本性中徜徉,则可以从中体验到生命的真谛与宇宙的微旨,达到与天性合一的宇宙之境。孟子说得最为明确:"尽其心者,知其性也,知其性,则知天也。"㉟人性乃人心之本性,本之于天,故人性与天性是合一的。作为宇宙生命与美的本原的"气"(道)早就孕育在人的本心之中。即如熊十力所说:"本心亦云性智,是吾人与万物同具之本然。"㊱(熊十力:《新唯识论》)人能灵光独耀,迥脱根尘,便能体露真常,臻于本心,真达生命的本原。由于受外界事物的干扰与世俗杂念的侵扰,使人放弃了本心,要想重新达到人性与天性合一,则必须摆脱世俗杂念,超越自我的形体与心智,消除物我、意象、情景、主客之间的对立和差别,建立起物我统一、意象一体、情景交一、主客一致的关系,才能在静穆的观照中与宇宙万物活跃生命的节奏韵律冥然契会,以达到同天地相参,同化育相赞,即"人与天地万物为一体",与万物同致的境界。只有这样,始能认识万物,把握万物之道,从发现万物之道中发现自身生命之美,妙悟宇宙人生的秘密。

注　释

① 宗白华:《美学散步》,上海人民出版社 1981 年版,第 65 页。
②⑧⑨⑩⑪⑫⑬⑭㉙㉛㉜普济:《五灯会元》,中华书局 1984 年版。
③⑮⑲⑳㉑㉒㉓㉖慧能:《六祖坛经》(敦煌新本),上海古籍出版社 1993 年版。
④ 铃木大拙:《禅与生活》,光明日报出版社 1988 年版,第 215 页。
⑤⑥伽尔默尔:《真理与方法》,辽宁人民出版社 1989 年版,第 94、99 页。
⑦⑯⑰《中国佛教思想资料选编》第三卷第一册,中华书局 1987 年版。
⑱《神宗语录辑要》,上海古籍出版社 1992 年版。
㉔萧子显:《南齐书·文学传论》,中华书局 1962 年版。

㉕伍蠡甫:《现代西方文论选》,上海译文出版社1983年版,第185—186页。
㉗郭庆藩:《庄子集释》,中华书局1982年版。
㉘宗白华:《艺境》,北京大学出版社1987年版。
㉚萧子显:《南齐书·文学传论》。
㉝㊱刘梦溪主编:《中国现代学术经典·熊十力卷》,河北教育出版社1996年版。
㉞㉟焦循著,沈文倬点校:《孟子正义》,中华书局1987年版。

原刊《北京大学学报》2000年第6期

从全真与禅宗看中国
宗教思想的审美化

余 虹

全真与禅宗是中国宗教中两个具有代表性的流派。禅宗的形成是外来佛教大量吸收中国传统儒道文化的结果,是佛教彻底中国化的标志,是中国文化主干中释文化的代表。而产生于金元时代的全真道则是一支立足于道教而熔铸儒佛思想的新兴道教流派,其兴起标志着中国道教三教合一的完成,标志着道教理性化、哲理化的最终实现。全真道是中国后期道教的重要代表,其教理教义代表了后期道教的最高成就。因此,二教的宗教思想可以很大程度地折射出中国宗教思想的特色。本文拟从全真与禅宗宗教思想之审美化倾向,揭示中国宗教审美人生化的特点。

宗教与审美是人类追寻、反思生命终极意义的二种基本形态,也是人类的两种生存状态。麦奎利在其《人的生存》一文中说:"很明显,信仰不仅仅是一种相信,而且还是一种生存的态度。"刘晓枫在其《人类困境中的审美精神》一书的前言中也说:"'美学'不是一门学问(甚至不是一门学科),而是身临现代型社会困境时的一种生存论态度。"[1](1页)正是在人的生存态度上宗教和审美得以统一,因为二者的人生态度皆指归于:对个体生命狭隘性与有限性的超越,对人的生命的终极关怀。

然而,宗教与审美在人生的出发点与归宿上又表现出明显的差异。宗教从神性出发又回归于神性,现实人生对宗教信仰者而言不过是虚幻的泡影,现实社会不过是赎罪的场所,宗教只把目光投向神秘的超验的彼岸世界,以获得神的救赎、抵达彼岸世界为人生之目标。宗教在这种对神的绝对皈依中,常常对现实与自我持否定态度。而审美却立足于现实人生,以追求个体生命在现实中的感性沉醉和个体自足为特征,对现实人生持完全的肯定态度,具有强烈的此岸性。虽然,二者都具有对现实生命的超越性,但宗教的超越是一种"彼岸超越",是基于对现实、此岸世界的否定,是以超脱"此岸"抵达"彼岸世界"为目的的。而审美的超越却是一种"此岸超越",是基于对此岸世界的肯定,是不脱离此岸而以在"此岸"中获得精神超脱、心灵解放为归宿的。

全真与禅宗作为中国佛道二教中两个比较具有代表性的流派,是儒释道三教合一的典范,其宗教思想受整个中国传统文化影响较深,比较典型地体现出中国传统文化重视现实人生,注重人生修养、人格完善的特点,注重把宗教修养与人生修养、人格完善结合起来,使宗教修养过程同时又体现为一种审美人生的生成过程,使宗教思想表现出强烈的审美化倾向。主要体现在以下两个方面:

首先,全真与禅宗的宗教修养过程,以"心"为中心,表现出强烈的生命意识与对现实人生的肯定。一般而言,宗教对现实生命都是持否定态度的,认为现实人生本来就充满苦难,现实之苦难源于人之罪恶与欲望,人需在对神的绝对的信仰中,出离于现实人生,才能抵达幸福的彼岸世界。而全真与禅宗却以人之"心"作为宗教本体,在整个的宗教实践过程中,是人之"心性"而不是外在的人格神成为了宗教修养的导向,整个宗教实践皆围绕着"心性"而展开。全真之"道"与禅宗之"禅"是这一修为过程的逻辑起点,而"禅"、"道"的实质乃是人之"心性"。全真视道教自然之"道"为人之"本然清静之心"。"夫人之一身,皆具天地之理"[2](798页),"诸贤先求明心,心本是道,道本是心,心外无道,道外无心也"[3](809页),"修行先要认灵源"[4](846页),"常要清净,莫起纤毫尘念,乃是修行"[5](155页)。有人称王重阳正是以"师心自学之道"立教的。而禅宗之"禅",其本意也是"心"。"禅何物也,乃吾心之名也;心何物也,即吾禅之体也"[6](538页),"禅不离心,心不离禅,为禅与心,异名同体"[3]。可见,现实人之"心性"乃是全真与禅宗宗教修为的共同逻辑起点,不管是全真还是禅宗皆是从"心"(真心、本心)这一逻辑原点出发,去建立自己的修养理论,进行自己的修为实践的。同时二教的整个宗教修为过程也是围绕着"立心"而展开的,不管是全真的"消阴魔"、"打尘劳",还是禅宗的"无念、无相、无住",皆是去妄心显真心的过程。全真之修命,"炼精化气,炼气化神,炼神还虚",其每一步无不以清静之心作为前提,最后以还虚无清静之道心为目标。王重阳说:"本来真性唤金丹,四假为炉炼作团"[7](714页),"修持如金识金丹,只要真灵本性全"[8](704页),王重阳甚至把真性看作金丹,人只要澄心静虑,自然金丹成就。难怪丘处机叹到"三分命功,七分性功",徐琰概括全真教旨:"其修持大略以识心见性,除情去欲,忍耻含垢,苦己利人为之宗"[9](740页)。人之"心性"乃是全真道与禅宗宗教修养的共同基础,同时也是二者修养的共同目标。全真修性修命最终为了"了脱",全真的"了脱"不在来世,不在死后的彼岸世界,也不在万能的上帝那里,而在此生此世,在人的内心,在人心的"返本还虚,归根复命",回归到父母未生前的本来面貌,即一种"无心"的状态,"无心者,非同猫狗,蠢然无心也,务存心于清静之域而无邪心也。"[10](702页)"无心"的状态是一种虚寂空无的生命状态,一种真心无碍、妄心无存的人的本真状态。禅宗是通过对自我心性的参悟,最后"明心而见性",获得对生命真谛的领悟。"道由心悟","心性",既是全真与禅宗理论和宗教实践的出发点,又是其归宿点。

可见,全真与禅宗的整个修养过程皆以人之"心"为核心,表现出强烈的生命意识,而全真与禅宗宗教修为的最终境界不是人对佛陀与上帝的皈依而是人对自我"本性"的回归,与本真自我的冥合,以实现人心与道心的合而为一,达到天人合一的境界为目标。在这一宗教的修持过程中,二教始终把人的生命(心)置于核心地位,在这里,此岸世界与彼岸世界通过人之"心"得以沟通,此岸与彼岸不是今生与来世、人间与天堂,不是非此即彼的两个对立的世界而只是人生的两种不同的境界,"迷则凡,悟则佛"、"但能澄心遣欲,便是神仙"[10],彼岸世界的获得不需出离世间,"行住坐卧皆是行道"[10],"平常心是道"。在整个修炼过程中,二教都十分注重修炼个体内心的生命体验,表现出对现实生命的关注,对生命自由的热切渴望,流露出强烈的生命意识与对此岸人生的肯定,这同一般宗教否定人的现实生命,强调神的万能与至高无上,强调彼岸世界的辉煌是有明显差别的。这种以人生体验的境界来消解此岸与彼岸对立的思想,表现出对现实生命的关注与生命自由的热切呼唤,从而使全真与禅宗的宗教思想得以淡化而审美意识得以加强,表现出中国传统美学重生命意识、重现实人生的特征。

其次,全真与禅宗在其宗教思想与宗教实践过程中,还凸现了人的价值,高扬了人的主体的地位。其他一些宗教如西方的基督教或原始佛教皆把上帝、佛主抬到至高无上的地位,上帝、佛主创造了一切又统摄一切,人在神通广大、至尊无上的上帝和佛主面前显得卑微而低下,因此,人总是把自身苦难的解脱寄寓于上帝的慈悲,把拯济的希望寄托于上帝,并在对上帝的绝对信仰和皈依中获得内心的安宁。然而全真与禅宗二教皆不是从神出发把人的解脱归于神,而是从人心出发,以肯定人为基础,认为"道"存在于人心之中,"道"即人之"真心"、"真性",换句话说:每个人心中都有"佛主",有"上帝"。禅宗言"即心即佛",佛在心中,人人有佛,甚至"众生是佛"。全真以自全性命本真为教旨,"言天者,非外指覆在之天地也,盖指人身体中之天地也"[11],"夫人之一身,皆具天地之理"[11](800页)。全真与禅宗把遥远的、至高无上的"神"(上帝、佛陀、天地)拉回到人的心中,缩短了人与神的距离,人人心中皆有道,人人心中皆有佛,这无疑是对上帝、佛主的神圣性与权威性的消解。神的地位的降低,正是人的主体地位的提升,表明人的主体意识的觉醒。正是基于人人心中皆有佛的认识,基于人佛平等的要求,才有全真与禅宗后来的质天问地、呵佛骂祖,这些无疑是对人的独立意识、主体精神的歌颂与赞美,从中也不难看出在全真与禅宗的宗教修为思想中,宗教意识的削弱与审美精神的凸现。同时,全真与禅宗还认为,人人心中皆有道,只是由于人之思虑、欲望才把它("真心"、"真性"的"道")遮蔽起来了,修炼的过程就是去妄显真,使本心、本性得以显露的过程。由此,在整个宗教修为过程中,不管是全真还是禅宗都十分强调人的"自信"、"自力"、"自证自悟"。禅宗言"如今学道人,且要自信,莫向外觅"、"不受人惑"[12](205页);全真高唱"我命在我不在天",皆注重人的自我修为、自我解脱,并且修为的方向不是指向外在的神灵上帝,而是指向自我内心,指向人之"心灵",以"明心见性",凸显人的本来面目作为其共同追求的目标,可见,全真与禅宗的宗教修养不在于对万能上帝的信仰中获得内心的安宁,而在于对自我生命可能性的不断追求中获得自信与自我实现的快乐。因此,全真与禅宗的整个修养过程其实质乃体现为一种对现实生命的不断体验和超越过程,而修养的指归:成仙,成佛,并非如基督教或原始佛教一样,是一种脱离现实人生的彼岸世界,是一种神妙莫测、高不可攀的"神"的境界,而是一种"不即不离"、不离此生又超越此生的自由任运、逍遥自适的审美人生境界。可见,全真与禅宗的宗教修为皆不是指向"天国"而是指向"人世",成仙、成佛其实质乃在于"成人"。

全真与禅宗理论中强烈的生命意识与回归于人的价值导向,注定了二教的走向不是宗教信仰(对上帝、神的崇拜),而是审美超越(在自我生命的体验中关注自我心灵的自由和解放)。

再次,全真与禅宗以复归"真心"为目标的宗教修养过程,还表现出强烈的此岸超越意识。这种超越意识,第一,表现为对物质生命的超越。全真要求"除阴魔"、"打尘劳",讲究苦己利人,舍己为人,强调"绝情去欲",鄙弃"功名利禄";禅宗主张无念、无相,不沉溺于外在的物象世界与感官世界等等,皆表现出对现实功利、本能欲望的狭隘性与片面性的超越,而这种超越是在现实人生中实现的,这种超越表现为一种"不即不离"、"不沾不滞"的人生态度,即是一种不离现实人生而又不执着、沉湎于现实人生、世俗尘事的随缘任运的态度,是全真与禅宗皆崇尚的"混俗"态度,在王重阳、丘处机等全真道士的身上我们能体会到这种人生态度,在慧能、神会等禅僧身上,我们也能看到"混俗"的痕迹。这种人生超越以凡尘俗世为修炼的炉灶,追求在红尘中超凡出世,体现出既在红尘浪中又在孤峰尖上的特点,是一种精神上的遗世独立与行为上的和光同尘的结合。同时,这种超越以回归本真自我为目标,其超越方向是指向内在自我,指向心灵而不是指向外在天国、神界的,因此,这种超越是以在现实中获得精神的超脱、心灵的自由为主旨的,表现出人格境界最终对物欲、人欲在精神上的制胜,具有审美的此岸超越特性。

第二，表现为对个体生命有限性的超越。全真和禅宗除了寻求对现实痛苦、物欲、功利的超越外，其超越性最根本的还体现为对"生死的超脱"。人是有限的存在物，无论在时间还是空间上都是如此。在时间上，人的生命只是无尽时间长河中的一瞬，生和死只是一个必然的虚幻起点和戛然而止的终点。在空间上，人同样只能在茫茫太空中占有一小点，在人所据有的一定空间之外，是无限广阔的未知世界。生活在有限时空中的人始终把超越有限生命，追求生命的无限性作为自己的梦想。对生死的关注、思考体现出对生命终极意义的关怀。禅宗把生死当作人生之大事，把参透"生死"，了脱"生死"，当作参禅的最终目标。"何为参禅是向上要紧大事？概谓要明心见性，了生脱死。"[13](555页)"参禅只为了生死，生死不了成徒劳。"[14]"禅是生命之学"，"人生最大的问题，是生死苦乐问题"[14](58—59页)。全真道也把解决乱世之中人的安身立命问题作为自己最根本的问题。"贵生"、"全生"、"重生"历来为道家及道教所推崇，是道教以一贯之的人生价值观，并始终导引着道教修养的方向，从外丹至内丹而至全真，从肉体生命的永生到精神生命永恒的追求，对个体生命有限性和短暂性的超越和对永恒生命的追求是道教始终如一的目标，也是全真道立教之根本。马丹阳曾问王重阳"何者名为长生不死？"王重阳答道："是这真性不乱，万缘不挂，不去不来，此是长生不死。"王重阳在《重阳立教十五论》中说："离凡世者，非身离也，言心地也。……今之人欲用不死而离凡世者，大愚不达道理也"[15]。全真道否定肉体的长生不死，正是要超越肉体之生死即人的物质生命的局限性，而达精神生命之永恒。丘处机说："吾宗所以不言长生者，非不长生，超之矣。此无上大道，非区区延年之术也。"可见其对肉体生命的超越，对永恒精神生命的追求。

对生死的超脱，全真与禅宗皆在"心性"上找到了超越的门径，禅宗认为："明心见性"，"直了心源"乃是解脱；全真认为："自全性命本真"，"常处清静无为之理"，便能回归"真心"、"真性"。"真心"、"真性"乃"道"，人心之"道"乃天地之道的缩影，回归了"真心"，个体生命便能纵生大化，实现个体生命与天地之道的合一，如此个体的人便能超越生死，使精神生命与天地一样永恒。同样是对生死的超越,一般宗教是在彼岸中完成的,它们通过人死以后,灵魂会飞升至天堂、极乐世界或化为神仙等幻想来削弱人们对死亡的恐惧,或者通过"来世"以延续人的生命,使人们在对来世的种种幻想中获得生命的永恒感。而全真与禅宗则不然,全真追求"性命双修"、"形神具化",修性修命皆在现实人生中完成,"形神具化"侧重在精神上的突变。禅宗追求"悟境",铃木大拙说:悟"从宗教上说,是一种新生;从理智上说,是获得一种新的见解"。[16](184页)可见,"悟境"作为一种宗教意义上的新生,并非肉体的死而复生,而是一种精神上的新生,其实质是一种对世界对人生的新的见解,是"换一种方式看待人生",而这种"新生"即"新的见解"是在现实人生中完成并在现实人生中得以体现的,"行住坐卧皆是道"即是这一思想的表露。可见,全真与禅宗的宗教超越皆表现出一种现实人生在精神上的超越,其实质乃在于生命智慧的不断加强,人生境界的不断提升,具有强烈的此岸超越的特点。

由此可见,全真与禅宗的宗教修养过程,是一种去妄显真,不断超越自我,透悟生命真谛的过程,是努力超越物质生命的短暂与有限,使精神生命走向无限与永恒的过程。对生命有限性的反思与对生命无限性的追求是对人类生命终极关怀的重要内容,正是在对生死终极问题的不断追问与对生命无限性的不懈追求中,人才不断地实现着自我的超越,人生境界才得以不断的提升,由此,宗教的修为过程便同时又成为了审美人生(了悟生命真谛的自由人生)的生成过程,从而使全真与禅宗的宗教修为思想包含了深厚的审美意蕴。

综上所述,全真与禅宗的宗教思想及宗教实践,皆立足于现实的人,以人之"心性"为核心,表现出对现实人生的肯定,对人的主体地位的彰显,独立意志的歌颂,对生命自由的热切渴望,对人生终极意义的关怀。其整个宗教修为过程不是以神而是以人为出发点与归宿点,以获得现实人生的自由而不是以获得彼岸世界的神的救赎为终极境界,具有明显的中国传统美学的人生审美化倾向。全真与禅宗作为中国宗教(主要是释道二教)两个具有代表性的流派,其宗教思想的审美化倾向具有一定的典范性,从一定程度上体现出中国宗教重现实人生、重生命意识、重视人的主体性等特点,从而表现出中国宗教与其他宗教的差异,而这种宗教的差异所折射出的是一种文化的差异,一定程度上流露出中国文化的人生审美化特点。

参考文献

[1] 刘晓枫:《人类困境中的审美精神——哲人、诗人论美文选》,上海东方出版中心1996年版。

[2]《道藏》第25册。

[3] 王重阳:《授丹阳二十四诀》,《道藏》第25册。

[4] 谭处端:《水云集·述怀》第25册。

[5]《道藏》第32册。

[6]《结夏示顺心庵众》,《天目明本禅师杂录》(上),《中国佛教思想资料选编》第二卷第二册,中华书局1983年版。

[7] 王重阳:《重阳全真集·金丹》,《道藏》第25册。

[8] 王重阳:《重阳全真集·述怀》,《道藏》第25册。

[9] 郝大通:《郝宗师道行碑·甘水仙源录》(卷二),《道藏》第19册。

[10] 马钰:《丹阳真人语录》,《道藏》第23册。

[11] 王重阳:《金锁玉关诀》,《道藏》第25册。

[12]《临济语录》,《中国禅宗语录大观》,百花洲文艺出版社1992年版。

[13]《天如惟则禅师语录》(卷二),《中国佛教思想资料选编》第三卷第一册,中华书局1983年版。

[14] 耕云:《禅、禅学与学禅》,《耕云先生禅学讲话(二)》,中国世界语出版社1994年版。

[15] 王重阳:《重阳立教十五论》,《道藏》第25册。

[16] 约翰·希克:《宗教之解释》,四川人民出版社2003年版。

原刊《云南社会科学》2004年第4期

作者简介:余虹,1968年生,四川大学道教与宗教文化研究所博士。现为四川师范大学文学院副教授,主要从事宗教学与美学的研究。

试论道教对唐传奇兴起的影响

刘　敏

有唐一代,不管从宗教的角度还是从政治的角度看,道教都占有举足轻重的地位,从皇族宫闱、士夫举子到民间江湖、平民百姓,道教都深深地沉淀于他们的人生理想、价值判断、审美趣味甚至社会风习中。就唐传奇的发展来看,唐中期以前,属于小说的创始期,作品的数量和有影响的作品都不多,传奇小说的兴盛是中期以后的事情,这也正是唐代道教崇拜最炽烈的时期。这并不仅仅是时间上的巧合,唐传奇的兴起与道教存在着内在的逻辑联系。

一

每一个时代的艺术的样式、内容与成就都与那个时代的社会氛围息息相关,同样地,唐传奇在唐代的社会生活中也扮演着自己独特的社会角色,具体而言,它是唐文人仕进、求取功名利禄、获得精神愉悦的不可缺少之物。唐代是一个崇尚道教的时代,道教不仅仅作为宗教影响着社会生活,它与唐代统治者有着特殊关系,并且是科举考试的内容,因此唐代的道教具有了超越普通宗教的意义,对当时的社会文化,包括文学样式有着特别的影响。

宋赵彦卫《云麓漫钞》卷八云:

> 唐之举人,先借当世显人以姓名达之主司,然后以所业投献。逾数日又投,谓之温卷。如《幽怪录》、《传奇》等皆是也。盖此等文备众体,可以见史才、诗笔、议论。

今人程千帆先生在其《唐代进士行卷与文学》一书中,详尽地证明、论述了唐代举子们以诗歌、小说行卷的事实和盛况。程先生认为,因小说"能够融抒情、议论、叙事于一体。有情节、有奇异内容","吸引人的地方比诗文来说,可以使人耳目一新"。传奇小说以其"文备众体"的优势和奇异的内容情节,为当时各界人士所看重和接受,举子们乐此不疲地创作,达官显贵们以伯乐和批评家的身份来欣赏、传阅和批评。这样,以往依附于史传、没有独立地位的小说成为文人倾情演绎、至关重要的东西,昔日不登大雅之堂的街谈巷议、末技小说,今日成了文人士大夫生活中的精神食粮而且还被当作显示才华的文学作业,流传于上流社会、达官显贵之中,在庄重的科举考试中发挥着微妙而重要的作用,为作者的声名和前途出力。

让我们感兴趣的是,在唐代,道教也是进入科举考试的内容,即所谓道举,这就使得作为考试行卷、温卷的小说与道教具有了某种直接的联系。

唐时中央学校分为监、馆,监即国子监,下有国子学等六学,馆分为宏文馆、崇文馆。开元时,又置崇玄馆,习《老子》《庄子》《列子》《文子》。《旧唐书·玄宗本纪》载:开元二十一年,"春正月庚子朔,制令士庶家藏《老子》一本,每年贡举人量减《尚书》《论语》两条策,加《老子》策"。[1]其制文说:"俾尊崇道本,宏益化源。今之此敕,亦宜家置一本。每须三省,以识朕怀。"[2]宏文馆学士裴光庭上《请以加老子策诏编入国史策》,称玄宗"教示百僚,爰及兆庶,圣恩溥洽,德泽如天",希望"编入国史,以示将来"[3]。唐玄宗应准了他的请求。到开元二十五年,"春,正月,初置玄博士,每岁依明经举。"胡三省注曰:"崇玄学,习《老子》《庄子》《列子》《文子》,亦曰道举。"[4]到了开元二十九年,道举就成了正式的科举内容,这年"正月己丑,诏两京及诸州⋯⋯置崇玄学。其生徒令习《道德经》及《庄子》《列子》《文子》等,每年准明经例举送"。[5]这样,道教成为了进入仕途、获取功名另一条道路,要想通过科举扬名立身、进入达官显贵的行列,除了饱读经书、通习传统的儒家思想外,道教也是一条不错的捷径。

道教进入科举考试的体系,从政治的角度说,实现了统治者通过宗教宣传自己的政治主张的目的,这在唐皇朝从来就是毫不隐讳的。开元二十九年的诏文说:"我烈主元元皇帝,禀大圣之德,蕴至道之精,著五千文,用矫时弊,可以理国家。超乎象系之表,出彼明言之外。朕有处分,令家习此书,庶乎人用向方,政成不宰。"⑥从道教自身发展来说,为道教活动培养了人才,为道教这一起源于民间下层的宗教,向着上层转化、提高自身的教义、教理提供了条件。从文化的角度来说,它为这一时期的文化创造提供了新的刺激、新的营养。科举不仅关系到国家的政治生活,还同时关系到千千万万人的个人命运,因此道教在唐代不再仅仅是道教中人的事,也不仅仅是科举考试的内容,而成为整个社会的时尚、文人的精神生活的重要组成部分,不管是身历高位的达官显贵,还是热衷仕进的后学,道教都会是他们关心、谈论的话题,道教都会进入他们的个人生活。

传奇小说既然是作为辅佐考试的手段来使用,而道教又是科举考试的内容,道教与传奇小说在唐代的兴起,就具有了一种内在的关联。科举制度的参与形成了一股关注道教、谈论道教、研习道教的社会风习,传奇小说成了为这样思潮和风尚推波助澜的力量,这样,传奇小说中演绎道教故事、渲染道教思想就成为自然而然的事了。

二

鲁迅论唐传奇曰:"传奇者,源盖出于志怪,然施之藻绘,扩其波澜,故所成就乃特异,其间虽亦或托讽喻以纾牢愁,谈祸福以寓惩劝而大归则究在文采与意想。"⑦明确地指出了唐传奇小说在审美上的特点。的确,唐传奇小说奇异的想像力、诡异的文风、华美的意象,都使得它不同于前人,也迥异于后人。生成这种特点的,则是当时文人的审美取向使然。

唐传奇的黄金时期是中唐,从文化的角度看,中唐又是一个特殊的时期。陈寅恪指出,大抵从武后时代起,新兴阶层就已通过科举取代了旧的贵族。武则天出身庶族,她执政后对关陇大族、士族、门阀制度实施抑制政策。东晋士族如王、谢,经齐梁而式微,北朝门阀的崔、卢,在隋代被平抑。武则天一方面以残酷严厉的政治手段摧毁关陇大族,另一方面大开科举,打破士庶之分,给庶族知识分子以机会和均等的权利。庶族的兴起成为武周政权的社会基础,科举成功后优越的待遇,立刻改变命运的诱惑,对庶族知识分

试论道教对唐传奇兴起的影响

子形成强大的吸引力。而这些新兴阶层的知识趣味与思想取向的世俗意味与实用倾向,与原来的贵族士人是相当不同的。豪奢淫乐、裘马轻狂是中唐士子普遍的生活方式。正如李肇《国史补》所言:开元以后"物态浇漓,稔于世禄,以京兆为荣美,同华为利市,莫不去实务华,弃本逐末"。"大历之风尚浮,贞元之风尚荡,元和之风尚怪。"

如果说文人士大夫要为这种风流倜傥、自由浪荡的生活寻找理论上的依据,或者是要借助一种东西来加强这种生活方式的感官享乐和精神刺激的话,那么,他们很容易找到道教。传统儒家思想的"内圣外王"、"成仁成圣"和"修齐治平"等,讲究的是对个人愿望的约束,要在对族类的奉献中实现自我,外来的佛教长于精致的逻辑和细密思辨,视现世人生为苦难,以对现实感性的超越为最终目的;唯有道教,既有精微玄妙的人生哲理,又有传说功效神奇的养生良方,既能满足士大夫追求超越的高远之志,又可助其求得生活的现实享受,兼之各种各样的斋醮符箓,更是能给平淡的生活增添一些奇妙的色彩,可以说,道教是最能吻合这种追逐浮艳、争言玄怪的社会风尚的思想。道教重生的思想是它区别于其它宗教的最显著特色:

> 天地之大德曰生。生,好物者也。是以道家之所至秘而重者,莫过乎长生之方也[⑧]。

> 人之所贵者,生也;生之所贵者,道也。人之有道,如鱼之有水[⑨]。

道教认为,生命是人最宝贵的东西,而生命之所以宝贵,是因为它是至高无上的"道"的体现。道是道教中的本体概念,是天地宇宙的存在依据、根本法则,人生的最高境界是合于道,而道就体现于具体的现实生命之中,因此,葛洪明确地肯定生命的意义:"好物者也。"道教就在最根本的意义上肯定了现实人生,从而形成了一种珍视感性生命、积极享受生活的人生哲学,与此相联系的,是一整套的有关养身祛病、驱灾祈福的方术仪式。这些感性色彩极浓的东西无疑为当时士人放纵享乐的生活起到了推波助澜的作用,同时也成为艺术创作的题材。因此,中唐以后,是上有皇帝亲自注解道教经典,下有文人士大夫求道问仙,这边是道教成为科举考试的内容,那边是道教故事的广泛流传。作为对社会风习、文人士大夫生活的反映,传奇小

刘　敏

说无疑是最细微最生动的文学样式,于是,道教与唐传奇小说形成了这种独特的互渗关系,可以说,唐传奇在相当完整地反映了当时士人的生活形态的同时,也相当生动地反映了道教独特的人生思想、宇宙观念、审美趣味,包括它的斋醮科仪和大量的传说故事。

历代治小说者都发现,唐传奇小说的一个显著特点是好言玄怪,神仙鬼魅和人一起构成了一个光怪陆离的世界,演绎出许多曲折离奇的故事。对这一现象的形成原因,很多人并未深究。其实,这需要从唐传奇小说的创作动因来探究,而这仍然与道教有关。

鲁迅认为诗歌起于劳动和宗教,小说起于休息,"人在劳动时,既用歌吟以自娱,借它忘却劳苦了,则到休息时,亦必要寻找一种事情以消遣闲暇。这种事情,就是彼此谈论故事,而这谈论故事,正就是小说的起源"。[10]唐传奇小说就是产生于这种休闲娱乐的需要。很多传奇小说的篇末对此都有记载。沈既济于《任氏传》篇末云:

> 建中二年,既济自左拾遗于金吾将军裴冀、京兆少尹孙成、户部郎中崔需、右拾遗陆淳,皆适居东南,自秦徂吴,水陆同道。时前拾遗朱放因旅游而随焉。浮颍涉淮,方舟沿流,昼宴夜话,各征其异说。众君子闻任氏之事,共深叹骇,因请既济传之,以志异云。

《任氏传》是传奇小说的名篇,它的成因在传奇小说中颇有代表性,很多传奇小说的产生情景都大致相似。如李公佐在《庐江冯媪传》中记:"元和六年夏五月,江淮从事李公佐使至京,回次汉南,与渤海高钺、天水李攒、河南宇文鼎会于传舍。宵话征异,各尽见闻。钺具道其事,公佐因为之传。"李公佐的另一作品《古岳渎经》同样是征异话奇的产物:"贞元丁丑岁,陇西李公佐泛潇湘、苍梧。偶遇征南从事弘农杨衡,泊舟古岸,淹留佛寺,江空浮月,征异话奇。"由此看来,传奇小说的创作和流传是士人一种高雅的消遣,舟车劳顿、逆旅寂寞,客厅里、冬炉边、旅途中、航船上,征奇话异成为他们消磨时光、展示想像力和见闻的最好手段。

所谓征奇话异,是对超越现实的人和事的展玩,唐传奇小说争言玄怪,不论是内容还是审美都形成了自己的特色。有影响的作品多是谈玄论怪之

试论道教对唐传奇兴起的影响

作,牛僧孺身历高位,颇嗜玄怪,以《传奇》命名自己的小说集,后又有李复言的追随之作《续玄怪集》,其他的如唐临的《冥报记》、戴孚的《广异记》、张荐的《灵怪集》、李玫的《纂异记》、陈劭的《通幽记》、薛用弱的《集异记》,这些小说集仅从名字上就可窥其玄怪之风了。所谓玄怪,大抵和民间巫术相联系。"道教创立于民间,不能不受到民间巫风的影响。巫术文化中的巫舞、占卜、兆验、谶纬、符咒,均为道教所承袭。先秦民间巫风的祀神仪式、法器仪仗、符箓偈咒、禹步手诀等作法方式,甚至巫术中的驱鬼避邪、捉妖治蛊、呼风唤雨、招魂送亡,都为道教斋醮所吸收"[⑪],可以说,在道教的文化系统内,最大限度地保存了中国原始的民间巫术。宗教对于社会发生影响可以有很多途径,而对于最广大的信众和社会风习而言,最直接和最便于流传的就是宗教的仪式、方法和这些仪式、方法所具有的神奇效应,道教在唐代为三教之长,其教义、教理成为影响知识分子的生活信仰、价值取向的理论,同时,它的仪式和方法也在社会上更进一步流传开采。道教的最高追求是长生成仙,为了达到这一超越现实的追求,又演化出一系列超越现实的方法仪式,服食导引、存神炼气、餐风饮露等等,无不带有神秘的色彩,它的起源于民间的斋醮科仪更是一种神奇的魔幻力量,兆验、符咒、巫舞,这些在普通人眼里都显得神秘而又刺激,因此,当文人雅士想要征异话奇的时候,其时广为流传的道教故事便自然而然地成为被反复谈论的话题,那些神通广大、似人又似神的道士,那些法力无边、沟通神人的法术,以及神秘莫测而又诡异壮丽的场面,包括似真似假、若有若无的仙人仙事,无一不是超出日常生活的奇人异事,无一不是越出现实的梦幻之境,相对于平淡琐屑的现实生活来说,这是何等的奇、何等的异,它们在供文人消遣娱乐成为征异话奇的对象的同时,也极大地刺激了文人的想像力,以至于当时的文人想要找到一种新的文学样式来表现他们所听闻的、包括自己内心所构想的奇异,鲁迅称牛僧孺的创作即作意"好奇"的"幻设"之作:

> 其文虽与他传奇无甚异,而时时示人以出于,不求见信;盖李公佐李朝威辈,仅在显扬笔妙,故尚不肯言事状之虚,至僧孺乃并欲以构想之幻自见,因故示其诡设之迹矣[⑫]。

刘　敏

可以说,道教中包含大量的神奇故事和人物给文人的征异话奇提供了丰富的原材料,并刺激了文人的想像力,文人由征异话奇而创作的传奇小说又反过来推广或流传了道教的传说。

在唐传奇小说中,可以看到与道教的清楚关联。很多小说的人物和情节结构中,道教人物直接充当着重要的角色,道教场景成为情节构成的不可缺少的环节,如《枕中记》中的道士吕翁,是小说中由现实进入梦中仙境的转捩,《古岳渎经》中的周焦君,是助作者探仙书、解仙书的关键人物。像能够"临目而万八千神,咽息而千二百度。或潜泳水府,或飞步火房;或剖腹涤肠,勿药自复;或刳肠割膜,投符有加;或聚合毒味,服之自若;或征召鬼物,使之立至。呵叱群鬼,奔走众神,若陪隶也"[13]的叶法善,他的奇异事迹是传奇小说反复渲染的材料。至于道教场景进入小说情节结构,则更是不胜枚举,从初唐的《游仙窟》到后来《逸史》中所记的崔生、《原化记》中的采药民、《续仙传》中的元柳二公,叙述的都是因为偶然的迷路或某种机遇撞入了仙境、娶了仙女为妻,从而在仙境过着无忧无虑、快乐无比的神仙生活,时间长了便想念世间,回归尘世以后又发觉人间的种种丑恶和污秽,于是再返仙界。即使不是专写成仙遇道、造访仙境的小说,如果要渲染至美至乐境界、至真至炽的情感时,也少不了拉扯了道教的内容。李朝威的《柳毅传》中,以"灵虚殿"、"玄珠阁"、"凝光殿"、"清光阁"命名洞庭龙宫中的场景,洞庭龙君"披紫衣、执青玉",且有太阳道士在讲《火经》,道教味道十分浓厚。戴孚《广异记》中写一许姓汝阴男子,得一美妇,此"女郎雅善玄素养生之术",显然是指道教的养生之术。在唐时被传得神乎其神的道士张果,竟然在多篇小说中出现,还有的小说所叙的所谓奇异之事,其实就是道教的符咒。总之,唐传奇小说所谓的征异话奇,多与道教的人物故事相联系,道教在唐代的兴盛,道教故事的广为流传,为文人的征异话奇提供了丰富的原材料,同时,传奇小说的兴盛又助长了征异话奇的风尚。

纵观唐传奇小说,不仅其中为数不少的写神仙道士的作品与道教有着直接的关系,而且写爱情、科举、异闻的作品也有着丰富的道教内涵,可以说,整个唐传奇弥漫着浓厚的道教氛围,蕴涵着深沉的道教文化内涵。汪辟疆在《唐人小说》中所言:"唐时佛道思想,遍布士流,故文学受其感化,篇什尤多。"这诚然是中肯之论,蒂利希认为宗教是整个文化的底蕴,道教在唐代兴旺发达,那它无疑会深深地沉潜于当时的文学创造之中。

注 释

① 《旧唐书·玄宗纪》第1册,中华书局1975年版,第199页。

② 《全唐文》第1册,中华书局1983年版,第271页。

③ 《全唐文》第3册,第3931页。

④ 《资治通鉴》第15册,中华书局1956年标点本,第6826页。

⑤ 《旧唐书·礼仪》第3册,第925页。

⑥ 《全唐文·命中两京诸路各置元元皇帝庙诏》第1册,第350页。

⑦ 《鲁迅全集》第九卷《中国小说史略·第八篇唐之传奇文》,人民文学出版杜1981年版。

⑧ 王明:《抱朴子内篇校释·勤求》,中华书局本,第32页。

⑨ 司马承祯:《坐忘论·序》,《正统道藏》第38册,第30473页。

⑩ 《鲁迅全集》第九卷《中国小说的历史变迁》,第302页。

⑪ 张泽洪:《道教斋醮科仪研究》,巴蜀书杜1999年版,第5—6页。

⑫ 《鲁迅全集》第九卷《中国小说史略·第十篇唐之传奇集及杂俎),第78页。

⑬ 唐玄宗:《故金紫光禄大夫鸿胪卿越国公景龙观主赠越州都督叶尊师碑铭并序》,《道藏》第18册,第89页。

原刊《宗教学研究》2003年第4期

丘处机的美学思想试探

申喜萍

丘处机(1148—1227年),字通密,号长春子,登州栖霞人。19岁时,拜王重阳为师,入道门清修,是全真七子中年纪最小的一个,全真教的第五任嗣教。王重阳死后,"乃入磻溪穴居。日乞一食,行则一蓑,虽箪瓢不置也,人谓之蓑衣。先生昼夜不寐者六年。既而隐陇州龙门山七年,如在磻溪时"。①丘处机的苦修使得其声名大振。1216年金宣宗派使招请,1219年宋宁宗招请,同年,成吉思汗招请,丘处机审时度势,毅然接受成吉思汗的招请,不顾73岁的高龄,不顾西去际遇途中的艰难险阻,于1220—1224年完成了觐见成吉思汗的壮举,为全真教的大发展打下了一个坚实的基础。正如时人所说:"全真一派,道为之源。鼻祖其谁,圣哉玄元;谁其导之,重阳伊始;谁其大之,子长春子。"②丘处机本人也对他的一生做了一个评判,他在死前曾对门人说:"昔丹阳公(指马钰)尝记(疑为对)余曰:吾殁之后,教门当大兴。四方往往化为道乡,公正当其时也,公又当主持大公观。其言一一皆验,吾归无遗恨矣。"③丘处机不仅政治选择非常准确,而且人品道行也非常高洁。"又能以一介黄冠,上而动人主如此,下而感人心如彼,非至诚粹德,能然乎?"其著作留世的有《磻溪集》、《大丹直指》,另有诗文及言论保留在李志常《长春真人西游记》、耶律楚材《玄风庆会录》中。

丘处机"于道经无所不读,儒书梵典亦历历上口。又喜属文赋诗……"④因此,丘处机的诗词艺术水平在全真七子中是较高的。金人毛麾在给《磻溪集》作序时,曾这样评价丘的诗词:"嘉其恬淡闲逸,纵凡俪俚,无所拘碍,若游戏于翰墨畦迳。外者不雕不琢,匪丹匪青,土鼓黄桴之不求响奏,玄酒大羹之不事味享。知音其美,其在斯乎?"⑤陈大任评价的"文直而理到",均为的评。涵咏越久,就越能体会丘处机诗词中蕴涵的丰富美学思想。

一、社会内容美

丘处机虽然师从王重阳,但王重阳并没有过多教授丘处机,即辞世。辞世前,王重阳把丘处机的修道之事托付于大弟子马钰。"丹阳已得道,长真已知道,吾无虑矣。处机所学,一听丹阳、处玄、长真,当管领之。"⑥丘处机与马钰年纪相差25岁,二人虽名为师兄弟,但实际上却有师徒之谊。二人之间的渊源颇深,但所学却又有所不同。"丹阳之学似多参佛理,独善之意为多。长春之学似多参儒术,兼善之意尤切。而两人之学皆出重阳,盖重阳宗老子而兼通儒释,而丹阳、长春则学焉而各得其性之所近。"⑦钱穆先生之分析可谓一针见血,指出丘处机思想更多地吸收了儒家的积极入世思想,从而有别于马丹阳的近禅的思想。也就是丘处机高徒尹志平后来所总结的那样:"师父(指丘处机)曰:有为无为一而已,于道同也。如修行全抛世事,心地下功,无为也;接待兴缘,求积功行,有为也。心地下功,上也,其次莫如积功累行。二者共出一道,人不明此则莫通乎大同。"⑧正是由于丘处机的内外双修的入世思想,使得其社会美学思想异常丰富。

有为、无为的思想具体表现为内外日用。"舍己从人,克己复礼,乃外日用;饶人忍辱,绝尽思虑,物物心体,乃内日用。""先人后己,以己方人,乃外日用;清净做修行乃内日用。""常令一心澄湛,十二时中时时觉悟,上不昧心定气和,乃真内日用;修仁蕴德,苦己利他,乃真外日用。"⑨在丘处机的思想中,内日用是指修心炼性;外日用则包括舍己从人,克己复礼,先人后己,以己方人,修仁蕴德,苦己利他,和儒家的仁、义、礼、智、信等思想非常相似,丘处机的内道外儒的思想就是内修心性,外行德行。

丘处机不顾73岁高龄,毅然西迈,历经几年,其目的正是为了"致君止干戈而救物"⑩。他在和成吉思汗的几次对话中,充分展示了丘处机的"有为"思想。耶律楚材的《玄风庆会录》详细记载了丘处机和成吉思汗的会晤及谈话。内容主要包括两部分:第一部分是修身养命之道,是一种个人评价体系;第二部分则是治国保民之术,是一种社会评价体系。

成吉思汗第一次见丘处机时问的是"长生之道",丘处机对以卫生之理。丘处机认为,人刚初生时,"禀气以生","神光自照",但随着后天的习染,"神光寻减,以爱欲之深故也"。因此,应当做到"世人爱处不爱,世人住处不住,去声色,以清静为娱;屏滋味,以恬淡为美"。[11]人身内存在着阴阳二气,只有不断地驱除阴气,待得阳气全盛时,则可得道成仙。"人……负阴而抱阳,故学道之人,知修炼之术,去奢屏欲,固精守神,唯炼乎阳,是致阴消而阳全,则升乎天而为仙,如火之炎上也。""其愚迷之徒,以酒为浆,以妄为常,常恣其情,逐其欲,耗其精,损其神,是致阳衰而阴盛,则沉于地为鬼,如水之流下也。"[12]即使贵为天子的成吉思汗亦然。"切宜减声色,省嗜欲,得圣体康宁,睿算遐远耳。"[13]丘处机还拿"金—金像—金"这样一个循环过程来比喻修道过程:"夫道产众生如金,为众器,销其像则返成乎金。人行乎善则返乎道。"[14]在个人自我评价体系中,丘处机把社会的善作为重要核心,从自我做起,内去嗜欲,外行德行,"当外修阴德,内固精神耳。恤民保众使天下怀安,则为外行,省欲保神为乎内行"。"行善进道则升天为之仙,作恶背道则入地,为之鬼。"[15]其社会美中的善美同举,可谓丘词审美理想的一大特色。

人毕竟是社会的动物,除了做个不危害社会的坏人外,还要力求普渡其他受众也脱离苦海。在丘处机去际遇成吉思汗的途中,他就招降群盗,解决了一个危害社会的问题。当他讲了自己的善美同举,则为真乐、至乐的情形后,他又不失时机地劝谕成吉思汗治国保民,以行天子之责。"四海之外,普天之下,所有国土不啻亿兆,奇珍异宝,比比出之,皆不如中原天垂经教,治国治身之术为之大备。屡有奇人成道升天耳,山东河北天下美地,多出良禾美疏,鱼盐丝茧,以给四方之用,自古得之者为大国。所以历代有国家者,唯争此地耳。今已为民有兵火相继,流散未集,宜差知彼中子细事务者,能干官规,措勾当与免三年税赋,使军国足丝帛之用,黔黎获苏息之安,一举而两得之。兹亦安民祈福之一端耳。"[16]得中原者得天下,丘处机深谙此道,他劝谕成吉思汗可以马上得天下,但不可以马上治天下,而应实施让民休养生息的"黄老之策",让老百姓过上富裕自足的生活。水涨船高,老百姓稳固自足了,那么,国家随之也会在经济上、社会秩序上得到很大程度上的改观,实现君民的双赢。拯黎民于水深火热中,不啻为一大善,这比单纯的自我为善,更为目标宏伟和气魄逼人。"余前所谓安集山东河北之事,如差清干官前去,依上措画,必当天心。苟授以非才,不徒无益,反为害也。"[17]正是丘处机前后劝谕及分析,使成吉思汗对丘处机深为信赖,"集太子诸王大臣曰:汉人尊重神仙,犹汝等敬天,我今愈信真天人也。"还对道门差发税赋均予以免收,"丘神仙应有底修行底院舍等,系逐日念诵经文告天底人每,与皇帝祝寿万万岁者。所据大小差发税赋,都教休着者。据丘神仙底应系出家门人等随处院舍,都教免了差发税赋者"。[18]

大兵之后的税赋免除,使得全真教的招徒扩观有了更大的政治保障和经济保障。早在丘还中原时,他就对其门弟子说:"今大兵之后,人民涂炭,居无室,行无食者,皆是也。立观度人,时不可失。此修行之先务,人人当铭诸心。"[19]丘处机的拯救民众于水火的思想对当时社会秩序的重建、人民生命的保全起到了积极的作用。"时国兵践蹂中原,河南、北尤甚,民罹俘戮,无所逃命。处机还燕,使其徒持牒招求于战伐之余,由是为人奴者得复为良,与滨死而得更生者,毋虑二三万人。"[20]"丘公往年召对龙庭,亿兆之命悬于治国保民之一言,虽冯嬴之悟辽主不是过,天下之所以服其教者,特以此耳。"[21]

正是丘处机提出的自律律己以及拯救人民于水火的宗教关怀,使全真教拥有了大量信众,为其大发展打下了良好的基础。其善美同举思想,也更彰显出丘处机的积极人世的社会思想。

"随时之义大矣哉!谓人之动静必当随时之宜,如或不然,则未有不失其正者。丹阳师父以无为为主教,长生真人无为、有为相半,至长春师父有为十之九,无为虽有其一,犹存而勿用耳。道同时异也。"[22]王重阳、马钰传教时,社会还处于一种动荡不安的状态,为适应那种社会情形,二者均以保全生命为意旨,更多的是内修;到了丘处机际遇成吉思汗之后,成吉思汗的宗教扶持态度给全真教的大发展提供了可能性，为适应这种社会情形，丘处机的思想也发生了改变，与时俱进。丘处机的入世思想被其后来所创立的龙门派继承并发扬光大。丘处机的入世思想正是当时社会审美理想在其思想中的有力回应。

二、内丹模糊美

"在历史上，气的观念和思想，属于整个华夏民族所有。换言之，这一观念和思想非哲学界某家某派所独具，儒、道、阴阳等学派均对气的本质和特性进行过阐述，均对气论的形成发展作出过贡献；同时，这一观念和思想亦非哲学界所独有，医、农、天文、伦理、心理以及美学诸领域，也都对气的本质和特性进行过阐述，在丰富和发展气论内涵方面，同样作出了不可磨灭的贡献。"[23]韩林德认为气论对整个中华传统文化产生了非常重要的影响。由于气本身含有说不清道不明的特性，在道家、道教理论中，气又是和"道可道，非常道"的不可言说的道相连，从一开始，气就具有了模糊性，使得整个中国传统文化也呈现出模糊性，丘处机的炼气化虚的修道行为中，就蕴涵着氤氲模糊的美感体验。

丘处机的《大丹直指》是全真教中非常重要的一部关于内丹修炼过程的著述。从《大丹直指》所述的内容上看，是丘处机关于内丹修炼的九个具体过程的详尽论述。在修炼的过程中，丘处机分别指出了在修炼时所体会到的美妙感受以及所可能看到的"幻象"，对炼后天气还原为先天炁，进而合乎神、道的这样一个逆反过程，丘处机体会到了身中阴阳二气交感时所带来的氤氲感受。

丘处机首先从人的生命形成来论述内丹修炼的必要性和重要性：

盖人与天地禀受一同，始因父母二气交感，混合成珠，内藏一点元阳真气，外包精血，与母命蒂相连。母受胎之后，自觉有物，一吸一呼皆到彼处，与所受胎元之气相通，先生两肾，其余脏腑次第相生。……未生之前，在母腹中双手掩其面，九窍未通，受母气滋养，混混沌沌，纯一不杂,是为先天之气。……一出母腹,双手自开,其气散于九窍,呼吸从口鼻出入,是为后天也。脐内一寸三分所存元阳真气更不曾相亲,迷失本来面目,逐时耗散,以致病夭。㉔

这段话可以用这样一句话来表述:(人)未开窍—开窍—封窍。这和庄子的一则寓言故事何其相似:

南海之帝为倏,北海之地为忽,中央之帝为混沌,倏与忽时相与遇于混沌之地,混沌待之甚善。倏与忽谋报混沌之德,曰:人皆有七窍,以视听食息,此独无有,尝试凿之。日凿一窍,七日而混沌死。㉕

人未出生时和混沌是一样的,九窍未通(和混沌的七窍相似),处于一种无知无为,与道合一的一种无自我状态,"混混沌沌,纯一不杂",是纯阳之躯;但一旦出了母腹,则有了自我认知,先天气(阳气)逐渐减少,后天气(阴气)逐渐增多,不把后天习染的阴气消除的话,和混沌一样,会七窍开而死亡的。有身之累,则有身之死;无身之累,何有身死之说? 因此,禀受阴阳二气的人就应当把后天的气通过修炼,去除阴气,达到一种纯阳之气,也就是先天气。在由后天气向先天气复归的过程中,丘处机描述了这个过程中所体会到的阴阳二气交媾所带来的美妙、畅意的感受:

初行之法,闭目内视,中宫绝虑忘思冥心,满口念津勿吐勿咽……听气自出意且不可离中宫,但所入气息入中宫与元阳真气相接相合,使水火二气上下往来相须,勾引肾中真气,心中木液交媾混合于中宫,自然畅美。㉖

初炼内丹时,心中想着把气送于中宫(脐内一寸三分处丹田),使阴阳二气相交,自可延年益寿。此步有成,则给人带来身轻气爽的舒畅之感。

随着修炼的一步步向后进行,修炼时那种美妙的体悟,舒畅的身体感受,丘处机更是不吝笔墨,一一道来。

在《火候图》之后,丘处机论述了运火候不同所带来的不同内审美体验:"……应天地泰卦,到此只要把捉一尘不著(无思念地),方得龙虎交媾。渐而阳气向上,以至满身遍体和暖;应乾卦药物透顶,亦如风雨潮浪沸滚;药熟化金液,如冷泉自降。……"㉗

龙虎交媾、周天火候和肘后飞金精三法相须而用,并且持之不懈,"一百日口内生甘津,身有神光,骨健颜红,肌白腹暖;二百日渐厌荤腥,当闻异香,行步如飞,睡梦自然减少;三百日饮食自绝,寒暑自耐,涎汗涕泪自无,疾病灾难自除。静中时闻远乐之声,默室渐见红光之色,若见此景勿疑,是为小验。至诚行之,神异不可名哉"。㉘

当修炼达到第六层时,得到的内在审美则更多。此时,人已经完全超越物欲人累,只识取"壶中真境",内观真山川,"(三田)既济之后,一百日静中四象周匝内观,五气纷纭;二百日目见金花,体有圆光,青气出顶,紫雾盈室;三百日神灵知前后事,真气可乾外汞,体轻可履风烟,骨坚可齐天地"。㉙

这种修炼时身体内部阴阳和谐,打通了人出生后被封的九窍,使得后天气在身体内部周流运转,成为一个循环的整体,这就可以选取适宜的时辰下手修炼,呼出后天的气,换成先天的气,这时不仅身体状况异于常人,而且在内视内观时,也可以看到异于常景的画面:红光、音乐,真正体会到了人和天地同一、没有自我认知的这样工种无待境界,达到了心游的至高境界。

修道过程非常复杂,有时内视内观所看到的,并非真境,而是心中阴魔所生之故,要区别对待。丘处机认为,当"满耳笙荒,触目花芳,舌有甘味,鼻闻异香"时,当幻想自己为"出相入将,威振八方,车服显赫,使节旌幢,满门青紫,靴笏盈床"时,或"仙娥玉女,罗列成行,旌歌鼎沸,对舞霓裳,双双红袖,争献金觞"㉚等情形时,这是阴魔君来干扰修道,他一一罗列了十大阴魔君所带来的幻觉,并与以分析,"大抵清虚之士,久乐寂淡,乍见繁华,往往认为真境"。㉛这种时刻,更应精进修炼,不为幻景所迷惑,片刻间就会有清凉之感,达到妙不可言的审美极致。

注 释

①②③④陈时可:《长春真人本行碑》,《甘水仙源录》卷二,《道藏》第19册,第736、736、735、735页。

⑤《〈磻溪集〉序》,《道藏》第25册,第809页。

⑥李道谦:《七真年谱》,《道藏》第3册,第382—383页。

⑦钱穆:《中国学术思想史论丛》(六)。

⑧尹志平:《清和真人北游语录》卷一,《道藏》第 33 册,第 159 页。

⑨《长春丘真人寄西州道友书》,《真仙直指语录》卷上,《道藏》第 32 册,第 437 页。

⑩⑪⑫⑬⑭⑮⑯《玄风庆会录序》,《道藏》第 3 册,第 387、388、388、388、388、388、390 页。

⑰《长春真人西游记》卷下,《道藏》第 34 册,第 493 页。

⑱《成吉思汗皇帝赐神仙手诏》,《道家金石略》第 445—446 页,文物出版社 1988 年版。

⑲《大都请逸观碑》,《甘水仙源录》卷十,《道藏》第 19 册,第 809 页。

⑳《元史》卷二〇二《释老传》。

㉑元好问:《怀州清真观记》,《道家金石略》第 471 页。

㉒尹志平:《清和真人北游语录》卷二,《道藏》第 33 册,第 166 页。

㉓韩林德:《元气论与华夏美学》,转引自《美苑咀华》,北京师范大学出版社 2000 年版,第 138 页。

㉔丘处机:《大丹直指》卷上,《道藏》第 4 册,第 391—392 页。

㉕《庄子·应帝王》。

㉖㉗㉘㉙丘处机:《大丹直指》卷上,《道藏》第 4 册,第 393、394、396、39 页。

㉚㉛丘处机:《大丹直指》卷下,《道藏》第 4 册,第 400—401、401 页。

原刊《宗教学研究》2002 年第 3 期

作者简介:申喜萍,1972 年生。哲学博士,四川师范大学文学院副教授,四川大学文学与新闻学院博士后,主要从事道教美学、文艺理论的研究工作,博士论文为《南宋金元时期的道教美学思想研究》。

净明忠孝道的美学思想

申喜萍

净明忠孝道是在原有许逊信仰的基础上,在江南发展起来的一个符箓道派,由何真公于南宋期间在江西南昌玉隆万寿宫建立,但不久即湮没无闻。直到元代,刘玉(1257—1308)才在原有的基础上创立了新的净明忠孝道。元代初期,南北文化的交流虽已成为可能,但其交流的范围和力度还较小,因此,净明忠孝道的思想还被深深地打上了在南方占据统治地位的理学的烙印,呈现出理学化的倾向[1]。刘玉殁后,黄元吉(1270—1324)即位,后又传位于徐慧(1291—1350)。徐慧把刘玉、黄元吉的思想及师徒间对话辑录下来,汇成《净明忠孝全书》,现存《道藏》中,是研究净明忠孝道思想及发展史的重要资料,另有一些经书散见于《道藏》中。

刘玉把整个修道过程比为造房和架桥,"要知求仙学道,譬如做一座好房屋相似,就地面上先要净除瓦砾,剪去荆榛,深筑磉礅,方成基址。次第建立柱石,位置栋梁,盖覆齐全,泥饰光净,工夫圆满,耸动观瞻。若是荆榛不除,瓦砾不去,不平基址,不筑磉礅,却要就上面立柱架梁,覆丸偏壁,莫教一日风雨震凌,洪流飘荡,欹侧倾倒,柱费辛勤。又如江流中做一座石桥相似,先须推穷到底,脚踏实地,却就实地垒木叠石,大做根脚,砌到上头,平铺桥面,造屋遮覆,方保不朽。根基直得惊涛骇浪,冲激无由,怪雨颠风摇撼不动,人人赞叹,非有他也,只是根深脚稳,所以牢固长久。若心地不好,根浮脚浅之士,何可望其有成?"[2](636页)修道成仙和造房、架桥一样,首先要去除心中的"瓦砾"、"荆榛",脚踏实地,在净除干净的基址上构建以"忠孝"为主宰的"桥梁"、"柱石",才可保道成仙。也就是胡化俗在《净明大道说》中所论:"太上设忠孝大道之门,甚易知,甚易行,勉而宏之,人能弘道,非道弘人。要不在参禅问道,入山炼形,贵在乎忠孝之本,方寸净明,四美俱备,神渐通灵,不用修炼,自然道成。信斯言也,直至净明。"[3](634页)只要以忠孝为本,心地空虚净明,与天渐合为一,自然就得道了,也就是在心性上摆脱了各种尘世的纷纷扰扰,达到了真正的逍遥自由。因此,综观净明忠孝道的美学思想,其包括"净"、"明"的审美心态论,"忠"、"孝"的审美核心论,"正"、"敬"的审美实践论,"阴"、"阳"的审美辩正论,只有这样,才能达到真正的"四美俱备"。

一、"净"、"明"的审美心态论

"净"、"明"即是清理心中"瓦砾"的过程。"清则净,虚而灵,无上清虚之境,谓之净明。"[2](633页)这句话对"净明"作了一个总括式的论述。也就是说,内心做到清净无染,虚旷灵明,像镜子、流水一样,任万事万物迁变于前,而了无痕迹留下,始终处于一种清净无碍的境界。这种境界,正是进入净明忠孝道的一个最基本的条件。

除了这个总括式的论述,刘玉、黄元吉师徒对"净"、"明"都分别作了详细论述,可见对于又"净"又"明"的心态的重视。首先,"净"是什么?"何谓净,不染物。"[2](635页)心上无尘,不染杂色,即为保持了本性或向本性的复归。刘玉继承了老子的"复归于朴"的思想,即"朴"——"人工雕琢"——"朴"这样一个复归的过程。正是从这个思想观念出发,刘玉认为入道首要的任务是复归本性,因此对净除"内祟"的重视程度远甚于对"外邪"的灭除:"大凡行法之士,未消得峻责鬼神,且要先净除了自己胸臆间几种魑魅魍魉,则外邪自然熄灭矣。所谓魑魅魍魉者,只是十二时中贪财好色邪僻奸狡胡思乱量的念头,便是也。剿除此祟,先要勇猛决烈无上之道,因此成就,况行法哉?所以道是能治内祟,方可降伏外邪。若是不能清荡内祟的人,纵有些来小去灵验,天心终是未印可,更思异时身谢之后,却有执对的事来也。"[2](639页)天人感应说一直是道教思想的一个重要组成部分,因此,有"内祟"的人,必将招致"外邪",使本性进一步迷失,即使有些"灵验",也终不能和"天心"相契合,得道成仙。这里作者的意思和心学家王阳明的"破山中贼易,破心中贼难"[3]的言论产生了极大的共鸣。

黄元吉在刘玉思想的基础上,对"内净"、"外净"又做了进一步的阐释,认为"内净"比"外净"更为重要。他在答"或问奉道之士,居处端庄斋戒沐浴,以崇香火,可得谓之净乎"时说:"如上所问是谓外貌之净。然就里必索要净,方谓之内外交养。大概无别说,只要除去欲念,便是净。就里除去邪恶之念,外面便无不好的行检。前辈云:通身要得无枝叶,先向根头下一刀。其次要惩忿。据愚见观之,忿亦只是欲。以其有意,必固我非欲而何?淘汰到无的田地,却是公心也。公能生明,所以曰欲净则理明。但静观人一私缠绕的,则胸次之理顿昏矣。尚且对人争辩曰:我是公心。殊不知众心以为不公矣,只我自己道是公心,怎济得事?夫心如何肯印可?又有人虽自信是公心,行事往往发扬有过,当处言语有不节省处,俗语谓之无良公道,名称便不好听了。以其纵不贪利,亦是贪名。又有假公行私的,皆不合圣贤之道,不合天心,用得多了,积得久了,后地却有不美的招感上身来。何如遇事触物时,平心定气,说出公道话来,则人心自然畏服,不肯为非矣。但涉忒做作处,便是不美。若能方便以理化导,是省多少气,亦且上合天心,无故故净。于此尤可信,学到此时,方得谓之能净。"[2](648页)

在这里,黄元吉借用了理学的"存天理,灭人欲"的观念,认为理和欲是一对对立的范畴,只有灭掉人欲,才可上合天心,则理自明。他还认为,人如果不按照天理规则去办事,"但涉忒做作处,便是不美"。要想保持美,则需要涤除人世尘染,保持天理。

去忿去欲既然如此重要,那么它们又分别指代什么呢?"所谓忿者,不只是恚怒嗔恨,但涉嫉妒小狭,褊浅不能容物,以察察为明一些个放不过之类,总属忿也。若能深惩痛戒,开广襟量,则嗔火自然不上炎。""所谓欲者,不但是淫邪色欲,但涉溺爱眷恋,滞著事物之间,如心贪一物,绸缪意根,不肯放舍,总属欲也。若能窒塞其源(源即是爱念初萌处),惺惺做人,则欲水自然不下流。"[2](635页)"忿"、"欲"即是指思想观念上的不合社会规范要求的念头。要去除这些念头,就要在"念头几微上(作者加:下)工夫。如何是几微?譬如恶木萌蘖初生时,便要和根划却。若待它成长起来,枝叶延蔓,除之较难了。易曰:履霜坚冰至。言履霜之初,要防备后地有坚冰,阴气转盛时。所以又曰:君子见几而作,不俟终日"。[2](639页)人的思想像一枝小树,当其成长时,就按一定的标准剪除不好的枝桠,让其健康成长。如果小时没有加以管理,那么难保小树不长成一棵畸树。畸树或无用之树,不管形式或内容(指其材质)都不合"目的性",不能给人带来美感,要得道成仙更为不可能。

"净"指"不染物","明"又指什么呢?"所谓明,不触物。"[2](639页)黄元吉在回答"遇事接物必洞烛善恶、邪正、是非曲直,可得谓之明乎"时,把"明"又分为"为己之学"和"待人之道"两种状态,只有二者皆明,才是真正的"明":"如前所问明矣,未及明也。若为己之学,洞烛此理,但行善的、正的、是的、直的,道子固是不差池了。若待他人之道,洞烛其恶的、邪的、非的、曲的,不随他转为是。此外不宜发明太尽,恶讦为直是也。但当生大怜悯之心,方便譬喻,引之归于正道,不可则止毋自辱焉。若忿嫉于玩极,口攻之则是与之修怨矣,何取其为明哉?先觉有言曰:聪明深察而近于死者,好讥议人者也。"[2](648页)"明"正是要人导善去恶,力求救渡世人。仅仅停留在晨昏诵经,不求力行,也是不能做到尽明的。"道藏诸经无非教人舍恶归善,弃邪顺正,所以曰:经者,径也,是入道之径路。每见世人不肯力除恶习,克去私己,却于晨昏诵念不辍,此等圣贤不取,譬能言之猩猩也。我诸法子,要得此心,如镜之明,如水之净,纤毫洞照,日以改过,崇行为第一义,积种种方便,去道不远矣,胜如念千百卷经也。"[2](638页)把只言不行的入道之士,比做会说话的猩猩,说的是人话,行的是禽兽事,这样做,则大谬也。

基于净明的重要性,刘玉在长期的修炼过程中,自家体会出了履践三十字:"某自初年修学以来,只是履践三十字,年来受用甚觉得力,今以奉告。所谓三十字者:惩忿窒欲,明理不昧,心天纤毫失度即招黑暗之愆,霎顷邪言必犯禁空之丑。"[2](635页)用这三十字作为修养的自我要求,则可以达到"净"、"明"的审美心态。

二、"忠"、"孝"的审美核心论

如果把"净"、"明"的审美心态论比做清除"瓦砾"、"荆榛"等过程的话,那么"忠"、"孝"的审美核心论则是在干净的基础上建造"柱石"、"桥梁"的过程。

"善是美的本质。""美是一种善,其所以引起快感正因为它是善。"[4]美善是密切联系在一起的,也就是说,美必须合乎目的性,才能给人带来美感。实际上,善并非仅仅体现在社会美、艺术美中,更多的善则体现在人性美、人格美上。"考察美,绝不会只限于艺术方面。实际上,无疑往往是在考察人类的最高道德"。[5]因此,道德美、人格美等都被纳入了审美对象的范围。早在我国春秋战国时期,孔子就提出了"尽善尽美"这样一个美善并举的命题。孟子在孔子思想的基础上,进一步发展了美善观:"可欲之为善,有诸己之为信,充实之为美,充实而有光辉之为大,大而化之之为圣,圣而不可之之为神。"[6]孟子认为合乎人类目的性即为善。焦循《孟子正义》释"充实"为"充满其所有,以茂好于外",也就是说,仁义礼智信等各种善的品质充盈人的内心(内容),于外在的天生容貌表现出来(形式),二者和谐统一,即为美。"大"则指美的进一步发展,这种"大"更进一步发展则为"圣",像孔子即为"圣人",而"圣人"达到我们只可仰视而不可知的地步时,就成"神"了,不属于我们凡人了。日本美学家笠原仲二在分析中国古代的审美意识时指出,"大"、"美"一般情况下可以互训,但"大"有时又比"美"具有更高的价值,他引用的例子即为孟子的"充实而有光辉之为大"和庄子的"美则美矣,而未大也"。同时,他认为,除了"大"、"美"有时可以互训外,"高"、"崇"与"大"也可以互训,并在文后指出,"美的对象和美的感受,已经超出了有形的、物质的东西,而向着人的心情、言行、人格性,即向着精神的、伦理的东西扩大、推移。由于其人格的崇高,就被美称为圣人、君子,由于其行为的崇高,又可被褒美为志士、仁人。"[7]

这种重视人的人格美、精神美的传统文化思想,对净明忠孝道产生了重大的影响,它以"忠"、"孝"为核心,要求极力实现个体(自我)和类(社会)之间的和谐。人之为人,异于禽兽,就在于人有"道":"天之有文,地之有理,人之有事,三才之道,古今不可诬也。净明之道不废人事,但当正心处物,常应常静也。"[2](637页)"忠孝只是扶植纲常","忠孝是百行之首。"[2](635页)开门见山地提出了纲领性理论。"入吾忠孝大道之门者,皆当祝国寿报亲恩为第一事,次愿雨旸顺序,年谷丰登,普天率土,咸庆升平。"[2](640页)这整个是一饱学儒士所发言论,丝毫看不出道学的痕迹。既然"忠"、"孝"如此重要,但"忠"、"孝"又分别指什么呢?"大忠者,一物不欺;大孝者,一体皆爱。"[2](640页)"忠者,忠于君也,心君为先神之主宰,一念欺心即不忠也。""人子事其亲,自谓能竭其力者,未也,须是一念之孝能致父母心中印可,则天心亦印可,如此方可谓之孝道格天。"也就是说,在思想上,也不能有不忠不孝的观念,心才有杂质,则已不忠不孝了。

"忠"即为忠于君,是否一定要为官入仕呢?黄元吉认为,顺应自然,不管仕与不仕,皆可做到"忠":"大概仕宦之人固当以致君泽民行事,不仕宦者亦合念念在于不欺心、不昧理,紧要处先自不妄语,始能如前哲所言,免为不忠之人,当学至此,方谓之能忠。"[2](649页)孝道亦然。"孝至于天,日月为之明;孝至于地,万物为之生;孝至于民,人道为之成。大哉,孝乎!世人但能以孝道二字常蕴在方寸内,则言必忠信,行必笃敬,忿亦渐消,欲亦渐寡,过亦能改,善亦能迁。人道备矣,然后可以配天地,曰三才。若不能以孝道自牧者,俗语谓之不做人,又曰为人不了。"[2](638页)这里的"大",和前面孟子提出的"大",内涵一致,认为忠孝充盈于内,则上可比并日、月,与天地相匹配,人格达到一种极高的境界。

刘玉、黄元吉认为,作为净明忠孝道的教徒,即应做一个"不欺心"、"一体皆爱"的有德之士,正如朱熹所言:"德者,得也,得其道于心而不失之谓也。"只有这样,作为个体的人的自我要求和作为类的社会的规范才能和谐,共鸣于一处,也才能真正地实现善和美的结合。正如宗白华先生所说:"……人生若欲完成自己,止于至善,实现他的人格,则当以宇宙为模范,求生活中的秩序与和谐。和谐与秩序是宇宙的美,也是人生美的基础。"[8]

"宗教的要求就是对自我的要求,也就是关于自我的生命的要求。我们一方面知道自己是相对的、有限的,同时又想同绝对无限的力量相结合,以求由此获得永远的真正生命,这就是宗教的要求。"[9] 正是由于人的有限性,因此在实现自我道德完善时,更要和整个社会的伦理道德相统一。程颢认为"天地之大德曰生",天地由阴阳二气组成,人也是由阴阳二气氤氲化生而成。因此,人和天地万物本来就是统一的,"仁者浑然与万物同体",这种道德上的最高追求和审美境界又是一致的。刘玉继承了这种观点,认为人感应阴阳二气而生,内有阴阳二气,天地也具有阴阳二气,天人之间是可以互相感应的。在修道过程中,要不断地去阴存阳,成为得道之士:"盖得道之士,炼之又炼,内炼既精,阴滓消尽,通体纯阳,聚则成形,散则成气,飘然上征,轻清者归于天,无可疑者。"[2](642页) 如果作恶,就招致天上的主杀罚的霆气,会招来各种不好的事情;如果一直以善的思想去行事,就会和天上的主生长的雷气相呼应,和这种宇宙中的绝对力量相结合,就会给我们带来真正的崇高感。

做到消尽心中阴滓,达到纯阳至刚,即达到孟子提出的"吾善养吾浩然之气"的境界。就像康德所说,崇高体现在力和数两方面。自我道德完善的人所带来的崇高感,体现在力量上,给我们带来了极大的冲击、震撼,让我们感到自己是有限的,但正是这有限的自我在和无限的本质相联系。黑格尔在评价康德的"崇高"时指出:"崇高并不在自然事物上面,而只在我们的心情里,因为我们意识到自己比内在自然和外在自然都较优越,[才有优越感]。康德的下面一段话就是这个意思:'真正的崇高不能容纳在任何感性的形式里,它所涉及的是无法找到恰当的形象来表现的那种理性观念;但是正由这种不恰当(这是感性对象所能表现出来的),才把心中的崇高激发出来。'"[10] 净明忠孝道提倡的以"忠"、"孝"为核心的人格的自我塑造,无疑正是黑格尔所说的崇高,是一种巨大的人格美。

三、"正"、"诚"的审美实践论

朱熹是理学的集大成者,极力提倡道德意识的自我认识和完善,重视

"知行合一"的内心修养工夫。在道德修养的自我完善中,他重视"诚"、"敬"观。"太极之有动静,是天命之流行也。'诚',圣人之本,物之终始,命之道也。其动也,诚之通也;其静也,诚之复也。诚之者性也。""诚者,真实无妄之谓,天理之本然也。"朱子所言的"诚"是指按照本然之理来规范自己的言行。"持敬之说,不必多言。但熟味整齐严肃,严威严恪,动容貌,整思虑,正衣冠,尊瞻视此等数语,而实加工焉,则所谓直内,所谓主一,自然不费安排,而身心肃然,表里如一矣。""坐如尸,立如齐,头容直,目容端,足容重,手容恭,口容止,气容肃,皆敬之目也。"这里的"直内"是指使内心除社会规范(如仁义等)外,不染一尘;"主一"则指内心虚静,杂念不生。只要内心做到"诚"、"敬",那么,行之于外的自然而然也就是社会允许的行为了。

净明忠孝道和理学要求的"诚"、"敬"观保持一致,在日常修道过程中也要求做到"正心"、"诚意"。

"正心之学"指什么呢?"奉行道法,皆当平居暇日,存守正念,此即正心之学。正则道在其中,倘不正而用以驱邪,则是助桀为虐,非徒无益而又害之。""净明大教是正心修身之学,非区区世俗所谓修炼精气之说也。正心修身是教世人整理性天心地工夫。"[2](640页)这和朱熹所谓的"敬"意思是一致的。

由于净明忠孝道提倡的是知行合一的实践观,因此,内心修养就显得更为重要。而内心修养的内容又是以这个社会的伦理规范仁、义、礼、智、信等为核心,因此,在内心自我修养、自我完善的过程中,时时提醒自己不欺昧本心,不说、不做和社会有违的言语、行为,只有这样,才算做到了"心正",不是名教罪人。"且如行事,但是一毫一发不合法度处,自己本命元神已是暗,损却光明了。日积月累,不知改悔,全体归阴矣。又谈话间须是语觉无伤方出口,但有一言半句不合道理的,又有一种人爱说薄福话的,恣意说出来,无所忌惮,不知虚空却有神明听著。"[2](637页)至于那些私念甚重之人,更要在"正心"方面下工夫,只有做到"正心",才可体悟"道"意。"大凡世人被些子嗔火欲水及与私意潜伏在肚皮里,不能降制者,是阻隔了前程万千好事。可惜他不自觉,若能降制得下者,久久间真阴阳真五行之妙自当亲见

之,道为子得矣。"[2](635页)

"多用恕心无烈祸,若萌奸巧有奇穷。"[2](636页)因此,在"正心"的知行观中,要做到明晓事理,才能像庖丁解牛一样,达到游刃有余,得心应手,"从心所欲不逾矩"的地步。"净明大教,大中至正之学也。可以通行天下后世而无弊,紧要处在不欺昧其心,不斫丧其生,谓之真忠至孝,事先奉亲公忠正直做世间上品好人,旦旦寻思要仰不愧于天,俯不愧于人,内不怍于心,当事会之难,处处以明理之心处之,似庖丁解牛底妙手,处教十分当理著,步步要上合天心,只恁地做将去,夙兴夜寐,存著忠孝一念在心者,人不知天必知之也。亦莫妄想希求福报,日久岁深,自然如所愿望。要识得此教门不是蓬首垢面,滞寂沈空的所为,所以古人道是不须求绝俗,做名教罪人。"[2](638页)这里的"仰不愧于天,俯不愧于人"即是孟子所提倡的"君子有三乐"之中的第二乐。孟子认为人有三乐:"君子有三乐,而王天下不与存焉。父母俱存,兄弟无故,一乐也;仰不愧于天,俯不怍于人,二乐也;得天下英才而教育之,三乐也。"[11]提倡崇高的个体人格美,要仰俯无愧于天地,无欲则刚,因此这样的主体人格就显得异常伟大、刚强。净明忠孝道道徒在内心自我修养时,就要达到心地坦荡荡,天地自无私的审美人格境界。

净明忠孝道的思想中,也存在着大量的行人道、学为人之道的言论,认为只有在道德的层次上进行自我约束、自我反省,才能真正地得道。"日以改过,崇行为第一义。积种种方便,去道不远矣。胜如念千百卷经也。若不务修德而求道,前程难忘有成。所以曰:德是道之基址,道是德之华石。"[2](636页)这里的"德"就完全具有封建社会所要求的伦理思想,以忠孝为核心。由此可知,净明忠孝道不仅力倡忠孝仁义等社会伦理规范,而且也身体力行。

力倡如果停留在文字、语言等层面上,还较简单的话,那么,力行则是要用自己的行为方式来和社会规范相适应,是一个较复杂的工程。那么,如何力行才能做到"使君上安而民自阜,万物莫不自然"呢?那就是以善化恶:"至道不烦,只是以善化恶,以阳制阴,收万归三,收三归一,炼消阴滓,身净自然化生。每见后天之法,不曾究竟得一个大本领,搬出许多枝梢花叶,徒为已堕之魂,重添许多妄想。净明先天之学,只要了得核中有个仁,仁中有一点生意,藏之土中,春气才动;根生叶长,都出自然。"[2](638页)老子道气论认为"道生一,一生二,二生三,三生万物",因此,文中的"收万归三"、"收三归一"即是对老子道气论的逆返过程,即从万事万物中自然而然回归到那本初的"道"的状态下,在此状态下,仁的思想处于主宰地位。仁学是孔子思想的基本核心,由此更可见出净明忠孝道对理学备为推崇。只有这样,才算做到了诚,实现真正的自然而然。这样,净明忠孝道就把老子的道气论的宇宙本体和社会的仁义礼智等伦理规范相比附,把自然社会化、伦理化,按照社会和自然的规律,实现自然而然。

其二,除了自己做到"诚意",还要力求他人也和自己一样,也做到体顺自然、天意。"吾之忠孝净明者,以之为相,举天下之民,跻于仁寿,措四海而归于太平,使君上安而民自阜,万物莫不自然;以之为将,举三军之众而归于不战,以屈人之兵,则吾之兵长胜之兵也;以吾之忠教不忠之人尽变为忠,以吾之孝教不孝之人尽变为孝,其功可胜计哉?"[2](643页)

在这里,净明忠孝道改变了原来道教所提倡的长生观念,不再注重身体的长存,而更关注精神、人格的永存不昧。"上士非必入山绝事,去妻子,入闲旷,舍荣华而谓之服炼,当服炼其心性,心明性达,孝悌不亏,与山泽之癯童者异矣。忠孝之道,非必长生,而长生之性存,死而不昧,列于仙班,谓之长生。"[2](646页)"都仙真君顿悟本性元明,性天中力行真忠至孝,为万灵之主宰,最后功成圆满,把宅飞升,万世不朽。"[2](646页)因此,只有那些意诚不昧于天理的人,才能列仙班,得长生。这些列于仙班,长生不死的人就是那些积功修德的人:"大概仙佛自是累劫修积大福大德之人。"[2](636页)

净明忠孝道在知行合一观上提出的"正心诚意"实践观,总括起来即为刘玉提出的三则更为实用的法则:"吾有三则古语,学者可以佩受。志节要高,毋习卑污,务图近效;器量要大,毋局偏浅,不能容物;操履要正,毋殉己私,随邪逐物。"[2](642页)也即"调理贵在和澹。和而躁心释,淡而欲念平。如是则心正意诚,合乎无为,故与天地一"[2](638页)达到了与天地合一的审美层次。

四、"阴"、"阳"的审美辩证论

"道教美学的哲学基础,无疑建立在先秦道家哲学之上,而道家哲学本身就具有强烈的朴素辩证法特征。这就使道教美学带有先天的、'遗传'的辩证法因素。"[12]诚如潘显一教授所言,在老子的《道德经》中就有丰富的辩证美学思想。"天下皆知美之为美,斯恶已;皆知善之为善,斯不善已。故有无相生,难易相成,长短相较,高下相倾,音声相和,前后相随。"在这段不长的文字中,老子用了"美恶"、"有无"、"难易"、"长短"、"高下"、"音声"、"前后"等多个相对的词,"这段话可以说是道家美学的朴素辩证法之总纲"。道教在把《道德经》尊为道教理论源头的时候,同时也吸取了其丰富而深刻的辩证法思想,净明忠孝道也不例外,其美学思想中也有着丰富的辩证法因素。

(一)阴阳——善恶的辩证美学观

"混沌之初,譬如一满瓮中,纯是浊水相似,澄湛既久,轻清上浮,重浊下沉,天地分矣。上下才分,便有一点真阳生于其中,名之为日者是也。据某(指刘玉)看来,自古及今,天地之中只是一点阳光为之主宰,足以镇世。所谓阴者,不是别有一物,只是阳之影耳。所以道是阴从阳,又道是阴阳不须臾离。经云:太阳真精为万物祖。又云:月本无光,望如黑鉴,日晃水光,映以为明。又经云:月待日明,亦是此义也。"[2](646页)"日体外阳而内阴,月质外阴而内阳。"[2](643页)

以上这段话详细说明了阴阳相待而相生相长的过程。阴阳不是二物,而是一物的两面,阴只是阳的一个影子而已。在这个二位一体的事物中,阳处于一种主宰地位。刘玉还把日阳比做性,月阴比做命:"性犹日也,身犹月也。"[2](644页)既然日阳处于一种主宰地位,同样,性的地位也应高于命。"星家以人所生之时推日出之时为立命,即我之性也;以月之所在为安身,即我之身也。身命□朕相依附,何也?日之所寓为月,性之所寓为身。人性之灵明知觉,非父母之灵,乃自性之灵也。其未生以前,精爽游扬太空,去来无碍,才出母胎,则此性欻然感附而身命不相离者,亦犹月之生魄,必先与日相会,谓之合璧,此欻然感附之时也。月本无光,附日以明,日之光明,即我性之灵明也。以日之远近为月之盈亏,月之盈亏即我之生死。"[2](647页)日月不可离,性命也是互寓,性需要身这个物质载体。当人只有性而没有身这个物质载体时,即为未出生时,处于一种自由无待的境界,"精爽游扬太空,去来无碍",性长存即为长生。但一当出生,就有了身,由于身是物质,会生老病死,因此就要修炼自己的性,以复"我性之灵明",这样即为得道了,也才算真正的明白阴阳、日月、性命的辩证关系。

主阳气的神为雷,主阴气的神为霆,"雷霆者,阴阳二气耳,却有善恶二神主之。阳气为雷,阴气为霆,雷有声,霆无声,雷性善,霆性恶,雷主生,霆主杀"。[2](641页)这里,刘玉把善恶与阴阳二气相比附,认为善者则保有阳气,恶者就保持阴气,"盖世间恶类,不善之气自然感召,如人之不忠不孝,物之蠹害元气者"。[2](641页)这也就形成了这样一组相关的范畴:阳气——善——成神、成仙;阴气——恶——成人、成鬼。这样,阴阳二气就被赋予了社会伦理思想。这里的善指的就是封建社会的社会规范,即仁、义、礼、智、信等内容;恶则指与社会的基本规范不相适应的一些东西,它不成为审美的对象,因为它不符合美的基本条件之一:合目的性。

(二)贵古贱今的复古历史观

朱熹的历史观即为复古式,他认为,夏商周三代帝王的心中都有"天理",能以道心治理天下,使天理流行,是"王道"盛世;三代以后的帝王心中"未免乎利欲之私",社会上的一切现象都是黑暗的,是"霸道"衰世。净明忠孝道把朱熹尊为武夷神仙,尊为天人,出来救庇世人的,因此,其思想中也存在着和朱熹一样的复古历史观。

"若上古之世,民生太朴未散,何用整理?何用修炼?语言动作无不合道,只缘后世众生多是诈诈奸奸,愈趋愈下,一动一作便昧其心,冥冥罔觉,无所不至。"[2](638页)刘玉认为上古时期,人心淳朴,没有受到污染,言语、动作无不合乎天道、人性；后世则人心不古，奸诈、阴险等行为只能招致灾难，使社会进一步走向衰落，因此，古今相较，则今不胜古，古远胜于今。他在回答"正心之学审能行之足矣，奚用道法为哉"时说："此语中古之世则可行也，若去古既远，人心浇漓，如鲁论一书先圣所言多未曾行，独以子不语神藉口，其流弊至于无所忌惮，不知罪福谤无因果者多矣。又以天理做门庭，人欲为行径，适足为本教之累，人心受病既深，道法乃其针砭，所以古人道是无口过易无身过难，无身过易无心过难，言之于口，得而闻之，行之于身，人得而见之，思之于心，神得而知之，人之聪明，犹不可欺，况神之聪明乎？"[2](639页)

除了以上的审美辩证观以外，净明忠孝道还存在丰富的辩证思想，有关于语言和意蕴之间的关系的，言与意之间的关系一直是文艺理论、美学的重要研究内容。"吾教中有大中至正之道，千圣不传之秘，出于言语文字之外者，子亦尝得闻乎？夫书之行也，乃权法也，非实发也。"[2](645页)刘玉认为道教、佛教和儒家思想的精髓，是不能用语言完全表达出来的，仅仅是用语言这种形式，试着记录先哲的思想，所以，我们在看道经时，不能仅停留在语言的表面上，而需要用心去领悟道的本质，即语言之外的意蕴。

参考文献

[1] 申喜萍：《元代道教三教合一思想特征研究》，《宗教哲学》1999 年第 5 期。

[2] 《道藏》第 24 册，文物出版社，上海书店，天津古籍出版社 1987 年版。

[3] 《与杨化德薛尚谦书》，《王文成公全书》卷四。

[4] 《西方美学家论美和美感》，商务印书馆 1980 年版，第 41、19 页。

[5] 〔日〕今道友信：《关于美》，黑龙江人民出版社 1983 年版，第 176 页。

[6] 《孟子·尽心章句下》。

[7] 〔日〕笠原仲二：《古代中国人的美意识》，北京大学出版社 1987 年版，第 57 页。

[8] 《宗白华美学与意境》，人民出版社 1987 年版，第 112 页。

[9] 〔日〕西田几多郎：《善的研究》，商务印书馆 1965 年版。

[10]黑格尔:《美学》第二卷,商务印书馆1979年版。

[11]《孟子·尽心上》。

[12]潘显一:《大美不言》,四川人民出版社1997年版,第69页。

原刊《四川大学学报》2002年第3期

张宇初的美学思想蠡测

申喜萍

张宇初,明朝正一派第四十三代天师,幼即颖悟,擅长书画,名擅一时。而且其文才也非常好,正如时人对其的评价一样:"其文如行空之云,昭回绚焕,变化莫测,顷刻万状,烨乎其成章也;又如入秋之水,膏渟黛虚,微风兴波,万顷一碧,湛乎其泓澄也。词赋诗歌又各极其婉丽清新,得天趣自然之妙。"[1]"以文雄一代",其著有《岘泉集》、《道门十规》、《元始无量度人上品妙经通义》等,是研究其思想的重要资料。在其丰富的美学思想中,最为突出的就是"道无"、"心虚"的审美观。

张宇初继承了老子学说中"有无相生"、"虚实统一"的思想。在其重要著作《岘泉集》中,张宇初在开篇位置就论述了他关于"道"的理解:"至虚之中,泱圠无限,而万有时之;实居于虚之中,廖漠无际,一气虚之。非虚,则物不能变化周流,若无所容以神其机,而实者有诎信聚散存焉;非实,则气之氤氲阖辟,若无所凭以藏其用,而虚者有升降消长系焉。夫天地之大,以太虚为体,而万物生生化化于两间而不息者,一阴一阳动静往来而已矣。"[2]也就是说,世间万事万物都是"虚"和"实"的统一。只有这样,天地万物才能氤氲流动、生化一切,才能做到生生不息。但"道"又是看不见、摸不着的,是超越人的感觉器官而存在的。因此,对"道"的感知、把握、理解就成了比较重要的认识论问题。老子在其学说中给认识器官留下了重要的位置:那就是"心"。

老子《道德经》中,老子非常重视"道"的本体地位的论证,但关于"心"的论述也时有出现。如第三章:"是以圣人之治,虚其心,实其腹,弱其志,强其骨。"第十二章:"驰骋田猎,令人心发狂。"第二十章:"我愚人之心也哉!"第四十九章:"圣人无常心,以百姓心为心……为天下浑其心。"老子文中提及的"心",还不具备和"道"一样的本体意义,基本上是指的"心"的物质层面以及由此而引申出来的某种精神上的思虑活动和心理状态,属于一个特称概念。因为老子学说中的"道"无形无象,无声无色,不能用具体的感觉器官来感知、把握,只能在"涤除玄览"的虚静状态中去体认、感悟道。但怎样才能做到对"道"的感知、把握呢?必须用一般生物不具备的"心"。因此,老子学说在构置本体意义上的"道"的同时,也为"心"本体的提出以及发展留下了位置。

庄子填补了这一空白,他提出"心斋"、"逍遥游"等有关审美心态的命题。"若一志,无听之以耳而听之以心,无听之以心而听之以气!耳止于听,心止于符。气也者,虚而待物者也。唯道集虚。虚者,心斋也。"[③]虚静的心态即为"心斋",也即"虚",只有这样才能得到自由,实现"逍遥游"。"逍遥游"实际上是"心"摆脱各种世累尘情,达到一种自由无待的境界。"且夫乘物以游心,托不得已以养中,至矣。"[④]"汝游心于淡,合气于漠。"[⑤]"不知耳目之所宜,而游心于德之和。"正是庄子非常重视"心"的虚静,因此,他才提出了"虚室生白"、"唯道集虚"等概念,这是对老子"涤除玄览"思想的进一步发展,为审美的心态论打下了坚实的哲学基础。这种思想对古典美学思想产生了重要的影响,"虚壹而静"、"澄怀味道"等就是在老庄学说影响下而产生的。

之后的传统文化对"心"这一精神现象益发重视。归隐文化的代表人物陶渊明的思想中就充满了对精神自由的极大追求。"已矣乎,寓形宇内复几时,曷不委心任去留?胡为乎惶惶欲何之?富贵非我愿,帝乡不可期。怀良辰以孤往,或植杖而耘耔,登东皋以舒啸,临清流而赋诗。聊乘化以归尽,乐夫天命复奚疑。"[⑥]"结庐在人境,而无车马喧。问君何能尔,心远地自偏。采菊东篱下,悠然见南山。山气日夕佳,飞鸟相与还。此中有真意,欲辨已忘言。"[⑦]只要做到心性上的自由适宜,不"误落尘网中","久在樊笼里",自然而然地就可以达到一种逍遥适宜、与物合一的审美状态。但这还是一种寄情山水的"有待"境界,而要达到完全的"无待"、绝对的自由时,就应像禅宗所提倡的那样,应当直接从自然宇宙中体会禅意,又以禅意体味自然、人生,达到一种超越的逍遥心态,进入一种物我不分、情景交融的自然真趣之中。"白云出山初无心,栖鸟何必恋旧林。道人偶爱山水故,纵步不知湖岭深。"[8]在苏轼这里,已经是更多地从大自然中体会禅意,把"一己之心"的感受提到一种至高无上的地位。像临济宗义玄所说的那样:"佛法无用功处,只是平常无事,屙屎送尿,著衣吃饭,困来即卧。愚人笑我,智乃知焉。古人云:'何处做工夫,总是痴心汉。'你且随处作主,立处皆真……自为解脱大海。"[9]要依靠本性自足的自心,而非去凭借外界客观存在的对象去认识这个世界、社会和宇宙。

张宇初在美学上并没有创造性的建树,他的主要贡献在于对道家、道教的审美文化进行了比较系统的总结。他在构建了自己的审美本体后,就展开了对认识器官的"心"的详细论述。"故知道者,不观于物而观乎心也。盖心统性情而理具于心,气囿于形,皆天命流行而赋焉。曰虚灵、曰太极、曰中、曰一,皆心之本然也。是曰心为太极也,物物皆具是性焉。凡物之形色纷错,音声铿戛,皆有无混融之不齐而品物流行者,特气之糟粕煨烬也。人与万物同居于虚者也,然以方寸之微而能充乎宇宙之大,万物之众与天地并行而不违者,心虚则万有皆备于是矣。何喜怒欣戚哀乐得丧足以窒吾之虚,塞吾之通哉?庶乎虚则其用不勤矣。"[10]"虚灵宰五官,四体囿衡气。至理具寸心,天人斯一致。"[11]这种关于"心"的论述集中概括了整个中国古典美学的审美心态观念。

既然"心"的虚静如此重要,接下来张宇初就着重介绍了关于怎样才能做到虚静的一些方法:"虽然凡造乎道者,必去浮幻,绝识染,形如槁木,心若死灰,视世之贵者为埃,壤身之重者若土苴,则其自待也,轻举天下,无毫发之足累其中,犹凭虚而行,不假于御,而莫知止也。"[12]"是故养其体也,去纷华,忘物我,绝氛垢,以尽致虚守静之工,则复命归根也。深根蒂固也,涤除玄览也,抱一守中也,则谷神长存,思净欲寡,虚极静笃,复归无极,则虚寂明通,物不吾役,而物吾役矣。"[13]这是对老子学说中的"涤除"的方法的继承和发展,只有这样,才能真正地因任自然,更好地来体悟"道"。而且张宇初在这里提出的"物不吾役"、"而物吾役"又是和苏轼思想中的"留意于物"、"寓意于物"观念完全相同的。苏轼提倡一种"寓意于物"的状态,其在《宝绘堂纪》中有这样一段话语:"君子可以寓意于物,而不可以留意于物。寓意于物,虽微物足以为乐,虽尤物不足以为病;留意于物,虽微物足以为病,虽尤物不足以为乐。"这种思想在尹志平美学思想中也有明确的体现。(关于尹志平的美学思想,笔者另有专文详细论述,这里就不再展开论述。)据此,张宇初提出了自己所追求的审美境界:"所居也,樵牧鹿豕;所乐也,烟霞鱼鸟;其心固若死灰,形固若槁木;其自处也高,其自视也远,其自待也重,岂外物纷华毫发之可动哉?是虽结驷怀金,不能至焉。苟强至之,倏忽去来,不碍其迹,不滞其行,道合则留,道离则去,惟安其素有者焉。"[13]一个潇洒适宜、心情恬淡、与自然完全融为一体的士大夫形象跃然纸上。

不仅如此,张宇初还用寓言故事来说明其慕道之心以及任何事物都应秉行自然。"芒苪子行山泽间,见木之乔者偃蹇低者,蓄茂曲者,拳挛直者,参戾大者,数尺围;而小者不盈一指。丰畅荟蔚乎山崖涧谷,云烟与之上下,禽鸟托之和鸣。子顾而笑曰:'吾尝爱物之蔼然,生意津津者,莫植物若也。彼翼而飞,鳞而潜,足而走者,非不皆赋物之性而植之理最可见而可喜也乎?若四时之代谢,一华(疑为花)一木,或红或紫,或白或黄,不违其时,不夺其色,而寒暑应节,萌蘖兆焉。若其眩彩兢妍,绮素粉黛所不能状而春者,不得而使其华于冬夏者,不得而使其茂于秋节之逾者,不可促其急时之未者,不可强其缓。虽居之堂室,培之盆瓮,曲其枝体以取容,和其性质以就养。虽若不能顺其天,害其性,亦莫知其伤于曲且隘,而不能遂其自然之质,卒死矣;亦伺时循节而华且茂焉,是孰使之然哉?'……今夫山泽间也,粪壤之所不及,灌溉之所不至,若雨露之所濡,霜雪之所凌,燥湿不时,寒暑不均,无美恶薰莸之异,一资于风雨之润,土石之固而已耳。而其高者、低者、曲者、直者、大者、小者,各遂其自然之性而蕃衍硕茂,无所不至也。其得乎赋物之性之全者,虽山葩野卉争芬并秀,亦不让盆瓮间者,又非一花一草之比也。……观乎植物之性足以尽吾之性,故不知其乐欤?"[15]

这种追求自由、天然、自然无拘的生活方式始于庄子。庄子在他的作品里面提出了应该让生命本身(马、埴、木等)按照其自然发展规律来自由生长,不应该人为地用自己的喜好来对自然事物进行各种"治理"活动:"马,蹄可以践霜雪,毛可以御风寒。龁草饮水,翘足而陆,此马之真性也。虽有义台路寝,无所用之。及至伯乐,曰:'我善治马。'烧之,剔之,刻之,烙之。连之以羁縶,编之以皂栈,马之死者十二三矣!饥之渴之,驰之骤之,整之齐之,前有橛饰之患,而后有鞭策之威,而马之死者以过半矣!陶者曰:'我善治埴。'圆者中规,方者中矩。匠人曰:'我善治木。'曲者中钩,直者应绳。夫埴木之性,岂能中规矩钩绳哉!然且世世称之曰:'伯乐善治马,而陶匠善治埴木。'此亦治天下者之过也。"⑯

庄子的自然生活境界的提出,对后世产生了重要的影响,如绘画上一直存在着"宫梅"、"野梅"的区分。⑰张宇初提出的"居之堂室、培之盆瓮"的花木因为人的参与,"不能遂其自然之质",这些花木最终都"卒死矣";而那些在山林之间自由生长的花木,因为没有人的强行参与,而得以自由生长,"各遂其自然之性而蕃衍硕茂"。这实际上就是生活境界的追求。龚自珍的《病梅馆记》也是这种生活境界的表达:"江宁之龙蟠,苏州之邓尉,杭州之西溪,皆产梅。或曰:'梅以曲为美,直则无姿;以欹为美,正则无景;以疏为美,密则无态。'固也。此文人画士,心知其意,未可明诏大号以绳天下之梅也;又不可以使天下之民,斫直、删密、锄正,以夭梅病梅为业以求钱也。梅之欹之疏之曲,又非蠢蠢求钱之民能以其智力为也。有以文人画士孤癖之隐明告鬻梅者,斫其正,养其旁条,删其密,夭其稚枝,锄其直,遏其生气,以求重价:而江浙之梅皆病。文人画士之祸之烈至此哉!"(很难说龚自珍在写作《病梅馆记》前有没有读过张宇初的文章,但有一点是明确的,那就是二者在自然境界的表达上是完全一致的。)龚自珍正是认识到"宫梅"的不自然性,而提出了如下的愿心:"予购三百盆,皆病者,无一完者。既泣之三日,乃誓疗之:纵之顺之,毁其盆,悉埋于地,解其棕缚;以五年为期,必复之全之。予本非文人画士,甘受诟厉,辟病梅之馆以贮之。呜呼!安得使予多暇日,又多闲田,以广贮江宁、杭州、苏州之病梅,穷予生之光阴以疗梅也哉!"

因此,从整个中国古典美学史来看的话,张宇初远承庄子美学思想,并对以前以及他那个时代的美学思想进行了总结,虽不能确定他对龚自珍等有无直接影响,但毫无疑问的是,张宇初的美学思想确实是中国古典美学思想中的一个不可或缺的环节和链条,具有重要的研究价值。

注 释

①《岘泉集》序,《道藏》第33册,第180页。

②《岘泉集》卷一,《道藏》第33册,第181页。

③④《庄子·人间世》。

⑤《庄子·应帝王》。

⑥《归去来兮辞》。

⑦《饮酒》其五。

⑧苏轼《赠昙秀》。

⑨《古尊宿语录》卷4。

⑩《岘泉集》卷一,《道藏》第33册,第181页。

⑪《岘泉集》卷九,《道藏》第33册,第255页。

⑫《岘泉集》卷二,《道藏》第33册,第213页。

⑬《岘泉集》卷一,《道藏》第33册,第181—182页。

⑭《岘泉集》卷一,《道藏》第33册,第184页。

⑮《岘泉集》卷一,《道藏》第33册,第198页。

⑯《庄子·马蹄》。

⑰"宫梅"指的是按照人的审美标准和审美偏爱而对梅花进行各种各样的人工加工,具有浓重的宫廷色彩;"野梅"指的是按照自身规律自然生长的梅花,没有任何人为的雕琢成分,体现的是知识分子的闲适、无异化的生活方式。

原刊《宗教学研究》2004年第3期

消费时代的文艺创作与
传统美学精神的现代激活(代后记)

李天道

　　文学生活进入消费时代是一个不争的事实。在消费时代物质泛化的当下,文学的既得价值和利益,随着文学边缘化的形成,正在进行着解构与重构。文学应保留什么舍弃什么,文学应追求什么排斥什么,这本身是不能进行什么自由流动和自由竞争的,文学的"资源配置"不能成为市场经济行为的结果,文学的精神价值只能是守变互动,而不是自由出入、任其自然。传统文学经典著作知性与理性的光泽,永不会被未来的社会文化形态乃至社会的物质与消费所遮掩和侵吞,而与时俱进不断产生的新的文学实践结果,也会给接受主体带来卓尔不群的精神享受,从而不断地充填接受主体的精神空间。文学完全可以利用自身既得的"权势"、"地位",大张旗鼓地弘扬其自身的精神价值,它作为情神实践应该有着更多更强的主动性。在社会历史的发展进程中,文学,仅仅作为文学,它所建立的精神价值的重大贡献和存之久远的社会生活基础,或许会有着一些改变,但绝不会消解和消失。尽管"重振文学雄风"的话语可能还只是一个主观上的愿望,但文学主动配置其自身有的与可能有的"生产资源",来守护与弘扬其精神价值,确是一个迫在眉睫而需正确认知明晰的话题。的确,在市场经济条件下,社会经济已经成为创造社会发展的基础和主导,因此,文学自身须与之应合互补、互动前行。事实上,以经济观点与范畴来观照文学,这在一定程度上更易接近和探明在市场经济条件下文学的本质和发展。文学如果完全丢弃或被迫化解自身既得的精神价值,文学作为一种社会文化形态的消解,便或许是一个可以预知的史实了。显然,文学实践不能太多地等同于物质生产的自由竞争、平等进入和要素的配置与流动,物质泛化也是有限度的,同化的认知只是对社会文化历史发展盲目而错误的理解。文学,作为精神实践活动,必定是主动的进取和主动的推进(网络文学亦如此,也是一个个体双向多向的主动与主观的互动)。文学即便间接地对社会经济发展的作用愈见其小,但它在人的精神生活中独具的价值,却是长久存在并发挥着重大的作用——广阔的社会生活和庞大的人口分布应是文学存在的根本性基础,多元多向多样的社会文化形态,更是给文学提供了发展的种种机遇。

同时,随着交往与"对话"理论的兴起,长期以来占统治地位的西方文化中心主义的不断衰落,更多的文艺理论家开始考虑如何借鉴世界各民族的宝贵文化传统,重构当代文学的价值体系。正是在这种反省、反思的过程中,以"仁爱"与"中和"精神为实质的中国传统文化受到了人们的极大关注。如美国著名汉学家费正清教授就指出:"我们美国的生活方式并不是惟一的生活方式,甚至也不是大多数男男女女的未来生活方式。我们求助于立法、合同、法的权利和诉讼,但这种方式的效果是有限的。中国提供了别的出路。时间可能对中国有利,因为我们一向习惯的爆炸式的生产发展不可能永远继续下去;崇尚个人主义的美国人可能比中国人更需要进行调整,以适应未来的生活。有这新的旅游时代,每年访问中国的成千上万的美国人正在开始体会到,在以新的方式关心自然环境中的人(生态学)和社会中的人(社会集体生活)的过程中,旧日中国作为其他民族文化榜样的中心职能又在恢复了。"包括中国传统美学在内的中国文化是我们重建当代文艺美学理论的重要的思想与精神资源,需要我们运用现代理论去加以激活。

激活传统的美学精神,重构当代文学的人文生态,这涉及到站在时代的角度重新阐释、发掘中国传统文化,特别是中国传统文论与美学思想的人文精神和雅俗审美意识的当代意义的问题。由于中国正在向现代化迈进,因此,这种重新"阐释"和"发掘"便具有了一种普遍的当下意义。

一

首先,当下文学艺术要体现新的人文精神,重建人文生态,必须激活传统的人文精神和雅俗审美意识。

随着全球化消费主义的发展,给人类社会带来的自然生态和精神生态的失衡问题也越来越严重。人类"自我"与"生态"有着内在的和谐联系,需要均衡发展。然而,在日常消费生活中,这种和谐却一再地遭到破坏。全球化文化生态失衡在社会心理和个体心性的健全方面都造成一种威胁,博德里亚指出:"在利用公共交通工具的情况下,每一个人都和其他人一样。这样的杂然共在把本己的此在完全消解在'他人的'存在方式中,而各具差别和突出之处的他人则又消失不见了。在这种不触目而又不能定局的情况中,常人展开了他的真正独裁。常人怎样享乐,我们就怎样享乐;常人对文学艺术怎样阅读怎样判断,我们就怎样阅读怎样判断;竟至常人怎样从'大众'中抽身,我们也就怎样抽身;常人对什么东西愤怒,我们就对什么东西'愤怒'。这个常人不是任何确定的人,而一切人(却不是作为总和)都是这个常人,就是这个常人指定着日常生活的存在方式。"博德里亚的话,敲响了现代性日常生活世界享乐中"常人"的危险警钟。对此,当代法国社会思想家皮埃尔·布尔迪厄(Pierre Bourdieu)在《现代世界知识分子的角色》中也认为:经济对人文和科学研究的控制在学科中变得日益明显。知识分子发现,他们越来越被排除在公共论辩之外,而越来越多的人(技术官僚、新闻记者、负责公众意见调查的人、营销顾问,等等)却赋予自己一种知识分子权威,以行使政治权力。这些新贵声称他们的技术或经济—政治文化具有超越传统文化,特别是文学和哲学的优越性。传统文化发现自己被贬到无用雌伏的地位。传统式的知识分子的预言功能被抛弃。"这一套机构只是电视德行使了一种形式特别有害的象征暴力。象征暴力是一种通过施行者与承受者的合谋和默契而施加的一种暴力,通常双方都意识不到自己是在施行或在承受……电视成了影响着很大一部分人头脑的某种垄断机器。

然而只关注社会新闻,把宝贵的时间浪费在空洞无聊或者无关痛痒的谈资上,这样一来,便排斥了公众为行使民主权利应该掌握的重要信息"。著名东欧思想家斯拉沃热·齐泽克(Slavoj Zizek),更是从精神内层注意到当代人精神和存在中具有的难以言清的精神错乱的症候,他从拉康的心理分析视角重新描述人类思想和人类欲望的基本结构,认为社会共同体的功能已经失调,每个个体在灵肉濒临崩溃、矛盾焦虑的同时,也在文明内部冲突的现实压力下寻求妥协的身份和欲望:"我们今天亲眼目睹的冲突,与其说是不同文明之间的冲突,不如说是同一文明内部的冲突。也就是说,我们要睁大眼睛看一看,这种'文明冲突'究竟是因何而起的?眼前正在发生的真正'冲突',不都显然与全球资本主义的扩张密切相关吗?……只有在每一个社会都承认,将其撕裂的'冲突'来自其内部,不同社会之间的真正接触才是可能的,这种接触是以参与统一斗争的共同经验为基础的。"个体内部的欲望同全球化导致的文明内部的冲突是造成消费时代人文失衡的重要原因。事实上,西方全球化思潮为个体追求幸福生活的信念而抚平其内在的不平等问题。而社会境况的经济权力化日益成为消费性的和科技中心的,科技成了新意识形态。政治和文化的尖锐冲突随着时间的冲洗,其价值观、自我的政治观,逐渐为生活的有序感、现实的身份感和理想的幻灭感所取代。于是,人们更多地感到社会共同体中的地位,在整个政治谱系中存在认同意义的延续性,这一延续性意味着政治责任感的持续影响和自己新身份的不断确认。消费时代的到来是资本符号下加速了的生产力进程的历史结果,因而这个时代是彻底异化的时代。商品逻辑成为整个人类生活的逻辑,犹如一种迷醉剂,消费逻辑不仅支配着生产的物质产品,而且支配着整个文化、性欲、人际关系,以至个体的幻象和冲动。在博德里亚看来,"一切都由这一逻辑决定着,这不仅在于一切功能、一切需求都被具体化、被操纵为利益的话语,而且在于一个更为深刻的方面,即一切都被戏剧化了,也就是说,被展现、挑动、被编排为形象、符号和可消费的范型。"人类目前正处于一个新的类像时代,计算机、信息处理、媒体、自动控制系统以及按照类像符码和模型而形成的社会组织,已经取代了生产的地位,成为社会的组织原则。尽管媒体也造成事件,媒体制造热点媒体也忽略那些不应忽略的价值,甚至媒体也制造虚假和谎言。人们所凝视的仅仅是事件与其他媒体之间不断参照、传译、转录、拼接而成的"超真实"的媒体语境,一个"模拟"组合的世界,一个人为的"复制"的世界。这种不断复制传播的、内爆的、虚假的仿像,使得世界上的政治经济文化消失了界限,社会万象处于目眩神迷的变幻流动之中,哲学话语、社会理论、大众传播理论及政治理论的边缘正在侵蚀消融,甚至不同社会形态和意识形态结构都不再壁垒森严,而是在消费主义中内爆为一种无差别的仿像流,一种现实与仿像彼此不分的新状态。所以说,消费主义的兴起和大众传媒的播撒所造成的是人们精神生态的失衡。在后现代高速发展的经济战车中,人们基于对社会个体身份和历史虚无的理解,不再将理想主义作为自己的存身之道,而是将消费主义作为达到世俗幸福的捷径。于是消费成为获得身份建构自身以及建构与他人关系的关键环节,甚至成为支撑现行体制和团体机构生存发展的润滑剂。消费不再是为了刺激再生产,而是在名牌政治化和时尚崇尚克隆中呈当代崇洋心态——商品拜物教和西方中心观念。"消费"心态观念与"西方"名牌政治,终于成为一个铜币的两面。在博德里亚看来,商品消费的象征符号表达不仅是某种流行式样风格,而是名牌政治的声望和权力。人们在消费商品时已不仅仅是消费物品本身具有的内涵,而是在消费物品所代表的社会身份符号价值。诸如富贵、浪漫、时髦、前卫、归属感等象征衍生价值就像异灵附身于商品上,散发出身份符号的魅力魅惑着消费者。消费者在一种被动迷醉状态下被物化成社会存在中的符号——自我身份确认。然而,在日益庞大的消费中,能够获得这种自我身份的真实确认吗?应该说,用消费主义理念支撑的社会,完全有可能成为大众媒体与世俗文化主导的世俗社会。

　　人造物质的丰富与自然权力的匮乏,跨国传媒的意识形态化造成的东方对西方"文化霸权"的潜移默化的认同,这意味着消费主义的一元性正在排斥其他生活方式和存在方式。一方面是人造物质日益过剩:消费、信息、通讯、文化均由体制安排并组织成新的生产力,以获取最大利润也完成了"从一种暴力结构向另一种非暴力结构转化:它以丰盛和消费替代剥削和

消费时代的文艺创作与传统美学精神的现代激活(代后记)

战争"。另一方面,是自然物质权力的日益匮乏,即城市工业界的影响使得新的稀有之物出现:"空间和时间、纯净空气、绿色、水、宁静……在生产资料和服务大量提供的时候,一些过去无需花钱唾手可得的财富却变成了惟有特要者才能享用的奢侈品。"在空调、手表、电视机、汽车等日益过剩而贬值的状况下,"绿色"却成为昂贵而需要重新争夺的资源。如今,人们热衷于谈论健康权、空间权、健美权、假期权、知识权和文化权。那么是谁剥夺了这些自然权力?是谁在重新分配这些自然权力?在博德里亚看来,"新鲜空气权"意味着作为自然财富的新鲜空气的损失,意味着向商品地位的过渡,意味着不平等的社会再分配。这种盲目拜物的逻辑就是消费的意识形态。

可以认为,极度生产以及耗费资源,庞大的消费主义并刺激消费欲望,日益成为人们生活大循环中的癌症,使一种丧失了简朴精神生活状态成为当代物质过剩中的精神贫乏常态。面对这种当代生存状态,应该反思现代性社会的合法性问题。因为:"物质的增长不仅意味着需求增长,以及财富与需求之间的某种不平衡,而且意味着在需求增长与生产力增长之间这种不平衡本身的增长。'心理贫困化'产生于此。潜在的、慢性的危机状态本身,在功能上与物质增长是联系在一起的。但后者会走向中断的界限,导致爆炸性的矛盾。"

随着消费时期的到来与中国社会形态的变迁,所带来的是物质的丰富化与心理的贫困化,过度的物质消费造成精神生态的失衡,对于金钱、情欲和权力的渴望、追逐成为世纪交替时期最为重大的文化主题。

从文艺创作来看,一方面,消费时代的到来,文艺在逐渐融入大众文化,现代生活日渐审美化和审美的日渐生活化,使文艺创作的神圣性受到消解。作家为追求效益的最大化而不是艺术最优化,不再有"语不惊人死不休"的耐心,经典意义的"创作"变成了一种平民化的"写作";读者的快速浏览、信息填鸭和"用过即扔"的阅读方式,使欣赏变成了消费,他们不需要经典也不再期待经典。经典时期形成的对"文艺"的本质认识,如今正处于被泛化的过程,原本确定而清晰的文学范畴正变得疑惑和模糊,经典的逻辑背景不断被命意裂变所抽空。文艺创作失去了"经国之大业,不朽之盛事"的神圣地位;价值重构、传播转型使文艺创作成了飘摇在汪洋中的无岸小舟。传统的文艺理性和价值体系无法面对这种文艺创作的历史性变化,文艺创作也就釜底抽薪般失去了历史眼光、思想锐气和社会责任感,而仅仅成为消费主义意识形态的回声。处在雅文学与俗文学、传统传媒与电子传媒的冲突,以及传统、西方、本土三维共生模式,主流意识形态、民间话语模式、知识分子情愫和中产阶级欲望的四方矩形平台之中的中国文学,到哪里去寻找价值皈依和命运的舵柄?

同时,就另一方面来看,任何事物的产生或消亡,都有其根源和条件。物质文明的高度发展不足以改变文艺创作的本质,不会改变其审美特征,也无以操纵文学的命运。因为文学的命运不取决于物质的丰歉或媒体的改变,而决定于人类的情感生活是否消失。说到底,文学的命运只能由文学家自己来把握。社会可以改变文学的生存背景,高科技可以改变文学的载体和工具,文化转向可以改变文学的存在方式,读者的选择可以改变文学的功能模式,但文学追求真善美的本性没有改变,文艺创作为人类铸造精神家园的历史宿命没有改变,文艺的审美品格和道义承担没有改变,因而,文艺永远是文艺的文艺,是文艺家的文艺,文艺的命运永远掌握在有道义承担的文艺和有操行的文艺家手中。落寞的文艺需要的不是感世伤时,不是顾影自怜,而是在迎接挑战中做命运的主宰。当下如此,历史更是如此。

而消费时代文艺创作诸多价值冲突,其最为深刻的根源就是作为创作主体的作者在做人的理念和做人的方式上出现了问题,从人性与文化即人文出发解读当代文艺创作诸多价值冲突是一种必需的维度,重建人文生态是建构当下中国文学的根本途径。当代的中国文学应该以一种新人文精神作为价值取向。新人文精神以有利于促进当下的经济建设为现实关怀,并立足于现实发展起来的人文关怀。新人文精神在跨文化的视野中,关注当下中国的经济建设,并以此为出发点来处理市场经济建设中的自然与人、科技与人文、物质文明与精神文明的关系。新人文精神关注人的现代化,以提高国民素质和培养现代人格为根本内核。

二

其次,必须发扬传统美学重"生"精神,坚持文艺创作的创新原则。中国美学"重生"与"仁爱"意识的精神资源给了我们以诸多阐释发挥的空间。"生生之谓易",易的实质在于"生生",即产生生命,生生不已,而这正是天地之大德。作为五经之首的《周易》蕴含的美学思想,是重建当代文艺理论的基石。梁漱溟把儒家的形而上学的要义总结为"宇宙之生",其核心是万物化生,生生不已;熊十力依据《大易》强调翕辟成变、肇始万物。本心不在宇宙万象之外,就在生生化化的事物之中。牟宗三发掘《周易》的刚健创生的胜义,强调中国哲学以生命为中心,两千多年来的发展,中国文化生命的最高心灵,都集中在这里。

发扬传统美学的重"生"精神,有助于文艺创作与理论批评的创新。我们知道,在消费时代,人类正处于一个新的类像时代,电脑信息处理和自动控制系统,以及按照类像符码和模型而形成的社会组织,已经取代了生产的地位而成为社会的组织原则。后现代时期的商品价值已不再取决于商品本身是否能满足人的需要或具有交换价值,而是取决于交换体系中作为文化功能的符码。同时,不管是中国还是西方,越来越多的有识之士在欣赏这一个新的类像时代给人类带来的高度文明的同时,也造成压抑、扭曲人性的新的机制和因素。即如博德里亚所指出的:"这个世界的气氛不再是神圣的。这不再是表象神圣的领域,而是绝对商品的领域,其实只是广告性的。在我们符号世界的中心,有一个广告恶神,一个恶作剧精灵。它合并了商品及其被摄制时候的滑稽动作。"在这个新的类像时代,一切都由模型、符码和控制论所支配,任何商品化消费(包括文化艺术),都成为消费者社会心理实现和标示其社会地位、文化品味、区别生活水准高下的文化符号。"我们曾批评空想的、宗教的、思想的所有幻觉——当时是令人高兴的幻觉破灭的黄金时代。现在只剩下一个:对批评本身的幻觉。进入批评射程的客体——性、梦、工作、历史、权力——以它们自身的消失进行报复,反过来,产生出对真实事物的令人快慰的幻觉。由于不再有受害者可折磨,对批评的幻觉就自己苦恼了。比工业机器更糟,思想的齿轮处于技术性的停顿状态。在其行程的尽头,批评思想缠绕在自己身上。"身处于这个以"复制"为生产观念的新的类像时代中必然遭遇的文艺创作的不幸。在这个以"工场"原则为精神再生产方式的时代,它的一个基本方式就是要竭力消除"原本"与"类像"、"创造"与"模仿"、"天才"与"匠人"之间的本体差异,从文学的市场化、产业化这个角度看,写作活动不是反映,不是表现,而是一种生产。文学作品一旦成为商品,它就要服从市场行情与商业原则的调控,这种情况既给作者带来诱惑,也给他造成许多焦虑。与计划经济时代的革命化写作、文学体制及运作模式相比,这种写作模式体现出新的特征:审美创造个性的受限性与写作活动本身的商业性。由于作品要直接面向市场、面向受众,写作活动就要充分考虑到受众的接受心理与审美期待,在大多数情况下,在审美价值与经济效益不可调和的状态下,审美价值要让位于经济效益。因此我们时代所有的文艺创作实际上都与创新性背道而驰。即使这个时代仍然有人可以凭借其人格力量与传统熏陶从"文化符号生产工场"中逃脱出来,但在商业化的文化传播地图上,他们提供的那些具有创新性的文艺创作思想,假如不被体制化的文艺创作批评系统遗弃于主流意识之外,也往往难免被新闻化的市场交流机制涂改得面目全非。从根本上讲,这是一个拒绝个性与创新性的消费时代。但另一方面,由于坚信人的本质是不同于自然与动物的自由存在,并且它只能依靠对自然性与规律性的背叛与否定来显现;也由于意识到历史上许多被冠以或自诩为文艺创作的活动实际上都在遮蔽着人性的澄明,所以,只有建构一种多元化的批评机制,把那些真正具有创新性的文艺创作活动与它们区别开来,才能从知识生产角度提供一种敞开人生自由本质的现实可能性。

　　弘扬传统美学的"仁爱"原则,有助于新人文生态的重建。中国传统美学蕴含着深刻的人文精神;形成于"轴心时代"的命题"仁者,人也"奠定了这种文化精神品格的基础。中国传统文化的精神指归以人之存在为本,以人对世界的情感体验和情感观照为中介,通过人与对象世界的各种关系的恰如其分的把握来化解各种矛盾,从而实现人与对象世界关系的和谐,解决人自身的安身立命的精神寄托,达到人的理想境界的追求。这种文化精神,在人与自然关系上,顺自然而以人为本;在人与社会关系上,循人伦而以和为本;在人与自我关系上,重体验而以乐为本。"循天道,尚人文"的人文倾向、"致中和,得其分"的中和境界以及"崇礼乐,赞化育"的美育工夫,这三者就构成了儒家人文精神由内而外、曲体而用、由境界而工夫的基本内涵和总体风貌,也成了中华传统精神文化共通的精神和最基本和最突出的特征。

要重构当代文学的人文生态,必须重塑人的尊严。贵重人、尊重人性、捍卫人的尊严是中国传统文论与美学思想雅俗观审美取向的内容。以儒家的人生价值论来看,仁者爱人是人生价值的第一要义。在如何处理人与人、人与社会、人与自我之间关系的问题上,儒家主张应以"仁"为本。所谓"仁",孔子说:"仁者先难而后获,可谓仁矣。"(《论语·雍也》)这里就指出,为仁之人首先要付出,而后才考虑获取,这样运用到实践中去便可称之为"仁"了。这种"先事后得"是"仁"境界中高尚品德的具体体现,它发源于人的内在情感上的认识,继而表现为外在的实际行动,"仁"这种由内及外的特点是情感性在主体活动中的反映,有了这种实行"仁"的方法与行为,便有了可靠的精神支柱,为顺利实现理想人格的目标打下了坚实的基础。"仁"精神价值的一个重要体现就是"己立立人,己达达人",这也是"仁"的一种价值内涵的体现,实际上这句话本身就体现出了"仁"的精神实质。"樊迟问仁,子曰:'爱人'。"孔子主张"爱人",以爱别人、喜欢别人的精神作为人们之间相互交往的基本前提。"仁"是人的本质特性,因此,仁者爱人,既要爱自己,更要爱他人、社会、自然;要热爱人生、热爱生命,从而达到身心和平。

当代文学艺术要体现新人文精神,其中最重要的任务就是如何使文学艺术能为提高人的素质、使全民的人格成为与现代化相适应的现代人格有所作为。文学不怕写世俗,关键是怕由趋时、媚俗而流于世俗。流于世俗的现代作家恰恰是自己缺乏一种对理想与人生目标的向往与追求。今天的许多文艺家们拥有足够的才华,但他们缺乏的正是体现时代精神的人文关

李天道

怀——新人文精神,他们不是去表现这个变革时代极富意蕴、充满矛盾的现实生活,而是在历史叙事中藏匿其身;即使描绘当代生活,却缺乏一个文艺家应有的激情和对人的关切心,这无疑是我们这个伟大时代尚未能产生伟大艺术作品的重要原因之一。文化转型时代,提供了产生伟大艺术的契机,也向文艺家提出了无可回避的要求,这就是要求文艺家能以新人文精神为价值目标,站在时代的行列中,去触动时代的脉搏,去关心现代人的生存与心灵建设,去塑造现代人格。人与人、人与自然和谐共处。贵人,热爱生活,就要自觉而主动地承担做人的责任。孔子说:"为仁由己。"孟子则强调:"道惟在自得。"他们都非常重视作为个体的人的主体性及其作用与价值。在中国古代哲人看来,人与天的本性都是"诚",人的本质也就是宇宙自然的本质,故而,反身而诚,正心以诚则能以人合天。人生价值的充分实现就是天人合一,是与天地合其德,上下与天地同流,浑然与万物一体,参天地之化育。达到这种境界,人就能超越狭隘的时空局限,沟通有限与无限;展现在人面前的也不再是狭隘的生活视野与短暂的生命流程,而是合内外,齐物我,一天人,齐上下,而获得无限永恒的生命之流。在中国古代哲人看来,也只有实现这种宇宙、群体和自我的相融相合、浑然一体,从而才能使人的人格"高雅"、超然,并使趋于无限与永恒。从而才可能在文艺创作中体现出人文关怀。

因此,孟子指出,要实现人生的价值、达到理想的人生境界,作为主体个体的人则必须培养自己的"浩然之气",必须清楚"小我"的有限与卑微,而树立一种"至大至刚"的情操精神,以超越有限,厚德载物,刚柔相济,自强不息。可以说,只有人才能超越自我,超越形体和生存时空的有限,以越过种种精神与物质的障碍,而将过去、现在与未来融会在一起,以与宇宙共呼吸、与人类共命运。因为人是宇宙之精华、万物之灵长,与天地并立而称三才。这种贵人重人,强调人的主体性对中国美学雅俗观的影响是非常深远的。如前所说,中国传统美学注重人品,重视作者的主体人格修养就是这种观念的生动体现。

贵人重人的传统人文精神体现着中国传统文论与美学思想"以仁为

本"、"泛爱生生"的特点。同时,贵人重人的传统人文精神与中国美学"天人合一"的审美观念分不开。以"以仁为本"、"泛爱生生"的基本精神为原初出发点,中国传统文论与美学思想注重"心"与"物"合一、"情"与"景"合一,认为"天人合一",人与自然都由"气"所化育、同源同构,强调个人与社会、人与自然、美与真善的和谐统一,并由此形成中国传统文论与美学思想把人作为出发点和归宿,肯定人的生命价值与存在意义,关注人的命运和前途,努力为人的精神生命创构出一个完美自由和雅的审美境界的基本特征。也正是在这一思想的作用下,中国古代美学主张人与人之间、个体自身与心灵之间的和谐,力求克服人与自然、人与社会的矛盾冲突,以进入"和雅"之境。这种人生化、内省式的传统审美观念,在某种程度上的确把握住了人类要求和谐发展和人体需要健全自由的历史必然性,肯定人的生存价值,因此,我们必须在马克思主义理论指导下充分揭示与发挥中国传统文论与美学思想的这一优点,以克服并战胜西方哲学与美学中那种使个体与社会、人与自然相互对立、相互分离的观念。

我们知道,在中国古代儒家哲人看来,社会生活是由个人、家庭、国家、天下四个梯阶组成的大的系统。这个系统中的四个层面,通过彼此之间的隶属关系紧密联系。其中,个体的行为被道德、礼法所严格规定,任何个体都必须无条件地服从家国。因此,所谓人与人、人与社会的统一和谐的秩序只有在"求仁得仁"这种强烈的道德责任的自觉意识之下,才可能达到。所以,我们不难看出,这种统一的内容实质上是贫乏的。而经由这种"求仁"、"向善"的审美价值论所生发出来的"温柔敦厚"的"诗教","尽善尽美"的审美标准,"言志"、"缘情"、"文为世用"的审美创作需要,"和雅"之境的追求,以及重经验真实而不重本质真实、重群体情感而不重个体情感、重现实干预而不重超越等诸种审美价值观念和审美心态,其本身也自然是依赖于伦理道德的框架所建立起来的。这一方面促使人们把审美活动的目光转向社会;但另一方面,由于这种传统审美价值观念在很大程度上受制于社会、道德、伦理、政治等因素,忽视了人之存在的主体性,则往往限制了个体的自由发展。正如马克思所指出:"这里,在一定范围内可能有很大的发展。个人可能表现为伟大的人物。但是,在这里,无论个人还是社会,都不能想象会有自由而充分的发展。因为这样的发展是同[个人和社会之间的]原始关系相矛盾的。"因而,在我们看来,要发扬中国传统文论与美学思想的长处,则必须把古代社会所强调的个体与社会、人与自然的那种和谐统一摆放到现代化大生产的基础上来。但是,我们还需要指出的是,资本主义现代化大生产的结果是少数人得到了发展的垄断权,而大多数人却失去了任何发展的可能性。这一事实正好无情地破坏了古代社会的那种和谐统一。所以,我们认为,只有在社会主义与共产主义社会里,每个人才能得到充分和自由的发展,也才能摆脱古代自然经济的局限性和狭隘性,获得个体与社会、人与自然的统一和谐,从而实现人生价值,达到人生的理想境界。并且,与古代社会相比,这种统一则是在更高基础上的实现。

中国传统文论与美学思想所追求的在凝神观照中,由体验而创化而超升,以豁然开启一个新世界,展示外在存在的全部生动性和内在存在的整体人格,使人洞察宇宙万物之生命本源"气"(道)以达到"高雅"、"雅洁冲淡"之境的直觉体悟方式,以及所谓"妙悟自然,物我两忘,离形去智"这种心灵观照中的审美超越的体验,其兴会爆发的瞬间,的确可以使人超越现实生活的无意义之域,而升腾到意义充满的审美境界,超化于无限之中。但是,我们也应该看到,这种感兴的瞬间解决毕竟只是虚幻的解决,它并不能代替生活本身的解决。正如马克思所指出的,人的感性彻底解放在于感性的实践本身,而其他任何超越方式如哲学、宗教、艺术等都是虚幻的,"人只有凭借现实的、感性的对象才能表现的生命"。因此,我们认为,中国传统文论与美学思想所标举的"高雅"、"清雅"、"淡雅"的心理观照活动,由于其存在的丰富性、心灵的能动性、超越的无限性,的确可以产生瞬间的生存、瞬间的超越、瞬间的永恒等作用,对人也的确能产生一种慰藉、寄托、享受与满足。这是审美活动之所以为人类生活所必需,与审美创作得以生存、存在的意义所在。然而,这种超越毕竟是短暂而虚幻的。同时,中国古代美学在道家追求做神人、真人、至人的理想作用之下,不重求知而重内省,其审美活动完全寄托于所谓超功利超现实的精神活动之中,强调心灵自由。在我们看来,这种自由实质上是不完全的、片面的,它只是个体内心的自我感受。过多地强调这种虚幻的精神自由,往往会导致回避现实中存在着的尖锐矛盾冲突的倾向,使人的心灵缺乏一种蓬勃向上的牵引力,从而形成一种因循守旧、不思进取的历史惰性。

我们认为,道家与释家禅宗在探讨人生价值观与审美价值观的问题上,的确对人的生命存在价值、人生价值、审美价值、人品价值、主体的人格建构都有许多发现,对中国古代雅俗论有很大的启发作用和创始作用,影响深远,并且补充了儒家思想不足的方面。其他,诸如审美思维中的直观感悟、直觉体味、非自觉性、冲破理性束缚,以及超功利、忘我忘欲、忘物忘世等等问题,对传统审美价值观念、艺术创造的特殊性的发现与认识,也都很有启发。但是,我们也应看到它的消极影响。综观中国传统人文生态观,儒道释三家的思想实际上起了同济互补的作用,每当形式主义或者唯美主义思潮泛滥之时,儒家所倡导的"伦理中心"的社会心态及其人生价值观就总是自觉地发挥其强有力的遏制和修复作用。

正是对人生的指向,故而,"雅"与"俗"这对审美范畴的形成,以及"尚雅"审美观念的确立,都与中国文化中的"崇礼"分不开,我们知道,中国传统文化是以儒家思想为主体的伦理型文化,在儒家的伦理审美观的主导下,"典雅"不仅是士大夫文人所追求的人格风范,而且也渗透到广大平民百姓的生活追求与行为规范中,最能体现古代中国人的审美心态。

可见,中国传统文论与美学思想具有浓厚的道德伦理色彩,在审美追求方面,强调乐而不淫、求仁得仁、文质彬彬、克己复礼,温柔敦厚;人生审美态度方面,推崇并倾慕于"雅",追求温文尔雅;道德人品操守与审美创作则标举雅正、正统和雅致而鄙弃淫俗、浅俗和粗俗。所有这些,都是当下重建文艺美学可资我们揭示、去蔽,并加以重新解释的思想资源。

正是基于以上思路,我们四川师范大学文学院美学研究所与文艺理论教研室强调对传统文学理论与美学思想的研究,并在这方面作了大量的工作。

四川师范大学文学院美学研究所与文艺理论教研室在传统文学理论与美学思想研究方面具有深厚的学术传统,20世纪70年代后期,经过老一辈学者皮朝纲教授的带领与表率,继承和发扬四川地区"蜀学"传统,注重实证,中国美学研究方面在国内一直处于前沿行列;80年代中期,学校又引进著名美学家高尔泰。现今,在省学术和技术带头人、国务院特殊津贴获得者、中华美学学会理事钟仕伦教授带领下,注重对传统文学理论与美学思想的研究,注重梯队建设,形成一支具有教授13人,副教授7人,其中博士与博士后13人的厚实的科研队伍;同时,在科研方面,坚持传统文学理论与美学思想的研究,建构了四个较稳定的、能反映我国西部,尤其是西南片区高校美学理论研究特点的研究方向;近5年来,承担国家社科基金项目3项、省部级科研项目16项;在人民出版社、中华书局、中国社会科学出版社、高教出版社等国家级出版单位出版了15种专著和5本统编教材,在《哲学研究》、《文艺研究》、《文学评论》、《北京大学学报》、《学术月刊》、《世界宗教研究》、《人文杂志》等"权威核心刊物"和"核心刊物"发表论文133篇;获得"省部级"成果奖8项,在中国传统美学、中西比较美学、美学原理和艺术批评与审美文化研究等方面取得了一些有较高质量的研究成果,其中《审美与生存——中国传统人生美学意蕴的现代意义》、《中国当代传统美学研究》、《中国美学的雅俗精神》、《消解与重构——艺术作品的来源》、《儒家元典与中国诗学》等著作在学术界有较大影响。

在经济全球化和文化一体化、消费主义盛行这样的语境下重提中国美学的现代转换,是纠偏、承续与建设中国特色美学的必然要求。只有激活建基于中国审美活动的经验和文化传统基础上的古代美学理论,使之融合而为当代美学理论的组成部分,才能建立新的有中国特色的美学理论。以诗性出现的中国古代美学不同于西方美学。这对于建构新世纪具有民族独创性的美学理论体系的启示是多方面的。中西美学理论可以对话,通过对话,以实现跨文化间的交流与融会。

从这一思路出发,我们在"传统文论与美学思想"的研究方面已经形成既符合以上要求,并能反映中国文化,尤其是西部文化特色、具有自己的学科特点的几个研究方向：

一、"中国传统文学理论与美学思想研究"。文学理论与美学思想在文学与美学研究中具有"基础性"研究的重要地位涉及到当代文学与美学理论的转向问题，这既是历史的总体发展的大势所趋，也是文学与美学自身内部要素运动的结果。本方向的主要特色：关注并研究传统文学理论与美学思想中的重大美学理论问题，在理论研究上注重方向性和针对性，并使之不断深入；即：中西对话的基础上，着眼当代社会实际，既研究传统文学理论与美学思想的现代转型，与如何适应新世纪社会转型期现实要求，以及传统文学理论与美学思想研究本身如何更加具有当下性与民族化等重大的基本理论问题，又研究如何建设新世纪的中国美学理论，实现跨越式发展，以进入全球化和多元化的当代语境。研究的转向将携带以往传统文学理论与美学思想的全部成果作为"前结构"进入新的批评时代。新理论的建构应建立在多样话语的对话交往的基础上，在理论通约的可能与不可能的张力场中生发。

二、文论与美学范畴研究。文论与美学范畴研究是今天建构新的美学理论的必然要求。本方向的主要特色：一是着眼个案研究，加深理论挖掘；二是结合当下社会转型期的特征，从审美学、文化学、社会学、民族学、民俗学、宗教学、心理学等多学科进行跨文化、跨学科研究。即：今天的审美活动已经超出所谓纯艺术／文学的范围，文化活动、审美活动、商业活动、社交活动的边界模糊。艺术批评与审美文化研究的兴起就是超越传统的美学研究的努力。

三、中西比较美学研究。比较美学研究是当代美学理论关注的一个重要课题。以诗性出现的中国古代美学不同于西方美学。这对于建构新世纪具有民族独创性的美学理论体系的启示是多方面的。中西美学理论可以对话，但对话不可以以各自的立场去梳理对方，而应站在他者的立场。美学理论建设中最重要的是跨文化间的交流与融会。

四、神话与宗教艺术研究。神话与宗教艺术研究是今天建构新的美学理论的必然要求。今天的审美活动已经超出所谓纯艺术／文学的范围，文化活动、审美活动、商业活动、社交活动的边界模糊。神话与宗教艺术研究和文化批评的兴起就是超越传统的美学研究的努力。

在新的历史条件下,我们拟在已有的较好建设条件和发展前景的基础之上,继续坚持以学科建设为中心,发扬科研团体作战精神,有意识地加强对"传统文论与美学思想"的研究。传统文论和美学思想的研究关系到建构中国学派和中国特色的美学理论问题。我们认为,在建构当代具有中国特色的美学理论方面具有"民族性"、"本土性"角色地位,其主要目的和任务是:着重于古今沟通与中西对话。

总之,这些年来,我们做出一定成绩。这本《古代文论与美学研究》就是我们这些年在中国传统文学理论与美学思想研究方面所取得的一部分成果的展示,希望读者多多指教。

中国传统文论和美学思想博大精深,我们所作的研究只涉及到其中的一点,可以说是九牛一毛,不到之处仍然很多,我们自当不遗余力,挖山不已。是为记。

李天道

2004 年 11 月 24 日于成都

图书在版编目(CIP)数据

古代文论与美学研究/李天道主编.—北京:商务印书馆,2005
(学苑文存)
ISBN 7-100-04519-3

Ⅰ.古… Ⅱ.李… Ⅲ.文学理论—中国—古代—文集
Ⅳ.I206.2—53　B83—53

中国版本图书馆 CIP 数据核字(2005)第 050462 号

所有权利保留。
未经许可,不得以任何方式使用。

古 代 文 论 与 美 学 研 究
李天道　主编

商 务 印 书 馆 出 版
(北京王府井大街 36 号　邮政编码 100710)
商 务 印 书 馆 发 行
北 京 民 族 印 刷 厂 印 刷
ISBN 7 - 100 - 04519 - 3/I·46

2005 年 8 月第 1 版　　开本 787×960 1/16
2005 年 8 月北京第 1 次印刷　印张 24 1/2

定价:34.00 元